KB163928

전쟁과 평화 3

세계문학전집 355

전쟁과 평화 3

Война и мир

레프 톨스토이

연진희 옮김

민음사

차례

1권 차례

2권 차례

4권 차례

베주호프가(家)

키릴 블라지미로비치 베주호프 백작

표트르 키릴로비치(혹은 키릴리치) 베주호프　키릴의 아들. 프랑스식 이름은 피에르, 애칭은 페챠, 페트루샤, 페트루시카, 페치카 등.

피에르의 사촌인 마몬토프가(家)의 세 자매　각각의 이름은 카체리나 (프랑스식 이름은 카티시), 올가, 소피야.

볼콘스키가

니콜라이 안드레예비치(혹은 안드레이치) 볼콘스키 공작

안드레이 니콜라예비치 볼콘스키 공작　니콜라이의 아들. 프랑스식 이름은 앙드레, 애칭은 안드루샤.

마리야 니콜라예브나 볼콘스카야 공작 영애　니콜라이의 딸. 프랑스식 이름은 마리, 애칭은 마샤, 마셴카.

---

1) 러시아 인명은 '이름, 부칭(아버지 이름+-예비치/-오비치), 성'으로 표기하는데 여성의 경우 부칭에 '-예브나/-오브나'를, 성에 '-아/-아야'를 붙인다. 여성이 결혼하면 부칭은 그대로 두되 아버지의 성 대신 남편의 성에 '-아/-아야'를 붙인다. 단, 아버지나 남편의 성이 자음으로 끝나면 '-아'를, 모음으로 끝나면 '-아야'를 붙인다. 부칭의 접미사를 결정하는 것은 아버지 이름의 마지막 음가다. '-이'로 끝나는 이름에는 '-예비치/-예브나'를, 자음으로 끝나는 이름에는 '-오비치/-오브나'를 붙인다. 단, '-야'로 끝나는 이름에는 '-치/-니치나'를 붙인다. 가까운 사이에는 '-예비치/-오비치' 대신 '-이치'를 붙이기도 한다. 가령 니콜라이 안드레예비치(혹은 안드레이치) 볼콘스키 공작의 아들은 안드레이 니콜라예비치(혹은 니콜라이치) 볼콘스키고, 딸의 이름은 마리야 니콜라예브나 볼콘스카야다.(니콜라이 일리이치 로스토프와 결혼한 후에는 성이 로스토바로 바뀐다.) 친한 사이에서는 대개 이름이나 애칭으로 부르고, 다소 격식을 갖추어야 하는 사이에서는 주로 이름+부칭으로 부른다.

엘리자베타 카를로브나 볼콘스카야 공작 부인 안드레이의 아내. 프랑스식 이름은 리즈, 애칭은 리자, 리자베타.

니콜라이 안드레예비치 볼콘스키 공작 안드레이와 리자의 아들. 프랑스식 이름은 니콜라, 애칭은 니콜루시카, 니콜렌카, 니콜린카, 니콜라시카, 니콜라샤, 코코, 콜랴.

로스토프가

일리야 안드레예비치 로스토프 백작 프랑스식 이름은 엘리.(러시아식 이름인 일리야와 프랑스식 이름인 엘리 모두 구약 성서에 나오는 예언자 엘리야를 가리킨다.) 애칭은 일리유시카, 일류시카.

나탈리야 로스토바 백작 부인(작품에는 부칭이 나오지 않음.) 일리야의 부인.

베라 일리니치나(혹은 일리니시나) 로스토바 백작 영애 일리야의 맏딸. 애칭은 베루시카, 베로치카.

니콜라이 일리이치 로스토프 백작 일리야의 맏아들.

나탈리야 일리니치나 로스토바 백작 영애 일리야의 작은딸. 프랑스식 이름은 나탈리, 애칭은 나타샤.

표트르 일리이치 로스토프 백작 일리야의 작은아들.

소피야 알렉산드로브나(작품에는 성이 나오지 않음.) 로스토프 백작 부부의 오촌 조카딸. 프랑스식 이름은 소피, 애칭은 소냐, 소뉴시카.

쿠라긴가

바실리 세르게예비치(혹은 세르게이치) 쿠라긴 공작

입폴리트 바실리예비치(혹은 바실리이치) 쿠라긴 공작 바실리의 큰아들.

아나톨 바실리예비치 쿠라긴 공작 바실리의 작은아들.

엘레나 바실리예브나 쿠라기나 공작 영애 바실리의 딸. 프랑스식 이름은 엘렌, 애칭은 룔랴.

드루베츠코이가

안나 미하일로브나 드루베츠카야 공작 부인 프랑스식 이름은 아네트.

보리스 드루베츠코이 공작(작품에는 부칭이 나오지 않음.) 안나의 아들. 애칭은 보랴, 보렌카.

그 밖의 인물

드론 자하리치(작품에는 성이 나오지 않음.) 보구차로보 마을의 촌장.

라브루시카(작품에는 부칭과 성이 나오지 않음.) 제니소프의 종졸. 이후 니콜라이 로스토프의 종졸이 됨.

루이자 이바노브나 쇼스 혹은 마리야 카를로브나 쇼스.(마담 쇼스로 지칭되는 이 인물의 이름과 부칭은 때에 따라 다르게 제시된다. 톨스토이가 혼동한 듯하다.)

마리야 드미트리예브나 아흐로시모바 모스크바 사교계의 노부인.

바실리 드미트리예비치(혹은 드미트리치) 제니소프 경기병 장교이자 니콜라이 로스토프의 친구. 애칭은 바샤, 바시카.

빌라르스키(작품에는 이름과 부칭이 언급되지 않음.) 폴란드 백작인 프리메이슨.

아말리야 예브게니예브나 부리엔 마리야 공작 영애의 프랑스인 말벗. 애칭은 아멜리, 부리엔카. 아말리야 카를로브나라고도 불림.(부칭이 다른 것은 톨스토이의 실수로 보임.)

안나 파블로브나 셰레르 페테르부르크에서 귀족 살롱을 이끄는 여관 (女官).

알폰스 카를로비치(혹은 카를리치) 베르크 보리스의 친구인 젊은 러시아 장교. 아돌프라고도 불림.

야코프 알파티치(작품에는 성이 나오지 않음.) 볼콘스키 영지의 관리인.

오시프(혹은 이오시프) 바즈제예프 프리메이슨의 주요 인사.

줄리 카라기나(작품에는 부칭이 나오지 않음.) 마리야 공작 영애의 친구이자 부유한 상속녀.

치혼(작품에는 부칭과 성이 나오지 않음.) 볼콘스키 노공작의 하인. 애칭은 치시카.

투신(작품에는 이름과 부칭이 나오지 않음.) 쇤그라벤 전투에서 러시아 포병대를 이끈 대위.

표도르 이바노비치(혹은 이바니치) 돌로호프 아나톨의 친구인 러시아 장교. 애칭은 페쟈.

플라톤 카라타예프 프랑스군의 포로 막사에서 피에르와 친해진 농부 출신의 말단 병사.

드미트리 바실리예비치(작품에는 성이 나오지 않음.) 로스토프가의 집사. 애칭은 미챠, 미첸카, 미치카.

일러두기

1. 번역 대본으로는 『L. N. 톨스토이 선집』(전 12권, 프라브다 출판사, 1987) 중 3권, 4권, 5권, 6권을 사용했다. 『전쟁과 평화(Война и мир)』(엑스모 출판사, 2009)도 함께 사용했다. 두 판본은 문단을 구분하는 방식에서 다소 차이를 보이는데 이 책은 엑스모 출판사 판본의 문단 구분을 따랐다.

2. 러시아어 원문에서 프랑스어로 쓰인 부분은 굵은 글씨로 표기했으며, 그 밖의 외국어는 굵은 글씨로 쓰되 문장 끝에 외국어의 출처를 표기했다.(예: 독일어, 라틴어, 영어 등) 외국어 표현에 대한 번역은 톨스토이가 각주로 단 러시아어 번역문을 토대로 했다.

3. 러시아어 고유 명사와 도량형은 국립국어원의 외래어 표기법을 따르는 것을 원칙으로 하되 구개음화([d] 음과 [t] 음 뒤에 [ya], [yo], [yu], [i], [i͡] 모음이 따를 경우 각각 [z]와 [ts]로 자음의 음가가 변경되는 현상)가 일어나는 경우는 발음상 편의를 위해 예외로 했다.(예: 페댜 → 페쟈, 미탸 → 미챠) 단, 영어를 비롯한 외국어에서 차용된 러시아어는 구개음화를 적용하지 않았다.(예: 파르티잔 등) 쟈, 져, 죠, 쥬, 챠, 쳐, 쵸, 츄의 음가를 자, 저, 조, 주, 차, 처, 초, 추로 표기하도록 한 조항도 예외로 했다.

4. 원문에서 강조를 위해 이탤릭체로 표시한 부분은 고딕체로 표시했다. 원문에서 부연 설명을 위해 ( ) 표시를 한 것은 그대로 따랐다.

5. 작품에 인용된 성경 텍스트는 대한성서공회가 간행한 『성경전서』(표준새번역 개정판, 2001)에서 인용했다.

6. 러시아 인명, 지명, 어휘, 문구 등을 병기할 경우 독자의 이해를 돕기 위해 러시아어 키릴 문자 대신에 로마자로 변환하여 표기했다. 단, 책 제목은 러시아어로 표기했다.

7. 톨스토이가 작품에 직접 주석을 단 경우에는 '톨스토이 주'라고 별도로 표시했다. 그 외 모든 주석은 옮긴이의 주다.

8. 톨스토이는 제정 러시아의 역법인 율리우스력에 따라 작품 속 사건을 서술하였다. 19세기 역법에 따르면 율리우스력은 오늘날 세계적으로 통용되는 그레고리력보다 십이 일 늦다. 따라서 톨스토이가 기술한 날짜를 그레고리력으로 전환할 때는 십이 일을 더하면 된다. 다만 20세기 이후에는 율리우스력의 날짜를 그레고리력보다 십삼 일 늦게 산정한다.

9. 등장인물 중 한 명인 제니소프는 혀가 짧아 'ㄹ'을 'ㄱ'으로 발음한다. 제니소프의 발음이 주는 우스꽝스러운 분위기를 전달하기 위해 그의 대사 중 'ㄹ' 부분을 전부 'ㄱ'으로 표기했다.

1부

1

1811년 말부터 서유럽의 군비 증강과 병력 집결이 시작되었고, 1812년에는 이 병력, 즉 수백만 명의 사람들(군대를 수송하고 식량을 공급하는 자들을 포함하여)이 서쪽에서 동쪽으로 러시아 국경을 향해 이동했다. 러시아 병력도 1811년부터 똑같이 러시아 국경으로 집결하고 있었다. 6월 12일에는 서유럽의 병력이 러시아 국경을 넘었고, 마침내 전쟁이 시작되었다. 즉 인간의 이성과 인간의 모든 본성을 거스르는 사건이 일어난 것이다. 수백만 명이 서로에게 수없이 많은 악행, 기만, 배신, 절도, 위조지폐 발행, 강도, 방화, 살인을 저질렀다. 100년을 꼬박 들여도 이와 관련한 세상의 재판 기록을 다 모으기란 불가능하며, 그 시기에 이런 짓을 저지른 사람들은 그것을 범죄로 보지도 않았다.

무엇이 이 놀라운 사건을 초래했을까? 그 원인은 무엇일까? 역사가들은 순진하고도 자신만만하게 말한다. 올렌부르크 대공이 당한 모욕, 대륙 봉쇄령 위반, 나폴레옹의 야심, 알렉산드르의 단호함, 외교관들의 실책 등이 그 사건의 원인이라고.

결과적으로 메테르니히나 루만체프나 탈레랑[1]이 알현식과 성대한 연회 사이에 좀 더 노력하고 보다 솜씨 있게 서류를 작성했다면, 혹은 나폴레옹이 알렉산드르에게 "폐하, 나의 형제여, 올렌부르크 대공에게 공국을 돌려주는 것에 동의합니다."라고 쓰기만 했다면 전쟁은 일어나지 않았다는 것이다.

---

1) 샤를모리스 드 탈레랑페리고르(Charles-Maurice de Talleyrand-Périgord, 1754~1838). 혁명 정부, 나폴레옹 제정, 부르봉 왕가, 루이 필리프의 통치를 거치는 동안 계속 실권을 유지한 정치가다. 1788년 오통 주교에 임명되었고, 1789년 삼부회의 성직자 대표로 참석했다. 그동안 교회의 특권을 열렬히 지지하던 그는 삼부회에서 교회의 특권 폐지와 혁신적 개혁안을 제시해 '혁명 주교'라는 별칭을 얻었다. 이후 교황의 파문으로 주교직을 떠난 그는 뛰어난 협상 능력으로 혁명 정부의 외교 임무를 수행했다. 1791년 영국과 오스트리아의 대프랑스 동맹을 막기 위해 런던으로 파견되었고, 나폴레옹이 오스트리아를 이긴 후에는 캄포포르미오 조약의 협상과 조인에 관여했다. 또한 나폴레옹이 오스트리아, 스위스, 이탈리아 등지에서 패권을 잡고 '종신 통령'이 되도록 도왔으며, 앙기앵 공작의 암살에 가담하기도 했다. 그러나 나폴레옹의 끝없는 야심을 깨닫고는 알렉산드르 1세와 비밀 회담을 하고 나폴레옹에게 등을 돌리도록 종용했으며, 부르봉 왕가의 복고를 기획했다. 그는 부르봉 왕가의 외무 대신을 역임했고, 빈 회의에서 프랑스 협상단 대표로서 역할했다. 그러나 이 회의에서 강대국들의 영토 요구를 막아 프랑스 국경을 지키는 데 기여하는 한편, 프로이센의 라인강 서쪽 지배에 동의함으로써 프랑스를 위기에 처하게 만들었다. 나폴레옹의 '백일천하' 때는 다시 국무 회의 의장이 되었으며, 이후 루이 필리프를 왕으로 옹립하는 7월 왕정에 가담하여 계속 외교관으로서 활발한 활동을 했다.

동시대 사람들이 사태를 그런 식으로 본 것은 납득할 만하다. 나폴레옹이 영국의 음모(그가 세인트헬레나섬에서 말했듯이[2])를 전쟁의 원인으로 생각한 것도 납득할 만하다. 영국 의회 의원들이 나폴레옹의 야심을 전쟁의 원인으로 생각한 것도 납득할 만하다. 올렌부르크 대공이 자신에게 가해진 강압을 전쟁의 원인으로 생각한 것도 납득할 만하다. 상인들이 유럽을 황폐하게 만든 대륙 봉쇄령을 전쟁의 원인으로 생각한 것도 납득할 만하다. 노병들과 장군들이 그들을 실전에 투입해야 할 필요성을 주된 원인으로 생각한 것도 납득할 만하다. 그 시대 정통주의자[3]들이 훌륭한 원칙을 부활시키지 않으면 안 된다고 생각한 것도 납득할 만하며, 그 시대 외교관들이 1809년에 러시아와 오스트리아가 자신들의 동맹을 나폴레옹에게 충분히 교묘하게 숨기지 못한 점과 각서 178호가 서툴게 작성된 점을 그 모든 원인으로 생각한 것도 납득할 만하다. 그 시대 사람들이 무수한 관점의 차이에서 비롯된 그 무수하고 무한한 다른 원인들을 떠올린 것도 납득할 만하다. 그러나 모든

2) 에마뉘엘 드 라스 카즈(Emmanuel de Las Cases, 1766~1842)는 1809년 나폴레옹 황제의 시종 장군이 되었고, 나폴레옹의 '백일천하'에 가담했다가 나폴레옹이 세인트헬레나섬으로 유배를 떠날 때 동행했다. 유배 기간 (1815~1821)에는 나폴레옹과 나눈 대화를 기록했다. 이 기록에 전쟁, 프랑스 혁명, 정치, 종교 등에 대한 나폴레옹의 견해가 담겨 있다. 라스 카즈는 나폴레옹에 대한 영국 정부의 처우에 대해 불평한 후 세인트헬레나섬에서 추방되고 원고도 빼앗겼으나 이후 원고를 되찾아 『세인트헬레나의 회상(Le Mémorial de Sainte-Hélène)』(1823~1824, 파리)을 출간했다.
3) 정통 왕조의 통치권을 옹호하던 사람들로 이 경우에는 부르봉 왕가의 지지자들을 가리킨다.

범위에서 사건의 거대함을 통찰하며 그 단순하고도 무시무시한 의미를 규명하려는 우리 후손들에게 그 원인들은 불충분해 보인다. 나폴레옹이 권력에 집착해서, 알렉산드르가 단호해서, 영국의 정책이 교활해서, 올렌부르크 대공이 모욕을 당해서 수백만 명의 그리스도인들이 서로를 죽이고 괴롭혔다는 것은 우리로서 납득하기 힘들다. 이런 상황이 살인과 폭력이라는 사실 자체와 무슨 관련이 있는지, 어째서 대공이 받은 모욕 때문에 수천 명이 유럽의 다른 쪽 끝에서 쳐들어와 스몰렌스크현과 모스크바현 사람들을 죽이거나 유린하고 그들 자신도 죽어야 했는지 이해할 수 없다.

역사가가 아닌 우리 후손들, 즉 탐구 과정에 몰입하지 않기에 건전한 상식으로 사건을 통찰하게 되는 우리 후손들은 그 원인을 무수하게 떠올린다. 우리가 원인 탐구에 깊이 빠져들수록 더 많은 원인들이 우리 앞에 나타난다. 개별적으로 취한 각각의 원인이든 일련의 원인들 전체든 우리에게는 똑같이 그 자체로 정당해 보인다. 그러나 사건의 거대함에 비해 보잘것없다는 점에서 똑같이 거짓으로 보이며, 사건을 일으키는 데 효력이 없었다는 점에서도(부합하는 다른 모든 원인들을 배제했기에) 똑같이 거짓으로 보인다. 우리가 생각하기에 프랑스군의 어느 부사관이 재복무를 원했는지 아닌지는 나폴레옹이 자신의 군대를 비수아강 건너편으로 철수시키기를 거부하고 올렌부르크 공국의 반환을 거부한 것과 똑같은 차원의 원인이다. 그가 군 복무를 원하지 않았고 제2의 군인, 제3의 군인, 나아가 1000명의 부사관들과 병사들이 군 복무를 원하지 않았다면 나폴레옹의 군대에 그만큼 병사가 적었을 테고, 따라서 전쟁도 일어날 수 없었을 테니 말이다.

만약 나폴레옹이 비수아강 건너편으로 철수하라는 요구에 모욕을 느끼지 않고 군대에 진군하라는 명령을 내리지 않았다면 전쟁은 일어나지 않았을 것이다. 한편 모든 중사들이 재복무를 원하지 않았다면 전쟁은 역시 일어나지 않았을 것이다. 영국의 음모가 없었다면, 올렌부르크 대공이 존재하지 않았거나 알렉산드르가 모욕을 느끼지 않았다면, 러시아에 전제 권력이 없었다면, 프랑스 혁명과 그에 잇따른 독재와 제정이 없고 프랑스 혁명을 일으킨 그 모든 것 등등이 없었다면 전쟁은 역시 일어나지 않았을 것이다. 이 원인들 가운데 하나만 없었어도 결코 아무 일도 일어나지 않았을 것이다. 결국 수십억에 이르는 그 모든 원인들이 과거에 존재한 것을 일으키고자 하나로 합쳐진 셈이다. 그러므로 어떤 것도 사건의 절대적인 원인은 아니며, 사건이 일어날 수밖에 없었던 이유는 단지 마땅히 일어나야 했기 때문이다. 몇 세기 전 인간의 무리가 동쪽에서 서쪽으로 자기 종족들을 죽이며 나아갔듯이 수백만 명의 사람들은 인간의 감정과 이성을 버린 채 서쪽에서 동쪽으로 진군하며 자기 종족들을 죽여야 했다.

제비뽑기나 징집으로 출정한 각 병사들과 마찬가지로 나폴레옹과 알렉산드르 — 사건이 일어날지 말지는 그들이 하는 말에 달린 듯 보이지만 — 역시 좀처럼 마음대로 행동하지 못했다. 그럴 수밖에 없었던 이유는 나폴레옹과 알렉산드르(사건을 좌우하는 듯 보이는 사람들)의 의지가 실행되기 위해서는 무수한 상황들, 한 가지만 빠져도 사건이 일어날 수 없을 상황들이 반드시 하나로 합쳐져야 했기 때문이다. 실질적인 힘을 가진 수백만 명의 사람들, 즉 사격을 하고 식량과 대포를 운반하는 병사들이 몇몇 나약한 개개인의 그 의지를 수행하는 데 동의하도록 하고 무수히 많은 복잡하고 다양한 이유로 그것에 이끌리도록 해야만 했다.

역사에서 숙명론은 비합리적인 현상(우리가 타당성을 납득할 수 없는 현상들)을 설명하는 데 불가피하다. 우리가 역사의 그런 현상들을 합리적으로 설명하려고 애쓸수록 그것들은 우리 눈에 더욱 비합리적이고 불가해한 것이 되어 버린다.

사람은 저마다 스스로를 위해 살고, 개인적인 목적을 달성하기 위해 자유를 이용하며, 지금 이런저런 행동을 할 수 있거나 없는 것을 자신의 온 존재로 느낀다. 그러나 행동을 하는 순간 어느 한순간에 행해진 그 행동은 돌이킬 수 없는 것이 되고 역사의 자산이 된다. 그리고 역사 속에서 그 행동은 자유로운 의미가 아닌 숙명적인 의미를 띠게 된다.

인간에게는 저마다 두 가지 측면의 삶이 있다. 하나는 그 관심이 추상적일수록 더 자유로워지는 개인적 삶이고, 또 하나는 인간이 자신에게 주어진 법을 불가피하게 따라야 하는 불가항력적이고 집단적인 삶이다.

인간은 의식적으로 자신을 위해 살지만 모든 인류의 역사적인 목적을 달성하기 위한 무의식적인 도구가 되기도 한다. 일단 행해진 행위는 돌이킬 수 없으며, 인간 행위는 시간 속에서 다른 인간들의 무수한 행위들과 엮여 역사적 의미를 띠게 된다. 사회의 위계에서 높은 위치에 있을수록, 더 많은 사람들과 결부될수록 인간은 다른 사람들에게 더 많은 권력을 행사하게 되고, 그가 행하는 각 행위의 숙명과 필연은 더욱 뚜렷해진다.

"왕의 마음은 주님의 손안에 있다."[4]

왕은 역사의 노예다.

역사, 즉 인류의 무의식적이고 집단적인 공동의 삶은 스스로를 위해 왕의 삶이 소유한 모든 순간을 자기 목적을 위한 도구로 이용한다.

1812년 이 순간 나폴레옹은 백성들의 피를 흘리게 할지 말지가 자신에게 달렸다는 생각을 어느 때보다 강하게 했지만 (알렉산드르가 그에게 보낸 마지막 편지에서 썼듯이) 그 자신으로 하여금 공동의 대의를 위해, 역사를 위해 마땅히 일어나야 할 바를 행하도록 하는 필연적인 법칙에(그는 자기 의지로 행동한다고 생각했지만) 이때보다 더 종속된 적도 없었다.

서쪽 사람들은 서로를 죽이기 위해 동쪽으로 이동했다. 그리고 원인들의 합치라는 법칙에 따라 수천 가지 원인들이 이 이동과 전쟁을 위해 스스로 어우러져 이 사건과 결합했다. 대륙 봉쇄령 위반에 대한 비난, 올렌부르크 대공, 그저 무장 평화를 성취하기 위해 취해진(나폴레옹의 생각에 따르면) 프로이

---

4)『잠언』21장 1절의 일부다. 전문은 다음과 같다. "왕의 마음은 흐르는 물줄기 같아서 주님의 손안에 있다. 주께서 원하시는 대로 왕을 이끄신다."

센으로의 군대 이동,[5] 자국민의 성향과 일치하는 프랑스 황제의 호전성과 전쟁 습관, 대규모 준비에 대한 열광, 준비를 위한 지출, 이 지출을 메우기 위해 이익을 획득해야 할 필요성, 드레스덴에서 사람의 정신을 도취하게 만든 경의의 표현,[6] 그 시대 사람들의 눈에는 평화를 성취하려는 진정한 열망으로 행해진 것처럼 보이지만 그저 양측의 자존심만 다치게 한 외교 협상, 앞으로 일어날 사건에 부합하고 합치하는 무수한 다른 원인들.

사과는 언제 익어서 떨어지는가? 왜 떨어지는가? 인력이 지면으로 끌어당기기 때문인가? 줄기가 시들기 때문인가? 햇볕을 받아 건조해지고 무거워지고 바람에 흔들리기 때문인가? 나무 밑에 서 있는 소년이 먹고 싶어 하기 때문인가?

어느 것도 원인이 아니다. 이 모든 것은 단지 생명의 유기적이고 자연적인 온갖 사건을 조성하는 여러 조건들이 합치된 결과일 뿐이다. 사과가 섬유소 분해나 그 밖의 원인으로 떨어진다는 사실을 발견한 식물학자는 사과가 먹고 싶어서 사과를 달라고 기도했기 때문에 사과가 떨어진다고 말하며 나무 아래 서 있는 아이만큼이나 옳기도 하고 옳지 않기도 할 것이

---

5) 1811년 러시아와의 전쟁을 준비하던 프랑스는 프로이센에 군대를 지원해 달라고 요청했다. 프로이센이 망설이자 나폴레옹은 다부 원수에게 프로이센을 점령하라고 명령했다. 1812년 프로이센은 앞으로 전쟁에서 나폴레옹에게 협력하겠다는 조약을 맺었다.

6) 1812년 5월 나폴레옹은 프랑스와 새롭게 동맹을 맺은 오스트리아 황제, 프로이센 왕, 작센 왕, 라인 동맹에 속한 열여섯 개 독일 공국의 대공들과 함께 드레스덴에서 한 달을 보냈다.

다. 나폴레옹이 모스크바에 간 것은 그러고 싶었기 때문이고 나폴레옹이 파멸한 것은 알렉산드르가 그를 파멸시키길 원했기 때문이라고 말하는 사람은 갱도를 판 수백만 푸드의 산이 붕괴한 것이 마지막 광부가 곡괭이로 최후의 일격을 가했기 때문이라고 말하는 사람만큼이나 옳기도 하고 옳지 않기도 할 것이다. 역사 사건에서 이른바 위대한 사람은 사건에 명칭을 부여하는 라벨이다. 그들은 라벨과 마찬가지로 사건 자체와 거의 연관이 없다.

스스로에게는 자기 의지에 따른 것처럼 보이는 그들의 각 행동도 역사적인 의미에서 보면 의지에 따른 것이 아니다. 그것은 역사의 모든 과정과 연관되어 있고 태초 이전부터 정해져 있었다.

2

5월 29일 나폴레옹은 드레스덴을 떠났다. 지난 삼 주 동안 그는 공작들, 대공들, 왕들, 심지어 한 명의 황제까지 포함된 측근들에게 둘러싸여 지냈다. 출발에 앞서 나폴레옹은 포상을 받을 만한 공작들과 왕들과 황제에게 노고를 치하하고, 충분히 만족스럽지 않았던 왕들과 공작들에게 잔소리를 퍼붓고, 오스트리아 황후에게는 자기 소유의, 즉 다른 왕들로부터 약탈한 진주와 다이아몬드를 선물했다. 그리고 마리아 루이자 황후를 부드럽게 안아 준 후 —— 나폴레옹을 연구한 역사가들에 따르면 —— 그녀에게 쓰라린 이별을 남긴 채 떠났다. 그녀, 즉 파리에 나폴레옹의 배우자[7]가 있는데도 사람들이 그의 배우자로 여긴 이 마리아 루이자는 쓰라린 이별을 견디지

---

7) 나폴레옹과 이혼한 조제핀 드 보아르네를 가리킨다.

못하는 것처럼 보였다. 외교관들은 아직 평화의 가능성을 굳게 믿고 그 목적을 위해 열성적으로 활동했다. 나폴레옹 황제는 알렉산드르 황제에게 직접 편지를 써 그를 "폐하, 나의 형제여!"라고 부르며 자신은 전쟁을 바라지 않는다고, 그를 언제나 사랑하며 존경할 거라고 진심으로 장담했다. 그러면서도 군대를 서쪽에서 동쪽으로 서둘러 이동시킬 목적을 품은 채 군대를 향해 나아가며 역참에 도착할 때마다 새로운 명령을 내렸다. 그는 시동들, 부관들, 호위병들에게 둘러싸여 말 여섯 필이 끄는 여행용 카레타를 타고서 대로를 따라 포젠, 토른, 단치히, 쾨니히스베르크로 향했다. 도시에 도착하면 수천 명의 사람들이 전율과 환희로 그를 맞이했다.

군대는 서쪽에서 동쪽으로 이동했으며, 교체된 말들 역시 그를 싣고 그곳으로 향했다. 6월 10일 그는 마침내 군대를 따라잡았고, 빌코비스키 숲에 있는 어느 폴란드인 백작의 영지에 마련된 숙소에서 묵었다.

다음 날 나폴레옹은 콜랴스카를 타고서 군대를 앞질러 네만강으로 갔다. 그리고 강을 건널 만한 지점을 조사하기 위해 폴란드 군복으로 갈아입고 강변으로 나갔다.

건너편의 코사크들과 드넓게 펼쳐진 대초원 ── 그 한가운데에 마케도니아의 알렉산드로스가 원정한 스키타이 제국을 닮은 나라의 수도인 성스러운 도시 모스크바가 있었다 ── 을 보자 나폴레옹은 아무도 예상치 못한, 전략적 판단과 외교적 판단을 거스르는 진군 명령을 내렸다. 그리고 그다음 날 그의 군대는 네만강을 건너기 시작했다.

12일 이른 아침 그는 그날 네만강의 험준한 왼쪽 강변에 친 막사에서 나왔다. 그리고 빌코비스키 숲에서 흘러나와 네만강에 설치된 세 다리로 넘쳐흐르는 아군의 흐름을 망원경으로 지켜보았다. 군인들은 황제가 있는 것을 알고 눈으로 찾다가 산 위의 막사 앞에 프록코트와 모자를 차려입고 수행원과 떨어져 서 있는 형상을 발견하자 모자를 위로 던지며 외쳤다. "황제 만세!" 그러고는 이제까지 자신들을 가리던 거대한 숲에서 지칠 줄 모르고 잇따라 계속 어지럽게 쏟아져 나와 세 다리를 건너 강 건너편으로 나아갔다.

"드디어 진군이군! 오! 폐하께서 모습을 드러내시니 분위기가 뜨거워지는데! 하느님께 맹세코…… 저기 폐하가……. 황제 만세! 저곳이 아시아의 대초원이구나……. 하지만 더러운 나라군. 보세, 안녕. 자네를 위해 모스크바에서 최고로 멋진 궁전을 남겨 두지. 잘 가게, 행운을 빌어. 황제를 봤나? 만세! 제라르, 만약 내가 인도 총독이 되면 너를 캐시미르의 장관으로 삼아 줄게……. 반드시 그렇게 하지. 황제 폐하 만세! 만세! 만세! 만세! 저 악랄한 코사크들, 허둥지둥 도망치는 꼴이라니. 황제 만세! 만세! 만세! 저기 계신 분이 황제 폐하야! 보여? 난 저분을 두 번 뵈었어. 지금 자네를 보는 것처럼 말이야. 체구가 작은 부사관이었는데……. 난 저분이 한 노인에게 십자 훈장을 달아 주는 걸 보았지……. 황제 만세!" 성격과 사회적 지위가 각양각색인 젊은이와 늙은이의 목소리들이 말했다. 그 모든 사람들의 얼굴에 한 가지 공통된 표정, 즉 오래전부터 기다리던 원정이 드디어 시작되었다는 기쁨, 산 위에 회색 프록코트 차림으로 서 있는 남자를 향한 환희와 충심이 어려 있었다.

6월 13일 나폴레옹은 그다지 크지 않은 아라비아산 순종 말 한 마리를 제공받았다. 그는 말을 타고서 줄곧 귀를 먹먹하게 하는 환호성에 에워싸인 채 네만강을 가로지른 다리들 가운데 하나로 질주했다. 그는 다만 그들이 이러한 함성으로 사랑을 표현하는 것을 막을 수 없어 참고 있는 듯했다. 그러나 가는 곳마다 따라다니는 그 함성이 그를 무겁게 짓눌렀고, 부대에 합류한 순간부터 마음을 차지하고 있던 전쟁에 대한 고민으로부터 그의 주의를 다른 데로 돌렸다. 그는 보트들이 받치고 있는 흔들리는 부교들 중 하나를 지나 맞은편으로 가더니 말을 왼쪽으로 홱 돌려 코브노 방향으로 질주했다. 앞에서는 심장이 멎을 듯한 행복과 환희에 사로잡힌 근위 엽기병들이 부대들 사이에 길을 내며 말을 달렸다. 폭이 넓은 빌리야강에 다다라 그는 강변에 서 있던 폴란드 창기병 연대 옆에 말을 세웠다.

"만세!" 폴란드인들도 그를 보기 위해 대열을 흐트러뜨리고 서로 밀치며 환호성을 질렀다. 나폴레옹은 강을 바라보고는 말에서 내려 강변에 있는 통나무에 앉았다. 부하가 무언의 신호에 따라 망원경을 건네자 나폴레옹은 신나게 달려온 시동의 등 위에 그것을 올려놓고 맞은편을 바라보았다. 그리고 통나무들 사이에 펼친 지도를 골똘히 들여다보았다. 그가 고개도 들지 않고 뭐라고 말하자 부관 두 명이 폴란드 창기병들 쪽으로 말을 몰고 갔다.

"뭐야? 그분이 뭐라고 말씀하셨어?" 한 부관이 그들에게 다가가자 폴란드 창기병 대열에서 이런 말소리가 들렸다.

얕은 여울을 찾아 맞은편으로 건너가라는 명령이 내려졌다. 잘생긴 노인인 폴란드 창기병 연대장은 흥분으로 얼굴을 붉힌 채 말을 더듬으면서 부관에게 여울을 찾는 대신 창기병 부하들을 데리고 강을 헤엄쳐 건너도 되는지 물었다. 그는 말을 타도 되냐고 묻는 소년처럼 거절당할까 두려워하는 기색을 보이며 황제의 눈앞에서 강을 헤엄쳐 건너게 해 달라고 청했다. 부관은 아마도 황제가 그 지나친 열성을 못마땅하게 여기지는 않을 거라고 말했다.

부관의 말이 떨어지기 무섭게 콧수염이 덥수룩한 늙은 장교는 행복한 얼굴과 빛나는 눈으로 기병도를 쳐들며 "만세!" 하고 외쳤다. 그러고는 창기병들에게 자기를 따르라 명령하고 말에 박차를 가하며 강으로 달렸다. 그는 주저하는 말에게 사정없이 박차를 가하여 물에 풍덩 뛰어들더니 물살이 센 깊은 곳으로 향했다. 창기병 수백 명이 그를 뒤따랐다. 물살이 센 강 한가운데는 차갑고 무시무시했다. 창기병들은 서로에게 걸려 말에서 떨어졌다. 말 몇 필이 익사했고 사람들도 목숨을 잃었다. 나머지 사람들은 안장에 올라탄 채로, 혹은 말갈기를 움켜쥔 채로 기를 쓰고 헤엄쳤다. 그들은 맞은편으로 헤엄쳐 가려고 애썼다. 0.5베르스타 떨어진 거리에 얕은 여울이 있는데도 그들은 통나무에 걸터앉아 자신들이 무엇을 하는지 쳐다보지도 않는 남자의 눈앞에서 그 강을 헤엄치거나 빠져 죽는 것을 자랑스러워했다. 되돌아온 부관이 적당한 때를 골라 황제에게 폴란드인들의 충심을 돌아봐 주십사 청하자 회색 프록코트를 입은 키 작은 남자는 몸을 일으켜 베르티에[8]를 가까이 불렀다. 그리고 함께 강변을 따라 이리저리 거닐면서 베르티에에게 명령을 내리기도 하고 자신의 주의를 흩트리는 그 물에 빠진 창기병들을 이따금 불만스럽게 힐끔거리기도 했다.

아프리카에서 모스크바 대초원에 이르기까지 세계 곳곳에서 자신의 존재가 한결같이 사람들에게 깊은 인상을 남기고 무분별한 무아지경으로 몰아넣는다는 확신은 그에게 새로운 것도 아니었다. 그는 말을 가져오라 명령하고 말에 올라 숙영지로 향했다.

구조를 위해 보트를 보냈지만 창기병 마흔 명이 강물에 빠져 죽었다. 대부분은 이쪽 강변으로 떠밀려 왔다. 연대장과 몇몇 사람은 강을 헤엄쳐 건너 맞은편 강변으로 간신히 기어 올라갔다. 그러나 그들은 몸에 착 달라붙은 젖은 옷으로 물을 뚝뚝 떨어뜨리며 기어 나오자마자 나폴레옹이 서 있던 자리를 감격에 겨워 바라보며 "만세!" 하고 외쳤다. 나폴레옹은 이미 없었으나 이 순간 그들은 행복하다고 생각했다.

---

8) 루이알렉상드르 베르티에(Louis-Alexandre Berthier, 1753~1815). 프랑스 혁명에 참모 장교로 참가했고 이탈리아, 이집트, 러시아, 에스파냐 등 많은 전쟁에서 나폴레옹을 보좌했다. 나폴레옹으로부터 바그람 공, 뇌샤텔 대공의 작위를 받았다. 나폴레옹이 퇴위한 후 루이 18세의 신하가 되었고, 나폴레옹이 엘바섬에서 프랑스로 귀환하여 백일천하를 이루었을 때는 루이 18세의 경호대장이 되었다. 은퇴 후 바이에른에서 죽었다.

저녁 무렵 나폴레옹은 두 가지 명령 ── 하나는 러시아에 반입하고자 준비한 러시아 위조지폐를 최대한 빨리 운반해 오라는 것이었고, 또 하나는 프랑스군 내부의 명령에 관한 정보를 담은 편지를 지참한 채 체포된 작센인을 총살하라는 것이었다 ── 을 내리는 사이에 또 다른 명령을 내렸다. 쓸데없이 강으로 뛰어든 폴란드 연대장을 나폴레옹 휘하의 명예 군단(레지옹 도뇌르)에 전속시키라는 것이었다.

사람을 파멸시키려면 그의 이성을 빼앗아라.(라틴어)

3

한편 러시아 황제는 사열과 기동 훈련을 주관하면서 이미 한 달이 넘도록 빌노에 머물고 있었다. 모두가 전쟁을 예상하고 황제도 그것을 대비하러 페테르부르크에서 왔건만 전쟁을 위한 준비는 전혀 이루어지지 않았다. 전체적인 작전 계획도 없었다. 제안된 모든 작전들 가운데 어느 것을 채택할지에 대한 망설임은 황제가 한 달 동안 군사령부에 체재한 후로 더욱 심해졌을 뿐이다. 3개 군대에 각각 총사령관이 있었지만[9] 군대 전체를 통솔하는 지휘관은 없었고 황제도 이 직책을 맡으려 하지 않았다.

황제가 빌노에 머무는 기간이 길어질수록 다들 전쟁을 기

---

9) 바르클라이 드 톨리는 1서부군,(나중에 쿠투조프가 그를 대신한다.) 바그라치온은 2남부군, 토르마소프는 오스트리아 국경 근처에 주둔한 3예비군의 총사령관이었다.

다리다 지친 나머지 준비를 더 소홀히 하게 되었다. 군주를 둘러싼 이들의 모든 노력은 오로지 군주가 즐거운 시간을 보내며 눈앞에 닥친 전쟁을 잊도록 하는 데만 맞춰진 듯했다.

6월 폴란드 대지주들과 궁정 신하들과 황제가 베푼 숱한 무도회와 축하연 이후 군주를 보좌하던 한 폴란드인 시종무관장의 머리에 이번에는 시종무관장들 쪽에서 군주를 위해 만찬과 무도회를 열자는 생각이 떠올랐다. 다들 그 생각을 기꺼이 받아들였다. 군주도 찬성의 뜻을 표했다. 시종무관장들은 기부금 방식으로 돈을 추렴했다. 그들은 군주가 가장 좋아할 만한 부인에게 무도회의 안주인 역할을 맡겼다. 빌노현의 영주인 베니히센 백작은 이 축연을 위해 별장을 제공했다. 그리하여 그들은 6월 13일에 베니히센 백작의 별장인 자크레트성에서 만찬과 무도회와 뱃놀이와 불꽃놀이를 하기로 결정했다.

나폴레옹이 네만강을 건너라는 명령을 내리고 그의 전위부대가 코사크들을 격퇴하며 러시아 국경을 넘은 바로 그날, 알렉산드르는 시종무관장들이 베니히센의 별장에 마련한 무도회에서 저녁 시간을 보내고 있었다.

유쾌하고 화려한 연회였다. 이 방면의 전문가들은 그처럼 많은 미인들이 한자리에 모인 적은 드물었다고 말했다. 페테르부르크에서 빌노로 군주를 따라온 여러 러시아 귀부인들 가운데 한 명인 베주호바 백작 부인도 그 무도회에 참석했다. 특유의 무게감 있는, 이른바 러시아적인 아름다움으로 세련된 폴란드 귀부인들을 무색하게 했다. 그녀는 단연 돋보였고, 군주는 그녀에게 함께 춤출 영광을 베풀었다.

모스크바에 아내를 두고 온 보리스 드루베츠코이도 독신자로서 — 그의 말에 따르면 — 이 무도회에 참석했다. 그리고 시종무관장은 아니었지만 무도회를 위한 모금에 큰 액수를 기부했다. 보리스는 이제 부자였다. 큰 영예를 얻었고, 더 이상 후원을 구하지 않았으며, 동년배들 가운데 가장 지위가 높은 자들과 어깨를 나란히 했다.

자정에도 사람들은 여전히 춤을 추고 있었다. 적당한 춤 상대를 발견하지 못한 엘렌은 보리스에게 직접 마주르카를 청했다. 그들은 세 번째 쌍이 되어 앉았다. 보리스는 금실로 장식한 얇은 검은색 드레스 밖으로 드러난 엘렌의 눈부신 어깨를 냉담하게 쳐다보면서 옛 지인들에 대해 이야기를 나누었다. 동시에 같은 홀에 있는 군주를 무심결에, 그리고 다른 사람들도 눈치채지 못하게 한순간도 놓치지 않고 계속 관찰했다. 군주는 춤을 추지 않았다. 그는 문가에 서서 이 사람 저 사람 불러 세우며 오직 그만이 구사할 수 있는 다정한 말을 건넸다.

마주르카가 시작될 무렵 보리스는 군주의 가장 가까운 측근들 가운데 한 명인 시종무관장 발라쇼프[10]가 폴란드 귀부인과 담소를 나누는 군주에게 다가가 궁중 예법을 어기면서까지 옆에 바짝 붙어 서는 것을 보았다. 귀부인과 이야기를 끝낸

10) 알렉산드르 드미트리예비치 발라쇼프(Aleksandr Dmitrievich Balashov, 1770~1837). 러시아의 장군이자 정치가. 1804년에 모스크바 경찰국장, 1808년에 페테르부르크 경찰국장이었다. 1810년에는 새롭게 편성된 국무협의회의 위원이자 경무 대신이 되었다. 1812년 알렉산드르 1세를 빌노까지 수행했으며 나폴레옹에게 차르의 편지를 전달했다.

군주는 미심쩍은 눈초리로 흘깃 쳐다보았다. 그는 발라쇼프가 그렇게 행동한 데에는 그럴 만한 중요한 이유가 있기 때문이라는 점을 깨달은 듯 귀부인에게 가볍게 고개를 끄덕이고 발라쇼프를 돌아보았다. 발라쇼프가 입을 열자마자 군주의 얼굴에 충격이 떠올랐다. 군주는 발라쇼프의 팔을 잡더니 무의식적으로 앞에 있는 사람들을 양쪽으로 물러나게 하여 3사젠 정도 넓은 길을 내며 홀을 가로질렀다. 군주가 발라쇼프와 지나갈 때 보리스는 아락체예프의 흥분한 표정을 알아차렸다. 아락체예프는 치뜬 눈으로 군주를 흘깃 쳐다보고 붉은 코를 쿵쿵거리며 군주가 돌아보기를 기다리는 듯 군중 틈에서 걸어 나왔다.(보리스는 아락체예프가 발라쇼프를 시기한다는 점, 또 어떤 중요한 소식이 그를 통하지 않고 군주에게 전달된 것에 불만을 품었다는 점을 알아차렸다.)

그러나 군주와 발라쇼프는 아락체예프를 알아차리지 못한 채 출구를 지나 불빛이 환한 정원으로 갔다. 장검을 움켜쥔 아락체예프는 사나운 눈으로 주위를 두리번거리면서 스무 발짝 정도 거리를 두고 그 뒤를 밟았다.

마주르카 대형을 지어 계속 춤을 추는 동안 보리스는 발라쇼프가 어떤 소식을 가져왔을까, 어떻게 하면 그 소식을 다른 사람들보다 먼저 알아낼 수 있을까 하는 생각으로 줄곧 속을 태웠다.

춤 상대를 골라야 하는 대형을 지을 때 그는 엘렌에게 발코니에 있을 듯한 포토츠카야 백작 부인을 선택하고 싶다고 속삭였다. 그리고 정원으로 난 출구를 향해 세공 마루를 따라 미끄러지듯 달려가다가 발라쇼프와 군주가 테라스에 들어서는 것을 보고 멈춰 섰다. 황제와 발라쇼프는 문 쪽으로 걸어왔다. 보리스는 미처 비키지 못한 척 허둥대며 문설주에 정중히 몸을 붙이고 고개를 숙였다.

군주는 개인적으로 모욕을 당한 사람처럼 흥분하며 말을 맺고 있었다.

"선전 포고도 없이 러시아를 침범하다니! 무장한 적이 한 명이라도 내 영토에 남아 있는 한 그들과 화해하지 않겠소!" 그가 말했다. 보리스가 보기에 군주는 이 말을 내뱉으며 즐거워하는 것 같았다. 그는 자신의 생각을 표현한 형식에 흡족해하면서도 보리스가 그 말을 들은 것이 불만스러운 듯했다.

"아무도 일절 모르게 하시오!" 군주는 얼굴을 찌푸리며 덧붙였다. 보리스는 자기를 향한 말임을 깨닫고는 눈을 감고 고개를 살짝 숙였다. 군주는 다시 홀로 들어가 삼십 분 정도 더 무도회에 머물렀다.

보리스는 프랑스 군대가 네만강을 건넜다는 소식을 가장 먼저 알아낸 사람이었다. 그 덕분에 다른 사람들에게 감춰진 많은 사실을 자신이 알 때도 있다는 점을 몇몇 중요한 인물들에게 보여 줄 기회를 얻었고, 이를 통해 자신에 대한 그들의 평가 수준을 더 높일 기회도 얻었다.

프랑스군이 네만강을 건넜다는 뜻밖의 소식은 예상보다 한 달이나 늦게, 더군다나 무도회가 열린 자리에서 전해졌기에 더욱 충격을 주었다! 소식을 받은 처음 순간 군주는 격분과 모욕의 영향으로 훗날 유명해진, 또한 그의 마음에 들 뿐 아니라 그의 감정을 잘 표현하기도 한 경구를 찾아냈다. 무도회에서 관저로 돌아온 후 군주는 새벽 2시에 비서관인 시시코프[11]를 불러들여 군대에 보낼 명령서와 원수인 살티코프 공작[12]에게 보낼 칙서를 작성하도록 분부했다. 그는 문서에 무장한 프랑스 군인이 러시아 땅에 한 명이라도 남아 있는 한 결코 프랑스와 화해하지 않는다는 문구를 집어넣으라고 고집스럽게 요구했다.

다음 날 나폴레옹에게 보낼 편지가 작성되었다.

폐하, 나의 형제여! 내가 폐하에 대한 나의 의무를 성심껏 지키고 있는데도 폐하의 군대가 러시아 국경을 넘었다는 소식을 어제 받았소. 페테르부르크로부터 발송된 외교 문서도 지금 막 받았소. 문서에서 로리스통 백작[13]이 이번 침공의 이유에 대해

---

11) 알렉산드르 세묘노비치 시시코프(Aleksandr Semyonovich Shishkov, 1754~1841). 러시아의 문인이자 정치가. 해군 장교 교육을 받고 해군 중장까지 진급했으나 알렉산드르 1세가 치세 초기에 실시한 자유주의적 개혁에 반대하여 전역했다. 그 후 '러시아어 애호가 협회'를 만들어 외국어, 특히 프랑스어의 영향으로부터 러시아어의 순수성을 지킬 것을 주장했다. 한편 그가 저술한『애국론(Рассуждение о любви к Отчеству)』(1811)에 감명받은 알렉산드르 1세는 나폴레옹 침공 후 스페란스키를 내무 대신에서 해임하고 그 자리에 시시코프를 임명했다. 그는 대중 교육을 반대하고 엄격한 검열 제도를 실시했으며, 혁명 책자를 배포한다는 구실로 성서 협회들을 박해했다.
12) 니콜라이 이바노비치 살티코프(Nikolai Ivanovich Saltykov, 1736~1816). 알렉산드르 1세가 차르가 되기 전 알렉산드르와 그의 동생 콘스탄친을 가르쳤다. 1812년 총사령관이자 내각의 수상이 되었다.
13) 자크 장 알렉상드르 베르나르 로 드 로리스통(Jacques Jean Alexandre

나에게 통보하길, 폐하는 쿠라킨 공작[14]이 여권을 청구한 때부터[15] 우리 사이를 적대 관계로 생각했다고 했소. 바사노 대공이 그 여권 발부를 거절한 이유만으로는 내 대사의 행동이 공격의 이유가 되었다고 도저히 생각할 수 없소. 그리고 사실 그도 표명했듯이 그에게는 그럴 권한이 없소. 게다가 난 소식을 받자마자 즉각 쿠라킨 공작에게 맡겨진 책무를 예전처럼 계속 수행하도록 명령함으로써 나의 불만을 표명했소. 만약 폐하가 이런 오해로 우리 국민들의 피를 흘릴 작정이 아니라면, 그리고 당신의 군대를 러시아 영토 밖으로 철수하는 데 동의한다면, 나는 지난 모든 일에 대해 마음을 쓰지 않을 것이며 우리 사이에 협약도 가능할 것이오. 그러지 않을 경우에는 부득이 내 쪽에서 도발한 적 없는 이 공격에 반격을 가할 수밖에 없소. 인류를 새로운 전쟁의 재앙에서 구할지 말지는 여전히 폐하에게 달려 있소.

(서명) 알렉산드르

Bernard Law de Lauriston, 1768~1828). 로리스통과 나폴레옹은 브리엔의 에콜 군사 학교에서 학생으로 처음 만났다. 그는 제대 후 통령 정부 시기에 다시 부름을 받아 마렝고 전투와 오스트리아 원정에 참전했으며, 외교단을 통솔하기도 했다. 러시아 원정에는 처음부터 끝까지 참전했다.

14) 알렉세이 보리소비치 쿠라킨(Aleksei Borisovich Kurakin, 1752~1818). 러시아 정치가이자 외교관. 1806년에 빈 주재 대사였고 1808년에는 파리 주재 대사였다. 알렉산드르 1세에게 계속 공문을 보내 프랑스와 전쟁이 임박했음을 알렸다.

15) 1812년 4월 25일 파리에 주재하던 러시아 대사 쿠라킨 공작은 프로이센에서 군대를 철수해 달라는 알렉산드르 1세의 요구를 나폴레옹에게 전달했다. 나폴레옹이 요구를 거부하자 쿠라킨 공작은 프랑스를 떠나는 데 필요한 문서를 요청했다.

4

6월 13일 새벽 2시 군주는 발라쇼프를 불러들여 나폴레옹 앞으로 보내는 서한을 읽어 주고는, 그 편지를 가져가 프랑스 황제에게 직접 건네라고 명령했다. 발라쇼프를 파견할 때 군주는 무장한 적이 단 한 명이라도 러시아 땅에 남아 있는 한 결코 프랑스와 화해하지 않겠다는 말을 다시 한번 되풀이하며 그 말을 나폴레옹에게 반드시 전하라고 명령했다. 군주는 그 말을 편지에는 쓰지 않았다. 화해의 마지막 시도를 하려는 순간에 그런 말을 전달하는 것이 적절치 않음을 그 특유의 눈치로 감지한 것이다. 그러나 그 말을 나폴레옹에게 반드시 직접 전하라고 발라쇼프에게 명령했다.

6월 13일에서 14일에 걸친 밤에 나팔수 한 명과 코사크 두 명을 데리고 출발한 발라쇼프는 동틀 무렵 러시아령 네만강 둔치에 주둔한 프랑스군의 전초지인 리콘티 마을에 도착했다. 프랑스군 기병대 보초들이 그를 멈춰 세웠다.

검붉은 군복을 입고 털이 북실북실한 군모를 쓴 프랑스군 경기병 부사관이 그들 쪽으로 다가오는 발라쇼프를 향해 고함을 치며 멈추라고 명령했다. 발라쇼프는 즉각 멈추지 않고 말을 천천히 몰며 길을 따라 계속 접근했다.

부사관은 인상을 쓰고 뭐라 욕설을 지껄이고는 발라쇼프 쪽으로 말의 가슴을 들이밀었다. 그는 기병도를 쥐고서 러시아 장군에게 귀가 먹었냐고, 자기가 한 말이 들리지 않냐고 물으며 거칠게 소리쳤다. 발라쇼프는 이름을 말했다. 부사관은 장교에게로 병사를 보냈다.

부사관은 발라쇼프에게 신경 쓰지 않고 연대의 문제에 대해 동료들과 이야기하기 시작했으며, 러시아 장군에게는 눈길도 주지 않았다.

최고 권력과 세력에 가까이 있었던 후라, 세 시간 전 군주와 대화를 하고 난 후라, 게다가 직무상 대체로 존경받는 것에 익숙한 터라 발라쇼프로서는 이곳에서, 다름 아닌 러시아 땅에서 거친 완력을 행사하며 적대적으로, 특히 무례하게 자신을 대하는 태도를 보는 것이 굉장히 기이하게 느껴졌다.

태양이 구름 사이로 막 떠올랐다. 대기는 상쾌하고 이슬에 젖어 있었다. 누군가 마을 밖으로 길을 따라 가축 떼를 몰았다. 들판에는 종달새들이 지저귀며 물거품처럼 연이어 날아올랐다.

발라쇼프는 주위를 둘러보며 마을에서 장교가 오기를 기다렸다. 러시아 코사크들과 나팔수와 프랑스 경기병들은 이따금 말없이 서로를 쳐다보았다.

막 침상을 나온 게 분명한 프랑스 경기병 연대장이 살지고 아름다운 회색 말을 타고 경기병 둘과 함께 마을에서 왔다. 장교들이나 병사들이나 말들이나 만족한 표정과 세련된 외양을 하고 있었다.

원정 초기였다. 부대는 아직 평화로운 시기의 사열식과 같은 질서 정연한 상태였다. 다만 복장에 말쑥하고도 호전적인 분위기가 배고, 정신적으로는 원정 초기에 늘 따르기 마련인 쾌활하고 진취적인 분위기가 어려 있었다.

프랑스 연대장은 간신히 하품을 참았다. 그러나 정중했고, 발라쇼프의 중요성도 충분히 이해한 듯했다. 그는 발라쇼프를 데리고 병사들 옆을 지나 산병선 너머로 안내한 후 자기가 아는 한 황제의 숙소는 그다지 멀지 않으므로 황제를 알현하고 싶다는 바람은 금방 실현될 것이라고 알렸다.

그들은 프랑스군 경기병들이 말을 매어 두는 말뚝들, 그리고 연대장에게 경례하면서 호기심 어린 눈으로 러시아 군복을 살펴보는 보초들과 병사들 옆을 지나 리콘티 마을을 통과하여 마을의 반대편에 닿았다. 연대장에 따르면 2킬로미터 떨어진 곳에 발라쇼프를 맞이하여 목적지로 안내해 줄 사단장이 있다고 했다.

태양은 이미 높이 떠올라 눈부신 녹색 초목 위에서 명랑하게 반짝였다.

발라쇼프 일행이 선술집을 지나 언덕 위에 올라서자마자 한 무리의 기마병들이 그들을 맞이하기 위해 언덕 아래로부터 모습을 드러냈다. 맨 앞에는 깃털 달린 군모를 쓰고 기다란 붉은 망토를 걸치고 어깨까지 검은 곱슬머리를 늘어뜨린 키 큰 남자가 프랑스인들이 말을 탈 때 그러듯 긴 두 다리를 앞으로 쑥 내민 채 햇빛에 마구들이 반짝반짝 빛나는 검은 말을 몰고 있었다. 그 남자는 눈부신 6월의 태양 아래 깃털 장식과 보석과 금몰을 반짝이고 휘날리면서 발라쇼프를 향해 질주했다.

팔찌와 깃털 장식과 목걸이와 금장식을 휘감은 채 엄숙하고 연극적인 표정으로 마중 나온 기마병이 발라쇼프와 말 두 필만큼 간격을 좁히며 다가오자 프랑스군 연대장인 율리너가 "나폴리 왕입니다."라고 정중하게 속삭였다. 과연 그는 이제 나폴리 왕이라 불리는 뮈라였다. 어째서 나폴리 왕인지는 도무지 알 수 없었다. 하지만 사람들이 그렇게 부르고 자신도 그렇다고 확신했기에 그는 예전보다 한층 엄숙하고 위엄 있는 표정을 지었다. 자기가 진짜 나폴리의 왕이라고 너무나 굳게 믿은 나머지, 나폴리를 떠나기 전날 밤 몇몇 이탈리아인들이 아내와 함께 나폴리의 거리를 산책하는 그를 향하여 "왕이여, 오래 사소서!"(이탈리아어)라고 외쳤을 때는 슬픈 미소를 띤 채 아내를 돌아보며 "불쌍한 사람들, 저들은 내가 내일 저들을 버리고 떠난다는 사실을 몰라!"라고 말하기까지 했다.

그러나 스스로 나폴리 왕이라 굳게 믿으며 그에게 버림받은 국민들의 슬픔을 가엾게 여겼음에도 불구하고 최근 다시 군에 복귀하라는 명령을 받은 이후, 특히 단치히에서 나폴레옹과 회견한 — 그때 그는 존귀한 매형으로부터 "내가 당신을 왕으로 삼은 것은 당신 방식이 아니라 내 방식대로 통치하기 위해서요."라는 말을 들었다 — 이후 그는 자신에게 익숙한 이 일에 즐거이 매달리기 시작했다. 마치 실컷 먹고도 살이 찌지 않아 아직 일에 쓸모가 있는 말이 자기 몸에 마구가 채워진 것을 감지하고 끌채에 매여 장난을 치듯, 그도 최대한 화려하고 값비싸게 차려입고서 어디로 무엇 때문에 가는지도 모른 채 유쾌하고 흡족한 모습으로 폴란드의 도로를 따라 말을 몰았다.

러시아 장군을 본 그는 곱슬머리가 어깨까지 드리워진 머리를 왕처럼 엄숙하게 뒤로 젖히고는 뭔가 묻고 싶은 눈초리로 프랑스군 연대장을 쳐다보았다. 연대장은 자신이 발음할 수도 없는 성을 가진 발라쇼프의 중요성을 왕에게 정중히 전했다.

"드 발마쇼프!"16) 왕이 말했다.(그는 연대장이 직면한 난관을 특유의 단호함으로 극복했다.) "대단히 반갑소, 장군." 그는 왕같이 자비로운 몸짓을 하며 이렇게 덧붙였다. 왕이 큰 소리로 빠르게 말을 하자마자 왕다운 품위가 그에게서 순식간에 싹 사라져 버렸다. 그리고 스스로도 알아차리지 못하는 사이에 특유의 선량하고 허물없는 말투로 변하고 말았다. 그는 발라쇼프가 탄 말의 갈기에 손을 얹었다.

"어때요, 장군, 사태를 보아하니 전쟁이 일어날 것 같지요." 그는 마치 자신이 비판할 수 없는 상황에 대해 애석해하는 것처럼 말했다.

"전하." 발라쇼프가 대답했다. "전하께서도 아시겠지만 러

16) 발라쇼프라는 그다지 어렵지 않은 이름을 잘못 발음한 것이 우스꽝스러운 분위기를 자아낸다. 게다가 '발마쇼프(Bal-machève)'는 'balle m'achève', 즉 '나를 죽일 총'이라는 문구와 발음이 비슷하여 뭐라가 발라쇼프를 발마쇼프라고 부르는 모습은 이 장면을 더욱 우스꽝스럽게 만든다.

시아 황제께서는 전쟁을 바라시지 않습니다." 발라쇼프는 칭호를 반복해 말할 때 으레 따르기 마련인 부자연스러운 느낌과 함께 **전하**라는 칭호가 아직은 생경하게 느껴지는 사람을 향하여 이렇게 말했다.

뮈라의 얼굴은 무슈 드 발라쇼프의 말을 듣는 동안 아둔한 만족감으로 환하게 빛났다. 그러나 **왕**이라는 신분에는 그 나름의 의무가 **따르는** 법. 그는 왕으로서, 또한 동맹자로서 알렉산드르의 사절과 함께 국정에 대하여 대화를 나눠야 할 필요를 느꼈다. 그는 말에서 내려 발라쇼프의 팔을 잡고는 정중하게 기다리는 수행원들로부터 몇 걸음 떨어져 함께 이리저리 거닐며 의미심장하게 말하려고 애썼다. 그는 나폴레옹 황제가 프로이센에서 군대를 철수해 달라는 요구에 모욕을 느꼈다고, 특히 그 요구가 모든 사람들에게 알려지고 이로 인해 프랑스의 위엄이 손상된 지금은 더욱 그렇다고 언급했다. 발라쇼프가 "그 요구에 모욕을 느낄 만한 점은 전혀 없습니다. 왜냐하면……."이라고 말하는데 뮈라가 가로막았다.

"그렇다면 당신은 알렉산드르 황제를 선동자로 보지 않는단 말이오?" 그는 갑자기 선량하고도 우둔해 보이는 미소를 지으며 말했다.

발라쇼프는 전쟁을 일으킨 쪽은 나폴레옹이라고 확고하게 생각하는 이유를 밝혔다.

"아, 친애하는 장군!" 뮈라는 다시 그의 말을 가로막았다. "나는 두 황제께서 서로 간의 문제를 매듭짓기를, 그리고 나의 의지에 반하여 시작된 이 전쟁이 하루속히 종식되기를 진심으로 바란다오." 그는 주인들이 서로 싸우더라도 자기들끼리는 좋은 친구 사이로 남기를 바라는 하인의 어투로 말했다. 그러더니 대공과 그의 건강에 대해 이것저것 묻고, 나폴리에서 그와 유쾌하고 재미있게 보낸 시간에 대해 추억담을 들려주었다. 그런 다음 문득 왕으로서 위엄을 떠올린 듯 뮈라는 엄숙하게 몸을 똑바로 세우고 대관식 때와 똑같은 자세로 선 채 오른손을 흔들며 말했다. "장군, 당신을 더 이상 붙잡아 두지 않겠소. 임무를 성공적으로 마치길 빌겠소." 그러고는 자수가 놓인 기다란 붉은 망토와 깃털 장식을 휘날리고 보석을 반짝이면서 정중히 기다리는 수행원들에게 다가갔다.

발라쇼프는 뮈라의 말로 보아 곧 나폴레옹을 직접 알현할 수 있겠다고 추측하며 계속 나아갔다. 하지만 나폴레옹과 신속히 만나기는커녕 그다음 마을에서도 전초선에서처럼 다부[17]가 거느린 보병 군단의 보초병들이 그를 저지했으며, 부름을 받고 나온 군단장의 부관이 그를 다부 원수가 있는 마을로 안내했다.

---

17) 루이니콜라 다부(Louis-Nikolas Davout, 1770~1823). 프랑스 장군. 파리 사관 학교 출신의 귀족으로 프랑스 혁명이 일어나자 부대를 이끌고 혁명을 지지하는 반란을 일으켰다. 나폴레옹을 따라 이집트 원정(1798~1799)에 참여한 뒤 사단장으로 진급했다. 1804년 프랑스 제정군의 원수로 임명되어 아우스터리츠, 아우어슈테트, 예나, 아일라우, 에크뮐, 바그람 등에서 전투를 승리로 이끌었다. 나폴레옹으로부터 아우어슈테트 공, 에크뮐 공, 바그람 공의 작위를 받았다. 그는 러시아 원정에서도 끝까지 책임을 다했고, 나폴레옹이 몰락한 후 은퇴했다가 나폴레옹의 백일천하 때 다시 육군 대신으로 복무했다. 왕정복고 후에도 부르봉 왕가에 충성을 맹세하지 않고 버티다 결국 부르봉 왕가를 받아들이고 프랑스 귀족으로서 작위와 칭호를 유지했다.

5

다부는 나폴레옹 황제의 아락체예프였다. 아락체예프는 겁쟁이가 아니었지만 그런 만큼 철두철미하고 잔혹한 인간이었으며, 충성심을 잔혹함 말고 다른 방법으로는 표현할 줄 몰랐다.

자연이라는 유기체에 늑대가 필요하듯 국가라는 유기체의 메커니즘에는 이런 인간들이 필요하다. 그들이 존재한다는 것, 또 그들이 국가 원수의 측근에 있다는 것이 아무리 모순처럼 보일지라도 이런 인간들은 늘 존재하고 늘 나타나 끈질기게 버텨 낸다. 척탄병의 콧수염을 직접 잡아 뜯을 만큼 잔인한 데다 신경 쇠약으로 위험 앞에서 견디지 못하는 교양 없고 비천한 아락체예프가 기사처럼 고결하고 부드러운 성품을 지닌 알렉산드르 옆에서 어떻게 그런 힘을 유지할 수 있었는가는 그 같은 필연성으로만 설명할 수 있을 뿐이다.

발라쇼프는 농가의 헛간에서 나무통에 걸터앉아 문서 작업을 하는 다부(그는 계산서를 조사하는 중이었다.)를 발견했다. 옆에는 부관이 서 있었다. 더 나은 거처를 찾을 수도 있었을 테지만 다부 원수는 우울할 권리를 얻기 위해 가장 우울한 생활 조건 속에 일부러 스스로를 밀어 넣는 부류의 인간이었다. 그런 인간들이 언제나 조급하게 쉬지 않고 일을 하는 것도 그 때문이다. "보다시피 더러운 헛간의 나무통에 앉아 일하는 내가 어떻게 인생의 행복한 측면을 생각할 수 있겠소." 그의 표정은 그렇게 말하고 있었다. 이런 사람들에게 가장 큰 만족과 욕구는 삶의 생기와 마주쳤을 때 그 생기의 눈앞에 자신의 음울하고 집요한 활동을 내던지는 것이다. 발라쇼프가 안내되어 왔을 때 다부는 그런 만족을 누리고 있었다. 러시아 장군이 들어오자 그는 자기 일에 더욱더 몰두했다. 그리고 아름다운 아침과 뮈라와의 대화에 영향을 받아 생기를 띤 발라쇼프의 얼굴을 안경 너머로 힐끔 쳐다볼 뿐 일어서기는커녕 심지어 꼼짝도 않고서 더욱 인상을 쓰며 악의에 찬 미소를 흘렸다.

발라쇼프의 얼굴에서 이런 응대가 불러일으킨 불쾌한 인상을 눈치챈 다부는 고개를 들며 차갑게 용건을 물었다.

발라쇼프는 이런 응대를 받는 이유가 그저 자신이 알렉산드르 황제의 시종무관장이고 심지어 나폴레옹 앞에 설 황제의 대리자임을 다부가 모르기 때문일 거라 지레짐작하고 서둘러 관등과 임무를 전했다. 예상과 반대로 발라쇼프의 말을 들은 다부는 더욱 난폭하고 거칠어졌다.

"당신의 꾸러미는 어디에 있소?" 그가 말했다. "내게 주시오. 내가 황제께 보내겠소."

발라쇼프는 황제에게 직접 서한을 전하라는 명령을 받았다고 말했다.

"당신네 황제의 명령은 당신네들 군대에서나 따르고 여기에서는 우리가 하라는 대로 하시오." 다부가 말했다.

다부는 자기가 폭력에 의존한다는 사실을 러시아 장군이 더 잘 느끼도록 하려는지 당직을 데려오라며 부관을 보냈다.

발라쇼프는 황제의 편지가 든 꾸러미를 꺼내 테이블(뜯어낸 경첩이 삐죽 튀어나온 문짝을 두 개의 나무통 위에 얹어 만든 테이블) 위에 올려놓았다. 다부는 봉투를 쥐고 수신인의 이름을 읽었다.

"나에게 경의를 표하든 표하지 않든 전적으로 당신 자유입니다." 발라쇼프가 말했다. "그러나 내가 영광스럽게도 폐하의 시종무관장이라는 직함을 지녔음을 알아주기 바랍니다……."

다부는 말없이 그를 흘깃 쳐다보았다. 발라쇼프의 얼굴에 떠오른 어떤 흥분과 당혹이 만족을 준 듯 보였다.

"당신은 응당한 대우를 받을 것이오." 그는 이렇게 말하고는 봉투를 호주머니에 넣고 헛간을 나갔다.

잠시 후 원수의 부관인 무슈 드 카스트레가 들어와 발라쇼프를 위해 마련된 거처로 안내했다.

발라쇼프는 그날 그 헛간에서, 나무통 위에 얹은 그 판자 앞에서 원수와 함께 식사를 했다.

다음 날 다부는 아침 일찍 말을 몰고 나갔다가 발라쇼프를 처소로 불러 이곳에 계속 머무르라고, 만약 명령이 떨어지면 짐을 들고 이동하라고, 무슈 드 카스트레 외에는 아무와도 이야기하지 말라고 위엄 있게 말했다.

고독과 지루함, 바로 얼마 전까지만 해도 권력층에 있었기에 특히나 예민하게 느껴지는 자신의 예속과 하찮음에 대한 자각 속에서 나흘을 보낸 후, 그리고 원수의 짐짝과 함께 전 지역을 점령한 프랑스 군대와 몇 차례 이동한 후 발라쇼프는 이제 프랑스군에게 점령된 빌노로, 나흘 전에 자신이 통과한 바로 그 관문까지 오게 되었다.

　다음 날 황제의 시종 무슈 드 튜렌이 발라쇼프를 찾아와 알현을 허락한다는 나폴레옹 황제의 바람을 전했다.

　발라쇼프가 안내받은 저택 옆에는 나흘 전만 해도 프레오브라젠스키 연대의 보초병들이 서 있었는데 이제 파란 군복의 가슴께를 열어젖히고 털모자를 쓴 프랑스군 척탄병 두 명과 경기병 호위대와 창기병이 있었다. 그리고 부관들, 시동들, 장군들로 구성된 눈부신 수행단 일행이 현관 계단 옆의 승마용 말과 나폴레옹의 마멜루크인 루스탕[18] 주위에서 나폴레옹이 나오기를 기다렸다. 나폴레옹은 알렉산드르가 발라쇼프를 파견한 빌노의 그 저택에서 발라쇼프를 맞이했다.

---

18) '마멜루크'란 원래 체르케스인 노예들로 구성된 용병 군대로 1254년 이집트를 장악하여 1811년까지 권력을 유지했다. 맘루크 혹은 마믈룩이라고도 불렸다. 나폴레옹이 이집트를 정복했을 때 카이로의 한 수장이 나폴레옹에게 아라비아산 명마 한 마리와 이집트에 마멜루크로 팔려 온 그루지야(2010년부터 국호를 조지아로 바꿈) 태생의 열다섯 살 소년 루스탕을 선사했다. 나폴레옹은 이집트 원정에서 돌아올 때 루스탕을 근위대 기병으로 데려왔으며, 루스탕은 나폴레옹이 엘바섬에 유배될 때까지 그를 충직하게 섬겼다. 나폴레옹은 다른 마멜루크들 이삼백 명으로 기병 중대를 만들기도 했는데, 이 마멜루크 부대는 아우스터리츠 전투에서 혁혁한 공을 세웠다고 전해진다.

6

궁중의 장엄함에 익숙한 발라쇼프도 나폴레옹 황제가 거처하는 궁전의 사치스러움과 호화로움에는 깜짝 놀랐다.

튜렌 백작은 많은 장군들, 시종들, 폴란드의 대지주들이 대기하고 있는 큰 응접실로 그를 안내했다. 그들 가운데에는 발라쇼프가 러시아 황제의 궁전에서 본 사람들도 많았다. 뒤로크[19]는 나폴레옹 황제가 산책 전에 러시아 장군을 접견할 거라고 말했다.

몇 분의 기다림 후 당직 시종이 큰 응접실에 들어와 발라쇼프에게 정중히 인사하더니 따라오라고 말했다.

---

19) 제로 크리스토프 미셸 뒤로크(Géraud Christophe Michel Duroc, 1772~1813). 나폴레옹의 이탈리아 원정과 이집트 원정에 참전했다. 1796년 나폴레옹의 부관으로 뽑혔으며, 이후 나폴레옹의 친구가 되었다. 1805년 사단장으로서 아우스터리츠 전투를 지휘했고 나폴레옹의 모든 원정에 참전했다.

발라쇼프는 작은 응접실로 들어갔다. 그 응접실의 문 하나는 러시아 황제가 발라쇼프를 파견한 바로 그 서재와 이어져 있었다. 발라쇼프는 이 분 정도 혼자 서서 기다렸다. 문 뒤에서 분주한 발소리가 들렸다. 문이 양쪽으로 빠르게 열리고, 문을 연 시종이 정중하게 서서 기다렸다. 모든 것이 숨을 죽였다. 서재로부터 아까와 다른 의연하고 단호한 발소리가 울리기 시작했다. 나폴레옹이었다. 이제 막 승마하러 갈 채비를 끝낸 참이었다. 그는 파란 군복을 입고 둥그런 배를 덮은 하얀 조끼가 드러나도록 앞섶을 열었다. 또 하얀 사슴 가죽 바지를 살진 허벅지와 짧은 다리에 꽉 끼도록 입고 무릎까지 올라오는 긴 기병용 부츠를 신었다. 짧은 머리를 이제 막 빗질한 듯 보였으나 넓은 이마 한가운데에 머리카락이 한 가닥 흘러 내려와 있었다. 피둥피둥한 하얀 목덜미는 군복의 검은 옷깃 때문에 매우 두드러져 보였다. 그에게서 오드콜로뉴의 향기가 풍겼다. 나이에 비해 젊어 보이는 턱이 튀어나온 살진 얼굴에 황제다운 자애롭고 위풍당당한 환영의 표정이 어려 있었다.

그는 고개를 살짝 뒤로 젖힌 채 걸음을 뗄 때마다 활기차게 몸을 들썩이며 걸어 나왔다. 뚱뚱하고 작달막한 체구, 떡 벌어진 살진 어깨, 무의식적으로 불쑥 내민 배와 가슴은 정성스러운 보살핌을 받는 사십 대 남자의 위풍당당하고 위엄 있는 풍채를 보여 주었다. 게다가 이날 기분이 최상인 듯 보였다.

그는 발라쇼프의 공손하고 정중한 인사에 고개를 끄덕여 답하고는 가까이 다가왔다. 그리고 자기 시간의 매 순간을 소중히 여기는 사람처럼, 할 말을 미리 준비할 만큼 호의를 보이기보다 자기는 언제나 말을 잘하고 꼭 필요한 말만 한다고 확신하는 사람처럼 즉시 말을 꺼냈다.

"안녕하시오, 장군!" 그가 말했다. "당신이 가져온 알렉산드르 황제의 편지를 받았소. 당신을 만나게 되어 매우 기쁘오." 그는 커다란 눈으로 발라쇼프의 얼굴을 흘깃 쳐다보더니 이내 외면하고 앞쪽을 바라보았다.

그는 발라쇼프라는 인물에 전혀 흥미를 느끼지 못하는 듯했다. 그가 흥미를 느끼는 것은 오직 자신의 마음에서 일어나는 것뿐임이 분명했다. 외부에 존재하는 모든 것은 그에게 무의미했다. 그가 생각하기에 세상의 모든 것은 오직 그의 의지에 달려 있기 때문이었다.

"난 전쟁을 바라지 않고, 또 바란 적도 없소." 그가 말했다. "하지만 부득이 전쟁을 하지 않을 수 없었소. 난 당신이 내게 해 줄 수 있는 모든 해명을 지금이라도(그는 이 말을 힘주어 했다.) 기꺼이 받아들일 것이오." 그러고는 자신이 러시아 정부에 불만을 품은 이유를 간단명료하게 설명했다.

발라쇼프는 프랑스 황제의 온건하고 침착하고 다정한 말투로 미루어 황제가 평화를 원하고 있으며 교섭에 응하려 한다고 굳게 확신했다.

"폐하! 저의 주군인 황제께서는……." 나폴레옹이 말을 마치고 뭔가 묻고 싶은 눈초리로 러시아 대사를 쳐다보자 발라쇼프는 오래전부터 준비한 말을 꺼냈다. 그러나 쏘아보는 황제의 시선이 발라쇼프를 당황하게 했다. '당황했구려. 정신을 가다듬으시오.' 나폴레옹은 보일 듯 말 듯 옅은 미소를 띤 채 발라쇼프의 군복과 장검을 쳐다보며 마치 이렇게 말하는 듯했다. 발라쇼프는 정신을 가다듬고 입을 열었다. 알렉산드르 황제는 쿠라킨의 여권 요청을 전쟁의 충분한 이유로 생각하지 않는다고, 쿠라킨은 군주의 허락 없이 멋대로 행동한 것이라고, 알렉산드르 황제는 전쟁을 바라지 않는다고, 영국과 어떤 관계도 맺지 않았다고 말했다.

"아직은 그렇겠지요." 나폴레옹이 말참견을 했다. 그러고는 자기 감정에 몰두하기 두려운 듯 얼굴을 찌푸리며 고개를 약간 끄덕였다. 이런 몸짓을 통하여 발라쇼프에게 계속 말해도 된다고 느끼게끔 했다.

발라쇼프는 명령받은 대로 전부 이야기하고 나서 알렉산드르 황제가 평화를 바란다고, 다만 다음과 같은 조건이 갖춰지지 않으면 협상에 임하지 않을 거라고 말했다. 이 부분에서 발라쇼프는 말을 우물거렸다. 알렉산드르 황제가 비록 편지에는 쓰지 않았지만 살티코프에게 보내는 칙서에 꼭 집어넣으라고 한, 발라쇼프에게도 나폴레옹에게 전하라고 명령한 말을 떠올렸다. "러시아 땅에 무장한 적이 한 명이라도 남아 있는 한." 그는 이 말을 떠올렸지만 어떤 복잡한 감정이 그를 억눌렀다. 그 말을 하고 싶었으나 차마 할 수 없었다. 그는 우물거리며 말했다. 단, 프랑스 군대를 네만강 건너편으로 철수시킨다는 조건하에서라고······.[20]

나폴레옹은 발라쇼프가 마지막 말을 할 때 곤혹스러워하

---

20) 1812년에는 네만강이 러시아와 폴란드의 경계선이었다.

는 것을 눈치챘다. 나폴레옹의 얼굴이 경련을 일으키고 왼쪽 장딴지가 규칙적으로 떨리기 시작했다. 나폴레옹은 자리를 떠나지 않고 아까보다 한층 높고 조급한 목소리로 말하기 시작했다. 마지막 말을 듣는 동안 발라쇼프는 연신 눈을 내리깔고 자기도 모르게 나폴레옹의 왼쪽 장딴지가 떨리는 것을 관찰했다. 나폴레옹이 목소리를 높일수록 떨림은 더욱 심해졌다.

"난 알렉산드르 황제 못지않게 평화를 바라고 있소." 그는 말을 꺼냈다. "나야말로 지난 십팔 개월 동안 평화를 얻기 위해 무엇이든 하지 않았소? 난 십팔 개월 동안 해명을 기다렸소. 그런데 협상을 시작하기 위한 조건으로 나에게 도대체 무엇을 요구하려는 거요?" 그는 얼굴을 찌푸린 채 조그맣고 투실투실한 하얀 손으로 뭔가 묻고 싶다는 몸짓을 열정적으로 해 보이며 말했다.

"네만강 너머로 군대를 철수시켜 주십시오, 폐하." 발라쇼프가 말했다.

"네만강 너머로?" 나폴레옹이 같은 말을 되풀이했다. "그렇다면 지금 당신네들이 바라는 것은 우리가 네만강 너머로 철수하는 것이오? 겨우 네만강 너머로?" 나폴레옹은 발라쇼프를 똑바로 응시하며 다시 똑같은 말을 되풀이했다.

발라쇼프는 정중하게 고개를 숙였다.

포메라니아로부터 철수하라는 넉 달 전의 요구 대신에 지금 저들은 그저 네만강 너머까지만 철수해 달라는 요구를 하고 있다. 나폴레옹은 홱 돌아서서 방 안을 이리저리 거닐기 시작했다.

"당신네들은 협상의 개시를 위해 나에게 네만강 너머로 군대를 철수시켜 달라고 말하는구려. 당신들은 두 달 전에도 지금과 똑같이 오데르강과 비스와강 너머로 철수해 달라고 요구했소. 그러면서 협상을 하고 싶단 말이지."

그는 방 한구석에서 다른 구석으로 잠자코 가더니 다시 발라쇼프 앞에 멈춰 섰다. 그의 얼굴은 특유의 엄격한 표정으로 돌처럼 굳어 버린 듯했고, 왼쪽 다리는 아까보다 더욱 빠르게 떨렸다. 나폴레옹도 왼쪽 장딴지가 이렇듯 떨리는 것을 알고 있었다. 훗날 그는 "내 왼쪽 장딴지의 떨림은 위대한 징후다." 라고 말했다.

"오데르강과 비스와강에서 철수해 달라는 것 같은 그런 제안은 바덴의 대공에게나 할 수 있는 것이지 나에게는 아니오." 나폴레옹은 스스로도 완전히 뜻밖이라고 여길 만큼 고함을 치다시피 했다. "설사 당신들이 페테르부르크와 모스크바를 준다 해도 난 그 조건을 받아들이지 않을 것이오. 당신들은 내가 전쟁을 시작했다고 말하오, 그렇지 않소? 하지만 누가 먼저 군대에 합류했소? 알렉산드르 황제요. 내가 아니란 말이오. 그런데 당신들은 내가 수백만을 써 버린 지금에 와서야 협상을 제의하는구려. 영국과 동맹을 맺고도 자기들 상황이 불리해지자 나에게 협상을 제의하고 있소! 당신들은 무슨 목적으로 영국과 동맹을 맺었소? 영국이 당신들에게 무엇을 준 거요?" 그는 조급하게 말했다. 더 이상 평화 조약 체결의 이점을 말하거나 그 가능성을 판단하기 위해서가 아니라 그저 자신의 정당성과 힘을 입증하기 위해, 알렉산드르의 부당함과 실책을 입증하기 위해 이야기를 몰아가는 듯했다.

그는 상황이 자신에게 유리하다는 점을 보여 줄 목적으로, 그럼에도 협상의 개시를 받아들이려 한다는 점을 보여 줄 목적으로 이처럼 이야기의 서두를 시작했다. 그러나 이미 이야기를 시작해 놓고도 말을 하면 할수록 점점 더 자기 말에 대한 통제력을 잃어 갔다.

그가 이야기를 하는 목적은 이제 오로지 자신을 높이고 알렉산드르를 낮추는 것, 즉 만남을 시작할 때만 해도 그가 결코 원하지 않았던 바로 그것뿐인 듯했다.

"당신들이 튀르크인들과 평화 조약을 체결했다고 하던데?"

발라쇼프는 수긍하는 뜻으로 고개를 끄덕였다.

"평화 조약이 체결되었습니다……." 그는 입을 열었다. 그러나 나폴레옹은 그가 말을 하도록 내버려 두지 않았다. 그는 자기만 말해야 한다는 듯 떠받들리는 데 익숙한 사람들이 쉽게 빠지는 웅변조와 노골적인 짜증을 나타내며 계속 말했다.

"그렇소, 난 당신들이 몰다비아[21]와 발라치아도 손에 넣지 않고 튀르크인들과 평화 조약을 체결한 것을 알고 있소. 나라면 예전에 당신의 군주에게 핀란드를 선사했던 것처럼 그 지

---

21) 우크라이나와 루마니아 사이에 있는 지역이다. 14세기에 독립 국가를 수립했으나 16세기 이후 약 300년 동안 튀르크의 지배를 받았다. 18세기 후반부터 이 지역에 대한 지배권을 둘러싸고 튀르크와 러시아 사이의 갈등이 고조되기도 했다. 19세기 후반에 이르러 민족주의 운동의 영향으로 발라치아와 합병하여 루마니아를 수립했다.

방도 선사했을 것이오.[22) 그렇소." 그는 계속 말했다. "난 약속을 했소. 그러니 알렉산드르 황제에게 몰다비아와 발라치아를 주었을 거요. 하지만 이제 그는 그 아름다운 지방을 갖지 못할 거요. 그는 그 지방을 자신의 제국에 병합시킬 수도 있었소. 자신의 치세 동안 보트니아만에서 도나우강 하구에 이르기까지 러시아를 확장할 수도 있었단 말이요. 카체리나 대제도 그 이상은 하지 못했을 거요." 나폴레옹이 말했다. 그는 방 안을 거닐며 틸지트에서 알렉산드르에게 했던 것과 거의 똑같은 말을 발라쇼프에게 되풀이하면서 점점 더 열을 올리기 시작했다. "그는 이 모든 것을 내 우정에 기대어 얻을 수 있었을 텐데……. 아, 얼마나 훌륭한 치세가 되었을까! 얼마나 훌륭한 치세가 되었을까!" 그는 몇 번이고 똑같은 말을 하고는 걸음을 멈추고 호주머니에서 금제 코담배 갑을 꺼내 코로 탐욕스럽게 빨아들였다.

"알렉산드르 황제의 치세는 얼마나 훌륭하게 **되었을까!**"

나폴레옹은 발라쇼프를 애석하게 쳐다보았다. 그리고 발라쇼프가 뭐라고 언급하려 하자 다시 조급하게 말을 막았다.

"그는 나의 우정에서 찾지 못한 것을 바라고 구한단 말인

---

22) 쿠투조프는 오스만 제국과의 전쟁에서 거둔 일련의 승리와 외교 수완을 바탕으로 1812년 5월 16일 부쿠레슈티(루마니아의 현재 수도)에서 오스만 제국과 평화 조약을 맺었다. 러시아와의 전쟁에서 튀르크 군대를 이용하려고 했던 나폴레옹은 이를 몹시 분하게 여겼다. 평화 조약의 결과로 몰다비아의 일부(베사라비아)가 러시아에 병합되었으나 몰다비아의 나머지 지역과 발라치아는 계속 오스만 제국의 통치 아래 남았다.

가?" 나폴레옹은 의심스럽다는 듯 어깨를 으쓱하며 말했다. "아니지, 그는 주위에 나의 적들을 모으는 편이 낫다고 생각했소. 그들이 도대체 누구요?" 그는 계속 말을 이었다. "그는 슈타인,[23] 아름펠트,[24] 빈친게로데, 베니히센 같은 자들을 불러들였소. 슈타인은 조국에서 추방된 매국노고, 아름펠트는 행실이 방탕한 모사꾼이오. 빈친게로데는 도주 중인 프랑스 국민이지. 베니히센은 다른 자들보다는 좀 더 군인답지만 역시 무능력하오. 그자는 1807년에 아무것도 해내지 못했고, 분명 알렉산드르 황제에게 끔찍한 기억을 불러일으킬 거

---

23) 하인리히 프리드리히 카를 폰 슈타인(Heinrich Friedrich Karl von Stein, 1757~1831). 1780년 프로이센 정계에 입문한 독일인 정치가. 프로이센에 비참함을 안긴 틸지트 조약 이후 프로이센의 정책을 신랄하게 비판하던 그는 왕의 부름을 받아 한동안 프로이센을 실질적으로 통치했다. 이후 그는 나폴레옹에게 토지를 몰수당하고 프로이센에서 도주했다. 1812년 알렉산드르 1세는 슈타인을 페테르부르크에 초대했다. 프랑스군이 본국으로 퇴각하자 슈타인은 알렉산드르 1세로 하여금 유럽에서 전쟁을 계속하도록 촉구했다.
24) 구스타프 모리츠 아름펠트(Gustaf Mauritz Armfelt, 1757~1814). 스웨덴의 정치가. 구스타프 3세의 절대적 신임을 받았고 스웨덴 전쟁에서 눈부신 활약을 보였다. 구스타프 3세 임종 후 구스타프 4세의 섭정 위원이 되었으나 또 다른 섭정 위원인 카를 공작에게 밀려나 나폴리 주재 스웨덴 대사가 되었다. 그는 나폴리에서 러시아의 예카체리나 대제에게 편지를 보내 구스타프 왕가를 위하여 무력시위를 벌여 달라고 종용하나 카를 공작에게 계획을 들키는 바람에 러시아로 달아났다. 구스타프 4세가 성년이 된 후 빈 주재 스웨덴 대사로 복귀했지만 나폴레옹에 대한 오스트리아 정부의 태도를 비난한 후 대사직에서 물러났다. 구스타프 4세 폐위 후 1811년에 스웨덴에서 추방당했다. 그 후 러시아에 머물며 알렉산드르 1세에게 큰 영향력을 행사했다. 그는 핀란드 대공국을 자치 국가로 승격시키는 데 크게 공헌했고, 나폴레옹에 맞서 러시아의 방어전 계획을 세우는 일에도 참여했다.

요……[25] 그자들이 유능하다고 칩시다. 그럼 그들을 써먹을 수도 있겠지." 그는 계속해서 말했다. 그의 말은 끊임없이 떠오르는, 그의 정당성이나 힘(그가 생각하기에는 마찬가지인)을 보여 줄 생각들을 간신히 따라잡는 것 같았다. "하지만 그렇지도 못하오. 그들은 전쟁을 위해서도 평화를 위해서도 쓸모가 없소. 바르클라이[26]는 그자들보다 유능하다고 하지만 그가 처음에 펼친 작전들로 판단해 볼 때 난 그렇게 말할 수 없소. 도대체 그들은 뭘 하는 거요? 그 궁정 신하들은 전부 뭘 하고 있

---

25) 프로이센의 대신인 폰 슈타인 남작은 에스파냐를 동정하고 프랑스를 프로이센에서 몰아내려다가 나폴레옹의 명으로 추방되어 1812년에는 러시아에서 지내고 있었다. 스웨덴의 장군이자 정치가인 G. M. 아름펠트는 1811년 이래로 러시아에서 핀란드 문제를 위한 위원회의 의장을 지냈고 국무 협의회 위원이었다. 아름펠트는 스페란스키를 모함함으로써 그의 추방에 영향을 미쳤고, 1812년 전쟁에서 알렉산드르 황제를 보필했다. 나폴레옹이 빈친게로데 장군을 '프랑스 국민'이라 부를 수 있는 구실은 그가 빈친게로데 장군의 고향 헤센주를 자신이 지배하는 라인 연방에 편입시켰다는 점뿐이다. 그는 1797년 이후로 러시아에서 복무했다. 베니히센 장군은 1807년 프리들란트 전투에서 나폴레옹에게 패했다. 그러나 나폴레옹이 언급한 '끔찍한 기억'은 알렉산드르 황제의 아버지 파벨 1세의 암살 모의에 베니히센 장군이 관여한 것을 가리킨다.

26) 미하일 보그다노비치 바르클라이 드 톨리(Mikhail Bogdanovich Barclay de Tolly, 1761~1818). 러시아 장군. 17세기에 러시아로 이주한 스코틀랜드 가문의 후손이며 리투아니아에서 태어나 리보니아(발트해 연안)에서 성장했다. 스웨덴 전쟁 때 러시아군 총사령관이었고, 1810년 전쟁 때는 국방 대신이었다. 1812년 전쟁 초기에 러시아군 총사령관이었으나 스몰렌스크를 버리고 퇴각한 이후 지휘관직에서 물러났다.(쿠투조프가 그 뒤를 이었다.) 그러나 쿠투조프의 휘하에서 보로지노 전투에 참전했으며, 1814년에 다시 총사령관이 되었다.

냔 말이오! 풀[27]이 안건을 내놓으면 아름펠트가 반박하고 베니히센이 검토하오. 하지만 행동하도록 부름받은 바르클라이는 무엇을 결심해야 할지 모르지. 그렇게 시간은 흘러가오. 바그라치온만이 군인다운 인간이오. 어리석지만 경험과 좋은 눈과 결단력을 갖추었소……. 그리고 당신의 젊은 군주는 그 꼴사나운 무리 속에서 무슨 역할을 하고 있소? 그들은 그의 명예를 더럽히고, 지금 벌어지는 모든 사태의 책임을 그에게 전가하고 있소. **군주는 자신이 사령관일 때만 군대에 있어야 하오.**" 그는 말했다. 그는 이 말을 다름 아닌 군주를 향한 도전으로서 던진 듯했다. 나폴레옹은 알렉산드르 황제가 사령관이 되고 싶어 한다는 것을 알았다.

"전쟁이 시작되고 일주일이 지났소. 그리고 당신들은 빌노를 방어하지 못했지. 당신들은 둘로 양분되어 폴란드 지방에서 쫓겨났소. 당신네 군대는 불평을 하고……."

"그와 정반대입니다, 폐하." 발라쇼프는 자신이 들은 것을 가까스로 기억해 내고는 불꽃놀이 같은 그 말들을 간신히 따라잡으며 말했다. "군대는 열망에 불타고 있습니다……."

"난 다 알고 있소." 나폴레옹이 말을 가로막았다. "전부 안단 말이오. 당신들의 대대 수에 대해서는 나의 대대 수만큼이나 정확히 알고 있소. 당신들의 병력은 20만도 채 안 되지만 나의

---

27) 에른스트 하인리히 아돌프 폰 풀(Ernst Heinrich Adolf von Phull, 1779~1866). 'Phull(풀)'은 독일인 성이고, 'Pfuel(푸엘)'로도 표기한다. 톨스토이는 여기서 이 이름을 러시아어 음가로 'pful'이라 표기했다. 풀은 프로이센의 장군이자 군사 이론가이며 베를린 총독, 국방 대신, 수상을 역임했다.

병력은 그 세 배라오. 맹세하오." 나폴레옹은 자신의 그 맹세가 어떤 의미도 가질 수 없다는 것을 잊은 채 말했다. "맹세하는데, 비스와강 이편에는 나의 병력이 53만 명이오. 튀르크인들은 당신들에게 도움이 되지 않을 거요. 아무짝에도 쓸모가 없으니까. 당신들과 평화 조약을 맺은 후 그들은 이 점을 입증했소. 스웨덴인, 그들의 운명은 미친 왕들의 지배를 받는 것이오. 왕이 미치자 그들은 왕을 갈아치우고 다른 사람, 즉 베르나도트[28]를 택했소. 그런데 그자도 곧 미쳐 버렸지. 어떤 스웨덴인도 미치지 않고서는 러시아와 동맹을 맺을 수 없기 때문이오." 나폴레옹은 심술궂게 히죽거리고는 다시 담뱃갑을 코로 가져갔다.

발라쇼프는 나폴레옹의 말에 일일이 반박하고 싶었으며 또 반박할 거리도 있었다. 그래서 계속 뭔가 말하고 싶어 하는 사람의 몸짓을 보였으나 나폴레옹이 제지했다. 예를 들어 스웨덴인들이 미쳤다는 말에 발라쇼프는 이렇게 대꾸하고 싶었

---

28) 장바티스트 베르나도트(Jean-Baptiste Bernadotte, 1763~1844). 프랑스의 장군. 프랑스군에 사병으로 입대한 후 이탈리아 원정에서 나폴레옹에게 발탁되어 장군으로 승진했다. 나폴레옹의 옛 애인이자 형수의 동생이기도 한 데지레 클라리와 결혼했고, 나폴레옹의 두터운 신임을 받아 프랑스 제국의 원수가 되었다. 1810년 스웨덴 왕 카를 13세의 아들로 입양되어 스웨덴 의회로부터 황태자로 선출되었다. 카를 13세는 프랑스 원수에게 왕위를 물려줌으로써 러시아에 빼앗긴 핀란드를 되찾는 데 프랑스의 원조를 받게 되리라 기대했다. 그러나 베르나도트는 스웨덴의 실질적인 통치자가 된 후 대프랑스 동맹에 결합하여 나폴레옹을 라이프치히에서 무찔렀다. 그 후 1818년에 카를 14세로 즉위했고, 그가 세운 왕조는 오늘날까지도 스웨덴 왕조를 계승하고 있다.

다. 러시아가 스웨덴의 우방으로 남아 있는 한 스웨덴은 섬과 같다고⋯⋯. 그러나 나폴레옹은 발라쇼프의 목소리가 묻힐 정도로 노발대발하며 고함을 질렀다. 나폴레옹은 단지 스스로에게 자신의 정당성을 입증하고자 말하고 또 말하고 계속 말할 수밖에 없는 초조한 상태에 빠져 있었다. 발라쇼프는 괴로워졌다. 사자로서 위신을 잃을까 두려워 반박할 필요를 느꼈다. 그러나 한 명의 인간으로서 이유 없는 분노로 실성한 듯 보이는 나폴레옹에게 정신적인 위축감을 느끼기도 했다. 그는 지금 나폴레옹이 지껄인 모든 말에 아무런 의미도 없다는 것, 나폴레옹이 냉정을 되찾으면 스스로도 그 말을 부끄러워하리라는 것을 알았다. 발라쇼프는 눈을 내리깔고 서서 나폴레옹의 뚱뚱한 다리가 움직이는 것을 지켜보며 시선을 피하려고 애썼다.

"그래, 내가 당신의 그 동맹자들에게 신경이나 쓸 것 같소?" 나폴레옹이 말했다. "나에게도 동맹자들이 있소. 폴란드인들이지. 8만 명의 폴란드인들이 사자처럼 싸우고 있다오. 이제 그들은 20만 명이 될 거요."

그러고는 자신이 그런 말을 지껄이다가 빤한 거짓말을 내뱉은 것에, 또한 발라쇼프가 여전히 운명에 순종하는 자세로 묵묵히 자기 앞에 서 있는 것에 더욱 화가 치밀었는지 그는 홱 돌아서서 발라쇼프에게 바짝 다가가 하얀 두 손을 힘차고 빠르게 움직이며 부르짖다시피 했다.

"알겠소? 만약 당신들이 프로이센을 선동해 나에게 대적하게 만들면 난 그 나라를 유럽 지도에서 지워 버릴 거요." 그는 적의에 일그러진 창백한 얼굴을 하고 자그마한 한 손으로 다른 손을 열정적으로 치며 말했다. "그렇소. 난 당신들을 드비나강 저편으로, 드네프르강 저편으로 몰아내고 유럽의 죄악과 맹목으로 파괴된 장벽을 당신들에 맞서 다시 세울 것이오.[29] 그렇소, 그것이야말로 당신들에게 일어날 일이고, 그것이야말로 당신들이 나를 멀리한 대가로 얻는 것이오." 그는 이렇게 말하고 살진 어깨를 움츠린 채 말없이 방 안을 몇 차례 왔다 갔다 했다. 그는 조끼 주머니에 담뱃갑을 넣었다가 다시 꺼내 여러 번 코에 대고는 발라쇼프를 마주 보고 섰다. 잠시 침묵하며 발라쇼프의 눈을 조롱하듯 똑바로 쳐다보던 그가 나직한 목소리로 말했다. "하지만 당신네 군주는 참으로 훌륭한 치세를 **펼칠 수도 있었을 텐데!**"

반박할 필요를 느낀 발라쇼프는 러시아 입장에서 볼 때 상황이 그렇게 암울하지는 않다고 말했다. 나폴레옹은 계속 조롱하듯 쳐다보며 침묵했다. 그의 말을 듣고 있지 않는 듯했다. 발라쇼프는 러시아 사람들이 전쟁에서 온갖 좋은 것들을 기대하고 있다고 말했다. 나폴레옹은 마치 '그렇게 말하는 것이 당신의 의무라는 점을 아오. 하지만 당신 자신도 그것을 믿지 않지. 당신은 나에게 설득당한 거요.' 하고 말하듯 관대하게 고개를 끄덕였다.

발라쇼프가 말을 맺으려 할 때 나폴레옹은 다시 담뱃갑을

---

29) 나폴레옹은 러시아와 인접한 폴란드 영토를 언급하고 있다. 러시아는 세 차례에 걸친 폴란드 분할의 결과로 이 지역을 획득했다.

꺼내 냄새를 맡고 마치 신호인 양 한 발로 마룻바닥을 두 번 쿵쿵 굴렀다. 문이 열렸다. 정중하게 허리를 굽힌 한 시종이 황제에게 모자와 장갑을 건네자 다른 시종이 손수건을 건넸다. 나폴레옹은 그들에게 눈길도 주지 않은 채 발라쇼프를 돌아보았다.

"날 대신하여 알렉산드르 황제에게 확실히 말해 주시오." 그는 모자를 집으며 말했다. "나는 예전과 다름없이 그에게 헌신적이라고 말이오. 나는 그를 완벽하게 알 뿐 아니라 그의 숭고한 자질을 높이 평가하고 있소. 당신을 더 붙잡아 두지는 않겠소, 장군. 당신은 황제에게 보내는 나의 편지를 받게 될 것이오." 그런 다음 나폴레옹은 빠르게 문으로 향했다. 응접실에 있던 사람들이 일제히 앞으로 쏟아져 나와 계단을 따라 급히 내려갔다.

나폴레옹이 온갖 말을 지껄이며 그처럼 분노를 터뜨리고 급기야 "당신을 더 붙잡아 두지는 않겠소, 장군. 당신은 나의 편지를 받게 될 것이오."라고 무뚝뚝하게 말한 후에는 발라쇼프도 나폴레옹이 더 이상 자신을 보고 싶어 하지 않을 거라고, 오히려 자신을 만나지 않으려 들 거라고 확신했다. 자신은 능욕을 당한 사자, 무엇보다 그가 꼴사납게 흥분하는 것을 지켜본 목격자니 말이다. 그러나 놀랍게도 발라쇼프는 그날 뒤로크를 통하여 황제의 식탁에 초대를 받았다.

만찬에는 베시에르,[30] 콜랭쿠르,[31] 베르티에가 참석했다.

나폴레옹은 쾌활하고 다정한 표정으로 발라쇼프를 맞이했다. 오전 나절의 감정 폭발에 대해 부끄러움이나 자책을 보이지 않았을 뿐 아니라 오히려 발라쇼프의 기를 살려 주려 애썼다. 이미 오래전부터 나폴레옹의 신념 속에는 자신이 실수할

가능성이 존재하지 않는 듯했다. 그리고 그가 생각하기에 자신이 행한 것들은 선악의 개념에 부합해서가 아니라 그 자신이 그것을 했기에 모두 선해 보이는 듯했다.

황제는 말을 타고 빌노를 돌아본 후라 기분이 매우 좋았다. 빌노의 군중은 열광적으로 그를 맞이하고 또 환송했다. 그가 지나가는 거리의 모든 창문에 양탄자며 깃발이며 그의 이름의 머리글자들로 만든 모노그램이 걸려 있었고, 폴란드의 귀부인들은 그를 환영하며 손수건을 흔들었다.

나폴레옹은 만찬 동안 발라쇼프를 옆에 앉히고 다정하게 대했을 뿐 아니라 자신의 궁정 신하인 양, 자신의 계획에 공감하고 자신의 성공에 틀림없이 기뻐해 줄 사람인 양 대했다. 다른 여러 화제들을 언급하는 가운데 나폴레옹은 모스크바에 관한 이야기를 꺼내며 발라쇼프에게 러시아의 수도에 관하여

---

30) 장바티스트 베시에르(Jean-Baptiste Bessières, 1768~1813). 프랑스의 장군. 1796년 이탈리아 원정 때부터 나폴레옹 휘하에서 복무하며 나폴레옹의 전폭적인 신임과 우정을 누렸다. 1799년 이스트리아 공작의 작위를 받았다. 근위 기병대를 이끌고 아우스터리츠 전투에서 러시아 근위대와 격돌한 바 있으며, 1812년 보로지노 전투 때와 모스크바로부터 퇴각할 때 근위 기병대를 지휘했다. 1813년 나폴레옹의 전체 기병대 지휘관으로 임명되었으나 전쟁이 시작된 지 사흘 만에 뤼첸에서 전사했다. '대육군의 용장'으로 불렸다.
31) 콜랭쿠르(Marquis de Caulaincourt duc de Vicence, 1773~1827). 프랑스의 장군이자 외교관. 나폴레옹 치하에서 외무 대신까지 올랐다. 1801년 러시아와 프랑스의 합의를 위해 페테르부르크로 파견되었고, 1807년 페테르부르크 주재 외교관이 되었다. 대사직을 역임하는 동안 나폴레옹의 독단적인 정책에 반대하며 평화를 위해 부단히 노력했다. 그는 러시아를 침공하지 말라고 나폴레옹을 설득했으나 프랑스군의 러시아 원정 동안에 나폴레옹의 곁을 지켰다.

묻기 시작했다. 마치 호기심 많은 여행자가 자신이 언젠가 방문하려 하는 새로운 지역에 대해 묻는 것 같았고, 심지어 발라쇼프가 러시아인으로서 틀림없이 그 호기심에 흐뭇해할 거라고 확신하는 듯했다.

"모스크바는 인구가 얼마나 되오? 가옥의 수는? **모스크바**가 성스러운 모스크바로 불린다는 것이 사실이오? 모스크바에 교회가 몇 개나 있소?" 그가 물었다.

그리고 200개 넘는 교회가 있다는 대답에 그는 이렇게 말했다.

"뭣 때문에 교회가 그렇게 많은 거요?"

"러시아인들은 매우 독실합니다." 발라쇼프가 대답했다.

"하지만 많은 수도원과 교회는 언제나 국민의 후진성을 보여 주는 징후이기 마련이라오." 나폴레옹은 이 의견에 대한 평가를 구하기 위해 콜랭쿠르를 돌아보며 말했다.

발라쇼프는 정중하게 프랑스 황제의 견해를 반박했다.

"각 나라에는 저마다의 풍습이 있습니다." 그가 말했다.

"하지만 유럽 어디에도 더 이상 그런 것은 없소." 나폴레옹이 말했다.

"폐하께 용서를 구합니다." 발라쇼프가 말했다. "교회와 수도원이 많은 곳으로는 러시아 외에도 에스파냐가 있습니다."

최근 프랑스군이 에스파냐에서 패배한 사실을 넌지시 비친[32]

---

32) 웰링턴의 지휘 아래 영국, 에스파냐, 포르투갈 연합군은 1812년에 프랑스로부터 일련의 승리를 거두었다. 이 전쟁은 같은 해 7월 22일 에스파냐의 살라망카에서 벌어진 전투로 끝을 맺었다.

발라쇼프의 이 대답은 발라쇼프 자신의 이야기에 따르면 나중에 알렉산드르 황제의 궁전에서 높은 평가를 받았으나, 지금 나폴레옹의 만찬에서는 그다지 호평을 받지 못하고 눈에 띄지 않게 휙 지나갔다.

원수들의 무심하고 어리둥절한 얼굴들을 보면 지금 발라쇼프의 억양이 암시하는 재담을 전혀 이해하지 못하는 것 같았다. '설령 그런 게 있었다 해도 우리는 모르겠는걸. 아니면 그것이 전혀 기발하지 않았거나.' 원수들의 표정은 그렇게 말하고 있었다. 이 대답이 어찌나 형편없는 평가를 받았던지 나폴레옹은 그 말에 전혀 신경도 쓰지 않았으며, 심지어 발라쇼프에게 이곳에서 모스크바로 곧장 뻗은 도로변에 어떤 도시들이 있느냐고 순박하게 묻기까지 했다. 만찬 내내 경계심을 늦추지 않던 발라쇼프는 모든 길은 로마로 통한다는 격언이 있듯 모든 길은 모스크바로 통한다고, 많은 길이 있다고, 그 온갖 길 가운데 카를 12세가 선택한 폴타바를 거치는 길도 있다고 대답했다. 발라쇼프는 이 예리한 답변에 만족하여 자기도 모르게 얼굴을 확 붉히며 말했다.[33] 발라쇼프가 마지막 단어 폴타와[34]를 끝까지 말하기도 전에 콜랭쿠르는 페테르부르크에서 모스크바로 뻗은 도로의 불편함에 대해, 페테르부르크

---

33) 그때까지만 해도 천하무적으로 알려져 있던 스웨덴 왕 카를 12세가 우크라이나를 통해 모스크바에 가려다 1709년 폴타바 전투에서 표트르 대제에게 격파되었다.

34) 톨스토이는 이 장면에서 러시아 지명인 '폴타바(Poltava)'를 일부러 '폴타와(Poltawa)'라고 표기하여 외국어 억양을 가미하려 했다.

와 관련된 자신의 추억에 대해 지껄이기 시작했다.

만찬 후 사람들은 커피를 마시기 위해 나폴레옹의 집무실로 자리를 옮겼다. 그곳은 나흘 전만 해도 알렉산드르 황제의 집무실이었다. 나폴레옹은 자리에 앉아 세브르산 찻잔에 담긴 커피를 천천히 마시며 발라쇼프에게 자기 옆 의자를 가리켜 보였다.

인간에게는 식후의 기분이라는 것이 있다. 그 기분은 어떤 합리적인 이유보다 더 강력하게 인간으로 하여금 스스로에게 만족하도록, 모든 사람들을 자신의 친구로 여기도록 만든다. 나폴레옹은 그런 기분에 젖어 있었다. 그는 자기를 숭배하는 사람들에게 둘러싸인 듯한 기분을 느꼈다. 그가 베푼 만찬 이후 발라쇼프도 자신의 벗이자 숭배자가 되었다고 확신했다. 나폴레옹은 유쾌하고도 살짝 빈정대는 듯한 미소를 띠고서 발라쇼프에게 말을 건넸다.

"내가 듣기로는 이곳이 알렉산드르 황제가 거처하던 방이라고 하오. 이상하지요, 그렇지 않소, 장군?" 그가 말했다. 이 말이 알렉산드르 황제에 대한 나폴레옹의 우월성을 증명하므로 자신의 말상대도 이 말에 기뻐하지 않을 리 없다고 확신하는 듯했다.

발라쇼프는 아무런 대꾸도 못 하고 말없이 고개를 숙였다.

"그렇소, 나흘 전만 해도 이 방에서 빈친게로데와 슈타인이 논의를 했지." 나폴레옹은 여전히 냉소적이고 자신만만한 미소를 지으며 말을 이었다. "내가 이해할 수 없는 건……." 그가 말했다. "알렉산드르 황제가 개인적으로 나의 적인 자들을 모두 가까이했다는 점이오. 난 그 점을…… 이해할 수 없소. 그는 나도 똑같은 행동을 할 수 있다는 것을 생각지 않았을까?" 그는 발라쇼프를 돌아보며 질문을 던졌다. 분명 그 기억은 오전 나절에 치민, 아직 그의 내부에 생생히 남아 있는 격분의 여운으로 그를 다시 밀어 넣는 것 같았다.

"나도 그렇게 하리라는 것을 그에게 알려 주겠소." 나폴레옹은 일어나 한 손으로 잔을 밀치며 말했다. "난 독일에서 그의 모든 친족들, 즉 뷔르템베르크 공국, 바덴 공국, 바이마르 공국의 인간들을 몰아낼 것이오…….[35] 그렇소, 난 그들을 몰아낼 거요. 그에게는 러시아에 그들을 위한 은신처나 준비해 두라 하시오!"

발라쇼프는 고개를 숙였다. 작별을 고하고 물러나고 싶지만 자신에게 하는 말이니 듣지 않을 수 없어 가만있을 뿐이라는 점을 표정으로 드러냈다. 나폴레옹은 이 표정을 눈치채지 못했다. 그는 발라쇼프를 적국의 사자로서가 아니라 이제 그에게 전적으로 충성하고 옛 주인이 당한 모욕에 마땅히 기뻐해야 할 사람으로서 대했다.

"그런데 알렉산드르 황제는 왜 군대의 지휘를 떠맡은 거요? 뭣 때문이오? 전쟁은 나의 업이오. 그의 일은 통치지 군대를 지휘하는 것이 아니오. 어째서 그는 그런 책임을 떠안는 거요?"

---

35) 알렉산드르 1세의 어머니 마리야 페오도로브나는 파벨 1세와 결혼하기 전 뷔르템베르크 공국의 공주였고, 누이 예카체리나 파블로브나는 올덴부르크 공국의 대공과 결혼했으며, 또 다른 누이 마리야 파블로브나는 작센 바이마르 공국의 대공과 결혼했다.

나폴레옹은 다시 담뱃갑을 집어 들고 말없이 방 안을 몇 차
례 거닐다가 예기치 않게 갑자기 발라쇼프에게로 다가갔다.
옅은 미소를 띤 그는 발라쇼프도 기뻐할 어떤 중요한 일을 하
기라도 하는 양 너무도 자신만만하고 날렵하고 소탈하게 마
흔 살인 러시아 장군의 얼굴로 손을 뻗더니 입술만 싱긋 웃으
며 그의 귀를 잡고 가볍게 잡아당겼다.

황제에게 귀를 잡히는 것은 프랑스 궁정에서 가장 큰 영광
이자 은총으로 여겨졌다.

"음, 왜 아무 말도 하지 않소, 알렉산드르 황제의 숭배자이
자 궁정 신하인 당신이?"그가 말했다. 나폴레옹 자신이 아닌
다른 누군가의 궁정 신하이자 숭배자가 자기 앞에 있는 것이
가소롭다는 투였다.

"장군을 위한 말이 준비되었소?"그는 발라쇼프의 깍듯한
인사에 대한 응대로 고개를 가볍게 끄덕이며 덧붙였다.

"장군에게 내 말을 주시오, 먼 길을 가야 할 테니⋯⋯."

발라쇼프가 지니고 온 편지는 나폴레옹이 알렉산드르 황제
에게 보낸 마지막 편지였다. 대화 내용이 러시아 황제에게 속
속들이 전해졌다. 그리고 전쟁이 시작되었다.

8

모스크바에서 피에르와 만난 후 안드레이 공작은 가족들에
게도 말했듯이 일 때문에 페테르부르크로 떠났다. 그러나 사
실은 자신이 꼭 만나야 한다고 생각하는 아나톨 쿠라긴 공작
을 만나기 위해서였다. 안드레이 공작은 페테르부르크에 도
착하여 쿠라긴 공작에 관해 수소문을 했으나 그는 이미 그곳
에 없었다. 피에르가 처남에게 안드레이 공작이 그를 뒤쫓고
있다고 알렸던 것이다. 아나톨 쿠라긴은 즉시 국방 대신으로
부터 임명을 받아 몰다비아에 주둔하고 있는 군대로 떠나 버
렸다. 이 무렵 페테르부르크에서 안드레이 공작은 언제나 그
를 호의적으로 대해 준 옛 상관 쿠투조프 장군을 만났고, 쿠
투조프는 함께 몰다비아 군대로 가자며 그에게 제안했다. 노
장군은 그 군대의 총사령관으로 임명되었던 것이다.[36] 안드
레이 공작은 총사령부에서 복무하라는 명령을 받고 튀르크로

떠났다.

안드레이 공작은 쿠라긴에게 편지로 결투를 신청하는 것이 부적절한 행동이라고 생각했다. 안드레이 공작은 결투를 위한 새로운 빌미를 주지 않고 결투를 신청하면 로스토바 백작 영애의 명예가 훼손된다고 생각하여 쿠라긴을 직접 만나려 노력했다. 그 만남에서 결투를 위한 새로운 평계를 찾아낼 작정이었다. 그러나 튀르크 군대에서도 그는 쿠라긴을 만날 수 없었다. 안드레이 공작이 튀르크 군대에 도착하고 얼마 안 있어 쿠라긴이 러시아로 돌아간 것이다. 새로운 나라에서, 새로운 생활 조건에서 안드레이 공작은 더 마음 편히 지낼수 있었다. 그가 행복을 느끼던 생활 조건은 약혼녀의 변심 이후 — 그는 자신이 받은 충격을 모두에게 애써 숨길수록 그녀의 변심에 더욱 깊은 상처를 입었다 — 그에게 짐이 되었다. 그가 예전에 그토록 소중히 여기던 자유와 독립은 그를 한층 힘들게 했다. 그는 아우스터리츠 벌판에서 하늘을 바라보다 처음으로 떠올린 이전의 생각, 피에르와 즐겨 전개하던 그 생각, 보구차로보에서, 그 후에는 스위스와 로마에서 그의 고독을 채워 주던 그 생각을 더 이상 하지 않았다. 심지어 끝없이 빛나는 지평을 드러내던 그 생각들을 떠올리기조차 두려워했다. 지금 그의 흥미를 끄는 것은 바로 눈앞에 있는, 예전과 관련 없는 실제적인 관심사뿐이었다. 그는 예전의 관심사를 더

---

36) 아우스터리츠 전투 후 황제의 총애를 잃은 쿠투조프는 처음에 키예프, 그 후에 빌노의 행정직으로 파견되었다. 그러나 1811년 3월 다시 몰다비아에 주둔한 군대를 지휘하도록 부름을 받았다.

잘 가려 주는 것일수록 더욱 탐욕스럽게 매달렸다. 예전에 그의 위에 끝없이 펼쳐져 있던 그 머나먼 창공이 별안간 그를 짓누르는 한정적이고 야트막한 둥근 천장으로 변해 버린 듯했다. 그 안에서는 모든 게 분명했지만 영원하고 신비한 것은 없었다.

그의 머리에 떠오른 활동 가운데 가장 단순하고 익숙한 것은 군 복무였다. 쿠투조프의 사령부에서 당직 장군의 직무를 맡은 그는 끈기 있고 열성적인 태도로 업무를 수행하며 일에 대한 열의와 치밀함으로 쿠투조프를 놀라게 했다. 안드레이 공작은 튀르크에서 쿠라긴을 찾지 못했지만 그를 뒤쫓아 러시아로 꼭 돌아가야 한다고는 생각지 않았다. 그럼에도 그는 알았다. 아무리 시간이 흘러도 일단 쿠라긴과 마주치면 그 자신도 어찌할 수 없다는 것을……. 그는 알았다. 자신이 아무리 쿠라긴을 경멸하더라도, 또 쿠라긴과 충돌할 만큼 스스로 비천해질 필요가 없다는 증거를 아무리 자신에게 들이대더라도 일단 쿠라긴과 마주치면 굶주린 사람이 음식에 달려들지 않을 수 없듯 그에게 결투를 청하지 않을 수 없다는 것을……. 그리고 모욕감이 아직 풀리지 않았다는 자각, 적대감이 발산되지 못하고 가슴속에 남아 있다는 이러한 자각은 안드레이 공작이 튀르크에서 정신없이 분주하게 다소 야심만만하고 과시적인 활동의 형태로 이루어 낸 그 인위적인 평정을 깨뜨리곤 했다.

1812년 나폴레옹과 전쟁을 한다는 소식이 부쿠레슈티(이 지역에서 쿠투조프는 두 달 동안 밤이고 낮이고 발라치아 여인의 거처에 눌어붙어 있었다.)에 전해지자 안드레이 공작은 쿠투조프에게 서부군으로 전속을 요청했다. 볼콘스키의 활동이 자신의 나태함을 비난하는 역할을 하는 바람에 이미 그에게 염증을 느끼고 있던 쿠투조프는 매우 흔쾌히 그를 놓아주고, 바르클라이 드 톨리에게로 임무를 맡겨 보냈다.

5월에 드릿사강 둔치의 진영에서 주둔하는 군대로 가기 전 안드레이 공작은 스몰렌스크 대로에서 3베르스타 떨어진, 마침 자신이 지나가는 길에 있던 리시에 고리에 들렀다. 지난 삼 년 동안 안드레이 공작의 삶에 너무나 많은 대변동이 있었던 데다 그 자신도 아주 많이 생각하고 느끼고 보았기에(그는 동쪽과 서쪽 모두 돌아다녔다.) 리시에 고리에 들어선 순간 그는 이상하고 뜻밖이긴 하지만 지극히 사소한 세부적인 것에 이르기까지 조금도 변하지 않은 그 똑같은 삶의 흐름에 깜짝 놀라고 말았다. 그는 마법에 걸려 잠에 빠진 성에 들어가듯 가로수 길로, 리시에 고리 저택의 석조 대문으로 들어섰다. 똑같은 진중함, 똑같은 청결함, 똑같은 정적이 그 집에 있었다. 똑같은 가구, 똑같은 벽, 똑같은 소리, 똑같은 냄새, 그저 약간 나이가 들었을 뿐 변함없이 겁먹은 얼굴. 마리야 공작 영애는 여전히 별로 아름답지 않은 소심한 노처녀로 인생의 가장 좋은 시절을 아무런 유익도 기쁨도 없이 두려움과 영원한 정신적 고통 속에서 보내고 있었다. 부리엔은 여전히 인생의 매 순간을 즐겁게 누리고 더없이 기쁜 희망들로 충만한, 스스로에게 만족스러워하는 요염한 아가씨였다. 다만 안드레이 공작이 보기에 더 자신만만해진 것 같았다. 그가 스위스에서 데려온 가정 교사 데살은 러시아풍의 프록코트 차림으로 러시아어를 이상하게 발음하며 하인들과 이야기를 나누고 있었다. 그러나 예전과 다름없이 시야는 좁아도 지적이고 교양 있고 고결하고 고지식한 교육자였다. 노공작의 육체에서 변한 점은 입안 한쪽에 이가 하나 빠진 것이 눈에 띈다는 점뿐이었다. 정신적으로 그는 예전과 똑같았고, 그저 세상에서 일어나는 일의 진실에 대해 더 큰 적의와 불신을 품었을 뿐이었다. 오직 니콜루시카만이 성장하고 변했으며, 뺨도 발그레해지고 검은 곱슬머리의 숱도 많아졌다. 그리고 깔깔거리거나 즐겁게 놀 때면 고인이 된 작은 공작 부인이 그랬던 것과 똑같이 자기도 모르는 사이에 조그맣고 귀여운 입의 윗입술을 쳐들곤 했다. 마법에 걸려 잠에 빠진 그 성에서 오직 그 아이만이 불변의 법칙을 따르지 않았다. 그러나 겉으로는 모든 것이 예전 그대로인 듯 보여도 그 모든 사람들의 내적인 관계는 안드레이 공작이 그들을 보지 못한 이후로 변해 버렸다. 가족들은 두 진영으로 나뉘어 서로 남남처럼 굴고 적대적으로 대했다. 지금은 단지 그가 있어서 함께 모였을 뿐이다. 즉 그를 위해 자신들의 평소 생활 방식을 바꾼 것이다. 한편에는 노공작과 마드무아젤 부리엔과 건축 기사가 있고, 또 다른 한편에는 마리야 공작 영애와 데살과 니콜루시카와 모든 보모들과 유모들이 있었다.

안드레이 공작이 리시에 고리에 머무는 동안 집안사람들은 다 함께 식사를 했다. 그러나 모두들 거북해했다. 안드레이 공작은 자신이 특별 대접을 받는 손님이라고, 자기 존재가 모든 이들을 숨 막히게 한다고 느꼈다. 첫날 만찬 자리에서 안드레이 공작은 무심결에 이것을 느끼고 침묵에 잠겼다. 안드레이 공작의 부자연스러운 상태를 눈치챈 노공작도 침울하게 침묵을 지키다가 만찬 후 곧장 자기 방으로 가 버렸다. 저녁 무렵 안드레이 공작이 노공작을 찾아가 그의 기분을 북돋우려 애쓰며 젊은 카멘스키 백작[37]의 원정에 대한 이야기를 꺼냈을 때 노공작은 뜻밖에도 마리야 공작 영애에 대한 이야기를 꺼내며 그녀의 미신에 대해, 또 그녀가 마드무아젤 부리엔을 좋아하지 않는 것에 대해 비난했다. 노공작의 말에 따르면 마드무아젤 부리엔은 그에게 진심으로 헌신하는 유일한 사람이었다.

노공작은 만약 자신이 병들면 그것은 오로지 마리야 공작 영애 때문이라고, 그녀가 일부러 자기를 괴롭히며 자극한다고, 그녀가 어린 니콜라이 공작의 응석을 받아 주며 어리석은 말로 그 아이를 망쳐 놓는다고 말했다. 노공작은 자신이 딸을 괴롭히고 있으며 그녀의 삶이 매우 고달프다는 것을 아주 잘 알았다. 그러나 자기로서는 그녀를 괴롭히지 않을 수 없다는 것, 그녀가 그런 대접을 받아 마땅하다는 것도 알았다. '안드레이 공작은 왜 이것을 보고도 동생에 대해 나에게 한마디도 하지 않을까?' 노공작은 생각했다. '저 애는 도대체 무슨 생각을 하는 거지? 나를 악당이나 늙은 멍청이로 생각하나? 이유도 없이 딸을 멀리하고 프랑스 여자를 가까이한다고 생각

---

37) 니콜라이 미하일로비치 카멘스키(Nikolai Mikhailovich Kamenskii, 1778~1811). 미하일 표도로비치 카멘스키 장군의 작은아들로 1808년 스웨덴 전쟁에 참전했다. 1810년 몰다비아에서 총사령관으로 임명되었고 오스만 제국의 군대를 여러 차례 격파했다.

하나? 저 녀석은 몰라. 그러니 저 녀석에게 설명을 해야 해. 저 애는 내 이야기를 들어야 해.' 노공작은 생각했다. 그리고 딸의 아둔한 성격을 견딜 수 없는 이유에 대해 설명하기 시작했다.

"만약 아버지께서 저에게 물으신다면……." 안드레이 공작은 아버지를 외면한 채 말했다.(그는 난생처음 아버지를 비난했다.) "전 말씀드리고 싶지 않습니다만, 그래도 아버지께서 제게 물으신다면 이 모든 것에 대한 제 의견을 솔직히 말씀드리겠습니다. 설사 아버지와 마샤 사이에 오해와 불화가 있다 해도 저는 결코 마샤를 나무랄 수 없습니다. 그 애가 아버지를 얼마나 사랑하고 존경하는지 아니까요. 만약 아버지가 제게 물으신다면……." 안드레이 공작은 화를 내며 계속 말을 이었다. 최근 그는 걸핏하면 화를 내려 했다. "제가 말씀드릴 수 있는 것은 한 가지뿐입니다. 만약 오해가 있다면 그것은 결코 제 누이의 친구가 되지 말았어야 할 보잘것없는 한 여자 때문입니다."

처음에 노인은 아들을 뚫어지게 바라보다가 새로 이가 빠진 자리를 내보이며 부자연스러운 미소를 지었다. 안드레이 공작은 그 이 빠진 모습에 도저히 익숙해질 수 없었다.

"어떤 친구 말이냐, 애야, 어? 벌써 서로 이야기를 했구나! 그러냐?"

"아버지, 전 심판관이 되고 싶지 않았습니다." 안드레이 공작은 신경질적이고 딱딱한 어투로 말했다. "하지만 아버지께서 제게 요구하셨습니다. 예전에도 말씀드렸고 지금도 늘 말씀드리지만 마리야 공작 영애에게는 잘못이 없습니다. 잘못은…… 잘못은 그 프랑스 여자에게 있습니다…….”

“아, 선고를 내렸군! 선고를 내렸어!” 노인은 나직한 목소리
로, 그리고 안드레이 공작이 느꼈듯이 당황하며 말했다. 그러
나 그 후 갑자기 벌떡 일어서며 소리쳤다. “나가라, 나가! 이곳
에 네 녀석의 냄새도 남기지 말거라!”

안드레이 공작은 곧바로 떠나고 싶었으나 마리야 공작 영
애가 하루만 더 있다 가라고 애원했다. 그날 안드레이 공작은
아버지를 만나지 못했다. 아버지는 자신의 방에서 나오지도
않고 마드무아젤 부리엔과 치혼 외에는 아무도 들이지 않은
채 아들이 떠났는지 어떤지 여러 번 물었다. 다음 날 집을 떠
나기에 앞서 안드레이 공작은 아들 방으로 갔다. 어머니를 닮
아 머리카락이 곱슬곱슬하고 건강한 사내아이가 그의 무릎에
앉았다. 안드레이 공작은 푸른 수염 이야기를 들려주다가 이
야기를 끝내기도 전에 생각에 잠겼다. 아들이 무릎에 앉아 있
는 동안 그는 그 귀여운 아들에 대해서가 아니라 자신에 대해
생각했다. 두려운 심정으로 자기 마음속에서 아버지를 노엽
게 한 것에 대한 후회와 아버지를 떠나는 것(난생처음 다투고)
에 대한 안타까움을 찾았으나 발견할 수 없었다. 무엇보다 심
각한 문제는 아들에 대한 옛 애정을 끄집어내려 해도 도무지
찾을 수 없다는 점이었다. 그는 아들을 어루만지고 무릎 위에
앉힘으로써 그 감정을 자기 안에 일깨우고자 했다.

“으응, 이야기해 줘.” 아들이 말했다. 안드레이 공작은 아무
런 대꾸 없이 아들을 무릎에서 내려놓고 방을 나갔다.

안드레이 공작이 그의 일상적인 업무를 내려놓자마자, 특히 예전의 생활 조건 — 그가 아직은 행복하던 시절의 — 에 발을 들여놓자마자 삶의 우울이 이전의 힘으로 그를 사로잡았다. 그는 한시바삐 그 기억들로부터 벗어나기 위해, 그리고 한시바삐 어떤 일을 찾기 위해 서둘렀다.

"꼭 가야겠어, 앙드레?" 여동생이 그에게 말했다.

"갈 수 있어 다행이지." 안드레이 공작이 말했다. "넌 그럴 수 없으니 내 마음이 무척 아프다."

"왜 그런 말을 해!" 마리야 공작 영애가 말했다. "왜 그런 말을 해, 오빠도 그 무서운 전쟁터로 떠나고 아버지도 이처럼 연로하신 지금 같은 때 말이야! 마드무아젤 부리엔은 아버지가 오빠에 대해 물어보신다고 하던데……." 이 말을 꺼내자마자 그녀의 입술이 바르르 떨리고 눈물이 방울방울 떨어지기 시작했다. 안드레이 공작은 그녀에게서 얼굴을 돌리고 방 안을 걷기 시작했다.

"아, 하느님! 하느님!" 그가 말했다. "무엇이든, 누구든 보잘것없는 어떤 존재가 사람을 불행하게 하는 원인이 될 수도 있다는 걸 어떻게 생각해야 하니……!" 그는 마리야 공작 영애를 두렵게 만드는 적의에 찬 어조로 말했다.

그녀는 깨달았다. 그가 보잘것없는 존재라 부른 사람들을 언급할 때 그녀의 불행을 조장한 마드무아젤 부리엔뿐 아니라 그의 행복을 파괴한 그 남자도 염두에 두었다는 것을……

"앙드레, 한 가지 부탁할 게 있어. 이렇게 애원할게." 그녀가 말했다. 그녀는 그의 팔꿈치를 살짝 건드리며 눈물이 고인 반짝이는 눈으로 그를 바라보았다. "난 오빠를 이해해.(마리야 공작 영애는 눈을 내리깔았다.) 불행을 초래한 게 인간이라고 생각하지 마. 인간은 하느님의 도구야." 그녀는 초상화가 걸린 낯익은 자리를 바라보는 확신에 찬 친숙한 시선으로 안드레이 공작의 머리보다 조금 더 높은 곳을 응시했다. "고통은 인간이 아니라 하느님이 보내시는 거야. 인간은 하느님의 도구야. 그들에게는 잘못이 없어. 오빠가 보기에 누군가가 오빠에게 잘못을 저지른 것 같으면 그것을 잊고 용서해. 우리에게는 벌할 권리가 없어. 그럼 오빠도 용서하는 행복을 깨닫게 될 거야."

"내가 여자라면 나도 그렇게 할 거다, 마리. 그것은 여성의 미덕이야. 하지만 남자는 잊어버리거나 용서해서는 안 되고, 또 그렇게 할 수도 없어." 그는 말했다. 이 순간까지만 해도 그는 쿠라긴을 생각하지 않았다. 그런데 갑자기 응어리진 모든 분노가 마음속에 확 치밀어 올랐다. '마리야 공작 영애가 지금 나에게 그를 용서하라고 설득하는 거라면 그것은 곧 내가 오래전에 그를 벌했어야 했다는 뜻이야.' 그는 생각했다. 그러고는 마리야 공작 영애에게 더 이상 대꾸하지 않고 군대에 있는 쿠라긴(그가 아는 바로는)과 마주칠 때의 그 기쁘고도 적의에 찬 순간을 생각하기 시작했다.

마리야 공작 영애는 오빠에게 하루만 더 기다려 보라고 애원했다. 그녀는 말했다. 안드레이가 화해하지 않고 떠나면 아버지가 얼마나 불행해할지 자신은 안다고…… . 그러나 안드레이 공작은 아마도 조만간 군대에서 다시 돌아올 거라고, 아버지에게 꼭 편지를 쓰겠다고, 지금은 오래 머물수록 이 불화가 더욱 깊어질 거라고 대답했다.

"잘 가, 앙드레! 불행은 하느님으로부터 온다는 것, 인간들에게는 결코 잘못이 없다는 것을 기억해." 그가 누이와 헤어질 때 들은 마지막 말은 이것이었다.

'그러니까 그렇게 될 수밖에 없어!' 안드레이 공작은 리시에 고리 저택의 가로수 길을 벗어나며 생각했다. '저 애는, 저 죄 없는 가련한 존재는 망령 든 노인의 먹잇감으로 남는구나. 노인네는 당신이 잘못한 것을 느끼면서도 자신을 바꾸지 못하고 있어. 나의 아들은 성장하며 삶을 즐기고 있지만 그 애도 인생을 살다 보면 모든 사람들과 똑같이 속고 또 속이기도 하겠지. 난 군대로 향하는 중이야. 왜? 나 자신도 몰라. 게다가 내가 경멸하는 사내에게 날 죽이고 조롱할 기회를 주려고 그 자를 만나고 싶어 해!' 삶의 조건은 예전에도 똑같았다. 하지만 예전에는 그 모든 것들이 서로 긴밀히 엮여 있었는데 이제 산산이 흩어져 버렸다. 무의미한 현상들만이 아무 연관 없이 안드레이 공작 앞에 잇달아 나타날 뿐이었다.

9

6월 말 안드레이 공작은 군사령부에 도착했다. 군주가 있는 1군의 부대들은 드릿사 강가에 방어벽을 구축한 진영에서 머물고 있었다. 2군의 부대들은 1군과 합류하기 위해 철수하는 중이었다. 소문대로라면 프랑스군 대병력이 2군을 1군으로부터 차단한 것이다. 다들 러시아군의 전반적인 작전 흐름에 불만을 품고 있었다. 그러나 러시아의 각 현에 침입의 위험이 미치리라고는 아무도 생각하지 못했고, 전쟁이 서쪽의 폴란드 현들[38]보다 깊숙이까지 번지리라고는 아무도 예상하지 못했다.

안드레이 공작은 드릿사 강가에서 자신이 배속된 바르클라

---

38) 스몰렌스크 서쪽에 위치한 현들 — 심지어 수년 전 러시아에 합병된 현들까지 — 은 여전히 '폴란드 현들'이라 불리고 있었다.

이 드 톨리를 발견했다. 숙영지 부근에는 큰 마을이나 촌락이 전혀 없어 군대에 있는 무수한 장군과 궁정 신하들은 강 이편이든 저편이든 인근 10베르스타에 걸쳐 그 작은 마을의 가장 좋은 저택들을 숙소로 배정받았다. 바르클라이 드 톨리는 군주가 있는 곳에서 4베르스타 떨어진 곳에 묵었다. 바르클라이 드 톨리는 볼콘스키를 무뚝뚝하고 냉정하게 맞이하고는 그의 임명을 확정하기 위해 군주에게 그의 도착을 보고하겠다고, 하지만 그동안에는 자신의 참모부에 있어 줄 것을 요청한다고 특유의 독일어 억양[39]으로 말했다. 안드레이 공작이 군대에서 발견하기를 바란 아나톨 쿠라긴은 이곳에 없었다. 그는 페테르부르크에 있었고, 안드레이 공작은 그 소식을 반갑게 생각했다. 지금 벌어지는 거대한 전쟁의 중심부에 있다는 사실이 안드레이 공작의 관심을 사로잡은 것이다. 그래서 한동안 쿠라긴에 대한 상념이 불러일으키는 초조함으로부터 벗어날 수 있어 기뻤다. 아무 곳에도 불려 가지 않은 첫 나흘 동안 안드레이 공작은 방어벽이 구축된 진영 전체를 말을 타고 돌아다니며 사정에 밝은 사람들과 대화하거나 자신의 지식에 의지하여 진영을 명확하게 이해하고자 애썼다. 그러나 이 진

---

39) 바르클라이 드 톨리는 이 책 주 26에서 언급했듯이 스코틀랜드 가문의 후손으로 발트해 연안인 리투아니아에서 태어나고 리보니아에서 성장했으며 러시아군에서 경력을 쌓았다. 이 장면에 언급된 '독일인 억양'이란 표현은 실제 독일어 억양을 뜻하는 것이 아니라 당시 러시아 병사들이 모든 외국인을 독일인으로 치부하고 모든 외국어를 독일어로 간주하던 경향을 반영한다. 이 책 1권 주 119를 참조.

영이 유리한지 불리한지에 대한 물음은 안드레이 공작에게 풀리지 않은 채로 남았다. 그는 이미 자신의 전쟁 경험을 통해 더할 나위 없이 신중하게 숙고하여 세운 계획도 전투에서는 아무런 의미도 갖지 않는다는 확신(그가 아우스터리츠 원정에서도 보았듯이), 모든 것은 뜻밖의 예기치 못한 적의 작전에 어떻게 대응하는가에 달렸다는 확신, 모든 것은 누가 어떻게 전투 전체를 이끌어 가는가에 달렸다는 확신을 끌어낼 수 있었다. 그 마지막 물음을 명확히 이해하고자 안드레이 공작은 자신의 지위와 친분을 이용하여 군사 행정과 그에 관여하는 인물이며 당파들의 성격을 자세히 알아보려 애썼고, 전투 상황에 대하여 다음과 같은 이해를 얻었다.

군주가 아직 빌노에 있던 당시 군대는 셋으로 나뉘었다. 1군은 바르클라이 드 톨리가, 2군은 바그라치온이, 3군은 토르마소프[40]가 통솔했다. 군주는 1군에 있었으나 총사령관의 자격으로는 아니었다. 명령서에는 군주가 지휘한다는 말이 없고, 그저 군주가 군대와 함께 있을 거라는 말뿐이었다. 게다가 군주에게는 개인적으로 군사령부가 아닌 황실 본부가 있었다. 황실 본부 책임자이자 병참부 장군인 볼콘스키 공작, 여러 장군들, 시종무관들, 외교관들, 많은 외국인들이 곁에 있긴 했

<hr>

40) 알렉산드르 페트로비치 토르마소프(Aleksandr Petrovich Tormasov, 1752~1819). 1787~1792년의 튀르크 전쟁에 참전했고, 1794년에는 폴란드에서 싸웠으며, 1804~1811년에는 그루지야와 캅카스에서 총사령관으로 복무했다. 1811년 국무 협의회 위원으로, 1812년 러시아 3군 지휘관으로, 1814년 모스크바 총독으로 활약했다.

지만 군사령부는 없었다. 게다가 군주의 측근에는 직무가 없는 사람들도 있었다. 전 국방 대신인 아락체예프, 장군들 가운데 관등이 가장 높은 베니히센 백작, 황태자인 콘스탄친 파블로비치 대공, 수상인 루만체프 백작, 전 프로이센 대신인 슈타인, 스웨덴 장군인 아름펠트, 작전 계획 입안의 중심인물인 풀, 사르디니아 출신 시종무관장인 파울루치,[41] 볼초겐[42] 등 그 밖의 많은 사람들이 그랬다. 이 인물들은 직책도 없이 군대에 머물렀으나 자신들의 지위에 따른 세력을 가지고 있었다. 그래서 종종 군단장이나 총사령관까지도 베니히센이나 대공이나 아락체예프나 볼콘스키 공작이 무슨 자격으로 이런저런 것을 문의하고 충고하는지 알지 못했으며, 충고의 형식을 띤 명령이 그 사람 개인에게서 나오는지 군주에게서 나오는지, 또 그것을 수행할 필요가 있는지 없는지도 알지 못했다. 그러나 그것은 표면적인 상황이었다. 군주와 그 모든 인물들이 머물고 있다는 사실의 본질적인 의미는 궁정(군주가 있으면 모든 이들

41) 마르퀴스 오시포비치 파울루치(Marquis Osipovich Paulucci, 1779~1849). 오스트리아계 이탈리아 귀족으로 1807년 러시아군에 입대했고, 1811년 그루지야 총독이 되었다. 1812년 나폴레옹의 대육군과 싸웠으며 같은 해에 한동안 러시아 1군의 참모부 수장이었다. 그러나 바르클라이 드 톨리와의 불화 때문에 리보니아와 쿠를란드(두 지역 모두 현재 라트비아 공화국에 속한다.)의 총독으로 전임했다. 1830년에 이탈리아로 돌아가 제노바의 총독이 되었다.
42) 루드비히 율리우스 볼초겐(Ludwig Julius Wolzogen, 1774~1845). 프로이센의 장군이자 군사 이론가로 1807년 러시아군에 입대하여 사령부에 소속되어 있었다. 그와 풀은 1812년 전쟁을 위한 전략을 짰다. 러시아 장군 바그라치온이 그를 반역자라고 언급한 바 있다.

이 궁정 신하가 된다.)의 시각에서 보면 모두에게 명백했다. 그 의미는 다음과 같다. 군주는 총사령관의 직분을 맡지 않았으나 전 군대를 지휘한다. 군주 주위에 있는 사람들은 그의 보좌역이다. 아락체예프는 질서의 충실한 집행자이자 수호자이며 군주의 호위병이다. 베니히센은 빌노현의 지주였다. 그는 그 지역에서 군주의 접대를 맡고 있는 듯 보였으나 사실은 뛰어난 장군이며, 조언을 위해서든 언제라도 바르클라이를 대신할 인물을 확보해 두기 위해서든 유용한 인물이었다. 대공이 이곳에 있었던 것은 그가 원했기 때문이다. 전직 대신인 슈타인이 이곳에 있었던 것은 그가 조언을 위해 유용했을 뿐 아니라 알렉산드르 황제가 그의 개인적인 자질을 높이 평가했기 때문이다. 아름펠트는 나폴레옹을 몹시 증오하는 자로 자신감이 넘치는 장군이었다. 그리고 그런 점이 알렉산드르에게 늘 영향력을 행사했다. 파울루치가 이곳에 있었던 것은 그가 대담하고 거침없는 언변을 구사했기 때문이다. 시종무관장들이 이곳에 있었던 것은 그들이 군주가 있는 곳이면 어디든 따라다녔기 때문이다. 마지막으로 무엇보다 풀이 이곳에 있었던 것은 그가 나폴레옹에 맞설 전쟁 계획을 세우고 알렉산드르에게 그 계획의 타당성을 믿게 한 후 전쟁 전반을 이끌었기 때문이다. 풀 곁에는 그 자신보다 그의 생각을 더 이해하기 쉬운 형태로 전달하는 볼초겐이 있었다. 볼초겐은 모든 것을 경멸할 정도로 자신만만하고 단호한, 탁상공론을 일삼는 이론가였다.

　러시아인이든 외국인이든(특히 낯선 환경에서 활약하는 사람들 특유의 대담함으로 매일같이 예기치 못한 새로운 생각들을 내놓는 외국인들) 위에 언급한 이 인물들 외에도 자기 상관이 이곳에 있다는 이유로 군대에 머무르는 많은 부차적인 인물들이 있었다.

그 거대하고 불안하고 눈부시고 오만한 세계의 온갖 생각과 목소리 속에서 안드레이 공작은 다음과 같은 보다 세분화된 경향과 파벌을 보았다.

첫 번째 파벌은 군사 이론가인 풀과 그 추종자들로 그들은 군사학이 있다는 것을, 이 학문에 불변의 법칙, 예를 들어 측면 이동과 우회 등의 법칙이 있다는 것을 믿었다. 풀과 추종자들은 국내 깊숙이 퇴각할 것, 즉 가상의 군사 이론이 명시한 정확한 법칙에 따라 퇴각할 것을 요구했고, 그 이론으로부터 조금이라도 벗어나는 것은 야만, 무지, 혹은 흉계에 지나지 않는다고 보았다. 이 파벌에 속한 이들은 독일인 대공들, 볼초겐, 빈친게로데 등이며 주로 독일인이었다.

두 번째 파벌은 첫 번째 파벌과 정반대였다. 늘 그렇듯 하나의 극단(極端)이 있는 곳에는 다른 극단을 대표하는 이들도 있었다. 빌노에 있을 때부터 이 파벌 사람들은 폴란드로 진격할 것과 이미 작성된 모든 계획을 버릴 것을 요구했다. 이 파벌의 대표자들은 과감한 행동의 대표자일 뿐만 아니라 민족주의의 대표자이기도 했다. 그 때문에 논쟁에서 더욱더 편향된 모습을 띠었다. 이들은 러시아인들이었다. 바그라치온, 상승세를 타기 시작한 예르몰로프[43] 등이 이에 속했다. 당시 예르몰로프의 유명한 농담, 즉 군주에게 한 가지 은총을 구한다면 자신을 독일인으로 승격시켜 달라고 하겠다는 농담이 퍼져 있었다. 이 파벌 사람들은 수보로프를 회상하며 말하곤 했다. 필요한 것은 지도에 핀을 꽂으며 생각하는 것이 아니라 적들과 맞서 그들을 물리치고 러시아에 발을 붙이지 못하도록 하는 것, 군의 사기가 떨어지지 않게 하는 것이라고.

　군주가 가장 신뢰하는 세 번째 파벌에는 이 두 경향을 중재하려는 궁정 신하들이 있었다. 아락체예프가 속한, 대부분 군인이 아닌 이 파벌의 사람들은 신념도 없으면서 그런 것을 가진 척하고 싶어 하는 사람들이 평소 말하는 대로 생각하고 지껄였다. 그들은 이런 식으로 말하곤 했다. 전쟁, 특히 보나파르트(사람들은 그를 다시 보나파르트라고 불렀다.) 같은 그런 천재와 벌이는 전쟁은 분명 더할 나위 없이 신중한 판단과 깊은 학문적 지식을 요구하며 이 점에서 풀은 천재적이다, 그러나 동시에 이론가들이 종종 한쪽으로 치우친다는 점을 인정하지 않을 수 없다, 따라서 그들을 완전히 믿어서는 안 된다, 풀의 반대자들이 하는 말에도, 전쟁 경험이 있는 실무적인 사람들이 하는 말에도 귀를 기울여야 하며 모든 것에서 중도(中道)를 택해야 한다. 이 파벌에 속한 사람들은 풀의 계획대로 드릿사

43) 알렉세이 페트로비치 예르몰로프(Aleksei Petrovich Ermolov, 1777~1861). 러시아의 장군. 수보로프의 지휘 아래 폴란드에서 복무했다. 프랑스의 러시아 침공 때는 발루치노, 보로지노, 말리 야로슬라베츠 전투에서 두각을 드러냈다. 이후 캅카스와 그루지야에서 군정(軍政) 책임자가 되었다.

강가에 진영을 유지한 채 다른 군대의 움직임을 변경해야 한다고 주장했다. 이런 작전 계획으로는 어떤 목적도 달성할 수 없었지만 이 파벌 사람들에게는 그렇게 하는 편이 더 나은 것처럼 보였다.

네 번째는 황태자인 대공을 가장 중요한 대표자로 내세우는 경향이었다. 대공은 아우스터리츠 전투에서의 환멸을 잊지 못했다. 그곳에서 그는 마치 사열식에 임하듯 철모와 기병용 상의를 착용하고 근위대 선두에서 말을 몰며 용감하게 프랑스인들을 쳐부수리라 생각했지만, 예기치 않게 제일선에 휘말렸다가 아수라장 속에서 간신히 빠져나왔다. 이 파벌에 속한 사람들의 견해에는 그들의 장점이자 단점인 진심이 있었다. 그들은 나폴레옹을 두려워했다. 그에게서 힘을 보고 자신에게서 나약함을 보았으며, 이런 생각을 직접 말로 드러내기도 했다. 그들은 말했다. "슬픔과 치욕과 파멸 외에는 이 모든 것으로부터 나올 게 없다! 우리는 빌노를 버렸고 비텝스크를 버렸고 이제 드릿사도 버리려 한다. 우리가 할 수 있는 현명한 행동은 오직 평화 조약을 맺는 것뿐이다. 그것도 저들이 우리를 페테르부르크에서 내몰기 전에 최대한 서둘러야 한다!"

군 상층부에 널리 유포된 이 견해는 페테르부르크에서도, 다른 정치적 이유로 역시 평화 조약을 지지하는 루만체프 수상에게서도 지지를 받았다.

다섯 번째 파벌은 인간 바르클라이 드 톨리보다 국방 대신이자 총사령관으로서 그를 신봉하는 이들이었다. 그들은 말했다. "그가 어떤 사람이든(그들은 항상 이런 식으로 시작했다.)

그는 성실하고 유능하다. 그보다 나은 사람은 없다. 지휘권의 통일 없이 전쟁이 잘 진행될 리 없으니 그에게 실권을 주어라. 그러면 핀란드에서 실력을 발휘했듯이 자신이 해낼 수 있는 것을 보여 줄 것이다.[44] 아군이 질서 정연하고 강인하게 어떤 패배도 겪지 않고서 드릿사강까지 퇴각했다고 말할 수 있다면 그것은 오로지 바르클라이 덕분이다. 지금 바르클라이의 자리에 베니히센을 앉히면 모든 게 파멸할 것이다. 베니히센은 이미 1807년에 자신의 무능을 드러냈기 때문이다." 이 파벌 사람들은 그렇게 말했다.

여섯 번째 파벌인 베니히센파는 이와 반대로 어쨌든 베니히센보다 더 유능하고 노련한 사람은 없다, 아무리 발버둥을 쳐 봤자 결국 그를 찾게 될 것이다라고 말했다. 그리고 이 파벌 사람들은 아군이 드릿사강까지 퇴각한 과정 전체가 이루 말할 수 없이 치욕스러운 패배이며 실패의 연속이라고 주장했다. 그들은 말했다. "실패를 많이 할수록 더 낫다. 적어도 그런 식으로는 나아갈 수 없음을 빨리 깨달을 테니까. 필요한 사람은 바르클라이 같은 자가 아니라 1807년에 이미 실력을 보여 주었고 나폴레옹에게까지 인정을 받은 베니히센 같은 사람, 권력의 소유자로 기꺼이 인정할 만한 그런 사람이다. 그리고 그런 사람은 오직 베니히센뿐이다."[45]

---

44) 1809년 핀란드 전쟁에서 러시아군을 지휘하던 바르클라이 드 톨리는 보트니아만(스웨덴과 핀란드 사이에 있다.)의 빙판 위를 이틀 동안 행군하여 우메오(스웨덴 도시)를 함락하고 스웨덴과 평화 조약을 맺었다.
45) 다섯 번째 파벌과 여섯 번째 파벌이 베니히센에 대해 상반된 견해를 보이

일곱 번째 파벌은 특히 젊은 군주의 측근에 늘 있기 마련인 사람들로 알렉산드르 황제의 주변에는 그런 인물들이 유난히 많았다. 그들은 군주에게 열정적으로 헌신하는, 1805년 로스토프가 군주를 경애한 것처럼 군주를 황제로서가 아니라 한 인간으로서 진심으로 사심 없이 경애하는, 그에게서 온갖 미덕뿐 아니라 온갖 인간적 자질까지 보는 장군과 시종무관들이었다. 이 인물들은 군대 지휘를 사양한 군주의 겸허함에 감격하면서도 그 지나친 겸허함을 비판하며 한 가지만을 바라고 주장했다. 즉 경애하는 군주가 스스로에 대한 지나친 불신을 버리고서 자신이 군의 수장임을 공개적으로 선언하고, 자기 세력하에 총사령관의 군사령부를 조직하여 필요한 경우에는 노련한 이론가와 실무가들과 상의해 가며 직접 군대를 이끄는 것이었다. 그 방법만이 군대에 최고조의 사기를 불어넣을 수 있다는 것이다.

　다른 파벌에 비해 사람 수가 99대 1정도로 엄청나게 많은 최대 집단인 여덟 번째 파벌은 평화 조약도, 전쟁도, 공격도, 드릿사 강가나 그 어느 곳의 방어 진영도, 바르클라이도, 군주도, 풀도, 베니히센도 바라지 않고 가장 본질적인 한 가지, 즉 자신을 위한 최대의 이익과 만족만을 바라는 사람들로 이루어져 있었다. 군주의 본부 주위에 어지럽게 교차하고 뒤엉켜 들끓는 음모들의 흙탕물 속에서는 다른 때 같으면 생각도 못

고 있다. 두 가지 견해의 배경에 대해서는 이 책 2권 2부 9장에서 빌리빈이 안드레이 공작에게 보낸 편지를 참조.

할 아주 많은 것들로부터 성공을 거둘 수 있었다. 어떤 사람은 자신의 유리한 지위를 잃지 않겠다는 일념으로 오늘은 풀의 의견에 찬성했다가 내일은 그 적에게 찬성했으며, 또 그다음 날에는 오로지 책임을 회피하고 군주의 비위를 맞출 목적으로 자기는 아무아무 대상에 관하여 아무 의견도 갖고 있지 않다고 단언했다. 어떤 사람은 이익을 얻으려는 일념으로 전날 밤 군주가 넌지시 돌려 말한 것을 큰 소리로 부르짖으며 군주의 주의를 끌었고, 또 회의에서 자기 가슴을 치거나 자신에게 찬성하지 않는 사람들에게 결투를 청하는 식으로 자신은 언제라도 전체 이익을 위해 희생할 각오가 되어 있다고 과시하려 들며 큰 소리로 논쟁을 벌였다. 어떤 사람은 그저 두 차례의 회의 사이에 적들이 없는 틈을 타서 자신의 성실한 근무에 대한 일시 보조금을 간청했다. 그들은 이런 때에 자신의 요구를 거절할 겨를이 없다는 것을 알았다. 어떤 사람은 우연을 가장하여 일 때문에 고생하는 자의 모습으로 군주의 눈에 띄고자 계속 애썼다. 어떤 사람은 오랫동안 갈망해 온 목적, 즉 군주와 식사할 기회를 얻기 위해 새롭게 출현한 견해의 옳고 그름을 격렬하게 주장하면서 이를 위해 다소 강력하고 정당한 논거를 들곤 했다.

이 파벌의 모든 사람들은 돈과 십자 훈장과 관등을 손에 넣고자 했으며, 또 그것을 얻기 위해 차르의 은총이라는 풍향계가 가리키는 방향만을 주시했다. 그러다가 풍향계가 한 방향을 향하는 것을 알아차리면 군대의 이 모든 수벌들은 즉각 그 방향으로 날기 시작했다. 그래서 무리의 방향을 바꾸는 것은 군주에게 더욱 어려운 일이 되었다. 상황이 불투명한 가운데, 모든 것에 특히나 불안한 성격을 부여하는 위협적이고 심각한 위험이 있는 가운데, 그 모든 인물들의 다양한 인종에 더하여 음모와 자존심과 알력과 온갖 견해와 감정이 소용돌이치는 가운데 개인적인 이해에 여념이 없는 사람들로 최대 규모를 이룬 이 여덟 번째 파벌은 전반적인 사태에 큰 혼란과 불안을 더했다. 어떤 문제가 제기되든 이 수벌들 무리는 이전의 주제에 대해 윙윙거리기를 다 끝내기도 전에 새로운 주제로 날아가 자신들의 윙윙거림으로 진정한 논쟁의 목소리를 삼키고 흐려 놓았다.

안드레이 공작이 군에 도착한 바로 그 무렵 이 모든 파벌들 가운데 또 하나의 파벌, 즉 아홉 번째 파벌이 결집하여 서서히 목소리를 높이고 있었다. 이 파벌은 나이가 지긋하고 이성적이고 국정에 경험이 있는 사람들, 서로 대립되는 견해들 가운데 어느 것도 편들지 않은 채 본부에서 벌어지는 모든 것을 추상적으로 바라보며 그 불명확과 우유부단과 혼란과 나약으로부터 벗어날 방법을 능히 생각해 낼 수 있는 사람들로 이루어져 있었다.

이 파벌에 속한 사람들은 다음과 같이 말하고 생각했다. 모든 악은 무엇보다 군주가 군대 안에 군사 궁정을 형성하여 함께 머물고 있다는 점에서 비롯된다. 궁정에서나 유용할 뿐 군대에는 해악을 끼치기만 하는 불분명하고 불완전하고 변화무쌍한 위태로운 관계가 군대 안에 퍼졌다. 군주가 할 일은 군대를 지휘하는 게 아니라 국가를 통치하는 것이다. 이런 상황에서 벗어날 유일한 방법은 군주가 자신의 궁정과 함께 군대를 떠나는 것이다. 군주가 있는 것만으로도 그의 개인적 안전을 보장하는 데 필요한 5만 명의 군대가 꼼짝도 할 수 없게 된다. 독립성을 확보한 최악의 총사령관이 군주의 존재와 권력에 구속받는 최고의 총사령관보다 더 나을 것이다.

안드레이 공작이 드릿사 강가에서 업무 없이 지내던 바로 그 무렵에 이 파벌의 주요 대표자들 중 한 명인 국무 대신 시시코프가 군주에게 편지를 썼고, 발라쇼프와 아락체예프는 그 편지에 서명하는 데 동의했다. 군주로부터 국정 전반에 대해 논의해도 좋다고 허락받은 점을 이용하여 그 편지에서 그는 군주가 수도의 민중을 고무하여 전쟁으로 이끌어야 한다는 구실을 대며 군주에게 군대를 떠날 것을 정중히 건의했다.

군주가 민중의 사기를 고취하고 조국 수호를 호소해야 한다는 점, 러시아 승전의 주요 원천인 바로 그 민중의 사기를 고취해야 한다는(군주의 모스크바 체재가 그 효과를 낼 수 있는 한에서) 점이 건의되자 군주는 그것을 군대를 떠날 명분으로 받아들였다.

10

이 편지가 아직 군주에게 전달되기 전이었다. 식사 자리에서 바르클라이는 군주가 튀르크에 관하여 이것저것 묻기 위해 안드레이 공작을 친히 보고 싶어 한다는 소식을 본인에게 전하며 오후 6시까지 베니히센의 숙소에 출두하라고 말했다.

그날 군을 위험하게 할 수도 있는 나폴레옹의 새로운 움직임에 대한 소식 — 나중에 틀린 것으로 밝혀진 — 이 군주의 숙소로 전해졌다. 그리고 같은 날 아침 군주와 함께 드릿사 요새를 시찰하던 미쇼 대령[46]은 풀이 축조하고 그때까지만 해도

---

46) 알렉상드르 미쇼(Alexandre Michaud, 1772~1841). 당시 사르디니아 공국에 속한 니스에서 태어났으며, 프랑스 남부와 이탈리아 북부에서 프랑스의 혁명군과 맞서 싸웠다. 그 후 러시아군에 입대하여 차르의 부관이 되었다. 보로지노 전투 이후 쿠투조프는 그를 페테르부르크로 파견하여 모스크바를 포기한 사실을 알렸다.

나폴레옹을 반드시 파멸시킬 전술의 걸작으로 여겨지던 그 요새화된 진영이 아무 쓸모도 없을뿐더러 러시아군을 파멸로 몰고 갈 것이라고 군주에게 주장했다.

안드레이 공작은 베니히센 장군의 숙소에 도착했다. 베니히센 장군은 강가에 있는 어느 지주의 작은 저택을 숙소로 삼았다. 그곳에는 베니히센도 군주도 없었다. 그 대신 군주의 시종무관인 체르니쇼프[47]가 안드레이 공작을 맞이하면서 군주는 베니히센 장군과 파울루치 후작과 함께 이날 두 번째로 드릿사 진영의 요새를 시찰하러 나갔다고, 그 진지의 적합성에 대한 의혹이 강하게 제기되기 시작했다고 알렸다.

체르니쇼프는 프랑스 소설책을 들고 첫 번째 방의 창가에 앉아 있었다. 그 방은 아마도 예전에 홀이었던 것 같았다. 방에는 아직 오르간이 있고 그 위에 깔개 같은 것들이 쌓여 있었다. 또 한구석에는 베니히센의 부관을 위한 야전 침대가 있었다. 그 부관이 그곳에 있었다. 술자리나 업무로 지쳤는지 둘둘 만 이불 위에 앉아 꾸벅꾸벅 졸았다. 홀에는 문이 두 개였다. 정면의 문은 예전의 응접실로, 오른쪽의 다른 문은 서재로 통했다. 첫 번째 문에서 독일어로, 때로는 프랑스어로 지껄이는

---

47) 알렉산드르 이바노비치 체르니쇼프(Aleksandr Ivanovich Chernyshov, 1785~1857). 러시아의 시종무관이자 기병대 지휘관으로 아우스터리츠 전투 때부터 군 경력을 쌓았다. 틸지트 조약 이후 러시아의 군사와 외교 대표로 파리에 갔다. 1811년 황제의 시종무관직을 수행하다가 1812년 프랑스군이 퇴각할 때는 1개 파르티잔 부대를 지휘했다. 1827~1852년에 국방 대신과 국무 협의회 의장을 역임했다.

목소리들이 들렸다. 예전 응접실인 그곳에서는 군주의 희망대로 군사 회의가 아니라(군주는 불분명한 것을 좋아했다.) 그가 눈앞에 닥친 난관에 대해 의견을 묻고자 하는 몇몇 인물들의 모임이 열리고 있었다. 그것은 군사 회의가 아니었고, 이를테면 군주에게 어떤 문제들을 직접 설명하도록 선발된 자들의 회의였다. 이 약식 회의에 초대받은 이들은 스웨덴 장군인 아름펠트, 시종무관장인 볼초겐, 나폴레옹이 도망자 프랑스 국민이라고 부른 빈친게로데, 미쇼, 톨, 결코 군인이 아닌 슈타인 백작, 마지막으로 모든 일의 **핵심 인물** ── 안드레이 공작이 들은 바로는 ── 인 풀 그 자신이었다. 안드레이 공작 바로 다음에 도착한 풀이 응접실을 지나치다가 체르니쇼프와 이야기를 나누려고 잠시 걸음을 멈추어 안드레이 공작은 그를 자세히 살펴볼 기회를 얻었다.

얼핏 보기에 서툰 솜씨로 지은 러시아 장군의 군복을 가장 무도회 의상처럼 꼴사납게 걸친 풀은 그를 처음 보는 안드레이 공작의 눈에 어딘지 낮이 익었다. 바이로터, 마크, 슈미트 등 안드레이 공작이 1805년에 본 많은 독일인 이론가형 장군들의 모습이 그에게도 있었던 것이다. 그러나 풀은 그 모든 이들보다 더 전형적이었다. 그 독일인들에게 있던 면모를 자기 안에 전부 결합한 그런 독일인 이론가를 안드레이 공작은 아직 한 번도 본 적이 없었다.

풀은 키가 크지 않고 매우 야위었지만 굵은 뼈대, 투박하고 다부진 체격, 넓적한 골반, 불거진 어깨뼈를 지니고 있었다. 얼굴은 주름투성이였고 눈동자는 움푹 들어갔다. 관자놀이 부근의 앞쪽 머리칼은 솔빗으로 급하게 빗은 듯했고, 뒤쪽 머리칼은 몇 갈래로 갈라져 아무렇게나 삐죽 솟아 있었다. 그는 초조하고 험악한 기색으로 주위를 둘러보며 방에 들어왔다. 자신이 들어선 큰 방의 모든 것을 두려워하는 듯했다. 그는 어색한 동작으로 장검을 꽉 쥐고는 체르니쇼프를 돌아보며 군주는 어디에 계시냐고 독일어로 물었다. 가능한 한 빨리 그 방을 지나 인사를 끝내고 자기 자리처럼 느껴지는 지도 앞에서 업무를 시작하고 싶은 듯 보였다. 그는 체르니쇼프의 말에 황급히 고개를 끄덕이고는 군주가 요새를 시찰하고 있다는 말을 들으며 냉소적인 미소를 지었다. 그 요새는 다름 아닌 풀 본인이 자신의 이론에 기초하여 축조한 것이었다. 자신만만한 독일인들이 말할 때 흔히 그러듯 그는 낮고 굵은 목소리로 퉁명스레 툴툴거렸다. "멍청이." "완전히 망했군." "정말로 무슨 일이 생기겠어."(독일어) 안드레이 공작은 그 말을 듣지 못한 채 지나가려 했다. 그런데 체르니쇼프가 안드레이 공작이 튀르크에서 돌아왔다는 것을 기억해 내고 그를 풀에게 소개했다. 튀르크 전쟁은 매우 다행스러운 결과로 끝을 맺었다. 풀은 안드레이 공작을 쳐다본다기보다 그 너머를 응시한 채 껄껄거리며 중얼거렸다. "틀림없이 전술에 꼭 들어맞는 전쟁이었을 거요."(독일어) 그러고는 멸시하듯 소리 내어 웃더니 사람들의 목소리가 들리는 방으로 가 버렸다.

언제라도 야유 섞인 짜증을 낼 준비가 되어 있던 풀은 사람들이 감히 자기를 빼놓고서 자기 진영을 시찰하고 비판한 것 때문에 이날 특히 흥분한 듯 보였다. 안드레이 공작은 아우스터리츠 전투에 대한 기억 덕분에 풀과 마주친 이 한 번의 짧은 만남에서 그 남자의 성격을 분명히 파악할 수 있었다. 풀은 언제나 한결같이 구제 불능일 만큼 지독하게 자신만만한 인간 부류에 속했다. 그런 사람이 될 수 있는 것은 오직 독일인뿐이다. 오직 독일인만이 추상적 관념, 다시 말해 과학, 즉 완전한 진리에 대한 가상의 앎에 근거하여 자신만만해하기 때문이다. 프랑스인은 자신이 육체적으로나 정신적으로나, 그리고 남자들에 대해서나 여자들에 대해서나 거부할 수 없이 매력적인 존재라고 생각하기에 자신만만해한다. 영국인은 자신이 세상에서 가장 잘 정비된 국가의 국민이고, 언제나 영국인으로서 무엇을 해야 할지 알며, 자기가 영국인으로서 행하는 모든 것이 명백하게 훌륭함을 안다는 것을 근거로 자신만만해한다. 이탈리아인은 쉽게 흥분하고 쉽게 자신과 타인들을 잊어버리는 사람들이라 자신만만해한다. 러시아인은 다름 아니라 자신이 아무것도 모르고 또 알고 싶어 하지도 않는다는 점, 무언가를 충분히 안다는 것이 가능하다고 믿지 않는다는 점 때문에 자신만만해한다. 독일인의 자신감은 가장 최악이고 가장 견고하며 가장 역겹다. 그들은 자신들이 진리를 안다고 여기기 때문이다. 자신들이 고안해 낸, 그러나 자신들에게는 절대 진리인 과학을 말이다. 풀도 분명 그런 사람이었다. 그에게는 과학, 즉 그가 프리드리히 대왕의 전쟁사에서 끌어낸 측면 이동의 이론이 있었다. 동시대의 전쟁사에서 마주치게 되는 모든 것들은 그에게 무의미하고 야만적인 것, 전쟁이라고도 부를 수 없을 만큼 양편 모두 너무나 많은 실책을 범하는 꼴사나운 충돌로 보였다. 그런 전쟁들은 이론에도 부합하지 않고 과학의 대상도 될 수 없었다.

1806년 풀은 예나와 아우어슈테트에서 종식된 전쟁의 작전 계획을 세운 인물들 가운데 한 명이었다. 그러나 그 전쟁이 끝날 무렵에도 그는 자기 이론이 틀렸다는 증거를 전혀 발견하지 못했다. 오히려 그가 내린 판단에 따르면 그의 이론대로 하지 않은 점이 모든 실패의 유일한 원인이었기에 그는 특유의 유쾌한 비아냥거림으로 이렇게 말했다. "내가 말하지 않았나, 모든 게 엉망이 될 거라고."(독일어) 풀은 자기 이론을 너무도 사랑한 탓에 이론의 목적 — 실전에의 적용 — 을 잊곤 하는 이론가 부류에 속했다. 그는 이론에 대한 사랑 때문에 일체의 실무적인 것들을 증오했고 알려 하지도 않았다. 심지어 실패에도 기뻐했다. 실전에서 이론으로부터의 일탈로 인해 벌어진 실패는 그에게 자기 이론이 정당하다는 점만을 입증할 뿐이기 때문이다.

그는 안드레이 공작과 체르니쇼프와 함께 현재의 전쟁에 대해 몇 마디 나누었다. 모든 게 잘되지 않으리라는 것을 미리 아는, 심지어 그것에 대해 불만조차 느끼지 않는 사람의 표정이었다. 빗질이 안 된 채 몇 갈래로 뒷덜미에 삐죽삐죽 솟은 머리털과 서둘러 매만진 구레나룻은 특별히 이 점을 웅변적으로 뒷받침하고 있었다.

그는 다른 방으로 갔다. 곧 그곳으로부터 그의 투덜대는 낮고 굵은 목소리가 들려왔다.

11

안드레이 공작이 풀의 뒷모습을 눈으로 좇는 사이 베니히
셴 백작이 다급하게 방에 들어와 볼콘스키를 향해 가볍게 고
개를 끄덕이고는 걸음을 멈추지 않은 채 자기 부관에게 무언
가 지시를 내리며 집무실로 갔다. 군주가 그를 뒤따라 이곳으
로 오고 있었기에 베니히셴은 이것저것 준비를 갖추고 군주
를 맞이하기 위해 미리 서둘러 온 것이다. 체르니쇼프와 안드
레이 공작은 현관 계단으로 나갔다. 군주는 지친 표정으로 말
에서 내리고 있었다. 파울루치 후작이 군주에게 뭐라고 말했
다. 군주는 매우 열성적으로 이야기하는 파울루치의 말을 고
개를 왼쪽으로 기울인 채 불만스러운 표정으로 들었다. 군주
는 대화를 끝내고 싶은지 앞으로 나아갔으나 얼굴이 새빨개
지도록 흥분한 이 이탈리아인은 염치없이 계속 지껄이며 군
주를 뒤따랐다.

"이 진영을, 이 드릿사 진영을 제안한 자에 대해 말씀드리자면……." 계단을 오르던 군주가 안드레이 공작의 존재를 알아채고 그 낯선 얼굴을 유심히 들여다보는 동안 파울루치는 말했다.

"폐하, 그자에 대해 말씀드리자면……." 파울루치는 자신을 억제할 수 없는 듯 필사적으로 계속 말을 이었다. "드릿사 강가의 진영을 제안한 자 말입니다, 제 생각에 그자를 위한 곳은 오직 두 곳, 노란 집[48]이나 교수대뿐입니다." 이탈리아인의 말을 다 듣기도 전에, 그리고 마치 그의 말을 전혀 듣고 있지 않는 양 볼콘스키를 알아본 군주는 그를 향해 자애롭게 말을 건넸다.

"자네를 보니 무척 기쁘군. 사람들이 모인 곳으로 가서 나를 기다리게." 군주는 집무실로 향했다. 표트르 미하일로비치 볼콘스키 공작과 슈타인 남작이 뒤를 따랐고, 그들의 등 뒤에서 문이 닫혔다. 안드레이 공작은 군주의 허락을 이용하여 튀르크에서 알게 된 파울루치와 함께 회의가 소집된 응접실로 갔다.

표트르 미하일로비치 볼콘스키 공작은 군주의 참모진 책임자 비슷한 직분을 맡고 있었다. 볼콘스키는 집무실에서 나오더니 지도를 가지고 응접실로 와 그것을 테이블 위에 펼치고는 회중에게 의견을 구하고자 하는 사안을 전달했다. 문제는

---

48) 제정 러시아 시대 페테르부르크에 있던 오부홉스카야 정신 병원이 노란색이어서 당시 정신 병원을 빗대어 '노란 집'으로 불렸다.

프랑스군이 드릿사 진영을 우회하여 이동했다는 소식(나중에 거짓으로 밝혀진)이 밤사이 접수되었다는 것이었다.

가장 먼저 입을 연 사람은 아름펠트 장군이었다. 난데없이 그는 눈앞에 닥친 난관을 피하기 위하여 페테르부르크 가도와 모스크바 가도에서 떨어진 지점에 완전히 새로운, 어떤 설명으로도 납득할 수 없는(자신도 견해를 가질 수 있다는 점을 보여 주려는 욕구를 제외하고) 진지를 구축해야 한다고 제안했다. 그의 견해에 따르면 군대는 그 진지에 결집하여 적을 기다려야 했다. 분명 이 계획은 아름펠트가 오래전에 세워 둔 것이고, 지금 이 계획을 발표하는 까닭은 제기된 문제에 ─ 이 계획은 그것에 어울리지 않았다 ─ 답하기 위해서라기보다 그것을 말할 기회를 이용하려는 것 같았다. 만약 이 전쟁이 어떤 성격을 띠게 될지 고려하지 않는다면 그것은 다른 것들과 마찬가지로 정당하게 제기할 수 있는 수백만 가지 제안들 가운데 하나였다. 몇몇 사람들은 그의 의견에 반박했고, 몇몇 사람들은 옹호했다. 젊은 톨 대령은 스웨덴 장군의 견해를 누구보다 격렬히 반박했으며, 논의 도중에 옆 호주머니에서 글자가 가득 적힌 공책을 꺼내더니 그것을 읽도록 허락해 달라고 요청했다. 장황하게 작성된 기록에서 톨은 아름펠트나 풀의 계획과 정반대인 또 다른 작전 계획을 제안했다. 파울루치는 톨에게 반박하면서 전진하여 공격할 것을 제안했다. 그의 말에 따르면 오직 그것만이 아군을 지금 처한 불분명한 상황과 덫 ─ 그는 드릿사 진영을 그렇게 불렀다 ─ 으로부터 끌어낼 수 있었다. 이처럼 논쟁을 벌이는 동안 풀과 그의 통역관 볼초겐(궁정 인물들 사이에서 풀의 다리 역할을 하는)은 입을 다물고 있었다. 풀은 자신이 지금 듣고 있는 헛소리에 반박할 정도로 자신의 수준을 떨어뜨리지 않겠다는 뜻을 드러내며 그저 멸시하듯 콧방귀를 뀌고 고개를 돌렸다. 그러나 토론을 주관하던 볼콘스키 공작이 견해를 말해 달라고 청하자 그저 이렇게 말했다.

"나에게 뭘 묻소? 아름펠트 장군이 뒤가 탁 트인 아름다운 진지를 제안했는데. 저 **이탈리아 장군**이 제안한 공격도 있잖소. 정말 훌륭하잖소! 퇴각도 있구려. 그것도 좋소. 나에게 뭘 물어보오?"(독일어) 그가 말했다. "당신들이야말로 나보다 훨씬 더 잘 알지 않소." 하지만 볼콘스키가 얼굴을 찌푸리면서 군주의 이름으로 그에게 의견을 묻는 것이라고 하자 풀은 일어서서 갑자기 열의를 보이며 말했다.

"여러분은 모든 것을 망쳐 놓고 모든 것을 뒤죽박죽으로 만들고 모든 것을 나보다 더 잘 알고 싶어 하다가 이제야 날 찾아왔소. 어떻게 해야 바로잡느냐고? 바로잡을 수 있는 것은 전혀 없소. 내가 말한 근거대로 모든 것을 정확히 수행해야 하오." 그는 앙상한 손가락으로 테이블을 탁탁 치며 말했다. "뭐가 난관이라는 거요? 헛소리요, **아이들 장난이오!**"(독일어) 그는 지도에 다가가 앙상한 손가락으로 지도를 가리키며 어떤 우연도 드릿사 진영의 합목적성을 바꾸어 놓을 수 없다고 주장하면서 모든 것은 예견된 것이라고, 만약 적이 정말로 우회 작전을 펼친다면 적은 반드시 소탕될 것이라고 빠르게 지껄이기 시작했다.

독일어를 모르는 파울루치는 그에게 프랑스어로 질문을 던지기 시작했다. 볼초겐은 프랑스어에 서툰 자기 상관을 도우러 가까이 다가가 간신히 풀의 말을 따라잡으며 통역하기 시작했다. 풀은 모든 것, 이미 일어난 모든 것뿐 아니라 앞으로 일어날 수 있는 모든 것이 자신의 작전에 예견되어 있었다는 점, 만약 지금이 어려운 상황이라면 전적으로 모든 것이 엄밀하게 수행되지 않은 탓이라는 점을 빠르게 증명했다. 그는 계속 비꼬듯 히죽거리며 증명해 나갔고, 수학자가 한번 증명된 바 있는 수학 문제의 정확성을 다양한 방법으로 검산하기를 중단하듯 마침내 경멸에 찬 태도로 증명을 집어치웠다. 볼초겐은 그를 대신해 그의 생각을 프랑스어로 계속 설명하며 이따금 풀에게 말했다. "그렇지 않습니까, 각하?"(독일어) 싸움에서 흥분한 남자가 자기편을 두들겨 패듯 풀은 버럭 성을 내며 볼초겐에게 소리를 지르곤 했다.

"물론이지. 설명할 게 또 뭐가 있나?"(독일어) 파울루치와 미쇼는 입을 모아 프랑스어로 볼초겐을 몰아붙였다. 아름펠트는 독일어로 풀에게 말을 걸었다. 톨은 러시아어로 볼콘스키 공작에게 설명을 했다. 안드레이 공작은 잠자코 들으며 이들을 관찰했다.

이 모든 사람들 가운데 누구보다 안드레이 공작의 공감을 불러일으킨 사람은 노기등등하고 단호하고 터무니없이 자신만만한 풀이었다. 여기에 참석한 모든 이들 가운데 오직 그만이 스스로를 위해 아무것도 바라지 않고 아무에게도 적의를 품지 않은 듯했다. 그가 바라는 것은 오직 한 가지, 자신이 수

년간의 노고로 끌어낸 이론에 따라 세운 계획을 실행에 옮기는 것뿐인 듯했다. 그는 우스꽝스러웠고 빈정대는 태도 때문에 불쾌감을 주면서도 이상에 대한 무한한 헌신으로 무의식적인 존경심을 불러일으켰다. 게다가 풀을 제외한 모든 발언자들의 모든 말에는 1805년 군사 회의 때 없던 한 가지 공통된 특징이 있었다. 지금은 비록 감춰져 있지만 그것은 바로 천재 나폴레옹에 대한 극심한 공포, 각 사람의 반박 속에 드러난 공포였다. 사람들은 나폴레옹이라면 모든 것이 가능할 거라 가정했고, 모든 방향에서 그가 나타날 수 있다고 예상했으며, 그 무시무시한 이름으로 서로의 가정을 뒤엎었다. 오직 풀만이 나폴레옹을 자기 이론에 반대하는 모든 사람들과 조금도 다를 바 없는 야만인이라 생각하는 듯했다. 그러나 풀은 안드레이 공작에게 존경의 감정 외에 연민의 감정도 불러일으켰다. 궁정 사람들이 풀을 대하는 태도로 볼 때, 파울루치가 감히 황제에게 아뢴 말로 볼 때, 무엇보다도 풀 자신의 표정에 깃든 어떤 절박감을 볼 때 그의 몰락이 임박했다는 점은 다른 사람도 알고 그 자신도 느끼는 것 같았다. 또한 자신만만함과 독일인 특유의 불평 섞인 빈정거림에도 불구하고 그는 관자놀이에 바짝 빗어 붙인 머리칼과 뒷덜미에 삐죽삐죽 튀어나온 머리 다발 때문에 초라해 보였다. 격분과 경멸의 표정 아래 숨기고는 있지만 그는 분명 이 순간 자기 이론의 정당성을 거대한 실험으로 검증하고 전 세계에 증명할 유일한 기회가 손아귀에서 미끄러져 달아나 절망에 빠져 있을 터였다.

토론은 오랫동안 계속되었다. 토론이 길어질수록 논쟁은

한층 격해져 고함과 인신공격의 수준에 이르렀고, 사람들이 말한 모든 것으로부터 어떤 공통된 결론을 이끌어 낼 가능성은 더욱 줄어들었다. 안드레이 공작은 그 다양한 언어의 말소리, 추측, 계획, 반박, 고함 소리를 들으면서 그저 그들이 다함께 지껄이고 있다는 사실에 놀라워할 뿐이었다. 전쟁에 대한 학문은 있지도 않고 있을 수도 없으므로 이른바 전쟁의 천재라는 것도 있을 수 없다는, 오래전부터 군사 행동 중에 종종 뇌리에 떠오르던 생각들이 이제 그에게는 진리로서 완전한 명백성을 띠게 되었다. '조건과 상황을 알지 못하고 그것을 일정하게 한정할 수 없는 실전에서, 전쟁을 하는 사람의 힘은 더더욱 한정할 수 없는 실전에서 어떤 이론과 학문이 존재할 수 있단 말인가? 아군과 적군이 하루 만에 어떤 상황에 처할지는 아무도 모르고 또 알 수도 없다. 이런저런 부대의 병력이 어느 정도인지도 아무도 알 수 없다. 이따금 "우리는 차단되었다!"라고 외치며 달아나는 겁쟁이들 대신 "우라!" 하고 외치는 용감무쌍한 사람들이 선두에 있으면 쉰그라벤 전투 때처럼 5000명 부대가 3만 명 부대에 맞먹는 가치를 갖기도 한다. 그러나 때로는 아우스터리츠 전투 때처럼 5만 명이 8000명을 앞에 두고 달아나기도 한다. 실무적인 일이 다 그렇듯 아무것도 확실하지 않고 모든 것이 무수한 상황에 좌우되는, 그 상황의 의미가 어느 한순간 결정되고 그 순간이 언제 닥칠지 아무도 모르는 그런 문제에 관해 무슨 학문이 존재할 수 있겠는가. 아름펠트는 아군이 차단을 당했다고 말하는데 파울루치는 우리가 프랑스 군대를 두 곳의 포화 사이에 밀어 넣었다고 말한다. 미쇼는 드릿사 진영의 결점은 강이 뒤에 있는 것이라 말하고 풀은 그것이야말로 그 진영의 강점이라고 말한다. 톨이 한 가지 계획을 제안하면 아름펠트가 다른 것을 제안한다. 모든 게 좋기도 하고 모든 게 나쁘기도 하다. 각 상황의 장점은 사건이 일어나는 순간에야 비로소 명확해질 수 있다. 그런데 어째서 다들 전쟁의 천재라는 말을 하는 걸까? 때에 맞춰 비스킷을 운반하라고 지시하는 사람, 어떤 자에게는 오른쪽으로 가라 하고 어떤 자에게는 왼쪽으로 가라 지시하는 사람, 그 사람이 과연 천재일까? 그들이 천재라고 불리는 것은 그저 군인들이 광휘와 권력에 싸여 있기 때문에, 또한 많은 비열한 인간들이 권력에 아첨하면서 그 권력이 본디 갖지 못한 천재성이라는 자질을 그것에 부여하기 때문이다. 오히려 내가 아는 최고의 명장들은 어리석거나 얼빠진 사람들이다. 가장 뛰어난 장군은 바그라치온이다. 나폴레옹도 그를 인정했다. 보나파르트 역시 명장이다! 난 아우스터리츠 벌판에서 본 그의 잘난 척하는 오종종한 얼굴을 기억한다. 훌륭한 사령관에게는 천재성이나 어떤 특별한 자질이 필요 없을뿐더러 오히려 가장 훌륭하고 고귀한 인간적 특성들, 즉 사랑, 시정(詩情), 부드러움, 그리고 철학적 탐구심에서 비롯된 의혹이 없어야 한다. 훌륭한 사령관은 시야가 좁고 자기가 하는 일이 매우 중요하다고 굳게 확신하는(그러지 않으면 충분한 인내심을 가질 수 없을 것이다.) 사람이어야 한다. 만약 그가 인간이라면, 만약 그가 누군가를 사랑하고 동정하며 무엇이 옳고 그른지에 대해 생각한다면 좋지 않다. 예로부터 사람들이 그들을 위하여 천재 이론을 조작한 것은 납득할 만하다. 그들은 곧 권력이기 때문이다. 승전의 공로는 그들이 아니라 대열 속에서 "패했다!"라고 부르짖거나 "우라!" 하고 외치는 사람들에게 달렸다. 그리고 오직 이 대열에 있을 때만 사람은 자기가 쓸모 있다는 확신을 가지고 복무할 수 있다!'

안드레이 공작은 논쟁을 들으며 이러한 생각에 잠겨 있다가 파울루치가 그의 이름을 부르고 모두 뿔뿔이 흩어질 때에야 비로소 정신을 차렸다.

다음 날 사열식에서 군주는 안드레이 공작에게 어디서 복무하기를 원하는지 물었다. 안드레이 공작은 군주의 측근에 남기를 청하지 않고 부대에서 복무하도록 허락해 달라고 청함으로써 궁정 세계에 머물 기회를 영원히 잃었다.

12

로스토프는 전쟁이 시작되기 전 부모로부터 편지를 받았
다. 편지에서 부모는 나타샤의 병과 안드레이 공작과의 파혼
(부모는 그 파혼이 나타샤의 거절 때문이었다고 설명했다.)에 관하
여 짤막하게 알리며 그에게 퇴역하여 집으로 돌아오라고 또
다시 부탁했다. 그 편지를 받은 니콜라이는 휴가나 퇴역을 청
하려 애쓰기보다 부모에게 나타샤의 병과 파혼을 무척 안타
깝게 여기며 두 분의 희망을 이루어 드리기 위해 자신이 할 수
있는 모든 것을 하겠다는 편지를 썼다. 그는 소냐에게 따로 편
지를 썼다.

사랑하는 내 영혼의 벗에게.
명예 외에는 어떤 것도 나의 귀향을 막을 수 없을 거야. 하지
만 전쟁의 시작을 앞둔 지금 만일 내가 조국에 대한 의무와 사

랑보다 행복을 택한다면 난 모든 동료들뿐 아니라 나 자신 앞에서조차 스스로를 명예롭지 못한 자로 여기게 될 거야. 하지만 이것이 마지막 이별이야. 믿어 줘. 전쟁이 끝난 뒤에도 내가 살아 있고 또 당신이 여전히 날 사랑해 준다면 난 나의 뜨거운 가슴에 영원토록 당신을 안기 위해 모든 것을 버리고 당신에게 달려가겠어.

실제로 로스토프를 붙잡아 두고 그가 귀향하여 — 그의 약속대로 — 소냐와 결혼하는 것을 막는 것은 전쟁의 시작뿐이었다. 사냥이 있던 오트라드노예의 가을, 크리스마스 주간과 소냐의 사랑이 있던 겨울은 그에게 귀족의 고요한 기쁨과 평온 — 그가 예전에는 미처 알지 못했으나 이제 그를 손짓하여 부르는 — 이라는 전망을 펼쳐 보였다. 그는 생각했다. '좋은 아내, 아이들, 멋진 사냥개 무리, 열두어 마리의 용감한 보르조이 무리, 영지 경영, 이웃, 지방 선거!' 그러나 이제 곧 전쟁이 일어나므로 연대에 남아야 했다. 그럴 필요가 있는 이상 니콜라이 로스토프는 성격상으로도 연대에서 보낸 생활에 만족했지만 스스로를 위해서라도 그 생활을 유쾌하게 만들어 갈 수 있었다.

휴가에서 돌아와 동료들의 기쁨에 찬 환영을 받은 니콜라이는 말을 보충하기 위해 파견되었다가 소러시아에서 좋은 말들을 구해 왔다. 그 말들로 인해 기쁨을 얻었고 상관으로부터 칭찬을 받기도 했다. 부대를 비운 사이 그는 대위로 승진되어 있었다. 그리고 연대가 정원 보강과 함께 전시 상태에 놓이자 그는 다시 옛 중대를 맡게 되었다.

　전쟁이 시작되고, 연대가 폴란드로 이동하고, 봉급이 두 배가 되고, 새로운 장교들과 새로운 병사들과 말들이 도착했다. 무엇보다 전쟁 초기에 따르기 마련인 흥분이 뒤섞인 들뜬 분위기가 퍼졌다. 연대에서 자신의 유리한 지위를 의식한 로스토프는 머지않아 포기해야 한다는 걸 알면서도 군 복무의 즐거움과 흥밋거리에 푹 빠졌다.

　부대들은 다양하고 복잡한 국가적, 정치적, 전술적 이유로 빌노에서 퇴각했다. 한 걸음 한 걸음 퇴각할 때마다 참모 본부의 이해관계, 추론, 욕망이 복잡하게 요동쳤다. 그러나 파블로그라드 연대의 경기병들로서는 가장 좋은 시기인 여름에 식량을 충분히 공급받으며 퇴각하는 이 행군 전체가 지극히 간단하고도 즐거운 일이었다. 낙담하고 걱정하고 음모를 꾸미는 것은 사령부에서나 일어나는 일일 뿐 군대 깊숙한 곳에서는 어디로 무엇을 위해 이동하는지 스스로에게 묻는 사람도 없었다. 그들이 퇴각을 아쉬워했다면 그것은 단지 제집처럼 익숙해진 숙소나 폴란드의 어여쁜 귀족 아가씨들을 떠나야 했기 때문이다. 설령 누군가의 머리에 상황이 좋지 않다는 생각이 떠오른다 해도, 훌륭한 군인이라면 마땅히 그래야 하듯 그 생각을 떠올린 사람은 쾌활함을 잃지 않기 위해, 전세의 전반적인 흐름은 생각하지 않고 눈앞에 놓인 일만 생각하기 위해 애썼다. 처음에 그들은 폴란드의 지주 귀족들과 친분을 쌓기도 하고 군주와 다른 최고 사령관들의 사열을 기다리거나 끝내기도 하며 빌노 부근에서 즐겁게 머물렀다. 그 후 스비엔챠니로 퇴각하되 운반할 수 없는 식량은 모두 없애라는 명령이 떨어졌다. 스비엔챠니가 경기병들의 기억에 남은 이유는 단지 부대 전체가 스비엔챠니의 숙영지에 이름을 붙인 대로 그곳이 술고래 진영이었기 때문이기도 하고, 스비엔챠니에서 그들이 식량을 징발하라는 명령을 남용해 식량뿐 아니라 폴란드 귀족들의 말과 승용 마차와 양탄자까지 징발하여 부대에 대한 많은 불평이 있었기 때문이기도 했다. 로스토프가 스비엔챠니를 기억하는 것은 그 작은 마을로 들어간 첫날 자신이 한 기병 특무 상사를 경질한 데다 자신의 허락도 없이 묵은 맥주 다섯 통을 가져온 만취한 중대원 전원을 제대로 다루지 못했기 때문이다. 그들은 스비엔챠니로부터 더 멀리 드릿사까지 퇴각했고, 다시 드릿사에서 퇴각하여 러시아 국경 가까이에 이르렀다.

7월 13일 파블로그라드 연대는 처음으로 본격적인 전투에 참여하게 되었다.

전투 전야인 7월 12일 밤에 뇌우를 동반한 세찬 폭풍이 있었다. 대체로 1812년 여름에는 유난히 폭풍이 많았다.

파블로그라드 연대의 두 중대는 이미 이삭이 팼으나 가축과 말들에 완전히 짓밟히고 만 호밀밭 한가운데에서 야영을 했다. 비가 세차게 쏟아졌다. 로스토프는 급하게 지은 임시 막사에서 자신이 돌봐 주는 젊은 장교 일리인과 함께 앉아 있었다. 양 볼에 닿도록 콧수염을 길게 기른 그들 연대의 장교가 사령부에 다녀오는 길에 비를 만나 로스토프에게 들렀다.

"사령부에서 오는 길입니다, 백작. 라옙스키[49]의 무훈에 대해 들었습니까?" 그러더니 장교는 사령부에서 들은 살타노보 전투에 대해 자세한 이야기를 들려주었다.

로스토프는 바짝 붙어 앉은 젊은 장교 일리인을 이따금 흘긋거리면서 흘러드는 빗물에 목을 움츠리고 파이프 담배를 피우며 건성으로 들었다. 얼마 전 연대에 들어온 이 열여섯 살짜리 소년 장교와 니콜라이의 관계는 칠 년 전 니콜라이와 제니소프 같았다. 일리인은 뭐든지 로스토프를 따라 하려 들었고, 여자처럼 그에게 빠져 있었다.

콧수염이 남들의 두 배만큼이나 긴 장교 즈드르진스키는 살타노보 제방이 러시아의 테르모필레[50]였다고, 이 제방 위에서 라옙스키 장군이 고대인에 필적하는 행위를 수행했다고 과장하여 말했다. 즈드르진스키는 무시무시한 포화 아래 두 아들을 제방으로 데려가 그들과 함께 돌격한 라옙스키의 활

<hr />

49) 니콜라이 니콜라예비치 라옙스키(Nikolai Nikolaevich Raevskii, 1771~1829). 러시아의 장군. 스무 살에 대령이 되어 폴란드 전쟁과 튀르크 전쟁에 참전했다. 1801년에 가정사로 제대했으나 오스트리아 원정 중인 1807년 복귀하여 바그라치온 휘하에서 복무했다. 1812년 바그라치온 군대의 7보병 군단을 지휘했다. 스몰렌스크 전투 때는 적의 대군에 맞서 스물네 시간 동안 스몰렌스크를 방어했고, 보로지노 전투 때는 훗날 라옙스키 보루라고 알려지게 될 전략적 요충지의 지휘를 맡았다. 이후 말리 야로슬라베츠와 크라스노예의 전투에 참가했으며 유럽 원정에도 참전했다.
50) 그리스 중부 칼리드로몬산과 말리아코스만 사이의 좁은 고개다. 그리스를 침략하는 외적들과 이에 저항하는 그리스인들이 이곳에서 여러 차례 치열한 전투를 치렀다. 특히 기원전 480년 스파르타 왕 레오니다스 휘하에서 스파르타군 300명이 페르시아 왕 크세르크세스의 전군과 맞서 테르모필레로 향하는 협로를 지켜 낸 사건은 매우 유명하다.

약을 들려주었다.[51] 로스토프는 이야기를 듣긴 했으나 즈드르진스키의 열광에 맞장구치는 말은 한마디도 하지 않았다. 오히려 군이 반박할 생각은 없지만 듣고 있는 이야기에 수치심을 느낀다는 표정을 지었다. 아우스터리츠 전투와 1807년 전쟁 이후 로스토프는 전투에서 있었던 일을 이야기하는 사람들이 그 자신도 그랬던 것처럼 언제나 거짓말을 하기 마련임을 경험으로 알았다. 두 번째, 그는 전쟁의 모든 것이 결코 우리가 상상하고 이야기할 수 있는 방식으로 일어나지 않는다는 점을 알 만큼 충분한 경험을 했다. 그래서 즈드르진스키의 이야기가 마음에 들지 않았고, 양 볼까지 길게 콧수염을 기른 채 버릇처럼 상대방의 얼굴 위로 허리를 푹 숙이며 비좁은 임시 막사에서 밀치락대는 즈드르진스키도 마음에 들지 않았다. 로스토프는 말없이 그를 바라보았다. '무엇보다 그들이 돌격한 제방 위는 분명 너무나 혼란스럽고 붐벼서 라옙스키가 아들들을 데려갔다 해도 주위에 있는 열 명 남짓한 사람들 외에는 아무에게도 영향을 미칠 수 없었을 거야.' 로스토프는 생각했다. '나머지 사람들도 라옙스키가 어떻게, 누구와 함께 제방을 걸었는지 보았을 리 없어. 하지만 보았다 해도 그다지 사기가 올랐을 것 같지 않은데. 라옙스키의 다정한 부성애가 그들과 무슨 상관이 있냐 말이야. 자기들 목숨이 걸린 상황인데.

---

51) 라옙스키 장군은 살타노보에서 1만 5000명의 군인들을 이끌고 프랑스군의 다부 원수와 모르티에의 5개 사단에 맞서 열 시간 동안 싸웠다. 전투 중에 라옙스키가 보인 용맹스러움은 널리 알려진 사실이지만, 두 아들에 대한 이야기에 대해서는 본인도 사실이 아니라고 부인했다.

그리고 살타노보 제방을 탈환하느냐 마느냐는 사람들이 테르모필레에 대해 기술한 것처럼 조국의 운명을 좌우하는 것도 아니었어. 그러니 무엇 때문에 그런 희생을 감수하냐고? 게다가 무엇 때문에 자식들을 그런 전쟁터에 휩쓸리게 하겠어? 나라면 내 동생 페챠를 그런 곳에 데려가지 않을 거야. 일리인도 마찬가지지. 나와 남이지만 이 착한 소년을 어딘가 안전한 장소에 두려 애썼을 거야.' 로스토프는 즈드르진스키의 이야기를 들으며 계속 생각에 잠겼다. 그러나 자기 생각을 말하지는 않았다. 그는 이런 일에 대해서도 이미 경험이 있었다. 그는 이런 이야기가 아군의 영예를 드높이는 데 도움이 된다는 것을 알기에 그 이야기를 의심하지 않는 척해야 했다. 그래서 그렇게 했다.

"하지만 못 참겠어요." 로스토프가 즈드르진스키의 이야기를 마음에 들어 하지 않는다는 것을 눈치채고 일리인이 말했다. "양말이고, 루바시카고, 옷 속까지 다 젖었어요. 피할 곳을 찾아볼게요. 빗줄기도 약해질 것 같은데." 일리인은 밖으로 나갔고, 즈드르진스키도 떠났다.

오 분 후에 일리인이 진흙탕을 철벅거리며 임시 막사로 달려왔다.

"우라! 로스토프, 얼른 가요. 찾았어요! 여기서 스무 걸음 정도 떨어진 곳에 선술집이 있어요. 그곳에 벌써 우리 패거리들이 모여 있던걸요. 하다못해 몸이라도 말려야 하지 않겠어요? 마리야 겐리호브나도 그곳에 있어요."

마리야 겐리호브나는 연대 군의관의 아내로 그 군의관이

폴란드에서 결혼한 젊고 예쁘장한 독일 여자였다. 군의관은 재산이 없어서인지 신혼에 젊은 아내와 떨어지기 싫어서인지 경기병 연대가 가는 곳이면 어디든 그녀를 데리고 다녔다. 그리고 군의관의 질투심은 경기병 장교들 사이에서 일상적인 농담거리가 되었다.

로스토프는 망토를 걸치더니 라브루시카에게 짐을 들고 오라고 소리친 후 진창을 미끄러지듯 지나기도 하고 잦아드는 빗속을 똑바로 철벅철벅 걷기도 하면서 멀리서 치는 번개에 이따금 갈라지는 밤의 어둠 속을 일리인과 함께 걸었다.

"로스토프, 어디 있어요?"

"여기. 번개가 굉장한데!" 그들은 그렇게 서로 이야기를 나누었다.

13

버려진 선술집 앞에 군의관의 키비토치카가 서 있고, 안에는 벌써 다섯명쯤 되는 장교들이 모여 있었다. 금발의 풍만한 독일 여자 마리야 겐리호브나는 실내복과 나이트캡 차림으로 입구의 반대편 구석[52]에 놓인 널찍한 긴 의자에 앉아 있었다. 남편인 군의관은 그녀의 뒤에서 자고 있었다. 로스토프와 일리인은 유쾌한 함성과 떠들썩한 웃음으로 환영을 받으며 안에 들어섰다.

"어이! 자네들, 정말로 재미있나 보군." 로스토프가 소리 내어 웃으며 말했다.

"그런데 자네들은 왜 멍하니 있나?"

"꼴좋군! 저 녀석들이 물을 뚝뚝 흘리고 있어! 우리 응접실

---

52) 러시아 농가에서 입구 반대편 구석은 상석(上席)이다.

을 물로 적시지 말아 줘.”

“마리야 겐리호브나의 옷을 더럽히지 않도록 해.” 여러 목소리들이 대꾸했다.

로스토프와 일리인은 마리야 겐리호브나의 수줍음을 다치게 하지 않고서 젖은 옷을 갈아입을 만한 구석을 서둘러 찾았다. 그들은 옷을 갈아입기 위해 칸막이 뒤로 갔다. 그러나 그 작은 광에는 세 장교가 빈 상자 위에 초 한 자루를 켜 놓은 채 방을 꽉 채우고 앉아 카드놀이를 하면서 절대 자리를 양보하려 하지 않았다. 마리야 겐리호브나는 커튼 대신 사용하라며 치마를 잠시 빌려주었다. 로스토프와 일리인은 그것을 커튼 삼아 짐을 들고 온 라브루시카의 도움을 받으며 젖은 옷을 벗고 마른 옷으로 갈아입었다.

부서진 페치카에 불을 지폈다. 사람들은 판자를 구해다 두 개의 안장으로 받쳐 놓고 말 덮개를 덮은 후 작은 사모바르와 식료품 가방과 럼주 반병을 찾아와 마리야 겐리호브나에게 여주인 역을 맡아 달라고 청하고는 모두 그녀 주위에 모였다. 어떤 이는 그녀에게 아름다운 작은 손을 닦으라며 깨끗한 손수건을 내밀었고, 어떤 이는 작은 발이 젖지 않도록 그 아래에 벤게르카를 깔았고, 어떤 이는 바람이 들지 않게 망토로 창문을 가렸고, 어떤 이는 남편이 깨지 않도록 손부채질로 그의 얼굴에서 파리를 쫓았다.

“그냥 내버려 두세요.” 마리야 겐리호브나가 수줍고도 행복한 미소를 지으며 말했다. “그이는 밤을 새우고 난 뒤면 그렇게 두어도 잘 자거든요.”

"아닙니다, 마리야 겐리호브나." 장교가 대답했다. "의사에게는 아부를 잘 해 두어야 합니다. 혹시라도 내 팔이나 다리를 절단할 일이 생기면 날 동정해 줄지 모르니까요."

컵은 세 개뿐이었다. 물이 너무 더러워서 차가 진한지 연한지 구분할 수도 없었다. 사모바르 안에는 물이 여섯 컵분량뿐이었다. 하지만 마리야 겐리호브나의 포동포동하고 자그마한 손 ― 손톱은 짧고 전혀 깨끗하지 않았다 ― 으로 고참부터 차례차례 컵을 받는 것은 그만큼 더 기쁜 일이었다. 이날 밤 모든 장교들은 정말로 마리야 겐리호브나에게 반한 것 같았다. 칸막이 뒤에서 카드놀이를 하던 장교들마저 마리야 겐리호브나에게 애정을 구하는 전체 분위기에 휩쓸려 곧 카드를 내던지고 사모바르가 있는 곳으로 건너왔다. 티를 내지 않으려 애쓰면서도, 그리고 뒤에서 자는 남편의 뒤척임에 매번 눈에 띄게 두려워하면서도 그녀는 자신을 에워싼 그 눈부시고 정중한 청년들을 보며 행복감으로 얼굴을 환히 빛냈다.

숟가락은 하나뿐이었다. 설탕은 그나마 가장 풍족했지만 젓기가 여의치 않았다. 그래서 그녀가 모든 사람들의 설탕을 차례차례 저어 주기로 했다. 로스토프는 자신의 컵을 받자 럼주를 따르고는 마리야 겐리호브나에게 저어 달라고 청했다.

"그런데 정말 설탕을 넣지 않아도 되겠어요?" 그녀는 계속 생글거리며 말했다. 마치 자신이 말한 모든 것이, 다른 사람들이 말한 모든 것이 매우 재미있으며 거기에는 다른 뜻도 있다는 투였다.

"네, 설탕은 필요 없습니다. 그저 당신이 그 자그마한 손으로 저어 주기만 바랄 뿐입니다."

마리야 겐리호브나는 그렇게 하기로 하고, 이미 누군가 집어 간 숟가락을 찾기 시작했다.

"당신이 손가락으로 저어 주면 더 기쁠 텐데요, 마리야 겐리호브나." 로스토프가 말했다.

"뜨거워요!" 마리야 겐리호브나는 기쁨으로 얼굴을 붉히며 말했다.

일리인은 물이 든 양동이를 골라 거기에 럼주를 몇 방울 똑똑 떨어뜨리고는 마리야 겐리호브나에게 다가와 손가락으로 저어 달라고 졸랐다.

"이것이 나의 찻잔입니다. 그저 손가락을 담가 주시기만 하면 제가 전부 마셔 버리겠습니다." 그가 말했다.

사람들이 사모바르의 차를 다 마시고 나자 로스토프는 카드를 집어 들고 마리야 겐리호브나에게 '킹' 놀이를 하자고 제안했다. 그들은 마리야 겐리호브나의 짝을 정하기 위해 제비 뽑기를 했다. 로스토프의 제안에 따르면 킹이 된 자가 마리야 겐리호브나의 작은 손에 입 맞출 권리를 얻고 잭이 된 자는 군의관이 잠에서 깰 때 그를 위하여 새 사모바르를 준비하러 가는 것이 놀이의 규칙이었다.

"마리야 겐리호브나가 킹이 되면요?" 일리인이 물었다.

"마리야 겐리호브나는 지금 이대로도 퀸이잖아! 그녀의 명령은 곧 법이야."

카드놀이가 시작된 순간 마리야 겐리호브나 뒤에서 군의관의 헝클어진 머리가 불쑥 올라왔다. 이미 한참 전에 깨어 사람들의 말에 귀를 기울이고 있었다. 그는 사람들의 모든 말과 행동에서 유쾌하거나 우습거나 재미있는 것을 전혀 발견하지 못한 듯했다. 그의 얼굴은 슬프고 침울했다. 그는 장교들과 인사를 나누지도 않고 몸을 벅벅 긁더니 밖으로 나가게 해 달라고 청했다. 장교들이 길을 막고 있었기 때문이다. 그가 나가자마자 모든 장교들이 큰 소리로 웃음을 터뜨렸다. 마리야 겐리호브나는 눈물이 글썽이도록 얼굴을 붉혔는데 그 모습이 모든 장교들의 눈에 더욱 매력적으로 보였다. 바깥에서 돌아온 군의관은 아내(이제 더 이상 그처럼 행복한 미소를 짓지 않고 겁에 질린 채 선고를 기다리며 그를 바라보고 있는)에게 비가 그쳤다고, 키비토치카로 자러 가야 한다고, 그러지 않으면 전부 도둑맞을 거라고 말했다.

"그럼 연락병을 한 명 보내지요…… 두 명 보내겠습니다!" 로스토프가 말했다. "이제 그만하시죠, 군의관."

"내가 직접 보초를 서겠습니다!" 일리인이 말했다.

"아닙니다, 여러분은 충분히 잠을 잤지만 난 이틀 밤을 새웠습니다." 군의관은 이렇게 말하고 아내 옆에 침울하게 앉아 카드놀이가 끝나기를 기다렸다.

장교들은 아내를 곁눈질하는 군의관의 침울한 얼굴을 보면서 더욱 즐거워했다. 많은 이들이 웃음을 참지 못하며 다급히 그 웃음에 대한 그럴싸한 핑계를 찾으려 애썼다. 군의관이 아내를 데리고 나가 그녀와 키비토치카 안으로 들어가자 장교들은 젖은 외투를 덮고 선술집에 드러누웠다. 그러나 그들은 이야기를 나누기도 하고, 군의관의 충격과 그 아내의 명랑함을 떠올리기도 하고, 현관 계단으로 달려 나가 키비토치카 안에서 무슨 일이 벌어지는지 알리기도 하며 오랫동안 잠을 자려 하지 않았다. 로스토프는 머리까지 푹 덮어쓰고 여러 번 잠을 이루려 했다. 하지만 다시 누군가의 이야기가 마음을 빼앗곤 했다. 그러면 다시 이야기가 시작되었고, 또다시 별 이유도 없는 어린아이 같은 쾌활한 웃음이 터져 나왔다.

14

2시가 지나도록 아직 아무도 잠들지 않았는데 기병 특무 상사가 오스트로브나라는 작은 마을로 진군하라는 명령을 들고 나타났다.

장교들은 여전히 똑같은 말을 지껄이고 웃음을 터뜨리며 서둘러 채비를 시작했다. 그들은 더러운 물로 다시 사모바르를 준비했다. 그러나 로스토프는 차를 기다리지 않고 기병 중대로 향했다. 이미 날이 밝아 오고 있었다. 비가 그치고 구름이 걷혔다. 날씨가 습하고 추웠다. 마르지 않은 옷을 입고 있어 더욱 그랬다. 선술집에서 나오던 로스토프와 일리인은 새벽 어스름 속에서 비에 젖어 반들거리는 군의관의 가죽 키비토치카를 흘깃 쳐다보았다. 비 가리개 밖으로 군의관의 두 발이 삐죽나와 있었다. 그리고 마차 한가운데의 베개 위로 군의관 부인의 나이트캡이 보이고 잠결에 내쉬는 숨소리가 들렸다.

"저 여자는 정말 너무 사랑스럽지!" 로스토프가 함께 나선 일리인에게 말했다.

"정말 매력적인 여자예요!" 일리인은 열여섯 살다운 진지함으로 대답했다.

삼십 분 후 기병 중대는 정렬을 마치고 길 위에 서 있었다. "승마!"라는 구령 소리가 들리자 병사들은 성호를 긋고 말에 오르기 시작했다. 로스토프는 선두로 달려가 명령을 내렸다. "진군!" 네 명씩 나란히 선 경기병들은 젖은 도로 위에 말발굽을 울리고 기병도를 철컥거리고 낮은 목소리로 수군거리면서 앞서가는 보병대와 포병 중대를 뒤이어 자작나무가 늘어선 대로를 따라 나아갔다.

푸르스름한 보랏빛 조각구름들이 해돋이에 붉게 물들며 바람결에 빠른 속도로 밀려났다. 주위가 점점 환하게 밝아졌다. 시골길에 늘 자라기 마련인 곱슬곱슬한 풀들이 지난밤의 비에 젖은 모습으로 또렷하게 보였다. 물기를 머금은 늘어진 자작나무 가지들이 바람에 흔들리며 반짝이는 물방울을 흩뿌렸다. 병사들의 얼굴도 점점 더 뚜렷해졌다. 로스토프는 그에게서 떨어지려 하지 않는 일리인과 함께 도로 옆을 따라 두 줄로 늘어선 자작나무 사이를 지났다.

전투 중에 로스토프는 자기 마음대로 부대의 말이 아닌 코사크 말을 탔다. 말 전문가이자 사냥꾼인 그는 얼마 전 꼬리와 갈기가 하얗고 몸통은 갈색인 크고 멋지고 팔팔한 돈 지방의 말을 한 필 구했다. 이 말을 타는 한 아무도 그를 따라잡을 수 없었다. 그 말을 타는 것은 로스토프의 즐거움이었다. 그는 말, 아침, 군의관 아내에 대해 생각할 뿐 눈앞에 닥친 위험은 전혀 생각하지 않았다.

예전에 로스토프는 전투에 나갈 때 두려워했다. 이제는 두려운 감정을 조금도 느끼지 않았다. 그가 두려워하지 않는 것은 포화에 익숙해져서가 아니라(위험에 익숙해지는 것은 불가능하다.) 위험 앞에서 마음을 다스리는 법을 배웠기 때문이다. 그는 전투에 나갈 때 가장 마음을 끌 것처럼 보이는 것, 즉 임박한 위험을 제외한 모든 것에 관해 생각하는 습관을 들였다. 군 복무를 시작한 처음 얼마 동안은 아무리 노력해도, 아무리 자신의 소심함을 자책해도 그럴 수 없었다. 그러나 여러 해가 흐르자 이제 저절로 그렇게 되었다. 지금 그는 일리인과 나란히 자작나무 사이를 지나며 손에 걸리는 나뭇가지에서 잎사귀를 뜯기도 하고, 한쪽 발로 말의 사타구니를 가볍게 건드리기도 하고, 뒤따라오는 경기병에게 방향을 틀지 않은 채로 다 피운 파이프를 건네기도 했다. 마치 말을 타고 산책이라도 나선 것처럼 표정이 너무나 평온하고 태평했다. 그는 초조하게 많은 말을 지껄이는 일리인의 불안한 얼굴을 보며 연민을 느꼈다. 그는 이 기병 소위가 처한 두려움과 죽음을 예감할 때의 고통스러운 상태를 경험으로 알았으며, 시간 외에는 아무것도 그를 돕지 못하리라는 사실도 알았다.

태양이 구름을 헤치고 깨끗한 대지 위에 모습을 드러내자 소나기 후의 그 매혹적인 여름 아침을 감히 망칠 수 없다는 듯 바람도 이내 잠잠해졌다. 빗방울이 여전히 — 이제는 수직으로 — 떨어지고 있었지만 주위는 온통 고요해졌다. 태양이 완전히 떠올라 지평선에 모습을 드러냈다가 그 위에 뜬 좁고 긴 구름 속으로 자취를 감추었다. 몇 분 후 태양은 구름의 가장자리를 찢으며 그 위쪽 가장자리로 한층 더 밝게 떠올랐다. 모든 것이 빛나고 반짝였다. 그리고 이 빛에 응답이라도 하듯 동시에 앞쪽에서 대포 소리가 울렸다.

로스토프가 그 발포 지점이 얼마나 먼지 미처 생각하고 판단하기도 전에 비텝스크에서 오스테르만-톨스토이 백작[53]의 부관이 말을 몰고 급하게 달려와 빠른 걸음으로 도로를 통과하라는 명령을 전달했다.

기병 중대는 그들과 마찬가지로 행군을 서두르는 보병과 포병을 우회하여 언덕 아래로 내려간 다음, 주민이 없는 어느 텅 빈 마을을 지나 다시 언덕을 올라갔다. 말들이 땀에 흠뻑 젖고 사람들은 벌겋게 달아올랐다.

"제자리에 서! 정렬!" 앞쪽에서 대대장의 구령이 들렸다.

"좌로 돌아 보통 걸음으로 전진!" 앞쪽으로부터 구령이 떨어졌다.

그리하여 경기병들은 부대의 대열을 따라 진지의 왼쪽 날개로 나아가서 최전선에 선 아군 창기병 뒤에 멈췄다. 오른쪽에는 아군 보병이 밀집 종대로 서 있었다. 그들은 예비 부대였

---

53) 알렉산드르 이바노비치 오스테르만-톨스토이(Aleksandr Ivanovich Ostermann-Tolstoy, 1770~1857). 러시아의 장군. 1805~1809년 오스트리아 원정에 참전했으며 페테르부르크 총독을 역임했다. 1812년 전쟁에서 서부군 4군단을 지휘했고, 보로지노 전투에도 참전했다. 1813~1814년 유럽 원정에 참전했다가 쿨름 전투에서 한쪽 팔을 잃었다.

다. 언덕의 좀 더 높은 곳에, 맑디맑은 대기에서 비스듬히 빛나는 아침 햇살 속 지평선에 아군의 대포들이 보였다. 골짜기 너머 앞쪽에 적군의 종대와 대포가 보였다. 골짜기에서는 아군의 산병선이 이미 교전에 돌입하여 경쾌하게 찰칵찰칵거리는 소리가 들렸다.

오랫동안 듣지 못한 그 소리에 가장 경쾌한 음악이라도 듣는 양 로스토프는 마음이 들뜨기 시작했다. 트랍타타탑! 몇 차례의 총성이 때로는 갑자기, 때로는 빠르게 연이어 울렸다. 다시 주위가 조용해졌다가 마치 누군가 폭죽을 밟으며 돌아다니기라도 하는 양 폭죽이 터지는 듯한 소리가 울렸다.

경기병들은 같은 자리에 한 시간가량 서 있었다. 포성도 울리기 시작했다. 수행원을 거느리고 기병 중대 뒤로 지나가던 오스테르만 백작은 말을 세우고는 연대장과 잠시 이야기를 나눈 후 언덕의 대포를 향해 떠났다.

오스테르만이 떠난 후 창기병 부대에서 구령이 들렸다.

"종대를 지어 공격 대형으로!" 그들 앞쪽에 있던 보병대는 기병대를 통과시키기 위해 소대를 두 열로 나누었다. 창기병들은 창에 단 깃발들을 펄럭이며 진군하기 시작했고, 언덕 아래 왼쪽에 나타난 프랑스 기병대를 향해 빠른 걸음으로 내려갔다.

창기병들이 언덕을 내려가자마자 경기병들은 포병 중대 엄호를 위해 언덕으로 이동하라는 명령을 받았다. 경기병들이 창기병의 자리를 대신하는 동안, 산병선으로부터 먼 거리의 목표물을 놓친 총알들이 바람을 가르는 날카로운 소리를 내며 날아왔다.

오랜 시간 동안 듣지 못한 그 소리는 로스토프에게 예전의 사격 소리보다 더 즐겁고 자극적으로 다가왔다. 그는 허리를 곧게 펴고 언덕 아래로 펼쳐진 전장을 살펴보았다. 그의 마음은 창기병들의 움직임과 완전히 하나가 되었다. 창기병들은 프랑스 용기병들에게 가까이 달려들었다. 그곳 연기 속으로 무언가가 뒤엉켜 들었고, 오 분 후 창기병들은 그들이 있던 장소가 아닌 좀 더 왼쪽으로 빠르게 물러났다. 밤색 말을 탄 주황색 창기병들 사이로, 그리고 그들 뒤로 회색 말을 탄 파란색 프랑스 용기병들의 거대한 무리가 보였다.

15

사냥꾼의 예리한 눈을 가진 로스토프는 아군 창기병들을 추적하는 그 파란색 프랑스 용기병들을 가장 먼저 발견한 사람들 가운데 한 명이었다. 창기병들과 그들을 추적하는 프랑스 용기병들의 무질서한 무리가 점점 더 가까이 다가왔다. 이미 언덕 아래로 조그맣게 보이는 그들이 어떻게 맞붙고 서로를 뒤쫓고 팔이나 기병도를 휘두르는지 볼 수 있었다.

로스토프는 사냥 구경이라도 하듯 눈앞에서 벌어지는 광경을 지켜보았다. 그는 본능적으로 느꼈다. 지금 경기병들을 이끌고 프랑스 용기병들을 공격하면 저들이 버티지 못할 거라고, 그러나 만약 공격한다면 지금 바로 이 순간이어야 한다고, 그러지 않으면 때를 놓치게 된다고……. 그는 주위를 둘러보았다. 옆에 있던 기병 대위도 아래쪽 기병대에게서 눈을 떼지 않았다.

"안드레이 세바스치야니치." 로스토프가 말했다. "우리라면 저들을 쳐부술 수 있겠지요……."

"대담무쌍한 일이 되겠군." 기병 대위가 말했다. "하지만 사실……."

로스토프는 그의 말을 끝까지 듣기도 전에 말을 몰고 기병 중대 앞으로 뛰쳐나갔다. 그리고 그가 미처 돌격하라는 명령을 내리기도 전에 그와 똑같이 느낀 기병 중대 전체가 그를 따라 출발했다. 로스토프 스스로도 자신이 어떻게 왜 그런 행동을 하게 되었는지 몰랐다. 사냥을 할 때처럼 생각도, 판단도 하지 않고 이 모든 것을 행했다. 그는 용기병들이 가까이에서 무질서하게 말을 타고 달리는 것을 보았다. 그는 그들이 버티지 못하리라는 것을 알았다. 오직 한 순간뿐이라는 것, 그때를 놓치면 다시는 돌이킬 수 없다는 것을 알았다. 총알은 매우 자극적으로 획획 날카로운 소리를 내며 주위를 스치고 말이 기를 쓰며 앞으로 내달리려 해서 그는 도저히 참을 수가 없었다. 그는 말에 박차를 가하고 구령을 내렸다. 그 순간 그는 옆으로 넓게 퍼진 자기 중대의 말발굽 소리를 등 뒤에서 들으며 언덕 아래의 용기병들을 향해 최대한 빠른 걸음으로 말을 몰아 내려가기 시작했다. 경기병들이 언덕 아래로 내려가자마자 말들의 빠른 걸음은 무의식중에 질주로 변했고, 경기병들이 아군 창기병들과 그들을 뒤쫓는 프랑스 용기병들 쪽으로 가까이 접근함에 따라 질주는 더욱더 빨라졌다. 용기병들과 거리가 좁혀졌다. 경기병들을 발견하자 앞쪽 용기병들이 말 머리를 돌리고 뒤쪽 용기병들은 주춤거렸다. 로스토프는 늑대의 앞을 가로막기 위해 질주하던 때와 같은 심정으로 돈 지방의 말을 전속력으로 달려 프랑스 용기병들의 흐트러진 대열 앞을 가로막듯 뛰어들었다. 창기병 한 명이 그 자리에 멈춰 섰고, 보병 한 명은 짓밟히지 않으려고 땅바닥에 엎드렸으며, 기수를 잃은 말 한 마리는 경기병들 틈에 뒤섞였다. 거의 모든 프랑스 용기병들이 말을 돌려 달아났다. 로스토프는 그들 가운데 회색 말을 탄 사람을 골라 뒤를 쫓았다. 도중에 떨기나무를 맞닥뜨렸다. 그러자 명마는 그를 태운 채 떨기나무를 넘었다. 가까스로 안장에서 자세를 바로잡은 니콜라이는 몇 초 후면 자신이 목표물로 고른 적을 따라잡으리라는 것을 알아차렸다. 군복으로 보아 장교인 듯한 그 프랑스인은 등을 구부린 채 기병도로 회색 말을 재촉하며 질주했다. 순식간에 로스토프의 말이 장교의 말 궁둥이를 가슴으로 세게 쳐 쓰러뜨리다시피 했다. 그 순간 로스토프는 자신도 이유를 모른 채 기병도를 들어 프랑스인을 내리쳤다.

로스토프가 그렇게 한 순간 갑자기 그에게서 생기가 싹 가셨다. 장교가 떨어진 것은 팔꿈치 위쪽을 가볍게 찌른 것에 불과한 기병도의 일격 때문이라기보다 말의 요동과 두려움 때문이었다. 고삐를 당겨 말을 세운 로스토프는 자신이 어떤 자를 굴복시켰는지 보기 위해 눈으로 적을 찾았다. 프랑스군 용기병 장교는 한 발이 등자에 걸린 채 다른 한 발로 껑충껑충 뛰고 있었다. 언제라도 새로운 일격이 있을 거라 예상했는지 두려움에 눈을 찡그리고 공포에 질린 표정으로 얼굴을 찌푸리며 로스토프를 올려다보았다. 금발에다 젊고 턱에 보조개처럼 옴폭 팬 자리가 있으며 밝은 하늘색 눈동자를 지닌 그의 창백하고 진흙이 튄 얼굴은 전쟁터에 어울리는 적의 얼굴이 아니라 지극히 소박한 가정적인 얼굴이었다. 로스토프가 그를 어떻게 할지 결정하기도 전에 장교가 "항복!"이라고 외쳤다. 그는 서둘러 등자에서 발을 빼려고 했으나 그럴 수 없었다. 그는 겁에 질린 하늘색 눈동자로 로스토프를 뚫어지게 쳐다보았다. 그들 쪽으로 달려온 경기병들이 그의 발을 빼 주고 그를 안장 위에 앉혔다. 사방에서 경기병들이 용기병들을 수습하느라 분주했다. 어떤 사람은 부상을 당했으나 피투성이 얼굴을 한 채로 말을 내놓기를 거부했다. 어떤 사람은 두 팔로 경기병의 허리를 감고 그의 말 궁둥이 위에 앉아 있었다. 또 어떤 사람은 경기병의 부축을 받으며 말에 오르고 있었다. 맨 앞쪽에서는 프랑스군 보병대가 총을 쏘며 도망치고 있었다. 경기병들은 말을 돌려 포로를 데리고 황급히 달렸다. 로스토프는 가슴을 짓누르는 어떤 불쾌한 감정을 느끼며 다른 경기병들과 함께 돌아왔다. 그 장교를 포로로 사로잡고 그에게 일격을 가한 일로 인하여 스스로도 설명할 수 없는 모호하고 혼란스러운 무언가가 그의 앞에 모습을 드러낸 것이다.

오스테르만-톨스토이 백작은 복귀한 경기병들을 맞이하고 로스토프를 가까이 불러 감사를 표했다. 그리고 로스토프의 용감한 행동을 군주에게 아뢰어 그를 위해 게오르기 십자 훈장을 청하겠다고 말했다. 오스테르만 백작으로부터 호출을 받았을 때 자신의 공격이 명령 없이 시작되었다는 사실을 떠올린 로스토프는 그 호출이 독단적인 행동을 벌이기 위해서라고 굳게 확신했다. 따라서 오스테르만의 칭찬과 포상 약속은 로스토프에게 그만큼 더 기쁘고 놀라웠을 것이다. 그러나 그 불쾌하고 모호한 감정은 여전히 그의 마음에 도덕적인 혐오를 불러일으켰다. '도대체 무엇이 날 괴롭히는 거지?' 그는 장군 앞에서 물러나 말을 타고 돌아오며 스스로에게 물었다. '일리인? 아니, 그는 무사해. 내가 뭔가 명예롭지 못한 짓을 한 걸까? 아니, 그것도 아냐!' 후회와 같은 다른 무언가가 그를 괴롭혔다. '그래, 맞아, 보조개 같은 게 있던 그 프랑스 장교야. 내가 팔을 올릴 때 내 팔이 어떻게 멈췄는지 난 분명히 기억해.'

로스토프는 끌려가는 포로들을 발견하고 턱에 보조개처럼 옴폭 팬 자국이 있는 자신의 프랑스인을 살피기 위해 그들을 뒤따라갔다. 그는 이상한 군복 차림으로 경기병 부대의 예비 말에 앉아 불안하게 주위를 두리번거렸다. 팔에 입은 부상은 부상이라고 할 수도 없었다. 그는 로스토프에게 짐짓 미소를 던지며 인사로 손을 흔들었다. 로스토프는 여전히 거북하고 어쩐지 부끄러웠다.

그날 내내, 그리고 그다음 날에도 로스토프의 친구들과 동료들은 그가 울적하거나 화난 상태까지는 아니라 해도 말수가 적고 골똘히 생각에 잠긴 것을 눈치챘다. 그는 마지못해 술을 마셨고 혼자 있으려 했으며 무언가에 대해 계속 생각했다.

로스토프는 놀랍게도 자신에게 게오르기 훈장과 심지어 용맹한 자라는 명성을 가져다준 그 눈부신 무훈에 대해 계속 생각했다. 그러나 무언가 도저히 이해할 수 없는 것이 있었다. '그러니까 그들은 우리보다 훨씬 더 두려워하고 있구나!' 그는 생각했다. '영웅적 행위라는 게 고작 이런 걸까? 과연 난 조국을 위해 그런 걸까? 턱이 옴폭 파이고 하늘색 눈동자를 지닌 그 남자에게 무슨 잘못이 있지? 하지만 그는 얼마나 두려워했던가! 내가 자기를 죽일 거라고 생각했어. 뭣 때문에 내가 그를 죽여야 하지? 내 손이 떨렸어. 그런데도 난 게오르기 십자 훈장을 받았지. 아무것도, 아무것도 모르겠어!'

그러나 니콜라이가 그 질문들을 마음속으로 계속 곱씹는 동안, 그럼에도 무엇이 자신을 그토록 혼란스럽게 만드는지 명확하게 깨닫지 못하는 동안 종종 있는 일이지만 군 복무에서 행운의 수레바퀴는 그를 위하여 돌아갔다. 오스트로브나 전투 이후 그는 승진하여 경기병 대대를 맡았고, 용감한 장교가 필요할 때마다 그 임무를 수행하게 되었다.

16

나타샤가 아프다는 소식을 받은 백작 부인은 자기 몸도 아직 완전히 회복되지 않아 쇠약한데도 페챠와 온 집안사람들을 이끌고 모스크바로 왔다. 그리하여 로스토프 일가는 마리야 드미트리예브나의 집을 떠나 자신들의 집으로 거처를 옮겨 아예 모스크바에서 살게 되었다.

나타샤의 병이 어찌나 심각했던지 그녀나 부모에게는 다행스럽게도 병의 원인이 된 모든 일, 즉 그녀의 행동이나 약혼자와의 결별에 대한 생각은 부차적인 문제로 밀려났다. 그녀는 몹시 위독했다. 그녀가 먹지도 자지도 않고 눈에 띄게 야위고 기침을 하고 또 의사들조차 숨기려 하지 않을 만큼 위험에 처한 상황에서 이미 일어난 모든 일에 대해 그녀의 잘못이 어느 정도인지 생각한다는 것은 불가능했다. 사람들은 그녀를 어떻게 도울 수 있을지에 대해서만 생각해야 했다. 의사들은 나타샤를 개별적으로 방문하기도 하고 공동 진찰도 하면서 프랑스어로, 독일어로, 라틴어로 많은 말을 지껄이고 서로를 비방하고 자신들이 아는 모든 병에 대해 온갖 다양한 처방전을 써 댔다. 그러나 살아 있는 인간이 걸리는 질병들 가운데 우리가 파악할 수 있는 것은 단 한 가지도 없듯 자기들로서도 나타샤가 걸린 병을 알 수 없다는 단순한 생각은 그들 가운데 어느 한 사람의 머리에도 떠오르지 않았다. 살아 있는 인간은 저마다 자신만의 특성을 지니며, 언제나 의학계에 알려지지 않은 자기 나름의 새롭고 복잡한 병을 안고 있기 마련이다. 의학 서적에 기록된 폐, 간, 피부, 심장, 신경 등의 질병이 아니라 이 기관들의 고통이 무수히 결합된 것 가운데 하나인 병 말이다. 이런 단순한 생각이 의사들에게는 떠오를 수 없었다.(마법사가 자신이 마법을 부릴 수 없다는 생각을 떠올리지 못하는 것과 마찬가지다.) 그들의 생업은 치료이기 때문이고, 그들이 그 대가로 돈을 받았기 때문이고, 그들이 생애의 가장 좋은 날들을 이 일에 바쳤기 때문이다. 그러나 그 생각이 의사들의 머리에 떠오르지 않은 이유는 무엇보다 그들이 자신을 의심할 바 없이 유익한 인간이라 생각했고 실제로도 로스토프가의 모든 사람들에게 유익했기 때문이다. 그들이 쓸모가 있었던 것은 대부분의 경우에 해를 끼치는 물질을 환자에게 먹였기 때문이 아니다.(해로운 물질은 소량으로 제공되어 그 해독이 거의 감지되지 않는다.) 그들이 쓸모 있고 필수적이고 불가피한 사람들이었던 이유(가짜 치료사, 주술사, 동종 요법 의사, 역증 요법 의사가 언제나 존재하고 또 앞으로도 존재할 이유다.)는 환자와 그녀를 사랑하는 사람들의 정신적 욕구를 만족시켜 주었기 때문이다. 그들은 인간이 아플 때 경험하는, 아픔이 덜하기를 바라며 누군가가 동정하고 무언가 해 주기를 바라는 영원한 인간적 욕구를 만족시켰다. 그들은 어린아이일 때 가장 원초적인 형태로 두드러지게 나타나는 인간의 그 영원한 욕구, 즉 다친 곳을 누군가 어루만져 주기를 바라는 욕구를 만족시켰다. 어린아이는 다치면 입을 맞춰 달라며, 아픈 곳을 어루만져 달라며 곧장 어머니나 보모의 품으로 달려간다. 그들이 아픈 곳에 입을 맞추고 어루만져 주면 어린아이는 아픔을 덜 느끼게 된다. 어린아이는 자기보다 강하고 현명한 사람들에게 자기 아픔을 덜어 줄 수단이 없을 거라 믿지 않는다. 그리고 아픔이 덜하기를 바라는 기대와 어머니가 혹을 어루만지며 보이는 동정의 표현이 그를 위로한다. 의사들이 나타샤에게 쓸모가 있었던 것은 그들이 아픈 곳에 입을 맞추고 어루만지면서 만약 마부가 아르바트 거리의 약국에 가서 1루블 70코페이카어치의 가루약과 알약을 예쁜장한 상자에 담아 오면, 그리고 병든 여인이 그 가루약을 반드시 두 시간 간격으로 — 절대 그보다 빠르거나 늦으면 안 된다 — 끓인 물에 타서 복용하면 병이 금방 나을 거라고 보증했기 때문이다.

일정한 시간마다 먹일 그 알약, 따뜻한 음료, 닭고기 커틀릿 등 의사가 지시한 일상의 온갖 세세한 것들 — 그 지시들을 따르는 것이 주위 사람들에게는 일거리와 위안이 되었다 — 이 없었다면 소냐와 백작과 백작 부인은 도대체 무엇을 했을 것이며, 손써 볼 도리도 없이 점점 쇠약해져 가는 병약한 나타샤를 어떻게 볼 수 있었겠는가? 그 규칙이 엄격하고 복잡할수록 일거리는 주위 사람들에게 더욱 위안이 되었다. 만약 나타샤의 병에 수천 루블이 들고 딸을 위해서라면 몇천 루블이 더 들어도 아깝지 않으리라는 점을 백작 자신이 몰랐다면, 만약 나타샤가 낫지 않을 경우 자신이 수천 루블도 아까워하지 않고 딸을 외국으로 데려가 그곳에서 공동 진찰을 받게 하리라는 점을 스스로도 몰랐다면, 만약 메티비에와 펠레르는 병에 대해 잘 몰랐으나 프리즈는 그 병을 알았고 무드로프는 병명을 더 잘 판정했다는 사실을 세세하게 이야기할 기회를 갖지 못했다면 백작이 어떻게 사랑하는 딸의 병을 견디어 냈겠는가? 만약 의사의 지시를 잘 지키지 않는다는 이유로 아픈 나타샤와 이따금 다툴 수 없었다면 백작 부인이 무엇을 할 수 있었겠는가?

"그러면 절대로 낫지 않는다." 그녀는 화가 나면 자신의 슬픔도 잊은 채 말하곤 했다. "네가 의사의 말을 따르지 않고 때맞춰 약을 복용하지 않으면 말이다! 네가 폐렴이 될 수도 있는데 이런 것으로 농담을 하면 안 되지." 백작 부인은 말했다. 그리고 자기로서는 이해할 수 없는 그 한 단어를 발음하는 것에서 이미 큰 위안을 얻었다. 만약 자신이 의사의 모든 지시를 언제라도 정확히 수행할 수 있도록 처음 사흘 동안은 밤에 옷도 벗지 않았고 이제는 조그마한 금빛 상자에서 거의 해가 없는 알약을 꺼내 주어야 할 때를 놓치지 않기 위해 밤에 잠도 자지 않는다는 점을 기쁜 마음으로 의식하지 않았다면 소냐가 무엇을 할 수 있었겠는가? 어떤 약도 자신을 완전히 낫게 할 수 없으며 이 모든 것이 어리석은 짓이라고 말하는 나타샤 본인조차 사람들이 자기를 위해 그처럼 많은 희생을 치르고 있다는 것, 자신이 일정한 시간에 약을 복용해야 한다는 것을 알게 되어 기뻤다. 심지어 지시를 무시함으로써 자신은 치료를 믿지 않는 데다 자기 생명조차 귀하게 여기지 않는다는 점을 보여 줄 수 있어 기뻤다.

의사는 날마다 찾아와 맥을 짚고 혀를 살폈으며 비탄에 잠긴 그녀의 얼굴에는 관심도 기울이지 않고 농담을 건네곤 했다. 그러나 그가 다른 방으로 자리를 옮겼을 때 백작 부인이 다급히 뒤따라가면, 의사는 심각한 표정을 띤 채 깊은 생각에 잠긴 듯 고개를 저으며 말했다. "비록 위험이 있긴 하지만 난 이 신약의 효능에 희망을 걸고 있습니다. 기다리며 살펴보아야 합니다. 병은 보다 정신적인 것이긴 하지만……."

백작 부인은 자신에게나 의사에게나 그 행동을 숨기려고 애쓰며 그의 손에 금화를 쥐여 준 뒤 매번 편안한 마음으로 환자에게 돌아갔다.

나타샤의 증상은 거의 먹지 않고 거의 자지 못하고 기침을 하고 늘 기운이 없는 것이었다. 의사들은 의학의 도움 없이 환자를 내버려 두어서는 안 된다고 말하면서 그녀를 도시의 답답한 공기 속에 붙들어 두었다. 그래서 1812년 여름에 로스토프가는 시골로 떠나지 않았다.

나타샤가 작은 병이나 작은 상자에 든 — 그 덕분에 이런 물건들의 애호가인 마담 쇼스는 많은 수집품을 모으게 되었다 — 알약과 물약과 가루약을 다량으로 복용했음에도, 그녀 자신에게 익숙한 시골 생활을 하지 못했음에도 젊음은 위력을 발휘했다. 나타샤의 슬픔은 삶의 인상들로 이루어진 얇은 층에 점점 덮여 갔다. 슬픔은 더 이상 그녀의 심장을 그처럼 괴로운 고통으로 짓누르지 않고 과거의 일이 되어 갔다. 그렇게 나타샤는 육체적으로 회복하기 시작했다.

17

나타샤는 더 평온해지긴 했지만 더 밝아지지는 않았다. 즐거움의 모든 외적인 조건, 즉 무도회와 마차 드라이브와 음악회와 연극을 피했을 뿐 아니라 웃음 뒤로 눈물이 느껴지지 않게 웃은 적이 한 번도 없었다. 그녀는 노래할 수 없었다. 소리 내어 웃거나 혼자 있을 때 노래를 해 보려고 하면 곧 눈물에 목이 메었다. 후회의 눈물, 돌이킬 수 없는 순수한 시절에 대한 추억의 눈물, 무척이나 행복했을지도 모를 젊은 생을 그처럼 헛되이 망친 것에 대한 분노의 눈물이었다. 특히 웃음과 노래는 자기 슬픔에 대한 신성 모독처럼 느껴졌다. 교태를 부려 볼 생각은 한 번도 하지 않았다. 그녀로서는 스스로를 자제할 필요조차 없었다. 그 무렵 그녀는 모든 남자가 자기에게는 어릿광대 나스타시야 이바노브나와 조금도 다를 바 없다고 말했고, 실제로도 그렇게 느꼈다. 내면의 파수꾼은 그녀에게 모든 기쁨을 단호하게 금지했다. 근심 없이 희망으로 가득 찬 아가씨다운 생활 방식에서 생긴 예전의 관심사는 그녀의 마음속에 전혀 남아 있지 않았다. 그녀가 가장 자주 가장 가슴 아프게 떠올리는 기억은 가을철, 사냥, 아저씨, 그리고 오트라드노예에서 **니콜라**와 함께 보낸 크리스마스 주간이었다. 그 시절 가운데 단 하루만이라도 되돌릴 수 있다면 무엇인들 내놓지 않았을까! 하지만 이미 영원히 끝나 버리고 말았다. 모든 기쁨에 다가갈 수 있는 자유로운 상태는 이제 두 번 다시 돌아오지 않으리라는 그때의 예감은 그녀를 속이지 않았다. 그러나 살아야 했다.

자신이 예전에 생각하던 것처럼 더 나은 인간이 아니라 더 못한 인간이라고 생각하는 것, 모든 사람들보다, 그저 세상에 존재할 뿐인 모든 사람들보다 훨씬 더 못한 인간이라고 생각하는 것이 그녀에게 위로가 되었다. 그러나 그것으로는 충분하지 않았다. 그녀는 그것을 알고 스스로에게 물었다. '이다음에는 뭐가 있을까?' 그다음에는 아무것도 없었다. 삶 속에 어떤 기쁨도 없었다. 그러나 생은 흘러갔다. 나타샤는 그저 누구에게도 부담을 주지 않고 누구도 방해하지 않으려 애쓰는 것처럼 보였으나 스스로를 위해서는 아무것도 바라지 않았다. 그녀는 집안사람들을 전부 피했고, 동생인 페챠와 있을 때만 편안한 기분을 느꼈다. 다른 사람들보다 동생과 함께 있기를 더 좋아했다. 이따금 동생과 단둘이 있을 때면 소리 내어 웃곤 했다. 그녀는 집 밖에 거의 나가지 않았고, 집으로 찾아오는 사람들 중에는 피에르만 반겼다. 베주호프 백작보다 더 다정하고 더 조심스럽고 더 진지하게 그녀를 대하기는 불가능했다. 나타샤는 그의 태도에 깃든 다정함을 무의식적으로 느꼈기에 그와 함께하는 자리에서 큰 기쁨을 발견하곤 했다. 그러나 그의 다정함을 고마워하지는 않았다. 피에르의 좋은 면들 가운데 그 어떤 것도 일부러 애쓴 것으로 보이지 않았던 것이다. 피에르가 모든 사람들에게 친절한 것은 너무도 당연한 일처럼 느껴졌고, 그의 친절에는 어떤 수고도 없는 것 같았다. 이따금 나타샤는 피에르가 그녀 앞에서 당황하고 어색해하는 것을 눈치챘다. 특히 그녀를 기쁘게 할 만한 무언가를 하려 하거나 대화 가운데 어떤 것이 나타샤를 괴로운 기억으로 이끌까 봐 두려워할 때 그러했다. 그녀는 그것을 알아챘고, 그 원인을 피에르의 한결같은 선량함과 수줍음에서 찾았다. 그리고 그런 모습이 자기뿐 아니라 모든 사람들 앞에서도 똑같으리라 생각했다. 매우 격렬한 감정에 사로잡힌 나타샤에게 만일 자신이 자유로운 몸이라면 무릎을 꿇고 그녀에게 청혼하며 사랑을 구했을 것이라고 무심코 말한 후, 피에르는 그녀에 대한 자기 감정을 두 번 다시 입 밖에 내지 않았다. 그녀가 생각하기에 그때 그녀에게 그토록 위안이 되었던 그 말은 우는 아이를 달래려고 늘어놓는 온갖 무의미한 말 같은 것임이 분명했다. 피에르가 유부남이어서가 아니라 나타샤가 자신과 그 사이에서 매우 강력한 정신적 장벽의 힘을 — 그녀는 쿠라긴과 있을 땐 그런 것을 느끼지 않았다 — 느꼈기 때문에, 피에르와 자신의 관계에서 사랑이 — 그녀 쪽에서든, 하물며 그의 쪽에서든 — 싹틀 수 있다는 생각은, 심지어 그녀도 몇 가지 사례를 아는 남녀 사이의 다정하고 떳떳하고 시적인 종류의 우정이 생길 수 있다는 생각은 그녀의 머릿속에 한 번도 떠오르지 않았다.

베드로제 정진(精進)[54]이 끝날 무렵 로스토프가의 오트라드노예 저택에 이웃해 사는 아그라페나 이바노브나 벨로바가 모스크바의 성자들에게 경배하러 모스크바로 왔다. 그녀는 나타샤에게 정진을 제안했고, 나타샤는 기쁜 마음으로 그 생각에 매달렸다. 의사가 이른 아침의 외출을 금지했는데도 정진에 참가하겠다고 고집을 부렸다. 그것도 로스토프가 사람들이 보통 하던 대로 집에서 세 번 예배를 드리는 것이 아니라 아그라페나 이바노브나처럼, 다시 말해 새벽 기도, 오전 기도, 저녁 기도를 한 차례도 빠뜨리지 않고 일주일 내내 정진에 참가하겠다고 말이다.

백작 부인은 나타샤의 이러한 열성을 마음에 들어 했다. 성과 없는 치료 이후 그녀는 마음속으로 딸에게 기도가 약보다 더 잘 듣기를 기대한 것이다. 비록 두려워서 의사에게 숨기기는 했으나 나타샤의 바람을 받아들여 딸을 벨로바에게 맡겼다. 아그라페나 이바노브나는 새벽 3시에 나타샤를 깨우러 왔는데 거의 언제나 이미 잠에서 깬 나타샤를 발견했다. 나타샤는 새벽 기도 시간에 잠들까 봐 걱정했다. 나타샤는 서둘러 얼

---

54) 6월 29일은 성 베드로와 성 바울을 기리는 제일이다. 그 제일의 성찬식에 앞서 두 주간의 금식재를 통해 몸과 마음을 정화하는 기간이 있는데 이를 정진이라 한다. 정진에 참여한다는 것은 평일과 일요일의 예배, 기도, 금식, 참회에 참석하는 것을 뜻한다.

굴을 씻고 옷들 가운데 가장 초라한 옷과 낡은 긴 망토를 겸손히 걸친 후 상쾌한 공기에 몸을 떨며 아침노을이 투명하게 비추는 황량한 거리로 나섰다. 아그라페나 이바노브나의 조언대로 나타샤는 자신의 교구 소속이 아닌 교회에서 금식재를 했다. 독실한 벨로바의 말에 따르면 교회에는 매우 엄격하고 고결한 삶을 사는 한 사제가 있었다. 교회에는 늘 사람이 거의 없었다. 나타샤와 벨로바는 자신들이 늘 찾는 왼쪽 성가대석 뒤편의 붙박이로 끼운 성모 이콘 앞에 섰다. 그 익숙하지 않은 아침 시간에 성모의 검은 얼굴을, 그 앞에서 타오르는 촛불과 창문으로 들어오는 아침 햇살에 비친 그 얼굴을 바라보고 예배 소리를 듣다 보면 — 그녀는 그 말들을 좇으며 그 뜻을 이해하려 애썼다[55] — 그녀는 위대하고 불가해한 존재 앞에 있다는 새롭고도 겸허한 감정에 사로잡히곤 했다. 그녀가 예배 문구의 뜻을 이해하는 순간이면 그녀의 사사로운 감정이 독특한 음영을 띠며 그녀의 기도와 결합했다. 그 뜻을 이해하지 못할 때는 모든 것을 이해하고 싶어 하는 갈망은 오만이다, 모든 것을 이해하는 것은 불가능하다, 이 순간 나의 영혼을 인도하는 — 그녀가 느끼기에 — 하느님을 믿고 그분에게 나 자신을 맡기기만 하면 된다고 생각하며 더욱더 감미로운 기분을 느꼈다. 그녀는 성호를 그으며 고개를 조아렸다. 이해가 되지

---

55) 러시아 정교회의 언어는 고대 교회 슬라브어다. 이 언어에는 9세기 말 불가리아 지방의 방언을 토대로 형성된 나름의 문자 체계가 있다. 정교회의 예배나 문헌을 위한 의고적인 언어로서 일반 신자들조차 대개 이것을 부분적으로만 이해한다.

않을 때는 그저 자신의 추악함 앞에 몸서리를 치며 모든 것을, 자신의 모든 것을 용서해 달라고, 은혜를 베풀어 달라고 하느님에게 애원할 뿐이었다. 가장 열심히 한 기도는 회개의 기도였다. 이른 아침 일터로 향하는 석공과 거리를 치우는 문지기들만 눈에 띄고 집안사람들은 모두 여전히 잠든 시각에 집으로 돌아오면서 나타샤는 속죄의 가능성, 새롭고 순수한 삶과 행복의 가능성을 느끼는 새로운 감정을 경험했다.

그녀가 이런 생활로 보낸 일주일 내내 이 감정은 나날이 자랐다. 성찬의 행복 혹은 소통의 행복 ─ 아그라페나 이바노브나가 그 단어들로 즐겁게 장난을 치며 나타샤에게 말한[56] ─ 이 어찌나 위대하게 느껴졌던지 자신이 그 복된 일요일까지 도저히 살 수 있을 것 같지가 않았다.

그러나 행복의 날은 왔다. 그녀로서 잊을 수 없는 그날 하얀 모슬린 드레스 차림으로 성찬식에서 돌아왔을 때 나타샤는 여러 달 만에 처음으로 자기 앞에 놓인 삶에 짓눌리지 않는 편안한 기분을 느꼈다.

그날 찾아온 의사는 나타샤를 진찰한 후 자신이 두 주 전에 마지막으로 처방한 가루약을 계속 복용하도록 지시했다.

"반드시 아침저녁으로 계속 복용해 주십시오." 그는 양심에 거리낌 없이 자신의 성공에 스스로도 만족한 듯 말했다. "단, 제발 더 정확히 지켜 주시기 바랍니다. 이제 안심하십시오, 백

---

56) '성찬을 받다'의 러시아어 음가는 'priobshchit´sja'이고 '교제를 하다'의 러시아어 음가는 'soobshchit´sja'이다. 아그라페나 이바노브나는 접두사만 다른 두 단어의 음으로 말장난을 한 것이다.

작 부인." 의사는 부드러운 손바닥으로 날렵하게 금화를 움켜쥐고 농담조로 말했다. "따님은 곧 다시 노래도 부르고 즐겁게 뛰어놀게 될 겁니다. 이 마지막 약은 따님에게 아주, 아주 잘 듣는군요. 따님의 혈색이 아주 좋아졌습니다."

백작 부인은 잠시 손톱을 바라보다가 그 위에 침을 살짝 뱉더니 밝은 얼굴을 하고 응접실로 되돌아갔다.[57]

---

57) 손톱에 침을 뱉는 것은 행운을 바라는 러시아의 민간 풍속이다.

18

7월 초 모스크바에는 전쟁의 동향에 관하여 점점 더 어수선한 소문이 나돌기 시작했다. 군주가 국민에게 격문을 띄웠다든지 군주가 군대에서 모스크바로 돌아왔다든지 하는 소문이었다. 그리고 7월 11일까지 성명서와 격문이 입수되지 않는 바람에 그것과 러시아 정세에 관한 과장된 소문이 돌았다. 군대가 위험에 처해 군주가 떠났다는 말도 들렸으며 스몰렌스크가 함락되었다, 나폴레옹이 수백만의 군대를 거느리고 있다, 오직 기적만이 러시아를 구할 수 있다는 말도 들렸다.

7월 11일 토요일에 성명서가 입수되었지만 아직 인쇄된 상태는 아니었다. 그래서 로스토프가를 방문한 피에르는 라스톱친 백작으로부터 성명서와 격문을 구하여 다음 날인 일요일의 만찬에 들고 오겠다고 약속했다.

그 일요일에 로스토프가 사람들은 평소처럼 라주몹스키가

저택에 있는 부속 예배당으로 출발했다. 7월의 무더운 날이었다. 10시 무렵 로스토프가 사람들이 예배당 앞에서 카레타 밖으로 나왔을 때였다. 무더운 공기, 행상인들의 고함 소리, 군중의 밝고 산뜻한 여름옷, 먼지 덮인 가로수 잎사귀, 교대를 위해 행군하는 대대의 음악 소리와 하얀 바지, 포장도로를 달리는 마차 바퀴의 요란한 굉음, 뜨거운 태양의 눈부신 광채 속에 여름의 나른함, 현재에 대한 만족과 불만 — 청명하고 무더운 날에 도시에서 유난히 강렬하게 느껴지는 — 이 묻어 있었다. 라주몹스키가 예배당에는 모스크바의 모든 귀족들과 로스토프가의 모든 지인들(대개 시골 영지로 떠나던 부유한 가정들이 그해에는 마치 무언가를 기다리듯 도시에 아주 많이 남아 있었다.)이 있었다. 어머니 옆에서 군중을 밀어제치는 제복 차림의 하인을 뒤따라가면서 나타샤는 자신에 대해 지나치게 큰 목소리로 수군거리는 젊은 남자의 목소리를 들었다.

"저 여자가 로스토바야, 바로 그……."

"야위었군. 그래도 여전히 예쁘네!"

그녀는 쿠라긴과 볼콘스키의 이름이 언급되는 것을 들었다. 어쩌면 그렇게 들은 것 같았다. 그러나 그녀는 늘 그렇게 느꼈다. 언제나 모든 사람들이 자기를 쳐다보며 자기에게 무슨 일이 있었는지에 대해서만 생각하는 것 같다고 느꼈다. 군중 속에 있을 때면 늘 그렇듯 고통스럽고 머릿속이 아득했다. 검은 레이스가 달린 보라색 실크 드레스 차림의 나타샤는 여성들만이 보여 줄 수 있는 그런 걸음걸이로 걸었다. 마음이 아플수록, 수치심이 커질수록 더 침착하고 당당하게 걸었다. 그녀는 자신이 아름답다는 것을 알았다. 그녀의 착각이 아니었다. 그러나 이제 그 사실은 예전처럼 그녀에게 기쁨을 안겨 주지 않았다. 오히려 요즘에는 그 점이 무엇보다 그녀를 괴롭혔다. 특히 이렇게 눈부시고 무더운 여름날의 도시에서는 더욱 그러했다. '또 일요일이네. 또 한 주가 지났어.' 그녀는 지난 일요일에도 이곳에 있었던 것을 떠올리며 속으로 중얼거렸다. '삶이 없는 생도 여전히 똑같구나. 예전에는 그토록 마음 가볍게 살 수 있었던 조건들도 여전히 그대로야. 난 아름답고 젊어. 이제 내가 선하다는 것도 알아. 예전의 난 악한 인간이었지만 지금의 난 선한 인간이야. 난 알아.' 그녀는 생각했다. '나의 가장 좋은 시절이 어느 누구를 위한 것도 되지 못한 채 이렇게 부질없이 흘러가는구나.' 그녀는 어머니 옆에 서서 가까이 있는 지인들과 짧은 말을 주고받았다. 나타샤는 습관대로 귀부인들의 몸치장을 살펴보기도 하고, 가까이 서 있는 한 귀부인의 자세와 좁은 공간에서 한 손으로 성호를 긋는 그 무례한 방식을 비난하기도 했다. 그러다 자신도 남에게 비난받는 주제에 남을 비난한다는 생각이 들어 화가 났다. 그러나 문득 예배 소리를 들은 그녀는 자신의 추악함에 몸서리쳤고, 또 예전의 순수함을 잃었다는 사실에 몸서리쳤다.

체구가 작은 고상하고 온화한 노인이 기도하는 사람들의 영혼에 대단히 장엄하고도 평온한 영향을 미치는 온화한 엄숙함으로 예배를 인도했다. 왕의 문[58]이 열리고 천천히 휘장

---

58) 러시아 정교회의 제단 중앙에 위치한 문.

이 드리웠다. 그곳으로부터 신비롭고 나직한 목소리가 무언가를 소리 내어 읽었다. 나타샤 자신도 이해할 수 없는 눈물이 가슴속에 솟아올랐고, 기쁘고도 괴로운 감정이 마음을 흔들어 놓았다.

'제게 가르쳐 주소서. 무엇을 해야 할지, 어떻게 해야 제 자신을 영원히, 영원히 바로 세울 수 있을지, 제 인생을 어떻게 살아가야 좋을지……' 그녀는 생각했다.

부제가 설교대에 나와 엄지손가락을 쫙 벌려 제의 밖으로 긴 머리카락을 꺼내 정돈하고는 가슴에 십자가를 대고 큰 목소리로 엄숙하게 기도문을 낭독하기 시작했다.

"우리 모두 평화 속에서 하느님께 기도합시다."

'하나의 세계[59]로서, 즉 계급의 차이도 반목도 없이 우리는 모두 형제애로 하나가 되어 기도할 거야.' 나타샤는 생각했다.

"하늘로부터의 평화와 우리 영혼의 구원을 위하여!"

'우리 위에 사는 모든 육체 없는 존재의 영혼들과 천사들의 세계를 위하여.' 나타샤는 기도했다.

군대를 위한 기도가 이어지자 그녀는 오빠와 제니소프를 떠올렸다. 바다와 육지를 여행하는 자들을 위해 기도할 때는 안드레이 공작을 떠올리며 그를 위해 기도했다. 그리고 자신이 그에게 저지른 악을 하느님께서 용서해 주시기를 기도했다. 우

---

59) 러시아 정교회의 언어인 고대 교회 슬라브어와 러시아 민중의 언어인 러시아어에서 'mir'라는 단어는 평화와 세계를 모두 뜻한다. 부제가 '평화'라고 말할 때 나타샤는 이것을 '세계'로 이해하고 있다. 이는 러시아인들이 기도문을 들을 때 흔히 일으키는 착각이기도 하다.

리를 사랑하는 사람들을 위해 기도할 때는 집안사람들, 아버지와 어머니와 소냐를 위해 기도했다. 그녀는 비로소 자신이 그들 앞에 저지른 모든 죄를 깨달았으며, 자신이 그들에게 품은 사랑의 힘을 온전히 느꼈다. 우리를 미워하는 자들을 위해 기도할 때는 그런 자들을 위해 기도하려고 자신의 적과 자신을 미워하는 사람들을 생각해 보았다. 그녀는 아버지와 거래하는 모든 사람들과 채권자들을 적에 포함시켰다. 자신을 미워하는 사람들과 적을 생각할 때면 자신에게 많은 악행을 저지른 아나톨을 늘 떠올렸다. 비록 그는 그녀를 미워하는 인간이 아니었지만 그녀는 그를 적에 포함시켜 그를 위하여 기쁜 마음으로 기도했다. 안드레이 공작이든 아나톨이든 그녀가 그들을 인간으로서 분명하고 침착하게 떠올릴 수 있다고 느끼는 때는 오직 기도할 때뿐이었다. 그녀가 하느님에게 품은 경외의 감정에 비하면 그들에 대한 그녀의 감정은 아무것도 아니었다. 황실과 시노드를 위해 기도할 때 그녀는 특히 더 낮게 고개를 조아리고 성호를 그으면서 속으로 중얼거렸다. '설사 내가 이해할 수 없다 해도 난 의심을 품을 수 없어. 난 여전히 지도적 위치에 있는 시노드를 사랑하고 그것을 위해 기도할 거야.'

기도를 마친 부제는 가슴께에 손을 올려 어깨에 두른 긴 천에 성호를 그으며 읊었다.

"우리 자신과 우리의 생명을 하느님이신 그리스도께 바칩니다."

'우리 자신을 하느님께 바칩니다.' 나타샤는 마음속으로 그 말을 따라 했다. '나의 하느님, 절 당신의 뜻에 맡깁니다.' 그녀는 생각했다. '아무것도 원하지 않고 아무것도 바라지 않습니다. 다만 제가 무엇을 해야 할지, 제 자신의 의지를 어디에 써야 할지 가르쳐 주소서! 저를 받아 주소서, 저를 받아 주소서!' 나타샤는 사랑과 안타까움이 뒤섞인 심정으로 가느다란 팔을 늘어뜨린 채 성호도 긋지 않고 속으로 중얼거렸다. 마치 보이지 않는 어떤 힘이 자신을 붙잡아 그녀 자신으로부터, 자신의 후회와 갈망과 비난과 희망과 죄악으로부터 구해 주기를 기대하는 듯했다.

예배가 진행되는 동안 백작 부인은 감동에 젖은 딸의 얼굴과 반짝이는 눈동자를 몇 번이고 돌아보며 하느님께 딸을 도와 달라고 기도했다.

갑자기 예배 도중에, 그것도 나타샤가 잘 아는 예배 순서와 다르게 하급 사제가 작은 받침대를, 삼위일체의 날[60] 무릎을 꿇고 기도할 때 사용하는 바로 그 받침대를 들고 와서 왕의 문 앞에 내려놓았다. 둥근 보라색 벨벳 모자를 쓴 사제가 걸어 나와 머리카락을 단정히 하고 힘겹게 무릎을 꿇었다. 모두들 똑같이 따라 하며 서로를 의아한 눈으로 바라보았다. 그것은 시노드로부터 막 도착한 기도문이었다. 러시아를 적의 침입으로부터 구해 달라고 기원하는 기도문이었다.

"권능의 주 하느님, 우리를 구원하시는 하느님." 사제가 과장되지 않은 또렷하고 부드러운 목소리로 낭독을 시작했다.

---

60) 러시아 정교회가 성령 강림절 혹은 오순절을 일컬을 때 사용하는 명칭이다. 저녁 기도 때 사제와 신자들이 다 같이 무릎을 꿇으면 사제가 세 개의 긴 기도문을 낭송한다.

교회 슬라브어로 낭독하는 사제만이 낼 수 있는, 러시아인의 마음에 저항할 수 없는 강한 영향을 미치는 목소리였다. "권능의 하느님, 우리를 구원하시는 하느님! 오늘날 당신의 미천한 백성들을 은혜와 인자로 보살펴 주시고, 인간을 향한 사랑으로 귀를 기울여 주시고, 우리를 용서하시고, 우리에게 은혜를 베풀어 주소서. 보소서, 당신의 땅을 어지럽히고 온 세상을 불모지로 만들려는 적들이 우리를 대적하여 일어섰습니다. 보소서, 무법자들이 무리를 지어 당신의 소유물을 파괴하고 당신의 순결한 예루살렘, 곧 당신이 사랑하는 러시아를 짓밟으려 합니다. 당신의 신전을 더럽히고 당신의 제단을 뒤엎고 우리의 성소를 능욕하려 합니다. 오, 주여, 저 죄인들이 언제까지, 언제까지 기뻐하겠습니까? 저 범법자들이 언제까지 권력을 휘두르겠습니까?

주 하느님! 당신을 향한 우리의 기도를 들어주소서. 당신의 권능으로 더없이 경건한 우리의 위대한 전제 군주이자 황제인 알렉산드르 파블로비치를 굳건하게 하소서. 그의 공의와 온화함을 기억하시고 우리를, 당신의 사랑하는 이스라엘을 보호하는 그의 자비에 보답하여 주소서. 그의 고문관들과 계획과 사업을 축복하소서. 당신의 전능한 오른팔로 그의 왕국을 지키시고, 모세가 아말렉 족속을 이기게 하신 것처럼, 기드온이 미디안 족속을 이기게 하신 것처럼, 다윗이 골리앗을 이기게 하신 것처럼 그가 적을 이기게 하소서.[61] 그의 군대를 지

---

61) 구약 성서에는 히브리인과 이민족들 사이의 수많은 갈등과 대결이 등장

켜 주소서. 당신의 이름으로 일어선 자들의 손에 놋쇠 활을 쥐여 주시고 그들에게 전쟁할 힘으로 띠를 둘러 주소서. 무기와 방패를 들고 일어나 우리를 도우소서. 우리에 대적하여 악을 꾸미는 자들이 수치와 모욕을 받게 하소서. 당신의 신실한 군대 앞에서 저들이 바람 앞의 먼지처럼 되게 하소서. 당신의 강한 천사들이 저들을 모욕하고 몰아내게 하소서. 저들이 알지 못하는 그물이 저들을 덮치게 하소서. 저들로부터 감춰진 올가미가 저들을 얽어매게 하소서. 당신 종들의 발아래 저들이 넘어지게 하시고, 우리 전사들이 저들을 짓밟게 하소서. 주여! 많은 사람들 속에서든 적은 사람들 속에서든 인간을 구원하는 당신의 힘은 쇠하지 않습니다. 당신은 하느님이십니다. 당신을 대적하는 인간이 승리하지 못하게 하소서.

우리 아버지이신 주여! 태초부터 보여 주신 당신의 인자와 은혜를 기억해 주소서. 우리에게서 얼굴을 돌리지 마시고, 우리의 하찮음을 멸시하지 마시고, 당신의 큰 사랑으로 우리에게 은혜를 내리시고, 풍성한 인자를 베푸사 우리의 불법과 죄를 생각지 마소서. 우리 안에 정결한 마음을 창조하시고 우리 안에 정직한 영혼을 새롭게 하소서. 우리 모두를 당신을 향한

한다. 모세와 기드온과 다윗은 그러한 대결에서 히브리인들에게 승리를 안겨 준 지도자들이다. 모세가 아말렉 민족으로부터 승리를 거두는 장면에 대해서는 『출애굽기』 17장 8∼16절을 참조. 이스라엘의 5대 사사인 기드온이 미디안인들과의 전투에서 승리하는 장면에 대해서는 『사사기』 7∼8장을 참조. 다윗이 블레셋 민족(팔레스타인)의 거인 골리앗과 싸워 이기는 장면에 대해서는 『사무엘서』 17장을 참조.

믿음으로 굳건하게 하시고, 우리를 소망으로 세우시고, 우리에게 서로를 향한 진실한 사랑을 불어넣으시고, 당신이 우리와 우리 선조들에게 허락하신 소유물을 올바로 지켜 낼 수 있도록 우리를 한마음으로 무장하여 주소서. 그리하여 정화된 자들의 운명에 대적하는 불의한 자의 지팡이가 높임을 받지 않게 하소서.

우리 주 하느님, 우리가 당신을 믿고 의지합니다. 당신의 은혜를 구하는 우리를 욕되게 하지 마시고 복의 징표를 보여 주소서. 그리하여 우리와 우리의 정교 신앙을 미워하는 자들을 부끄럽게 하시고 멸망하게 하소서. 그리고 모든 나라가 당신의 이름이 주님이고 우리가 당신의 백성임을 알게 하소서. 주여, 오늘날 우리에게 당신의 은혜를 보이시고 당신의 구원을 베푸소서. 당신 종들의 마음이 당신의 은혜에 기뻐하게 하소서. 우리의 적들을 격파하시고 당신의 신실한 백성들의 발아래에 저들을 속히 무찔러 주소서. 당신은 당신을 믿는 자들의 방패요, 도움이요, 승리입니다. 당신께, 곧 성부, 성자, 성령께이 순간, 그리고 영원무궁토록 영광을 돌립니다. 아멘."

나타샤의 영혼이 활짝 열린 이런 상황에서 그 기도는 그녀에게 강렬한 영향을 미쳤다. 그녀는 아말렉에 대한 모세의 승리, 미디안 족속에 대한 기드온의 승리, 골리앗에 대한 다윗의 승리, '당신의 예루살렘'의 몰락에 대한 말을 하나도 놓치지 않고 들었다. 그리고 마음을 가득 채운 부드러움으로 하느님에게 간구했다. 그러나 자신이 그 기도로써 하느님에게 무엇을 구하는지 잘 알지 못했다. 그녀는 정직한 영혼, 믿음과 소망으로 마음을 굳건히 하는 것, 사랑으로 마음을 북돋는 것에 대한 간구에 온 마음으로 공감했다. 하지만 적들을 짓밟게 해 달라고는 기도할 수 없었다. 몇 분 전만 해도 사랑하고 기도해 줄 더 많은 적을 갖기를 바랐기에……. 그렇다고 자신들이 무릎을 꿇고 낭독한 기도문의 정당성을 의심할 수도 없었다. 그녀는 인간의 죄 때문에, 특히 자신의 죄 때문에 인간에게 닥치는 벌 앞에서 경외와 전율이 뒤섞인 두려움을 느꼈다. 그래서 하느님께 모든 인간과 자신을 용서해 달라고, 모든 인간과 자신에게 삶의 평화와 행복을 달라고 간구했다. 그리고 그녀는 하느님이 자신의 기도를 듣고 있는 것 같다고 느꼈다.

19

로스토프가의 저택을 나와 나타샤가 보여 준 감사의 눈빛을 떠올리며 하늘에 뜬 혜성을 바라보던 중 새로운 무언가가 자기 앞에 모습을 드러냈다고 느낀 그날부터였다. 끝없이 피에르를 괴롭히던 의문, 즉 지상 모든 것의 공허함과 무의미함에 대한 의문은 더 이상 머리에 떠오르지 않았다. 전에는 무슨 일을 하든 떠오르던 '왜?', '무엇을 위해?'라는 그 무시무시한 질문이 이제 다른 의문이나 예전 의문에 대한 대답이 아닌 그녀의 영상으로 바뀌었다. 하찮은 대화를 들을 때든, 몸소 그런 대화를 할 때든, 인간의 비열함이나 우매함을 글에서 읽든 체험으로 알게 되든 그는 예전처럼 몸서리치게 놀라지 않았다. '모든 것이 덧없고 불가해한데 왜 사람들은 그처럼 바쁘게 움직일까?' 하고 스스로에게 묻는 대신 마지막으로 본 그녀의 모습을 떠올리곤 했다. 그러면 모든 의혹이 사라져 버렸다. 그녀가 그의 머리에 떠오른 의문에 대답을 해 주어서가 아니라 그녀의 영상이 그를 순식간에 정신 활동의 다른 밝은 영역으로, 의인도 죄인도 존재할 수 없는 영역으로, 인생을 걸 만한 가치가 있는 아름다움과 사랑의 영역으로 옮겨 놓았기 때문이다. 일상의 어떠한 저속함이 그의 앞에 나타나든 그는 속으로 이렇게 중얼거렸다.

'어떤 녀석이 국가와 차르의 재산을 훔치든 말든, 국가와 차르가 그런 자에게 경의를 표하든 말든 내버려 두라지. 어제 그녀는 날 향해 미소 지었고 나에게 또 와 달라고 부탁했어. 난 그녀를 사랑해. 누구도 절대 그것을 알지 못할 거야.' 그는 생각했다.

피에르는 여전히 사교계에 출입했고, 여전히 술을 많이 마셨으며, 여전히 나태하고 방탕한 생활을 했다. 왜냐하면 로스토프가에서 보내는 시간 외의 나머지 시간도 써야 했고, 또 모스크바에서 생긴 습관과 교제가 그의 흥미를 사로잡는 생활로 그를 저항할 수 없이 이끌었기 때문이다. 그러나 전장으로부터 점점 더 불안한 소문이 들려오는 요즈음, 나타샤가 건강을 점차 회복하고 더 이상 그에게 예전처럼 세심한 연민의 감정을 불러일으키지 않는 요즈음 그로서는 이해할 수 없는 한층 더 불안한 감정이 그를 사로잡기 시작했다. 그는 자신이 처한 상황이 오래 지속될 리 없다고, 자기 인생을 송두리째 바꿀 대변동이 닥칠 거라고 느끼며 점점 다가오는 그 대변동의 징후를 모든 것에서 초조하게 탐색하곤 했다. 프리메이슨 교단의 한 형제가 『요한 계시록』에서 끌어낸 나폴레옹에 관한 다음과 같은 예언을 피에르에게 밝힌 적이 있었다.

『요한 계시록』 13장 18절에 이런 구절이 있다. "여기에는 지혜가 필요합니다. 지각이 있는 사람은 그 짐승을 상징하는 숫자를 세어 보십시오. 그 수는 어떤 사람을 가리키는데, 그 수는 666입니다."

그리고 같은 장 5절에 이런 구절이 있다. "그 짐승은 큰소리를 치며 하느님을 모독하는 말을 하는 입을 받고, 마흔두 달 동안 활동할 권세를 받았습니다."

프랑스어 글자는 처음 아홉 글자가 1단위를, 나머지 글자가 10단위를 가리키는 히브리어의 숫자 표기법으로 배열될 경우 다음과 같은 뜻을 갖는다.

a	b	c	d	e	f	g	h	i	k	l	m
1	2	3	4	5	6	7	8	9	10	20	30

n	o	p	q	r	s	t	u	v	w	x	y	z
40	50	60	70	80	90	100	110	120	130	140	150	160

이 알파벳에 대응하는 숫자로 L'empereur Napoléon이라는 단어를 써 보면 이 숫자들의 총합이 666[62]이고, 따라서 나폴레옹이 『요한 계시록』에 예언된 그 짐승이 된다. 게다가 quarante deux(마흔둘)라는 단어, 즉 큰소리를 치며 하느님을 모독하는 짐승에게 주어진 기간을 이 알파벳대로 써도

---

62) L'Empereur는 Le Empereur의 축약형이다. 축약된 모음 e가 포함된 Le Empereur Napoléon의 철자의 합이 666이다.

quarante deux를 가리키는 그 숫자들의 합은 666이다. 이로부터 나폴레옹 권력의 끝은 그 프랑스 황제가 마흔두 살이 되는 1812년에 오리라는 결론이 나온다.[63] 피에르는 이 예언에 매우 놀랐다. 그래서 과연 무엇이 그 짐승, 즉 나폴레옹의 권력에 종말을 가져올 것인가라는 물음을 이따금 스스로에게 던졌고, 단어들을 숫자와 계산으로 기술하는 똑같은 원리로 자신을 사로잡은 의문에 대한 답을 찾으려고 애썼다. 피에르는 그 질문에 대한 답으로 L'empereur Alexandre(알렉산드르 황제), La nation Russe(러시아 국민)라고 써 보았다. 그는 글자들을 계산해 보았다. 그러나 숫자의 총합은 666보다 훨씬 크거나 훨씬 작았다. 언젠가 이 계산에 몰두하여 자기 이름인 Comte Pierre Besouhoff(피에르 베주호프 백작)를 써 보기도 했다. 이번에도 숫자의 총합은 큰 차이를 보였다. 그는 맞춤법을 바꾸어 s 대신에 z를 쓰고 de를 덧붙이고 관사 le도 덧붙였으나 여전히 바라던 결과를 얻을 수 없었다. 그때 문득 자신이 구하는 질문에 대한 답이 자기 이름 안에 있다면 그 답에는 반드시 국적이 언급되었을 거라는 생각이 머리에 떠올랐다. 그는 Le Russe Besuhof(러시아인 베주호프)라고 쓴 다음 숫자를 세었다. 그러자 671이 나왔다. 불과 5를 넘길 뿐이었다. 5는 e를,

---

63) 나폴레옹의 출생일은 1769년 8월 15일이다. 따라서 1811년 8월 15일은 나폴레옹의 마흔두 번째 생일이고, 나폴레옹의 나이가 마흔두 살인 기간은 1811년 8월 15일부터 1812년 8월 14일까지다. 피에르는 자신의 예측에 확실성을 부여하기 위해 나폴레옹이 마흔두 살이 되는 해가 1812년이라고 단정하고 있다.

L'empereur라는 단어 앞의 관사에서 생략되기도 하던 바로 그 e를 가리킨다. 어법에 어긋나지만 그런 식으로 e를 생략하자 원하던 답을 얻을 수 있었다. L'Russe Besuhof는 666이었다. 그는 그 발견에 흥분했다. 그는 자신이 『요한 계시록』에 예언된 대사건과 어떻게 어떤 관계로 결합되어 있는지 몰랐다. 그러나 그 연관성에 대해 한순간도 의심하지 않았다. 로스토바를 향한 그의 사랑, 적그리스도, 나폴레옹의 침공, 혜성, 666, 나폴레옹 황제와 러시아인 베주호프, 이 모든 것들은 다 함께 무르익고 터져 그 스스로도 사로잡혀 있다고 느끼는 모스크바 관습의 매혹적이고도 하찮은 세계로부터 그를 끌어내 위대한 공적과 큰 행복으로 이끌어야 했다.

기도문 낭독이 있던 일요일 전날 피에르는 로스토프가 사람들에게 자신과 잘 아는 사이인 라스톱친 백작으로부터 러시아 국민을 향한 격문과 군대의 최근 소식을 받아 오겠다고 약속했다. 이른 아침 라스톱친 백작에게 들른 피에르는 방금 군대에서 도착한 특사를 그 집에서 발견했다.

특사는 모스크바 무도회의 춤꾼들 가운데 한 명으로 피에르와도 안면이 있는 사람이었다.

"제발 제 짐을 덜어 주시지 않겠습니까?" 특사가 말했다. "제 배낭이 부모에게 보내는 편지들로 꽉 차서요."

그 편지들 가운데에는 니콜라이 로스토프가 아버지에게 보내는 편지도 있었다. 피에르는 그 편지를 집어 들었다. 그 밖에도 라스톱친 백작은 방금 인쇄된 모스크바를 향한 군주의 격문과 군에 하달된 최근 훈령과 자신이 최근에 발행한 전단을 피에르에게 건넸다. 군대에 하달된 훈령을 검토하던 피에르는 부상병, 전사자, 훈장 수여자에 관한 소식란에서 오스트로브나 전투 때 보여 준 용기로 게오르기 4등 훈장을 받은 니콜라이 로스토프의 이름을 발견했으며, 똑같은 훈령에서 안드레이 볼콘스키 공작이 엽기병 연대의 지휘관으로 임명되었다는 소식도 발견했다. 피에르는 로스토프가 사람들에게 볼콘스키를 떠올리게 하고 싶지 않았지만 그 집 아들의 포상 소식으로 그들을 기쁘게 해 주고픈 마음을 억누를 수 없었다. 그래서 만찬 때 직접 가져가고자 격문과 전단과 다른 훈령들은 남기고 인쇄된 훈령과 편지는 로스토프가로 보냈다.

라스톱친 백작과의 대화, 염려와 조급함이 엿보이는 그의 어조, 군대 상황이 좋지 않다고 태평스레 이야기하는 특사와의 만남, 모스크바에서 간첩이 적발되고 모스크바에 문서 — 나폴레옹이 가을 이전에 러시아의 두 수도를 함락하겠노라며 공언했다고 적힌 — 가 돌고 있다는 소문, 다음 날로 예상되는 군주의 도착에 대한 대화, 이 모든 것이 새로운 힘으로 피에르의 마음속에 흥분과 기대를 불러일으켰다. 그 감정은 혜성이 출현한 이후, 특히 전쟁이 시작된 이후 그를 가만히 내버려 두지 않았다.

피에르는 이미 오래전부터 군대에 들어갈 생각을 했다. 두 가지 사실이 그를 방해하지 않았다면 그렇게 했을 것이다. 첫 번째는 그가 영구한 평화와 전쟁의 근절을 주창하는 프리메이슨 조합 소속으로서 그것에 서약으로 얽매여 있었다는 점이고, 두 번째는 군복을 입고 애국심을 부르짖는 많은 모스크바 사람들을 보면서 그런 행동을 하는 것에 어쩐지 수치심을 느끼게 되었다는 점이다. 그가 입대 계획을 실행하지 않은 이유는 무엇보다 자신이 짐승의 숫자 666을 뜻하는 l'Russe Besuhof(러시아인 베주호프)이고, 큰소리를 치며 하느님을 모독하는 짐승의 권력을 끝장내는 위대한 사업에 자신이 참여하는 것은 창세전부터 이미 정해진 일이며, 따라서 자기는 아무것도 할 필요 없이 예정된 일을 기다리기만 하면 된다는 어렴풋한 생각 때문이었다.

20

일요일이면 늘 그렇듯 가까운 지인들 몇 명이 로스토프가
에서 식사를 했다.

피에르는 로스토프가 사람들만 있을 때를 골라 일찍 왔다.

그해에 피에르는 무척 뚱뚱해졌다. 비대한 몸을 가뿐하게
지탱할 만큼 그렇게 키가 크고 팔다리가 실팍하지 않았다면
흉하게 보일 정도였다.

그는 숨을 헐떡이고 혼잣말로 뭐라 중얼거리며 계단을 올
라갔다. 이제 마부는 "기다릴까요?" 하고 묻지도 않았다. 백작
이 로스토프가를 방문하면 으레 자정까지 머문다는 것을 알
았기 때문이다. 로스토프가의 하인들이 반갑게 달려와 외투
를 벗기고 지팡이와 모자를 받아 들었다. 피에르는 클럽에서
하던 대로 지팡이도 모자도 대기실에 두었다.

그가 로스토프가에서 가장 먼저 본 사람은 나타샤였다. 그

녀를 보기도 전에 이미 그는 대기실에서 망토를 벗으며 그녀의 목소리를 들었다. 그녀는 홀에서 솔페지오[64]를 부르고 있었다. 병을 앓은 후부터 그녀가 노래를 부르지 않은 사실을 알았기에 그는 그녀의 목소리에 놀라면서도 기뻐했다. 그는 조용히 문을 열었다. 오전 예배 때 차림인 보라색 드레스를 입은 나타샤가 홀을 거닐며 노래하는 모습이 보였다. 그가 문을 열었을 때 그녀는 그를 등진 채 걷고 있었다. 그러나 뒤를 홱 돌아보다 놀라움이 어린 그의 살진 얼굴을 발견하자 얼굴을 붉히며 재빨리 다가왔다.

"다시 노래를 불러 보고 싶어요." 그녀가 말했다. "어쨌든 이것도 공부니까요." 그녀는 잘못이라도 빌 듯 덧붙였다.

"멋집니다."

"당신이 오셔서 정말 기뻐요! 난 오늘 무척 행복하답니다!" 그녀는 예전처럼 생기 있게 말했다. 피에르가 그녀에게서 그런 모습을 본 것은 아주 오랜만이었다. "당신도 알죠. **니콜라**가 게오르기 훈장을 받은 것 말이에요. 오빠가 정말 자랑스러워요."

"물론이죠, 내가 훈령을 보낸걸요. 이런, 당신을 방해하고 싶지 않군요." 그는 이렇게 덧붙이고 응접실로 향하려 했다.

나타샤가 그를 불러 세웠다.

"백작, 어떨까요? 내가 노래하는 것 말이에요." 그녀는 얼굴을 붉히며, 그러나 뭔가 묻고 싶은 눈으로 피에르를 뚫어지게

---

64) 도레미 같은 기초 음계로 하는 발성 연습.

쳐다보며 말했다.

"아뇨……. 뭣 때문에요? 오히려……. 그런데 왜 내게 그런 걸 묻죠?"

"나도 모르겠어요." 나타샤는 빠르게 대답했다. "하지만 당신이 좋아하지 않는다면 어떤 것도 하고 싶지 않아요. 난 무엇이든 당신을 믿어요. 당신은 몰라요. 당신이 나에게 얼마나 소중한지, 당신이 날 위해 얼마나 많은 걸 해 주었는지 말이에요!" 그녀는 피에르가 그 말에 얼굴을 붉히는 것도 모르고 빠르게 말했다. "그 훈령에서 봤어요. 그 사람은, 볼콘스키는(그녀는 이 말을 빠르게 속삭이듯 말했다.) 지금 러시아에 있고 다시 군에서 복무한다죠. 당신은 어떻게 생각해요?" 그녀는 눈에 띄게 서두르며 빠르게 말했다. 자신에게 버틸 힘이 있을지 두려웠기 때문이다. "그가 언젠가 날 용서할까요? 나에 대한 원망을 거두게 될까요? 어떻게 생각하나요? 어떻게 생각해요?"

"내가 생각하기에……." 피에르가 말했다. "그 사람에게는 용서할 것이 없습니다……. 내가 그 사람이라면……." 피에르는 상상 속에서 기억의 연결을 따라 순식간에 그 순간으로 돌아갔다. 자신이 그녀를 위로하며 "만약 내가 나 자신이 아니라면, 또 세상에서 가장 훌륭한 사람이고 자유로운 몸이라면 난 무릎을 꿇고 당신에게 청혼할 겁니다."라고 말했던 순간으로……. 그러자 그때의 연민과 다정함과 사랑의 감정이 그를 사로잡았고, 그때의 말들이 입가에 맴돌았다. 그러나 그녀는 그에게 그 말을 할 틈을 주지 않았다.

"물론 당신은……." 그녀는 당신이라는 그 말을 기쁨에 넘쳐 말했다. "당신의 경우는 다르죠. 난 당신보다 더 선하고 관대하고 훌륭한 사람을 모르는걸요. 그런 사람은 있을 수 없어요. 그때 당신이 없었다면 내가 어떻게 됐을지 지금도 난 잘 모르겠어요. 왜냐하면……." 갑자기 그녀의 눈에 눈물이 그렁그렁 고였다. 그녀는 돌아서서 악보를 눈앞에 들어 올리고 노래를 부르며 다시 홀 안을 거닐기 시작했다.

마침 그때 응접실에서 페챠가 달려왔다.

이제 페챠는 발그레한 뺨과 도톰한 붉은 입술을 지닌 잘생긴 열다섯 살 소년이었고 나타샤와 비슷해 보였다. 그는 대학에 들어갈 준비를 하고 있었지만 최근 친구인 오볼렌스키와 경기병이 되기로 몰래 결정했다.

페챠는 그 문제를 의논하기 위해 자기와 이름이 같은 피에르에게 달려온 것이다.

페챠는 피에르에게 경기병 부대에서 자기를 받아 줄지 알아봐 달라고 부탁했다.

피에르는 페챠의 말에 귀 기울이지 않고 응접실로 향했다.

페챠는 피에르의 주의를 끌기 위해 팔을 잡았다.

"저, 제 문제는 어떻게 됐나요, 표트르 키릴리치, 제발이요, 당신은 저의 유일한 희망이에요." 페챠가 말했다.

"아, 그래, 네 문제 말이지. 경기병이라고 했나? 말할게, 말할게. 오늘 전부 말하마."

"어떻소, 몽셰르, 어떻게 됐소, 성명서는 구했소?" 노백작이 물었다. "백작 영애가 라주몹스키가의 오전 예배에 갔다가 새로운 기도문을 들었다오. 아주 좋았다고 하더군요."

"구해 왔습니다." 피에르가 대답했다. "내일 폐하께서 오신다고……. 특별 귀족 회의가 있고, 또 사람들 말로는 1000명 중 열 명 꼴로 징병을 한다더군요. 참, 축하합니다."

"그래요, 그래, 하느님께 감사할 일이지. 그런데 군에서는 무슨 소식이 있소?"

"아군이 다시 퇴각했습니다. 벌써 스몰렌스크 부근까지 왔다는군요." 피에르가 대답했다.

"오, 하느님! 오, 하느님!" 백작이 말했다. "그런데 성명서는 어디에 있소?"

"격문! 아, 그렇지!" 피에르는 주머니에서 문서를 찾기 시작했으나 발견하지 못했다. 그는 계속해서 주머니를 더듬는 한편 응접실로 들어온 백작 부인의 손에 입을 맞추고 불안하게 주위를 두리번거렸다. 분명 나타샤를 기다리는 듯했다. 그녀는 더 이상 노래하지 않았지만, 그렇다고 응접실에 오지도 않았다.

"정말로 제가 그것을 어디에 두었는지 모르겠습니다." 그가 말했다.

"이런, 늘 잃어버리는군요." 백작 부인이 말했다.

나타샤는 흥분이 섞인 부드러운 표정으로 들어와 말없이 피에르를 바라보며 자리에 앉았다. 그녀가 응접실에 들어오자마자 그때까지 침울하던 피에르의 얼굴이 환하게 밝아졌다. 그는 계속 서류를 찾으며 그녀를 여러 번 흘긋거렸다.

"제가 가서 가져오겠습니다. 집에 두고 왔군요. 꼭……."

"그럼 식사 시간에 늦을 거예요."

"아, 마부도 가 버렸군."

그러나 문서를 찾으러 대기실에 간 소냐가 피에르의 모자에서 그것을 발견했다. 피에르가 모자의 안감 안쪽에 애써 넣어 두었던 것이다. 피에르는 그것을 읽으려 했다.

"아니, 식사 후에." 노백작이 말했다. 그는 그 낭독에서 큰 기쁨을 얻으리라 예견하는 듯했다.

식사를 하는 동안 사람들은 게오르기 훈장을 받은 새로운 수훈자의 건강을 기원하며 샴페인을 마셨다. 그 자리에서 신신은 그루지야의 늙은 공작 부인이 병을 앓는다는 둥, 메티비에가 모스크바에서 사라졌다는 둥, 사람들이 라스톱친 백작에게 어느 독일인을 끌고 와서 그자를 샴피니온[65]이라고 말했다는 둥,(라스톱친 백작이 직접 그렇게 이야기했다.) 라스톱친 백작이 그자는 샴피니온이 아니라 그저 늙다리 버섯 같은 독일인에 불과하다며 그 샴피니온을 풀어 주게 했다는 둥 도시에 떠도는 소식들을 들려주었다.

"사람을 잡는군, 사람을 잡아." 백작이 말했다. "나는 백작부인에게 이런 말까지 했다니까요. 되도록이면 프랑스어를 쓰지 말라고 말이오. 지금은 때가 좋지 않아요."

"들었습니까?" 신신이 말했다. "골리친 공작이 러시아어 선생을 고용해서 러시아어를 배우고 있답니다. 길거리에서 프

---

65) 간첩은 shpion이고 버섯은 shampin´on이다. 이야기 속 사람들이 독일인을 '버섯'이라고 한 것은 '간첩'이라는 단어를 정확히 몰라 착각했기 때문이다. 신신이 이 이야기를 꺼낸 것은 샴페인(shampanskoe)을 마시다가 비슷한 단어들로 익살을 떨기 위해서인 듯하다.

랑스어로 말하는 것이 점차 위험해지고 있어요."[66]

"어때요, 표트르 키릴리치 백작, 민병대 모집이 시작되면 당신도 말을 타야 하오?" 노백작이 피에르를 돌아보며 말했다.

피에르는 식사 내내 말없이 생각에 잠겨 있었다. 백작이 말을 건넸을 때 그는 이유를 모르겠다는 듯 빤히 처다보았다.

"아, 네, 전쟁터로 말이죠." 그가 말했다. "아니요! 제가 무슨 용사라고요! 어쨌든 모든 게 너무 이상합니다. 너무 이상해요! 저 자신도 잘 모르겠습니다. 저도 잘 모르겠지만 전쟁은 제 취향에 너무 맞지 않아요. 하지만 요즘 같은 시대에는 아무도 자신에 대해 장담할 수 없는 법이죠."

식사 후 백작은 안락의자에 편안히 앉아 진지한 얼굴을 하고는 낭독의 대가로 꼽히는 소냐에게 격문을 읽어 달라고 청했다.

우리의 고도(古都) 모스크바여!
적이 대군을 이끌고 러시아 영토를 침입했다. 적이 우리의 사랑하는 조국을 파괴하러 오고 있다.

소냐는 특유의 가는 목소리로 정성을 다해 읽었다. 백작은 눈을 감고서 간간이 한숨을 쉬며 들었다.

나타샤는 몸을 꼿꼿이 세우고 앉아 때로는 아버지를, 때로

---

66) 당시에는 러시아 귀족이 프랑스어로 말하는 게 일반적인 관례였기에 러시아어를 정확히 사용하지 못하는 귀족이 많았다. 이에 반해 평민 계층은 러시아어만 사용했다.

는 피에르를 주의 깊게 똑바로 쳐다보았다.

피에르는 자신을 향한 그녀의 시선을 느끼면서도 돌아보지 않으려 애썼다. 백작 부인은 성명서의 엄숙한 표현을 한 마디 한 마디 들을 때마다 못마땅한 듯 기분 나쁜 표정으로 고개를 젓곤 했다. 그녀는 그 모든 말에서 아들을 위협하는 위험이 여전히 곧 끝나지 않으리라는 점만을 보았다. 신신은 입가에 조소를 띤 채 맨 처음 등장할 조롱거리를 비웃으려 잔뜩 벼르는 듯 보였다. 그것이 소냐의 낭독이든 백작의 말이든, 심지어 더 좋은 빌미가 나타나지 않을 때는 격문이라도 말이다.

러시아를 위협하는 위험과 군주가 모스크바에, 특히 명문 귀족에게 거는 기대를 읽은 후 소냐는 떨리는 목소리로 ― 무엇보다 사람들이 주의를 집중하여 낭독을 듣고 있어서 ― 마지막 문구를 낭독했다.

우리는 지체 없이 이 고도를 비롯한 우리나라의 여러 지역에, 우리의 민중 한가운데에 설 것이다. 이는 협의를 위함이며, 또한 현재 적의 진로를 차단하고 적이 나타나는 곳마다 그들을 격파하기 위하여 새로 조직되고 있는 우리 민병대 전체를 지휘하기 위함이다. 적은 우리를 멸망의 구렁텅이에 빠뜨리려 하나 그 멸망은 저들의 머리 위를 향할 것이요, 예속에서 벗어난 유럽은 러시아의 이름을 찬양할 것이다!

"그렇지, 바로 그거야!" 백작이 촉촉하게 젖은 눈을 뜨며 큰 소리로 부르짖었다. 강한 초산염이 든 작은 병을 코에 바짝 대기라도 한 듯 그는 코를 쿵쿵거리느라 여러 번 말을 멈추었다.
"폐하께서 말씀만 하시면 우리는 한 치의 후회도 없이 모든 것
을 바칩니다."

신신이 백작의 애국심을 놀리려고 준비한 농담을 미처 내
뱉기도 전에 나타샤가 자리에서 벌떡 일어나 아버지에게 달
려갔다.

"이런 아빠, 너무 멋지지 않나요?" 그녀는 아버지에게 입을
맞추며 말하고는 다시 피에르를 힐끗 쳐다보았다. 그 시선에
는 그녀의 생기와 함께 되살아난 무의식적인 교태가 어려 있
었다.

"이런, 애국자가 나셨군!" 신신이 말했다.

"애국자가 아니라 단지……." 나타샤가 화를 내며 대꾸했
다. "당신에게는 모든 게 우습죠. 하지만 이건 결코 농담이 아
니라……."

"농담이라니!" 백작이 똑같은 말을 되풀이했다. "폐하께서
한마디만 하시면 우리는 모두 나가……. 우리는 독일인이 아
니니까……."

"그런데 '협의를 위함이며'라고 적힌 것을 눈치채셨습니
까?" 피에르가 말했다.

"뭐, 무엇을 위한 것이든……."

바로 그때 아무도 관심을 두지 않던 페챠가 아버지에게 다
가갔다. 그는 얼굴을 온통 새빨갛게 물들인 채 굵어졌다 가늘
어졌다 하는 변성기의 목소리로 말했다.

"그럼 아빠, 단도직입적으로 말씀드릴게요. 괜찮으시다면

172

엄마에게도요. 단도직입적으로 말씀드립니다. 절 군대에 보내 주세요. 왜냐하면 도저히…… 그게 전부예요…….”

백작 부인은 질겁하며 하늘을 올려다보더니 두 손을 모아 쥐고 남편을 매섭게 쏘아보았다.

“당신 말이 일을 이 지경으로 만든 거예요!” 그녀가 말했다.

그러나 그 순간 백작도 흥분에서 깨어났다.

“이런, 이런.” 백작이 말했다. “여기 또 용사가 났군. 바보 같은 소리 좀 그만해라. 넌 공부를 해야지.”

“바보 같은 소리가 아니에요, 아빠. 저보다 어린 페챠 오볼렌스키도 입대할 거예요. 무엇보다 어쨌든 전 지금 도저히 공부를 할 수가 없어요.” 페챠는 말을 멈추고 땀방울이 맺히도록 얼굴을 빨갛게 붉히더니 마침내 중얼거렸다. “조국이 위험에 처한 이런 때는요.”

“그만, 그만, 실없는 소리는…….”

“하지만 아빠도 모든 것을 희생할 거라고 하셨잖아요.”

“페챠, 내가 입 다물라고 했지.” 백작이 아내를 힐끔거리며 소리쳤다. 그녀는 하얗게 질린 얼굴로 작은아들을 뚫어지게 쳐다보았다.

“하지만 전 말을 해야겠어요. 여기 표트르 키릴로비치도 말해 주실…….”

“분명히 말하마. 말도 안 되는 소리다. 아직 젖비린내도 가시지 않은 주제에 입대를 하고 싶다니! 자, 자, 난 분명히 말했다.” 백작은 휴식 전에 서재에서 한 번 더 읽으려는지 격문을 들고 응접실 밖으로 나섰다.

"표트르 키릴로비치, 자, 담배나 피우러 갑시다……."

피에르는 혼란과 갈등에 빠져 있었다. 여느 때와 달리 생기 발랄하게 반짝이며 상냥함 그 이상을 담고 계속 그를 주시하는 나타샤의 눈동자가 그를 그런 상태로 몰고 갔다.

"아닙니다, 집에 가겠습니다. 아마도……."

"집이라니, 무슨 소리요, 우리 집에서 저녁 시간을 보내고 싶다더니……. 요즘에는 발길도 뜸해졌잖소. 내 딸은……." 백작은 나타샤를 가리키며 다정하게 말했다. "당신만 있으면 명랑해지는데……."

"참, 잊고 있었군요……. 집에 꼭 가봐야 하는데……. 할 일이……." 피에르가 황급히 말했다.

"그렇다면야, 그럼 다음에 봅시다." 백작은 응접실을 떠나며 말했다.

"왜 가려는 거예요? 무엇 때문에 그렇게 기분이 안 좋아요? 왜……." 나타샤는 피에르의 눈을 도전적으로 쳐다보며 물었다.

'당신을 사랑하니까요!' 그는 그렇게 말하고 싶었다. 그러나 그 말을 하지 못하고 눈물이 날 만큼 얼굴을 붉히며 시선을 떨구었다.

"내가 당신을 자주 방문하지 않는 게 낫기 때문이지요……. 왜냐하면…… 아닙니다, 그냥 볼일이 있어서……."

"왜요? 아뇨, 말해 줘요." 나타샤가 단호하게 말을 꺼내다가 갑자기 입을 다물었다. 두 사람 모두 두려움과 당혹감에 찬 모습으로 서로를 바라보았다. 그는 웃으려 했지만 웃을 수 없었다. 그의 미소에는 고통이 담겨 있었다. 그는 그녀의 손에 말없이 입을 맞추고 그곳을 떠났다.

피에르는 더 이상 로스토프가를 방문하지 않겠노라고 다짐했다.

21

페챠는 단호하게 거절을 당한 후 자기 방에 혼자 틀어박혀 슬피 울었다. 그가 퉁퉁 부은 눈과 조용하고 침울한 얼굴로 차를 마시러 나오자 다들 아무것도 눈치채지 못한 것처럼 행동했다.

다음 날 군주가 도착했다. 로스토프가의 하인들 몇 명이 차르를 보러 가게 해 달라고 청했다. 이날 아침 페챠는 옷을 입고 머리를 빗는 데 오랜 시간을 들였으며, 어른들이 하는 모양으로 옷깃을 매만졌다. 그는 거울 앞에서 인상을 쓰기도 하고, 이런저런 몸짓을 취하기도 하고, 어깨를 으쓱하기도 했다. 그러고는 아무에게도 알리지 않은 채 학생모를 눌러쓰고서 다른 사람에게 들키지 않도록 조심하며 뒷문으로 빠져나왔다. 페챠는 군주가 있는 곳으로 곧장 가서 시종 같은 사람(페챠는 군주가 언제나 시종들에게 둘러싸여 있다고 생각했다.)에게 직접 말해 보기로 결심했다. '난 로스토프 백작입니다. 비록 어리긴 하지만 조국을 위해 일하고 싶습니다. 어리다는 것이 충성에 방해가 될 수 없습니다. 난 기꺼이……' 페챠는 외출 준비를 하면서 시종에게 할 멋진 말을 잔뜩 준비해 두었다.

페챠는 자신이 어린아이라는 바로 그 사실 때문에 군주를 성공적으로 알현할 수 있으리라 예상했다.(페챠는 심지어 모두들 자신이 어리다는 사실에 깜짝 놀랄 거라고까지 생각했다.) 그러면서도 옷깃 매무새와 머리 모양과 느릿하고 침착한 걸음으로 어른스러움을 보여 주고 싶어 했다. 하지만 앞으로 나아갈수록, 크렘린으로 몰려드는 군중에게 마음을 빼앗길수록 어른스러운 침착함과 느긋함을 유지하겠다던 생각을 잊고 말았다. 크렘린에 다가가는 동안 그는 어느새 사람들에게 떠밀리지 않을까 걱정하며 위협적인 표정으로 단호히 두 팔꿈치를 양옆에 치켜 올리고 있었다. 하지만 트로이차 문에 이르자, 승용 마차들이 포석을 요란하게 울리며 아치형 입구를 지나는 동안 사람들 — 아마도 그가 얼마나 애국적인 목적을 품고 크렘린에 가는지 모를 — 이 어찌나 세게 벽 쪽으로 미는지 그토록 단단히 결의를 다지고 온 그도 고분고분 가만히 서 있을 수밖에 없었다. 페챠 주위에는 하인을 거느린 아낙 한 명과 상인 두 명과 퇴역 군인 한 명이 서 있었다. 문가에 몇 분 서 있던 페챠는 승용 마차들이 다 지나갈 때까지 기다리지 못하고 다른 사람들보다 먼저 가기 위해 과감히 팔꿈치를 놀리기 시작했다. 그러자 페챠의 맞은편에 서 있다가 그의 팔꿈치에 가장 먼저 눌린 아낙이 신경질을 내며 고래고래 소리를 질렀다.

"도련님, 왜 밀어요? 봐요, 다들 서 있잖아요. 왜 끼어드냐고요!"

"그러면 다른 사람들도 전부 그렇게 끼어든다니까요." 하인이 말했다. 그러고는 자기도 팔꿈치를 놀려 페챠를 악취가 나는 문 한구석으로 밀쳤다.

페챠는 땀으로 범벅이 된 얼굴을 손으로 닦고 땀에 젖어 축 늘어진 옷깃 — 그가 집에서 그토록 멋지게 어른처럼 모양을 낸 — 을 매만졌다.

페챠는 자신의 볼품없는 모습을 깨닫고는 시종 앞에 그런 모습으로 나타나면 군주를 알현할 수 없을 것 같아 두려웠다. 그러나 사람들이 북적거려 옷매무새를 단정히 할 수도, 다른 곳으로 갈 수도 없었다. 마차를 타고 지나가던 장군들 가운데 한 명이 로스토프가와 친분이 있는 사람이었다. 페챠는 그에게 도움을 청하고 싶었다. 그러나 남자답지 못하다는 생각이 들었다. 승용 마차들이 다 지나가자 군중이 쏟아져 나와 페챠를 광장으로 밀고 갔다. 그곳은 이미 사람들로 꽉 차 있었다. 광장뿐 아니라 비탈에도 지붕에도 어디나 사람들이 있었다. 자신이 광장에 있다는 것을 알아차린 순간 페챠는 크렘린을 가득 채운 종소리와 사람들의 즐거운 말소리를 또렷하게 들었다.

광장은 한동안 덜 붐볐다. 그러나 별안간 다들 머리에서 모자를 벗고 앞쪽의 어딘가로 또 몰려가기 시작했다. 페챠는 사람들에게 짓눌려 숨을 쉴 수 없었다. 다들 환호했다. "우라! 우라! 우라!" 페챠는 발돋움하며 사람들을 밀치고 쥐어뜯어 보았지만 주위 사람들 외에는 아무것도 볼 수 없었다.

모든 사람의 얼굴에 오직 감격과 환희라는 공통된 표정만이 어려 있었다. 페챠 옆에 선 여자 상인이 흐느껴 울었고 그녀의 눈에서 눈물이 흘렀다.

"아버지, 천사님!" 그녀는 손가락으로 눈물을 훔치며 중얼거렸다.

"우라!" 사방에서 사람들이 외쳤다.

군중은 잠시 한곳에 서 있었지만 다시 앞으로 몰려갔다.

페챠는 자신조차 잊은 채 이를 악물고 야수처럼 눈을 부릅뜨더니 팔꿈치로 밀치고 "우라!" 하고 외치면서 앞으로 내달렸다. 그 순간 그는 자신이든 누구든 모조리 죽일 태세였다. 그러나 그와 똑같은 짐승 같은 얼굴들이 똑같이 "우라!" 하고 외치며 양옆에서 밀려들었다.

'군주란 이런 것이구나!' 페챠는 생각했다. '안 되겠어. 내가 직접 폐하에게 청원하는 건 불가능해. 이건 너무 대담한 짓이야!' 그는 계속 필사적으로 앞을 향해 나아갔지만 앞에 선 사람들의 등 너머로 텅 빈 공간과 붉은 모직이 깔린 통로만 얼핏 보았을 뿐이다. 그런데 그 순간 군중이 뒤로 머뭇머뭇 물러나기 시작했다.(앞에서 경찰들이 행렬에 너무 가까이 다가서는 사람들을 밀쳐 냈다. 군주가 궁전을 나와 우스펜스키 대교회 쪽으로 지나가고 있었기 때문이다.) 그러다 페챠는 느닷없이 옆구리에서 날아온 강한 주먹에 갈비뼈를 맞고 세게 짓눌렸다. 갑자기 눈앞의 모든 것이 흐릿해졌고, 그는 그만 의식을 잃고 말았다. 그가 정신을 차렸을 때는 희끗한 머리 다발을 뒷덜미에 드리우고 닳아빠진 파란 법의를 걸친, 아마도 하급 사제인 듯한 어느 성직자가 한 팔로 그를 감싸 안은 채 다른 팔로 밀려드는 군중을 막고 있었다.

"귀족 도련님이 깔렸다!" 하급 사제가 말했다. "어떻게 이럴 수가! 조심해…… 사람이 깔렸다니까, 사람이 깔렸다고!"

군주가 우스펜스키 대교회로 들어갔다. 군중은 다시 평정을 되찾았고, 하급 사제는 숨을 거의 쉬지 않는 창백한 페챠를 '차르의 대포'[67]로 끌고 갔다. 몇몇 사람이 페챠를 가엾게 여기자 갑자기 온 군중이 페챠를 돌아보았다. 그러고는 어느새 그 주위에 몰려들어 북새통을 이루었다. 가까이 있던 사람들이 그를 보살피고 프록코트 단추를 풀어 주고 대포 받침대 위에 앉히며 누군가를 향해, 즉 그를 밟아 죽일 뻔한 자들을 향해 욕을 퍼부었다.

"이러다 사람을 밟아 죽이겠어. 이게 뭐야! 살인이잖아! 아, 가엾어라, 식탁보처럼 하얘졌네." 사람들의 목소리가 웅성거렸다.

페챠는 곧 의식을 되찾았다. 얼굴에 혈색이 돌아오고 통증도 사라졌다. 그는 그 잠깐의 불쾌한 사건으로 대포 위에 자리를 얻었다. 그는 틀림없이 그 길로 되돌아갈 군주를 이 대포 위에서 보게 되면 좋겠다고 생각했다. 이제 페챠는 더 이상 청원에 대해 생각하지 않았다. 그저 군주를 볼 수만 있어도 행복

---

67) 1586년에 주조된 거대한 청동 대포로 우스펜스키 대교회에서 멀지 않은 곳에 있다.

하리라 생각했다.

우스펜스키 대교회에서 예배 —— 군주가 방문할 때 하는 기도 및 튀르크와 평화 조약이 체결된 것에 대한 감사 기도를 합친 —— 가 진행되는 동안 군중은 주위로 넓게 흩어졌다. 크바스[68]며, 생강빵이며, 페챠가 특히 좋아하는 양귀비씨 케이크를 파는 상인들이 나타났고, 일상적인 대화가 들리기 시작했다. 한 여자 상인은 자신의 찢어진 숄을 가리키며 그것을 사는 데 얼마나 많은 돈을 치렀는지 이야기했다. 어떤 여자는 요즘 들어 실크 옷감들이 하나같이 비싸다고 말했다. 페챠의 은인인 하급 사제는 어느 관리에게 오늘 어떤 사람들이 주교와 함께 예배를 집전하는지 들려주었다. 하급 사제는 공동 집전이라는 말을 몇 번이고 되풀이했는데, 페챠는 그 말뜻을 이해할 수 없었다. 두 젊은 상인은 호두를 깨물어 먹는 젊은 하녀들과 농담을 주고받았다. 그 모든 대화, 특히 하녀들과의 농담, 그 나이의 페챠에게 특별한 매력을 띠는 그 모든 대화는 이 순간 페챠의 관심을 끌지 못했다. 지금 그는 자신의 대포 받침대에 앉아 군주와 군주를 향한 자신의 사랑을 생각하며 계속 들떠 있었다. 사람들에게 깔릴 때의 통증과 공포가 희열과 어우러져 이 순간의 중요성에 대한 인식을 더욱 강렬하게 만들었다.

갑자기 강변에서 대포 소리(튀르크와의 평화 조약을 기념하는 축포였다.)가 들렸다. 군중은 대포 쏘는 것을 구경하러 재빨리 강가로 달려갔다. 페챠도 그곳으로 달려가고 싶었지만 이

---

68) 엿기름, 보리, 호밀 등으로 만든 러시아의 청량음료.

귀족 도련님의 보호를 떠맡은 하급 사제가 놓아주지 않았다. 포탄이 계속 발사되는 동안 우스펜스키 대교회에서 장교들과 장군들과 시종들이 달려 나왔다. 그 뒤를 이어 그다지 서두르는 기색 없이 계속 사람들이 나왔다. 군중은 다시 모자를 벗었다. 대포를 구경하러 달려갔던 사람들도 달음질하여 돌아왔다. 마침내 군복을 입고 띠를 두른 남자 네 명이 대교회의 문을 나왔다. "우라! 우라!" 군중이 다시 함성을 질렀다.

"어느 분이에요, 어느 분?" 페챠는 주위 사람들에게 울먹이는 목소리로 물었다. 그러나 아무도 그에게 대꾸하지 않았다. 다들 지나치게 몰두해 있었던 것이다. 페챠는 기쁨으로 차오른 눈물 때문에 뚜렷이 구분할 수 없었지만 네 사람 가운데 한 명 — 비록 그는 군주가 아니었지만 — 을 골라 그에게 자신의 모든 감격을 쏟으며 미친 듯이 "우라!" 하고 외쳤고, 내일은 무슨 일이 있어도 군인이 되리라 결심했다.

군중은 군주의 뒤를 따라 달리며 궁전까지 동행한 후에야 흩어지기 시작했다. 이미 늦은 시간이었다. 페챠는 아무것도 먹지 못했고 땀이 비 오듯 줄줄 흘러내렸다. 그러나 집으로 가지 않고, 비록 줄어들긴 했지만 아직 꽤 많은 군중 틈에 끼어 군주가 식사하는 내내 궁전 앞에 서 있었다. 그는 궁전 창문을 쳐다보기도 하고, 무언가를 더 기대하기도 하고, 군주의 만찬에 참석하기 위해 마차를 타고 궁전 입구로 다가오는 고관들이며 식사 시중을 드느라 이따금 창가에 모습을 보이는 시종들을 똑같이 부러워하기도 했다.

군주의 만찬 자리에서 발루예프가 창을 내다보며 말했다.

"백성들이 여전히 폐하를 뵙기를 고대하고 있습니다."

만찬은 이미 끝났다. 군주는 자리에서 일어나 비스킷을 먹으며 발코니로 나갔다. 민중은 발코니로 몰려갔고, 페챠는 그 한가운데에 있었다.

"천사님, 아버지! 우라!" 민중과 페챠는 큰 소리로 부르짖었다. 아낙들과 몇몇 나약한 남자들 ── 페챠도 그 부류에 속했다 ── 은 행복감에 또다시 울음을 터뜨렸다. 군주가 쥐고 있던 비스킷이 부스러져 꽤 큰 조각이 발코니 난간으로, 난간에서 다시 땅으로 떨어졌다. 가장 가까이 서 있던 반외투 차림의 마부가 그 비스킷 조각에 달려들어 움켜쥐었다. 군중 가운데 몇 사람이 마부에게 몰려갔다. 그것을 본 군주는 비스킷 접시를 가져오게 하더니 발코니에서 그 비스킷들을 던지기 시작했다. 페챠의 눈에 핏발이 섰다. 그는 깔려 죽을지 모를 위험에 한층 더 흥분하여 비스킷을 향해 달려들었다. 자신도 이유는 몰랐지만 차르의 손에서 떨어진 비스킷을 하나라도 잡아야 했고 한 치도 물러설 수 없었다. 그는 비스킷을 잡으려는 노파에게 달려가 발을 걸어 넘어뜨렸다. 그러나 노파는 땅바닥에 넘어지면서도 졌다고 생각하지 않았다.(노파는 비스킷을 잡으려 했지만 비스킷이 좀처럼 손에 들어오지 않았다.) 페챠는 무릎으로 노파의 팔을 치고 비스킷을 움켜쥐었다. 그러고는 때를 놓칠까 두려운 듯 이미 쉬어 버린 목소리로 또 한 번 "우라!" 하고 외쳤다.

군주는 떠났다. 그 후 군중도 대부분 뿔뿔이 흩어졌다.

"그것 봐, 내가 계속 기다리자고 했잖아. 내 말이 딱 맞았지." 여기저기 군중 틈에서 사람들의 즐거운 말소리가 들렸다.

페챠는 너무나 행복했다. 하지만 집에 돌아가게 되어, 또 이 날의 즐거움이 모두 끝났다는 것을 알게 되어 여전히 서글펐다. 크렘린을 나온 페챠는 집으로 가지 않고 동지인 오볼렌스키의 집을 향했다. 오볼렌스키는 열다섯 살이었으며 페챠와 마찬가지로 연대에 들어가기를 원했다. 집으로 돌아온 페챠는 자신을 군대에 보내 주지 않으면 달아나 버리겠다며 단호하고 확고하게 선언했다. 그러자 그다음 날 일리야 안드레이치 백작은 아직 완전히 양보한 것은 아니지만 페챠를 어딘가 좀 더 안전한 곳에 집어넣을 수 없을까 알아보러 나섰다.

22

그로부터 사흘째 되는 날인 15일 아침, 헤아릴 수 없이 많은 승용 마차가 슬로보츠키 궁전 앞에 늘어섰다.

홀들은 꽉 찼다. 첫 번째 홀에는 제복을 입은 귀족들이, 두 번째 홀에는 파란색 카프탄에 메달을 달고 턱수염을 늘어뜨린 상인들이 있었다. 귀족 회의장에서는 사람들이 웅성이고 움직이는 기척이 들렸다. 군주의 초상화 아래 놓인 큰 테이블 주위에는 최고 고관들이 등받이 높은 의자에 앉아 있었다. 하지만 귀족들 대부분은 홀 안을 거닐고 있었다.

모든 귀족들, 피에르가 클럽이나 집에서 매일같이 보던 그 사람들은 하나같이 제복을 입고 있었다. 어떤 이는 예카체리나 시대의 제복, 어떤 이는 파벨 시대의 제복, 어떤 이는 알렉산드르 시대의 새로운 제복, 어떤 이는 일반적인 귀족 제복을 입었다. 제복의 이 일반적인 속성은 온갖 다양한 부류의 낯익은 노인들과 젊은이들에게 기묘하고 환상적인 무언가를 더했다. 특히 인상적인 것은 눈이 침침하고 이가 없고 머리가 벗어지고 누런 비곗살이 오르거나 쭈글쭈글하게 야윈 노인들이었다. 그들은 대부분 자리에 앉아 침묵을 지켰으며, 돌아다니거나 이야기를 할 경우에는 자기보다 젊은 사람에게 들러붙었다. 페챠가 광장에서 본 군중의 얼굴과 마찬가지로 그들 모두의 얼굴에 떠오른 대조적인 특징도 인상적이었다. 엄숙한 무언가에 대한 공통의 기대가 보스턴 게임, 요리사 페트루시카, 지나이다 드미트리예브나의 건강 등 어제의 평범한 일들과 뒤섞여 있었던 것이다.

피에르는 이른 아침부터 이제 그에게 꽉 죄는 불편한 귀족 제복을 입고 홀에 있었다. 그는 흥분에 휩싸였다. 귀족뿐 아니라 상인까지 여러 계급을 포함한, 말하자면 **삼부회**[69] 같은 이례적인 회의는 그가 오래전에 저버렸으나 마음속에 깊이 아로새겨 있던, **사회 계약설**과 프랑스 혁명에 관한 일련의 생각들을 그에게 일깨웠다. 그가 격문에서 본 문구, 즉 군주가 국민들과 협의하기 위해 수도에 온다는 문구가 이러한 견해를 확인해 주었다. 그래서 그는 이러한 의미에서 중요한 무언가가, 자신이 오래전부터 기다리던 무언가가 다가오고 있다고 생각하여 홀을 거닐면서 사람들을 눈여겨보고 그들의 말에 귀를 기울였다. 그러나 어디에서도 자신을 사로잡은 사상의

---

69) 프랑스 세 신분(귀족, 가톨릭 고위 성직자, 평민)의 대표자가 모여 중요 의제에 관해 토론하는 장으로 중세부터 근세까지 존재했던 신분제 의회다.

표현을 발견할 수 없었다.

군주의 선언문이 낭독되자 사람들은 열광했다. 그러고는 다들 뿔뿔이 흩어져 이야기를 나누었다. 평범한 화제 외에도 군주가 들어올 때 귀족 단장은 어디에 설 것인가, 군주를 위한 무도회는 언제 열 것인가, 무도회는 군(郡) 단위로 나누어 여는 편이 좋은가 현 전체 차원에서 여는 편이 좋은가 등의 이야기가 피에르에게 들려왔다. 그러나 사안이 전쟁과 귀족 회의의 목적으로 넘어가자마자 이야기는 우왕좌왕하며 갈피를 잃었다. 다들 말하기보다 듣기를 원했다.

퇴역 해군 장교복을 입은 늠름하고 잘생긴 중년 남자가 한 홀에서 이야기를 하고, 그 주위에 사람들이 모여 있었다. 피에르는 그 떠버리 주위에 꾸려진 작은 모임으로 다가가 귀를 기울였다. 모든 사람들과 친분이 있는 일리야 안드레이치 백작도 예카체리나 대제 시대의 지방관 제복인 카프탄 차림을 하고 유쾌한 미소를 띤 채 군중 사이를 돌아다니다가 그 모임으로 다가갔다. 그리고 이야기를 들을 때 늘 그러듯이 말하는 사람에게 동의한다는 표시로 고개를 끄덕여 가며 특유의 선량한 미소를 띠고 이야기를 들었다. 퇴역 해군 장교는 매우 대담하게 이야기를 하고 있었다. 이야기를 듣는 사람들의 표정을 보면, 피에르가 알기에 더할 나위 없이 유순하고 조용한 사람들이 못마땅한 듯 자리를 떠나거나 그에게 반박하는 모습을 보면 분명 그런 것 같았다. 모임 한가운데로 밀치고 들어가서 귀를 기울이던 피에르는 지금 발언하는 사람이 정말로 자유주의자이긴 하지만 자신이 생각하는 것과 전혀 다른 의미의 자유주의자라고 확신했다. 해군 장교는 노래를 부르는 듯한 유난히 낭랑하고 귀족적인 바리톤 음색으로 r 발음을 삼키는 듣기 좋은 프랑스어식 발음과 자음 축약을 구사하면서, 말하자면 "웨이터, 파이프!"가 아닌 "웨이, 파입!"이라고 외치듯이 말했다. 그는 흥청망청 노는 생활과 권위에 익숙한 목소리로 말했다.

"스몰렌스크 사람들이 군주에게 민병대원들을 제공했다고 해서 그게 뭐 어떻다는 겁니까? 스몰렌스크 사람들이 과연 우리에게 명령을 내릴 수 있겠습니까? 모스크바현의 고귀한 귀족들은 스스로 그럴 필요가 있다고 생각하면 다른 방법으로 황제 폐하께 충성을 보일 수 있습니다. 우리가 1807년의 민병대를 잊었단 말입니까? 그것에서 이익을 본 인간들은 사제의 아들들과 강도들뿐이지 않습니까……."

일리야 안드레이치 백작은 유쾌한 미소를 지으며 찬성이라는 듯 고개를 끄덕였다.

"또 어떻습니까? 과연 우리 민병대원들이 국가에 쓸모가 있었습니까? 전혀 없었지요! 그자들은 그저 우리 농사를 망쳐 놓았을 뿐입니다. 징병을 하는 편이 훨씬 나을 텐데요……. 왜냐하면 그들이 돌아올 때는 더 이상 병사도 농부도 아닌 그저 건달에 불과하니까요. 귀족들은 자기 목숨을 아끼지 않습니다. 우리는 전부 직접 출정도 하고 신병 모집도 할 겁니다. 폐아(그는 '폐하'를 그렇게 발음했다.)께서 우리를 부르기만 하셔도 우리는 모두 그분을 위해 죽을 겁니다." 연설자는 열정적으로 이렇게 덧붙였다.

일리야 안드레이치는 만족감에 침을 꿀꺽 삼키며 피에르를 슬쩍 찔렀다. 하지만 피에르도 발언을 하고 싶었다. 그는 열의에 찬 자신을 느끼며 스스로도 무엇 때문에 그러는지, 무슨 말을 해야 할지 모르면서 앞으로 나섰다. 그가 말하려고 입을 열자마자 연설자 가까이 서 있던, 똑똑해 보이면서도 화가 난 얼굴에 이가 하나도 없는 어느 원로원 의원이 피에르를 가로막았다. 토론을 이끌고 문제가 곁길로 빠지지 않도록 모으는 데 익숙한 듯 그는 조용히, 그러나 잘 들리도록 말하기 시작했다.

"여러분, 내가 생각하기에⋯⋯." 의원은 이가 없는 입을 우물거리며 말했다. "우리가 이곳에 부름을 받은 것은 현재 국가에 더 이로운 것이 징병이냐 민병대냐를 판단하기 위해서가 아닙니다. 우리가 이곳에 부름을 받은 것은 황제 폐하께서 우리에게 하사하신 격문에 응답하기 위해서입니다. 징병과 민병대 가운데 어느 것이 더 이로운가를 판단하는 것은 최고 권력에 맡기기로 하고⋯⋯."

피에르는 문득 자신의 열의를 분출할 출구를 발견했다. 그는 귀족의 당면 과제에 그런 원칙적이고 편협한 견해를 들이미는 의원에게 화가 치밀었다. 피에르는 앞으로 나서며 말을 막았다. 그는 스스로도 무슨 말을 하게 될지 몰랐지만 활기차게 말을 꺼냈다. 이따금 프랑스어 단어로 헤쳐 나가고 러시아어의 문어적 표현을 쓰기도 했다.

"실례합니다, 각하." 그는 입을 열었다.(피에르는 이 의원과 아주 잘 아는 사이였다. 그러나 이 자리에서는 공식적으로 대할 필요가 있다고 생각했다.) "이 신사분에게 동의하지 않지만⋯⋯

(피에르는 말을 더듬었다. 그는 '존경해 마지않는 나의 적'이라고 말하고 싶었다.) 이 신사분과 아직 알고 지낼 영광을 갖지 못했습니다만…… 나는 귀족 계급이 부름을 받은 것은 자신의 공감과 기쁨을 표현하는 것 외에도 우리가 조국을 도울 방법을 협의하기 위해서라고 생각합니다. 내가 생각하기에……." 그는 활기를 띠며 말했다. "폐하께서도 달가워하지 않으실 겁니다. 그분이 우리에게서 농민들 ─ 우리가 그분에게 제공할 ─ 의 소유주만을, 또한…… **총알받이** ─ 우리가 자신을 재료로 삼아 만들어 내는 ─ 만을 보게 되신다면, 우리에게서 조…… 조…… 조언을 얻지 못하신다면 말입니다."

원로원 의원의 경멸 어린 미소와 피에르가 제멋대로 말하고 있음을 눈치챈 많은 사람들이 모임에서 하나둘 떠나기 시작했다. 오직 일리야 안드레이치만이 해군 장교와 의원의 말에 흡족해하던 때처럼, 그리고 마지막으로 듣는 말에 대체로 늘 흡족해하던 것처럼 피에르의 말에도 흡족해했다.

"난 이 문제를 논의하기에 앞서 우리가 폐하께 여쭤봐야 한다고 생각합니다." 피에르는 계속해서 말했다. "아군의 수가 얼마나 되는지, 아군이 어떤 상황에 처해 있는지에 대해 폐하께서 우리와 커뮤니케이션해 주시기를 지극히 정중하게 요청해야 합니다. 그러면 그때……."

하지만 피에르는 그 말을 미처 끝맺기도 전에 갑자기 세 명으로부터 공격을 받았다. 그를 가장 격렬하게 공격한 사람은 보스턴 게임을 좋아하고 그에게 언제나 호의를 보이던 오랜 지인 스테판 스테파노비치 아프락신이었다. 스테판 스테파노비치는 제복을 입었는데, 그 제복 때문인지 다른 이유 때문인지 피에르가 눈앞에서 본 사람은 전혀 다른 인물 같았다. 스테판 스테파노비치는 갑자기 노인다운 노기등등한 표정을 띠고 피에르에게 호통을 쳤다.

"첫 번째, 우리에게는 이 문제에 관해 폐하께 여쭤볼 권리가 없다는 점을 당신에게 알려 줘야겠소. 두 번째, 설사 러시아 귀족에게 그런 권리가 있다 해도 폐하께서는 우리에게 답변을 하실 수 없소. 군대는 적의 이동에 따라 움직이오. 그러니 군대는 늘기도 하고 줄기도 하고……"

키는 중간 정도고 마흔 살가량 된 다른 남자의 목소리가 아프락신을 가로막았다. 피에르는 예전에 집시의 집에서 그 사람을 보았는데 속임수를 잘 쓰는 노름꾼이어서 기억하고 있었다. 피에르 쪽으로 가까이 다가온 그도 제복 때문에 모습이 달라 보였다.

"게다가 지금은 의논을 할 때가 아니죠." 그 귀족의 목소리가 말했다. "행동해야 합니다. 러시아에 전쟁이 일어났어요. 러시아를 파괴하려고, 우리 선조들의 묘지를 욕보이려고, 여자들과 아이들을 끌고 가려고 우리의 적들이 오고 있습니다." 그 귀족은 자기 가슴을 쳤다. "우리 모두 일어납시다. 마지막 한 사람까지 모두 차르를 위해 출정합시다!" 그가 핏발이 선 눈을 부라리며 외쳤다. 그 말에 찬성하는 몇몇 목소리가 사람들 사이에서 들렸다. "우리 러시아인들은 신앙과 옥좌와 조국을 지키기 위해서라면 자신의 피를 아까워하지 않을 겁니다. 우리가 조국의 아들이라면 헛소리는 집어치워야 합니다. 러시아가 러시아를 위하여 어떻게 일어서는지 우리가 유럽에 보여 줄 겁니다." 그 귀족이 외쳤다.

피에르는 반박하고 싶었으나 한마디도 할 수 없었다. 자신의 말소리가, 그 말이 어떤 생각을 담고 있느냐에 상관없이 그 활기찬 귀족의 말소리에 묻힐 거라고 직감했다.

일리야 안드레이치는 무리의 뒤쪽에서 찬성을 표했다. 어떤 사람들은 연설자의 말이 끝날 때마다 재빨리 그를 향해 어깨를 돌리며 말했다. "그럼, 그렇고말고. 바로 그거야!"

피에르는 돈이든 농민이든 자신이든 얼마든지 희생할 수 있다고, 그러나 군주를 돕기 위해서는 상황을 알 필요가 있다고 말하고 싶었다. 하지만 그럴 수 없었다. 많은 목소리들이 동시에 외치고 떠드는 바람에 일리야 안드레이치는 미처 모든 사람에게 고개를 끄덕여 보일 수도 없었다. 무리는 점점 커지다가 뿔뿔이 흩어지더니, 다시 한자리에 모여서 다 함께 웅성거리며 큰 홀에 놓인 큰 테이블로 향했다. 피에르는 미처 말을 할 겨를도 없었다. 사람들은 거칠게 그의 말을 가로막고, 그를 밀치고, 마치 공동의 적을 대하듯 그를 외면했다. 그가 말한 내용에 불만을 품어서가 아니었다. 그의 말에 이어 수많은 말이 쏟아져 나오자 그들은 그의 말을 잊어버렸다. 군중의 활기를 위해서는 실감할 수 있는 사랑의 대상과 실감할 수 있는 증오의 대상이 있어야 했다. 피에르는 후자가 되었던 것이다. 활기찬 귀족에 뒤이어 많은 사람들이 연설을 했다. 그들은 모두 똑같은 투로 말했다. 많은 사람들이 멋지게 독창적으로 말했다.

《루스키 베스트니크》의 발행인인 글린카[70] —— 그를 알아본 사람들 사이에서 "작가다, 작가다!" 하는 소리가 들렸다 —— 는 지옥은 지옥으로 격퇴해야 한다고, 자신은 번갯불과 천둥소리에 방글방글 웃는 어린아이를 본 적이 있다고, 그러나 우리는 그런 아이가 되지 않을 거라고 말했다.

"맞아, 맞아. 천둥소리가 울릴 때지!" 뒷줄에 있는 사람들이 맞장구를 치며 그 말을 따라 했다.

무리는 큰 테이블로 다가갔다. 그 주위에는 백발이 성성하거나 대머리인 일흔 살의 늙은 고관들이 제복에 띠를 두르고 앉아 있었다. 피에르는 그들 대부분을 만난 적이 있었다. 그들이 자택에서 광대들과 있을 때나 클럽에서 보스턴 게임을 할 때 말이다. 군중은 쉬지 않고 웅성거리며 테이블로 다가갔다. 연설자들은 밀어닥치는 군중 때문에 등받이 높은 의자에 짓눌린 채로 차례차례, 때로는 둘이서 한꺼번에 발언을 했다. 뒤쪽에 서 있던 사람들은 연설자가 어떤 말을 빠뜨린 것을 알아채면 그 말을 덧붙여 주려고 안달했다. 또 어떤 사람들은 그 덥고 비좁은 곳에서 자기 머릿속을 헤집으며 의견을 찾다가 서둘러 그것을 발언했다. 피에르가 아는 늙은 고관들은 자리

---

70) 세르게이 니콜라예비치 글린카(Sergei Nikolaevich Glinka, 1774~1844). 작곡가인 표도르 니콜라예비치 글린카의 형이다. 애국적 성향이 짙은 시인이자 극작가이자 『1812년에 대한 수기(Записки о 1812 годе)』(1836)를 비롯한 많은 역사서의 저술가이기도 하다. 1808년 당시 러시아 사회에 만연한 프랑스 문화의 영향에 맞서기 위해 잡지 《루스키 베스트니크(Русский вестник)》를 창간했다. 1812년 모스크바에 거주하며 활발한 활동을 펼치고 있었다.

에 앉아 이 사람 저 사람을 번갈아 쳐다보았다. 그들 대부분의 표정은 그저 너무 덥다는 말만 할 뿐이었다. 그러나 피에르는 자신이 흥분한 것을 느꼈다. 우리에게는 어떤 것도 대수롭지 않다는 것을 과시하고 싶은, 말뜻보다는 사람들의 음성과 표정에 더 잘 나타난 모든 이들의 감정이 그에게도 전달되었다. 그는 자기 생각을 버리지 않았지만 자신이 무언가 잘못한 것처럼 느껴져 변명을 하고 싶었다.

"난 무엇이 필요한지 알 때 희생을 하는 것이 우리에게 더 좋을 거라고 말했을 뿐입니다." 그는 다른 목소리들보다 크게 외치려고 애쓰며 말했다.

가장 가까이 있던 한 노인이 그를 돌아보았으나 곧 테이블 맞은편에서 일어난 고함 소리로 주의를 돌렸다.

"그렇습니다, 모스크바는 항복하고 말 겁니다. 속죄물이 될 겁니다!" 한 사람이 외쳤다.

"그자는 인류의 적입니다!" 다른 사람이 외쳤다. "나에게 발언을 하게 해 주시……. 여러분, 당신들이 날 깔아뭉개고 있어……."

23

 그때 턱이 튀어나오고 눈의 움직임이 재빠른 라스톱친 백작이 장군 제복의 어깨에 띠를 두른 채 양옆으로 갈라진 귀족 무리 사이를 빠르게 걸어 들어왔다.

 "곧 황제 폐하께서 오십니다." 라스톱친이 말했다. "방금 그곳에서 오는 길입니다. 난 우리가 처한 상황에서는 이러쿵저러쿵 논할 것이 없다고 생각합니다. 폐하께서 우리와 상인 계급을 소집해 주셨습니다." 라스톱친 백작이 말했다. "저쪽에서 수백만 루블이 쏟아져 나올 테니(그는 상인들의 홀을 가리켰다.) 우리 임무는 민병대를 제공하고 자신을 아끼지 않는 것입니다……. 이것이 우리가 할 수 있는 최소한입니다!"

 테이블 앞에 앉은 고관들 사이에서 협의가 시작되었다. 협의는 내내 조용함 그 이상의 상태로 진행되었다. 온갖 소동이 있었던 후라 한 사람이 "찬성합니다." 하면 또 다른 사람이 변화를 주고자 "내 생각도 같습니다."라고 말하는 등 노인들의 목소리가 한 명씩 차례차례 들리니 협의는 구슬프게까지 느껴졌다.

서기에게 모스크바 귀족의 결의를 기록하라는 지시가 떨어졌다. 그 결의란 모스크바 주민도 스몰렌스크 주민과 마찬가지로 농부 1000명당 열 명의 병사와 군장 일체를 제공한다는 것이었다. 회의에 참석한 귀족들은 홀가분한 듯 의자를 요란하게 밀치고 자리에서 일어나 다리를 풀 겸 누군가의 팔을 잡고 잡담을 나누면서 홀을 거닐었다.

"폐하다! 폐하!" 하는 말소리가 갑자기 홀에서 홀로 빠르게 퍼졌다. 다들 입구로 몰려들었다.

양쪽에 벽처럼 늘어선 귀족들 사이의 넓은 통로를 따라 군주가 홀로 들어왔다. 모든 사람들의 얼굴에 공손함과 두려움이 뒤섞인 호기심이 떠올랐다. 피에르는 꽤 멀리 떨어져 있어 군주의 말을 다 알아들을 수 없었다. 들은 말에 비추어 헤아릴 수 있었던 것은 지금 국가가 처한 위험과 자신이 모스크바 귀족들에게 거는 기대에 관하여 군주가 이야기하고 있다는 점뿐이었다. 또 다른 목소리가 방금 막 결정된 귀족들의 결의를 전하며 군주에게 대답했다.

"여러분!" 군주가 떨리는 목소리로 말했다. 군중은 잠시 수선거리다가 다시 잠잠해졌다. 그래서 피에르는 듣기 좋고 인간적이고 감동적인 군주의 목소리를 똑똑히 들을 수 있었다. 그는 말했다. "나는 러시아 귀족의 열성을 한순간도 의심한 적이 없소. 하지만 오늘 그 열성은 나의 기대를 넘어섰소. 조국의 이름으로 그대들에게 감사하오. 여러분, 우리 함께 실행하지 않겠소? 시간은 무엇보다 소중하니……."

군주는 잠시 침묵했다. 군중은 그 주위에 바짝 달라붙었다. 사방에서 환희에 찬 외침이 들렸다.

"그래, 무엇보다 소중하지…… 차르의 말씀이야." 뒤에서 일리야 안드레이치가 흐느끼며 말했다. 그는 아무것도 듣지 못했으면서 모든 것을 자기 식으로 해석하고 있었다.

군주는 귀족의 홀에서 상인의 홀로 향했다. 그곳에 십 분 정도 있었다. 사람들 틈에 끼어 있던 피에르는 군주가 부드러운 애정의 눈물이 고인 눈으로 상인의 방에서 나오는 것을 보았다. 나중에 확인한 바에 따르면 군주가 상인들에게 연설을 시작한 순간 그의 눈에서 눈물이 펑펑 쏟아졌다고 했다. 그리고 떨리는 목소리로 연설을 끝맺었다고 했다. 피에르가 보았을 때 군주는 두 상인을 거느린 채 홀 밖으로 나오고 있었다. 한 사람은 피에르도 아는 뚱뚱한 징세업자[71]였다. 다른 사람은 누렇고 야윈 얼굴에 턱수염을 뾰족하게 기른 어느 자치 단체의 수장이었다. 두 사람 모두 울고 있었다. 야윈 사람은 눈물을 글썽일 뿐이었지만 뚱뚱한 징세업자는 어린아이처럼 흐느껴 울며 계속 똑같은 말을 되풀이했다.

"목숨도 재산도 다 가져가십시오, 폐하!"

그 순간 피에르는 자신에게 그 무엇도 중요하지 않음을, 자

---

71) otkupshchik. 국가로부터 세금 징수권을 매입하여 평민들에게서 세금을 거두는 사람을 가리킨다. 정부의 인가를 받은 전매 상인을 가리키는 용어이기도 하다.

신이 모든 것을 기꺼이 바칠 수 있음을 보여 주고픈 열망 외에 아무것도 느낄 수 없었다. 자신의 입헌주의적인 발언이 비난받아 마땅하게 여겨졌다. 그는 그 치욕을 씻을 기회를 찾았다. 마모노프 백작[72]이 1개 연대를 제공한다는 것을 알게 된 베주호프는 당장에 병사 1000명과 그 유지비를 내놓겠다고 라스톱친 백작에게 선언했다.

로스토프 노인은 그곳에서 있었던 일을 눈물 없이는 아내에게 들려줄 수 없었다. 그는 그 자리에서 페챠의 청을 허락하고 직접 지원을 신청하러 갔다.

다음 날 군주는 떠났다. 소집된 귀족들은 전부 제복을 벗고 다시 자택과 클럽에 자리를 잡았다. 그들은 끙끙 앓는 소리를 내면서 관리인에게 민병대에 관한 지시를 내리고는 자신들이 저지른 짓에 어이없어했다.

---

72) 마트베이 알렉산드로비치 마모노프(Matvei Aleksandrovich Mamonov, 1790~1863). 예카체리나 대제가 총애하던 한 인물의 아들이다. 프리메이슨이었고, 이후 제카브리스트 의거(입헌 군주제를 이념으로 내세운 젊은 귀족과 장교들의 비밀 결사를 '제카브리스트'라고 한다. 이들은 1825년 12월 입헌 군주제와 농노제 폐지 등을 요구하며 의거를 일으켰다. '제카브리스트'라는 명칭은 '12월'을 뜻하는 러시아어 '제카브리(Dekabr´)'에서 비롯되었다. 이 의거에 가담한 이들은 주로 나폴레옹을 추격하여 유럽 원정을 떠났다가 자유주의 사상을 접한 진보 성향의 청년 장교들로 대부분 프리메이슨이었다.)의 주동자들 가운데 한 명이 되었다. 그의 연대는 타루치노와 말리 야로슬라베츠에서 두각을 드러냈다.

2부

1

나폴레옹이 러시아와 전쟁을 시작한 것은 그가 드레스덴에 가지 않을 수 없었기 때문이고, 사람들의 존경에 정신이 혼미해지지 않을 수 없었기 때문이고, 폴란드 군복을 입자 6월 아침의 희망찬 인상에 굴복하지 않을 수 없었기 때문이고, 처음에는 쿠라킨이, 그다음에는 발라쇼프가 있는 자리에서 분노의 발작을 억누를 수 없었기 때문이다.

알렉산드르가 모든 교섭을 거절한 것은 개인적으로 모욕을 당했다고 느꼈기 때문이다. 바르클라이 드 톨리가 더할 나위 없이 훌륭하게 군대를 통솔하고자 애쓴 것은 의무를 다하고 위대한 사령관이라는 명성을 얻기 위해서였다. 로스토프가 말을 몰고 달려가 프랑스군을 공격한 것은 평원을 질주하고 싶은 욕망을 억누를 수 없었기 때문이다. 이 전쟁에 참가한 그 무수한 모든 사람들이 바로 그런 식으로, 즉 저마다의 개인적 특성과 습관과 조건과 목적에 따라 행동했다. 그들은 자신이 무엇을 하는지 알고 스스로를 위해 그것을 한다고 생각하면서 두려워하고 허세 부리고 기뻐하고 분노하고 판단했다. 하지만 다들 역사의 무의식적인 도구로서 그들에게는 감춰졌지만 현재의 우리는 이해할 수 있는 일들을 수행해 나갔다. 그것이 실질적으로 활동하는 모든 인간들의 변함없는 운명이고, 인간의 위계질서에서 높은 위치에 선 사람일수록 그들이 누리는 자유는 더 적어진다.

1812년에 활동하던 사람들은 오래전에 자기 자리를 떠났고, 그들의 개인적인 관심은 흔적도 없이 사라졌다. 이제 우리 앞에는 오직 그 시대의 역사적 결과만 놓여 있을 뿐이다.

하지만 유럽 사람들이 나폴레옹의 통솔 아래 러시아 깊숙이까지 들어왔다가 그곳에서 파멸할 수밖에 없었다고 가정하자. 그러면 그 전쟁에 참가한 사람들의 무의미하고 잔인한 자기모순적인 모든 행동이 우리에게 납득할 만한 것이 된다.

하느님의 섭리는 이 모든 사람들이 저마다 자기 목적을 성취하려 애쓰면서 하나의 거대한 결과를 실현하는 데 협력하도록 했다. 그 결과에 대해서는 단 한 사람도(나폴레옹도, 알렉산드르도, 하물며 전쟁 참가자들 가운데 그 누구도) 전혀 예상하지 못했다.

이제 우리는 1812년에 프랑스 군대가 파멸한 이유가 무엇이었는지 분명히 안다. 나폴레옹의 프랑스군이 파멸한 이유가 한편으로는 겨울 행군을 위한 준비 없이 늦은 시기에 러시아 깊숙한 곳까지 들어와 버린 점, 다른 한편으로는 러시아 도시들이 불타고 러시아 민중의 마음속에 적에 대한 증오가 자라남으로써 전쟁이 독특한 성격을 띠게 된 점이라는 사실에 대해 아무도 반박하지 않을 것이다. 하지만 당시에는 아무도 예측하지 못했다.(지금은 명백한 사실처럼 보이지만.) 최고 지휘관들이 통솔하는 세계 최고의 80만 군대가 미숙한 지휘관들이 통솔하는 미숙한 러시아 군대, 그것도 병력이 그 절반밖에 안 되는 러시아 군대와 충돌할 때 그 최고의 군대를 파멸로 이끌 방법은 오직 이 길뿐이라는 것을……. 아무도 이를 예측하지 못했을 뿐 아니라 러시아 측의 모든 노력은 언제나 러시아를 구할 유일한 길을 가로막는 것에 집중되어 있었으며, 프랑스 측의 모든 노력은 이른바 전쟁의 천재라는 나폴레옹의 노련함에도 불구하고 여름이 끝날 무렵 모스크바까지 전선을 확대하는 것, 즉 자신들을 반드시 파멸로 몰고 갈 바로 그 일을 하는 것에 집중되어 있었다.

1812년에 관한 역사서에서 프랑스인 저술가들은 나폴레옹이 전선 확대로 인한 위험을 감지했다는 둥, 그가 전투를 모색했다는 둥, 장군들이 그에게 스몰렌스크에서 멈추도록 권했다는 둥 말하면서, 당시에 이미 원정의 위험성이 간파된 것처럼 주장하는 여러 논거들을 내놓기를 몹시 좋아한다. 하지만 러시아인 저술가들은 나폴레옹을 러시아 깊숙이 유인하는 스키타이식 작전 계획이 전쟁 초반부터 존재했다고 말하기를 훨씬 좋아한다. 어떤 이들은 이 계획을 풀의 것으로, 어떤 이들은 어느 프랑스인의 것으로, 어떤 이들은 톨의 것으로, 어떤 이들은 다름 아닌 알렉산드르 황제의 것으로 돌리며 이런 행동 방식에 대한 암시가 실제로 포함된 기록, 계획안, 편지를 제시한다. 그러나 무엇이 일어날지에 대한 예견을 가리키는 이 모든 암시가 오늘날 프랑스 측과 러시아 측에서 모두 제시될 수 있는 것은 그저 사건이 그 암시들을 정당화해 주기 때문이다. 사건이 일어나지 않았다면 그 암시들은 잊히고 말았을 것이다. 그와 정반대인 수천 혹은 수백만의 암시와 예상들이 당시에 널리 통용되다가 결국에는 그릇된 것으로 밝혀져 잊히고 만 것처럼 말이다. 진행 중인 각 사건의 결말에 대해서는 언제나 많은 예상이 따르기 마련이므로 사건이 어떻게 끝나든 "그때 내가 이렇게 될 거라고 말했잖아."라고 말하는 사람은 늘 존재한다. 그 무수한 예상들 가운데 완전히 상반된 것들도 있었다는 점을 깡그리 잊은 채 말이다.

나폴레옹이 전선 확대의 위험을 인식하고 있었다는 가정과 러시아 측에서 적을 러시아 영토로 깊숙이 끌어들였다는 가정은 분명 이 범주에 속한다. 그러므로 역사가들은 무리하게 억지를 부리지 않는 한 그런 판단을 나폴레옹과 그 장군들의 것으로, 그런 계획을 러시아 사령관의 것으로 돌릴 수 없을 것이다. 모든 사실은 그러한 가정에 완전히 어긋난다. 전쟁 전기간에 걸쳐 러시아 측은 프랑스군을 러시아 깊숙이 유인하려 하지 않았을 뿐 아니라 프랑스군이 러시아에 처음 진입할 때부터 그들을 저지하고자 온갖 노력을 기울였다. 그리고 나폴레옹은 전선의 확대를 두려워하지 않았을 뿐 아니라 한 걸음 한 걸음 전진할 때마다 그것이 승리라도 되는 양 기뻐했고, 이전의 전쟁 때와 달리 전투를 하려는 의욕도 별로 보이지 않왔다.

원정이 막 시작된 초기에 아군은 양분되고 만다. 그래서 우리가 추구한 유일한 목적은 그들을 합치는 것이었다. 하지만 퇴각하여 적을 영토 깊숙이 끌어들이기 위해서라면 군의 합류는 이익이 되지 않는다. 황제가 군대와 함께 있었던 것은 러시아 땅을 한 걸음 한 걸음 방어하도록 군의 사기를 북돋기 위해서이지 퇴각하기 위해서가 아니다. 풀의 계획에 따라 드릿사 강가에 대규모 진지를 구축한 것은 계속 더 퇴각할 것을 염두에 둔 것이 아니다. 한 걸음 한 걸음 후퇴할 때마다 군주는 총사령관을 비난한다. 모스크바의 소각뿐 아니라 적들을 스몰렌스크에 들여놓는다는 것은 군주에게 상상조차 할 수 없는 일이다. 군대가 합류하고 있을 때 군주는 성벽 앞에서 결전도 벌여 보지 못한 채 스몰렌스크가 함락되고 불탄 것을 노여워한다.

군주는 그렇게 생각한다. 하지만 러시아 사령관들과 러시아의 온 국민은 아군이 영토 깊숙이 퇴각하고 있다는 생각에 더욱더 분개한다.

나폴레옹은 러시아군을 양분하고 영토 깊숙이 진군하다가 전투할 기회를 몇 차례 놓친다. 8월 그는 스몰렌스크에 도달하지만 계속 진군할 생각만 한다. 그러나 오늘날 우리가 알다시피 그 진군은 분명 그에게 파멸을 가져올 것이다.

진실은 다음과 같은 점을 분명히 말해 준다. 나폴레옹은 모스크바로 진군하는 것에서 위험을 예견하지 않았으며, 알렉산드르도 러시아 사령관들도 당시에는 나폴레옹을 유인하는 것은 생각지도 않았고 오히려 정반대를 생각했다. 나폴레옹을 영토 깊숙이 끌어들인 것은 누군가의 계획(아무도 그 가능성을 믿지 않았다.)이 아니라 전쟁에 참가한 사람들의 복잡하기 짝이 없는 음모와 목적과 열망이 상호 작용한 결과다. 그들은 장차 무슨 일이 일어날지, 러시아를 구할 유일한 방도가 무엇인지 짐작도 못 했다. 모든 것은 뜻하지 않게 일어난다. 군대는 전쟁 초반에 양분되었다. 우리는 전투를 통해 적의 진격을 저지하겠다는 뚜렷한 목적을 품고 군대를 합치려 애쓴다. 그런데 이처럼 합류하려고 애쓰는 동안 병력이 우세한 적과의 전투를 회피하고 자신들도 모르는 사이에 날카로운 각을 이루어 퇴각하면서 우리는 프랑스인들을 스몰렌스크까지 이끌게 된다. 그러나 양분된 러시아 군대 사이로 프랑스군이 진군해 오는 바람에 우리가 날카로운 각을 이루며 퇴각했다고 말하는 것은 충분하지 않다. 그 각은 점점 더 예리해지고, 우리는 점점 더 깊숙이 물러난다. 인기 없는 독일인인 바르클라이드 톨리가 바그라치온의 미움을 사고,(바그라치온은 그의 지휘를 받아야 했다.) 2군을 지휘하던 바그라치온은 그의 명령을 받지 않기 위해 어떻게든 바르클라이와 합류하지 않으려고 애쓰기 때문이다. 바그라치온은 (모든 지휘관들의 주된 목적이 합류인데도) 오랫동안 합류하지 않는다. 이런 행군은 자신의 군대를 위험에 빠뜨릴 뿐이라고, 계속 왼쪽으로, 남쪽으로 퇴각하면서 적을 측면과 배후에서 괴롭히고 우크라이나에서 군대를 보충하는 것이 자신에게 가장 유리하다고 생각하기 때문이다. 그러나 바그라치온이 이런 생각을 떠올린 것은 그가 미워하는 독일인에게, 그보다 관등이 낮은 바르클라이에게 복종하고 싶지 않았기 때문인 듯하다.

황제는 군대의 사기를 북돋우기 위해 그들과 함께 머문다. 그러나 그의 존재, 무엇을 결정해야 할지 모르는 무지, 숱한 조언자와 계획들이 1군의 활동력을 죽이고, 마침내 군대는 퇴각한다.

드릿사 진영에서 군대는 퇴각을 멈추도록 예정되어 있었다. 그런데 뜻밖에도 총사령관 자리를 노리던 파울루치가 알렉산드르에게 영향력을 발휘하여 풀의 모든 계획이 무산되고 바르클라이가 모든 일을 맡는다. 하지만 바르클라이가 신임을 얻지 못한 탓에 그의 권력은 제약을 받는다.

군대는 분열하고, 지휘 체계에는 통일성이 없고, 바르클라이는 인기가 없다. 그러나 이 혼란과 분열과 인기 없는 독일인 총사령관 때문에 한편으로는 우유부단하게 전투를 회피하는 성향이 생기고,(만약 양분된 군대가 합류했다면, 바르클라이가 지휘관이 아니었다면 그때는 더 이상 전투를 억제할 수 없었을 것이다.) 다른 한편으로는 독일인들을 향한 분노와 애국심이 점점 고조된다.

마침내 군주는 군대를 떠난다. 그가 떠나기 위한 가장 적당하고도 유일한 명분으로 채택된 것은 국민적 차원의 전쟁을 일으키려면 그가 두 수도의 국민들을 격려해야 한다는 생각이었다. 그리고 이렇게 군주가 모스크바로 떠나고 나자 러시아 군대의 힘은 세 배로 증가한다.

군주는 총사령관의 단일한 권한을 속박하지 않기 위해 군을 떠나면서 더욱 과감한 조치가 취해지기를 기대한다. 그러나 군 지도부의 상황은 한층 혼란스러워지고 약화된다. 베니히센, 대공, 시종 장군들의 무리가 총사령관의 행동을 감시하고 그의 활력을 북돋기 위해 군에 남는다. 그래서 군주의 이 모든 눈들의 감시 아래 더욱 부자유스러워진 것을 느끼며 바르클라이는 과감하게 행동하기를 더욱 조심스러워하고 전투를 피하게 된다.

바르클라이는 신중함을 지지한다. 황태자는 그것이 배신임을 넌지시 비추며 결전을 요구한다. 류보미르스키, 브라니츠키, 블로츠키[73] 등이 그 모든 소동에 어찌나 부채질을 해 대는지 바르클라이는 군주에게 서류를 전한다는 구실로 폴란드인 시종 장군들을 페테르부르크에 보내고, 베니히센과 대공을 상대로 대놓고 싸운다.

바그라치온은 결코 원하지 않았지만 양분된 군대는 결국 스몰렌스크에서 합류한다.

바그라치온은 카레타를 타고 바르클라이가 묵는 숙소로 간다. 바르클라이는 견장을 달고 그를 맞이하러 나와 관등이 높은 바그라치온에게 보고를 한다. 관대함을 보여 주는 것에 지고 싶지 않았던 바그라치온은 자신의 관등이 높은데도 바르클라이에게 복종한다. 그러나 복종은 하되 그의 의견에는 더욱더 동조하지 않는다. 군주의 명으로 바그라치온은 군주에게 직접 보고한다. 그는 아락체예프에게 이렇게 쓴다.

---

73) 이 세 사람은 1812년 러시아군에서 복무하던 폴란드인 시종무관들이다.

폐하의 뜻이라 해도 나는 도저히 대신(바르클라이)과 함께 있을 수 없습니다. 부디 나를 어딘가 다른 곳으로 보내 주십시오. 1개 연대를 지휘하는 것이라도 좋습니다. 하지만 여기에는 있을 수 없습니다. 총사령부는 독일인들로 꽉 차 러시아인이 지낼 수도 없을뿐더러 아무 쓸모도 없습니다. 나는 내가 진심으로 폐하와 조국을 위해 복무한다고 생각했습니다. 그러나 잘 살펴보면 내가 바르클라이를 위해 복무한다는 결론이 나옵니다. 솔직히 말해 난 그러고 싶지 않습니다.

브라니츠키와 빈친게로데 등의 무리는 두 총사령관을 이간질하고, 그 결과 단결력은 더 약해진다. 아군은 스몰렌스크에 이르기 전에 프랑스군을 공격할 준비를 한다. 한 장군이 진지를 시찰하도록 파견된다. 바르클라이를 미워하던 그 장군은 친구인 군단장을 찾아가 그의 숙소에서 하루를 머물고는 바르클라이에게 돌아와 자신이 보지도 않은 전투 예정지를 온갖 측면에서 비판했다.

전투 예정지에 대한 논쟁과 음모가 벌어지는 동안, 아군이 프랑스군의 행방을 착각하여 그들을 찾아다니는 동안 프랑스군은 우연히 네베롭스키 사단과 맞닥뜨리고 스몰렌스크 성벽까지 접근한다.

연락 노선을 지키기 위해서는 스몰렌스크에서의 뜻하지 않은 전투를 받아들일 수밖에 없다. 전투가 벌어진다. 양쪽에서 수천 명이 전사한다.

아군은 군주와 온 국민의 뜻을 저버린 채 스몰렌스크를 포기하고 떠난다. 하지만 스몰렌스크는 자신들의 현(縣) 지사에게 속은 주민들의 손에 불탄다. 몰락한 주민들은 자신들의 손실만을 생각하고 적에 대한 증오심을 불태우며 모스크바로 떠남으로써 다른 러시아인들에게 본을 보인다. 나폴레옹은 계속 진군하고 우리는 퇴각한다. 그리하여 나폴레옹을 격파할 바로 그 수단에 이르게 된다.

2

아들이 떠난 다음 날 니콜라이 안드레이치 공작은 마리야 공작 영애를 불렀다.

"그래, 어떠냐, 이제 만족하냐?" 그가 그녀에게 말했다. "나를 아들과 싸우게 하더니! 만족하냐? 넌 그렇게 되기만을 바랐지! 만족하냐? 난 그것 때문에 괴롭다, 괴로워. 난 늙고 쇠약하다. 그게 네가 바란 것이지. 자, 기뻐해라, 기뻐해……." 그후 일주일 내내 마리야 공작 영애는 아버지를 보지 못했다. 그는 건강이 좋지 않아 서재를 나서지 않았다.

마리야 공작 영애는 노공작이 이번 와병 중에는 **마드무아젤 부리엔**도 방에 들이지 않는 것을 알아차리고 놀랐다. 치혼이 혼자 그를 간호했다.

일주일 후 공작은 밖으로 나와 다시 예전의 생활을 시작했다. 건축과 정원 꾸미는 일에 유난히 적극적으로 매달렸으며,

마드무아젤 부리엔과는 예전의 관계를 완전히 끊었다. 마리야 공작 영애를 대하는 그의 표정과 냉담한 말투는 그녀에게 이렇게 말하는 듯했다. '봐라, 넌 나에 대해 말도 안 되는 이야기를 꾸미고 안드레이 공작에게 나와 그 프랑스 여자의 관계를 비방하여 우리 부자를 서로 싸우게 만들었지. 하지만 너도 보다시피 나에게는 너도 그 프랑스 여자도 필요 없단 말이다.'

마리야 공작 영애는 니콜루시카의 거처에서 공부를 감독하고 러시아어와 음악을 몸소 가르치고 데살과 이야기를 나누기도 하면서 반나절을 보냈다. 그다음에는 자신의 거처에서 책을 읽는다든지 늙은 보모나 이따금 뒷문으로 그녀를 찾아오는 하느님의 사람들을 상대하며 나머지 반나절을 보냈다.

마리야 공작 영애는 여자들이 흔히 생각하는 방식으로 전쟁을 생각했다. 그녀는 전쟁터에 있는 오빠를 걱정했다. 그리고 전쟁을 이해하지 못한 채 서로를 죽이도록 몰아가는 인간의 잔인함에 몸서리를 쳤다. 그렇다고 해서 이 전쟁의 의미를 이해한 것은 아니었다. 그녀에게는 이 전쟁이 과거의 모든 전쟁과 다를 바 없어 보였다. 그녀의 변함없는 대화 상대이자 전쟁에 열렬한 관심을 가진 데살이 자기 생각을 열심히 설명해 주는데도, 그녀를 찾아온 하느님의 사람들이 모두 나름대로 적그리스도의 출현을 둘러싼 세간의 소문을 두려운 기색으로 들려주는데도, 이제는 드루베츠카야 공작 부인이며 다시 그녀와 편지를 주고받게 된 줄리까지 모스크바로부터 애국적인 편지를 보내는데도 마리야 공작 영애는 이 전쟁의 의미를 이해하지 못했다. 줄리는 이렇게 썼다.

나의 사랑하는 친구, 난 당신에게 러시아어로 편지를 쓰고 있어요. 프랑스인 모두를 증오하기 때문이에요. 그들의 언어도 마찬가지고요. 난 이제 프랑스어로 말하는 것을 듣고 있지도 못하겠어요⋯⋯. 우리 모스크바 사람들은 다들 우리의 경애하는 황제 폐하께 열광하며 감격하고 있답니다.

나의 불쌍한 남편은 유대인의 여인숙에서 고생과 굶주림을 견디고 있어요. 하지만 내가 접한 새로운 소식들이 나의 기운을 더욱 북돋아 주네요.

두 아들을 끌어안고 "나와 이 아들들은 죽지만 우리는 흔들리지 않을 것이다!"라고 말한 라옙스키의 영웅적인 무훈에 대해 당신도 분명 들었겠죠. 실제로 적의 병력은 우리의 두 배이지만 우리는 흔들리지 않아요. 우리는 어떻게든 시간을 보내고 있어요. 하지만 전시에는 전시답게 지내야겠죠. 알리나 공작 영애와 소피는 온종일 나와 함께 들어앉아 있어요. 불행한 생과부들인 우리는 붕대를 만들면서 아름다운 대화를 나누지요. 나의 친구, 이 자리에 당신만 없네요⋯⋯ 등등.

마리야 공작 영애가 이 전쟁의 의미를 이해하지 못한 것은 무엇보다 노공작이 전쟁에 대한 이야기를 전혀 하지 않고 전쟁을 인정하지도 않는 데다 식사 시간에 데살이 이 전쟁에 대해 이야기하면 그를 비웃었기 때문이다. 공작의 태도가 너무나 침착하고 자신만만했기에 마리야 공작 영애는 무턱대고 그 말을 믿었다.

7월 내내 노공작은 대단히 활동적이었고 활기차기까지 했다. 그는 새로운 정원을 하나 더 만들고 하인들을 위한 새 건물을 짓기 시작했다. 마리야 공작 영애를 불안하게 만든 한 가지는 그가 거의 잠을 자지 않는 데다 서재에서 자는 습관을 버리고 매일같이 잠자리를 바꾼다는 점이었다. 회랑에 야전 침대를 펼치도록 지시하기도 하고, 소파나 응접실의 볼테르식 안락의자에 눌러앉기도 하고, 마드무아젤 부리엔 대신 소년 페트루샤가 책을 읽어 주는 동안 옷도 벗지 않은 채 꾸벅꾸벅 졸기도 하고, 식당에서 밤을 보내기도 했다.

8월 1일 안드레이 공작으로부터 두 번째 편지가 왔다. 그가 떠난 직후에 도착한 첫 번째 편지에서 안드레이 공작은 감히 아버지에게 내뱉은 말에 대해 공손히 용서를 구했고 자기를 다시 사랑해 달라고 청했다. 노공작은 이 편지에 다정한 답장을 보냈으며, 그 편지 이후로 프랑스 여인을 멀리했다. 프랑스군이 비텝스크를 함락한 이후에 안드레이 공작이 그 부근에서 쓴 두 번째 편지는 편지지에 그린 지도로 전쟁의 전체 상황을 짤막히 설명한 부분과 전쟁의 향후 과정에 대한 의견으로 이루어져 있었다. 그 편지에서 안드레이 공작은 전장 가까이, 다름 아닌 부대의 이동 경로에 아버지의 집이 놓인 곤혹스러운 상황을 설명하고 아버지에게 모스크바로 떠날 것을 조언했다.

그날 만찬 때 데살이 벌써 프랑스군이 비텝스크에 들어왔다는 소문을 들었다고 말하자 노공작은 안드레이 공작의 편지를 떠올렸다.

"오늘 안드레이 공작에게서 편지를 받았다." 그가 마리야 공작 영애에게 말했다. "읽지 않았느냐?"

"네, 아버지." 공작 영애가 깜짝 놀라며 대답했다. 그녀는 편지를 읽지 못했을 뿐 아니라 편지가 왔다는 말도 듣지 못했던 것이다.

"안드레이 공작이 이 전쟁에 대해 썼더구나." 공작은 습관이 된 경멸조의 미소를 지으며 말했다. 현재 벌어지는 전쟁에 대해 말할 때면 언제나 그런 미소를 지었다.

"틀림없이 매우 흥미로울 겁니다." 데살이 말했다. "공작님은 잘 알 만한 상황에 계시니⋯⋯."

"아, 정말 흥미로운걸요!" 마드무아젤 부리엔이 말했다.

"나에게 가져다주시오." 노공작이 마드무아젤 부리엔에게 말했다. "당신도 알겠지만 작은 테이블의 서진 밑에 있소."

마드무아젤 부리엔은 기쁜 표정으로 벌떡 일어섰다.

"아, 아니오." 그는 얼굴을 찌푸리며 소리쳤다. "자네가 가게, 미하일 이바니치."

미하일 이바니치는 자리에서 일어나 서재로 갔다. 그러나 그가 자리를 뜨자마자 노공작은 불안하게 주위를 둘러보고는 냅킨을 팽개치고 직접 서재로 향했다.

"다른 사람들은 아무것도 못 해. 모조리 뒤죽박죽을 만들어 놓고 말 거야."

그가 나가자 마리야 공작 영애, 데살, 마드무아젤 부리엔, 심지어 니콜루시카마저 말없이 서로에게 눈짓을 했다. 노공작이 미하일 이바니치를 데리고 편지와 설계도를 쥔 채 황급한 걸음으로 돌아왔다. 식사하는 동안 그는 아무에게도 그 편지와 설계도를 읽도록 허락하지 않고 자기 옆에 두었다.

응접실로 자리를 옮긴 후 그는 편지를 공작 영애에게 건넸다. 그러고는 새로 지을 건물의 설계도를 자기 앞에 펼쳐 놓고 뚫어지게 쳐다보면서 그녀에게 편지를 소리 내어 읽으라고 말했다. 편지를 읽던 마리야 공작 영애는 아버지를 미심쩍게 흘깃 쳐다보았다. 그는 자신의 생각에 몰두한 채 설계도를 바라보고 있었다.

"이것에 대해 어떻게 생각하십니까, 공작님?" 데살이 과감히 질문을 던졌다.

"나! 나 말인가!" 공작은 정신을 차리게 된 것이 불쾌한 듯 설계도에서 눈을 떼지 않고 말했다.

"전장이 우리 쪽에 그처럼 가까워지리라는 것은 충분히 있을 법한 일입니다."

"하 하 하! 전장이라!" 공작이 말했다. "내가 예전에도 말했고 지금도 말하지만, 전장은 폴란드일세. 적은 절대 네만강을 넘어올 수 없어."

데살은 깜짝 놀라 공작을 쳐다보았다. 적이 이미 드네프르강까지 왔는데 공작은 네만강을 말하고 있었다.[74] 하지만 네만강의 지리적 위치를 잊어버린 마리야 공작 영애는 아버지가 하는 말이 옳다고 생각했다.

"눈이 녹으면 그자들은 폴란드 습지에 빠져 죽을걸. 그 사

---

74) 비텝스크와 드네프르강은 네만강 동쪽으로 약 450킬로미터 떨어져 있다. 적이 드네프르강까지 왔다는 말은 이미 네만강을 건넜다는 의미다.

실을 모르는 건 그자들뿐이야." 공작은 1807년의 전쟁을 생각하는지 이렇게 말했다. 그에게는 그 전투가 아주 최근에 일어난 일처럼 느껴졌다. "베니히센은 좀 더 일찍 프로이센에 진입해야 했어. 그랬다면 상황이 달라졌을지도 모르지……."

"하지만 공작님." 데살이 쭈뼛거리며 말했다. "편지에는 비텝스크에 대해 적혀 있는데요……."

"아, 편지에, 그렇지……." 공작은 불만스럽게 중얼거렸다. "그렇지…… 그래……." 그의 얼굴이 갑자기 음울한 표정을 띠었다. 그는 잠시 침묵했다. "그래, 안드레이 공작은 프랑스군이 격파되었다고 썼어. 어느 강에서 그랬다더라?"

데살은 눈을 내리깔았다.

"공작님은 그런 일에 대해서는 전혀 쓰지 않으셨습니다." 그는 조용히 말했다.

"쓰지 않았다고? 하지만 내가 생각해 낸 이야기는 아닌데." 다들 오랫동안 침묵했다.

"참…… 그렇지……. 이보게, 미하일 이바니치." 갑자기 그가 고개를 들더니 설계도를 가리키며 물었다. "말해 보게. 자네는 이것을 어떻게 변경하고 싶은가?"

미하일 이바니치는 설계도로 다가갔다. 공작은 새로 지을 건물에 대해 그와 잠시 이야기를 나눈 후 성난 표정으로 마리야 공작 영애와 데살을 쏘아보고는 서재로 가 버렸다.

마리야 공작 영애는 아버지를 향한 데살의 당황하고 놀란 눈빛을 보았고 그의 침묵을 눈치챘다. 또 아버지가 응접실 테이블에 아들의 편지를 두고 간 것을 보고 충격을 받았다. 그러나 데살에게 그가 당황하고 침묵한 이유를 묻기가 무서웠을 뿐 아니라 그것에 대해 생각하기조차 두려웠다.

저녁에 미하일 이바노비치가 공작의 분부를 받고서 공작이 응접실에 두고 간 안드레이 공작의 편지를 가지러 마리야 공작 영애를 찾아왔다. 마리야 공작 영애는 편지를 건넸다. 그녀는 꺼림칙하긴 했지만 아버지가 무엇을 하고 있는지 미하일 이바니치에게 과감히 물어보았다.

"계속 분주하시지요." 미하일 이바니치는 정중하면서도 비웃는 듯한 미소를 띠며 말했다. 그 미소에 마리야 공작 영애의 얼굴이 하얗게 질렸다. "새 건물 문제로 고민하고 계십니다. 공작님은 잠시 독서를 하셨습니다만 지금은……." 미하일 이바니치는 목소리를 낮추고 말했다. "틀림없이 책상 앞에서 유언장(최근 공작이 즐겨 하는 일 가운데 하나는 사후에 남길 문서를 작성하는 작업이었다. 그는 이 문서를 '유언장'이라고 불렀다.)에 매달리고 계실 겁니다."

"그럼 알파티치를 스몰렌스크로 보내나요?" 마리야 공작 영애가 물었다.

"물론입니다. 그는 이미 오래전부터 대기하고 있습니다."

3

미하일 이바니치가 편지를 들고 서재로 돌아왔을 때 안경을 쓴 공작이 눈과 촛불 위에 가리개를 댄 채 뚜껑을 연 책상 앞에 앉아 문서를 쥔 손을 멀찍이 뻗고서 다소 엄숙한 자세로 자신의 문서(그는 이것을 '비고'라고 불렀다.)를 읽고 있었다. 이 문서는 그의 사후에 군주에게 전해질 예정이었다.

미하일 이바니치가 들어왔을 때 그의 눈에는 지금 읽고 있는 문서를 쓸 당시에 대한 추억의 눈물이 어려 있었다. 그는 미하일 이바니치의 손에서 편지를 넘겨받아 호주머니에 넣고 서류를 정리한 다음, 이미 오래전부터 대기 중이던 알파티치를 불러들였다.

그가 쥔 종이에는 스몰렌스크에서 구입해야 할 물품들이 적혀 있었다. 그는 문가에서 기다리던 알파티치 옆을 지나 방 안을 계속 돌아다니며 지시를 내리기 시작했다.

"첫 번째, 편지지, 듣고 있나? 여덟 묶음이야. 여기 견본이 있네. 금테를 두른 것…… 견본대로, 이것과 똑같은 것을 구해 와. 바니시, 봉랍. 미하일 이바니치의 목록에 적힌 대로야."

그는 방 안을 걷다가 수첩을 흘깃 보았다.

"그런 다음 현 지사에게 증서에 관한 편지를 직접 건네게."

그다음에는 새 건물의 문에 달, 공작이 모양을 직접 고안한 빗장이 필요했다. 그다음에는 유언장을 보관하기 위한 나무 상자를 주문해야 했다.

두 시간이 넘도록 알파티치에게 계속 지시가 떨어졌다. 공작은 여전히 그를 놓아주지 않았다. 그는 자리에 앉아 생각에 잠기더니 눈을 감고 졸기 시작했다. 알파티치가 부스럭댔다.

"음, 나가게, 나가. 필요하면 부르겠네."

알파티치가 나갔다. 공작은 다시 책상으로 다가가 안쪽을 들여다보았다. 그러고는 한 손으로 자신의 문서를 만지작거리더니 다시 책상 뚜껑을 닫고 현 지사에게 편지를 쓰기 위해 책상 앞에 앉았다.

그가 편지를 봉하고 일어섰을 때는 이미 꽤 늦은 시각이었다. 잠을 자고 싶었다. 그러나 잠이 오지 않으리라는 것, 불쾌하기 짝이 없는 생각들이 자신의 침상에 찾아들리라는 것을 알았다. 그는 치혼을 소리쳐 부르고 오늘 밤 어디에 침상을 펴야 할지 알려 주기 위해서 함께 방들을 돌아다녔다. 그는 구석구석 빠짐없이 살피며 돌아다녔다.

모든 곳이 그의 마음에 들지 않았다. 그러나 무엇보다 싫은 곳은 서재에 있는 익숙한 소파였다. 거기에 누워 곱씹던 괴로운 상념들 때문인지 그에게는 그 소파가 끔찍하게 느껴졌다. 어느 곳도 마음에 들지 않았지만 그나마 가장 좋은 곳은 소파 방에 있는 포르테피아노 뒤편의 구석이었다. 아직 그곳에서는 한 번도 자 본 적이 없었다.

치혼은 다른 하인과 함께 침상을 옮겨 와 그곳에 폈다.

"그렇게 말고, 그렇게 말고!" 공작은 호통을 치며 직접 침상을 구석에서 4분의 1아르신 정도 떨어지게 끌어내고는 다시 벽 쪽으로 좀 더 붙였다.

'음, 마침내 모든 일을 끝냈군. 이제 쉴 수 있겠어.' 공작은 이렇게 생각하며 치혼에게 옷을 벗기도록 몸을 맡겼다.

공작은 카프탄과 바지를 벗기 위해 들여야 하는 수고에 분통이 치밀어 얼굴을 찌푸린 채 옷을 벗었다. 그러고는 침대에 털썩 주저앉아 생각에 잠긴 듯한 모습으로 자신의 앙상하고 누런 두 발을 멸시하듯 쳐다보았다. 그러나 그는 생각에 잠긴 것이 아니었다. 그 두 발을 들어 침대 위로 몸뚱이를 움직여야 하는 눈앞에 닥친 고난 앞에서 주저하고 있었던 것이다. '아, 참으로 괴롭구나! 아, 좀 더 빨리, 좀 더 빨리 이 고생이 끝났으면, 그럼 너희도 날 놓아주겠지!' 그는 생각했다. 그는 입술을 꽉 다물고 그 노력을 스무 번 정도 시도한 끝에 자리에 누웠다. 그런데 자리에 눕자마자 갑자기 침대 전체가 마치 무겁게 탄식하며 거칠게 밀치기라도 하듯 그의 밑에서 앞뒤로 일정한 리듬에 맞춰 움직이기 시작했다. 그것은 그에게 거의 매일 밤 일어나는 일이었다. 그는 막 감으려던 눈을 뜨고 말았다.

"안식이 없어, 빌어먹을!" 그는 누군가에게 분통을 터뜨리며 중얼거렸다. '맞아, 그렇지. 아직 중요한 것이 남았어. 밤에 침대에 들 때를 위해 남겨 둔 아주 중요한 무언가가 있었지. 빗장이던가? 아냐, 그것에 대해선 벌써 말해 뒀지. 아니, 응접실에 있는 무엇이었어. 마리야 공작 영애가 뭐라고 멍청한 소리를 지껄였는데? 데살이, 그 얼간이가 무슨 말을 했어. 호주머니에 뭔가가 있었는데 기억이 안 나는군.'

"치시카! 식사 때 우리가 무슨 이야기를 했지?"

"공작님에 대해서입니다, 미하일……."

"입 다물어, 입 다물라니까." 공작은 한 손으로 테이블을 쾅 내리쳤다. "그렇지! 맞아, 안드레이 공작의 편지야. 마리야 공작 영애가 그것을 읽었지. 데살이 비텝스크에 대해 뭐라고 말했는데. 당장 읽어 봐야겠군."

그는 호주머니에서 편지를 꺼내 오라고, 레모네이드와 나선형의 밀랍 양초 한 자루가 놓인 작은 테이블을 침대 가까이 끌어다 놓으라고 시켰다. 그러고는 안경을 쓰고 편지를 읽기 시작했다. 밤의 정적 속에서 녹색 램프 갓 아래로 비치는 흐릿한 불빛에 편지를 읽고 난 후에야 그는 곧 그 의미를 이해할 수 있었다.

'프랑스군이 비텝스크에 있군. 나흘 동안 행군하면 스몰렌스크에 닿겠어. 어쩌면 벌써 도착했는지도 모르지.'

"치시카!" 치혼이 벌떡 일어섰다. "아니, 됐네, 아무것도 아니야." 그가 소리쳤다.

그는 편지를 촛대 밑에 감추고 눈을 감았다. 그러자 도나우 강, 밝은 대낮, 갈대, 러시아군 진영이 떠올랐다. 그가, 주름 하나 없이 발그레한 얼굴에 씩씩하고 쾌활한 젊은 장군인 그가 그림이 그려진 포춈킨[75]의 막사로 들어간다. 그러자 총아를 향한 강렬한 질투심이 그때처럼 강렬하게 그를 뒤흔든다. 그러고 나서 그는 그때 포춈킨과의 첫 만남에서 나온 모든 말들을 떠올린다. 처음 그를 다정히 맞아 줄 때 그 땅딸막한 여인인 황태후의 누르스름한 살진 얼굴과 미소와 말이 눈앞에 떠오른다. 관대 위의 얼굴도, 그때 그녀의 관 옆에 서 있던 주보프[76]와 그녀의 손에 입 맞출 권리를 놓고 마찰을 빚던 일도 기억난다.

'아, 어서, 어서 그 시절로 돌아가면 좋겠군. 지금의 이 모든 것이 얼른, 얼른 끝났으면, 저들이 날 안식 속에 내버려 두었으면 좋겠어!'

---

75) 포춈킨은 예카체리나 대제의 정부가 되어 권력을 손에 쥐었다. 예카체리나 대제의 애정이 시들해진 뒤에는 자신이 직접 젊은 귀족들을 골라 대제와 이어 줌으로써 권력을 이어 갔다고 한다. 노공작의 회상 장면은 그가 젊은 시절에 예카체리나 대제의 정부였음을 암시한다.

76) 플라톤 알렉산드로비치 주보프(Platon Aleksandrovich Zubov, 1767~1822). 예카체리나 대제의 마지막 정부로서 그녀를 통해 막대한 부를 쌓았다.

4

　니콜라이 안드레이치 볼콘스키의 영지인 리시에 고리는 스몰렌스크에서 동쪽으로 60베르스타 떨어지고 모스크바 가도에서 3베르스타 떨어진 곳에 있었다.

　공작이 알파티치에게 지시를 내린 바로 그날 저녁 데살은 마리야 공작 영애에게 면담을 청하여 이렇게 말했다. 공작의 건강이 아주 좋지 않은 데다 공작이 자신의 안전을 위해 어떤 대책도 마련해 두지 않았고, 또 안드레이 공작의 편지에 따르면 리시에 고리에 머무는 것도 안전하지 않을 듯하니, 스몰렌스크현 책임자 앞으로 전쟁 상황이나 리시에 고리가 처한 위험의 정도를 알려 달라고 요청하는 편지를 직접 써서 알파티치 편에 보낼 것을 정중히 권하겠노라고. 데살은 마리야 공작 영애를 위해 현 지사에게 보낼 편지를 썼고, 그녀는 그 편지에 서명을 했다. 그리고 그 편지를 알파티치에게 건네면서 현 지사에게 편지를 전하고 위험한 경우 한시바삐 돌아오라는 지시를 내렸다.

모든 지시를 받은 알파티치는 하얀 털모자(공작의 선물이었다.)를 쓰고 공작처럼 지팡이를 짚고 집안사람들의 전송을 받으면서 적갈색 몸통에 검은 갈기와 꼬리를 지닌 살진 말 세 마리를 맨 가죽 키비토치카를 타러 밖으로 나섰다.

작은 종이 달리고 마구의 작은 방울들에는 종잇조각들이 채워졌다. 공작은 리시에 고리 안에서 아무도 종소리를 울리며 마차를 몰지 못하게 했다. 그러나 알파티치는 먼 길을 나설 때 종과 방울을 즐겨 달았다. 알파티치의 궁전 신하들, 즉 지방 서기, 사무원, 주인 일가의 식사를 담당하는 여자 요리사, 하인들의 식사를 담당하는 여자 요리사, 두 노파, 코사크 복장을 한 사환 아이, 마부들, 그리고 여러 하인들이 그를 배웅했다.

딸은 그의 등 뒤와 엉덩이 밑에 사라사로 지은 푹신한 방석을 놓았다. 처형인 노파는 몰래 보따리를 찔러 넣었다. 마부들 중 한 명은 그가 키비토치카에 올라탈 때 팔을 부축해 주었다.

"이런, 이런, 여자들의 준비라니! 여자들이란, 여자들이란!" 알파티치는 말을 빨리 하느라 숨을 헐떡이며 공작과 똑같은 어투로 말하고는 키비토치카에 올라탔다. 그는 더 이상 공작의 흉내를 내지 않고 지방 서기에게 업무에 관하여 마지막 지시를 내린 후 대머리에서 모자를 벗고 성호를 세 번 그었다.

"만약 무슨 일이 생기면…… 그냥 돌아와요, 야코프 알파티치, 제발, 우리를 불쌍히 여겨 줘요." 아내가 전쟁과 적에 대한 소문을 넌지시 비치며 외쳤다.

"여자들, 여자들, 여자들이 준비하는 것들이라니!" 알파티치는 혼잣말을 하고는 주변 밭을 둘러보며 길을 떠났다. 호밀이 노랗게 익어 가는 곳도 있고, 아직 녹색을 띤 귀리가 무성하게 자란 곳도 있고, 이제 막 밭갈이를 시작하여 땅이 아직 검은 곳도 있었다. 알파티치는 올해 봄갈이 작물의 보기 드문 풍작을 황홀하게 바라보고, 여기저기 추수를 시작한 호밀밭 이랑을 찬찬히 살피기도 하면서 키비토치카를 몰았다. 영지 관리인으로서 파종과 추수에 대해, 또 공작의 지시 가운데 잊은 게 없는지에 대해 생각해 보기도 했다.

도중에 말들에게 두 번 여물을 먹인 끝에 8월 4일 저녁 알파티치는 시내에 도착했다.

알파티치는 중간에 수송 대열과 부대를 마주치기도 하고 앞지르기도 했다. 스몰렌스크로 가는 동안 멀리서 울리는 총성도 들었으나 그 소리에는 놀라지 않았다. 가장 놀란 것은 스몰렌스크에 도착할 즈음 아름다운 귀리밭을 보았을 때였다. 여물로 쓰려는지 몇몇 병사들이 귀리를 베고, 밭에 막사가 세워져 있었다. 알파티치는 그런 상황에 충격을 받았으나 이내 잊고 자기 일만 생각했다.

알파티치의 인생에서 그의 모든 관심은 이미 삼십 년 넘게 오로지 공작의 뜻에 국한되어 있었다. 그는 그 범위를 벗어난 적이 한 번도 없었다. 공작의 명령을 수행하는 것과 관련이 없는 것은 알파티치의 흥미를 전혀 끌지 못했을 뿐 아니라 그에게 아예 존재하지 않는 것이나 다름없었다.

8월 4일 저녁 스몰렌스크에 도착한 알파티치는 드네프르강 건너편 가체나 근교의 페라폰토프가 관리하는 여인숙에 묵었다. 그곳에서 숙박하는 것은 이미 삼십 년 동안 이어진 그의 습관이었다. 페라폰토프는 이십 년 전 알파티치로부터 약간의 도움을 받아 공작의 숲을 매입하고 장사를 시작하여 이제는 현에 집과 여인숙과 밀가루 상점을 소유할 정도가 되었다. 페라폰토프는 두툼한 입술, 혹이 붙은 주먹코, 똑같이 혹이 난 툭 튀어나온 검은 눈썹, 통통한 뱃살을 지닌 머리칼이 검고 얼굴이 불그레한 마흔 살가량의 뚱뚱한 사내였다.

조끼와 사라사 루바시카를 걸친 페라폰토프는 상점 옆 길에 서 있었다. 그는 알파티치를 보자 가까이 다가왔다.

"잘 왔네, 야코프 알파티치. 사람들은 시내를 빠져나가는데 자네는 시내로 들어오는구면." 주인장이 말했다.

"그게 무슨 소리야, 시내에서 빠져나가다니?" 알파티치가 말했다.

"그래서 내가 민중은 어리석다고 말하는 거야. 노상 프랑스군을 두려워한다니까."

"여편네들의 헛소리야, 여편네들의 헛소리!" 알파티치가 말했다.

"나도 그렇게 생각해, 야코프 알파티치. 내가 하려는 말은, 프랑스군을 들이지 말라는 명령서도 있다 이거야. 그러니 확실하지. 그리고 농부들이 짐수레 한 대에 3루블을 요구한단 말이야. 양심도 없어!"

야코프 알파티치는 건성으로 들었다. 그는 사모바르와 말들에게 먹일 건초를 부탁하고는 차를 마시고 나서 잠자리에 들었다.

밤새 여인숙 옆길로 부대들이 지나갔다. 다음 날 알파티치는 그가 시내에서만 입는 캄졸을 걸치고 용무를 보러 나섰다. 맑은 아침이었고, 8시 무렵에는 벌써 날이 무더웠다. 곡물을 추수하기 좋은 귀한 날씨인걸, 알파티치는 생각했다. 도시 외곽에서 이른 아침부터 총성이 들렸다.

8시부터는 라이플총 소리에 대포 소리도 더해졌다. 거리에는 어디론가 서둘러 가는 많은 사람과 많은 군인이 있었다. 그러나 여느 때와 똑같이 삯마차가 다니고, 상인들이 상점을 지키고, 교회에서 예배가 진행되었다. 알파티치는 상점과 관청과 우체국과 현 지사에게 들렀다. 관청에서도, 상점에서도, 우체국에서도 다들 군대에 대해, 이미 도시를 공격하고 있는 적에 대해 이야기했다. 다들 서로에게 어떻게 해야 할지 물었으며, 모두가 서로를 안심시키려고 애썼다.

현 지사의 집에서 알파티치는 많은 사람들과 코사크들과 현 지사의 여행용 승용 마차를 발견했다. 현관 계단에서 야코프 알파티치는 두 귀족과 마주쳤다. 한 명은 그도 아는 사람이었다. 그가 아는 귀족인 전직 경찰서장은 열을 올리며 말했다.

"정말 농담할 일이 아니라니까." 그가 말했다. "혼자라면 괜찮아. 홀몸이라면 그냥 혼자 불행해도 돼. 하지만 가족이 서른 명에 전 재산이……. 그자들이 우리를 전부 파멸로 내몰았어. 그래 놓고 그게 무슨 당국인가? 에잇, 도둑놈들, 다 교수형을 시켜야 해."

"그래, 이제 그만하게." 다른 사람이 말했다.

"무슨 상관이야, 들을 테면 들으라지! 뭐 어때, 우리는 개가 아니잖나." 전직 경찰서장은 이렇게 말해 놓고 주위를 둘러보다가 알파티치를 발견했다.

"아, 야코프 알파티치, 자네가 어쩐 일로 왔나?"

"공작 각하의 분부로 지사님을 뵈러 왔습니다." 알파티치는 공작을 언급할 때면 언제나 그러듯 오만하게 고개를 치켜들고 한 손을 가슴에 얹으며 말했다. "상황을 알아보라고 분부하셨습니다." 그가 말했다.

"자, 가서 알아보게!" 지주가 소리쳤다. "그자들 덕에 짐수레 한 대 못 구할 지경에 이르렀네. 아무것도 없어. 저기 저 소리 들리나?" 그가 총성이 들려오는 방향을 가리키며 말했다.

"그자들 때문에 다들 망했네…… 도둑놈들!" 그는 또 한 번 이렇게 말하고는 현관 계단을 떠났다.

알파티치는 고개를 저으며 계단을 올라갔다. 대기실에서는 상인들과 여자들과 관리들이 말없이 서로를 흘깃거리고 있었다. 집무실 문이 열리자 다들 자리에서 일어나 앞으로 다가갔다. 한 관리가 문밖으로 나와 상인과 뭐라고 이야기를 주고받더니 목에 십자가를 건 뚱뚱한 관리를 큰 소리로 불러 따라오게 하고는 자신에게 쏠린 모든 시선과 의문을 피하려는지 문 뒤로 자취를 감추어 버렸다. 알파티치는 앞쪽으로 걸어갔다. 그리고 그 관리가 다시 나오자 단추를 채운 프록코트 안쪽에 한 손을 집어넣은 채 편지 두 통을 건네며 말을 걸었다.

"육군 대장 볼콘스키 공작님께서 아시 남작님께 전하라고 하셨습니다." 그가 어찌나 엄숙하고 의미심장하게 보고하는지 관리도 그를 돌아보며 편지를 받아 들었다. 몇 분 후 현 지사가 알파티치를 안으로 들이더니 다급하게 말했다.

"공작님과 공작 영애에게 보고하게. 나는 아무것도 몰랐다고, 상부의 지시대로 했을 뿐이라고 말일세. 여기……."

그는 알파티치에게 종이 한 장을 건넸다.

"하지만 공작님의 건강이 좋지 않으니 나는 그분에게 모스크바로 가시라고 조언하겠네. 나도 곧 떠날 거야. 그렇게 보고 드리게……." 하지만 현 지사는 끝까지 말을 맺을 수가 없었다. 흙먼지로 뒤덮이고 땀으로 흠뻑 젖은 장교가 뛰어 들어와 프랑스어로 뭔가 말하기 시작했다. 현 지사의 얼굴에 공포가 떠올랐다.

"나가 보게." 그는 알파티치에게 고개를 끄덕여 보이며 말하고는 장교에게 무언가에 관하여 묻기 시작했다. 그가 현 지사의 집무실을 나오자 겁에 질리고 의지할 곳이 없는 이들의 탐욕스러운 눈길이 알파티치에게 쏠렸다. 이제는 가까이에서, 그리고 점점 더 크게 들리는 총성에 자기도 모르게 귀를 기울이며 알파티치는 서둘러 여인숙으로 갔다. 현 지사가 알파티치에게 건넨 종이에는 다음과 같은 글이 적혀 있었다.

스몰렌스크시에는 아직 어떠한 위험도 닥치지 않았음을 보증합니다. 이 도시가 어떤 위협을 받는 일은 아마 없을 겁니다. 스몰렌스크 앞에서 합류하기 위해 나는 이쪽으로부터, 바그라치온 공작은 반대편으로부터 이동하는 중입니다. 합류는 22일에 이루어질 예정입니다. 조국의 적들을 몰아낼 때까지, 혹은 용맹한 병사들의 마지막 한 명이 전멸할 때까지 양 군대의 연합군은 귀하가 맡은 현의 동포들을 지킬 것입니다. 이로써 귀하는 당신에게 스몰렌스크 주민들을 안심시킬 충분한 권한이 있음을 알게 될 것입니다. 이토록 용맹한 두 부대의 보호를 받는 사람이라면 이 부대들의 승리를 확신할 수 있을 테니 말입니다.(바르클라이 드 톨리가 스몰렌스크현 지사 아시 남작에게 보내는 지령서, 1812년.)[77]

사람들은 불안하게 거리를 배회했다.

가재도구, 의자, 장롱을 잔뜩 쌓아 올린 짐수레가 끊임없이 저택들의 대문을 빠져나와 거리를 지나갔다. 페라폰토프의 옆집에는 짐마차가 여러 대 서 있고 아낙들이 작별 인사를 나누며 통곡했다. 집 지키는 개 한 마리가 마차에 매인 말들 앞에서 컹컹 짖으며 빙글빙글 돌았다.

알파티치는 평소보다 서두르며 안마당으로 들어가 자신의 말들과 짐마차가 있는 헛간 쪽으로 곧장 향했다. 마부는 자고 있었다. 알파티치는 마부를 깨워 말을 짐마차에 매라고 지시한 후 현관방으로 들어갔다. 여인숙 주인의 살림방에서 아이의 울음소리와 여자의 통곡 소리와 페라폰토프의 격분한 목쉰 고함 소리가 들렸다. 알파티치가 들어서자 현관방에 있던

<hr />

77) 톨스토이는 1812년 8월 20일에 바르클라이가 실제로 내린 지령서를 인용했다. 그 지령서는 모데스트 이바노비치 보그다노비치(Modest Ivanovich Bogdanovich, 1805~1882)의 『1812년 조국 전쟁의 역사(История Отечественной войны 1812года)』(1859, 페테르부르크)에 실려 있다.

여자 요리사가 놀란 암탉처럼 바들바들 떨었다.

"죽도록 때렸어요. 안주인을 팼다고요! 어찌나 두들겨 패고, 어찌나 끌고 다니던지!"

"왜?" 알파티치가 물었다.

"떠나자고 했거든요. 그런 게 여자들의 일이잖아요! 날 데려가요, 나와 어린애들을 죽게 내버려 두지 말라고요, 안주인이 이렇게 말하죠. 또 이런 말도 하고요. 사람들이 전부 떠났어요, 우리는 어떻게 해요? 그러자 주인장이 때리기 시작했어요. 어찌나 두들겨 패고, 어찌나 끌고 다니던지!"

알파티치는 수긍하듯 그 말에 고개를 끄덕이고는 더 이상 아무것도 알려 하지 않고 주인네 방의 맞은편 문으로 다가갔다. 그 방에는 알파티치가 구입한 물건들이 있었다.

"당신은 악당이야. 살인자 같으니." 그때 아이를 끌어안은 마르고 창백한 여자가 머릿수건이 벗어진 채 문밖으로 뛰쳐나오더니 안마당으로 난 계단을 뛰어 내려가며 소리쳤다. 페라폰토프가 뒤따라 나왔다. 알파티치를 본 그는 조끼와 머리카락을 매만지고 하품을 하면서 알파티치를 따라 방으로 들어갔다.

"벌써 떠나려고?" 그가 물었다.

알파티치는 그 질문에 대꾸도 않고 여인숙 주인을 돌아보지도 않았다. 그는 자신이 산 물건들을 하나하나 세어 보고 숙박료로 얼마를 지불해야 하는지 물었다.

"계산을 해 보세! 그런데 현 지사에게는 다녀왔나?" 페라폰토프가 물었다. "어떻게 결정이 났던가?"

알파티치는 현 지사가 아무것도 확실히 말해 주지 않았다고 대답했다.

"우리에겐 일이 있는데 어떻게 떠나겠나?" 페라폰토프가 말했다. "도로고부시까지 짐수레 한 대에 7루블씩 달라지 뭔가. 그러니 내가 양심도 없는 놈들이라고 하지." 그가 말했다.

"셀리바노프 말이야, 그자도 목요일에 한 건 했지. 밀가루를 한 포대에 9루블씩 받고 군대에 팔았잖아. 어때, 차라도 마실까?" 그가 이렇게 덧붙였다. 키비토치카에 말을 매는 동안 알파티치는 페라폰토프와 차를 마시며 곡물 가격이며 작황이며 추수하기 좋은 날씨에 대해 이야기를 나누었다.

"그런데 잠잠해지기 시작했군." 페라폰토프가 세 잔째 차를 마시고는 자리에서 일어나며 말했다. "틀림없이 아군이 이겼을 거야. 그 사람들이 적들을 들여놓지 않겠다고 했거든. 그말은 곧 우리가 더 강하다는 거지…… 사람들 말로는 마트베이 이바니치 플라토프가 그자들을 마리나강으로 몰아넣어 하루 만에 1만 8000명을 익사시킨 모양이던데."

알파티치는 자신이 구입한 물품들을 모으고는 방에 들어온 마부에게 그것들을 건넨 후 여인숙 주인에게 셈을 치렀다. 대문가에서 밖으로 나서는 키비토치카 바퀴 소리, 말발굽 소리, 방울 소리가 울렸다.

이미 정오를 한참 넘긴 시간이었다. 거리의 절반은 그늘에 덮이고, 나머지 절반은 햇살을 받아 강렬하게 빛났다. 알파티치는 창문을 흘깃 쳐다보고 문으로 향했다. 갑자기 멀리서 무언가 쉭 하고 바람을 가르며 쿵 치는 이상한 소리가 들렸다.

그 뒤를 이어 대포 소리가 서로 뒤섞이며 둔탁한 소리를 냈고, 그 소리에 창문이 흔들렸다.

알파티치는 거리로 나왔다. 두 남자가 길을 따라 다리 쪽으로 달려가고 있었다. 사방에서 쉭쉭 하고 허공을 가르는 소리, 포탄 떨어지는 소리, 시내에 떨어진 유탄들이 터지는 소리가 들렸다. 그러나 그 소리들은 도시 밖에서 들려오는 대포 소리에 비하면 거의 들리지도 않는 편이었고 주민들의 관심을 끌지도 않았다. 그것은 4시가 지난 무렵 나폴레옹이 도시를 향하여 대포 130문의 포문을 열라고 명령하여 일어난 포격이었다. 처음에 사람들은 그 포격의 의미를 이해하지 못했다.

처음에는 유탄과 포탄이 떨어지는 소리가 그저 호기심을 불러일으킬 뿐이었다. 그때까지 헛간에서 통곡을 그치지 않던 페라폰토프의 아내는 울음을 멈추었다. 그녀는 아이를 품에 안은 채 대문 쪽으로 나가 말없이 사람들을 쳐다보며 소리에 귀를 기울였다.

요리사와 상점 주인도 대문으로 나갔다. 다들 즐거운 호기심을 드러내며 머리 위로 날아가는 포탄을 보려고 기를 썼다. 길모퉁이에서 몇몇 사람들이 활기차게 이야기를 나누며 나타났다.

"정말 강력한걸!" 한 사람이 말했다. "지붕이며 천장이 산산이 부서졌어."

"돼지들이 땅을 파헤쳐 놓은 것 같아." 다른 사람이 말했다. "굉장해. 덕분에 힘이 불끈 솟더군!" 그가 껄껄거리며 말했다. "다행이야. 펄쩍 뛰어 비켰잖아. 그러지 않았으면 자네는 포탄에 깔렸을걸."

사람들이 그 두 사람에게 말을 걸었다. 그들은 잠시 멈춰 서서 어떻게 포탄이 자기들 바로 옆에 있는 집에 떨어졌는지 들려주었다. 그러는 사이 온갖 탄환들이, 때로는 음울한 소리를 내며 빠르게 나는 포탄들이, 때로는 경쾌한 휘파람 소리를 내는 유탄들이 사람들의 머리 위로 그칠 새 없이 날아들었다. 그러나 가까이 떨어지는 탄환은 하나도 없고 전부 멀리 날아갔다. 알파티치는 키비토치카에 올라탔다. 여인숙 주인이 대문가에 서 있었다.

"뭐 볼 게 있다고!" 그가 요리사에게 소리를 질렀다. 붉은 치마를 입은 그녀는 소매를 걷어붙이고서 맨살이 드러난 팔꿈치를 흔들며 사람들의 이야기를 들으러 모퉁이로 다가가고 있었다.

"정말 놀라워." 그녀는 계속 중얼거렸다. 하지만 주인의 목소리를 듣자 허리춤에 쑤셔 넣은 치맛자락을 끌어 내리며 돌아왔다.

또다시, 그러나 이번에는 매우 가까이에서, 마치 위에서 날아 내려오는 새처럼 무언가 쌩 하는 소리를 내는가 싶더니 길한가운데에 불꽃이 번쩍였고, 무언가가 터지며 길이 연기로 뒤덮였다.

"이 나쁜 년, 뭐 하고 있어?" 주인이 요리사에게 달려가며 소리쳤다.

그 순간 사방에서 여자들이 슬프게 울부짖었고 어린아이가 겁에 질려 울음을 터뜨렸다. 사람들이 창백한 얼굴로 말없이 요리사 주위에 모여들었다. 그 무리에서 가장 또렷하게 들리는 소리는 요리사의 신음과 말소리였다.

"오오, 여러분! 친절한 분들! 절 죽게 내버려 두지 마세요! 친절한 분들!"

오 분 뒤 거리에는 아무도 남아 있지 않았다. 유탄 파편에 허벅지가 잘린 요리사는 부엌으로 실려 갔다. 알파티치와 마부, 페라폰토프의 아내와 아이들, 그리고 문지기는 지하실에 앉아 귀를 기울였다. 포탄의 둔탁한 소리, 탄환들이 쉭쉭 날아가는 소리, 또 그 모든 소리들을 압도하는 요리사의 애처로운 신음 소리가 한순간도 그치지 않았다. 안주인은 아이를 어르거나 달래면서 지하실에 사람이 들어올 때마다 거리에 남은 자기 남편은 지금 어디에 있느냐며 조그마한 소리로 애처롭게 물었다. 지하실에 들어온 상점 주인은 바깥주인이 사람들과 함께 대교회로 갔다고 말했다. 그곳에서 기적을 일으키는 스몰렌스크의 이콘[78]이 실려 나오고 있었던 것이다.

땅거미가 질 무렵 포성이 잦아들기 시작했다. 알파티치는 지하실에서 나와 문가에 섰다. 조금 전까지 청명하던 저녁 하늘은 온통 연기에 가려져 있었다. 그리고 하늘 높이 뜬 초승달이 그 연기 사이로 기이하게 빛났다. 무시무시한 대포 소리가 잦아들자 도시에 정적이 드리운 것 같았다. 그 정적을 깨는

---

78) 전쟁, 전염병, 자연재해 등이 발생하면 러시아 사람들은 관례적으로 성모 마리아의 이콘을 높이 들고 행진하다가 길 위에 멈춰 서서 구원의 기도를 드렸다. 스몰렌스크의 성모 마리아 이콘이 기적을 일으킨다는 믿음은 러시아에 오랫동안 이어져 내려왔다.

것은 도시 전체에 자박자박 울리는 발소리, 신음 소리, 멀리서 들려오는 비명 소리, 불꽃이 튀는 소리뿐이었다. 이제 요리사의 신음 소리도 잦아들었다. 양쪽에서 화재로 인한 검은 연기 기둥들이 솟아올랐다가 흩어졌다. 거리에는 무너진 개밋둑에서 쏟아져 나온 개미들처럼 각양각색의 군복을 입은 병사들이 대열도 짓지 않은 채 사방에서 걷거나 뛰어다니고 있었다. 알파티치의 눈앞에서 그들 중 몇 명이 페라폰토프네 안마당으로 뛰어 들어왔다. 알파티치는 대문 쪽으로 갔다. 어느 연대가 서둘러 후퇴하며 빽빽하게 길을 꽉 메웠다.

"도시가 넘어갔소, 떠나시오, 떠나요." 그를 알아본 한 장교가 이렇게 말하고는 즉각 병사들을 향해 고함을 질렀다.

"가옥의 안마당을 지나도 좋다!" 그가 외쳤다.

알파티치는 여인숙에 돌아와 큰 소리로 마부를 불러 출발을 지시했다. 알파티치와 마부를 뒤따라 페라폰토프의 식구들도 전부 밖으로 나왔다. 그때까지 침묵하던 아낙들은 서서히 깃들기 시작한 땅거미 사이로 이제야 보이는 연기와 불길을 발견하고 불현듯 불길을 쳐다보며 슬피 울기 시작했다. 그 소리를 잇기라도 하듯 길 반대편에서도 똑같은 울음소리가 들렸다. 알파티치와 마부는 처마 밑에서 떨리는 손으로 말의 엉킨 고삐와 가죽끈을 풀었다.

키비토치카를 몰고 대문 밖을 나선 순간 알파티치는 빗장이 풀린 페라폰토프의 상점 안에서 열 명 정도 되는 병사들이 큰 소리로 떠들며 자루와 배낭에 밀가루와 해바라기씨를 채우는 모습을 보았다. 그때 페라폰토프가 거리에서 상점으로 돌아왔다. 병사들을 발견한 그는 뭐라고 소리를 지르려 했으나 갑자기 그 자리에 우뚝 서서 머리칼을 움켜쥐고 마치 통곡이라도 하듯 큰 소리로 웃기 시작했다.

"전부 가져가시게, 젊은이들! 악마들 손에 들어가지 않도록!" 그는 자루들을 움켜쥐고 길에 내던지며 소리쳤다. 어떤 병사들은 놀라서 달아났고 어떤 병사들은 계속 자루와 배낭을 채웠다. 페라폰토프는 알파티치를 보자 이렇게 말했다.

"끝났네! 러시아는!" 그가 부르짖었다. "알파티치! 끝났어! 내 손으로 불을 지를 거야. 이제 끝이야⋯⋯." 페라폰토프는 안마당으로 달려갔다.

병사들이 길을 꽉 메우며 끝없이 지나가는 바람에 알파티치는 길을 지나지 못하고 꼼짝없이 기다려야 했다. 페라폰토프의 아내와 아이들은 첼레가가 떠날 수 있기를 기대하며 그 위에 계속 앉아 있었다.

어느새 밤이 이슥했다. 하늘에 별이 뜨고 초승달이 빛났다. 이따금 연기가 초승달을 가리기도 했다. 병사들과 다른 승용 마차들의 대열에서 천천히 나아가던 알파티치와 안주인의 마차는 드네프르강으로 이어지는 비탈길에서 멈춰야 했다. 마차들이 멈춰 선 교차로에서 그다지 멀지 않은 골목에 집 한 채와 상점들이 불타고 있었다. 불길은 이미 꺼져 갔다. 불꽃이 잦아들며 검은 연기 속으로 자취를 감추기도 하고, 갑자기 확 타올라 교차로에 서서 북적대는 사람들의 얼굴을 기이하리만큼 또렷이 비추기도 했다. 불길 앞에서 사람들의 검은 형상이 아른거렸고, 좀처럼 그치지 않는 불꽃 튀는 소리 사이로 말소리와 비명 소리가 들렸다. 마차에서 내린 알파티치는 마차가 금방 빠져나가기 어렵다는 것을 알고 불을 구경하러 골목으로 걸음을 옮겼다. 병사들이 불길 주위를 끊임없이 오갔다. 알파티치는 두 병사와 거친 모직 코트를 입은 어느 남자가 불이 붙은 통나무를 화재 현장으로부터 길 건너 이웃집 안마당으로 끌고 가는 것을 보았다. 다른 사람들은 건초를 한 아름씩 들고 갔다.

알파티치는 활활 타는 높은 창고의 맞은편에 모여 선 많은 사람들 쪽으로 다가갔다. 벽이 전부 불길에 싸이고, 뒷벽이 무너지고, 판자 지붕은 내려앉기 시작하고, 들보가 불타고 있었다. 사람들은 지붕이 완전히 무너지는 순간을 기다리는 게 분명했다. 알파티치도 그것을 기다렸다.

"알파티치!" 갑자기 귀에 익은 목소리가 노인을 큰 소리로 불렀다.

"아, 각하!" 알파티치는 자신이 섬기는 젊은 공작의 목소리를 금방 알아듣고 대답했다.

망토를 걸치고 검은 말에 올라앉은 안드레이 공작이 군중 뒤에 멈춰 서서 알파티치를 바라보고 있었다.

"여기에서 뭘 하나?" 그가 물었다.

"각…… 각하." 알파티치는 이렇게 웅얼거리며 흐느끼기 시작했다. "각…… 각…… 우리는 이제 망한 겁니까, 아버님께서는…….."

"여기서 뭘 하고 있냐니까?" 안드레이 공작이 거듭 물었다.

그 순간 불꽃이 확 타오르며 알파티치의 눈앞에 젊은 주인의 창백하고 기진한 얼굴을 비추었다. 알파티치는 어떻게 이 도시에 오게 되었는지, 어떻게 이곳까지 가까스로 빠져나왔는지 이야기했다.

"저, 각하, 우리는 망한 겁니까?" 그는 다시 물었다.

안드레이 공작은 아무런 대꾸도 하지 않고 수첩을 꺼내더니 무릎을 조금 끌어 올리고는 종이 한 장을 찢어 연필로 휘갈겨 썼다. 그는 여동생 앞으로 이렇게 썼다.

스몰렌스크가 함락되었다. 리시에 고리도 일주일 안에 적의 수중에 넘어갈 것이다. 당장 모스크바로 떠나라. 가족들이 출발하면 곧장 우스뱌시로 급사를 보내 내게 연락하기 바란다.

쪽지를 써서 알파티치에게 건넨 후 그는 노공작과 공작 영애와 아들과 가정 교사의 출발을 어떻게 준비해야 할지, 어떻게 어디로 자기에게 즉각 답장을 보낼 수 있을지에 대해 구두로 전달했다. 그가 이 지시 사항을 미처 다 전하기도 전에 말을 탄 참모부 장교가 수행원을 거느리고 달려왔다.

"당신이 지휘관입니까?" 참모부 장교가 안드레이 공작의 귀에 익은 독일인 억양으로 외쳤다. "당신이 보는 앞에서 사람들이 집에 불을 지르는데 그냥 서 있습니까? 이것은 무슨 의미입니까? 대답해 보십시오." 베르크가 소리쳤다. 그는 지금 1군의 좌익 보병 부대 참모부 책임자의 보좌관이었다. 베르크의 표현에 따르면 사람들의 이목을 끄는 매우 즐거운 자리였다.

안드레이 공작은 그를 쳐다보더니 대꾸도 않고 계속 알파티치에게 말을 건넸다.

"10일까지 답장을 기다리겠다고 전해. 10일까지 모두 떠났다는 소식을 받지 못하면 내가 모든 걸 버리고 리시에 고리로 가야 할 거라고 말해 줘."

"공작, 제가 그런 말을 한 것은 그저……." 안드레이 공작을 알아본 베르크가 말했다. "명령을 수행해야 했기 때문입니다. 전 언제나 명령을 정확히 수행하기 때문에……. 제발 용서해 주십시오." 베르크가 뭔가에 대해 변명을 늘어놓았다.

불길 속에서 무언가 탁탁 소리를 냈다. 불길은 잠시 수그러들었다. 검은 연기 기둥이 지붕 아래에서 뭉게뭉게 피어올랐다. 불길 속에서 또 무언가 터지는 듯 무시무시한 소리가 나더니 커다란 무언가가 무너져 내렸다.

"와아아!" 창고의 천장이 무너지는 것에 맞춰 군중이 큰 소리로 외쳤다. 불에 탄 곡물 때문에 창고에서 비스킷 냄새가 풍겼다. 불길이 확 타오르며 불 주위에 선 사람들의 기뻐하는, 그러면서도 기진맥진한 얼굴을 생생하게 비추었다.

거친 모직 외투를 입은 남자가 한 팔을 쳐들며 외쳤다.

"굉장해! 완전히 무너졌어! 여어, 굉장하지!"

"저 사람이 바로 주인이야." 사람들의 목소리가 들렸다.

"자, 그럼, 내가 자네에게 한 말을 전부 전해." 안드레이 공작은 알파티치를 돌아보며 말했다. 그러고는 옆에서 입을 다물고 있던 베르크에게는 한마디도 대꾸하지 않고 말에 박차를 가하며 골목으로 달려갔다.

5

군대는 스몰렌스크를 떠나 계속 퇴각했다. 적은 그들을 뒤쫓았다. 8월 10일 안드레이 공작이 지휘하는 연대는 큰길을 따라 이동하다가 리시에 고리로 이어지는 도로를 지나치게 되었다. 폭염과 가뭄이 삼 주 이상 계속되었다. 매일같이 하늘에 뭉게구름이 떠다니며 이따금 태양을 가렸다. 그러나 저녁 무렵이면 구름이 깨끗이 개고 갈색빛 도는 붉은 어스름 사이로 해가 지곤 했다. 그저 풍부한 이슬만이 밤마다 대지를 소생시켜 줄 뿐이었다. 그러나 아직 거두지 않은 곡식들은 가뭄에 타들어 알곡을 떨어뜨렸다. 습지는 바짝 말랐다. 햇볕에 타 버린 초원에서 먹이를 찾지 못한 가축들이 굶주림으로 울부짖었다. 밤에만, 그것도 이슬이 아직 남아 있는 숲에서만 서늘함을 느낄 수 있었다. 하지만 도로에서는, 군대가 지나가는 대로에서는, 심지어 밤이 찾아든 숲에서조차 그런 서늘함을 느낄 수 없었다. 4분의 1아르신 이상 파헤쳐진 도로의 모래에서는 이슬을 아예 찾아볼 수도 없었다. 동이 트면 행군이 시작되었다. 수송 대열과 대포는 바퀴 축까지, 보병은 발목까지 밤에도 식지 않는 부드럽고 갑갑하고 뜨거운 흙먼지에 파묻힌 채 소리 없이 행군했다. 이 흙먼지의 일부는 발과 바퀴에 짓이겨지고 일부는 공중에 떠올라 군대 위에 구름처럼 떠 있다가 그 도로를 따라 행군하는 사람들과 동물들의 눈, 머리칼, 귀, 콧구멍, 특히 폐 속을 가득 메웠다. 태양이 높이 떠오를수록 먼지 구름도 더욱 높이 일었다. 그 미세하고 뜨거운 먼지 사이로 구름에 가려지지 않은 태양을 맨눈으로도 볼 수 있었다. 태양은 새빨갛고 커다란 공처럼 보였다. 바람도 불지 않았다. 사람들은 그 움직이지 않는 대기 속에서 숨을 헐떡였다. 코와 입 주위에 손수건을 동여매고 걸었다. 마을에 도착하자 다들 우물로 달려갔다. 그들은 물 때문에 주먹다짐을 해 가며 진흙 바닥이 드러나도록 물을 마셔 댔다.

안드레이 공작은 한 연대의 지휘를 맡아 연대의 조직 체제, 부하들의 복지, 명령을 접수하고 전달하는 일에 몰두했다. 스몰렌스크의 화재와 그 도시를 버린 일은 안드레이 공작에게 획기적인 사건이었다. 그는 적을 향한 적개심라는 새로운 감정으로 자신의 슬픔마저 잊었다. 그는 연대 업무에 전념하고 부하들과 장교들을 세심히 보살피며 다정히 대했다. 연대 대원들은 그를 우리 공작님이라 부르며 자랑스러워하고 사랑했다. 그러나 그가 친절하고 부드럽게 대하는 사람들은 오직 자기 대원들과 치모힌 등 다른 계층에 속한 완전히 낯선 사람들,

자신의 과거를 알 수도 이해할 수도 없는 사람들뿐이었다. 예전에 알던 사람이나 참모부 사람과 우연히 마주치기라도 하면 곧 다시 신경을 곤두세웠다. 그는 매섭게 변하고 냉소를 짓고 경멸을 드러냈다. 과거의 기억과 관련된 모든 것에 혐오감을 느꼈다. 그래서 이전 세계에 대해 그저 불공정한 태도를 취하지 않고 자신의 의무를 다하려고만 애썼다.

사실 안드레이 공작에게는 모든 것이 어둡고 음울한 빛 속에 있는 것처럼 보였다. 특히 8월 6일 군대가 스몰렌스크(그는 그 도시를 지킬 수 있고 또 마땅히 지켜야 한다고 생각했다.)를 버리고 떠난 후로, 병든 아버지가 모스크바로 피란하면서 그가 그토록 사랑한 리시에 고리 — 그가 몸소 세우고 사람들을 정착하게 한 — 를 적들의 약탈에 내맡기지 않을 수 없었던 후로 더욱 그러했다. 하지만 연대가 있었기에 안드레이 공작은 전반적인 문제와 전혀 상관없는 다른 대상, 즉 자기 연대에 대해 생각할 수 있었다. 8월 10일 그의 연대가 속한 종대가 리시에 고리 부근을 지나게 되었다. 안드레이 공작은 아버지와 아들과 여동생이 이틀 전에 모스크바로 떠났다는 소식을 받았다. 리시에 고리에 딱히 할 일이 있는 건 아니었지만 안드레이 공작은 자신의 슬픔을 자극하고픈 그 특유의 욕구로 인해 리시에 고리에 꼭 들르리라 결심했다.

그는 자기 말에 안장을 얹으라고 지시한 후 행군에서 벗어나 자신이 태어나고 어린 시절을 보낸 아버지의 영지로 말을 몰았다. 항상 열 명가량 되는 아낙들이 서로 이야기를 나누면서 빨랫감을 방망이로 두들기고 헹구던 못을 지나칠 때 안드레이 공작은 못에 아무도 없고 망가진 뗏목이 물에 반쯤 잠겨 못 한가운데에 비스듬히 떠다니는 것을 보았다. 안드레이 공작은 파수꾼의 오두막으로 말을 몰았다. 석조 대문 옆에는 아무도 없고 문의 빗장이 벗겨져 있었다. 정원 오솔길에는 이미 풀이 무성하고 송아지와 말들이 영국식 공원을 돌아다녔다. 안드레이 공작은 온실을 향해 말을 몰았다. 유리는 깨졌으며, 큰 나무통에 심은 나무들 가운데 몇 그루는 쓰러지고 몇 그루는 시들었다. 그는 큰 소리로 정원사인 타라스를 불렀다. 아무도 대답하지 않았다. 온실 모퉁이를 돌아 옥외 화단으로 가니 조각이 새겨진 판자 울타리는 전부 부서지고 자두나무 가지들은 열매가 달린 채 꺾여 있었다. 한 늙은 농부(안드레이 공작은 어린 시절 대문가에서 그를 보곤 했다.)가 긴 녹색 의자에 앉아 나무껍질로 신발을 삼고 있었다.

그는 귀가 어두워 안드레이 공작이 다가오는 소리를 듣지 못했다. 그는 노공작이 즐겨 앉던 긴 의자에 앉아 있었다. 그 주위의 부러지고 시든 목련 나무의 작은 가지에 속껍질이 매달려 있었다.

안드레이 공작은 집 쪽으로 말을 몰았다. 오래된 정원의 보리수 몇 그루는 잘렸고, 반점이 있는 말 한 마리가 망아지를 데리고 저택 앞 장미 나무들 사이를 돌아다녔다. 저택의 모든 창에는 덧문이 못으로 고정되어 있었다. 아래층 창문 하나만 열린 채였다. 안드레이 공작을 본 하인 사내아이가 저택 안으로 뛰어 들어갔다.

알파티치는 가족들을 떠나보내고 혼자 리시에 고리에 남았다. 그는 집에 들어앉아 성자전을 읽고 있었다. 그는 안드레이 공작이 온 것을 알고는 코에 안경을 걸친 채 옷의 단추를 채우며 집 밖으로 나와 황급히 공작에게 다가가더니 아무 말도 못하고 안드레이 공작의 무릎에 입을 맞추며 울음을 터뜨렸다.

그러고 나서 그는 자신의 나약함에 화가 나 얼굴을 돌리고 안드레이 공작에게 상황을 보고하기 시작했다. 비싸고 귀한 것은 전부 보구차로보로 옮겨졌다. 곡물도 100체트베르치[79] 가까이 운반되었다. 알파티치의 말처럼 올해 보기 드문 풍작을 이룬 건초용 풀과 봄갈이 작물은 아직 영글기도 전에 군대가 징발하여 베어 가 버렸다. 농부들은 비참한 지경에 이르렀다. 농부들 가운데 일부는 보구차로보로 떠나고 적은 수만 남았다.

안드레이 공작은 알파티치의 말을 다 듣기도 전에 아버지와 여동생이 언제 떠났느냐고 물었다. 그들이 언제 모스크바로 떠났냐는 뜻이었다. 알파티치는 노공작과 마리야 공작 영애가 보구차로보로 떠난 일에 대한 질문이라고 생각하여 7일에 떠났다고 대답하고는 영지 경영에 대해 다시 장황하게 늘어놓더니 지시를 청했다.

"영수증을 받고 부대에 귀리를 팔아도 될까요? 우리에게 아직 600체트베르치가 남아 있습니다만." 알파티치가 물었다.

'뭐라고 대답해야 하지?' 안드레이 공작은 햇빛에 반들거리는 노인의 대머리를 쳐다보며 생각했다. 안드레이 공작은 노인의 표정에서 그 스스로도 그런 질문들이 때에 맞지 않다는

---

79) 곡물의 양을 재는 단위로 209.21리터에 해당한다.

것을 알면서 그저 슬픔을 억누르기 위해 묻는 것뿐이라는 자각을 읽었다.

"응, 팔아." 그가 말했다.

"정원이 엉망이 된 것을 눈치채셨다면……." 알파티치가 말했다. "막을 수가 없었습니다. 3개 연대가 와서 숙박을 했지요. 특히 용기병들이요. 청원서를 제출하려고 지휘관의 관등과 직함을 적어 두었습니다."

"그런데 자네는 어떻게 할 건가? 적이 점령해도 남을 텐가?" 안드레이 공작이 그에게 물었다.

알파티치는 안드레이 공작을 향해 얼굴을 돌리고 그를 바라보았다. 그러더니 갑자기 엄숙한 몸짓으로 한쪽 팔을 쳐들었다.

"그분이 저의 수호자입니다. 그분의 뜻대로 될 겁니다!" 그가 중얼거렸다.

농부와 하인의 무리가 모자를 벗은 채 목초지를 가로질러 안드레이 공작 쪽으로 오고 있었다.

"그럼 잘 있게!" 안드레이 공작이 알파티치에게로 허리를 숙이며 말했다. "자네도 떠나. 힘닿는 한 다 가지고 가. 사람들에게도 랴잔이나 모스크바 부근으로 떠나라고 지시해." 알파티치는 안드레이 공작의 다리를 부여잡고 흐느꼈다. 안드레이 공작은 조심스럽게 그를 떼어 놓고는 말에 박차를 가하여 가로수 길을 따라 빠르게 달려 내려갔다.

옥외 화단에서는 그 노인이 마치 사랑하는 망자의 얼굴에 들러붙은 파리처럼 여전히 무심하게 앉아 나무껍질 신발의 나무틀을 두들기고 있었다. 여자아이 둘이 온실의 나무에서 자두를 따 옷자락에 담은 채로 뛰어나오다가 안드레이 공작과 부딪쳤다. 젊은 주인을 본 더.나이 많은 소녀는 흩어진 풋자두를 미처 줍지도 못한 채 겁에 질린 얼굴로 손아래 동지의 손을 잡고는 함께 자작나무 뒤로 숨었다.

안드레이 공작은 깜짝 놀라 황급히 그들을 외면했다. 자기가 본 것을 아이들이 눈치챌까 두려웠다. 그는 겁에 질린 그 예쁘장한 소녀가 측은했다. 그녀를 보기도 두려웠지만, 동시에 그러고 싶은 저항할 수 없는 욕구도 느꼈다. 그가 그 소녀들을 보면서 완전히 남남인 타인들의 존재를, 그리고 자기 마음을 차지한 것과 똑같은 너무도 정당한 인간적인 관심을 깨달은 순간 기쁘고 평온한 새로운 감정이 그를 사로잡았다. 그 소녀들은 오로지 풋자두들을 가져가 먹어 치우고 다른 사람에게 붙잡히지 않기만 간절히 바라는 듯했다. 안드레이 공작도 그들과 함께 그 계획이 성공하기를 바랐다. 그는 한 번 더 그들을 보지 않고는 견딜 수 없었다. 이제 위험하지 않다고 생각한 소녀들은 숨어 있던 곳에서 뛰어나와 옷자락을 꼭 쥔 채 가느다란 목소리로 뭐라고 재잘거리고는 햇볕에 탄 자그마한 맨발로 목초지의 풀 사이를 명랑하게 재빨리 뛰어갔다.

안드레이 공작은 부대들이 이동하는 대로의 먼지 자욱한 구역을 벗어난 후로 기분이 다소 상쾌해졌다. 하지만 리시에 고리로부터 그다지 멀지 않은 곳에서 다시 도로에 들어섰고, 작은 못의 제방에서 쉬고 있는 자신의 연대를 따라잡았다. 오후 1시가 넘었다. 먼지 속의 붉은 공 같은 태양이 견디기 힘들

만큼 뜨거운 빛을 내리쬐며 검은 프록코트 속으로 파고들어 등이 따가웠다. 먼지는 웅성웅성 떠들며 멈춰 선 부대들 위에 여전히 그대로 피어 있었다. 바람 한 줄기 불지 않았다. 안드레이 공작이 제방을 지나갈 때 못에서 개흙 냄새와 싱그러운 향기가 풍겼다. 물이 얼마나 더럽든 그 속에 뛰어들고 싶었다. 그는 고함과 웃음소리가 들려오는 못을 돌아보았다. 물풀로 탁해진 작은 못의 수위는 확연히 2체트베르치 정도 높아졌고, 제방 너머로까지 물이 흘러넘쳤다. 벽돌처럼 붉은 손과 얼굴과 목으로 버둥대는 인간들의, 병사들의 하얀 알몸이 못을 가득 채웠던 것이다. 양동이를 가득 채운 붕어들처럼 그 모든 하얀 인간 살덩이들이 폭소와 함성을 터뜨리며 그 더러운 웅덩이에서 버둥거렸다. 그 버둥거림이 유쾌한 울림을 냈고, 그 때문에 유난히 더 서글프게 느껴졌다.

3중대 소속으로 장딴지 아래에 가죽끈을 여민 옅은 금발의 젊은 병사 — 안드레이 공작도 그를 알았다 — 가 성호를 그으며 뒤로 물러났다. 멋지게 내달려 물에 풍덩 뛰어들기 위해서였다. 언제나 덥수룩한 검은 머리칼을 지닌 다른 부사관은 허리까지 차는 물속에서 근육질 몸통을 부르르 떨고 즐겁게 콧소리를 내며 손목까지 거무스름한 손으로 자기 머리에 물을 끼얹고 있었다. 서로를 철썩철썩 때리는 소리, 새된 목소리, 첨벙대는 소리가 들렸다.

못 기슭이든 제방이든 물속이든 어디에나 근육질의 건강하고 하얀 살덩이가 있었다. 조그맣고 불그레한 코를 지닌 치모힌 장교는 제방에서 몸을 닦다가 안드레이 공작을 보고는 멋쩍어했다. 그러나 안드레이 공작에게 말을 걸어 보기로 결심했다.

"정말 좋습니다, 공작 각하. 들어오시지 않겠습니까?" 그가 말했다.

"더럽군." 안드레이 공작이 얼굴을 찌푸리며 말했다.

"저희들이 공작님을 위해 당장 정리하겠습니다." 그러더니 치모힌은 옷도 입지 않은 채 그곳을 치우러 달려갔다.

"공작님이 원하신다."

"누가? 우리 공작님이?" 여러 명의 목소리가 웅성거렸다. 다들 부리나케 서둘렀다. 안드레이 공작은 가까스로 그들을 진정시켰다. 그는 헛간에서 몸에 물을 끼얹는 것이 낫겠다고 생각했다.

'살덩이, 육체, 육탄!' 그는 자신의 알몸을 바라보며 생각했다. 그는 부르르 떨었다. 추위 때문이라기보다 그 수많은 몸뚱이들이 더러운 못에서 철벅거리는 광경에 자신도 이해할 수 없는 혐오와 공포를 느꼈기 때문이다.

8월 7일 바그라치온 공작은 스몰렌스크 가도의 미하일롭카 숙영지에서 다음과 같은 글을 썼다.[80]

알렉세이 안드레예비치 백작 귀하.

(그는 아락체예프에게 편지를 쓰고 있었지만 군주가 이 편지를 읽

---

80) 바그라치온의 편지는 모데스트 이바노비치 보그다노비치의 『1812년 조국 전쟁의 역사』 2권에 부록으로 실려 있다.

으리라는 것을 알았다. 그래서 말 한 마디 한 마디에 최대한 신중을 기했다.)

스몰렌스크를 적에게 넘긴 일에 대해서는 이미 대신[81]으로부터 보고받았으리라 생각합니다. 비통합니다. 그 중요한 곳을 허망하게 버린 것에 온 군대가 절망하고 있습니다. 나로서는 더 이상 어떻게 해 볼 수 없을 만큼 간절히 그에게 직접 요청하기도 했고, 마지막에는 편지도 써 보았습니다. 그러나 무엇으로도 그의 동의를 끌어낼 수 없었습니다. 당신에게 내 명예를 걸고 맹세합니다만, 나폴레옹은 한 번도 경험하지 못한 그런 궁지에 내몰렸기 때문에 군대의 절반을 잃는다 해도 스몰렌스크를 함락하지 못했을 겁니다. 우리 부대는 어느 때보다 잘 싸웠고 또 잘 싸우고 있습니다. 나는 1만 5000명을 거느리고 서른다섯 시간 넘게 버텨 적을 무찔렀습니다. 그러나 그는 열네 시간도 버텨 보려 하지 않았습니다. 그것은 아군에게 오점으로 남을 수치입니다. 그런 인간이 이 세상에 살아서는 안 된다고 생각합니다. 만약 그가 사상자가 많다고 보고한다면 그것은 당치도 않은 말입니다. 아마도 약 4000명, 그보다 많지는 않으며 어쩌면 그보다 적을지도 모릅니다. 설사 1만 명인들 어쩌겠습니까. 전쟁인걸요! 그에 반하여 적은 막대한 병력을 잃었습니다…….

이틀을 더 버텼다면 적이 어떤 대가를 치렀을까요? 적어도 그들은 후퇴했을 겁니다. 그들에게는 병사와 말에게 먹일 물이 없었으니까요. 그는 나에게 퇴각하지 않겠다고 약속하고는 느

---

81) 바르클라이 드 톨리를 가리킨다.

닷없이 밤에 퇴각하겠노라고 작전 명령을 보냈습니다. 그런 식으로는 전쟁을 할 수 없습니다. 이제 우리는 조만간 모스크바에까지 적을 들일지도 모릅니다…….

당신이 평화 조약을 생각하고 있다는 소문이 돌더군요. 평화 조약을 맺다니 당치도 않습니다! 온갖 희생을 치른 마당에, 그렇게 미치광이처럼 퇴각을 한 마당에 평화 조약이라니요. 당신은 러시아 전체를 적으로 돌리게 될 겁니다. 그리고 우리 모두는 군복을 입는 것에 부끄러움을 느끼게 될 겁니다. 상황이 이미 이렇게 된 이상 러시아가 버틸 수 있고 병사들이 두 발로 설수 있는 한 우리는 싸워야 합니다.

지휘는 두 사람이 아니라 한 사람이 해야 합니다. 당신의 대신은 대신으로서 훌륭할지 모릅니다. 그러나 장군으로서는 형편없을 뿐 아니라 쓸모없는 자입니다. 그런 자에게 우리 조국 전체의 운명을 맡기다니……. 나는 정말이지 화가 나서 미칠 것 같습니다. 나의 불손한 글을 용서하기 바랍니다. 평화 조약을 체결하고 대신에게 군대의 통수권을 맡기라고 조언하는 자는 군주를 사랑하지 않고 우리 모두의 파멸을 바라는 자입니다. 그러니 나는 당신에게 솔직히 말하겠습니다. 민병대를 모집하십시오. 대신이 지극히 교묘한 방법으로 수도를 향해 손님들을 끌어들이고 있기 때문입니다. 시종무관 볼초겐에게 온 군대의 의심이 쏠리고 있습니다. 소문에 따르면 그는 우리 편이 아니라 오히려 나폴레옹의 편인데 그런 그가 대신에게 모든 문제를 조언한다고 합니다. 나는 그의 상관임에도 그를 정중히 대할 뿐 아니라 부사관처럼 복종하고 있습니다. 비통합니다. 그러나 나의 은인이신 군주를 경애하기에 복종하는 겁니다. 다만 군주께서 그런 자에게 훌륭한 군대를 맡기신 것은 유감스럽습니다. 우리의 퇴각 때문에 피로로 죽거나 병원에서 죽은 병사가 1만 5000명이 넘는다고 상상해 보십시오. 만약 우리가 진격했다면 그런 일은 없었을 겁니다. 제발 말씀해 보십시오. 우리의 러시아 ─ 우리의 어머니 ─ 가 뭐라고 말하겠습니까? 우리는 왜 이렇게 벌벌 떠는 겁니까? 무엇을 위해 그토록 선하고 열정적인 조국을 그 무뢰배들에게 넘기고, 국민들 한 사람 한 사람에게 증오와 치욕을 불어넣는 겁니까? 무엇을 주저하고 누구를 두려워하는 겁니까? 대신이 우유부단하고 소심하고 어리석고 굼뜨고 온갖 단점을 두루 갖춘 것은 나의 탓이 아닙니다. 온 군대가 비통해하며 그에게 죽도록 욕을 퍼붓고 있습니다…….

6

삶의 현상에 적용할 수 있는 무수한 분류에는 모든 현상을 내용 중심으로 구분하는 방법도 있고 형식 중심으로 구분하는 방법도 있다. 그런 분류의 한 가지로 우리는 마을, 지방 자치제, 현, 심지어 모스크바의 생활과 정반대인 것으로서 페테르부르크의 생활, 특히 살롱의 생활을 들 수 있다. 그 생활은 늘 변함이 없다.

1805년 이후 우리는 보나파르트와 화해하기도 하고 싸우기도 했으며, 헌법을 제정하기도 하고 철회하기도 했다. 그러나 안나 파블로브나의 살롱과 엘렌의 살롱은 예전 — 하나는 칠 년 전, 또 하나는 오 년 전 — 과 똑같았다. 안나 파블로브나의 살롱에 모인 사람들은 여전히 보나파르트의 성공에 대해 미심쩍은 듯 말했고, 그의 성공뿐 아니라 유럽 군주들이 그에게 보인 묵인에서도 사악한 음모 — 안나 파블로브나를 필두로

한 궁정 모임에 불쾌와 불안을 안겨 주는 것이 그 유일한 목적인 — 만 볼 뿐이었다. 엘렌의 살롱 — 루만체프도 몸소 참석했으며 그녀를 대단히 총명한 여인으로 여겼다 — 도 여전했다. 1808년 당시와 똑같이 1812년에도 그 살롱에 모인 사람들은 위대한 민족과 위대한 인간에 대해 열광적으로 이야기하고 프랑스와의 불화를 애석하게 여겼다. 엘렌의 살롱에 모인 사람들은 그 불화가 평화 조약으로 종식되어야 한다고 생각했다.

최근 군주가 군대에서 돌아온 후 서로 대립하던 이 두 살롱 모임 사이에 다소 동요가 일고 서로에 대한 모종의 시위가 있었다. 그러나 모임들의 성향은 여전히 그대로였다. 안나 파블로브나의 모임은 프랑스인들 가운데에서도 뼛속까지 정통주의자인 사람들만 받아들였고, 프랑스 극장에 다니면 안 된다는 등 극단을 유지하는 비용이 1개 군단 전체를 유지하는 비용과 맞먹는다는 등 애국적인 사상을 주장했다. 그들은 전쟁의 온갖 사건들을 열심히 주시하며 아군에게 가장 유리한 소문만 퍼뜨렸다. 루만체프파이자 프랑스파인 엘렌의 모임은 적과 전쟁의 잔혹함에 대한 소문을 반박하면서 화해를 위한 나폴레옹의 온갖 노력에 대해 이러쿵저러쿵 늘어놓았다. 이 모임에 속한 사람들은 궁정의 여러 기관들과 황태후의 후원을 받는 여학교를 카잔으로 이전할 준비를 하자며 지나치게 성급한 조치를 조언하는 사람들에게 비난을 퍼부었다. 엘렌의 살롱에서는 대체로 전쟁의 모든 문제들이 빠른 시일 안에 평화 조약으로 종식될 공허한 시위로 비쳤다. 그리고 이제는 페테르부르크에 머물며 엘렌의 가족이나 다름없어진(똑똑한 사람들은 모두 엘렌의 집을 방문해야 했다.) 빌리빈의 견해, 즉 문제를 해결하는 것은 화약이 아니라 화약을 발명한 사람[82]이라는 견해가 지배적이었다. 이 사람들은 빈정대는 말투로 아주 교묘하게, 하지만 아주 조심스럽게 모스크바의 열광을 조롱했다. 군주의 도착과 함께 그 소식도 페테르부르크에 전해진 것이다.

그와 반대로 안나 파블로브나의 모임에서는 그 열광에 감격하며, 플루타르코스가 고대의 영웅들에 대해 말하듯 그 열광에 대해 말했다. 여전히 중요한 직위를 맡고 있던 바실리 공작은 두 모임의 연결 고리가 되었다. 그는 훌륭한 벗인 안나 파블로브나의 집에도 드나들고 딸의 외교 살롱에도 드나들었다. 그는 한 진영에서 다른 진영으로 쉴 새 없이 오가다가 종종 갈피를 못 잡고 엘렌의 살롱에서 말해야 할 것을 안나 파블로브나의 살롱에서 말하거나 그 반대로 하곤 했다.

군주가 도착한 지 얼마 되지 않아 바실리 공작은 안나 파블로브나의 살롱에서 전쟁 문제에 대해 떠들다가 바르클라이 드 톨리를 혹독하게 비판하고는 누구를 총사령관으로 임명할지에 대해 우물쭈물했다. 미덕이 많은 사람[83]이라는 이름으로 알려진 한 손님이 그날 페테르부르크 민병대의 지휘관으로

---

82) 러시아에서는 어리석은 사람을 가리켜 '화약을 발명하지 않을 사람'이라고 부른다. 이 책 1권 주 146을 참조.
83) 『상트페테르부르크의 야회(Soirée de Saint-Péterbourg)』를 쓴 저자이자 철학자인 조제프 드 메스트르(Joseph de Maistre, 1753~1821)를 가리키는 듯하다. 그는 1803~1817년에 사르디니아 왕의 대사로 러시아에서 근무했다. 톨스토이는 이 야회 장면을 자세히 묘사하기 위해 그의 편지를 참조했다.

뽑힌 쿠투조프가 민병 모집을 위해 재무부에서 회의를 하는 모습을 보았다면서, 대담하게도 쿠투조프야말로 모든 요구를 충족시켜 줄 사람일 거라는 가정을 조심스레 표현했다.

안나 파블로브나는 슬픈 미소를 지으며 쿠투조프는 군주에게 불쾌한 짓 말고는 아무것도 한 것이 없다고 말했다.

"내가 귀족 회의에서 말하고 또 말했습니다만……." 바실리 공작이 끼어들었다. "아무도 내 말을 듣지 않더군요. 난 그를 민병대 지휘관으로 뽑으면 폐하께서 좋아하지 않을 거라고 말했습니다. 사람들은 내 말을 듣지 않았어요."

"전부 불평불만의 마니아라고 할까요." 그는 계속 말을 이었다. "그것도 누구 앞에서죠? 모든 게 우리가 모스크바의 어리석은 열광을 원숭이처럼 맹목적으로 따라 하고 싶어 한 탓입니다." 잠시 착각한 바실리 공작은 엘렌의 살롱에서는 모스크바의 열광을 비웃어야 하지만 안나 파블로브나의 살롱에서는 그것에 감격해야 한다는 사실을 잊고 이렇게 말했다. 그러나 즉시 말을 바로잡았다. "러시아에서 가장 늙은 장군인 쿠투조프 백작이 재무부에서 회의를 주재하는 게 가당키나 합니까? 그의 수고는 허사로 돌아갈 겁니다. 말을 타지도 못하고 위원회에서 졸기나 하는 사람을, 성질도 제일 더러운 그런 사람을 과연 총사령관으로 임명할 수 있겠습니까? 그는 부쿠레슈티에서 명성을 떨쳤지요![84] 난 더 이상 장군으로서 그의 자

---

84) 1811년 5월 쿠투조프는 러시아와 오스만 제국의 평화 조약 회담에서 전권을 대표했다.

질에 대해 말하지 않겠습니다. 하지만 이런 때에 노쇠하고 눈이 먼 사람을, 그저 장님에 불과한 사람을 임명할 수 있습니까? 눈먼 장군도 좋겠지요! 그자는 아무것도 보지 못합니다. 숨바꼭질을 하듯…… 그는 정말 아무것도 못 본다고요!"

아무도 그 말에 반박하지 않았다.

7월 24일만 해도 이 말은 전적으로 타당했다. 그러나 7월 29일 쿠투조프는 공작 작위를 하사받았다. 공작 작위는 사람들이 그를 떼어 버리고 싶어 한다는 의미일 수도 있었다. 따라서 바실리 공작의 판단은 여전히 타당했다. 비록 이제 그는 자신의 판단을 성급히 표현하려 하지도 않았지만 말이다. 그런데 8월 8일 살티코프 원수, 아락체예프, 뱌지미치노프, 로푸힌, 코추베이로 구성된 위원회가 전쟁 사안에 관한 협의를 위해 소집되었다. 위원회는 패배의 원인이 지휘권 분열 때문이라고 판단했다. 그래서 위원회를 구성한 인물들은 군주가 쿠투조프를 싫어한다는 사실을 알면서도 짧은 협의 끝에 쿠투조프를 총사령관으로 임명하는 안을 제기했다. 그리고 바로 그날 쿠투조프는 군대와 군대가 점유한 전 지역에 전권을 행사하는 총사령관으로 임명되었다.

8월 9일 바실리 공작은 안나 파블로브나의 살롱에서 다시 미덕이 많은 사람과 마주쳤다. 미덕이 많은 사람은 마리야 표도로브나 황태후가 후원하는 여학교 감독관으로 임명되고 싶어 안나 파블로브나의 비위를 맞추고 있었다. 바실리 공작은 행복한 승리자, 즉 자신이 염원하던 목표를 달성한 사람의 표정을 지으며 응접실에 들어섰다.

"여러분, 특보에 대해 알고 있습니까? 쿠투조프 공작이 원수가 되었습니다. 모든 불화는 이제 끝이군요. 난 너무 행복합니다. 너무 기뻐요." 바실리 공작이 말했다. "마침내 인물이 나타났군요." 그는 응접실에 있던 모든 사람들을 의미심장하고 준엄한 눈길로 쳐다보며 말했다. 미덕이 많은 사람은 직위를 얻고 싶었지만 바실리 공작의 예전 판단을 상기시켜 주지 않고는 견딜 수 없었다.(이는 안나 파블로브나의 응접실을 방문한 바실리 공작에게도, 이 소식을 똑같이 기쁘게 받아들인 안나 파블로브나에게도 무례한 행동이었다. 그러나 그는 참을 수 없었다.)

"하지만 그 사람은 눈이 멀었다면서요?" 미덕이 많은 사람이 바실리 공작에게 그의 말을 상기시키며 말했다.

"헛소리입니다. 그는 충분히 잘 볼 수 있어요. 정말입니다." 바실리 공작은 헛기침을 하며 특유의 굵고 빠른 목소리로 말했다. 그는 난처한 문제가 생길 때마다 그런 식으로 모면하곤 했다. "헛소리예요. 그는 충분히 잘 볼 수 있습니다." 그는 똑같은 말을 되풀이했다. "그리고 내가 기뻐하는 이유는……." 그는 계속 말을 이었다. "폐하께서 그에게 전 군대와 전 지역을 통솔할 전권을 하사하셨다는 겁니다. 이제껏 어느 총사령관도 갖지 못한 권력이지요. 그는 또 한 명의 전제 군주랍니다." 그는 의기양양한 미소를 지으며 말을 맺었다.

"부디 그렇게 되기를." 안나 파블로브나가 말했다. 아직 궁정 사회의 신참인 데다 안나 파블로브나의 비위를 맞추고 싶었던 미덕이 많은 사람은 이런 견해로부터 그녀의 예전 의견을 옹호하며 이렇게 말했다.

"폐하께서는 쿠투조프에게 그 권력을 마지못해 내리셨다고 하더군요. '군주와 조국이 그대에게 이 영예를 수여하노라.'라고 쿠투조프에게 말씀하실 때 그분의 얼굴이 『조콩드』[85]를 읽은 아가씨처럼 붉어졌다던데요."

"마음이 가지 않았나 보죠." 안나 파블로브나가 말했다.

"오, 아닙니다, 아니에요." 바실리 공작이 쿠투조프를 열렬히 옹호했다. 그는 이제 쿠투조프를 누구에게도 양보할 수 없었다. 바실리 공작의 견해에 따르면 쿠투조프는 훌륭한 사람이며 모든 사람이 숭배하고 있었다. "아뇨, 절대 그럴 리 없습니다. 폐하께서는 예전부터 그를 높이 평가하셨으니까요." 그가 말했다.

"부디 쿠투조프 공작이 실권을 쥐고 아무도 자기 바퀴에 막대기를, 바퀴에 막대기를 찔러 넣지 못하게 해야 할 텐데요." 안나 파블로브나가 말했다.

바실리 공작은 그 아무도가 누구를 뜻하는지 즉각 깨달았다. 그는 소곤거리며 말했다.

"난 확실히 알고 있습니다. 쿠투조프는 황태자께서 군대에 머물지 않는 것을 전제로 내걸었어요. 그가 폐하께 뭐라고 말했는지 압니까?" 그러더니 공작은 쿠투조프가 군주에게 했을 법한 말을 되풀이했다. "'저는 그분이 잘못했다고 벌을 내릴 수도 없거니와 잘했다고 상을 내릴 수도 없습니다.' 오! 쿠투조프 공작은 더할 나위 없이 똑똑한 사람이에요. 게다가 성격

---

85) 라퐁텐이 쓴 관능적인 운문 소설.

은 얼마나 좋은지! 오, 난 오래전부터 그를 알았답니다."

"심지어 이런 소문도 들리던데요." 아직 궁정의 요령을 터득하지 못한 미덕이 많은 사람이 말했다. "공작이 폐하 또한 군대에 오지 않는 것을 전제로 내걸었다고요."

그가 이 말을 하자마자 바실리 공작과 안나 파블로브나는 동시에 그를 외면하고 그 순진함에 한숨을 쉬면서 우울하게 서로를 바라보았다.

7

페테르부르크에서 이런 일이 일어나는 동안 프랑스군은 이미 스몰렌스크를 지나 점점 더 모스크바로 접근하고 있었다. 나폴레옹을 연구하는 역사가 티에르[86]는 나폴레옹을 연구하는 다른 역사가들과 마찬가지로 자신의 영웅을 옹호하려 애쓰며, 나폴레옹이 자기도 모르게 모스크바의 성벽에 이끌렸다고 말한다. 역사 사건의 원인을 한 인간의 의지에서 찾는 다른 역사가들이 옳다면 그 역시 옳다. 나폴레옹이 러시아 장군들의 전술 때문에 모스크바로 유인되었다고 주장하는 러시아 역사가들이 옳다면 그도 똑같이 옳다. 여기에는 과거의 모든 것을 실현된 사실의 전제로 보는 소급(역행) 법칙 외에 모든 문제를 뒤얽는 상관성이라는 것도 있다. 뛰어난 체스 선수는 게임에서 질 때 그 패배가 자신의 실수 때문이라고 진심으로 믿으며 게임 초반에서 그 실수를 찾으려 한다. 그러나 게임 전체에 걸쳐 자신의 수 하나하나에 똑같이 실수가 있었다는 점, 그 수들 가운데 단 하나도 완전하지 않았다는 점을 잊곤 한다. 그가 실수에 주의를 기울이고 그것을 알아차리게 되는 이유는 단지 상대방이 그것을 이용했기 때문이다. 이에 비해 전쟁이라는 게임은 얼마나 더 복잡한가? 그것은 시간이라는 일정한 조건에서 일어나며, 그 안에서는 한 사람의 의지가 생명 없는 기계를 조종하는 게 아니라 모든 것들이 다양한 의지의 무수한 충돌에서 생겨난다.

스몰렌스크 점령 이후 나폴레옹은 도로고부시 너머의 뱌지마에서, 그다음에는 차레보-자이미셰에서 전투를 하려고 했다. 그러나 러시아군은 모스크바에서 120베르스타 떨어진 보로지노에 이르기까지 온갖 상황들의 무수한 충돌로 인하여 전투에 응할 수 없었다. 나폴레옹은 뱌지마에서 모스크바로

---

86) 루이아돌프 티에르(Louis-Adolphe Thiers, 1797~1877). 프랑스의 역사가이자 정치가. 『프랑스 혁명의 역사(Histoire de la revolution française)』(전 10권, 1823~1827)와 『통령 정부와 제정의 역사(Histoire du consulat et de l'empire)』(전 20권, 1845~1862)를 저술했다. 법률을 전공한 후 파리의 일간 신문에 기사를 기고하면서 탈레랑에게 재능을 인정받았다. 1830년 7월 혁명 때 왕정복고를 규탄하는 논문을 발표했으며, 루이 필리프의 시민적 왕정 실현에 협력했고, 1836~1840년에 수상으로 임명되었다. 1851년 나폴레옹 3세의 쿠데타로 정계를 떠난 후 이십여 년 동안 집필에 몰두했다. 1871년 프로이센과의 전쟁에서 프랑스가 패한 후 프로이센과 평화 조약을 협상하기 위한 국민 의회가 결성되었다. 그때 국민 의회의 임시 장관을 맡은 티에르는 굴욕적인 협상에 저항하며 파리 코뮌을 구성한 노동자와 시민의 군대를 프로이센의 힘을 빌려 강제 해산한 후 같은 해 8월 대통령에 취임하여 프로이센에 대한 배상 문제를 해결하고 부르주아 공화국의 확립과 안정을 도모했다. 1873년 급진공화파와 왕당파의 협공을 받고 퇴진했다.

곧장 진군하라는 명령을 내렸다.

모스크바, 이 대제국의 아시아적인 수도, 알렉산드르가 다스리는 백성들의 성스러운 도시, 중국의 탑 형식을 띤 무수한 교회들이 있는 모스크바! 그 모스크바가 나폴레옹의 상상에 평온을 허락하지 않았다. 뱌지마에서 차레보-자이미셰로 이동하는 동안 나폴레옹은 영국식으로 꼬리를 짧게 자른 황갈색의 발이 느린 말을 타고서 근위대, 위병, 시동, 부관을 거느리고 나아갔다. 참모장인 베르티에는 기병대가 사로잡은 러시아인 포로를 심문하느라 뒤처졌다. 그는 통역관인 를로르뉴 디드빌을 거느리고 전속력으로 말을 몰아 나폴레옹을 따라잡고는 즐거운 표정으로 말을 세웠다.

"그래, 어떤가?" 나폴레옹이 말했다.

"플라토프의 코사크가 말하길, 플라토프 군단이 본대에 합류하기 위해 행군하는 중이고 쿠투조프가 총사령관으로 임명되었다고 합니다. 아주 영리한 데다 말이 많은 자입니다!"

나폴레옹은 미소를 짓더니 그 코사크에게 말을 내주고 그를 자기에게 데려오라고 명령했다. 코사크와 직접 이야기를 나누고 싶었던 것이다. 부관 몇 명이 말을 몰고 사라졌다. 한시간 후 제니소프가 로스토프에게 넘긴 제니소프의 농노 라브루시카가 졸병의 군복 상의를 걸친 채 프랑스 기병의 안장에 걸터앉아 술에 취해 흥이 오른 교활한 얼굴로 나폴레옹에게 다가왔다. 나폴레옹은 그에게 자신과 나란히 말을 몰도록 지시하고 이것저것 묻기 시작했다.

"그대는 코사크인가?"

"그렇습니다, 장교님.[87]"

"코사크는 자신이 어떤 사람과 함께 있는지 전혀 알지 못하고 매우 허물없는 태도로 이 전쟁 상황에 대해 이야기했다. 나폴레옹의 소탈함 때문에 동방 남자의 머리에는 군주가 눈앞에 있다는 사실이 전혀 떠오르지 않았던 것이다." 티에르는 이 일화를 들려주며 이렇게 말한다. 사실 라브루시카는 전날 주인에게 식사도 차려 주지 않고 곤드레만드레 취해 있다가 채찍질을 당하고는 닭을 구하러 마을에 심부름을 갔다. 그런데 그곳에서 약탈에 정신을 팔다가 그만 프랑스군에 포로로 잡힌 것이다. 라브루시카는 산전수전을 다 겪은 야비하고 뻔뻔스러운 하인 부류에 속했다. 그런 자들은 무엇이든 비열하고 교활하게 하는 것을 의무로 여기고, 주인을 위해 기꺼이 무슨 짓이라도 하며, 주인의 저속한 생각, 특히 허영심과 소심함을 교묘하게 꿰뚫어 본다.

나폴레옹과 함께 있게 된 라브루시카 ── 그는 나폴레옹의 얼굴을 매우 잘 알았기에 쉽사리 알아보았다 ── 는 조금도 당황하지 않고 그저 새 주인을 섬기고자 진심으로 애썼다.

그는 이 사람이 바로 나폴레옹이라는 사실을 아주 잘 알았다. 그러나 나폴레옹 앞에 있다고 해서 로스토프나 회초리를 든 기병 특무 상사 앞에 있을 때보다 더 당황하지는 않았다. 라브루시카는 가진 것이 없었기에 기병 특무 상사나 나폴레

---

87) vashe blagorodie. 러시아 제정 시대에 직급이 낮은 문무관(이등 대위 이하의 무관과 9등 문관 이하의 문관)에게 아랫사람이 붙이던 경칭이다.

옹이나 그에게서 아무것도 빼앗을 수 없기 때문이었다.

그는 졸병들 사이에 오가던 이야기를 전부 지껄였다. 그 가운데 많은 부분이 사실이었다. 그러나 보나파르트를 이길지 못 이길지에 대해 러시아군은 어떻게 생각하고 있느냐고 나폴레옹이 묻자 라브루시카는 눈을 가늘게 뜨고 생각에 잠겼다.

라브루시카 같은 인간들이 언제나 모든 것에서 교활한 술책을 간파하기 마련이듯, 그는 이때도 미묘한 잔꾀를 알아채고 얼굴을 찌푸리며 침묵을 지켰다.

"말하자면 이런 것이죠. 만약 전투가 벌어지면, 그것도 빠른 시일 내에 벌어지면, 그럼 확실히 그렇게 될 겁니다. 하지만 앞으로 사흘 후에 전투가 일어나면 그때는 전투 자체도 오래 지연되겠죠." 그는 신중하게 말했다.

통역관은 그 말을 나폴레옹에게 다음과 같이 옮겼다. "만약 전투가 사흘 안에 일어나면 프랑스군이 승리할 겁니다. 그러나 전투가 사흘 뒤에 일어날 경우 무슨 일이 일어날지는 하느님만 아실 겁니다." 룰로르뉴 디드빌은 빙긋 웃으며 이렇게 전했다. 나폴레옹은 웃지 않았다. 그러나 더할 나위 없이 기분이 좋았던지 그 말을 한 번 더 되풀이하라고 명령했다.

라브루시카는 그것을 알아챘고, 그를 기쁘게 하기 위해 누구인지 모르는 척하며 말했다.

"우리는 당신들에게 보나파르트가 있다는 것을 압니다. 그는 세상의 모든 자들을 무찔렀죠. 하지만 우리를 상대할 때는 상황이 다를걸요······." 그는 말했다. 어떻게 어떤 연유로 자신의 말끝에 오만한 애국심이 튀어나오게 되었는지는 스스로도 몰랐다. 통역관은 그 말의 끝부분을 생략하고 나폴레옹에게 전했다. 그러자 보나파르트는 빙그레 웃었다. "젊은 코사크가 강력한 권력을 지닌 상대방을 미소 짓게 만들었다." 티에르는 그렇게 말한다. 나폴레옹은 말을 탄 채 말없이 몇 걸음 나아가다가 베르티에를 돌아보았다. 나폴레옹은 돈강의 아들에게 함께 이야기를 나눈 사람이 바로 황제라는 점을, 피라미드에 영원히 사라지지 않을 승리의 이름을 쓴 바로 그 황제라는 점을 알리면 그 돈강의 아들이 어떤 반응을 보일지 시험해 보고 싶다고 말했다.

그 소식이 전해졌다.

라브루시카(이런 일을 벌이는 이유가 자기를 어리둥절하게 만들기 위해서라는 점, 나폴레옹은 자기가 놀랄 거라고 생각한다는 점을 깨달은)는 새 주인의 마음에 들기 위해 즉시 소스라치게 놀라는 척했다. 그는 눈을 부릅뜨고 채찍질을 당하러 끌려갈 때 습관적으로 짓던 표정을 지었다. 티에르는 말한다. "나폴레옹의 통역관이 그 사실을 말하자, 코사크는 일종의 경악에 사로잡혀 한마디도 입 밖에 내지 못한 채 동방의 대초원을 가로질러 자신의 귀에까지 그 이름이 도달한 정복자에게서 눈을 떼지 않고 계속 말을 몰았다. 갑자기 그의 모든 수다가 뚝 그치고 순박하고 잔잔한 환희의 감정이 그것을 대신했다. 나폴레옹은 코사크에게 상을 내리고 사람들이 새를 그것이 태어난 들판으로 돌려보내듯 그에게 자유를 주라고 지시했다."

나폴레옹은 자신의 상상력을 그토록 사로잡은 모스크바를 염원하며 계속 앞으로 진군했다. 자신이 태어난 들판으로 돌려보내진 새는 동료들에게 들려주기 위해 있지도 않은 온갖 일들을 미리 지어내며 전초지를 향해 말을 달렸다. 그는 자신에게 실제로 일어난 일을 이야기하고 싶지 않았다. 그런 것은 이야기로서 가치가 없다고 생각했다. 그는 코사크들에게 달려가 플라토프 부대에 속한 연대의 소재를 캐물었다. 그리고 저녁 무렵에는 얀코보에 주둔한 주인 니콜라이 로스토프를 찾아냈다. 로스토프는 일리인과 부근의 마을에서 산책을 하려고 이제 막 말에 올라탄 참이었다. 로스토프는 라브루시카에게 다른 말을 내주고 그를 데려갔다.

8

마리야 공작 영애는 안드레이 공작이 생각한 대로 위험에서 벗어나 모스크바에 있는 것이 아니었다.

알파티치가 스몰렌스크에서 돌아온 이후 노공작은 갑자기 꿈에서 깨어난 것처럼 보였다. 그는 여러 마을에서 민병을 모아 그들에게 무기를 지급하라고 지시한 후 총사령관에게 편지를 썼다. 그는 편지에서 리시에 고리 ── 러시아의 최고참 장군들 가운데 한 사람이 포로로 잡히거나 죽임을 당할 ──를 방어하기 위한 조치를 취할지 말지는 총사령관의 재량에 맡기겠지만 자신은 끝까지 남아 리시에 고리를 지키겠노라고 자신의 의향을 밝혔다. 그리고 가족들에게도 자신은 리시에 고리에 남을 것이라고 선언했다.

그러나 정작 자신은 리시에 고리에 남기로 했으면서 공작 영애와 데살과 어린 공작은 보구차로보로, 그리고 그곳에서 모스크바로 보내도록 지시했다. 아버지가 예전의 무기력을 떨치고 잠도 잊은 채 열에 들뜬 듯 활동하는 것에 놀란 마리야 공작 영애는 아버지만 남겨 둘 수 없어 난생처음 감히 아버지를 거역했다. 그녀는 떠나기를 거부했다. 그러자 공작의 분노가 무시무시한 우레처럼 그녀를 덮쳤다. 그는 자신이 그녀에게 부당하게 굴었던 지난 모든 일들을 떠올리게 했다. 일부러 그녀를 책망하려 애쓰며 이렇게 말하기도 했다. "넌 나를 괴롭혔다. 나와 아들을 다투게 하고 나에 대해 추악한 의심을 품었다. 넌 내 인생을 망쳐 놓는 것을 평생의 과제로 삼은 애다." 그러고는 떠나든 말든 신경 쓰지 않겠다며 그녀를 서재에서 쫓아냈다. 그는 그녀의 존재에 대해 알고 싶지 않다며 자기 눈에 띄지 말라고 미리 경고했다. 마리야 공작 영애는 자신의 걱정과 달리 그가 그녀를 강제로 데려가도록 명령하지 않고 그저 눈앞에 나타나지 말라고 지시한 것이 기뻤다. 이는 그녀가 떠나지 않고 집에 남는 것을 노공작이 마음속 깊은 곳으로부터 기뻐하고 있음을 증명했다. 그녀는 이것을 알고 있었다.

다음 날 니콜루시카가 떠난 후 노공작은 오전에 정복을 차려입고 총사령관에게 갈 채비를 했다. 콜랴스카는 이미 준비되어 있었다. 마리야 공작 영애는 노공작이 군복에 훈장을 전부 달고 무장한 농부와 하인들을 사열하러 정원으로 나가는 것을 보았다. 마리야 공작 영애는 창가에 앉아 정원에서 들려오는 그의 목소리에 귀를 기울였다. 갑자기 가로수 길에서 몇몇 사람들이 놀란 얼굴로 달려왔다.

마리야 공작 영애는 현관 계단으로 달려 나가 꽃이 핀 오솔

길을 지나쳐 가로수 길로 뛰어갔다. 맞은편에서 민병들과 하인들이 큰 무리를 지어 다가왔다. 그 한가운데에는 몇몇 사람들이 군복에 훈장을 단 자그마한 노인을 부축하여 끌어 오고 있었다. 마리야 공작 영애는 가까이 달려갔다. 보리수나무 길 그늘 사이로 새어 든 빛이 작은 원 모양으로 아른거려 그녀는 그의 얼굴에 어떤 변화가 일어났는지 똑똑히 알아볼 수 없었다. 예전의 엄격하고 단호하던 표정이 겁에 질린 순종적인 표정으로 바뀐 것이 그녀의 눈에 들어왔을 뿐이다. 딸을 본 노공작은 힘없이 입술을 달싹이며 목쉰 소리를 냈다. 그가 무엇을 원하는지 헤아릴 수 없었다. 사람들은 그를 들어 서재로 옮기고, 최근에 그가 그토록 꺼리던 소파 위에 눕혔다.

그날 밤에 데려온 의사는 피를 뽑고 나서 공작의 오른편 반신에 마비가 왔다고 알렸다.

리시에 고리에 남는 것은 점점 더 위험한 일이 되었다. 그래서 공작의 몸에 마비가 온 다음 날 사람들은 공작을 보구차로보로 옮겼다. 의사도 그들과 함께 갔다.

그들이 보구차로보에 도착했을 때 데살과 작은 공작은 이미 모스크바로 떠나고 없었다.

중풍에 걸린 노공작은 악화되지도 호전되지도 않은 똑같은 상태로 안드레이 공작이 지은 보구차로보의 새집에서 삼 주를 꼬박 누워 있었다.[88] 노공작은 혼수상태에 빠져 흉측한 시

---

88) 톨스토이는 이 책 3권 2부 4장에서 스몰렌스크 포격이 8월 5일에 일어났다고 묘사했다. 니콜라이 볼콘스키 노공작이 중풍으로 쓰러진 것은 알파티치로부터 스몰렌스크 포격에 대한 소식을 들은 후였다. 이 장에서 톨스토

체처럼 누워 있었다. 그는 눈썹과 입술을 부들부들 떨며 계속 뭐라고 웅얼거렸다. 하지만 주위 상황을 이해하는지 못하는지 알 수가 없었다. 한 가지는 분명하게 알 수 있었다. 그가 괴로워하고 있으며, 아직 무언가 더 표현할 필요를 느낀다는 점이었다. 다만 그것이 무엇인지는 아무도 몰랐다. 그것은 병이 들어 정신이 반쯤 나간 인간의 변덕 같은 것이었을까, 아니면 전쟁의 전반적인 과정 혹은 가족의 상황에 관한 것이었을까?

의사는 노공작이 나타내는 흥분에 아무런 의미도 없다고, 그 동요의 원인은 육체적인 것이라고 말했다. 그러나 마리야 공작 영애는 그가 그녀에게 무언가 말하려 한다고 생각했다.(그녀가 있을 때마다 그의 동요가 더 심해지는 모습도 그러한 추측을 뒷받침해 주었다.) 그는 분명 육체적으로나 정신적으로나 고통스러운 듯했다.

회복의 가망은 없었다. 그를 옮기는 것은 불가능했다. 게다가 도중에 죽으면 어떻게 할 것인가? '끝나는 편이, 완전히 끝나는 편이 낫지 않을까!' 마리야 공작 영애는 때때로 이런 생각을 했다. 그녀는 거의 잠도 자지 않고 밤낮으로 그를 지켜보았다. 입에 담기에도 무서운 말이지만 종종 회복의 징후를 찾으려는 희망이 아닌 끝이 가까워진 징후를 찾고자 하는 열망으로 그를 주시했다.

자기 안에서 이러한 감정을 자각한다는 것이 공작 영애에

이는 노공작이 8월 15일에 죽었다고 서술한다. 따라서 노공작이 삼 주 동안 중풍으로 병석에 누워 있었다는 것은 시간적으로 들어맞지 않는다.

게는 기묘하게 느껴졌으나 마음속에 그러한 감정이 있었다. 게다가 마리야 공작 영애를 더욱 두렵게 한 것은 아버지가 병상에 누운 이후(심지어 그 이전부터, 그녀가 무언가를 기다리며 아버지 곁에 남았을 때부터가 아닐까?) 그녀 안에 잠들어 있던, 스스로도 잊고 있던 모든 개인적인 갈망과 희망이 그녀 안에서 눈을 떴다는 점이다. 수년 동안 머리에 떠오르지 않았던 것, 즉 아버지에 대한 끝없는 두려움이 없는 자유로운 삶에 대한 생각, 심지어 어쩌면 사랑과 가정의 행복을 누릴 수도 있다는 생각이 악마의 유혹처럼 끊임없이 그녀의 상상 속을 스치고 지나갔다. 아무리 떨치려 해도 그 일 이후 이제는 자기 인생을 어떻게 꾸릴 것인가에 대한 물음이 끊임없이 머리에 떠올랐다. 악마의 유혹이었다. 마리야 공작 영애도 그것을 알았다. 그녀는 그것에 저항할 유일한 무기가 기도라는 것을 알았기에 기도를 하려고 애썼다. 그녀는 기도하는 자세로 서서 이콘을 바라보며 기도문을 낭송했지만 도저히 기도를 할 수 없었다. 그녀는 이 순간 다른 세계가 자신을 사로잡고 있는 것을 느꼈다. 고단하고도 자유로운 활동이 있는 세속적인 세계, 자신이 이제까지 갇혀 있었고 기도가 최고의 위안이던 정신적인 세계와 정반대인 세계였다. 그녀는 기도할 수 없었고 울 수도 없었다. 세속의 고민이 그녀를 사로잡았다.

보구차로보에 남는 것은 점차 위험해졌다. 프랑스군이 가까이 다가오고 있다는 소문이 사방에서 들렸다. 보구차로보에서 15베르스타 떨어진 어느 마을에서는 한 대저택이 프랑스군 약탈자들에게 습격을 당했다.

의사는 공작을 더 멀리 데려가야 한다고 주장했다. 귀족 회장도 마리야 공작 영애에게 관리를 보내 되도록 빨리 떠나라고 설득했다. 경찰서장도 보구차로보에 와서 똑같은 주장을 하며 프랑스군이 40베르스타 떨어진 곳에 있다고, 프랑스군의 선언문이 마을마다 돌고 있다고, 공작 영애가 15일까지 아버지를 모시고 떠나지 않으면 자기는 아무것도 책임질 수 없다고 말했다.

공작 영애는 15일에 떠나기로 결심했다. 그녀는 준비에 신경 쓰고 지시를 내리느라 온종일 분주했다. 모두들 그녀에게 지시를 구했다. 그녀는 14일에서 15일에 걸친 밤을 옷을 벗지 않은 채 평소처럼 공작이 누운 방의 옆방에서 보냈다. 그녀는 여러 번 잠에서 깼다. 그럴 때면 노공작의 신음 소리, 웅얼거리는 소리, 침대의 삐걱대는 소리, 노공작을 돌려 눕히는 치혼과 의사의 발소리가 들렸다. 그녀는 여러 번 문가에서 귀를 기울였다. 그날따라 노공작이 평소보다 더 크게 웅얼거리고 더 빈번하게 뒤척이는 것 같았다. 그녀는 잠을 이룰 수 없어 몇 번이고 문가로 다가가 귀를 기울였다. 들어가고 싶었지만 감히 그럴 수가 없었다. 비록 노공작이 말을 하지는 않았지만 남들이 자기를 무서워하는 표정을 얼마나 못마땅하게 여기는지 공작 영애는 직접 봐서 잘 알았다. 자신이 이따금 무심결에 그를 물끄러미 바라볼 때면 그가 그 시선을 불쾌하게 외면하는 것을 눈치채고 있었다. 평소와 달리 자기가 밤에 찾아가면 그가 역정을 내리라는 것도 알았다.

하지만 이제껏 그를 잃는다는 것이 그토록 슬프고 그토록 두려웠던 적은 없었다. 그녀는 그와 함께했던 자신의 전 생애를 떠올렸고, 그의 모든 말과 모든 행동에서 그녀를 향한 애정의 표현을 발견했다. 그녀의 상상 속에서 악마의 유혹, 즉 그의 죽음 후에 무슨 일이 일어날 것이며 그녀의 새롭고 자유로운 삶은 어떻게 펼쳐질 것인가에 대한 생각이 이따금 그 회상들 사이로 파고들었다. 그러나 그녀는 혐오를 느끼며 그 생각을 몰아냈다. 아침 무렵 그가 잠잠해졌고 그녀는 잠이 들었다.

그녀는 늦게 눈을 떴다. 잠에서 깰 때 찾아오는 진실함은 그녀가 아버지의 병에서 무엇에 가장 신경을 쓰는지 스스로에게 분명히 보여 주었다. 그녀는 잠에서 깨어 문 너머에서 일어나는 일에 귀를 기울이다가 노공작의 신음 소리를 듣자 한숨을 내쉬며 모든 것이 여전히 그대로라고 혼잣말을 했다.

"무슨 일이 있겠어? 내가 도대체 뭘 바란 거지? 내가 아버지의 죽음을 원하다니!" 그녀는 자신에 대한 혐오감으로 이렇게 부르짖었다.

그녀는 옷을 입고 세수를 하고 기도를 올리고는 현관 계단으로 나갔다. 현관 계단에는 말을 매지 않은 승용 마차가 준비되어 있었고, 사람들이 그 안에 물건을 싣는 중이었다.

따뜻하고 흐린 아침이었다. 마리야 공작 영애는 현관 계단에 서서 자신의 영적인 추악함에 계속 몸서리를 치며 노공작의 방에 들어가기 전에 생각을 가다듬으려고 애썼다.

의사가 계단을 내려와 그녀에게 다가왔다.

"오늘은 공작님의 병세가 한결 좋아졌습니다." 의사가 말했다. "마침 공작 영애님을 찾고 있었어요. 그분의 말씀에서 뭔가 알아들을 수 있을 것 같습니다. 정신이 한결 맑아졌거든요. 가 보세요. 그분이 당신을 부르십니다⋯⋯."

그 소식에 심장이 어찌나 세차게 뛰는지 마리야 공작 영애는 하얗게 질린 채 쓰러지지 않으려고 문에 기댔다. 마리야 공작 영애의 온 영혼이 그처럼 무시무시한 죄의 유혹으로 가득 찬 이 순간 그를 보고 이야기를 나누며 그 시선을 받는 것은 괴로울 만큼 기쁘고도 두려운 일이었다.

"가 보세요." 의사가 말했다.

마리야 공작 영애는 아버지의 방에 들어가 침대로 다가갔다. 그는 등을 높게 받치고 누워 있었다. 푸르죽죽하고 울퉁불퉁한 혈관으로 덮인 자그맣고 앙상한 두 팔을 담요 위에 내놓고는 눈썹과 입술은 움직이지 않은 채 왼쪽 눈으로 정면을 바라보고 오른쪽 눈으로 곁눈질을 하고 있었다. 그의 몸 전체가 너무도 작고 야위어 처량해 보였다. 얼굴은 오그라들거나 녹아내려 윤곽대로 쪼그라진 것 같았다. 마리야 공작 영애는 가까이 다가가 손에 입을 맞추었다. 그의 왼손이 그녀의 손을 어찌나 꽉 잡던지 이미 오래전부터 그녀를 기다린 듯했다. 그는 그녀의 손을 잡아당기며 눈썹과 입술을 사납게 씰룩거렸다.

그녀는 겁에 질려 바라보며 그가 자신에게 무엇을 원하는지 짐작하려고 애썼다. 그녀가 자기 몸의 위치를 바꾸면서 그의 왼눈이 그녀의 얼굴을 볼 수 있도록 가까이 다가가자 그는 평정을 되찾고 잠시 그녀를 물끄러미 바라보았다. 그의 입술과 혀가 움직였고 소리가 들렸다. 그는 소심하게 애원하는 듯한 눈길로 그녀를 바라보며 말을 하기 시작했다. 그녀가 자기 말을 알아듣지 못할까 두려워하는 듯 보였다.

마리야 공작 영애는 모든 주의력을 집중하여 그를 바라보았다. 그가 혀로 웅얼거릴 때의 우스꽝스러운 노력에 마리야 공작 영애는 눈을 내리깔고 목구멍에 치밀어 오르는 흐느낌을 힘겹게 억눌러야 했다. 그는 말을 몇 번씩 되풀이하며 뭐라고 했다. 마리야 공작 영애는 그 말을 알아들을 수 없었다. 그러나 무슨 말인지 짐작하려 애쓰면서 그가 하는 말을 질문하듯 되풀이했다.

"가그이…… 프다, 프다……." 그는 여러 번 되풀이했다.

그녀는 그 말을 도저히 알아들을 수 없었다. 의사는 자신이 짐작할 수 있으리라 생각하고 그의 말을 되풀이하며 물었다. "공작 영애, 두려우냐?" 그는 아니라는 뜻으로 고개를 저으며 다시 똑같은 말을 되풀이했다…….

"마음이, 마음이 아프다." 마리야 공작 영애가 짐작으로 말했다. 그는 그렇다는 뜻으로 웅얼거리며 그녀의 손을 잡고 마치 가슴의 진짜 자리를 찾으려는 듯 그 손으로 자기 가슴 여기저기를 눌렀다.

"온통 생각이…… 너에 대해서만…… 생각이……." 그러고는 사람들이 자기 말을 이해한다고 확신한 그는 이제 전보다 훨씬 분명하게 훨씬 알아듣기 쉽게 말했다. 마리야 공작 영애는 그의 손에 머리를 대고 흐느낌과 눈물을 감추려 애썼다.

그는 손을 그녀의 머리 쪽으로 움직였다.

"밤새 너를 불렀다……." 그가 입 밖으로 말을 꺼냈다.

"그런 줄 알았으면……." 그녀는 눈물을 비치며 말했다. "저는 들어오기가 두려웠어요."

그는 그녀의 손을 꼭 잡았다.

"자지 않았냐?"

"네, 자지 않았어요." 마리야 공작 영애는 그러지 않았다는 뜻으로 고개를 저으며 말했다. 그녀는 자기도 모르게 아버지를 따르며 이제는 그가 말할 때와 똑같이 신호로 더 많은 말을 하려고 애썼다. 그녀도 간신히 혀를 움직이는 것 같았다.

'사랑하는 딸……'인지 '나의 벗……'인지 마리야 공작 영애는 도무지 구분할 수 없었다. 그러나 눈빛으로 보아 그가 이제껏 한 번도 한 적 없는 다정하고 부드러운 말이 분명했다. "왜 오지 않았냐?"

'그런데 난 아버지의 죽음을, 아버지의 죽음을 바랐어!' 마리야 공작 영애는 생각했다. 그는 잠시 침묵했다.

"고맙다…… 딸아, 나의 벗……… 모든 걸, 모든 걸…… 용서해 다오…… 고맙다…… 용서해 다오…… 고맙다!" 그러더니 그의 눈에서 눈물이 흘러내렸다. "안드류샤를 불러 다오." 그가 갑자기 말했다. 이렇게 요청하는 그의 얼굴에 어딘지 모르게 어린아이처럼 소심하고 의심에 찬 표정이 떠올랐다. 그도 자신의 요청이 무의미하다는 것을 아는 듯했다. 적어도 마리야 공작 영애에게는 그렇게 느껴졌다.

"오빠에게서 편지가 왔어요." 마리야 공작 영애가 답했다.

그는 놀라움과 소심함을 띤 표정으로 그녀를 바라보았다.

"그 애는 어디에 있냐?"

"군대에 있어요, 아버지, 스몰렌스크에요."

그는 눈을 감고 오랫동안 침묵했다. 그러더니 자신의 의혹에 대한 답인 듯, 이제 모든 것을 기억하고 떠올릴 수 있다는 사실의 확증인 듯 수긍의 뜻으로 고개를 끄덕이며 눈을 떴다.

"그래." 그는 또렷하고 나직하게 말했다. "러시아는 망했다! 망했어!" 그가 다시 흐느끼기 시작했고 눈에서 눈물이 흘러내렸다. 마리야 공작 영애는 더 이상 참을 수 없어 그의 얼굴을 보며 함께 울었다.

그는 다시 눈을 감았다. 흐느낌이 멈췄다. 그는 손으로 눈을 가리키며 신호를 했다. 그러자 치혼이 그 신호를 알아듣고 그의 눈물을 닦아 주었다.

그러고 나서 그는 눈을 뜨고 뭐라고 말했다. 한참 동안 아무도 그 말을 이해하지 못했지만 마침내 치혼만이 그 말을 알아듣고 다른 사람들에게 전했다. 마리야 공작 영애는 노공작이 조금 전 말할 때의 기분에 비추어 그 말뜻을 찾았다. 어느 때는 그가 러시아에 대해 말한다고 생각했고, 어느 때는 안드레이 공작에 대해, 그녀에 대해, 손자에 대해, 자신의 죽음에 대해 말한다고 생각했다. 그러나 오히려 그 때문에 그녀는 그의 말을 짐작할 수 없었다.

"하얀 드레스를 입어라. 난 그 옷이 좋다." 그가 말했다.

그 말을 알아들은 마리야 공작 영애는 더 큰 소리로 흐느꼈고, 의사는 그녀의 팔을 부축하여 테라스로 데리고 나갔다. 그는 그녀에게 진정하고 떠날 준비를 하라며 설득했다. 마리야 공작 영애가 공작의 방에서 나간 후 공작은 다시 아들과 전쟁과 군주에 대해 이야기했고, 사납게 눈썹을 실룩거리며 목쉰 소리를 높이기 시작했다. 그리고 그에게 두 번째이자 최후의 발작이 닥쳤다.

마리야 공작 영애는 테라스에서 걸음을 멈추었다. 날씨가 활짝 갰다. 햇살이 내리쬐고 무더웠다. 아버지를 향한 열렬한 사랑, 이 순간까지 자신이 깨닫지 못한 것처럼 느껴지는 그 사랑 외에 그녀는 아무것도 이해할 수 없고 아무것도 생각할 수 없고 아무것도 느낄 수 없었다. 그녀는 정원으로 달려 나가 안드레이 공작이 심은 어린 보리수나무 길을 따라 아래쪽의 못으로 뛰어가며 흐느꼈다.

"그래…… 난…… 난…… 난……. 난 아버지의 죽음을 바랐어. 그래, 어서 끝나기를 바랐지……. 난 평온을 얻고 싶었어. 난 어떻게 될까? 아버지가 돌아가시면 평온이 나에게 무슨 소용이야!" 마리야 공작 영애는 빠른 걸음으로 정원을 거닐면서 흐느낌이 경련처럼 터져 나오는 가슴을 두 손으로 꼭 누르며 소리 내어 중얼거렸다. 그녀가 원 — 그녀를 다시 집으로 이끄는 — 을 그리며 정원을 돌고 있을 때 맞은편에서 그녀를 향해 걸어오는 마드무아젤 부리엔(그녀는 보구차로보에 남았고 그곳을 떠나려 하지 않았다.)과 낯선 남자가 보였다. 남자는 군의 귀족 회장으로 서둘러 떠나지 않으면 안 될 모든 이유를 공작 영애에게 알리기 위해 직접 찾아온 것이었다. 마리야 공작 영애는 그의 말을 듣긴 했으나 이해하지는 못했다. 그녀는 그를 저택 안으로 안내하고 아침 식사를 권하며 그와 함께 앉았다. 그러고는 귀족 회장에게 양해를 구하고 노공작의 방으로 다가갔다. 의사가 불안한 얼굴로 방에서 나오더니 그녀에게 들어가면 안 된다고 말했다.

"가세요, 공작 영애, 가세요, 가시라고요!"

마리야 공작 영애는 다시 정원으로 나갔다. 그리고 언덕 아래의 못가로, 아무의 눈에도 띄지 않는 곳으로 가서 풀 위에 앉았다. 그녀는 자신이 얼마나 오래 그곳에 있었는지 몰랐다. 오솔길을 따라 달려오는 여자의 발소리에 문득 정신을 차렸다. 그녀는 일어섰다. 그리고 그녀를 찾아 달려온 듯한 하녀 두냐샤가 여주인을 보고 깜짝 놀란 듯 갑자기 걸음을 멈추는 것을 보았다.

"공작 영애님, 가 보세요…… 공작님께서…….." 두냐샤가 찢어질 듯한 목소리로 말했다.

"지금 가, 가고 있어." 공작 영애는 두냐샤에게 말을 끝낼 틈을 주지 않고 다급하게 말하고는 두냐샤를 보지 않으려 애쓰며 집으로 달려갔다.

"공작 영애, 하느님의 뜻이 이루어지고 있습니다. 당신도 만반의 준비를 해야 합니다." 귀족 회장이 입구에서 그녀를 맞으며 말했다.

"날 내버려 두세요. 그건 거짓말이에요!" 그녀는 그를 향해 매섭게 소리쳤다. 의사는 그녀를 막으려 했다. 그녀는 그를 밀치고 문으로 달려갔다. '그런데 이 사람들이 어째서 겁에 질린 얼굴로 날 멈춰 세웠을까? 나에게는 아무도 필요 없어! 그런데 이 사람들은 여기서 뭘 하는 거지?' 그녀는 문을 열었다. 전에는 어둑하던 그 방에 대낮의 눈부신 햇살이 비쳐 들어 그녀를 두렵게 했다. 방에는 여자들과 보모가 있었다. 다들 그녀에게 길을 내주느라 침대에서 물러났다. 그는 여전히 똑같은 모습으로 침대에 누워 있었다. 그러나 그 평온한 얼굴에 깃든 근엄한 표정이 마리야 공작 영애를 문턱에 붙들어 세웠다.

'아니야, 아버지는 돌아가시지 않았어. 그럴 리 없어!' 마리야 공작 영애는 속으로 혼잣말을 하며 그에게 다가갔다. 그녀는 자신을 사로잡은 두려움을 억누르며 그의 뺨에 입술을 댔다. 하지만 즉시 그에게서 떨어졌다. 그녀가 그에게 느낀 애정의 모든 힘이 순식간에 사라졌다. 그리고 눈앞에 놓인 것에 대한 공포의 감정이 그 자리를 대신했다. '아니야, 더 이상 아버지가 아냐! 아버지는 없어. 여기에는, 아버지가 있던 이 자리에는 적의를 풍기는 이상한 무언가가 있어. 끔찍하고 무시무시하고 혐오스러운 어떤 비밀이…….' 마리야 공작 영애는 두 손으로 얼굴을 가린 채 자신을 부축한 의사의 품에 쓰러지고 말았다.

치혼과 의사가 보는 앞에서 여자들은 노공작이었던 것을 씻기고, 그것의 벌어진 입이 그대로 굳지 않도록 손수건으로 머리를 동여매고, 벌어진 두 다리를 다른 손수건으로 묶었다. 그런 다음 훈장이 달린 제복을 입히고 작게 오그라든 몸뚱이를 테이블에 올려놓았다. 언제 누가 이런 것들에 마음을 썼는지는 하느님만 아실 일이지만 마치 모든 것이 저절로 이루어진 듯했다. 밤이 이슥하자 관 주위에 촛불이 켜지고, 관 위에 뚜껑이 덮이고, 마루에 노간주나무 가지가 뿌려지고, 죽은 사람의 오그라든 머리 아래에 인쇄된 기도문이 놓였다. 부제는 한구석에 앉아 『시편』을 낭독했다.

말들이 죽은 말에게 달려들어 서로 북적대며 그 위에서 푸르르하고 콧김을 내뿜듯이 귀족 회장, 촌장, 아낙들 등 남이며 가족이며 누구라 할 것 없이 모두 응접실의 관 주위에 모여들어 두려움에 찬 고정된 시선으로 성호를 긋고 고개 숙여 절하고 노공작의 뻣뻣하게 굳은 차가운 손에 입을 맞추었다.[89]

---

89) 관이 도착하기 전 죽은 사람을 테이블 위에 올려놓고, 시체 썩는 냄새가 나지 않도록 노간주나무 가지를 마루에 뿌리고, 매장 전에 죽은 자의 손에 입을 맞춤으로써 작별 인사를 하는 것은 러시아의 장례 풍습이다.

9

안드레이 공작이 정착하기 전까지 보구차로보는 줄곧 주인의 눈길이 닿지 않는 영지였으며, 보구차로보의 농민들은 리시에 고리의 농민들과 전혀 다른 기질을 띠었다. 두 지역 농민들은 말투, 복장, 기질 면에서 서로 달랐다. 보구차로보의 농민들은 대초원의 사람들로 불렸다. 그들이 추수를 돕거나 못과 도랑을 파러 리시에 고리에 올 때면, 노공작은 그들의 끈기를 칭찬하긴 해도 야만성 때문에 그들을 좋아하지 않았다.

최근에 안드레이 공작이 보구차로보에 머물며 병원과 학교를 짓고 소작료를 줄이는 등 새로운 제도를 도입했지만, 그런 것은 그들의 기질을 완화하기는커녕 오히려 노공작이 야만성이라고 일컬은 특징들을 더욱 키워 놓았다. 그들 사이에서는 그들 모두가 코사크로 편입될 것이라거나 새로운 종교로 개종당할 것이라는 소문, 차르의 어떤 문서와 1797년 파벨 페트로비치의 선서(그 선서에 대해서는 이미 당시에 농노 해방이 표면화되었으나 지주들이 저지했다는 설이 나돌았다.)에 관한 소문, 칠년 후 다시 권좌에 오를 표트르 페오도로비치[90]에 대한 소문, 그의 통치 아래에서는 모든 것이 너무도 단순하고 자유로워 아무런 제약도 없을 것이라는 소문 등 언제나 어떤 모호한 소문들이 떠돌았다. 전쟁과 보나파르트와 그의 침입에 대한 소문은 그들 사이에서 적그리스도, 세상의 종말, 완전한 자유에 대한 그 모호한 개념들과 늘 결부되어 있었다.

보구차로보 부근에는 온통 큰 마을들이었고, 그 마을들은 국유지거나 소작료를 받는 지주들의 영지였다. 그 지역에 사는 지주들은 매우 적었다. 하인과 글을 깨친 사람도 매우 드물었다. 그리고 이 지역에 사는 농민들의 삶 속에는 러시아 민중의 삶 속에 흐르는 신비한 흐름 — 현대인들로서는 그 이유와 의미를 이해할 수 없는 — 이 다른 지역에 비하여 더 뚜렷하고 강렬하게 나타났다. 그런 현상들 가운데 하나가 스무 해 전 그 농민들 사이에 나타난, 어떤 따뜻한 강들 쪽으로 이주하려는 움직임이었다. 보구차로보 농민들을 포함해 수백 명의 농민들이 갑자기 가축을 팔고 가족들과 함께 남동쪽 어딘가로 떠나기 시작했다. 새들이 바다 건너 어딘가로 날아가듯 이 사

---

90) 표트르 페오도로비치, 즉 표트르 3세는 여섯 달 동안 통치하고 1762년 암살당했으며, 그 후 아내인 예카체리나 대제가 왕위에 올랐다. 그러나 민중 사이에서는 그가 죽음을 피해 달아났고 언젠가 다시 왕위에 오를 것이라는 소문이 퍼져 있었다. 러시아 역사에 표트르 3세를 참칭한 반란자들이 많았는데, 그중 가장 대표적인 인물이 코사크인 푸가쵸프다.

람들은 아내와 자식들을 데리고서 그들 가운데 아무도 가 본 적이 없는 남동쪽의 그곳으로 향했다. 그들은 대상 행렬을 짓거나 한 사람씩 몸값을 주고 자유를 얻거나 주인으로부터 도망쳐 마차나 도보로 그곳을 향하여, 따뜻한 강을 향하여 떠났다. 처벌을 받고 시베리아로 추방된 사람들도 많았고, 도중에 추위와 굶주림으로 죽은 사람들도 많았으며, 스스로 돌아온 사람들도 많았다. 그 움직임은 뚜렷한 이유 없이 시작되었던 것과 마찬가지로 그렇게 저절로 잦아들었다. 그러나 물밑 흐름은 그 민중 안에 끊임없이 흐르면서 똑같이 기이하고 갑작스럽게, 동시에 소박하고 자연스럽고 힘차게 나타날 어떤 새로운 힘을 준비하고 있었다. 1812년 현재 민중과 가까이 지낸 사람들에게는 그 물밑 흐름이 거세게 일렁이며 이제 곧 모습을 드러내려는 것이 느껴졌다.

노공작이 임종하기 얼마 전 보구차로보로 온 알파티치는 민중 사이에 동요가 일고 있음을 눈치챘다. 또한 리시에 고리 지역 반경 60베르스타 안에 거주하는 농민들이 전부 피란한 데 반해(코사크들이 자기들 마을을 짓밟게 내버려 두고), 보구차로보의 대초원 지역에 거주하는 농민들은 소문대로 프랑스군과 교류하고 어떤 문서를 받아 자기들끼리 돌려 보면서 그 지역에 계속 남아 있다는 사실을 알아차렸다. 그가 자기에게 충성하는 하인들을 통해 알아낸 바에 따르면, 농촌 공동체에 큰 영향을 미치는 카르프라는 농부가 며칠 전 관청의 짐수레를 타고 어디론가 가더니 코사크는 주민들이 떠난 마을을 짓밟지만 프랑스군은 그런 마을을 건드리지 않는다는 소식을 가지고 돌아왔다는 것이다. 알파티치는 또 다른 농부가 전날 프랑스군이 주둔하는 비슬로우호보라는 마을에서 프랑스군 장군으로부터 문서를 받아 온 사실을 알아냈다. 그 문서는 주민들이 마을에 남을 경우 프랑스군은 주민들에게 어떤 해도 끼치지 않고 주민들에게서 가져가는 모든 것에 대금을 치르겠다는 내용이었다. 농부는 그 증거로 비슬로우호보에서 건초의 선불금으로 받은 100루블어치 지폐 다발(그는 그것들이 위조지폐라는 사실을 몰랐다.)을 가져왔다.

마지막으로 알파티치가 알아낸 가장 중요한 사실은 그가 공작 영애의 짐을 보구차로보에서 실어 갈 수 있도록 짐수레를 모으라고 촌장에게 지시한 바로 그날 마을에서 아침 일찍 집회가 열렸으며, 그 자리에서 아무 데로도 떠나지 말고 사태를 지켜보자는 결정이 내려졌다는 점이었다. 하지만 우물쭈물할 시간이 없었다. 노공작이 임종한 8월 15일 귀족 회장은 마리야 공작 영애에게 사태가 위험해졌으니 그날로 당장 떠나라고 강력히 주장했다. 그는 16일 이후에는 아무 책임을 질 수 없노라고 말했다. 노공작이 임종한 날 저녁 그는 그곳을 떠나며 다음 날 장례식에 맞춰 오겠다고 약속했다. 그러나 그는 다음 날 오지 못했다. 프랑스군이 갑자기 진격했다는 소식을 받고 가족과 모든 귀중품을 자신의 영지에서 옮기는 일조차 겨우 해냈던 것이다.

삼십 년 동안 보구차로보를 관리한 사람은 드론 촌장이었다. 노공작은 그를 드로누시카라고 불렀다.

드론은 육체적으로나 정신적으로나 강건한 농부들, 일단

장성하여 수염이 자라면 흰머리 한 올 없이 이빨 하나 빠지지 않고 변함없이 그대로 예순에서 일흔 살까지 살며 예순이 되어도 서른 살 때만큼 몸이 꼿꼿하고 튼튼한 농부에 속했다.

드론은 따뜻한 강으로의 이주 — 그도 다른 사람들처럼 그 이주에 참가했다 — 직후에 보구차로보의 촌장이자 영지 관리인으로 임명되어 이십삼 년 전부터 이 직무를 나무랄 데 없이 잘 수행해 왔다. 농부들은 그를 주인보다 더 두려워했다. 노공작과 젊은 공작 같은 영주들뿐 아니라 관리인까지도 그를 존중하여 농담으로 대신이라 부르곤 했다. 드론은 직무를 수행하는 내내 한 번도 술에 취하거나 아픈 적이 없었고, 며칠 밤을 새웠든 어떤 일을 했든 조금도 피로한 기색을 보인 적이 없었으며, 읽고 쓰기는 할 줄 몰라도 자신이 판 막대한 양의 밀가루와 돈을 계산할 때라든지 보구차로보 밭의 1제샤치나 당 곡물 수확량을 계산할 때는 단 하나도 놓친 적이 없었다.

황폐해진 리시에 고리에서 온 알파티치는 공작의 장례식 날에 다름 아닌 이 드론을 불러들여 공작 영애의 승용 마차들을 위한 말 열두 마리와 보구차로보에서 실어 갈 짐을 위한 짐수레 열여덟 대를 준비하도록 지시했다. 알파티치는 그곳 농부들이 부역을 하지 않는 소작농이기는 해도 그 지시의 이행이 난관에 부딪히리라고는 생각하지 않았다. 보구차로보에는 230가구가 있는 데다 농부들이 꽤 부유했기 때문이다. 그러나 드론 촌장은 알파티치의 지시를 듣고 말없이 시선을 떨구었다. 알파티치는 자기가 아는 농부들의 이름을 댔다. 그는 예전에도 그 농부들의 짐수레를 빌려 오도록 지시한 적이 있었다.

드론은 그 농부들의 말이 수송에 동원되었다고 대답했다. 알파티치는 다른 농부들의 이름을 댔다. 그런데 드론의 말에 따르면 그들에게도 말이 없었다. 어떤 말들은 관청의 짐수레를 끌고, 어떤 말들은 너무 쇠약하고, 어떤 말들은 사료가 없어 뒈졌다는 것이다. 드론의 견해에 따르면 짐 수송을 위한 말뿐 아니라 승용 마차를 위한 말도 모을 수 없었다.

알파티치는 드론을 유심히 바라보며 얼굴을 찌푸렸다. 드론이 모범적인 촌장이자 농부였듯 알파티치도 아무 이유 없이 스무 해나 공작의 영지를 감독한 것은 아니었다. 그는 모범적인 관리인이었다. 자신이 다루는 사람들의 욕구와 본능을 직감으로 간파하는 능력은 가히 최고 수준이었다. 그 때문에 뛰어난 관리인이었던 것이다. 드론을 흘깃 쳐다본 순간 그는 곧 드론의 대답이 본인의 생각을 표현한 것이 아니라 보구차로보 농촌 공동체의 전반적인 분위기를 표현한 것이며, 촌장도 이미 그 분위기에 휩쓸렸다는 사실을 깨달았다. 하지만 동시에 농촌 공동체로 인하여 부유해지고 그 때문에 미움을 받게 된 드론으로서는 두 진영, 즉 주인과 농민 사이에서 동요할 수밖에 없다는 사실도 알았다. 알파티치는 드론의 시선에서 그러한 동요를 읽어 냈다. 그래서 인상을 쓰며 드론에게 가까이 다가갔다.

"드로누시카, 잘 듣게!" 그는 말했다. "쓸데없는 말은 집어치워. 안드레이 니콜라이치 공작 각하께서 사람들을 모두 피란시켜 적과 함께 두지 말라고 직접 나에게 분부하셨네. 그에 대한 차르의 명령서도 있어. 누가 남든 그자는 차르를 배신하는 거야. 알겠나?"

"알겠습니다." 드론은 눈을 들지 않고 대꾸했다.

알파티치는 그 대답에 만족하지 않았다.

"알겠나, 드론, 이러면 자네에게 좋지 않아!" 알파티치는 고개를 저으며 말했다.

"마음대로 하십시오!" 드론이 침울하게 말했다.

"어이, 드론, 그만둬!" 알파티치는 품속에서 한 손을 꺼내 엄숙한 몸짓으로 드론의 발아래 마룻바닥을 가리키며 말했다. "난 자네를 꿰뚫어 볼 뿐 아니라 자네의 발밑을 3아르신 깊이까지 전부 꿰뚫어 볼 수 있어." 그는 드론의 발아래 마룻바닥을 응시하며 말했다.

드론은 당황하여 알파티치를 흘깃 쳐다보고는 다시 시선을 떨구었다.

"허튼소리 그만하고 사람들에게 전해. 집을 떠나 모스크바로 출발할 채비를 갖추고 내일 아침에 공작 영애의 짐을 운반할 짐수레를 준비하라고 말이야. 자네도 집회에 가지 마. 알아듣겠나?"

드론은 갑자기 털썩 주저앉았다.

"야코프 알파티치, 절 해고해 주십시오! 저에게서 열쇠를 가져가시고, 제발 절 해고해 주십시오."

"닥쳐!" 알파티치가 엄하게 말했다. "난 네놈의 발밑을 3아르신까지 꿰뚫어 보고 있어." 그가 거듭 말했다. 그는 자신이 양봉의 달인이고 귀리 씨앗을 언제 뿌려야 할지 알며 스무 해 동안 노공작의 비위를 맞출 수 있었다는 점 때문에 오래전부터 마법사의 명성을 누리고 있다는 사실, 그리고 사람의 발아래로 3아르신을 볼 수 있는 능력은 마법사의 능력으로 간주된다는 사실을 알았다.

드론이 일어서서 무슨 말을 하려고 했으나 알파티치가 그를 가로막았다.

"도대체 자네들의 속셈이 뭔가? 응? 도대체 무슨 생각을 하고 있어? 뭐냐고?"

"제가 사람들에게 뭘 어쩌겠습니까?" 드론이 말했다. "분위기가 완전히 험악합니다. 저도 그 사람들에게 그렇게 말하긴 하지만……."

"자네가 그자들에게 그렇게 말했다 이거지." 알파티치가 말했다. "술을 퍼마시고 있나?" 그가 짧게 물었다.

"아주 험악합니다, 야코프 알파티치. 그자들은 술을 한 통 또 가져왔습니다."

"그럼 잘 듣게. 난 경찰서장에게 갈 테니 자네는 사람들에게 그 사실을 알려. 그리고 그런 짓은 그만두고 짐수레나 모으라고 전해."

"알겠습니다." 드론이 말했다.

야코프 알파티치는 더 이상 강변하지 않았다. 오랫동안 농민을 관리했기에 사람들을 복종시키는 가장 좋은 방법은 그들이 복종하지 않을지도 모른다는 의혹을 그들에게 드러내지 않는 것임을 알았다. 드론으로부터 "알겠습니다."라는 공손한 대답을 받아 낸 야코프 알파티치는 그 말을 믿지 않았을 뿐 아니라 군대의 명령 없이는 짐수레를 구할 수 없으리라고 거의 확신했지만 그 말에 만족했다.

과연 저녁 무렵이 되어도 짐수레는 모이지 않았다. 마을 선술집에서 또다시 집회가 열렸으며, 그 집회에서 말들을 숲으로 몰아넣고 짐수레를 내주지 말자는 결정이 내려졌다. 알파티치는 공작 영애에게 이에 대해서는 한마디도 하지 않았다. 그는 리시에 고리에서 몰고 온 말들에서 자신의 짐을 내리고 그 말들을 공작 영애의 카레타에 대라는 지시를 내린 후 직접 관청으로 갔다.

10

아버지의 장례식 후 마리야 공작 영애는 자기 방에 틀어박혀 아무도 들이지 않았다. 하녀가 문가로 와서 알파티치가 출발에 관한 지시를 청하러 왔다고 말했다.(그때만 해도 아직 알파티치와 드론이 대화를 나누기 전이었다.) 마리야 공작 영애는 누워 있던 소파에서 몸을 약간 일으키더니 절대 아무 데도 가지 않을 거라고, 자신을 방해하지 말아 달라고 닫힌 문 너머로 말했다.

마리야 공작 영애가 누운 방의 창문들은 서쪽을 면하고 있었다. 그녀는 벽 쪽으로 얼굴을 돌린 채 소파에 누워 가죽 쿠션에 달린 단추들을 손가락으로 만지작거리며 그 쿠션만 바라보았다. 그녀의 모호한 상념은 한 가지에 집중되었다. 그녀는 죽음의 돌이킬 수 없음에 대해 생각했다. 그리고 이제까지 모르다가 아버지의 와병 중에 모습을 드러낸 자기 영혼의 추악함에 대해 생각했다. 그녀는 기도하고 싶었지만 감히 그럴 수 없었다. 자신이 처한 영혼의 상태로는 차마 하느님에게 말을 걸 수 없었다. 그녀는 그런 상태로 오랫동안 누워 있었다.

태양이 저택의 반대편으로 기울었다. 열린 창문으로 비스듬히 들어온 저녁 햇살이 마리야 공작 영애가 바라보는 모로코가죽 쿠션의 일부와 방 안을 비추었다. 문득 상념의 흐름이 멎었다. 그녀는 무의식적으로 몸을 일으켜 머리칼을 매만지며 자리에서 일어났다. 그러고는 바람 부는 맑은 저녁의 시원한 공기를 무심결에 들이마시며 창문으로 다가갔다.

'그래, 이제 넌 저녁에 취해도 괜찮아! 더 이상 그분은 없어. 아무도 널 방해하지 않아.' 그녀는 속으로 혼잣말을 했다. 그리고 의자에 털썩 주저앉아 창턱으로 고개를 떨어뜨렸다.

누군가가 정원 쪽에서 부드럽고 나직한 목소리로 그녀의 이름을 부르며 머리에 입을 맞추었다. 그녀는 고개를 돌렸다. 검은 드레스에 상장(喪章)을 단 마드무아젤 부리엔이었다. 그녀는 조용히 마리야 공작 영애에게 다가와 탄식하며 입을 맞추고는 곧 울음을 터뜨렸다. 마리야 공작 영애는 그녀를 쳐다보았다. 자신과 그녀의 지난 모든 충돌, 그녀를 향한 질투가 마리야 공작 영애의 머리에 떠올랐다. 최근에 그가 마드무아젤 부리엔에 대한 태도를 바꾸어 그녀를 보려고도 하지 않은 점, 따라서 마리야 공작 영애가 마음속으로 그녀에게 한 비난이 온당하지 않았다는 점도 떠올랐다. '그래, 내가, 그분의 죽음을 바란 내가 누구를 비난하겠어!' 그녀는 생각했다.

마드무아젤 부리엔의 입장이 마리야 공작 영애의 마음속

에 생생하게 그려졌다. 마드무아젤 부리엔은 최근 마리야 공작 영애와 소원해지긴 했지만, 그러면서도 그녀에게 의존하며 더부살이하고 있었다. 마드무아젤 부리엔이 가여웠다. 마리야 공작 영애는 뭔가 묻는 듯한 온화한 눈길로 마드무아젤 부리엔을 바라보며 손을 내밀었다. 그러자 마드무아젤 부리엔은 와락 울음을 쏟아 냈다. 그녀는 마리야 공작 영애의 손에 입을 맞추고 공작 영애에게 닥친 슬픔을 이야기하며 자신이 그 슬픔을 함께할 사람인 것처럼 굴었다. 그녀의 슬픔을 달랠 유일한 위로는 공작 영애가 슬픔을 함께 나눠 주는 것이라고 말했다. 그녀는 크나큰 슬픔 앞에서 예전의 모든 오해를 풀어야 한다고, 자신은 모든 사람 앞에 결백하다고, 그분도 그곳에서 자신의 사랑과 감사를 보고 있을 거라고 말했다. 공작 영애는 그녀의 말을 듣긴 했으나 이해하지 못했고, 그저 이따금 그녀를 쳐다보며 그 목소리에 귀를 기울일 뿐이었다.

"사랑하는 공작 영애, 당신의 처지는 두 배로 더 끔찍하겠죠." 마드무아젤 부리엔은 잠시 침묵하더니 말했다. "난 당신이 자신에 대해 생각할 수도 없었고 지금도 그럴 수 없다는 것을 이해해요. 하지만 난 당신을 사랑하기 때문에 부득이 이럴 수밖에 없어요……. 알파티치가 당신을 찾아왔죠? 그가 출발에 대한 이야기를 하지 않았나요?" 그녀가 물었다.

마리야 공작 영애는 대답하지 않았다. 누가 어디로 가야 한다는 것인지 알 수 없었다. '이런 때에 과연 무엇을 하고 무엇을 생각할 수 있을까? 어떻게 하든 똑같지 않을까?' 그녀는 대답하지 않았다.

"사랑하는 마리, 알고 있어요?" 마드무아젤 부리엔이 말했다. "우리가 위험에 처한 것, 우리가 프랑스군에 포위된 것을 아냐고요? 지금 떠나는 것은 위험해요. 만약 지금 떠나면 우리는 분명 포로가 될 거예요. 그렇게 되면 어떻게 될지 하느님만 아시겠죠……."

마리야 공작 영애는 친구가 무슨 말을 하는지 이해하지 못한 채 그저 물끄러미 바라보았다.

"아, 지금 나로서는 뭐가 어떻게 되든 상관없다는 걸 누군가 알아주었으면……." 마리야 공작 영애가 말했다. "물론 나는 무슨 일이 있어도 그분을 떠나고 싶지 않아요……. 알파티치가 출발에 대해서 뭔가 말을 하긴 했어요……. 그와 이야기해 봐요. 난 아무것도, 아무것도 할 수 없고 하고 싶지도 않아요……."

"그 사람과 이야기했어요. 그 사람은 우리가 내일 떠날 수 있기를 바라죠. 하지만 내가 생각하기에 지금은 여기 남는 편이 좋을 것 같아요." 마드무아젤 부리엔이 말했다. "왜냐하면 말이죠, 사랑하는 마리, 당신도 동의하겠지만 도중에 병사들이나 폭동을 일으킨 농부들에게 잡히면 끔찍할 테니까요." 마드무아젤 부리엔은 손가방에서 흔치 않은 외제 종이에 인쇄된 프랑스 라모 장군의 성명서를 꺼냈다. 주민들이 자기 집을 버려서는 안 된다는, 프랑스 당국이 주민들을 마땅히 보호할 것이라는 내용의 성명서였다. 마드무아젤 부리엔은 그것을 공작 영애에게 건넸다.

"이 장군에게 호소해 보는 편이 좋다고 생각해요." 마드무아젤 부리엔이 말했다. "난 당신이 마땅한 존중을 받을 거라고 확신해요."

마리야 공작 영애는 종이를 읽었다. 그녀의 얼굴이 눈물 없는 흐느낌에 실룩거렸다.

"이것을 누구에게서 받았죠?" 그녀가 말했다.

"이름을 보고 내가 프랑스 사람이라는 걸 알았나 봐요." 마드무아젤 부리엔이 얼굴을 붉히며 말했다.

마리야 공작 영애는 종이를 들고 창가에서 일어나 창백한 얼굴로 방을 나가더니 안드레이 공작이 사용하던 서재로 향했다.

"두냐샤, 알파티치든 드로누시카든 아무나 불러다 줘." 마리야 공작 영애가 말했다. 그리고 마드무아젤 부리엔의 목소리가 들리자 "아말리야 카를로브나에게는 내 방에 들어오지 말라고 전해 줘."라고 덧붙였다. "어서 떠나야 해! 어서 떠나야 해!" 마리야 공작 영애는 자신이 프랑스군의 세력권에 놓이게 될지도 모른다는 생각에 몸서리를 치며 말했다.

'안드레이 공작이 내가 프랑스군의 세력권에 있다는 것을 알게 된다면! 내가, 니콜라이 안드레이치 볼콘스키 공작의 딸인 내가 라모 장군에게 보호를 청하고 그 은혜를 입다니!' 그녀는 이 생각에 두려움을 느끼며 몸서리를 치고 얼굴을 붉혔다. 이제껏 경험한 적 없는 분노와 긍지가 솟구치는 것을 느꼈다. 자기 입장에서는 그저 괴롭고 무엇보다 모욕적인 온갖 일들이 머리에 생생히 떠올랐다. '그들, 그 프랑스인들이 이 집에 살게 돼. 라모 장군이 안드레이 공작의 서재를 차지할 거야. 재미 삼아 안드레이 공작의 편지와 서류를 뒤적이고 읽어 보겠지. 마드무아젤 부리엔은 경의를 표하며 라모 장군을 보구차로보에 맞이할 테고. 그들은 호의를 베풀어 내게 방 한 칸을 내주겠지. 병사들은 이제 막 흙을 덮은 무덤을 파헤쳐 아버지의 몸에서 십자가와 훈장을 벗겨 낼 거야. 그들은 나에게 러시아군을 이긴 이야기를 할 테고 나의 슬픔에 공감하는 척할 테지…….' 마리야 공작 영애는 생각했다. 그러나 그것은 자신의 견해가 아니었다. 그녀는 자신이 아닌 아버지와 오빠의 견해에 비추어 생각하는 것이 자기 의무라고 느꼈다. 자신이 어디에 있든 자신에게 무슨 일이 생기든 그녀로서는 아무래도 좋았다. 하지만 그와 동시에 그녀는 자신을 돌아가신 아버지와 안드레이 공작의 대리자로 느꼈다. 그녀는 자기도 모르게 그들의 사고에 따라 생각하고 그들의 감정으로 느꼈다. 그들이 했을 법한 말, 그들이 이 상황에서 했을 법한 행동, 그녀는 바로 그것을 하지 않으면 안 된다고 느꼈다. 그녀는 안드레이 공작의 서재로 가서 자기 안에 그의 생각을 가득 채우려고 애쓰며 자신의 처지에 대해 곰곰이 생각했다.

아버지의 죽음과 함께 사라진 줄 알았던 삶에 대한 욕구가 갑자기 새로운, 이제껏 알지 못한 새로운 힘으로 마리야 공작 영애 앞에 나타나 그녀를 사로잡았다.

그녀는 흥분하여 얼굴을 붉힌 채 방 안을 이리저리 걸으며 때로는 알파티치를, 때로는 미하일 이바노비치를, 때로는 치혼을, 때로는 드론을 데려오라고 요구했다. 두냐샤와 보모를 비롯한 모든 하녀들은 마드무아젤 부리엔이 말한 게 어느 정도 옳은지 아무런 말도 할 수 없었다. 알파티치는 집에 없었다. 그는 관청에 갔다. 부름을 받고 잠에 취한 눈으로 마리야 공작 영애 앞에 나타난 건축가 미하일 이바니치는 아무 말도 하지 못했다. 지난 십오 년 동안 자기 생각을 드러내지 않고 찬성의 미소로 노공작을 응대하는 데 익숙해져 버린 것이다. 그가 그 미소로 마리야 공작 영애의 물음에 답했기에 그의 답변으로부터는 분명한 것을 전혀 끌어낼 수 없었다. 부름을 받고 홀쭉하게 야윈 얼굴로 나타난 늙은 시종 치혼은 영원히 치유되지 않을 슬픔의 흔적을 간직한 채 마리야 공작 영애의 모든 질문에 "알겠습니다."라고만 대답할 뿐 그녀를 보며 가까스로 흐느낌을 참았다.

마침내 드론 촌장이 방에 들어왔다. 그는 공작 영애에게 허리를 깊이 숙여 인사하고는 문지방 옆에 섰다.

마리야 공작 영애는 방 안을 걷다가 그의 맞은편에 멈추었다.

"드로누시카." 마리야 공작 영애가 말했다. 그녀는 그에게서 의심할 여지 없는 벗을, 매년 뱌지마의 장터에 갈 때마다 특별히 생강빵을 사서 돌아와 빙그레 웃으며 그녀에게 건네던 그 드로누시카를 보았다. "드로누시카, 지금은, 우리에게 슬픈 일이 닥치고 난 후……." 그녀는 입을 열었다가 더 이상 말할 기력이 없어 침묵하고 말았다.

"우리 모두 하느님 밑에서 걷고 있습죠." 그가 탄식하며 말했다. 두 사람은 침묵했다.

"드로누시카, 알파티치가 어디를 가는 바람에 함께 의논할 사람이 없어요. 사람들이 내게 하는 말이 사실인가요? 내가 떠날 수 없다고 하던데요?"

"왜 못 떠나겠습니까요, 아가씨. 떠날 수 있습니다요." 드론이 말했다.

"사람들이 말하길 적 때문에 위험하대요. 아저씨, 난 아무것도 할 수 없고 아무것도 모르겠어요. 내 옆에는 아무도 없어요. 난 오늘 밤에든 내일 이른 아침에든 꼭 떠나고 싶어요." 드론은 잠자코 있었다. 그는 눈을 치뜨고 마리야 공작 영애를 힐끔거렸다.

"말이 없습니다요." 그가 말했다. "야코프 알파티치에게도 그렇게 말했습죠."

"어째서 말이 없죠?" 공작 영애가 말했다.

"모든 게 하느님의 벌이지요." 드론이 말했다. "우리가 가진 말은 군대가 모조리 징발해 갔습죠. 어떤 말들은 뒈져 버렸고요. 올해는 어떻게 된 해인지. 말을 먹이는 것은 고사하고 우리라도 굶어 죽지 말아야 할 텐데. 요즘 같아서는 사흘 동안 아무것도 먹지 못할 때도 있습죠. 아무것도 없어요. 우리는 완전히 몰락했습니다요."

마리야 공작 영애는 그가 하는 말을 유심히 들었다.

"농부들이 몰락했다고요? 그들에게 곡물이 없나요?" 그녀가 물었다.

"굶주림으로 죽어 가고 있습니다요." 드론이 말했다. "짐수레는커녕⋯⋯."

"드로누시카, 그동안 왜 말을 하지 않았어요? 그 사람들을 도울 수 없을까요? 할 수만 있다면 뭐든지 하겠어요⋯⋯." 마리야 공작 영애에게는 지금 같은 때, 그토록 큰 슬픔이 자신의 영혼을 가득 채운 이런 순간에 부유한 사람과 가난한 사람이 따로 있고 부유한 사람이 가난한 사람을 도울 수 없다고 생각하는 것이 이상하게 느껴졌다. 그녀는 '주인의 곡식'이라는 게 있어서 그것을 농부들에게 나누어 주기도 한다는 것을 어렴풋이 알았고 또 듣기도 했다. 또 오빠나 아버지였어도 곤궁에 처한 농부들에게 그것을 내주지 않았을 리 없다는 것을 알았다. 그녀는 단지 농부들에게 곡물을 분배하는 문제 — 그녀가 지시하려 하는 — 에 대해 말하다가 어떤 식으로든 실수를 하게 될까 두려울 뿐이었다. 그녀는 자기 앞에 그런 걱정거리가 나타난 것에 기뻐했다. 그 걱정거리 때문에 슬픔을 잊는 것이 부끄럽지 않았다. 그녀는 드로누시카에게 농부들의 곤궁에 대해, 그리고 보구차로보에 '주인의 곡식'이 있는지에 대해 이것저것 물었다.

"우리에게 정말 '주인의 곡식'이 있나요? 오빠의 곡물 말이에요." 그녀가 물었다.

"주인의 곡식은 전부 그대로 있습니다요." 드론이 자랑스레 말했다. "우리 공작님께서 팔지 말라고 분부하셨거든요."

"그것을 농부들에게 내줘요. 그들에게 필요한 만큼 다 줘요. 내가 오빠의 이름으로 허락할게요." 마리야 공작 영애가 말했다.

드론은 아무런 대답도 하지 않고 깊은 한숨을 쉬었다.

"당신이 그들에게 그 곡물을 나누어 줘요. 혹시 그것으로 충분하다면 말이에요. 전부 나눠 줘요. 내가 오빠의 이름으로 지시하겠어요. 그리고 그들에게 말해요. 우리의 것은 그들의 것이기도 하다고요. 그들을 위해서라면 우리는 아무것도 아깝지 않아요. 그렇게 말해 줘요."

공작 영애가 말하는 동안 드론은 그녀를 뚫어지게 바라보았다.

"절 해고해 주십쇼, 아가씨, 제발, 저에게서 열쇠를 가져가십쇼." 그가 말했다. "이십삼 년 동안 일하면서 나쁜 짓은 하지 않았습니다요. 제발 절 해고해 주십쇼."

마리야 공작 영애는 그가 그녀에게서 무엇을 원하는지, 왜 해고해 달라는지 이해할 수 없었다. 그녀는 대답했다. 자신은 그의 충직함을 한 번도 의심한 적이 없다고, 자신은 그를 위해, 농부들을 위해 무엇이든 할 각오가 되어 있다고…….

11

그러고 나서 한 시간 후 두냐샤가 공작 영애에게 소식을 들고 왔다. 드론과 모든 농부들이 공작 영애의 분부로 찾아와 여주인과 대화를 나누고자 창고 옆에 모여 있다고 했다.

"난 그 사람들을 부른 적이 없는데." 마리야 공작 영애가 말했다. "난 그저 그 사람들에게 곡식을 나누어 주라고 드로누시카에게 말했을 뿐이야."

"제발, 공작 영애님, 그냥 그 사람들을 쫓아내라 분부하시고 가지 마세요. 전부 속임수일 뿐이에요." 두냐샤가 말했다. "야코프 알파티치가 돌아올 거예요, 그러면 우리는 떠나요…… 공작 영애님, 나가지 마세요……."

"무슨 속임수?" 공작 영애가 놀라서 물었다.

"전 이미 알고 있어요. 제발 그냥 제 말을 들으세요. 보모에게 물어보셔도 좋아요. 저 사람들은 공작 영애님의 지시대로 피란하는 것에 찬성하지 않는대요."

"네 말에 뭔가 착오가 있구나. 난 그들에게 떠나라고 지시한 적이 없어⋯⋯." 마리야 공작 영애가 말했다. "드로누시카를 불러."

부름을 받고 온 드론은 두냐샤의 말이 사실임을 확인해 주었다. 농부들이 공작 영애의 분부를 받고 왔다고 말한 것이다.

"하지만 난 그들을 부른 적이 없어요." 공작 영애가 말했다. "당신이 그 사람들에게 잘못 전달했나 보죠. 난 그저 그 사람들에게 곡물을 나누어 주라고 말했을 뿐이에요."

드론은 대답은 하지 않고 한숨을 내쉬었다.

"공작 영애님이 분부하시면 다들 돌아갈 겁니다요." 그가 말했다.

"아니, 아니에요. 내가 그 사람들에게 가겠어요." 마리야 공작 영애가 말했다.

공작 영애는 두냐샤와 보모가 만류하는데도 현관 계단으로 나갔다. 드론, 두냐샤, 보모, 미하일 이바니치가 뒤를 따랐다.

'그 사람들은 내가 자기들을 이곳에 남겨 둘 속셈으로, 자기들을 프랑스군의 손아귀에 버려 둔 채 나만 떠날 속셈으로 곡물을 제공한다고 생각하나 봐.' 마리야 공작 영애는 생각했다. '난 그 사람들에게 모스크바 근교의 영지에서 매달 식량과 의복을 주고 숙소도 제공하겠다고 약속할 거야. 앙드레가 내 입장에 있다면 더 많은 일을 했을 거라고 확신하니까.' 그녀는 창고 옆 방목장에 모인 사람들을 향해 황혼의 어스름 속을 걸어가며 생각했다.

사람들이 부스럭대며 모여들더니 재빨리 모자를 벗었다. 마리야 공작 영애는 시선을 떨어뜨리고 그들에게로 다가갔다. 그녀의 다리가 드레스 자락에 뒤엉켰다. 늙은이 젊은이 할 것 없이 너무도 다양한 이들의 눈길이 그녀에게 쏠리고 너무도 다양한 얼굴들이 있어서 어느 한 사람의 얼굴도 제대로 볼 수 없었다. 그녀는 문득 그들 모두와 이야기하지 않으면 안 된다는 것을 깨달았지만 어떻게 해야 할지 몰랐다. 그러나 아버지와 오빠의 대리인이라는 자각이 다시 힘을 북돋아 주었고, 그녀는 과감히 이야기를 꺼냈다.

"여러분이 이렇게 와 줘서 무척 기뻐요." 마리야 공작 영애는 시선을 떨군 채 자신의 심장이 얼마나 빠르고 세차게 뛰는지 느끼며 입을 열었다. "여러분이 전쟁으로 아주 어려운 처지에 놓였다고 드로누시카가 말해 주더군요. 이것은 우리 모두의 불행이에요. 난 여러분을 도울 수 있다면 아무것도 아깝지 않아요. 나는 떠날 거예요. 이곳은 이미 위험하고 적이 가까이 있어서…… 왜냐하면……. 나는 나의 벗인 여러분에게 전부 내주겠어요. 여러분이 궁핍을 겪는 일이 없도록 우리 곡물을 전부 다 가져가요. 여러분은 내가 당신들을 이곳에 두고 가기 위해 곡물을 내주는 것이라 들었을지 몰라요. 하지만 그건 사실이 아니에요. 오히려 여러분에게 가재도구를 전부 챙겨 모스크바 근교에 있는 우리 영지로 같이 가 달라고 청할게요. 그곳에 가면 내가 여러분을 책임지겠어요. 여러분이 곤궁에 처하지 않도록 하겠다고 약속할게요. 여러분에게 집과 곡물을 주겠어요." 공작 영애는 말을 멈추었다. 사람들 사이에서 한숨

소리만 들렸다.

"내가 내 뜻대로 이러는 게 아니에요." 공작 영애가 계속 말했다. "난 여러분에게 좋은 주인이셨던, 이제는 고인이 되신 아버지의 이름으로, 그리고 그분의 아들인 내 오빠를 대신해서 이렇게 하는 거예요."

그녀는 다시 말을 멈추었다. 아무도 그녀의 침묵을 깨지 않았다.

"우리 모두의 불행이에요. 그러니 모든 것을 함께 나누기로 해요. 나의 것은 모두 여러분의 것이랍니다." 그녀는 눈앞에 서 있는 사람들의 얼굴을 둘러보며 말했다.

모든 눈이 똑같은 표정으로 그녀를 바라보고 있었다. 그녀는 그 의미를 이해할 수 없었다. 그것이 호기심과 충성과 감사의 표정이든 놀라움과 불신의 표정이든, 어쨌든 모든 얼굴에 떠오른 표정은 똑같았다.

"공작 영애님의 은혜에 대단히 감사합니다. 다만 우리는 주인님의 곡식을 가져갈 수 없습니다." 뒤에서 누군가의 목소리가 말했다.

"아니, 왜요?" 공작 영애가 말했다.

아무도 대답하지 않았다. 무리를 둘러보던 마리야 공작 영애는 다들 자신과 눈을 마주치면 곧바로 시선을 떨어뜨리는 것을 눈치챘다.

"여러분은 왜 곡물을 원하지 않지요?" 그녀가 다시 물었다. 아무도 대답하지 않았다.

그 침묵이 마리야 공작 영애에게 점점 더 거북하게 느껴졌다. 그녀는 누군가의 눈길을 붙잡아 보려고 애썼다.

"왜 말을 하지 않죠?" 공작 영애는 지팡이를 짚고 자기 앞에 서 있는 노인에게 말을 걸었다. "뭔가 더 필요하다고 생각하면 말해 봐요. 뭐든지 할게요." 그녀는 그의 시선을 붙잡으며 말했다. 그러나 그는 그 말에 화가 난 듯 고개를 푹 숙이고 이렇게 중얼거렸다.

"무엇에 동의하라는 겁니까? 우리는 곡물이 필요 없는데."

"어째서 우리에게 모든 것을 버리라고 하십니까? 우리는 동의하지 않습니다. 동의하지 않는다고요……. 우리가 동의하는 일은 없을 겁니다. 공작 영애님께 죄송하지만 우리는 동의하지 않겠습니다. 혼자 가세요……." 군중 여기저기에서 이런 말이 들려왔다. 그러자 다시 그 군중의 모든 얼굴에 똑같은 표정이 떠올랐다. 이제 그것은 호기심과 감사의 표정이 아니라 분노에 찬 결의라는 것이 확실해 보였다.

"여러분은 잘 모르는 것 같군요." 마리야 공작 영애가 슬픈 미소를 지으며 말했다. "왜 떠나려 하지 않나요? 약속할게요. 내가 여러분에게 집을 주고 양식을 주겠어요. 여기에 있으면 적이 여러분을 짓밟을 거예요……."

하지만 그녀의 목소리는 군중의 목소리에 파묻혔다.

"우리는 동의하지 않습니다. 짓밟히든 말든 내버려 두세요! 우리는 공작 영애님의 곡물을 가져가지 않을 겁니다. 우리는 동의하지 않는다고요!"

마리야 공작 영애는 다시 군중 가운데 누군가의 시선을 붙잡으려 애썼다. 그러나 어느 누구의 시선도 그녀를 향하고 있

지 않았다. 아마도 그들의 눈이 그녀를 피하는 것 같았다. 그
녀는 이상하고 불편한 기분을 느꼈다.

"참나, 교묘하게 가르치는구먼. 농노 노릇을 하러 자기를
따라오라니! 집을 버려 두고 노예가 되라고! 어떻게 그럴 수
가! 자기가 곡물을 나눠 주겠다는군." 군중 틈에서 이런 목소
리들이 들려왔다.

마리야 공작 영애는 고개를 숙이고 원을 벗어 나와 집으로
향했다. 그녀는 드론에게 내일 떠날 수 있도록 말을 준비하라
는 지시를 거듭 내리고 자기 방에 들어가 홀로 생각에 잠겼다.

12

마리야 공작 영애는 그날 밤 오랫동안 자기 방의 열린 창문 옆에 앉아 마을에서 들려오는 농부들의 말소리에 귀를 기울였다. 그러나 그들에 대해 생각한 것은 아니었다. 자신이 아무리 그들에 대해 생각한들 그들을 이해할 수는 없을 거라고 느꼈다. 그녀는 계속 한 가지만, 자신의 슬픔에 대해서만 생각했다. 그 슬픔은 현실에 대한 염려로 중단된 후 이미 그녀에게 과거가 되어 버렸다. 이제야 그녀는 회상하고 울고 기도할 수 있었다. 해가 지자 바람이 잠잠해졌다. 밤은 고요하고 상쾌했다. 자정 무렵 사람들의 목소리가 잦아들고, 수탉이 울고, 보리수나무 뒤에서 보름달이 떠오르고, 이슬을 품은 깨끗하고 하얀 안개가 피어오르고, 정적이 마을과 집들 위에 드리웠다.

가까운 과거의 장면들, 즉 아버지의 병과 최후의 순간들이 잇달아 뇌리를 스쳐 갔다. 이제 그녀는 애잔한 기쁨과 함께 그 영상들을 곱씹었다. 그러나 아버지가 임종할 때의 마지막 장면만은 두려움을 느끼며 밀어냈다. 밤의 이 고요하고 신비한 시간에는 그 장면을 상상 속에서조차 떠올릴 수 없을 것 같았다. 그리고 그 장면들이 눈앞에 어찌나 선명하고 세세하게 떠오르는지 그녀에게는 그것들이 현실 같기도 하고 과거 같기도 하고 미래 같기도 했다.

아버지가 발작을 일으켜 리시에 고리의 정원에서 사람들에게 부축을 받아 실려 오던 순간도, 아버지가 힘없는 혀로 무언가 중얼거리고 희끗한 눈썹을 꿈틀거리며 겁에 질린 눈으로 그녀를 불안하게 바라보던 순간도 뇌리에 생생히 떠올랐다.

'그때도 아버지는 임종의 날 나에게 한 말을 하려 했어.' 그녀는 생각했다. '아버지는 나에게 한 말을 마음속으로 언제나 생각하고 있었던 거야.' 그러자 아버지가 발작을 일으키기 전날 밤, 즉 마리야 공작 영애가 불행을 예감하며 아버지의 뜻을 꺾고 그의 옆에 남은 리시에 고리에서의 그날 밤이 뇌리에 전부 세세하게 떠올랐다. 그날 밤 그녀는 잠을 자지 않고 발뒤꿈치를 들고서 아래층으로 내려갔다. 그리고 아버지가 밤을 보낼 온실의 문으로 다가가 그의 목소리에 귀를 기울였다. 그는 기진맥진한 지친 목소리로 치혼에게 뭐라고 말했다. 그는 이야기를 하고 싶은 듯했다. '그런데 왜 아버지는 날 부르지 않았을까? 왜 아버지는 내가 치혼 대신 그 자리에 있도록 허락하지 않았을까?' 마리야 공작 영애는 그때도 이 순간에도 그런 생각을 했다. '이제 아버지는 마음속에 있는 것을 다시는 누구에게도 털어놓지 못해. 아버지가 하고 싶은 말을 전부 하고 치혼이 아닌 내가 그 말을 들으며 그를 이해할 수도 있었을 그런 순간은 아버지에게도 나에게도 다시는 돌아오지 않아. 왜 난 그때 온실에 들어가지 않았을까?' 그녀는 생각했다. '어쩌면 아버지는 그때도 임종의 날에 나에게 한 말을 했을지 몰라. 아버지는 그때 치혼과 이야기하면서 나에 대해 두 번이나 물었어. 아버지는 날 보고 싶어 했어. 그런데 난 거기에, 문 밖에 서 있었지. 아버지는 자신을 이해하지 못하는 치혼과 이야기하는 게 슬프고 괴로웠던 거야. 아버지가 그에게 리자에 대해서 마치 살아 있는 사람인 양 이야기하던 게 기억나. 아버지는 리자가 죽은 것을 잊었어. 치혼이 그녀는 이제 이 세상에 없다고 말하자 "멍청이!"라고 호통을 쳤지. 아버지는 괴로워했어. 침대에 누운 아버지가 신음하며 "하느님!" 하고 큰 소리로 부르짖었을 때 난 문 뒤에서 듣고 있었어. 왜 난 그때 들어가지 않았을까? 아버지는 나에게 어떻게 했을까? 난 무엇을 잃었을까? 어쩌면 그때 아버지는 위안을 얻어 나에게 그 말을 했을지도 몰라.' 그리고 공작 영애는 노공작이 임종의 날 그녀에게 한 다정한 말을 소리 내어 말해 보았다. "사…… 랑…… 하…… 는 딸…… 아!" 마리야 공작 영애는 그 말을 되풀이하고는 흐느끼기 시작했다. 그 눈물은 마음을 가볍게 하는 눈물이었다. 그녀는 지금 아버지의 얼굴을 눈앞에서 보고 있었다. 그녀가 기억할 수 있을 때부터 알던 얼굴, 그녀가 언제나 멀리서 보던 얼굴이 아니었다. 그 얼굴은 그녀가 마지막 날 그가 하는 말을 듣기 위해 그의 입 쪽으로 몸을 굽히다 처음으로 가까이에서 그 주름과 세세한 부분들을 샅샅이 보게 된 소심하고 쇠약한 얼굴이었다.

'사랑하는 딸아.' 그녀는 속으로 같은 말을 되풀이했다.

'아버지는 그 말을 할 때 무슨 생각을 했을까? 지금은 무슨 생각을 하고 있을까?' 갑자기 그녀의 머릿속에 그런 물음이 떠올랐다. 그 물음에 대한 대답으로 눈앞에 그가 보였다. 하얀 천을 얼굴에 감고 관 속에 누웠을 때와 똑같은 표정이었다. 그러자 그때, 즉 그를 건드리며 이것은 아버지가 아닐 뿐 아니라 비밀스럽고도 혐오스러운 무언가라고 확신한 그때 그녀를 사로잡은 공포가 이 순간 다시 그녀를 움켜쥐었다. 그녀는 다른 것을 생각하고 기도를 하고 싶었지만 아무것도 할 수 없었다. 그녀는 커다랗게 뜬 눈으로 달빛과 그림자를 바라보았다. 매 순간 그의 죽은 얼굴을 보게 될 것을 예감했고, 집 안팎에 드리운 정적이 자신을 칭칭 동여매는 것을 느꼈다.

"두냐샤!" 그녀는 조그맣게 속삭였다. "두냐샤!" 그녀는 거친 목소리로 부르짖고는 정적을 찢고 나와 하녀방 쪽으로, 맞은편에서 달려오는 보모와 하녀들에게로 뛰어갔다.

13

8월 17일 로스토프와 일리인은 포로가 되었다 이제 막 돌아온 라브루시카와 경기병 전령을 거느리고 보구차로보로부터 15베르스타 떨어진 자신의 숙영지 얀코보에서 말을 타고 길을 나섰다. 일리인이 산 새 말을 시험하고 마을에 건초가 있는지 알아보기 위해서였다.

지난 사흘 동안 보구차로보는 서로 대적하는 두 군대 사이에 놓였기 때문에 러시아군 후위 부대나 프랑스군 전위 부대나 똑같이 쉽게 닿을 수 있었다. 그래서 꼼꼼한 기병 중대장인 로스토프는 보구차로보에 남은 식량을 프랑스군보다 먼저 차지하고 싶었다.

로스토프와 일리인은 더할 나위 없이 유쾌한 기분에 젖어 있었다. 공작의 저택이 있는 보구차로보 영지 — 그들은 그곳에서 많은 하인들과 예쁘장한 하녀들을 보게 되리라 기대했다 — 로 가는 도중에 그들은 라브루시카에게 나폴레옹에 관하여 이것저것 캐물으며 그의 이야기에 웃음을 터뜨리기도 하고 일리인의 말을 시험하느라 경주를 하기도 했다.

로스토프는 자신이 향하고 있는 마을이 여동생의 약혼자였던 바로 그 볼콘스키의 영지라는 사실을 몰랐고, 또 그럴 것이라고는 생각도 못 했다.

로스토프와 일리인은 마지막으로 말을 달려 보구차로보 앞의 야트막한 언덕으로 향했고, 일리인을 제친 로스토프가 먼저 보구차로보 마을의 거리에 들어섰다.

"중대장님이 이겼습니다." 얼굴이 벌게진 일리인이 말했다.

"그래, 언제나 내가 이기지. 초원에서든 이곳에서든." 로스토프는 땀에 흠뻑 젖은 자신의 돈 지방 말을 손으로 쓰다듬으며 대답했다.

"백작 각하, 저는 이 프랑스산 말로 각하를 추월할 수도 있었습니다." 뒤에서 라브루시카가 자신이 탄 비쩍 마른 마차용 말을 프랑스산이라 부르며 말했다. "백작님을 부끄럽게 하고 싶지 않았을 뿐이라고요."

그들은 농부들이 큰 무리를 지어 서 있는 창고로 천천히 말을 몰았다.

농부들 중 몇몇은 모자를 벗었고, 몇몇은 모자를 벗지 않은 채 자기들 쪽으로 말을 몰고 오는 사람들을 쳐다보았다. 주름 투성이 얼굴에 턱수염이 듬성하게 난 늙은 키다리 농부 두 명이 선술집에서 나왔다. 그들은 히죽거리는 얼굴로 어떤 황당무계한 노래를 부르면서 장교들에게로 비틀비틀 다가왔다.

"훌륭한 젊은이들이군!" 로스토프가 웃으며 말했다. "건초 있나?"

"이렇게 똑같을 수가……." 일리인이 말했다.

"즐거……어……어운 이야……이야……기." 농부들은 행복한 웃음을 지으며 노래를 불렀다.

한 농부가 무리에서 나와 로스토프에게 다가왔다.

"어느 쪽 군대 분들입니까?" 그가 물었다.

"프랑스군이다." 일리인이 낄낄거리며 대답했다. "그리고 이분이 바로 나폴레옹이시다." 그는 라브루시카를 가리키며 말했다.

"그렇다면 러시아군이군요?" 농부가 거듭 물었다.

"이곳에 당신네 병력이 많습니까?" 키가 다소 작은 다른 농부가 그들에게 다가오며 물었다.

"많지, 많아." 로스토프가 대답했다. "그런데 자네들은 왜 이곳에 모여 있나?" 그가 덧붙여 물었다. "축일인가?"

"노인장들이 마을 일 때문에 모여 있습니다." 농부가 곁을 떠나며 대답했다.

바로 그때 주인의 저택에서 뻗어 나온 길에 두 여자와 하얀 모자를 쓴 한 남자가 나타나 장교들 쪽으로 걸어왔다.

"장밋빛 옷을 입은 여자는 내 거야, 끼어들지 마!" 일리인이 그를 향해 결연히 다가오는 두냐샤를 보며 말했다.

"우리 거겠죠!" 라브루시카가 한쪽 눈을 찡긋하며 일리인에게 말했다.

"나의 아름다운 아가씨, 뭐가 필요한가요?" 일리인이 싱글거리며 말했다.

"공작 영애님께서 여러분이 어느 연대 소속인지, 여러분의 성함이 무엇인지 알아 오라고 분부하셨어요."

"이분은 기병 중대장인 로스토프 백작이고, 나는 당신의 순종적인 종이랍니다."

"이야…… 아…… 가씨!" 술 취한 농부가 하녀와 이야기하는 일리인을 바라보며 행복한 미소를 띤 채 노래했다. 알파티치가 멀리서부터 모자를 벗으며 두냐샤를 뒤따라 로스토프에게로 다가왔다.

"감히 장교님들을 번거롭게 해도 되는지요?" 그는 정중하면서도 이 장교의 젊음을 다소 멸시하는 태도로 한 손을 품속에 넣은 채 말했다. "저희 주인님은 이달 15일에 돌아가신 육군 대장 니콜라이 안드레예비치 볼콘스키 공작의 따님이신데 이자들의 무지몽매로 곤경에 처하셨습니다." 그는 농부들을 가리켰다. "주인님께서 장교님들에게 와 주시기를 청하십니다……. 어떠십니까?" 알파티치는 슬픈 미소를 지으며 말했다. "저쪽으로 좀 가 주시겠습니까? 저자들 앞에서는 조금 불편해서……." 알파티치는 말 주위의 등에들처럼 그의 뒤에서 얼쩡거리는 두 농부를 가리켰다.

"아! 알파티치다……. 그렇지? 야코프 알파티치! 대단하군! 부디 우리를 용서하게. 대단해! 그렇지?" 농부들은 기뻐서 싱글벙글 웃으며 말했다. 로스토프는 술 취한 노인들을 바라보고 씩 웃었다.

"혹시 각하께서는 이런 것을 재미있다고 생각하시는지

요?" 야코프 알파티치는 단정한 표정을 띤 채 품속에 넣지 않은 손으로 노인들을 가리키며 말했다.

"아니, 그다지 재미는 없군." 로스토프는 이렇게 말하고 옆으로 비켜났다. "문제가 뭔가?" 그가 물었다.

"백작님께 감히 보고 올리겠습니다. 이곳의 난폭한 사람들이 공작 영애님을 영지 밖으로 못 나가게 하려고 마차에서 말들을 떼어 놓겠다며 협박합니다. 그래서 짐은 아침부터 다 꾸려 놓았는데도 공작 영애님께서 출발을 못 하고 계십니다."

"그럴 수가!" 로스토프가 외쳤다.

"백작님께 온전한 진실을 보고하게 되어 영광입니다." 알파티치가 거듭 말했다.

로스토프는 말에서 내려 전령에게 말고삐를 맡기고 알파티치에게 상황을 자세히 물으며 함께 저택으로 갔다. 사실 그 전날 공작 영애가 농부들에게 곡물을 제안하고 집회에 모인 사람들과 드론에게 해명을 한 것이 사태를 매우 악화시켰다. 드론은 결국 열쇠를 반납하고 농부들 편에 가담하여 알파티치의 호출에도 나타나지 않았다. 그리고 아침에 공작 영애가 이곳을 떠나기 위해 마차에 말을 매라고 지시했을 때 농부들이 크게 무리를 지어 창고 옆에 몰려와 '우리는 공작 영애를 마을에서 내보내지 않겠다. 마을을 떠나지 말라는 명령이 있었다. 우리가 말을 마차에서 떼어 놓겠다.'라고 전하도록 공작 영애에게 사람을 보냈다. 알파티치가 그들에게 가서 훈계를 했지만 그들은 '우리는 공작 영애를 내보낼 수 없다. 그렇게 하라는 명령이 있었다. 공작 영애가 남는다면 우리는 예전처럼 그녀를 섬길 것이며 그녀의 말에 무조건 복종하겠다.'라고 답했다.(카르프가 가장 많은 말을 했고, 드론은 무리에 숨어 모습을 드러내지 않았다.)

로스토프와 일리인이 말을 몰고 도로를 질주하던 바로 그때, 마리야 공작 영애는 알파티치와 보모와 하녀들의 만류에도 마차에 말을 매도록 지시하고 떠나려 했다. 그러나 기병들이 말을 타고 질주하는 것을 본 사람들은 그들을 프랑스군으로 생각했다. 마부들은 달아나고 저택에서 여자들의 울음소리가 높아졌다.

"세상에! 사랑하는 아버지! 하느님께서 당신을 보내셨군요!"로스토프가 대기실을 지나치는 순간 사람들이 감동한 목소리로 말했다.

로스토프가 안내를 받아 마리야 공작 영애에게로 갔을 때 그녀는 홀에서 어찌할 바를 모르며 힘없이 앉아 있었다. 그녀는 몰랐다. 그가 누구인지, 왜 이곳에 있는지, 그녀에게 앞으로 무슨 일이 생길지……. 그녀는 러시아인다운 그의 얼굴을 보았고, 홀에 들어서는 그의 태도와 첫마디에서 그가 자신과 같은 계층의 사람임을 알아보았다. 그러자 특유의 그윽하게 빛나는 눈길로 그를 응시하며 흥분 때문에 떨리는 목소리로 띄엄띄엄 말을 하기 시작했다. 그 순간 로스토프는 이 만남에서 낭만적인 무언가를 떠올렸다. '폭동을 일으킨 난폭한 농부들의 전횡에 홀로 내맡겨져 의지할 데 없이 비탄에 젖은 아가씨! 그리고 어떤 기이한 운명이 나를 이곳으로 몰았다!' 로스토프는 그녀의 말을 듣고 그녀를 쳐다보며 생각했다. '그런데 이 아가씨의 생김새와 표정이 참 부드럽고 우아하구나!' 그는 머뭇거리는 그녀의 이야기를 들으며 생각했다.

이 모든 것이 아버지의 장례식 다음 날 일어났다는 말을 할 때 그녀의 목소리가 떨렸다. 그녀는 고개를 돌렸다. 그러고는 로스토프가 자기 말을 그의 동정심을 자극하려는 것으로 받아들일까 두려운 듯 두려움과 의문에 찬 눈빛으로 그를 쳐다보았다. 로스토프의 눈에 눈물이 고였다. 마리야 공작 영애는 그것을 알아차리고 감사가 담긴 빛나는 시선으로 로스토프를 바라보았다. 그 눈빛은 그녀의 얼굴이 아름답지 않다는 점을 잊게 만들었다.

"우연히 이곳에 왔다가 당신에게 나의 각오를 보여 줄 수 있게 되어 말로 이루 표현할 수 없을 만큼 행복합니다, 공작 영애." 로스토프가 일어서며 말했다. "가십시오. 나의 명예를 걸고 장담합니다. 내가 당신을 호위하도록 허락만 하신다면 단 한 사람도 감히 당신에게 불쾌한 짓을 할 수 없을 겁니다." 로스토프는 차르 가문의 귀부인에게 인사하듯 정중히 허리를 숙이고는 문으로 향했다.

로스토프는 이런 정중한 태도로써 마치 그녀를 알게 된 것은 행복으로 여기지만 그녀와 가까워지기 위해 그녀의 불행을 이용하고 싶지 않다는 뜻을 보여 주려는 것 같았다.

마리야 공작 영애는 그 태도를 헤아리고 높이 평가했다.

"정말로, 정말로 감사합니다." 공작 영애는 프랑스어로 그에게 말했다. "하지만 이 모든 것이 그저 오해일 뿐 누구의 잘못도 아니면 좋겠어요." 공작 영애는 와락 울음을 터뜨렸다.

"용서하세요." 그녀가 말했다.

로스토프는 눈썹을 찌푸린 채 다시 한번 허리를 깊이 숙이고 홀에서 나갔다.

14

"어때요, 예쁘던가요? 아뇨, 형, 나의 장밋빛 여인은 참 매력적이죠. 이름이 두냐샤라는데⋯⋯." 그러나 일리인은 로스토프의 얼굴을 보고 입을 다물었다. 그는 자신의 영웅인 지휘관이 다른 갈래의 생각에 푹 빠진 것을 보았다.

로스토프는 매서운 눈빛으로 일리인을 돌아보고는 대꾸도 않고 마을을 향해 걸음을 재촉했다.

"본때를 보여 줘야지. 혼쭐을 내 줄 테다, 이 날강도들!" 그는 혼잣말로 중얼거렸다.

알파티치는 그저 뛰는 것만은 피하고자 미끄러지듯 빠르게 걸으며 가까스로 로스토프를 따라갔다.

"어떤 결정을 내리셨습니까?" 알파티치가 로스토프를 따라잡으며 물었다.

로스토프는 걸음을 멈추더니 주먹을 불끈 쥐고 갑자기 위협적인 태도로 알파티치에게 성큼 다가섰다.

 "결정? 어떤 결정? 이 늙어 빠진 놈아!"로스토프가 알파티치에게 버럭 호통을 쳤다. "넌 뭘 보고 있었어, 어? 농부들이 폭동을 일으켰는데 그것도 수습하지 못해? 너야말로 배신자야. 난 너희 같은 놈들을 알아. 전부 살가죽을 벗기고 말겠어……." 그러고는 마치 비축해 둔 분노를 헛되이 써 버릴까 두려운 듯 알파티치를 내버려 두고 서둘러 앞장서서 걸었다. 알파티치는 모욕감을 꾹 참고 로스토프를 뒤따라 미끄러지듯 걸음을 재촉하며 그에게 계속 자기 의견을 전했다. 그는 농부들이 완강하다, 지금 군대도 없이 그들과 대적하는 것은 경솔한 행동이다, 먼저 군대를 부르러 사람을 보내는 편이 낫지 않겠느냐고 말했다.

 "내가 그놈들에게 군대를 보내지……. 내가 그들을 대적하겠어." 니콜라이는 비이성적이고 동물적인 분노와 그 분노를 발산하고픈 욕구로 씩씩거리며 뜻도 없는 말을 닥치는 대로 지껄였다. 그는 어떻게 할지 생각도 해 보지 않고 빠르고 단호한 걸음으로 군중을 향해 무의식적으로 움직였다. 그런데 로스토프가 군중에게 가까이 다가갈수록 알파티치는 로스토프의 경솔한 행동이 오히려 좋은 결과를 낳을 수도 있음을 한층 분명히 깨닫게 되었다. 농부들 무리도 그의 빠르고 의연한 걸음과 눈썹을 찌푸린 단호한 얼굴을 보며 똑같은 것을 느꼈다.

 경기병들이 마을로 들어오고 로스토프가 공작 영애를 방문한 후 군중 사이에서 혼란과 반목이 일어났다. 어떤 농부들은 마을에 들어온 이 사람들이 러시아 군인이며 자신들이 주인

아가씨를 못 가게 막은 것에 분노할지도 모른다고 말하기 시작했다. 드론도 똑같은 의견을 내세웠다. 하지만 드론이 의견을 밝히자마자 카르프와 다른 농부들이 이제까지 촌장이었던 그에게 대들었다.

"네놈이 이 마을 사람들을 들들 볶은 세월이 몇 년인데?" 카르프가 그를 윽박질렀다. "너야 어떻게 되든 상관없지! 넌 돈 항아리를 파내서 떠날 거잖아. 우리 집들이 파괴되든 말든 네놈과 무슨 상관이겠어?"

"질서를 지키라고, 아무도 집을 떠나지 말라고, 부스러기 한 톨도 마을 밖으로 나가지 못하게 하라고 들었지? 더 이상 이러쿵저러쿵하지 마!" 다른 사람이 외쳤다.

"네 아들 차례였는데 네놈은 아마 네 새끼가 불쌍했던 게지." 갑자기 왜소한 노인이 드론에게 대들며 빠르게 이야기했다. "그래서 우리 반카[91]를 군대에 보냈잖아. 아, 우리는 모두 죽고 말 거야!"

"맞아, 우리는 다 죽을 거야!"

"난 마을에 등을 돌리지 않았어." 드론이 말했다.

"바로 그거야. 등을 돌리진 않았어. 배를 채웠지!"

키가 큰 농부 둘이 제각기 지껄였다. 일리인과 라브루시카와 알파티치를 거느린 로스토프가 무리에 다가가자 카르프가 허리띠에 손가락을 찔러 넣은 채 가벼운 미소를 지으며 즉시 앞으로 나왔다. 그와 달리 드론은 뒷줄로 빠지고 사람들은 더

---

91) '이반'의 애칭이다. 이반의 애칭으로는 반카, 바냐, 바뉴시카 등이 있다.

촘촘히 붙어 섰다.

"여기서 네놈들 촌장이 누구냐?"로스토프가 빠른 걸음으로 무리에 다가가며 소리쳤다.

"촌장이요? 무슨 일로······?"카르프가 물었다.

그러나 그는 미처 말을 맺지 못했다. 로스토프의 강한 주먹에 그의 모자가 휙 날아가고 머리가 옆으로 돌아갔다.

"배신자들, 모자 벗어!"로스토프가 다혈질의 목소리로 외쳤다. "촌장은 어디 있나?"그가 격노한 목소리로 고함을 질렀다.

"촌장, 촌장을 부르시잖아······. 드론 자하리치, 당신을 부르잖아!"여기저기에서 다급하고 순종적인 목소리들이 들려왔다. 사람들은 모자를 벗기 시작했다.

"우리는 폭동을 일으킬 줄 몰라요. 우리는 질서를 유지하고 있다고요."카르프가 중얼거렸다. 갑자기 뒤에서 몇몇 목소리들이 동시에 떠들기 시작했다.

"노인들이 결정했기 때문에······ 당신네들 쪽은 명령을 내리는 사람들이 너무 많아서요······."

"어디서 지껄이는 거야? 폭동이다! 강도들! 배신자들!"로스토프는 카르프의 멱살을 움켜쥐고 그의 것 같지 않은 목소리로 의미도 없는 말을 큰 소리로 외쳐 댔다. "이자를 묶어, 묶으라고!"그는 라브루시카와 알파티치 외에 딱히 카르프를 묶을 사람이 없는데도 고래고래 소리를 질렀다.

하지만 라브루시카가 카르프에게 달려가 뒤에서 그의 팔을 붙잡았다.

"언덕 아래에 있는 우리 부대를 부를까요?" 그가 외쳤다.

알파티치는 농부들을 돌아보며 카르프를 묶도록 두 농부의 이름을 불렀다. 농부들은 고분고분 무리에서 빠져나와 허리띠를 풀었다.

"촌장은 어디 있나?" 로스토프가 소리쳐 물었다.

드론은 창백하게 질린 얼굴을 찡그리며 무리에서 나왔다.

"네가 촌장이냐? 라브루시카, 묶어!" 로스토프는 이러한 명령이 장애에 부딪칠 리 없다는 투로 외쳤다. 실제로 두 농부가 드론을 묶기 시작했다. 드론은 마치 그들을 도우려는 듯 자신의 허리띠를 풀러 그들에게 건넸다.

"그리고 너희는 모두 내 말을 들어라." 로스토프는 농부들을 돌아보았다. "이제 각자 집을 향해 앞으로 갓! 내 귀에 네놈들의 목소리가 들리지 않도록 해."

"뭐야, 우리는 아무런 해도 끼치지 않았잖아. 우리가 좀 어리석었을 뿐이야. 괜한 짓을 했어. 내가 이런 행동은 좋지 않다고 계속 말했잖아." 서로를 비난하는 목소리들이 들려왔다.

"그것 봐, 내가 말했지." 알파티치는 자신의 권리를 행사하며 말했다. "좋지 않은 짓이라고, 이놈들아!"

"우리가 어리석었습니다, 야코프 알파티치." 몇몇 목소리들이 대답했다. 무리는 즉각 해산하여 각자 마을로 흩어졌다.

결박된 두 농부는 주인 저택의 안마당으로 끌려갔다. 술 취한 두 농부도 그들을 뒤따라갔다.

"헤, 네놈의 꼴 좀 보자!" 그들 가운데 한 명이 카르프에게 말했다.

"어떻게 주인님에게 그런 식으로 말할 수 있어? 자네, 도대체 무슨 생각을 한 거야?"

"멍청이." 다른 남자가 함께 맞장구를 쳤다. "정말 멍청이라니까!"

두 시간 후 보구차로보 저택의 안마당에 짐수레가 여러 대 늘어섰다. 농부들은 활기차게 주인의 짐들을 날라 짐수레에 실었다. 큰 뒤주에 갇혔다가 마리야 공작 영애의 요청으로 풀려난 드론은 안마당에 서서 농부들에게 이런저런 지시를 내렸다.

"그것을 그렇게 엉망으로 놓으면 안 되지." 농부들 가운데 웃는 인상을 띤 둥근 얼굴의 키 큰 남자가 하녀의 손에서 귀중품 함을 받아 들며 말했다. "그것도 돈 가치가 있단 말이야. 왜 그런 식으로 던지고 밧줄을 대냔 말이지. 흠집이 생기잖아. 난 그런 식으로 하는 걸 좋아하지 않아. 뭐든지 규칙에 따라 정직하게 해야 해. 이렇게 거적을 대고 짚을 깔아. 좋았어. 마음에 드는군!"

"어이, 책이야, 책." 안드레이 공작의 책장을 나르던 다른 농부가 말했다. "부딪치지 않게 해! 이보게, 아주 무거워, 책들이 묵직하다고!"

"그렇군, 산책도 하지 않고 글만 쓰셨으니까!" 둥그스름한 얼굴의 키 큰 농부가 맨 위에 놓인 두툼한 사전을 가리키며 의미심장하게 한쪽 눈을 찡긋했다.

로스토프는 공작 영애에게 친분을 강요하고 싶지 않아 그녀에게로 가지 않고 마을에 남아서 그녀의 출발을 기다렸다. 마리야 공작 영애의 승용 마차가 저택을 떠날 때까지 기다린 로스토프는 말에 올라 보구차로보에서 12베르스타 떨어진, 아군이 점유한 도로까지 그녀를 호위했다. 얀코보의 여인숙에서 그는 정중히 작별 인사를 하고 처음으로 그녀의 손에 입을 맞추었다.

"무슨 그런 민망한 말씀을 하십니까!" 그는 자신을 구해 준 것(그녀는 그의 행동을 그렇게 표현했다.)에 감사하는 마리야 공작 영애에게 얼굴을 붉히며 대답했다. "어느 경찰서장이든 똑같이 행동했을 겁니다. 우리가 그저 농부들과 싸우기만 해도 되었다면 적을 이렇게 깊숙이 들이지도 않았을 텐데요." 그는 무언가 수치스러워하며 화제를 바꾸려고 애썼다. "다만 당신을 알 기회를 누리게 되어 행복합니다. 안녕히 가십시오, 공작 영애. 당신에게 행복과 위로가 있기를 바랍니다. 그리고 더 행복한 상황에서 당신과 만나게 되기를 희망합니다. 내 얼굴을 벌겋게 만들고 싶은 게 아니라면 제발 고맙다는 말을 거두어 주십시오."

하지만 공작 영애는 더 이상 말로 사의를 표하지 않으면서도 온통 고마움과 다정함이 빛나는 표정으로 감사를 전했다. 그녀는 자기에게 전혀 고마워할 이유가 없다는 그의 말을 믿기 힘들었다. 그가 없었다면 그녀는 분명 폭도와 프랑스군 때문에 파멸하고 말았을 것이다. 그는 그녀를 구하기 위해 눈에 훤히 보이는 무시무시한 위험으로 스스로를 몰아넣었다. 그 점은 그녀에게 의심할 여지 없이 명백한 사실이었다. 더욱 분명한 것은 그가 그녀의 처지와 슬픔을 이해할 만큼 지고하고 고결한 영혼을 가진 남자라는 점이었다. 그녀가 흐느끼며 자신의 상실을 털어놓던 바로 그때 눈물이 그렁그렁 차오르던 그의 선하고 정직한 눈동자…… 그 눈동자가 그녀의 머릿속에서 떠나지 않았다.

그와 헤어져 혼자 남았을 때 마리야 공작 영애는 불현듯 두 눈에 눈물이 고이는 것을 느꼈다. 그때가 처음은 아니었지만 내가 그를 좋아하나 하는 이상한 물음이 뇌리를 스쳤다.

모스크바로 가는 중에 함께 카레타에 탄 두냐샤는 마리야 공작 영애의 처지가 즐거운 편이 못 되는데도 창문으로 고개를 내민 얼굴에 무엇 때문인지 기쁨과 서글픔이 뒤섞인 미소가 떠오르는 것을 여러 번 알아챘다.

'내가 정말 그를 사랑하게 되었으면 어떻게 하지?' 마리야 공작 영애는 생각했다.

자기를 결코 사랑해 줄 것 같지 않은 남자를 먼저 사랑하게 된 점은 스스로도 인정하기 부끄러웠다. 그러나 아무도 그 사실을 절대 모를 거라는 생각, 처음이자 마지막으로 사랑하게 된 남자를 아무에게도 말하지 않고 생명이 다하는 순간까지 사랑한다 해서 자신이 비난받지는 않을 거라는 생각으로 그녀는 스스로를 위로했다.

이따금 그녀는 그의 시선, 그의 연민, 그의 말을 떠올렸다. 그럴 때면 행복이 전혀 불가능한 것만은 아니라는 생각이 들기도 했다. 마리야 공작 영애가 미소를 지으며 카레타 창밖을 응시하는 모습을 두냐샤가 눈치챈 것은 바로 그런 때였다.

'그는 보구차로보에 와야만 했어! 더군다나 바로 그 순간에!' 마리야 공작 영애는 생각했다. '그리고 그의 여동생은 안드레이 공작을 거절할 수밖에 없었지!' 그렇게 마리야 공작 영애는 그 모든 것에서 하느님의 뜻을 보았다.

로스토프는 마리야 공작 영애에게서 매우 좋은 인상을 받았다. 그녀를 떠올리면 기분이 즐거워졌다. 보구차로보에서 겪은 모험을 알게 된 동료들이 건초를 구하러 갔다가 러시아에서 가장 부유한 신붓감 가운데 한 명을 낚았다고 놀려 댈 때면 로스토프는 버럭 화를 냈다. 그가 화를 낸 것은 막대한 재산을 지닌 데다 자신에게 매력적으로 느껴지는 온화한 마리야 공작 영애와의 결혼에 대한 생각이 그의 뜻을 거스르며 자꾸 머리에 떠올랐기 때문이다. 니콜라이는 개인적으로 자신을 위해 마리야 공작 영애보다 더 나은 아내를 바랄 수 없었다. 그녀와의 결혼은 어머니인 백작 부인을 행복하게 할 것이고 아버지의 재정 상태를 회복해 줄 것이다. 니콜라이는 심지어 그 결혼이 마리야 공작 영애를 행복하게 할 것이라는 생각까지 했다.

하지만 소냐는? 그리고 언약의 말은? 로스토프가 볼콘스카야 공작 영애의 일로 자신을 놀리는 동료들에게 화를 낸 것은 이런 이유 때문이었다.

15

군 통수권을 맡은 쿠투조프는 안드레이 공작을 기억하고 그에게 사람을 보내 군사령부로 오라는 명령을 내렸다.

안드레이 공작이 차레보-자이미셰에 도착한 것은 쿠투조프가 군대의 첫 사열식을 한 그날 그 시각이었다. 그 마을에서 안드레이 공작은 총사령관의 승용 마차가 서 있는 사제관 옆에 말을 세우고 대문가의 긴 의자에 앉아 대공작을 기다렸다. 이제는 모두 쿠투조프를 그렇게 불렀다. 마을 너머 들판에서 때로는 군악대 소리가, 때로는 신임 총사령관을 향해 "우라!" 하고 외치는 무수한 목소리들의 아우성이 들려왔다. 대문가의 바로 그 자리에, 안드레이 공작과 열 발짝 정도 떨어진 그곳에 두 종졸과 하인장과 마부가 공작이 없는 틈을 타서 멋진 날씨를 즐기며 서 있었다. 머리칼이 검고 콧수염과 구레나룻이 덥수룩하게 자란 키 작은 경기병 중령이 말을 몰고 대문으로 다가왔다. 그는 안드레이 공작을 흘깃 보고 대공작이 그곳에 머무는지, 곧 돌아올지 물었다.

안드레이 공작은 자신은 대공작의 참모가 아니라 그를 찾아온 사람이라고 말했다. 경기병 중령은 말쑥하게 차려입은 종졸을 돌아보았다. 그러자 종졸은 총사령관의 종졸들이 장교에게 으레 그러듯이 매우 깔보는 투로 말했다.

"뭐요, 대공작 각하요? 이제 곧 오실 겁니다. 당신은 무슨 일로 왔습니까?"

경기병 중령은 종졸의 태도에 콧수염 밑으로 쓴웃음을 짓고는 말에서 내려 전령에게 말을 건넸다. 그리고 볼콘스키에게 다가가 가볍게 허리를 굽히며 절했다. 볼콘스키는 긴 의자에서 살짝 비켜 앉았다. 경기병 중령이 그 옆에 앉았다.

"당신도 총사경관님을 기다깁니까?" 경기병 중령이 말문을 열었다. "다행히 누구나 그분을 뵐 수 있다고 하더군요. 그 점은 소시지 장수들에게 큰 골칫거기겠지요. 예그몰고프가 독일인이 되게 해 달라고 청한 것도 무기는 아닙니다. 이제는 거시아군도 입을 열 수 있겠어요. 그겋지 않았다면 무슨 일이 일어났을지 악마나 알겠죠. 우기는 계속 후퇴하고 후퇴할 뿐이었습니다. 당신도 출정했습니까?" 그가 물었다.

"퇴각에 참여했을 뿐만 아니라 그 퇴각에서 영지와 고향과…… 아버지는 말할 것도 없고 소중한 모든 것을 잃는 기쁨을 누렸습니다. 아버지는 슬픔으로 인해 돌아가셨지요. 난 스몰렌스크 사람입니다."

"아, 당신이 볼콘스키 공작인가요? 당신을 알게 되어 무척 기쁩니다. 나는 제니소프 중경입니다. 바시카가는 이금으고 더 잘 알려져 있지요." 제니소프는 안드레이 공작의 손을 잡고 유난히 호의적인 관심을 보이며 그의 얼굴을 들여다보았다. "네, 나도 들었습니다." 제니소프는 동정을 나타내며 말하고 잠시 침묵하다가 다시 말을 이었다. "이것은 스키타이식 전쟁입니다. 자신의 옆구기글 강타당하지 않은 사감들은 뭐가 어떻게 되든 상관없겠죠. 그런데 당신이 안드게이 볼콘스키 공작이고군요?" 그는 고개를 저었다. "공작, 당신을 알게 되어 정말 기쁩니다. 정말 기뻐요." 그는 안드레이 공작의 손을 꽉 잡고 서글픈 미소를 지으며 다시 덧붙였다.

안드레이 공작은 나타샤의 이야기를 통해 그녀의 첫 번째 구혼자였던 제니소프에 대해 알고 있었다. 이제 그 기억은 달콤하고도 쓰라리게 그를 고통스러운 느낌으로 이끌었다. 그 느낌은 최근에 그가 꽤 오랫동안 떠올리지 않은, 그러면서도 마음에 계속 남아 있던 감정이었다. 최근에 그는 스몰렌스크를 버리고 나온 일, 리시에 고리에 다녀온 일, 얼마 전 아버지의 임종 소식을 받은 일 등 그 밖의 심각한 인상들을 아주 많이 겪었고 아주 많은 감각을 경험했다. 그래서 그 기억은 이미 오래전부터 머리에 떠오르지 않았고, 설사 떠오른다 해도 예전의 힘만큼 큰 영향을 미치지는 않았다. 그리고 제니소프에게 볼콘스키라는 이름이 불러일으킨 일련의 기억들은 아득히 먼 시적인 과거였다. 그때 그는 저녁 식사와 나타샤의 노래가 끝난 후 스스로도 어떻게 해야 할지 모르면서 열다섯 살 소녀에게 청혼을 했다. 그는 그 시절과 나타샤를 향한 사랑을 떠올리며 빙그레 웃었다. 그러나 그 즉시 그의 생각은 이 순간 자기 마음을 온통 강하게 사로잡은 문제로 옮겨 갔다. 그것은 그가 퇴각의 시기에 최전선에서 복무하며 생각해 낸 작전 계획이었다. 그는 바르클라이 드 톨리에게 그 계획을 제안했고, 지금 쿠투조프에게도 제안할 작정이었다. 그 계획은 프랑스군 전선이 지나치게 넓게 퍼져 있다는 점, 그리고 전방에서부터 공격하는 대신, 혹은 그렇게 하는 동시에 프랑스군의 진로를 차단하여 그 보급로를 공격할 필요가 있다는 점에 기초한 것이었다. 그는 자신의 계획을 안드레이 공작에게 설명하기 시작했다.

"그들이 이 전선 전체를 지탱할 수는 없습니다. 그것은 불가능합니다. 내가 책임지고 저들을 돌파하겠습니다. 나에게 군인 500명을 주십시오. 내가 저들을 격파하겠습니다. 확실합니다. 방법은 한 가지, 바로 파그티잔 전법입니다."

제니소프는 일어서서 손짓을 해 가며 볼콘스키에게 계획을 설명했다. 그가 한창 설명하고 있을 때 사열식 장소로부터 음악과 노랫소리에 뒤섞인 군대의 함성이 이제까지보다 더 들쑥날쑥하게 더 널리 퍼지며 들려왔다. 마을에 발소리와 함성이 울렸다.

"그분이 오십니다." 대문 옆에 서 있던 코사크가 외쳤다. "오십니다!"

볼콘스키와 제니소프는 대문으로 다가갔다. 문 옆에 한 무리의 군인들(의장병)이 서 있었다. 볼콘스키와 제니소프는 키가 크지 않은 자그마한 밤색 말을 타고 길을 따라 이쪽으로 오는 쿠투조프를 보았다. 수많은 수행원들이 뒤를 따랐다. 바르클라이는 거의 나란히 오고 있었다. 장교들 무리가 그 뒤와 그 주위에서 달리며 "우라!" 하고 외쳤다.

부관들이 쿠투조프보다 앞서 말을 몰고 안마당으로 뛰어들었다. 쿠투조프는 주인의 몸무게 때문에 느린 걸음으로 미끄러지듯 나아가는 말을 초조하게 쿡쿡 찌르면서 하얀 근위 기병 군모(붉은 테가 있고 차양은 없는)에 한 손을 붙인 채 끊임없이 고개를 끄덕였다. 용감한 척탄병 의장대 — 그에게 거수경례를 하는 이들은 대부분 훈장을 받은 자들이었다 — 에게 다가간 쿠투조프는 잠시 침묵하며 지휘관다운 집요한 눈빛으로 그들을 유심히 바라보고는 주위에 선 장군들과 장교들의 무리를 돌아보았다. 그의 얼굴이 불현듯 미묘한 표정을 띠었다. 그는 의혹의 몸짓으로 어깨를 움츠렸다.

"이렇게 훌륭한 젊은이들이 있는데 계속 퇴각만 하다니!" 그가 말했다. "자, 다음에 보세, 장군." 그는 이렇게 덧붙이고 말을 움직여 안드레이 공작과 제니소프의 옆을 지나 대문 안으로 들어섰다.

"우라! 우라! 우라!" 그의 뒤에서 함성 소리가 들렸다.

안드레이 공작이 못 본 사이에 쿠투조프는 더 뚱뚱해졌다. 살갗은 지방질로 붓고 축 늘어졌다. 그러나 안드레이 공작에게 낯익은 하얀 눈동자, 흉터, 얼굴과 몸에 드리워진 피로한 표정은 여전했다. 그는 프록코트형 군복을 입고(가느다란 가죽 끈이 달린 채찍을 한쪽 어깨에 걸친 채) 하얀 근위 기병 군모를 썼다. 그는 무겁게 축 늘어진 모습으로 이리저리 흔들리며 씩씩한 말에 걸터앉아 있었다.

"퓨…… 퓨…… 퓨." 그는 안마당으로 뛰어 들어오며 들릴락 말락 조용히 휘파람을 불었다. 얼굴에는 대표직을 수행한 후 휴식을 취하고자 하는 사람의 평온한 기쁨이 떠올랐다. 그는 온몸을 기울여 등자에서 왼발을 빼고는 힘겨움에 얼굴을 찌푸리며 간신히 그 발을 안장 위에 옮겨 놓고 무릎으로 짚었다. 그리고 그를 부축하는 코사크들과 부관들의 팔에 의지해 내려오며 툴툴거렸다.

그는 옷매무새를 단정히 하고는 실눈을 뜨고 주위를 둘러보았다. 그는 안드레이 공작을 흘깃 쳐다보았으나 알아보지 못했는지 물속에 들어가는 듯한 특유의 걸음걸이로 현관 계단을 향해 걸음을 옮겼다.

"퓨…… 퓨…… 퓨……." 그는 휘파람을 불고 다시 안드레이 공작 쪽을 돌아보았다. 안드레이 공작의 인상은 몇 초 후에야(노인들에게 종종 그런 일이 있는 것처럼) 그 인물에 대한 기억과 연결되었다.

"아, 잘 있었나, 공작, 잘 있었나, 이보게, 같이 가세……." 그는 뒤를 돌아보며 지친 기색으로 말하고는 그의 무게로 삐걱거리는 계단을 힘겹게 올라갔다. 그는 단추를 풀고 현관 앞에 놓인 긴 의자에 앉았다.

"그래, 아버지는 어떠신가?"

"어제 아버지의 임종 소식을 받았습니다." 안드레이 공작이 짧게 말했다.

쿠투조프는 깜짝 놀라 눈을 휘둥그레 뜨며 안드레이 공작을 바라보더니 군모를 벗고 성호를 그었다. "그를 천국에 들게 하소서! 하느님의 뜻이 우리 모두에게 임하기를!" 그는 가슴 전체를 들썩이며 무겁게 숨을 내쉬고는 침묵했다. "난 그를 사랑하고 존경했지. 진심으로 자네에게 위로의 마음을 전하네." 그는 투실한 가슴에 안드레이 공작을 꽉 끌어안고 오랫동안 놓아주지 않았다. 쿠투조프의 품에서 풀려난 안드레이 공작은 쿠투조프의 퉁퉁한 입술이 부르르 떨리고 눈에 눈물이 고인 것을 보았다. 그는 한숨을 쉬고 몸을 일으키기 위해 긴 의자를 두 손으로 잡았다.

"가세, 내 방에 가서 이야기를 나누세." 그가 말했다. 그런데 그때 부관들이 현관 계단에서 거친 목소리로 수군거리며 제지하는데도 적군 앞에서와 똑같이 상관 앞에서도 별로 겁을 내지 않는 제니소프가 계단을 따라 박차를 울리면서 당당하게 현관으로 올라왔다. 쿠투조프는 두 팔로 긴 의자를 잡고 몸을 지탱하면서 제니소프를 불만스럽게 쳐다보았다. 제니소프는 자기 이름을 대며 조국을 위하여 대단히 중요한 문제를 대공작에게 전하고자 한다고 말했다. 쿠투조프는 지친 눈빛으로 제니소프를 바라보더니 짜증 섞인 몸짓으로 두 손을 긴 의자에서 떼어 배 위에 포개 놓고 그의 말을 되받았다. "조국을 위해? 그게 뭔가? 말해 보게." 제니소프는 아가씨처럼 얼굴을 새빨갛게 붉히며(그 콧수염 덥수룩하고 나이 지긋한 남자의 술 취한 얼굴에서 홍조를 보는 것은 참으로 기묘한 느낌을 불러일으켰다.) 스몰렌스크와 뱌지마 사이의 적의 작전 경로를 끊어 놓겠다는 계획을 설명하기 시작했다. 제니소프는 그 지방에 살아서 지형을 잘 알았다. 그의 계획은 의심할 여지 없이 훌륭했고, 특히 그의 말에 깃든 설득력으로 보아 더욱 그러했다. 쿠투조프는 자기 발을 쳐다보며 이따금 옆집 안마당을 돌아보았다. 마치 그곳에서 불쾌한 무언가가 나타날 것을 예상하는 듯했다. 제니소프가 이야기를 하는 동안 쿠투조프가 바라보던 농가에서 정말로 겨드랑이에 서류 가방을 낀 장군이 나타났다.

"뭔가?" 제니소프가 한창 설명하고 있을 때 쿠투조프가 입을 열었다. "벌써 준비됐나?"

"준비됐습니다, 대공작 각하." 장군이 말했다. 쿠투조프는 '어떻게 한 사람이 그 모든 것을 해낼 수 있겠나?'라고 말하듯 고개를 젓고는 제니소프의 말에 계속 귀를 기울였다.

"거시아 장교고서 명예글 걸고 말씀드깁니다." 제니소프가 말했다. "제가 나폴게옹의 보급고글 차단하겠습니다."

"자네는 키릴 안드레예비치 제니소프 병참 총감과 어떤 관계인가?" 쿠투조프가 말을 가로막았다.

"친척 아저씨입니다, 대공작 각하."

"오! 그는 나의 친구였네." 쿠투조프는 쾌활하게 말했다. "좋아, 좋아, 자네, 여기 사령부에 남게. 내일 이야기하세." 그는 제니소프에게 고개를 끄덕여 보이고 고개를 돌려 코노브니친[92]이 가져온 서류에 손을 뻗었다.

---

92) 표트르 페트로비치 코노브니친(Pyotr Petrovich Konovnitsyn, 1767~1822). 러시아의 장군. 1812년 3보병 사단을 지휘했고, 바르클라이 드 톨리의 서부군에 속해 있었다. 보로지노, 타루치노, 말리 야로슬라베츠의 전투에 참전했고, 뱌지마 전투 이후 후위 부대를 지휘했다. 이후 국방 대신을 역임했다.

"대공작 각하, 방으로 드시지 않겠습니까?" 당직 장군이 불만스러운 목소리로 말했다. "계획을 검토하고 몇몇 서류에 서명을 해 주셔야 합니다." 한 부관이 문밖으로 나와 숙소에 모든 것이 준비되었다고 보고했다. 하지만 쿠투조프는 일에서 해방된 후 방에 들어가고 싶은 듯했다. 그는 얼굴을 찌푸렸다…….

"아닐세, 탁자를 이리 가져오게, 여기에서 검토하지." 그가 말했다. "자네는 가지 말게." 그는 안드레이 공작을 돌아보며 덧붙였다. 안드레이 공작은 당직 장군의 말을 들으며 현관 앞에 남아 있었다.

보고가 계속되는 동안 안드레이 공작은 입구 안쪽에서 여자들이 소곤대는 소리와 실크 드레스가 사락거리는 소리를 들었다. 그쪽을 여러 번 힐끔거리던 그는 문 너머에 뺨이 발그레한 풍만하고 아름다운 여인이 장밋빛 드레스를 입고 라일락색 실크 스카프를 머리에 두른 채 접시를 들고 있는 것을 보았다. 아마도 총사령관이 들어오기를 기다리는 듯했다. 쿠투조프의 부관은 안드레이 공작에게 그녀가 이 저택의 안주인인 사제 부인이며, 대공작에게 빵과 소금을 건네려 한다고 낮은 목소리로 설명했다. 남편은 교회에서 십자가로 대공작을 맞이하고 그녀는 집에서……. "무척 아름답지요." 부관이 싱긋 웃으며 덧붙였다. 쿠투조프는 이 말에 뒤를 돌아보았다. 쿠투조프는 당직 장군의 보고(보고의 주요 안건은 차례보-자이미셰의 진지에 대한 비판이었다.)를 듣고 있었다. 그 모습은 제니소프의 말을 듣던 때나 칠 년 전 아우스터리츠 군사 회의의 논쟁을 듣던 때나 똑같았다. 그는 단지 귀가 달려서, 비록 그 가운데 하나는 선박의 밧줄로 틀어막아 두었지만[93] 어쨌든 듣지 않을 수 없어서 듣고 있는 것 같았다. 하지만 당직 장군이 보고할 수 있었던 것 가운데 어느 것에도 놀라거나 흥미를 느끼지 못하는 게 분명해 보였다. 그뿐만 아니라 자신이 듣게 될 모든 내용을 이미 알지만 기도문의 찬양을 들어야 하듯 단지 들어야 하기 때문에 들을 뿐이라는 것도 분명했다. 제니소프가 말한 내용은 모두 실제적이고 현명했다. 당직 장군이 말한 것은 더 실제적이고 더 현명했다. 그러나 쿠투조프는 분명 지식도 두뇌도 경멸하고 있었다. 그는 문제를 결정하는 다른 무엇, 두뇌나 지식과 상관없는 다른 무엇을 아는 게 틀림없었다. 안드레이 공작은 총사령관의 표정을 주의 깊게 살폈지만 그 얼굴에서 발견한 것이라고는 지루함, 문 뒤에서 여자들이 뭐라고 속삭이는지 알고 싶은 호기심, 예의를 지키고 싶은 마음이 뒤섞인 표정이 다였다. 쿠투조프는 분명 두뇌와 지식, 심지어 제니소프가 보인 애국심마저 경멸했다. 다만 두뇌로나 감정으로나 지식으로 그것들을 경멸한 게 아니라(그는 그런 것들을 보이려 하지도 않았으므로) 다른 무언가로 경멸했다. 그는 자신의 연륜으로, 자신의 인생 경험으로 그것들을 경멸했다. 쿠투조프가 그 보고에 개인적으로 덧붙인 유일한 명령은 러시아군의 약탈에 관한 것이었다. 마지막으로 당직 장군은 대공

---

93) 옛날 선원들이 밧줄을 푼 삼실을 귀마개로 쓰던 풍습으로 이후 일반인들에게도 널리 퍼졌다.

작에게 서명해 달라며 서류를 내밀었다. 덜 여문 귀리를 베어 갔다고 고소한 지주의 청원 때문에 지휘관들로부터 사례금을 징수한다는 내용이었다.

그 사건에 대해 들은 쿠투조프는 혀를 차며 고개를 저었다.

"페치카에…… 불 속에 던지게! 이보게, 딱 한 번만 이야기 하겠네." 그가 말했다. "이것들을 전부 불에다 던지게. 그자들 이 마음껏 곡식을 베고 장작을 때도록 내버려 두게. 난 그것을 지시하지도 허락하지도 않겠지만, 그렇다고 처벌할 수도 없 네. 그런 일이 없을 수는 없어. 장작을 패면 지저깨비가 날리기 마련이야." 그는 다시 한번 서류를 힐끗 쳐다보았다. "아, 독일 인의 정확성이라니!" 그는 고개를 저으며 중얼거렸다.

16

"자, 이제 다 끝났군." 쿠투조프는 마지막 서류에 서명을 하면서 이렇게 말하고는 힘겹게 일어서서 허옇고 투실투실한 목의 주름을 펴며 한층 밝아진 얼굴로 문을 향해 걸어갔다.

사제 부인은 얼굴을 확 붉히며 접시를 잡았다. 그토록 오랫동안 준비했는데도 때맞춰 접시를 내밀지 못했던 것이다. 그녀는 허리를 깊이 숙이며 쿠투조프에게 접시를 권했다.

쿠투조프가 실눈을 지었다. 그는 씩 웃더니 한 손으로 그녀의 턱을 잡고 말했다.

"그나저나 굉장한 미인이구려! 고맙소!"

그는 바지 호주머니에서 금화 몇 닢을 꺼내 접시 위에 올려놓았다.

"생활은 어떻소?" 쿠투조프는 자신에게 배정된 방으로 향하며 말했다. 사제 부인은 발그레한 얼굴에 보조개를 지으며 그를 뒤따라 방으로 갔다. 부관이 현관 앞으로 나와 안드레이 공작을 오찬에 초대했다. 삼십 분 후 안드레이 공작은 다시 쿠투조프에게 불려 갔다. 쿠투조프는 여전히 프록코트의 단추를 푼 채 안락의자에 누워 있었다. 한 손에 프랑스어 책을 쥐고 있었다. 안드레이 공작이 들어서자 그는 종이칼로 책장을 표시하고 책을 덮었다. 안드레이 공작이 표지를 보니 마담 드 장리스가 지은 『백조의 기사』였다.[94]

"자, 앉지, 거기 앉아. 이야기나 하세." 쿠투조프가 말했다. "슬프군. 정말 슬퍼. 하지만 이보게, 기억하게, 난 자네 아버지, 그러니까 두 번째 아버지일세……." 안드레이 공작은 쿠투조프에게 자신이 아버지의 임종에 대해 아는 것을, 자신이 리시에 고리를 지나치다 본 것을 전부 들려주었다.

"사태가 어느 지경까지, 어느 지경까지 온 건가!" 갑자기 쿠투조프가 흥분한 목소리로 말했다. 그는 안드레이 공작의 이야기를 통해 러시아가 처한 상황을 명확히 그려 볼 수 있게 된 듯했다. "잠시 시간을 주게, 시간을 줘." 그는 성난 표정으로 덧붙였다. 그는 마음을 휘젓는 그 이야기를 계속하고 싶지 않은지 이렇게 말했다. "내가 자네를 부른 것은 자네를 내 옆에 두기 위해서야."

"대공작 각하께 감사드립니다." 안드레이 공작이 대답했다. "하지만 저는 제가 사령부에 더 이상 맞지 않는 것 같아 두렵

---

94) 『백조의 기사, 즉 샤를마뉴의 신하들(Le chevaliers du Cygne, ou la cour de Charlemagne)』은 1797년 함부르크에서 출간된 세 권짜리 고딕 소설이다.

습니다." 그는 빙그레 웃으며 말했다. 쿠투조프는 그 웃음을 알아차렸다. 쿠투조프는 뭔가 묻고 싶은 눈빛으로 바라보았다. "무엇보다⋯⋯." 안드레이 공작이 덧붙였다. "저는 연대 생활에 익숙해졌습니다. 저는 장교들을 좋아하고, 병사들도 절 좋아하는 것 같습니다. 연대를 떠나면 서운할 것 같습니다. 제가 대공작 각하 곁에 머물 영광을 거절한다 하더라도 믿어 주셨으면⋯⋯."

쿠투조프의 투실투실한 얼굴에 총명하고 선량한, 그러면서도 미묘하게 조롱하는 듯한 표정이 빛났다. 그는 볼콘스키의 말을 가로막았다.

"유감스럽군. 자네는 나에게 필요한 사람일 텐데⋯⋯. 하지만 자네가 옳아, 자네가 옳고말고. 사람이 필요한 곳은 여기가 아니지. 조언자는 언제나 많은데 사람이 없어. 조언자들이 모두 자네처럼 연대에서 복무한다면 연대가 지금 같은 모습은 아닐 텐데. 난 아우스터리츠에서의 자네를 기억하네⋯⋯. 기억하지, 기억하고말고. 깃발을 들고 있던 모습을 기억하네." 쿠투조프가 말했다. 그 기억에 안드레이 공작의 얼굴이 기쁨으로 확 달아올랐다. 쿠투조프는 안드레이 공작의 팔을 끌어당기며 한쪽 뺨을 내밀었다. 안드레이 공작은 또 한 번 노인의 눈에 고인 눈물을 보았다. 쿠투조프가 쉽게 눈물을 보인다는 점, 지금 자신을 유난히 다정하게 대하고 안쓰러워하는 것은 아버지를 잃은 자신에게 동정을 표하고 싶은 마음 때문이라는 점을 알았다. 그러나 아우스터리츠의 그 기억은 안드레이 공작에게 기쁘고 어깨가 으쓱해지는 기억이었다.

"하느님과 동행하며 자네의 길을 가도록 하게. 난 아네. 자네의 길은 영광의 길이야." 그는 잠시 입을 다물었다. "부쿠레슈티에서도 자네가 없어 아쉬웠지. 그때도 자네를 보내야 했어." 쿠투조프는 화제를 바꾸어 튀르크 전쟁과 평화 조약 체결에 대해 말하기 시작했다. "그렇다네, 사람들이 나를 많이 비난했지." 쿠투조프가 말했다. "전쟁을 위해서든 평화 조약을 위해서든 모든 것이 딱 때맞춰 왔어. 기다릴 줄 아는 사람에게는 모든 것이 때맞춰 온다네. 그곳에서도 조언자들은 이곳보다 적지 않았어……." 그는 조언자들에 관한 화제로 돌아가 계속 말을 이었다. 그들에게 신경이 쏠린 듯했다. "오, 조언자들, 조언자들!" 그는 말했다. "우리가 조언자들의 말을 전부 들었다면 우리는 아직도 저 튀르크에 있을 걸세. 평화 조약도 맺지 못하고 전쟁도 끝내지 못하고 말이야. 무엇이든 성급하게 하지. 하지만 서두를수록 더 늦어져. 카멘스키가 죽지 않았다 해도 결국에는 목숨을 잃었을 거야. 그는 3만 군대를 이끌고 요새를 공격했어. 요새를 탈취하기는 어렵지 않아. 전쟁에서 이기기가 어렵지. 하지만 그것을 위해 필요한 것은 돌격이나 공격이 아냐. 인내와 시간이 필요해. 카멘스키는 루슈크에 군인들을 보냈지. 하지만 나는 그것들(인내와 시간)만을 보내서 카멘스키보다 더 많은 요새를 탈취하고 튀르크인들이 말고기를 먹게 만들었네." 그는 고개를 저었다. "프랑스인들도 그렇게 될 거야! 내 말을 믿게." 쿠투조프는 가슴을 쿵쿵 치며 기세 좋게 말했다. "그자들도 말고기를 먹게 하겠네!" 그의 눈동자에 또다시 눈물이 아른거렸다.

"하지만 전투를 받아들여야 하지 않습니까?" 안드레이 공작이 말했다.

"그래야겠지. 모두가 그렇게 하길 바란다면. 달리 방법이 없으니 말일세. 그렇지만 이보게, 인내와 시간, 이 두 전사보다 더 강한 것은 없어. 두 전사가 모든 것을 해낼 걸세. 조언자들은 그 귀로 듣지를 않는군. 바로 그 점이 골칫거리야. 원하는 자도 있고 원하지 않는 자도 있으니 말일세. 어떻게 하면 좋겠나?" 그가 대답을 기대하는 눈치로 물었다. "그래, 자네라면 어떻게 하라고 말하겠나?" 그가 질문을 반복했다. 그의 눈이 심오하고 총명한 표정으로 빛났다. "어떻게 해야 할지 내가 자네에게 말해 주지." 안드레이 공작이 여전히 대답을 못 하자 그가 말했다. "무엇을 해야 할지, 그리고 내가 지금 무엇을 하고 있는지 말해 주겠네. 이보게, 의심이 들 때에는……." 그는 잠시 침묵했다. "행동을 자제하게." 그는 띄엄띄엄 말했다.

"그럼, 잘 가게, 친구. 아버지를 잃은 자네의 슬픔을 내가 온 마음을 다해 자네와 함께 견디고 있다는 것, 자네에게는 내가 대공작도, 공작도, 총사령관도 아닌 아버지라는 것을 기억하게. 필요한 것이 있으면 곧장 날 찾아와. 잘 가게." 그는 다시 그를 안고 입을 맞추었다. 그리고 안드레이 공작이 문을 채 나서기도 전에 쿠투조프는 편안하게 한숨을 내쉬고 읽다 만 마담 장리스의 소설 『백조의 기사』를 다시 집어 들었다.

안드레이 공작은 스스로도 어떻게, 어째서 그렇게 되었는지 도저히 설명할 수 없을 것 같았지만 쿠투조프와의 만남 이후 전쟁의 전반적인 상황에 대해, 전쟁의 책임을 맡은 사람에 대해 마음을 푹 놓고 자신의 연대로 돌아갔다. 그 노인에게 개인적인 것이 일체 없다는 사실 — 그 노인에게는 마치 욕망의 습성만이, 지성(사건들을 분류하고 결론을 내는) 대신 상황의 흐름을 침착하게 관조하는 능력만이 남아 있는 것 같았다 — 을 깨달을수록 모든 것이 마땅히 흘러가야 할 대로 흘러가리라는 점에 더욱 안심하게 되었다. '그에게는 자신의 것이 아예 없을 것이다. 그는 아무것도 궁리하려 하지 않을 테고, 아무것도 실행하지 않을 것이다.' 안드레이 공작은 생각했다. '하지만 모든 것을 듣고 모든 것을 기억하고 모든 것을 적소에 배치할 것이다. 또 유익한 것이라면 어떤 것도 방해하지 않을 테고, 해로운 것이라면 어떤 것도 용납하지 않을 것이다. 그는 자기 의지보다 더 강하고 중대한 어떤 것, 즉 사건의 필연적인 흐름이 있다는 것을 안다. 그는 그것을 보고 그 의미를 이해할 수 있을 것이다. 그리고 그 의미를 고려하여 이런 사건에 개입하는 것을 피하고 다른 것을 향한 개인의 의지를 버릴 수 있을 것이다. 무엇보다 그를 믿을 수 있는 이유는 그가 장리스의 소설을 읽고 프랑스의 격언을 인용할지라도 러시아인이기 때문이며, "사태가 어느 지경까지 온 건가!"라고 말할 때 그 목소리가 떨렸기 때문이며, "그자들이 말고기를 먹게 만들겠네."라고 말하면서 흐느꼈기 때문이다.' 안드레이 공작은 생각했다. 국민들이 궁정의 판단을 거스르며 쿠투조프를 총사령관으로 선출할 때 보여 준 의견 일치와 전반적인 찬성은 모두가 다소 어렴풋하게나마 느낀 바로 이러한 감정에 바탕을 둔 것이었다.

17

군주가 모스크바를 떠난 후 모스크바의 삶은 예전의 일상
적인 방식으로 흘러갔다. 지난 며칠 동안의 애국적인 희열과
열광을 떠올리기 어려울 만큼, 러시아가 실제로 위기에 처했
다는 점이며 영국 클럽 회원들이 어떤 희생도 개의치 않는 조
국의 아들이기도 하다는 점을 믿기 어려울 만큼 그 삶의 흐름
은 너무도 평범했다. 군주가 모스크바에 체류할 때의 열광적
이고 애국적인 사회 분위기를 새삼 떠올리게 하는 것은 인원
과 자금의 기부를 요구받는다는 점뿐이었다. 기부는 말을 꺼
내 놓자마자 법률적이고 공적인 형태를 취하여 도저히 피할
수 없게 된 것처럼 보였다.

적은 모스크바에 점점 더 가까이 접근하고 있는데 모스크
바 사람들이 자기 처지를 바라보는 시선은 더 심각해지기는
커녕 오히려 한층 경박해지기까지 했다. 이는 큰 위험이 점점

다가오는 것을 지켜보는 인간에게 늘 있는 일이다. 위험이 임박할 때에는 인간의 영혼 속에서 언제나 두 가지 목소리가 똑같이 강하게 소리 높여 말하기 마련이다. 한 목소리는 인간에게 위험의 성질 자체와 그것으로부터 벗어날 방도를 생각해 내라고 매우 이성적으로 말한다. 또 한 목소리는 더욱 이성적으로 이렇게 말한다. "모든 것을 예측하고 상황의 전체 흐름을 벗어나는 것은 인간 능력 밖의 일이다. 그런데도 굳이 위험을 생각하는 것은 너무나 고통스럽고 괴롭다. 그러니 위험이 닥칠 때까지는 괴로운 것을 외면하고 즐거운 것을 생각하는 편이 낫다." 고독 속의 인간은 대부분 첫 번째 목소리에 굴복한다. 반대로 집단 속의 인간은 두 번째 목소리에 굴복한다. 지금 모스크바 주민들이 그런 상태였다. 그해처럼 모스크바가 흥겨웠던 것은 실로 오랜만의 일이었다.

위쪽에 술집, 술집 주인, 모스크바 상인인 카르푸시카 치기린 ── 치기린은 민병들 틈에 끼어 소란스러운 술집에서 술을 어지간히 마시고 또 한 잔을 들이키다 보나파르트가 모스크바로 진군하려한다는 말을 듣고 분개하여 추잡한 말로 프랑스 사람들 전부에게 욕설을 퍼붓고는 술집에서 나와 독수리 문장 밑에 모인 사람들에게 연설을 하기 시작했다 ── 의 그림이 있는 라스톱친의 전단은 바실리 리보비치 푸시킨[95]의 최신 부리메[96]와 나란히 읽히며 논의의 대상이 되곤 했다.

---

95) 바실리 리보비치 푸시킨(Vassili Lʹvovich Pushkin, 1766~1830). 시, 소설, 희곡 등 다양한 장르의 작품을 남긴 러시아의 대문호 알렉산드르 세르게예비치 푸시킨의 친척으로 그 역시 여러 시를 남긴 시인이었다.

사람들은 그 전단을 읽으려고 클럽의 구석방에 모여들었다. 어떤 사람들은 카르푸시카가 프랑스인들은 양배추를 먹어 부풀고 러시아 죽을 먹어 터지고 양배추 수프를 먹어 질식할 것이다, 그자들은 모두 난쟁이다, 아낙 혼자서도 그놈들 세 명쯤은 갈퀴로 거뜬히 들어 팽개칠 것이다라고 말하며 프랑스인들에게 야유를 퍼붓는 것을 마음에 들어 했다. 어떤 사람들은 그 말투를 못마땅하게 생각하며 저속하고 어리석다 말하곤 했다. 라스톱친이 프랑스인들뿐 아니라 모든 외국인들을 모스크바에서 추방했고 그중에는 나폴레옹의 스파이와 요원들도 있었다는 소문이 나돌았다. 그러나 사람들이 그 소문을 이야기하는 주된 이유는 라스톱친이 외국인들을 내보낼 때 던진 재치 있는 말을 전달할 기회를 얻기 위해서였다. 외국인을 바지선에 태워 니즈니로 보낼 때 라스톱친은 그들을 향해 이렇게 말했다. "잘 생각해 보고 배에 타시오. 그 배가 당신들에게 카론의 배[97]가 되지 않도록 하시오." 사람들은 모든 관청이 이미 모스크바를 빠져나갔다고 말하며, 모스크바는 그것 하나만으로도 나폴레옹에게 감사해야 한다는 신신의 농담을 덧붙이곤 했다. 마모노프가 자기 연대에 80만 루블을 들였을 거라는 둥, 베주호프는 자신의 민병대에 더 많은 비용을 들였을 거라는 둥, 하지만 베주호프의 가장 훌륭한 행동은 직접 군복을 입고 연대의

---

96) 17세기 초 프랑스의 시인 뒬로가 만든 놀이에서 비롯된 운율시의 한 형태다. 미리 정해진 운을 사용해 순서대로 의미가 통하는 시를 짓는다.
97) 그리스 신화에서 카론은 죽은 자의 혼을 자신의 나룻배에 태워 스틱스강 건너 하데스의 왕국으로 데려다주는 뱃사공이다.

선두에서 말을 타고 진군할 때 자신을 구경하고 싶어 하는 사람들로부터 관람료를 받지 않는 것이라는 둥 온갖 말들이 돌았다.

"당신은 아무에게도 호의를 베풀지 않는군요." 줄리 드루베츠카야가 반지로 뒤덮인 가느다란 손가락으로 잘게 찢어 둔 거즈 조각을 모아 작은 덩어리로 꼭꼭 뭉치면서 말했다.

줄리는 다음 날 모스크바를 떠날 계획을 세우고 작별의 야회를 열었다.

"베주호프는 우스꽝스러워요. 하지만 아주 착하고 아주 사랑스러운 사람이죠. 그처럼 독설을 내뱉는 것에 무슨 즐거움이 있나요?"

"벌금입니다!" 민병대 제복을 입은 젊은 남자가 말했다. 그는 줄리가 '나의 기사님'이라 부르는 남자로, 그녀와 함께 니즈니로 떠날 예정이었다.

모스크바의 많은 사교 모임처럼 줄리의 사교 모임에서도 러시아어로만 말하도록 정해졌고, 실수로 프랑스어를 쓴 사람은 기부 위원회를 위해 벌금을 내야 했다.

"프랑스어 표현을 썼으니 또 벌금을 내야 합니다." 응접실에 있던 러시아 작가가 말했다. "'즐거움이 있다'는 러시아어 표현이 아닙니다."

"당신은 아무에게도 호의를 베풀지 않는군요." 줄리는 작가의 지적을 무시하며 민병에게 계속 말을 건넸다. "독설이라고 한 것은 미안해요." 그녀가 말했다. "벌금은 내겠어요. 당신에게 진실을 말하는 기쁨을 위해서라면 난 기꺼이 돈을 낼 거예요. 프랑스어 표현을 쓴 것은 내 잘못이 아니에요." 그녀는 작가를 돌아보았다. "난 골리친 공작처럼 돈과 시간이 있는 사람이 아니어서 교사를 따로 두고 러시아어를 배울 수 없어요. 아, 저기 그가 오네요." 줄리가 말했다. "태양을……. 아니, 아니에요." 그녀가 민병을 돌아보았다. "잡지 말아요. 태양을 이야기하면 햇살이 보인다더니." 그녀는 피에르를 향해 다정하게 미소를 지으며 말했다. "우리는 방금 당신 연대에 관해 이야기하고 있었어요." 여주인은 사교계 여성답게 막힘없이 술술 거짓말을 했다. "우리는 당신의 연대가 틀림없이 마모노프의 연대보다 더 우수해질 거라고 말했답니다."

"아, 나의 연대에 대해서는 아무 말도 하지 말아 주십시오." 피에르는 여주인의 손에 입을 맞추고 그 옆에 앉으며 대답했다. "연대라면 정말 지긋지긋합니다!"

"당신은 정말 직접 연대를 지휘할 건가요?" 줄리는 조소 어린 교활한 눈빛을 민병과 주고받으며 말했다.

피에르 앞에서는 민병도 더 이상 독설가가 아니었다. 그 얼굴에는 줄리의 미소가 무엇을 뜻하는지 모르겠다는 표정이 떠올랐다. 피에르에게 멍하고 선량한 구석이 있긴 했지만 그의 인물 됨됨이는 그를 대놓고 비웃으려는 모든 시도를 즉시 꺾어 버리곤 했다.

"아니요." 피에르는 자신의 크고 뚱뚱한 몸을 보며 껄껄 웃었다. "나는 프랑스군에게 너무 쉬운 표적이 될 겁니다. 게다가 말에 올라타지 못할 것 같아 두렵기도 하고요……."

줄리의 사교 모임에서 화제에 오른 사람들 가운데에는 로스토프가 사람들도 있었다.

"사람들 말로는 그 사람들의 형편이 아주 안 좋다면서요." 줄리가 말했다. "그분은 너무 어수룩해요. 백작 말이에요. 라주몹스키가 사람들이 그분의 집과 모스크바 근교의 영지를 구입하고 싶어 했는데 아직도 매듭을 짓지 못했대요. 그분이 값을 너무 비싸게 불러서요."

"아뇨, 조만간 매각이 이루어질 것 같던데요." 누군가가 말했다. "지금 모스크바에서 무언가를 사는 것은 정신 나간 짓이긴 하지만요."

"어째서요?" 줄리가 말했다. "당신은 정말 모스크바가 위험하다고 생각하나요?"

"그렇다면 당신은 왜 떠나는 겁니까?"

"나요? 그게 참 이상해요. 내가 떠나는 건…… 다들 떠나니까요. 게다가 난 잔 다르크도 아마존 여전사도 아니잖아요."

"음, 그래요, 그렇군요. 헝겊을 더 주십시오."

"그가 거래를 잘 성사시키면 빚을 전부 갚을 수 있을 텐데요." 민병이 로스토프에 대해 계속 말했다.

"착한 노인이지요. 하지만 너무 **무능해요**. 그나저나 그들은 왜 그렇게 오랫동안 이곳에서 지내는 걸까요? 오래전부터 시골에 가고 싶어 했잖아요. 나탈리는 요즘 건강한 것 같던가요?" 줄리가 교활하게 웃으며 피에르에게 물었다.

"그분들은 작은아들을 기다리는 중입니다." 피에르가 말했다. "작은아들이 오볼렌스키의 코사크 부대에 들어가 벨라야 체르코비로 떠났거든요. 그곳에서 연대가 편성되고 있답니다. 그런데 이번에 그분들이 아들을 내 연대로 전속시켰습니다. 그래서 매일같이 그를 기다리고 있지요. 백작은 오래전부터 떠나려 했습니다만 백작 부인은 아들이 돌아올 때까지 모스크바를 절대 떠나지 않겠다고 합니다."

"그저께 아르하로프가에서 그들을 봤어요. 나탈리는 다시 예뻐지고 명랑해졌더군요. 그녀는 로망스를 한 곡 불렀어요. 어떤 사람들은 무슨 일이든 참 쉽게 넘기지요!"

"넘기다니요, 무엇을 말입니까?" 피에르가 불쾌한 기색으로 물었다. 줄리가 빙긋 웃었다.

"백작, 당신 같은 기사는 마담 수자의 소설에만 있다는 걸 아나요?"

"무슨 기사요? 어째서요?" 피에르가 얼굴을 붉히며 물었다.

"뭐, 됐어요, 사랑스러운 백작. 모스크바 전체가 안다고요. 정말이지 난 당신에게 감탄하고 있답니다."

"벌금입니다, 벌금!" 민병이 말했다.

"알았어요. 말도 못 하겠네요. 정말 따분하다니까!"

"모스크바 전체가 무엇을 안단 말입니까?" 피에르가 벌떡 일어서며 성난 목소리로 말했다.

"그만해요, 백작. 당신도 알잖아요!"

"전혀 모르겠습니다." 피에르가 말했다.

"난 당신이 나탈리와 친했다는 걸 알아요. 그래서……. 아니에요, 난 늘 베라와 더 친하답니다. 베라는 *사랑스러워요*."

"아닙니다, 부인." 피에르는 불만스러운 투로 계속 말했다. "난 결코 로스토바의 기사 역을 떠맡은 적이 없습니다. 게다가 벌써 거의 한 달이나 그 집에 가지 않았다고요. 하지만 난 그 잔인함을 이해할 수 없군요……."

"변명은 자기 죄를 인정하는 것이나 다름없어요." 줄리는 웃음 띤 얼굴로 헝겊 뭉치를 흔들며 말했다. 그러고는 자신의 말을 마지막 말로 남기기 위해 곧 화제를 바꾸어 버렸다. "어떻게 된 거예요? 난 오늘에야 알았어요. 가엾은 마리 볼콘스카야가 어제 모스크바에 왔다죠. 당신도 그녀가 아버지를 여읜 소식을 들었나요?"

"정말이요? 어디에 있습니까? 그녀를 꼭 보고 싶은데요." 피에르가 말했다.

"어제 함께 저녁 시간을 보냈어요. 그녀는 오늘이나 내일 아침에 조카를 데리고 모스크바 근교의 영지로 떠날 거예요."

"그녀는 어떤가요?" 피에르가 말했다.

"괜찮아요. 다만 슬퍼 보였어요. 그런데 누가 그녀를 구했는지 알아요? 그야말로 굉장한 로맨스더군요. 니콜라 로스토프예요. 볼콘스카야는 포위를 당해 죽을 뻔했어요. 하인들도 다치고요. 그런데 그가 몸을 던져 그녀를 구했답니다."

"로맨스가 하나 더 있죠." 민병이 말했다. "분명 이 전반적인 피란 사태는 모든 노처녀들의 결혼을 위해 일어났을 겁니다. 카티시도 그렇고, 볼콘스카야도 마찬가지지요."

"그런데 말이죠, 난 사실 그녀가 그 청년을 조금은 사랑한다고 생각해요."

"벌금, 벌금입니다, 벌금이에요!"

"하지만 이런 이야기를 어떻게 러시아어로 해요?"

18

피에르가 집에 돌아오자 하인이 그날 라스톱친이 보낸 전단 두 장을 그에게 건넸다.

첫 번째 전단에는 라스톱친 백작이 모스크바를 떠나지 못하게 금지했다는 소문은 사실이 아니며, 오히려 라스톱친 백작은 귀부인들과 상인의 아내들이 피란하는 것을 반긴다고 적혀 있었다. "불안도 줄고 소문도 줄 것이다. 하지만 나는 악당들이 모스크바에 들어오지 못하도록 내 목숨을 걸고 책임지겠다." 전단에는 이렇게 적혀 있었다. 이 말은 프랑스군이 모스크바에 들어오리라는 점을 피에르에게 처음으로 분명히 보여주었다. 두 번째 전단에는 우리 군사령부는 뱌지마에 있다, 비트겐시테인 백작[98]이 프랑스군을 무찔렀다, 하지만 많은 주민

---

98) 표트르 흐리스티아노비치 비트겐시테인(Pyotr Khristianovich Wittgen-

들이 무장을 원하기에 그들을 위하여 기병도, 피스톨, 라이플 총 등 주민들이 염가로 구할 수 있는 무기를 무기고에 구비해 두었다라고 적혀 있었다. 전단의 어조는 더 이상 예전의 치기린 이야기 같은 농담조가 아니었다. 피에르는 이 전단들에 대해 곰곰이 생각했다. 그 무시무시하고 위협적인 먹구름, 그가 마음 깊은 곳으로부터 온 힘을 다해 불러낸, 동시에 마음속에서 무의식적인 공포를 불러일으키기도 한 그 먹구름이 분명 점점 가까워 오고 있었다.

'군적에 등록하고 입대할까, 아니면 기다려 볼까?' 피에르는 스스로에게 그 질문을 100번째 던지고 있었다. 그는 테이블에 놓인 카드 한 벌을 집어 들고 점을 치기 시작했다.

'만약 이 카드 점이 잘 나오면……' 그는 패를 섞어 손에 쥐고 위를 쳐다보며 속으로 중얼거렸다. '만일 잘 나오면 그 의미는…… 그것은 무엇을 뜻하지?' 그가 그 카드 점이 의미하는 바를 미처 판단하기도 전에 서재 밖에서 들어가도 되느냐고 묻는 첫째 공작 영애의 목소리가 들렸다.

'그렇다면 그것은 내가 입대해야 한다는 뜻이다.' 피에르는 속으로 말을 맺었다. "들어와요, 들어와요." 그는 공작 영애를 돌아보며 덧붙였다.

(긴 허리와 돌처럼 냉랭한 얼굴을 지닌 첫째 공작 영애만 피에르

---

stein, 1769~1843). 프로이센 태생의 러시아 장군. 1805년 아우스터리츠 전투에서, 1807년 프리들란트 전투에서 싸웠다. 1812년 전쟁 초에는 바르클라이 드 톨리의 명으로 페테르부르크 가도를 지키기 위해 기동대를 지휘했다. 쿠투조프가 죽은 후 러시아군 총사령관이 되어 유럽 원정에 참전했다.

의 집에서 계속 지내고 있었다. 두 동생들은 결혼을 했다.)

"사촌, 이렇게 찾아와서 미안해요." 그녀는 비난 섞인 흥분한 목소리로 말했다. "정말이지 이제는 무언가를 결정해야 해요! 도대체 어떻게 해야 하나요? 다들 모스크바를 떠났고 민중은 폭동을 일으키고 있어요. 우리는 왜 여기 남은 건가요?"

"그 반대입니다. 모든 게 순조로운 것 같아요, 사촌." 피에르는 습관적인 농담조로 말했다. 공작 영애 앞에서 은인 역할을 하는 것을 언제나 당혹스러워하던 피에르가 공작 영애를 대하면서 저절로 익힌 말투였다.

"네, 이런 게 순조로운 거군요…… 순조롭다는 건 좋은 거죠! 오늘 바르바라 이바노브나가 아군이 발군의 공적을 세우고 있다고 말해 주었어요. 경의를 표할 만하던데요. 게다가 민중은 굉장히 거칠어져 더 이상 말을 들으려 하지 않아요. 내하녀도 함부로 굴기 시작했어요. 이런 식으로 가다가는 곧 우리도 맞아 죽을 거예요. 거리를 돌아다닐 수도 없어요. 무엇보다 오늘내일 프랑스군이 들이닥칠 거예요. 도대체 우리는 무엇을 기다리는 거죠! 한 가지 부탁할 게 있어요, 사촌." 공작영애가 말했다. "날 페테르부르크로 데려가라고 지시해 줘요. 내가 어떤 인간이든 난 보나파르트의 지배 아래에서는 살 수 없어요."

"그만해요, 사촌. 도대체 어디에서 그런 소식을 들은 겁니까? 오히려……."

"난 당신의 나폴레옹에게 굴복하지 않겠어요. 다른 사람들은 자기가 원하는 대로……. 당신이 그러고 싶지 않다면……."

"네, 하겠습니다. 당장 그렇게 지시할게요."

공작 영애는 화풀이할 사람이 없어 화를 내는 듯했다. 그녀는 낮은 목소리로 뭐라 중얼거리며 의자에 앉았다.

"하지만 당신은 잘못된 소문을 들은 겁니다." 피에르가 말했다. "시내는 아주 조용하고 아무 위험도 없어요. 여기 내가 방금 읽은 바로는……." 피에르는 공작 영애에게 전단을 보여 주었다. "백작은 자기 목숨을 걸고 적들이 모스크바에 들어오지 못하도록 책임지겠다고 썼어요."

"아, 당신의 그 백작 말이죠." 공작 영애는 증오심을 드러내며 말했다. "그 사람은 위선자고 악당이에요. 민중이 폭동을 일으키도록 자극한 자도 바로 그 인간이라고요. 그 사람이 그 어리석은 전단지에 누구의 머리채든 붙잡고 경찰서에 끌고 가라고 쓰지 않았나요?(정말 어리석기도 하죠!) 사람을 끌고 간 자에게는 명예와 영광이 있을 거라더군요. 바르바라 이바노브나가 그랬어요. 프랑스어를 말했다는 이유로 하마터면 민중에게 죽임을 당할 뻔했다고요……."

"하지만 그건 너무…… 당신은 모든 일에 너무 걱정이 많아요." 피에르는 이렇게 말하고 카드 점을 치기 시작했다.

카드 점은 잘 나왔지만 피에르는 입대하지 않고 황폐한 모스크바에 남아 여전히 똑같은 불안과 망설임과 두려움, 그와 동시에 기쁨에 싸여 무시무시한 무언가를 기다렸다.

다음 날 저녁 무렵 공작 영애가 떠났다. 그리고 수석 관리인이 피에르를 찾아와 만약 영지 한 곳을 팔지 않으면 피에르가 연대의 군복과 군장을 위해 요구한 돈을 구할 수 없다는 소식을 전했다. 대체로 수석 관리인은 연대와 관련된 그 모든 일들 때문에 피에르가 파산하고 말리라는 점을 보여 주려 했다. 피에르는 수석 관리인의 말을 들으며 간신히 웃음을 참았다.

"그럼 팔아요." 그가 말했다. "어쩌겠소, 이제는 손을 뗄 수도 없으니 말이오."

모든 상황, 특히 자기 상황이 나빠질수록 피에르는 더 쾌활해졌다. 기다리던 대변동이 점점 다가오고 있다는 점도 더 뚜렷해 보였다. 시내에는 피에르가 아는 사람들이 거의 없었다. 줄리도 떠나고 마리야 공작 영애도 떠났다. 가까운 지인들 가운데에는 로스토프가 사람들만 남았다. 그러나 피에르는 그들을 방문하지 않았다.

그날 피에르는 기분 전환을 위해 레피흐가 적을 무찌르고자 제작한 큰 열기구[99]와 내일 띄울 예정인 시험용 열기구를 보러 보론초보 마을로 갔다. 그 열기구는 아직 준비되어 있지 않았다. 그러나 피에르가 알아낸 바에 따르면 그것은 군주의 희망으로 제작 중이었다. 군주는 라스톱친 백작에게 그 기구에 대하여 다음과 같은 편지를 썼다.

레피흐가 준비를 마치는 대로 신뢰할 만하고 명석한 자들로

---

99) 네덜란드 농부인 프란츠 레피흐는 1812년 모스크바로 가서 라스톱친에게 자신이 열기구를 만들 수 있으니 그 열기구로 프랑스군을 공중에서 공격하라고 설득했다. 레피흐는 한 해 전 나폴레옹에게도 똑같은 제안을 했다가 프랑스 영토에서 추방되었다. 모스크바에서 레피흐는 마침내 열기구를 완성하여 시험 운전을 했지만 열기구는 떠오르지 않았다.

열기구에 탑승할 승무원을 조직하시오. 그리고 쿠투조프 장군에게 특사를 보내 미리 알리시오. 난 그에게 그 일에 대해 전했소. 실패하거나 적의 수중에 들어가지 않도록 처음 낙하할 지점에 주의를 기울이라고 레피흐에게 잘 말해 두시오. 레피흐가 총사령관과 함께 행동을 맞추는 것이 필수적이오.

피에르는 보론초보에서 집으로 돌아오는 길에 볼로트나야 광장을 지나치다가 형장에 모인 군중을 보고는 드로시키를 세우고 밖으로 나왔다. 프랑스인 요리사가 스파이 죄목으로 태형을 받았던 것이다. 태형이 막 끝나 집행인이 애처롭게 신음하는 뚱뚱한 남자를 고문대에서 풀어 주고 있었다. 붉은 구레나룻을 기른 뚱뚱한 남자는 파란색 긴 양말을 신고 녹색 캄졸을 걸친 채였다. 야위고 창백한 또 한 명의 죄수도 같은 자리에 서 있었다. 얼굴로 보아 두 사람 모두 프랑스인이었다. 피에르는 야윈 프랑스인과 마찬가지로 두려움에 찬 병적인 표정을 띤 채 군중을 밀치고 나아갔다.

"무슨 일입니까, 누구지요, 무엇 때문입니까?" 그가 물었다. 하지만 군중, 즉 관리들, 상인들, 농부들, 외투를 입은 여자들은 형장에서 벌어지는 일에 너무나 탐욕스럽게 집중하고 있어 아무도 그에게 대꾸하지 않았다. 뚱뚱한 남자가 인상을 쓰면서 일어나 어깨를 으쓱하고는 의연함을 과시하고 싶은 듯 주위를 쳐다보지 않고 캄졸을 입기 시작했다. 그러나 갑자기 입술 언저리가 바르르 떨리더니, 다혈질의 성인이 울 때 흔히 그러듯 스스로에게 화를 내며 울음을 터뜨리고 말았다. 군중은 연민의 감정을 억누르려는 듯 ─ 피에르가 느끼기에 ─ 큰 소리로 떠들기 시작했다.

"어느 공작의 요리사라더군……."

"어때요, 무슈, 러시아 소스가 프랑스인에게 너무 시었나 보죠…… 신 것을 먹고 이가 흔들렸나 봅니다." 프랑스인이 울음을 터뜨리자 피에르 옆에 서 있던 주름투성이의 하급 관리가 말했다. 관리는 남들이 자신의 농담을 높이 평가해 주기를 기대하는 양 주위를 두리번거렸다. 어떤 사람들은 웃음을 터뜨렸고, 어떤 사람들은 다른 남자의 옷을 벗기는 집행인을 두려운 표정으로 계속 바라보았다.

피에르는 코로 숨을 식식거리며 얼굴을 찌푸리고는 재빨리 돌아서서 드로시키로 되돌아갔다. 걷는 동안에도, 드로시키에 올라타는 동안에도 끊임없이 혼잣말로 뭐라고 중얼거렸다. 집에 돌아가는 동안 그가 여러 차례 몸을 부르르 떨며 큰 소리로 고함을 쳐 마부가 그에게 물었다.

"뭐라고 분부하셨습니까?"

"어디로 가는 건가?" 피에르가 루뱐카로 마차를 모는 마부에게 호통을 쳤다.

"총사령관님께 가라고 분부하셨습니다." 마부가 대답했다.

"멍청한 자식! 이 비열한 놈!" 피에르는 마부에게 욕설을 하며 고래고래 소리를 질렀다. 그에게 좀처럼 없던 일이었다. "집으로 가라고 했잖아. 얼른 가, 멍청아. 오늘이라도 떠나야 한단 말이다." 피에르가 혼잣말로 중얼거렸다.

피에르는 처벌을 받는 프랑스인들과 형장을 에워싼 군중을 보며 더 이상 모스크바에 남아 있을 수 없다고, 당장이라도 입대하겠다고 너무도 확고하게 결정을 내려서 자신이 마부에게 이 사실을 말했거나 마부가 당연히 아는 줄 알았다.

집에 돌아온 피에르는 모르는 게 없고 못하는 게 없으며 모스크바 사람들 모두가 알 만큼 유명한 자신의 마부 옙스타피예비치에게 자신은 밤에 모자이스크의 부대로 떠날 테니 그곳으로 자신의 승마용 말을 보내라고 지시했다. 이 모든 것이 그날 안에 다 실행될 수 없었기에 옙스타피예비치의 제안대로 피에르는 교체할 말을 도로에 배치할 시간을 벌기 위해 다음 날까지 출발을 연기해야 했다.

24일에는 궂은 날씨가 끝나고 날이 개었다. 이날 피에르는 점심 식사 후 모스크바를 떠났다. 그날 밤 페르후시코보에서 말을 바꿀 때 피에르는 저녁에 큰 전투가 있었다는 사실을 알게 되었다. 사람들은 이곳 페르후시코보에서 대포 소리에 땅이 흔들렸다고 말했다. 어느 편이 이겼느냐는 피에르의 질문에 대해서는 아무도 대답을 하지 못했다.(그것은 24일에 셰바르지노 부근에서 벌어진 전투였다.) 동틀 무렵 피에르는 모자이스크 부근에 이르렀다.

모자이스크의 모든 민가는 부대 숙소로 사용되었다. 피에르가 그의 조마사와 마부를 만난 여인숙에는 어느 방이든 자리가 없었다. 모든 곳이 장교들로 꽉 차 있었다.

모자이스크 안팎으로 어디를 가든 부대가 주둔하거나 행군하고 있었다. 코사크들, 보병들, 말 탄 병사들, 수송차들, 탄약 상자들, 대포들이 사방에 보였다. 피에르는 빨리 나아가려고 서둘렀다. 모스크바에서 멀리 벗어날수록, 그 군대의 바다에 깊이 잠길수록 그는 초조한 불안과 이전에 경험하지 못한 새로운 기쁨에 더욱더 사로잡혔다. 그것은 군주의 방문 때 슬로보츠키 궁전에서 맛본 감정, 즉 무언가를 실행하고 무언가를 희생해야만 할 것 같은 감정과 비슷했다. 이 순간 그는 인간의 행복을 이루는 모든 것, 안락한 생활, 부(富), 심지어 인생자체마저 무의미함을 인식하는 즐거운 감정을 경험했다. 그것들은 다른 무언가와 비교할 때 기꺼이 던질 수 있는 것이었다……. 무엇과 비교하면 좋을지 피에르는 분명히 알 수 없었다. 게다가 자신이 누구를 위해, 무엇을 위해 모든 희생을 특별한 매력으로 생각하는지 굳이 이해하려 애쓰지도 않았다. 자신이 무엇을 위해 희생하려 하는지에 대해서는 관심이 없었다. 그저 희생 자체가 새로운 기쁨일 뿐이었다.

19

24일에는 셰바르지노 보루에서 전투가 있었고, 25일에는 어느 진영도 일절 발포를 하지 않았으며, 26일에는 보로지노 전투가 벌어졌다.

어째서, 어떻게 셰바르지노와 보로지노에서 전투가 시작되고 응전이 벌어진 것일까? 보로지노 전투는 왜 일어났을까? 프랑스군을 위해서나 러시아군을 위해서나 그 전투는 아무런 의미도 없었다. 가장 즉각적이면서 또한 일어날 수밖에 없었던 결과는 러시아군이 모스크바의 파멸을 향해 치닫고(우리가 세상에서 가장 두려워하던) 프랑스군이 군대 전체의 파멸을 향해 치달은 것(그들 역시 세상에서 가장 두려워하던)이었다. 그러한 결과는 그 시점에도 아주 명백하게 보였다. 하지만 나폴레옹은 싸움을 걸었고, 쿠투조프는 그 전투에 응했다.

지휘관들이 이성적인 이유에 따라 행동했다면 나폴레옹도

2만 베르스타를 이동하여 군대의 4분의 1을 잃을 가능성이 짙은 전투에 응하는 동안 확실한 파멸을 향해 나아가고 있음을 뚜렷하게 깨달았을 것이다. 쿠투조프도 군대의 4분의 1을 잃을 위험을 무릅쓰고 전투에 응하면 틀림없이 모스크바를 잃게 되리라는 점을 그만큼 분명히 느꼈을 것이다. 내 체스판의 말이 하나 적은 상황에서 상대와 말을 맞바꾸면 내가 질 게 분명하니 그러지 말아야 하는 게 자명한 사실이듯 그것은 쿠투조프에게 수학적으로 자명했다.

상대방에게 말 열여섯 개가 있고 나에게 열네 개가 있을 때 난 상대보다 그저 8분의 1 정도 더 약할 뿐이다. 하지만 상대와 말 열세 개를 맞바꾸고 나면 상대는 나보다 세 배 더 강해질 것이다.

보로지노 전투 전만 해도 아군과 프랑스군 병력은 5대 6 정도였다. 그러나 전투에서 그 비율이 1대 2가 되었다. 전투 전에는 10만 명 대 12만 명이었는데 전투 후 5만 명 대 10만 명이 된 것이다. 하지만 두뇌가 명석하고 경험이 많은 쿠투조프는 그 전투에 응했다. 한편 사람들이 천재적인 지휘관이라 일컫는 나폴레옹은 군대의 4분의 1을 잃으면서까지, 심지어 자기 군의 전선을 확장하면서까지 전투를 벌였다. 만약 나폴레옹이 빈을 점령할 때처럼 모스크바를 점령할 경우 전쟁을 종식시킬 수 있으리라 생각했다고 말하는 사람이 있다면 그에 반박할 증거는 많다. 나폴레옹을 연구하는 역사가들도 나폴레옹이 스몰렌스크에서 이미 진격을 멈추려 했다고, 모스크바 점령이 전쟁의 끝이 아니리라는 점을 알았다고 말한다. 그 이유는 그가 스몰렌스크에서 러시아 도시들이 어떤 상태로 자신에게 넘겨지는지 보았으며, 또한 협상을 하고 싶다는 바람을 수차례 표명했는데도 전혀 답변을 받지 못했기 때문이라는 것이다.

보로지노 전투를 벌이고 그에 응하는 동안 쿠투조프와 나폴레옹은 무의식적이고 무의미한 행동을 했다. 그런데 역사가들이 세상 온갖 사건들의 무의식적인 도구들 가운데 가장 맹종적이고 비자발적인 활동가였던 두 지휘관의 선견지명과 천재성을 증명하는 증거들을 교묘하게 꾸며 이미 일어난 사실에 끼워 맞췄다.

옛사람들은 영웅 서사시의 전형을 우리에게 남겼다. 그 서사시에서 역사의 모든 관심은 영웅에게 집중된다. 그리고 우리는 우리 인간의 시간에서 그런 종류의 역사가 아무 의미도 없다는 사실을 여전히 편하게 받아들이지 못하고 있다.

다른 질문, 즉 보로지노 전투와 그보다 앞선 셰바르지노 전투가 어떻게 벌어졌는가에 대한 질문에 대해서도 그와 똑같이 보편적으로 알려진 매우 확고하고도 완전히 그릇된 생각이 존재한다. 모든 역사가들은 다음과 같은 방식으로 전투를 기술한다.

러시아군은 스몰렌스크에서 퇴각하는 동안 결전을 위해 가장 유리한 진지를 찾다가 그러한 진지를 보로지노 부근에서 발견했을 것이다.

러시아군은 (모스크바에서 스몰렌스크로 뻗은) 도로 왼편의 거의 직각으로 꺾인 지점에, 즉 보로지노에서 우치차에 걸친 지점―바로 그 자리에서 전투가 벌어졌다―에 미리 그 진지를 구축한 듯하다.

그 진지의 전방에 위치한 셰바르지노 구릉에는 적을 감시하기 위해 견고한 전초가 세워졌을 것이다. 24일 나폴레옹은 전초를 공격하여 이를 탈취하고, 26일에는 보로지노 평원의 진지에 주둔 중인 러시아군 전체를 공격했을 것이다.

역사에는 이렇게 기록되어 있다. 그러나 이 모든 것은 사실과 완전히 다르다. 사건의 본질을 규명하고자 하는 사람이라면 누구나 이 점을 쉽게 확인할 수 있을 것이다.

러시아군은 가장 유리한 진지를 찾지 않았다. 오히려 퇴각하는 동안 보로지노보다 더 유리한 진지를 많이 지나쳤다. 그들은 그런 진지들 가운데 어디에도 머물지 않았다. 쿠투조프가 자신이 고르지 않은 진지는 택하려 하지 않았고, 전투에 대한 국민의 요구는 아직 충분히 강하게 표명되지 않았으며, 민병을 이끄는 밀로라도비치도 아직 도착하지 않았기 때문이다. 그 밖에도 헤아릴 수 없이 많은 여러 이유들이 있다. 이전의 진지들이 더 견고하다는 점, 보로지노의 진지(전투가 벌어진 장소)가 견고하지도 않을뿐더러 러시아 제국 내에서 지도 위에 대충 핀을 꽂아 표시할 수 있는 다른 어떤 장소보다 더 좋은 진지도 결코 아니었다는 점은 사실이다.

러시아군은 도로 왼편의 직각으로 펼쳐진 보로지노 평원(즉 전투가 벌어진 장소)에 진지를 구축하지 않았을 뿐 아니라 1812년 8월 25일 이전만 해도 그 장소에서 전투가 벌어질 수 있다고 생각조차 하지 않았다. 첫째, 25일에는 그 장소에 요새가 전혀 없었고 25일에 축조되기 시작한 요새가 26일까지도 완성되지 않았다는 점을 그 증거로 들 수 있다. 둘째, 셰바르지노 보루의 위치가 증거다. 응전이 벌어진 진지의 앞쪽에 있던 셰바르지노 보루는 아무런 가치도 없었다. 무엇 때문에 그 보루가 다른 모든 지점보다 더 견고하게 구축되었을까? 그리고 무엇 때문에 러시아군은 24일 밤늦게까지 그 보루를 방어하는 데 온 힘을 쏟으며 6000의 인명을 잃었을까? 적을 감시하기 위해서라면 코사크병의 척후만으로도 충분했다. 셋째, 전투가 벌어진 진지가 예상된 곳이 아니었고 셰바르지노 보루가 그 진지의 전초가 아니었다는 증거는 바르클라이 드 톨리와 바그라치온이 25일까지만 해도 셰바르지노 보루가 진지의 왼쪽 측면이라고 확신했다는 점, 쿠투조프도 전투 이후에 노발대발하여 쓴 보고서에서 셰바르지노 보루를 진지의 왼쪽 측면이라 지칭했다는 점이다. 훨씬 나중에 보로지노 전투에 대한 보고서가 여유롭게 기술될 때 그릇되고 기이한 진술(아마도 오류를 범하지 말아야 할 총사령관의 실수를 정당화하기 위해)이 날조되었다. 셰바르지노 보루가 전초 역할을 한 것처럼(단지 왼쪽 측면의 요새화된 지점에 불과한데도), 그리고 보로지노 전투는 진지를 거의 구축해 두지 못한 전혀 뜻밖의 장소에서 벌어졌는데도 마치 아군이 미리 선별하여 요새화한 진지에서 보로지노 전투에 응한 것처럼 말이다.

사실은 분명 다음과 같았을 것이다. 진지로 선택된 지점은 대로를 직각이 아닌 예각으로 가로지르는 콜로차강 연안이었다. 그래서 셰바르지노가 왼쪽 측면, 노보예 마을 부근이 오른쪽 측면, 콜로차강과 보이나강의 합류 지점인 보로지노가 중앙이 된 것이다. 콜로차강을 엄폐물로 삼은 그 진지가 스몰렌스크 대로를 따라 모스크바로 진군하는 적을 저지해야 하는 군대에게 당연한 선택이었음은 전투가 어떻게 일어났는지를 잊은 채 보로지노 평원을 바라보는 사람이라도 누구나 명백히 알 수 있다.

(역사에 기록된 대로) 24일에 발루예보로 떠난 나폴레옹은 우치차에서 보로지노로 이어진 러시아군의 진지를 보지 못했고(진지가 없었기에 보지 못한 것이다.) 러시아군의 전초도 보지 못했다. 그런데 러시아군 후위 부대를 추격하다 러시아군 진지의 왼쪽 측면인 셰바르지노 보루를 맞닥뜨리자 자신의 군대를 콜로차강 건너로 이동하게 했다. 러시아군으로서는 예상치 못한 일이었다. 이에 러시아군은 결전에 미처 나서기도 전에 그들이 확보하려고 했던 진지로부터 왼쪽 측면을 철수시켜 예정에도 없었고 아직 축조되지도 않은 새로운 진지를 점했다. 나폴레옹은 콜로차강 왼쪽 연안, 즉 도로 왼쪽으로 건너감으로써 이후의 전투를 오른쪽에서 왼쪽으로(러시아군 편에서 볼 때) 완전히 이동시켜 우치차와 세묘놉스코예와 보로지노 사이의 들판(그 들판에는 러시아의 다른 모든 들판에 비해 진지로서 더 유리한 점이 전혀 없었다.)으로 옮겨 놓았다. 그리하여 26일 그 들판에서 모든 전투가 벌어지게 되었다. 예정된 전투와 실제로 벌어진 전투의 평면도를 그리면 대략 다음과 같을 것이다.

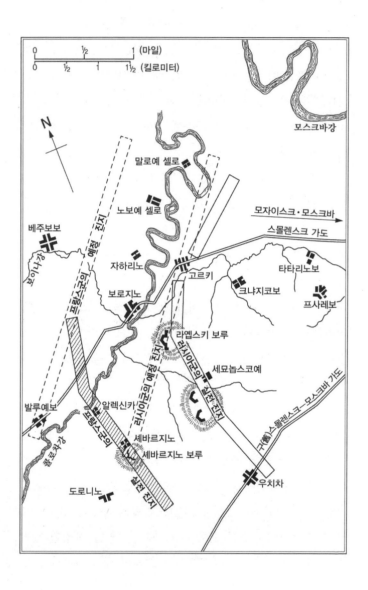

모스크바강

0 ½ 1 (마일)
0 ½ 1 1½ (킬로미터)

N

말로예 셀로

노보예 셀로

베주보보

보이나강

프랑스군의 예정 진지

자하리노

보로지노

고르키

모자이스크·모스크바
스몰렌스크 가도

타타리노보

크냐지코보

프사레보

라옙스키 보루

세묘놉스코예

러시아군의 예정 진지

발루예보

알렉신카

콜로차강

프랑스군의 실전 진지

셰바르지노

셰바르지노 보루

러시아군의 실전 진지

구(舊) 스몰렌스크—모스크바 가도

우치차

도로니노

나폴레옹이 24일 저녁에 콜로차강으로 가지 않았다면, 그날 저녁 보루를 공격하라는 명령을 내리지 않고 그다음 날 아침에 공격을 개시했다면 아무도 셰바르지노 보루가 아군 진지의 왼쪽 측면이라는 점에 의심을 품지 않았을 것이다. 전투 역시 우리의 예상대로 일어났을 것이다. 그 경우 우리는 아마도 아군의 왼쪽 측면인 셰바르지노 보루를 더 견고하게 방어하고 나폴레옹을 중앙이나 오른쪽으로부터 공격했을 것이다. 그리고 24일에는 미리 점찍어 요새를 구축해 둔 진지에서 결전이 벌어졌을 것이다. 그러나 아군의 왼쪽 측면에 대한 공격이 우리 후위 부대의 후퇴에 뒤이어, 즉 그리드네보 전투 직후인 저녁에 일어나는 바람에, 또한 러시아군 지휘관들이 24일 저녁인 그 시점에 결전을 개시하기를 원하지 않은 데다 미처 그럴 겨를도 없었기에 보로지노 전투의 중요한 첫 싸움은 24일에 이미 러시아군의 패배로 끝나 버렸다. 26일 벌어진 전투의 패배도 아마 그 때문일 것이다.

　셰바르지노 보루를 빼앗기고 난 25일 아침 무렵 왼쪽 측면에 진지가 없다는 것을 확인한 아군은 왼쪽 날개를 철수시키고 어디든 닥치는 대로 서둘러 진지를 구축해야 할 상황에 처했다. 그러나 그 포진의 약점이 더욱 악화된 것은, 8월 26일에 러시아군이 미완성인 미약한 보루만을 의지할 수밖에 없었다는 점 외에도 러시아 지휘관들이 이미 벌어진 사실(왼쪽 측면의 진지를 빼앗긴 것과 이후의 전장을 오른쪽에서 왼쪽으로 완전히 옮겨 놓은 것)을 충분히 인지하지 못하고 노보예 마을부터 우치차까지 길게 늘어선 진지에 계속 머물러 전투 중에 부대를 오른쪽에서 왼쪽으로 이동시켜야 했다는 점 때문이다. 그래서 전투 내내 러시아군은 왼쪽 날개를 노린 프랑스군 전체와 그 절반밖에 안 되는 병력으로 맞서야 했다.(포냐톱스키[100]가 우치차에서 접전을 벌이고 우바로프가 오른쪽 날개에서 프랑스군과 대적한 일은 전투의 흐름을 벗어난 군사 행동이었다.)

그리하여 보로지노 전투는 기록(우리 지휘관들의 실책을 숨기려고 애쓰다가 러시아군과 러시아 국민의 명예를 떨어뜨린)과 완전히 다르게 전개되었다. 보로지노 전투는 미리 선정하여 요새를 쌓아 둔 진지에서, 러시아군의 병력이 다소 열세인 상황에서 일어난 것이 아니다. 보로지노 전투는 러시아군이 셰바르지노 보루를 빼앗기는 바람에 프랑스군의 절반에 불과한 병력으로 요새를 거의 쌓지 못한 탁 트인 지역에서 응한 전투였다. 다시 말해 열 시간 동안 싸워 전투의 승패를 가릴 수 없게 만든다는 것은 생각도 할 수 없었을 뿐 아니라 세 시간 동안 전멸과 패주로부터 군대를 지켜내는 것조차 생각할 수 없는 조건에서 벌어진 전투였다.

---

100) 유제프 안토니 포냐톱스키(Jozef Antoni Poniatowski, 1763~1813). 폴란드의 마지막 왕인 스타니스와프 포냐톱스키의 조카로 폴란드의 외교관이자 장군이었다. 그는 1780년 오스트리아군에 입대했고, 1792년 폴란드를 지키기 위해 러시아에 맞서 싸웠으며, 1794년 코시치우슈(Kościuszko)의 독립운동에 동참했다. 나폴레옹이 러시아를 침공하자 그는 나폴레옹과 동맹을 맺어 프랑스 대육군의 5군단을 이룬 10만 명의 폴란드군 파견대를 지휘했고, 보로지노 전투에도 참가했다. 프랑스 제정군의 원수로 임명된 그는 라이프치히 전투에서 프랑스군의 후위 부대를 방어하다가 전사했다.

20

25일 아침 피에르는 모자이스크를 떠났다. 언덕 위 오른편에 있는 대교회 — 그곳에서는 예배가 진행 중이고 종소리가울려 퍼지고 있었다 — 를 지나 도시 밖으로 이어진 크고 가파르고 굽이진 산비탈에 이르자 피에르는 승용 마차에서 내려 걸어갔다. 뒤편에서 어느 기병 연대가 합창 대원들을 앞세우고 산을 내려왔다. 맞은편에서는 전날 전투의 부상병들을실은 첼레가 행렬이 올라오고 있었다. 마차꾼이 된 농부들은말에게 소리를 지르고 채찍을 휘갈기며 이리저리 계속 뛰어다녔다. 부상병들이 서너 명씩 눕거나 앉은 첼레가는 험준한오르막을 따라 포장도로같이 흩어 놓은 돌들 위로 덜커덩거리며 올라왔다. 넝마를 동여맨 창백한 부상병들은 입술을 꽉다물고 눈썹을 찡그린 채 첼레가의 가로대를 붙잡고 덜컹덜컹 흔들리다 서로 부딪치곤 했다. 거의 모든 사람들이 어린아이 같은 순진한 호기심을 품고서 피에르의 하얀 모자와 녹색 연미복을 쳐다보았다.

피에르의 마부는 부상병들을 태운 수송 대열을 향해 길 한쪽으로 붙으라고 고래고래 소리를 질렀다. 군가를 부르며 산을 내려오던 기병 연대가 피에르의 드로시키 쪽으로 다가오며 길을 비좁게 만들었다. 피에르는 산을 깎아 만든 길 가장자리에 바짝 붙어 섰다. 햇살이 산비탈에 가려 깊숙이 파인 길에 닿지 않아 그곳은 춥고 축축했다. 피에르의 머리 위로 8월의 반짝이는 아침이 펼쳐지고 종소리가 명랑하게 울렸다. 부상병을 실은 짐수레 한 대가 길가로 붙으며 피에르의 바로 옆쪽에 멈췄다. 나무껍질 신발을 신은 수레꾼이 숨을 헐떡이며 자신의 첼레가로 뛰어가 쇠테를 두르지 않은 뒷바퀴에 돌을 괴고는 멈춰 선 작은 말의 엉덩이 띠를 고쳐 매기 시작했다.

한쪽 팔에 붕대를 감은 늙은 부상병이 첼레가를 뒤따라오다가 성한 팔로 첼레가를 붙잡고 피에르를 돌아보았다.

"이보쇼, 동포, 우리는 이곳에서 죽는 거요? 아니면 모스크바까지?" 그가 말했다.

피에르는 생각에 깊이 잠겨 그 질문을 제대로 듣지 못했다. 그는 방금 부상병 행렬을 맞닥뜨린 기병 연대와 자기 옆에 멈춰 선 첼레가를 번갈아 보았다. 그 위에 부상병 둘은 앉고 한 명은 누워 있었다. 피에르에게는 자신의 마음을 사로잡은 질문에 대한 해결책이 바로 그곳에, 그 사람들에게 있는 것처럼 느껴졌다. 첼레가에 앉은 병사들 가운데 한 사람은 아마도 볼을 다친 듯했다. 머리에는 온통 넝마를 감고, 한쪽 뺨은 어린

아이의 머리통만큼 부었다. 입과 코는 비뚤어져 있었다. 그 병사는 대교회를 보자 성호를 그었다. 또 한 병사는 옅은 금발에 핏기가 보이지 않을 만큼 희고 여린 얼굴을 지닌 어린 신병으로 선한 미소를 띤 채 피에르를 쳐다보고 있었다. 다른 한 명은 엎드려 누워 얼굴이 보이지 않았다. 기병대 합창단이 그 첼레가를 지나쳤다.

"아, 자취를 감추었네…… 고슴도치 같은 머리가……."

"타국에 사는……." 그들은 병사의 춤곡을 불렀다. 여기에 화답이라도 하듯, 다만 그와는 다른 명랑함을 띤 교회 종의 금속성이 하늘 높이 울려 퍼졌다. 그리고 또 다른 명랑함을 띤 강렬한 햇살이 맞은편의 비탈 꼭대기에 쏟아져 내렸다. 하지만 비탈 아래 부상병을 실은 첼레가 옆은, 숨을 헐떡이는 작은 말들 — 피에르는 그 옆에 서 있었다 — 부근은 축축하고 음울하고 쓸쓸했다.

볼이 부은 병사는 성난 눈초리로 기병대 합창단을 쏘아보았다.

"쳇, 멋쟁이들이군!" 그는 비난조로 중얼거렸다.

"오늘은 병사들만이 아니더군요. 난 농부들도 봤어요! 이제 농부들까지 내몰리는군요." 첼레가 뒤에서 한 병사가 서글픈 미소를 띤 채 피에르를 돌아보며 말했다. "요즘에는 사람을 가리지도 않아요……. 저들은 온 국민이 다 매달리기를 원하지요. 한마디로 모스크바 말입니다. 저들은 오직 한 가지 목적만 수행하기를 바라고 있어요." 병사의 말은 불분명했지만 피에르는 그 병사가 무슨 말을 하고 싶어 하는지 전부 이해하고 수긍하는 뜻으로 고개를 끄덕였다.

길이 뚫리자 피에르는 언덕 아래까지 걸어가 다시 마차에
올랐다.

피에르는 마차를 타고 가는 동안 길 양쪽을 두리번거리며
아는 얼굴을 찾았다. 그러나 어디에나 그의 하얀 모자와 녹색
연미복을 똑같이 놀란 눈으로 쳐다보는, 온갖 부대에 속한 낯
선 군인들의 얼굴뿐이었다.

4베르스타 정도 갔을 무렵 그는 처음으로 아는 사람을 만나
반갑게 말을 걸었다. 그 지인은 상급 군의관 가운데 한 명이었
다. 그는 젊은 의사와 나란히 브리치카를 타고 맞은편에서 오
고 있었다. 그는 피에르를 알아보자 마부 대신 마부대에 앉은
코사크에게 마차를 세우라고 했다.

"백작님? 각하, 어쩐 일로 이런 곳에 오셨습니까?" 의사가
물었다.

"그냥 좀 둘러보고 싶어서……."

"네, 그렇군요, 볼만한 것들이 있을지……."

피에르는 마차에서 내렸다. 그리고 그 자리에 서서 의사와
이야기를 나누며 전투에 참가하려는 의향을 밝혔다.

의사는 대공작을 찾아가 직접 청해 보라고 충고했다.

"전투 중에 어디 있어야 좋을지 아무도 모를 이런 막막한
곳에 도대체 왜 온 겁니까?" 그는 젊은 동료와 눈짓을 주고받
으며 말했다. "하지만 대공작께서 당신을 알고 계시니 친절히
맞이해 주실 겁니다. 그렇게 하세요." 의사가 말했다.

의사는 지쳐 보였다. 그는 서두르는 눈치였다.

"그렇게 생각하는군요……. 나도 당신에게 묻고 싶은 게 있는데요, 도대체 진지는 어디에 있습니까?" 피에르가 말했다.

"진지요?" 의사가 말했다. "그건 제 소관이 아닙니다. 타타리노보를 지나면 사람들이 그곳에서 뭔가 열심히 파고 있을 겁니다. 거기에서 구릉으로 올라가세요. 그곳에서는 보입니다." 의사가 말했다.

"그곳에서 볼 수 있다고요? 혹시 당신이……."

그러나 의사는 그의 말을 가로막고 브리치카로 향했다.

"제가 모셔다 드리면 좋을 텐데요. 하지만 맹세코, 이렇게 (의사는 목구멍을 가리켰다.)[101] 군단장에게 급히 가는 중이라서…… 정말이지 우리 군은 어떻게 될까요? 아십니까, 백작님? 내일 전투가 있습니다. 10만 명 병력에 부상자가 적어도 2만 명은 될 거라고 예상해야 합니다. 그런데 우리는 들것과 침상과 위생병과 의사를 6000명분도 채 갖추지 못했습니다. 첼레가는 10만 대가 있지만 다른 것들도 필요합니다. 좋을 대로 하라는 식이죠."

피에르는 유쾌함과 놀라움이 뒤섞인 표정으로 자신의 모자를 보던 활기차고 건강한 젊은이와 늙은이들 수만 명 가운데 2만 명(어쩌면 그가 만난 바로 그 사람들)이 부상을 입거나 전사할 운명일지 모른다는 기이한 생각에 충격을 받았다.

'그들은 내일 죽을지도 모른다. 어째서 그들은 죽음 외의 다른 무언가에 대해 생각하는 걸까?' 그러자 어떤 신비한 연상

---

101) 러시아인들이 바빠 서둘러야 한다는 뜻으로 해 보이는 몸짓이다.

작용으로 모자이스크의 비탈길, 부상병을 실은 첼레가들, 교회의 종소리, 비스듬히 비치는 햇살, 기병대들의 노래가 갑자기 뇌리에 생생히 떠올랐다.

'기병들은 전투를 하러 가다가 부상병들과 마주치고, 자신들을 기다리는 것에 대해서는 단 한 순간도 생각하지 않은 채 부상병들을 지나치며 한쪽 눈을 찡긋거린다. 하지만 그 모든 사람들 가운데 2만 명은 죽을 운명에 처해 있다. 그런데도 그들은 나의 모자에 놀란다! 이상하군!' 피에르는 타타리노보로 계속 나아가며 생각에 잠겼다.

도로 왼편에 위치한 지주의 저택 옆에 승용 마차, 유개 화차, 종졸 무리와 보초들이 서 있었다. 대공작은 그곳에서 묵었다. 그러나 피에르가 도착했을 때 그는 없었고 참모들도 거의 없었다. 다들 기도회에 간 것이다. 피에르는 마차를 타고서 고르키를 향해 계속 나아갔다.

언덕에 올라 한 마을의 작은 거리에 들어선 피에르는 모자에 십자가를 달고 하얀 루바시카를 입은 농민 민병들을 처음으로 보았다. 땀에 젖은 그들은 큰 소리로 떠들고 웃으며 길 오른쪽의 풀이 무성한 거대한 구릉 위에서 활기차게 어떤 작업을 하고 있었다.

어떤 이들은 삽으로 언덕을 팠고, 어떤 이들은 널빤지를 따라 외바퀴 손수레로 흙을 날랐으며, 또 어떤 이들은 아무것도 하지 않고 서 있었다.

두 장교가 구릉 위에 서서 그들에게 지시를 내리고 있었다. 군인이라는 자신들의 새로운 처지를 즐기고 있음이 분명한

이 농부들을 보면서 피에르는 다시 모자이스크에서 만난 부상병들을 떠올렸다. "저들은 온 국민이 다 매달리기를 원하지요." 라고 말하던 병사가 무엇을 표현하고자 했는지 이해가 갔다. 전장에서 일하는 수염이 덥수룩한 농부들, 그들의 이상야릇하고 볼품없는 부츠, 땀에 흠뻑 젖은 목덜미, 단추를 풀어 헤친 옆트임 루바시카와 그 아래로 들여다보이는 검게 그을린 쇄골은 현 시점의 엄숙함과 중요함에 대해 이제까지 보고 들은 그 무엇보다 더 강렬하게 피에르의 마음을 움직였다.

21

피에르는 승용 마차에서 내려 작업 중인 민병들을 지나 구릉 위로 올라갔다. 의사의 말대로 그곳에서는 전장이 훤히 보였다.

오전 11시였다. 태양이 피에르의 등 뒤로 약간 왼쪽에 떠있고, 지대가 높아짐에 따라 원형 극장처럼 그의 앞에 거대하게 펼쳐지는 전경을 맑고 희박한 공기 사이로 밝게 비추었다.

스몰렌스크 가도는 이 원형 극장을 가로질러 그 왼편 위를 향해 구부구불 이어져 구릉 앞쪽으로 500걸음 정도 떨어진 저지대의 하얀 교회가 있는 마을을 지났다.(그곳이 바로 보로지노였다.) 길은 마을 부근의 다리를 지나고 내리막길과 오르막길을 지나 6베르스타 너머 보이는 발루예보 마을(나폴레옹은 지금 그곳에 주둔하고 있었다.) 쪽으로 점점 더 높이 구불구불 뻗어 나갔다. 발루예보를 지나 길은 지평선 위 노랗게 물든 숲속으로 자취를 감추었다. 그 자작나무와 전나무 숲에 난 길 오른편에는 콜로츠키 수도원의 십자가와 종탑이 햇살을 받아 아련히 반짝였다. 이 푸르스름한 원경 곳곳에 숲과 길의 오른편 왼편 가릴 것 없이 아군인지 적군인지 불분명한 군대와 모닥불 연기가 보였다. 오른편의 콜로차강과 모스크바강 연안은 온통 협곡과 산으로 이루어진 지역이었다. 그 협곡들 사이로 멀리 베주보보 마을과 자하리노 마을이 보였다. 더 평평한 왼쪽 지형에는 밭이 펼쳐졌고, 불에 타서 연기가 피어오르는 마을이 보였다. 바로 세묘놉스코예였다.

왼편이든 오른편이든 피에르가 본 모든 것들은 너무도 흐릿하여 들판 어느 쪽도 피에르의 생각을 충분히 만족시켜 주지 못했다. 어디에도 피에르가 기대한 전장은 없고 그저 들판, 공터, 부대, 숲, 모닥불 연기, 마을, 구릉, 개울뿐이었다. 아무리 세세하게 살펴도 피에르는 현실의 지형에서 진지를 찾을 수 없었고, 심지어 아군과 적군도 구분할 수 없었다.

'잘 아는 사람에게 물어봐야겠군.' 피에르는 이렇게 생각하고 한 장교에게 물었다. 그 장교는 군인이 아닌 피에르의 거대한 몸집을 흥미롭게 바라보고 있었다.

"뭘 좀 물어봐도 되겠습니까?" 피에르는 장교에게 말을 걸었다. "저 앞쪽은 무슨 마을입니까?"

"부르지노인가 뭔가 하는 마을이지?" 장교는 동료를 돌아보며 물었다.

"보로지노야." 다른 사람이 말을 바로잡으며 대꾸했다.

장교는 이야기할 기회가 생겨 흡족했는지 피에르에게 다가

왔다.

"저기 있는 군대는 아군입니까?" 피에르가 물었다.

"네, 조금 더 멀리에는 프랑스군도 있습니다." 장교가 말했다. "저기입니다. 저기에 보이지요."

"어디, 어디요?" 피에르가 물었다.

"육안으로도 보입니다. 바로 저기, 저기입니다!" 장교가 한 손으로 강 건너 왼쪽에 보이는 연기를 가리켰다. 그 얼굴에는 피에르가 이제껏 마주친 많은 얼굴에서 본 엄숙하고 진지한 표정이 어려 있었다.

"아, 저들이 프랑스군인가요? 그럼 저기에는?" 피에르는 왼쪽으로 구릉을 가리켰다. 그 주위에 부대들이 보였다.

"아군입니다."

"아, 아군이군요! 그럼 저기는?" 피에르는 골짜기 쪽에 보이는 마을 부근의 큰 나무 한 그루가 서 있는 다른 먼 언덕을 가리켰다. 그 골짜기에서도 모닥불 연기가 피어오르고 거무스름하게 무언가가 보였다.

"그쪽에는 다시 그자가 있습니다." 장교가 말했다. (그곳은 세바르지노 보루였다.) "어제는 우리 것이었는데 이제는 그자의 것이죠."

"그럼 우리 진지는 도대체 어디에 있습니까?"

"진지요?" 장교는 흡족한 미소를 지으며 말했다. "그것에 관해서라면 당신에게 분명히 말해 줄 수 있습니다. 왜냐하면 내가 아군의 거의 모든 요새를 지었으니까요. 저기 보입니까, 아군 중심부는 보로지노에 있습니다. 바로 저기요." 그는 앞쪽으로 하얀 교회가 있는 마을을 가리켰다. "저곳에 콜로차강 나루터가 있습니다. 바로 저기요. 보이죠? 베어 놓은 풀이 저기 저지대에 아직 널려 있는데요. 바로 저기에 다리가 있답니다. 저곳이 우리 중심부입니다. 우리 오른쪽 측면은 바로 저곳이지요.(그는 단호하게 오른쪽 멀리 골짜기를 가리켰다.) 저기 모스크바강이 있습니다. 우리는 저기에 아주 튼튼한 보루를 세개 지어 놓았답니다. 왼쪽 측면은⋯⋯." 장교는 이 부분에서 입을 다물었다. "알다시피 당신에게 설명하기는 어렵습니다만⋯⋯. 어제 우리 왼쪽 측면은 바로 저기 셰바르지노였습니다. 저기요, 보이죠? 참나무가 있는 곳 말입니다. 하지만 현재 우리는 왼쪽 날개를 뒤쪽으로 옮겼습니다. 지금은 저곳이에요, 저곳. 마을과 연기가 보입니까? 저곳이 세묘놉스코예입니다. 바로 저기요." 그는 라옙스키 구릉을 가리켰다. "다만 저곳에서 전투가 있을 것 같지는 않습니다. 그자가 이리로 군대를 옮긴 것은 속임수입니다. 그자는 아마 모스크바강 오른쪽으로 우회할 거예요. 뭐, 어디가 됐든 내일은 아군 수가 많이 줄 겁니다!" 장교가 말했다.

장교가 이야기하는 사이 그에게 다가온 늙은 부사관은 상관의 말이 끝나기를 묵묵히 기다렸다. 하지만 이 부분에서 장교의 말이 못마땅한 듯 상관의 말을 끊었다.

"돌망태를 가지러 가야 합니다." 그가 딱딱하게 말했다.

장교는 당황한 듯했다. 내일 얼마나 많은 병사가 줄어들지에 대해 생각해 볼 수는 있어도 입 밖에 내서는 안 된다는 것을 깨달은 모양이었다.

"참, 그렇지. 다시 3중대를 보내도록 해." 장교가 황급히 말했다.

"그런데 당신은 도대체 누굽니까? 군의관입니까?"

"아닙니다. 어쩌다 보니 여기에 오게 되었습니다." 피에르가 대답했다. 그러고 나서 피에르는 다시 민병들을 지나 산을 내려갔다.

"에잇, 빌어먹을!" 피에르를 뒤따라가던 장교가 코를 틀어막고는 작업 중인 민병들을 지나쳐 달려가며 말했다.

"저기를 봐! 사람들이 운반해 오고 있어. 사람들이 온다고……. 저기 오잖아…… 곧 이리로 올 거야……." 갑자기 몇몇 사람들의 목소리가 들렸다. 장교들과 병사들과 민병들이 길을 따라 앞으로 달려갔다.

보로지노에서 출발한 교회 행렬이 언덕을 올라오고 있었다. 행렬의 맨 앞에서는 군모를 벗은 보병대가 총구를 아래로 향한 채 먼지투성이인 길을 따라 질서 정연하게 행군했다. 보병대 뒤에서 찬송가 소리가 들렸다.

병사들과 민병들이 모자를 벗은 채 행렬을 맞이하러 피에르를 제치고 달려갔다.

"성모님을 모시고 온다! 우리의 중보자! 이베르스카야 성모님!"

"스몰렌스크 성모님이야." 다른 사람이 그 말을 바로잡아 주었다.

민병들은 마을에 있던 사람들이든 포대에서 작업하던 사람들이든 삽을 내동댕이치고 교회 행렬을 맞이하러 뛰어갔다.

먼지가 자욱한 길을 따라 행군하는 대대 뒤에서 제의를 입은 사제들, 두건[102]을 쓴 작은 노인, 교구 성직자들과 성가대가 걸어왔다. 그들 뒤로 병사들과 장교들이 틀 안에 든 크고 검은 얼굴의 이콘을 운반하고 있었다. 사람들은 스몰렌스크에서 그것을 가져 나온 이후 군대가 가는 곳마다 함께 들고 다녔다. 이콘 뒤며, 그 주위며, 그 앞이며, 사방에서 모자를 벗은 군인들이 무리 지어 걸어오고 뛰어오고 머리를 땅바닥에 닿도록 숙였다.

언덕에 오르자 이콘이 멈췄다. 수건을 어깨에 대고 이콘을 떠받치던 사람들이 다른 사람들과 교대했다. 하급 사제들이 다시 향로에 불을 붙이고 기도회가 시작되었다. 뜨거운 햇살이 수직으로 내리꽂혔다. 상쾌한 산들바람이 모자를 쓰지 않은 머리의 머리칼과 이콘을 장식한 리본을 가볍게 흔들었다. 노랫소리가 탁 트인 하늘 아래 잔잔하게 울려 퍼졌다. 모자를 벗은 장교들과 병사들과 민병들의 거대한 무리가 이콘을 에워쌌다. 사제들과 하급 사제들 뒤 공터에는 고관들이 서 있었다. 목에 게오르기 훈장을 단 어느 대머리 장군은 사제 바로 뒤에 서서 성호도 긋지 않고(틀림없이 독일인이었을 것이다.) 기도회가 끝나기를 초조하게 기다렸다. 러시아 국민의 애국심을 고취하기 위해서는 기도회에 끝까지 귀를 기울일 필요가 있다고 생각한 듯했다. 군인의 자세로 선 다른 장군은 주위를 둘러보며 한 손을 가슴 앞에서 흔들었다. 농부들 무리에 끼

---

102) 정교회의 주교들이 쓰는 것이다.

어 있던 피에르는 그 고관들 틈에서 지인들을 몇 명 알아보았다. 그러나 그는 그들을 보지 않았다. 그의 관심은 똑같이 탐욕스럽게 이콘을 바라보는 병사들과 민병들의 진지한 표정에 온통 쏠려 있었다. 지친 부사제들(스무 번째 기도회를 치르는 중인)이 나른하게 습관적으로 "성모님, 당신의 종들을 재앙에서 구해 주소서."라고 노래하기 시작하자 한 사제와 하급 사제가 곧바로 그다음 대목을 이어 불렀다. "모든 자들의 견고한 벽이며 보호자이신 하느님 당신께 달려가오니." 모든 사람들의 얼굴에 임박한 순간의 엄숙함을 자각하는 표정이 다시 한번 번득였다. 피에르가 모자이스크 산기슭에서도 보고 이날 아침 마주친 많고 많은 사람들의 얼굴에서도 간간이 보았던 바로 그 표정이었다. 그들은 더 자주 고개를 숙이고 머리카락을 흔들었다. 손으로 가슴을 치며 성호를 긋는 소리와 탄식이 들렸다.

이콘을 둘러싼 무리가 갑자기 양옆으로 갈라지며 피에르를 밀어붙였다. 앞에 있던 사람들이 서둘러 비키는 것으로 보아 매우 중요한 인물이 이콘을 향해 다가오는 것 같았다.

그 사람은 진지를 둘러보던 쿠투조프였다. 타타리노보로 돌아가는 길에 기도회 쪽으로 온 것이다. 피에르는 다른 모든 사람들과 구분되는 쿠투조프의 독특한 외모로 그를 금방 알아보았다.

새우처럼 굽은 등에 모자를 쓰지 않은 하얗게 센 머리, 퉁퉁하게 부은 얼굴, 애꾸눈의 흰자위를 드러낸 쿠투조프는 뚱뚱한 거구에다 긴 프록코트를 걸친 채 특유의 휘청휘청 비틀거리는 걸음으로 원 안에 들어와 사제 뒤에 섰다. 그는 습관적인 동작으로 성호를 긋고는 한 손을 땅바닥에 대고 깊이 탄식하며 희끗한 머리를 숙였다. 쿠투조프 뒤에는 베니히센과 수행단이 있었다. 총사령관이 참석하고 모든 고관들의 관심이 그에게 쏠린 상황에서도 민병들과 병사들은 그를 쳐다보지 않고 계속 기도할 뿐이었다.

기도회가 끝나자 쿠투조프는 이콘으로 다가가 힘겹게 무릎을 꿇고 땅에 머리를 조아렸다. 그러고는 한참 동안 안간힘을 썼으나 몸이 무겁고 쇠약하여 일어설 수 없었다. 희끗한 머리가 힘에 겨워 부르르 떨렸다. 마침내 일어선 그는 어린아이처럼 천진하게 입술을 쑥 내밀어 이콘에 입을 맞추고 다시 한 팔을 땅에 가볍게 대며 절을 했다. 장군들도 그를 따라 했다. 그 다음에는 장교들이 따라 했다. 병사들과 민병들이 몸을 부딪치고 발을 쿵쾅거리고 숨을 헐떡이고 서로 밀치면서 흥분한 얼굴로 몰려들었다.

22

피에르는 인파에 둘러싸여 이리저리 휘청거리며 주위를 두리번거렸다.

"표트르 키릴로비치 백작! 여기에는 어쩐 일입니까?" 누군가의 목소리가 말했다. 피에르가 돌아보았다.

보리스 드루베츠코이가 더러워진 무릎(그도 이콘에 입을 맞춘 듯했다.)을 한 손으로 털면서 싱글거리며 피에르에게 다가왔다. 출정 군인의 분위기를 풍기는 말쑥한 옷차림이었다. 그는 쿠투조프와 똑같이 긴 프록코트를 입고 어깨에 채찍을 걸쳤다.

한편 쿠투조프는 마을 쪽으로 걸어가 가장 가까운 집의 그늘 아래에 들어가더니 한 코사크가 급히 날라 오고 또 다른 코사크가 서둘러 깔개를 깐 긴 의자에 앉았다. 화려하게 빛나는 많은 수행원들이 총사령관을 에워쌌다.

이콘은 계속 앞으로 나아갔고 군중이 그 뒤를 따랐다. 피에르는 쿠투조프로부터 서른 걸음 정도 떨어진 곳에 서서 보리스와 이야기를 나누었다.

피에르는 전투에 참가하고 진지를 둘러보고 싶다는 의향을 밝혔다.

"이렇게 하시죠." 보리스가 말했다. "내가 당신에게 막사를 제공하겠습니다. 베니히센 백작이 머무는 그 자리가 모든 게 가장 잘 보이는 곳입니다. 내가 그 사람 휘하에 있거든요. 그에게 보고하겠습니다. 만약 진지를 둘러보고 싶다면 우리와 같이 가시죠. 우리는 지금 왼쪽 측면으로 갈 겁니다. 그런 다음 함께 돌아옵시다. 그리고 부디 내 숙소에 묵으십시오. 카드놀이나 합시다. 당신은 드미트리 세르게이치와 아는 사이죠? 그는 바로 저기에 묵고 있습니다." 그는 고르키의 세 번째 집을 가리켰다.

"하지만 난 오른쪽 측면을 보고 싶은데요. 그곳이 아주 견고하다더군요." 피에르가 말했다. "난 모스크바강에서 출발해 진지를 전부 둘러보고 싶습니다."

"음, 그건 나중에도 할 수 있어요. 중요한 것은 왼쪽 측면이라……."

"네, 그럽시다. 그런데 볼콘스키 공작의 연대는 어디에 있습니까? 당신이 그곳을 가르쳐 줄 수 없을까요?" 피에르가 물었다.

"안드레이 니콜라예비치의 연대 말입니까? 우리도 그곳을 지나갈 겁니다. 내가 당신을 그에게 안내하겠습니다."

"왼쪽 측면은 어떻습니까?" 피에르가 물었다.

"솔직히 말하면요, 우리끼리니까 하는 말입니다만 우리 왼쪽 측면이 어떤 상태인지는 하느님만 아실 겁니다." 보리스는 은밀하게 목소리를 낮추어 말했다. "베니히센 백작이 예상한 것과 완전히 다릅니다. 그는 저 구릉을 요새화하려 했지요. 전혀 다르게…… 하지만……." 보리스는 어깨를 으쓱했다. "대공작께서 원하지 않았거나, 아니면 사람들이 그분에게 그것에 대해 비방했나 봅니다. 정말이지……." 보리스는 말을 맺지 못했다. 그때 쿠투조프의 부관인 카이사로프가 피에르에게 다가왔기 때문이다. "아! 파이시 세르게이치." 보리스는 허물없는 미소로 카이사로프를 맞이하며 말했다. "난 백작에게 진지에 대해서 열심히 설명하고 있었습니다. 대공작께서 프랑스인들의 계략을 그처럼 정확하게 꿰뚫어 보시다니 놀랍습니다!"

"왼쪽 측면을 설명하던 중인가요?" 카이사로프가 말했다.

"네, 네. 바로 그렇습니다. 우리 왼쪽 측면은 이제 매우, 매우 견고하지요."

쿠투조프는 참모부에서 쓸모없는 인간들을 전부 내쫓았다. 그러나 보리스는 쿠투조프가 단행한 그 교체 이후에도 여전히 군사령부에 버티고 있었다. 보리스는 베니히센 백작 측에 끼었다. 보리스가 수행한 모든 사람들이 그러하듯 베니히센 백작도 젊은 드루베츠코이 공작을 귀중한 인재로 생각했다.

군 지도부에는 눈에 띄게 확연히 구분되는 두 파벌이 있었다. 쿠투조프파와 참모장인 베니히센파였다. 보리스는 이 후자에 속했다. 보리스처럼 쿠투조프에게 비굴하리만치 경의를 표하면서도 그 노인네는 대단치 않다고, 베니히센이 모든 것을 행한다고 느끼게 만드는 사람은 아무도 없었다. 이제 전투의 결정적인 순간이 닥쳤다. 그 순간은 쿠투조프를 파멸시키고 권력을 베니히센에게 넘기든가, 설사 쿠투조프가 이 전투에서 이긴다 해도 모든 일이 베니히센의 뜻대로 되었다고 느끼게 만들 것이다. 어쨌든 내일의 전투에 대해 큰 포상이 분배되고 새로운 사람들이 등용될 것이다. 보리스가 이날 하루 종일 초조해하면서도 활기에 넘쳤던 것은 바로 이런 이유 때문이었다.

카이사로프에 뒤이어 다른 지인들이 피에르에게 다가왔다. 피에르는 그들이 모스크바에 관해 퍼붓는 질문에 미처 다 대답할 수 없었고, 그들이 들려주는 이야기를 끝까지 들을 수도 없었다. 모든 사람들의 얼굴에 활기와 불안이 떠올라 있었다. 그러나 피에르에게는 이들 중 몇몇 얼굴에 떠오른 흥분의 원인이 대체로 개인적인 성공과 관련된 문제 때문인 것처럼 보였다. 다른 사람들의 얼굴에서 본 또 다른 흥분된 표정이 그의 머리에서 떠나지 않았다. 그 표정은 개인 문제가 아닌 삶과 죽음이라는 보편적인 문제를 말하고 있었다. 쿠투조프는 피에르의 모습과 그를 둘러싼 무리를 알아보았다.

"저 사람을 나에게 데려오게." 쿠투조프가 말했다. 부관이 대공작의 바람을 전했고, 피에르는 긴 의자로 향했다. 그러나 그보다 앞서 한 민병대 병사가 쿠투조프에게 다가섰다. 돌로호프였다.

"저 사람이 어째서 여기에 있는 겁니까?" 피에르가 물었다.

"대단히 교활한 인간입니다. 어디에나 끼어든다니까요!"누군가가 피에르의 말에 대꾸했다. "강등됐잖아요. 지금 그자로서는 높은 지위로 올라서야만 하지요. 작전을 제출하기도 하고 밤중에 적의 산병선으로 잠입하기도 하고…… 하지만 견실한 청년입니다!"

피에르는 모자를 벗고 쿠투조프를 향해 정중히 고개를 숙였다.

"저는 이렇게 판단했습니다. 제가 대공작 각하께 보고할 경우 대공작 각하께서는 저를 내쫓거나 제가 보고할 내용을 이미 알고 계신다고 말씀하실 수 있겠지만, 그렇다 해도 제가 곤란할 것은 없으니……."돌로호프가 말했다.

"좋아, 좋아."

"제가 옳다면 저는 조국에 이익을 안길 테고, 또 그것을 위해서라면 기꺼이 죽을 수도 있습니다."

"좋아…… 좋아……."

"그리고 만일 대공작 각하께 자기 목숨을 아까워하지 않을 사람이 필요하다면 부디 절 기억해 주십시오……. 어쩌면 제가 대공작 각하께 쓸모가 있을지도 모르니까요."

"좋아…… 좋아……."쿠투조프는 조롱기 섞인 눈을 가늘게 뜨고 피에르를 쳐다보며 똑같은 말을 되풀이했다.

그때 보리스가 궁정 신하 특유의 민첩한 태도로 피에르와 함께 사령관들 가까이 가더니 지극히 자연스러운 표정과 그다지 크지 않은 목소리로 마치 막 화제에 오른 이야기를 이어가기라도 하듯 피에르에게 말을 건넸다.

"민병들은, 저 사람들은 사실 죽음에 대비해 깨끗하고 하얀 루바시카를 입은 것이랍니다. 대단한 영웅 정신이지요, 백작!"

보리스는 대공작에게 들리도록 피에르에게 이야기를 하는 듯했다. 그는 쿠투조프가 이 말에 관심을 보이리라는 것을 알았고, 실제로 대공작은 그를 돌아보았다.

"자네, 민병들에 대해서 뭐라고 했나?" 그가 보리스에게 말했다.

"대공작 각하, 저들은 내일의 죽음에 대비하여 하얀 루바시카를 입고 있습니다."

"아, 놀랍군! 훌륭한 국민이야!" 쿠투조프는 이렇게 말하고는 눈을 감고 고개를 저었다. "훌륭한 국민이야!" 그는 탄식하며 똑같은 말을 되풀이했다.

"당신도 화약 냄새를 맡고 싶소?" 그가 피에르에게 말했다. "확실히 좋은 냄새이긴 하지. 영광스럽게도 난 당신 부인의 숭배자라오. 부인은 건강하시오? 내 숙소를 마음껏 이용하시오." 그러고는 노인들이 종종 그러듯 쿠투조프는 자신이 말하거나 행해야 할 것을 깡그리 잊은 양 멍하니 주위를 두리번거리기 시작했다.

그는 자신이 찾던 것을 기억해 냈는지 부관의 형제인 안드레이 세르게이치 카이사로프를 손짓하여 불렀다.

"어땠더라, 어땠지, 마린[103]의 시가 어땠지? 시가 어땠더라,

---

103) 알렉산드르 1세의 근위 부관이며 패러디와 희화적인 시를 잘 짓는 인물로 유명했다.

어땠지? 게라코프[104]에 대해 뭐라고 썼더라? '사관 학교의 교사가 되리라'였나? 말해 보게, 말해 봐." 쿠투조프는 한바탕 웃을 태세로 말했다. 카이사로프는 낭송했다……. 쿠투조프는 미소를 띤 채 시의 운율에 맞춰 고개를 끄덕였다.

피에르가 쿠투조프 앞에서 물러나자 돌로호프는 그에게 다가가 팔을 잡았다.

"여기서 당신을 만나게 되어 무척 반갑습니다, 백작." 그는 다른 사람이 있는 것도 아랑곳하지 않고 큰 소리로 매우 단호하고 엄숙하게 말했다. "우리 가운데 누가 살아남을 운명인지 하느님만 아시는 날을 앞에 둔 지금, 난 당신에게 우리 사이에 있었던 오해를 유감스럽게 생각한다고, 당신이 나에 대해 나쁜 감정을 갖지 않기를 바란다고 말할 기회를 얻어 기쁩니다. 부디 나를 용서해 주십시오."

피에르는 돌로호프에게 무슨 말을 해야 할지 몰라 미소를 띤 채 쳐다보았다. 돌로호프는 눈물을 글썽이며 피에르를 안고 입을 맞추었다.

보리스가 자신의 장군에게 뭐라고 말하자 베니히센 백작은 피에르를 돌아보며 함께 전선을 둘러보자고 제의했다.

"당신에게 흥미로울 겁니다." 그가 말했다.

_____

104) 페테르부르크 사관 학교의 역사 교사로 애국적인 성향을 지닌 작가이기도 했다. 그의 작품은 종종 조롱의 대상이 되었다. 그를 풍자한 마린의 시는 다음과 같다. "그대는 작가가 되리라, 그렇다. 그대는/ 그리고 당신의 독자들을 말로 훈련시킬 것이다,/ 그대는 사관 학교의 교사가 될 것이다,/ 그대는 언제나 대위일 것이다."

"네, 매우 흥미롭군요." 피에르가 말했다.

삼십 분 후 쿠투조프는 타타리노보로 떠났으며, 베니히센은 수행단 ― 피에르도 그 속에 끼어 있었다 ― 을 거느리고 전선으로 향했다.

23

베니히센은 고르키에서 큰길을 따라 다리 쪽으로 내려갔다. 진지 한복판인 구릉에서 한 장교가 피에르에게 가리켜 보이던 다리였다. 다리 부근의 강가에는 베어 놓은 풀들이 건초 향을 풍기며 널려 있었다. 그들은 다리를 지나 보로지노 마을로 갔고, 그곳에서 왼쪽으로 돌아 대규모 부대와 대포들을 지나쳐 민병들이 땅을 파고 있는 높은 구릉으로 향했다. 아직 지명도 없던 그곳은 훗날 라옙스키 보루 혹은 구릉 포대라는 이름으로 불리게 될 보루였다.

피에르는 이 보루에 별로 주의를 기울이지 않았다. 그는 몰랐다. 그 자리가 자신에게 보로지노 평원의 모든 장소들 가운데 가장 기억에 남을 곳이 되리라는 사실을…… 그다음에 그들은 골짜기를 지나 세묘놉스코예로 갔다. 그곳에서는 병사들이 오두막과 곡물 건조장의 마지막 통나무들을 끌어내고 있었다. 그러고 나서 그들은 언덕을 오르락내리락하며 마치 우박이라도 맞은 듯 짓밟히고 못쓰게 된 호밀밭을 지나 계속 앞으로 나아갔고, 갈아 둔 밭이랑에 포병들이 새로 닦은 길을 따라 아직 땅 파는 작업이 진행 중인 방어 진지로 갔다.

베니히센은 방어 진지에 서서 전방의 셰바르지노 보루(어제까지만 해도 아군의 것이었던)를 바라보았다. 셰바르지노 보루에 말 탄 사람들이 몇 명 보였다. 장교들이 말하길 나폴레옹이나 뮈라가 그곳에 있다고 했다. 그러자 다들 그 말 탄 사람들의 무리를 탐욕스럽게 바라보았다. 피에르도 그 보일락 말락 한 사람들 가운데 누가 나폴레옹일지 맞히려고 애쓰며 그곳을 바라보았다. 마침내 말 탄 이들이 구릉에서 내려가 자취를 감추었다.

베니히센은 그에게 다가온 장군을 돌아보며 아군의 상황을 전부 설명하기 시작했다. 피에르는 눈앞에 닥친 전투의 본질을 이해하기 위해 모든 지력을 쥐어짜다시피 하며 베니히센의 말을 들었다. 그러나 그것을 이해하기에 자신의 지력이 부족하다는 사실을 원통한 심정으로 깨달았다. 그는 아무것도 이해할 수 없었다. 베니히센이 말을 멈추더니 가만히 귀를 기울이는 피에르의 모습을 보고 불쑥 돌아보며 말했다.

"당신은 별 흥미를 느끼지 못하는 것 같군요."

"아, 그 반대입니다. 정말 흥미롭습니다." 피에르는 본심과 다른 말을 똑같이 되풀이했다.

그들은 방어 진지에서 좀 더 왼쪽으로 그다지 높지 않은 울창한 자작나무 숲속으로 구불구불 난 길을 따라 나아갔다. 숲

한가운데에서 몸통은 갈색이고 발은 하얀 토끼 한 마리가 그들 앞으로 뛰어나왔다. 많은 말들의 발굽 소리에 놀란 토끼는 너무 당황한 나머지 말들 앞에서 한참 동안 길 위를 깡충깡충 뛰어다니며 모든 사람들의 관심을 끌고 웃음을 자아내다가, 몇몇 사람들이 고함을 지르고 나서야 옆으로 뛰어들어 무성한 숲으로 자취를 감추었다. 그들은 숲을 2베르스타 정도 지나 공터로 나왔다. 그곳에는 왼쪽 측면의 방어를 맡은 투치코프[105] 군단이 주둔하고 있었다.

왼쪽 측면의 가장 끝부분인 이곳에서 베니히센은 많은 말을 열렬히 쏟아 냈고, 피에르가 생각하기에 군사 관계에서 중요할 법한 지시를 내렸다. 투치코프 부대의 주둔지 전방에는 고지가 있었다. 그 고지에 부대가 없었다. 베니히센은 큰 소리로 이 실책을 비난하며 그 일대가 한눈에 내려다보이는 고지를 방치한 채 산기슭에 부대를 배치하는 것은 정신 나간 짓이라고 말했다. 몇몇 장군들도 같은 의견을 표명했다. 특히 한 장군은 저 사람들을 저곳에 배치하는 것은 도살장으로 내모는 것이나 마찬가지라며 군인다운 과격한 어조로 말했다. 베니히센은 자신의 이름을 내걸고 부대를 고지로 이동시키라는 명령을 내렸다.

---

105) 알렉산드르 알렉세예비치 투치코프(Aleksandr Alekseevich Tuchkov, 1777~1812). 나폴레옹 전쟁에 참전한 투치코프 삼 형제 가운데 막내다. 1812년에 그는 3보병 여단을 지휘했다. 보로지노 전투에서 바그라치온 부대의 측면을 방어하면서 적의 군기를 탈취했고, 프랑스군의 산탄 공격 아래 레발 연대를 이끌고서 총검 공격에 나섰다가 전사했다.

왼쪽 측면에 관한 이 지시로 인해 피에르는 전쟁에 대한 자신의 이해력을 더욱더 의심하게 되었다. 산기슭에 부대를 배치한 것을 비판하는 베니히센과 장군들의 말을 들으면서 피에르는 그 말을 충분히 이해했고 그 의견에 공감하기도 했다. 그러나 바로 그 때문에 부대를 산기슭에 배치한 사람이 어쩌다 그런 명백하고 허술한 실수를 했는지 도무지 이해할 수 없었다.

피에르는 그 부대들이 베니히센의 생각처럼 진지를 방어하기 위해서가 아니라 매복을 위해, 즉 눈에 띄지 않게 숨었다가 적이 다가오면 불시에 덮치기 위해 비밀 장소에 배치되었다는 사실을 몰랐다. 베니히센은 그것도 모르고 총사령관에게는 말도 하지 않은 채 자기 판단에 따라 부대를 전방으로 이동시킨 것이다.

24

그 청명한 8월 25일 밤 안드레이 공작은 연대 주둔지 끝에 자리한 크냐지코보 마을의 부서진 헛간에서 팔꿈치를 괴고 누워 있었다. 부서진 벽의 틈새로 담장을 따라 한 줄로 늘어선 낮은 가지들을 쳐낸 삼십 년 정도 된 자작나무들, 귀리 다발이 널린 경작지, 모닥불 ─ 병사들의 취사장인 ─ 연기가 피어오르는 떨기나무 숲을 보고 있었다.

이 순간 안드레이 공작은 자신의 삶이 너무나 답답하고 무겁고 아무에게도 쓸모없는 것 같다고 생각하면서도 칠 년 전 아우스터리츠 전투 전날과 똑같은 흥분과 초조를 느꼈다.

내일의 전투에 대한 명령이 떨어졌고, 그는 그것을 받았다. 그가 할 것은 더 이상 아무것도 없었다. 그러나 지극히 단순하고 명확한, 그래서 무시무시하게 느껴지는 생각이 그를 가만히 내버려 두지 않았다. 그는 내일의 전투가 분명 자신이 참전한 가운데 가장 무시무시한 전투가 되리라는 것을 알았다. 죽을 수도 있다는 생각이 난생처음 머리에 떠올랐다. 죽음은 일상과 아무 관련 없이, 그것이 다른 사람들에게 어떤 영향을 줄지에 대한 판단 없이, 오직 자신이나 자기 영혼에 관한 것으로서만 생생하게, 거의 확실하게, 단순하게, 무시무시하게 떠올랐다. 그리고 이런 관념의 높이에서 내려다보자 이제까지 그를 괴롭히고 마음을 사로잡던 모든 것들이 갑자기 그림자도 없이, 원근도 없이, 뚜렷한 윤곽도 없이 차갑고 하얀 빛을 받아 환히 드러났다. 생애 전체가 환등처럼, 그가 인공 조명 아래서 한참 동안 유리를 통해 들여다보던 환등처럼 그의 눈앞에 떠올랐다. 이 순간 그는 불현듯 유리도 없이 대낮의 강렬한 빛 속에서 서툴게 그려진 그 그림들을 보았다. '그래, 그래, 바로 저것들이 나를 흥분시키고 매혹하고 괴롭히던 허상들이구나.' 그는 머릿속으로 자기 인생의 환등 가운데 주요한 장면들을 넘기며 이 순간 대낮의 차가운 하얀 빛 아래, 즉 죽음에 관한 명료한 상념 속에서 그 그림들을 보고 있었다. '바로 이것이다. 아름답고 신비한 무엇처럼 보였던 것은 서툴게 그려진 이 형상들이었다. 명예, 사회 복지, 여인을 향한 사랑, 조국. 이 그림들은 참으로 위대해 보였고, 심오한 의미로 충만한 것 같았는데! 그런데 그 모든 것들이 나를 위해 떠오른 듯한 아침의 차가운 하얀 빛 아래에서는 너무도 단순하고 창백하고 조악하구나.' 그의 인생에서 세 가지 주요한 슬픔이 특히 그의 관심을 끌었다. 여인을 향한 사랑, 아버지의 죽음, 러시아의 절반을 점령한 프랑스군의 침략이었다. '사랑……! 신비한 힘으로 충만해 보였던 그 소녀. 내가 그녀를 얼마나 사랑했던가! 나는 사랑에 대해, 그녀와의 행복에 대해 시적인 계획을 세웠지. 아, 사랑스러운 소년이었구나!' 그는 증오에 차서 소리 내어 중얼거리기도 했다. '하지만 어떠했던가! 난 어떤 이상적인 사랑을 믿었다. 내가 없는 한 해 동안 그녀가 정절을 지켜 주는 것이 내게는 이상적인 사랑이었다. 옛날이야기 속 다정한 아가씨처럼 그녀는 나와의 이별 때문에 수척해져야 했다. 하지만 그 모든 것은 훨씬 단순하다……. 그 모든 것은 끔찍할 정도로 단순하고 추악하다!'

'아버지도 리시에 고리에 터를 잡고는 그곳이 당신의 자리라고, 당신의 땅이라고, 당신의 공기라고, 당신의 농부들이라고 생각했다. 하지만 나폴레옹이 와서 그분의 존재에 대해서는 알지도 못한 채 그분을 길가의 나무토막처럼 차 버렸고, 그분의 리시에 고리와 그분의 전 생애는 허물어지고 말았다. 마리야 공작 영애는 그것을 하느님이 내린 시련이라고 말한다. 아버지는 이미 없고 앞으로도 없을 텐데, 앞으로도 결코 없을 텐데 도대체 무엇을 위한 시련인가? 아버지는 없다! 이 시련은 누구를 위한 것인가? 조국, 모스크바의 멸망! 그리고 내일이면 나도 죽겠지. 어제 한 병사가 내 귓가에 총을 쐈던 것처럼 프랑스군이 아니라 우리 편에게 죽을지도 모른다. 내가 자기들 코밑에서 악취를 풍기지 않도록 프랑스인들이 와서 내 다리와 머리를 잡고 구덩이에 던질 것이다. 그러고 나면 삶의 새로운 조건들이 성숙할 테고, 다른 사람들은 그것에도 익숙해지겠지. 하지만 난 그것들을 알지 못할 테고, 또 존재하지도

않을 것이다.'

그는 한 줄로 늘어선 자작나무들, 움직임이 없는 노란색과 초록색 잎사귀, 햇빛을 받아 반짝이는 하얀 나무껍질을 바라보았다. '죽다니, 내일 내가 죽임을 당하다니, 내가 존재하지 않게 되다니…… 이 모든 것은 그대로인데 나는 존재하지 않게 되다니.' 그는 이 삶 속에 자신이 없는 것을 생생히 그려 보았다. 그러자 빛과 그림자가 아른거리는 이 자작나무들, 이 뭉게구름, 이 모닥불 연기, 이 모든 것들이 그의 앞에서 느닷없이 변하여 무시무시하고 위협적인 무언가로 보였다. 싸늘한 기운이 등을 타고 흘렀다. 그는 재빨리 일어나 헛간 밖으로 나가서 이리저리 거닐기 시작했다.

헛간 뒤에서 사람들의 목소리가 들렸다.

"거기 누군가?" 안드레이 공작이 소리쳤다.

예전에 돌로호프의 중대장이었고 지금은 장교 결원으로 대대장이 된 빨간 코 대위 치모힌이 헛간으로 쭈뼛쭈뼛 들어왔다. 그 뒤를 이어 부관 한 명과 연대의 경리가 들어섰다.

안드레이 공작은 벌떡 일어나 그 장교들이 업무상 전달하는 내용을 끝까지 듣고 몇 가지 지시를 더 내렸다. 그리고 그들을 막 내보내려는데 헛간 뒤에서 귀에 익은 혀짤배기 소리가 들렸다.

"제길!" 무언가에 부딪친 어떤 남자의 목소리가 말했다.

헛간 밖을 내다본 안드레이 공작은 피에르가 자기 쪽으로 다가오는 것을 보았다. 피에르는 바닥에 놓인 막대기에 발이 걸려 넘어질 뻔했다. 자기 세계의 사람, 특히 모스크바를 마지막으로 방문했을 때 자신이 겪은 모든 괴로운 순간들을 떠올리게 하는 피에르를 보는 것이 안드레이 공작에게는 대체로 불쾌한 일이었다.

"아니, 이럴 수가!" 그가 말했다. "어떤 운명에 이끌려 온 건가? 정말 뜻밖이군."

이 말을 하는 순간 그의 눈과 표정 전체에 무뚝뚝함을 넘어 적의가 드러났다. 피에르는 즉각 그것을 알아차렸다. 그는 매우 활기찬 기분으로 헛간에 다가갔지만 안드레이 공작의 표정을 보고는 부자연스럽고 어색한 기분을 느꼈다.

"내가 온 것은…… 그러니까…… 내가 온 것은…… 흥미를 느껴서요." 피에르는 이날 이미 몇 번이고 무의미하게 되풀이한 '흥미롭다'는 그 말을 꺼냈다. "전투를 보고 싶었습니다."

"그래, 그래, 프리메이슨 교단은 전쟁에 대해 뭐라고 하나? 어떻게 해야 전쟁을 막을 수 있지?" 안드레이 공작이 비웃듯이 말했다. "참, 모스크바는 어떤가? 내 가족은? 결국 모스크바로 갔나?" 그가 진지하게 물었다.

"왔어요. 줄리 드루베츠카야가 말해 주었습니다. 내가 찾아가긴 했는데 만나지 못했어요. 당신 가족은 모스크바 근교의 영지로 떠났습니다."

25

장교들은 인사를 하고 떠나려 했다. 그러나 친구와 마주 보고 있기 싫은 듯 안드레이 공작이 그들에게 잠시 앉아 차를 마시고 가라며 권했다. 긴 의자와 차가 나왔다. 장교들은 다소 놀란 기색으로 피에르의 뚱뚱한 거구를 쳐다보며 그가 둘러보고 온 아군의 배치와 모스크바에 대한 이야기를 들었다. 안드레이 공작은 침묵했다. 얼굴이 어찌나 불쾌한 표정을 짓고 있던지 피에르는 볼콘스키에게보다는 선량한 치모힌 대대장에게 더 자주 말을 걸게 되었다.

"그럼 자네는 부대의 모든 배치를 파악했다는 거지?" 안드레이 공작이 피에르의 말에 끼어들었다.

"네, 그런데 무슨 뜻인지요?" 피에르가 말했다. "군인이 아닌 사람으로서 충분히 안다고는 말할 수 없지만 전반적인 배치는 파악했습니다."

"음, 그럼 자네가 어느 누구보다 잘 아는 거야." 안드레이 공작이 말했다.

"아!" 피에르는 안경 너머로 안드레이 공작을 바라보며 주저하는 기색으로 말했다. "그럼 당신은 쿠투조프의 임명에 대해서 뭐라고 말할 건가요?" 그가 말했다.

"난 그 임명을 대단히 기뻐하고 있어. 그게 내가 아는 전부야." 안드레이 공작이 말했다.

"그럼 말해 봐요. 바르클라이 드 톨리에 대한 당신의 견해는 어떤가요? 모스크바 사람들은 그가 어떤 사람인지 하느님만 아실 거라고 말합니다. 당신은 그를 어떻게 생각합니까?"

"이 사람들에게 물어봐." 안드레이 공작은 장교들을 가리키며 말했다.

피에르는 모든 사람들이 치모힌을 대할 때 무의식적으로 그러듯 뭔가 묻는 듯한 겸허한 미소를 띠며 그를 바라보았다.

"백작 각하, 대공작께서 취임하신 덕분에 저희는 광명을 보았습니다."[106] 치모힌이 자신의 연대장을 소심하게 계속 흘깃거리며 말했다.

"어째서 그렇습니까?" 피에르가 물었다.

"장작이나 여물에 관한 것만이라도 말씀드리죠. 우리는 스비엔챠니에서 퇴각할 때 감히 그곳의 나뭇가지 하나도, 건초한 가닥도, 그 어느 것도 건드릴 수 없었습니다. 우리가 떠나

---

106) '대공작'의 러시아어 음가는 'svetleishii knyaz', 즉 문자 그대로의 뜻은 '가장 눈부신 공작'이다. '광명'의 러시아어 음가는 'svet'이다. 치모힌은 '대공작'이라는 단어에 포함된 어근 'svet'를 가지고 말장난을 하고 있다.

면 다 그자의 수중에 들어가는데 말입니다. 그렇지요, 공작 각하?" 그는 자신의 공작을 돌아보았다. "꿈도 못 꿀 일이지요. 우리 연대에서도 장교 두 명이 그 문제로 군사 재판에 회부되었습니다. 그런데 대공작께서 취임하시자 그 문제는 아주 간단해졌지요. 광명을 보는 것 같습니다……."

"어째서 그는 그것을 금지한 겁니까?"

치모힌은 그러한 질문에 어떻게 뭐라고 말해야 할지 몰라 당황하며 주위를 둘러보았다. 피에르는 안드레이 공작에게 똑같은 질문을 던졌다.

"우리가 적에게 남기고 갈 지역을 황폐하게 만들지 말라는 거지." 안드레이 공작은 조롱 섞인 신랄한 투로 말했다. "그건 아주 당연해. 부대가 지역을 약탈하게 내버려 두거나 약탈에 버릇을 들이게 하면 안 되거든. 스몰렌스크에서도 그는 바르게 판단했어. 프랑스군이 우리를 우회할지 모른다고, 또 그들의 병력이 우리보다 우세할 거라고 말이야. 하지만 그는 이해하지 못했어." 안드레이 공작은 갑자기 봇물이 터지듯 가늘고 높은 목소리로 부르짖었다. "하지만 그는 이해하지 못했어. 우리가 그곳에서 처음으로 러시아 땅을 위해 싸웠다는 것, 부대에는 내가 이제껏 본 적 없는 사기(土氣)가 있었다는 것, 우리가 이틀 동안 꼬박 프랑스군을 격퇴했다는 것, 그 성공이 우리 힘을 열 배나 높여 주었다는 것을 말이야. 그는 퇴각하라고 명령했지. 그러자 모든 노력과 손실이 허사가 되었어. 그는 반역을 생각한 게 아니야. 최대한 모든 것을 잘 해내려고 노력했어. 모든 것을 충분히 고려했지. 하지만 바로 그것이 그가 부적합한 이유야. 그는 이제 쓸모없어. 모든 것을 아주 철저하고 정확하게 숙고하기 때문이지. 어느 독일인들이나 응당 그러듯이 말이야. 자네에게 어떻게 말하면 좋을까. 그래, 자네 아버지에게 독일인 하인이 있다고 하지. 그는 훌륭한 하인이고 아버지의 온갖 필요를 자네보다 더 잘 만족시켜 드려. 그렇다면 그가 일하게 놔둬도 돼. 그렇지만 아버지가 위독한 병에 걸렸다면 자네는 하인을 쫓아내고 익숙하지 않은 서툰 솜씨로 아버지를 직접 돌보겠지. 노련한 타인보다는 자네가 아버지의 마음을 더 안심시켜 드릴 수 있을 거야. 바르클라이도 그런 꼴을 당한 거지. 러시아가 무탈할 때는 타인도 러시아를 위해 일하고 훌륭한 대신도 될 수 있어. 하지만 러시아가 위기에 처하면 러시아에는 당장 자기 사람, 즉 피를 나눈 가족이 필요한 거야. 그런데 자네 클럽 사람들은 그를 반역자로 생각했다고! 그를 배신자라며 중상해 놓고, 나중에는 자신들의 그릇된 비난을 부끄러워하며 갑자기 그를 배신자에서 영웅이나 천재로 바꿔 놓겠지. 그게 훨씬 더 부당한 짓이야. 그는 정직하고 아주 꼼꼼한 독일인일 뿐⋯⋯."

"하지만 그 사람은 노련한 지휘관이라고 하더군요." 피에르가 말했다.

"난 노련한 지휘관이 어떤 건지 몰라." 안드레이 공작은 조롱조로 말했다.

"노련한 지휘관이란 음, 모든 우연을 예측하는⋯⋯ 음, 적의 생각을 읽어 내는 사람이죠." 피에르가 말했다.

"그건 불가능해." 안드레이 공작은 오래전에 결론지은 문제인 양 말했다.

피에르는 놀란 기색으로 그를 쳐다보았다.

"하지만 전쟁은 체스와 비슷하다고들 하잖아요." 그가 말했다.

"그래." 안드레이 공작이 말했다. "단, 작은 차이가 있어. 체스에서는 수를 둘 때마다 원하는 만큼 충분히 생각에 잠길 수 있어. 시간이라는 조건을 벗어나는 거지. 또 하나 차이가 있어. 마(馬)는 언제나 졸(卒)보다 강하고, 졸 두 개는 언제나 졸 하나보다 강하지. 하지만 전쟁에서는 1개 대대가 때로 1개 사단보다 강하기도 하고, 때로는 1개 중대보다 약하기도 해. 군대의 상대적인 힘에 대해서는 누구도 알 수 없어. 내 말을 믿어." 그가 말했다. "만약 무언가가 참모들의 지시에 달렸다면 난 그곳에서 명령을 내리겠어. 하지만 그 대신 난 영광스럽게도 이곳에서, 이 연대에서 이 신사분들과 함께 복무하고 있지. 난 내일이 사실은 우리에게 달렸다고 생각해. 참모들이 아니라……. 성공은 결코 진지나 무기에, 심지어 병력 수에 달리지도 않았어. 앞으로도 그럴 거야. 특히 진지와는 상관없어."

"어째서요?"

"내 마음속, 이 사람 마음속……." 그는 치모힌을 가리켰다. "모든 병사들 마음속의 감정에 달려 있어."

안드레이 공작은 놀라서 얼떨떨하게 자신의 지휘관을 바라보는 치모힌을 흘깃 쳐다보았다. 이제까지 마음을 억누르며 말을 삼가던 모습과 달리 이 순간 안드레이 공작은 흥분한 것처럼 보였다. 예기치 않게 머리에 떠오른 생각을 말로 표현하지 않고는 견딜 수 없는 것 같았다.

"전투에서 승리하겠다고 확고하게 결심한 사람이 결국 승리하는 법이야. 우리가 왜 아우스터리츠 전투에서 졌을까? 우리의 손실은 프랑스군과 거의 동일했어. 하지만 우리는 전투에 패했다는 말을 스스로에게 너무 빨리 했지. 그래서 진 거야. 우리가 그렇게 말한 건 당시 우리에게 싸울 이유가 없었기 때문이야. 어서 전장을 떠나고 싶어 했지. '졌다. 그러니 달아나자!' 우리는 그렇게 달아났어. 우리가 저녁까지 그 말을 하지 않았다면 상황이 어떻게 됐을까? 그건 하느님만 아시겠지. 내일, 우리는 그 말을 하지 않을 거야. 자네는 이렇게 말하지. 우리 진지는 왼쪽 측면이 약하고 오른쪽 측면은 너무 길게 뻗어 있다고 말이야." 그는 계속해서 말했다. "다 헛소리야. 그런 건 없어. 내일 우리 앞에 무엇이 기다리고 있을까? 수십억 가지의 온갖 다양한 우연이야. 적이나 우리 가운데 어느 편이 달아나고 또 앞으로 달아날 것인가, 이쪽이 죽을 것인가 저쪽이 죽을 것인가, 우연은 그런 것들로 순식간에 결정될 거야. 지금 벌어지는 것들은 전부 장난에 불과해. 문제는 자네와 함께 진지를 다닌 자들이 전투의 전반적인 흐름에 영향을 미치지 못할 뿐 아니라 심지어 방해를 하고 있다는 거야. 그들은 자신들의 소소한 이익에 정신이 팔려 있어."

"이런 순간에 말입니까?" 피에르가 비난조로 말했다.

"이런 순간에 말이지." 안드레이 공작이 피에르의 말을 되풀이했다. "그들에게 지금은 그저 적을 계략에 빠뜨려 훈장 하나를 더 챙길 수 있는 순간일 뿐이야. 나에게 내일은 이런 날이지. 10만 명의 러시아군과 10만 명의 프랑스군이 서로 맞붙어 싸워. 그 20만 명이 서로 싸운다는 것, 더 맹렬히 싸우고 자기 몸을 덜 아끼는 자가 이긴다는 것, 그거야말로 사실이야. 자네가 원한다면 말해 주지. 저기에서 무슨 일이 있든, 저기 상층부에서 어떤 혼잡이 벌어지든 우리는 내일의 전투에서 승리할 거야. 내일, 무슨 일이 있어도 우리는 전투에서 승리해!"

"그렇습니다, 공작 각하, 정말로, 정말로 그렇습니다." 치모힌이 말했다. "이런 때에 자기 목숨을 아끼다니요! 믿으실지 모르겠지만 우리 대대 병사들은 보드카도 마시지 않습니다. 그럴 날이 아니라고 하면서요." 다들 침묵했다.

장교들이 일어섰다. 안드레이 공작은 그들과 함께 헛간 밖으로 나가 부관에게 마지막 명령을 내렸다. 장교들이 떠나자 피에르는 안드레이 공작에게 다가갔다. 그가 막 이야기를 꺼내려는 순간 헛간과 그리 멀리 않은 길에서 말 세 마리의 발굽 소리가 울렸다. 그쪽을 돌아본 안드레이 공작은 볼초겐과 클라우제비츠[107]가 코사크 한 명을 거느리고 오는 것을 보았다. 그들은 옆을 지나치며 계속 이야기를 했고, 피에르와 안드레이는 본의 아니게 다음과 같은 말을 들었다.

"전장을 넓은 장소로 옮겨야 해. 이 의견은 아무리 높이 평

---

107) 카를 필리프 고트프리트 폰 클라우제비츠(Karl Philipp Gottfried von Clausewitz, 1730~1831). 프로이센의 장군이자 전쟁 이론과 역사에 관한 저명한 저술가다. 1812년 프로이센과 나폴레옹의 동맹을 반대하던 그는 러시아군에 입대하여 1814년까지 두 해 동안 복무했다. 처음 배속된 직무는 풀의 부관이었다. 이후 1812년 전쟁에 대한 역사서를 저술했다.

가해도 지나치지 않아."(독일어) 한 명이 말했다.

"그럼, 그렇고말고."(독일어) 다른 목소리가 말했다. "적의 힘을 약화시키는 게 목적이니 개인의 손실에 주의를 기울일 수는 없어."(독일어)

"아, 그럼."(독일어) 첫 번째 목소리가 맞장구를 쳤다.

"그래, 넓은 공간으로 옮긴다고.(독일어)" 그들이 지나간 후 안드레이 공작은 매섭게 콧방귀를 뀌면서 그들의 말을 되풀이했다. "넓은 공간에,(독일어) 그러니까 나의 아버지와 아들과 여동생은 리시에 고리에 머물러 있었단 말이야. 그자에게는 그런 것 따위야 아무 상관 없겠지. 저것이 바로 내가 자네에게 말한 거야. 내일 저 독일인 신사들은 전투에서 승리하기는커녕 그저 힘닿는 대로 한껏 망쳐 놓기만 할걸. 저 독일인의 머리에는 썩은 달걀만큼의 가치도 없는 추론만 들었으니까. 내일 필요한 유일한 한 가지, 바로 치모힌의 마음속에 있는 것이 저 인간의 가슴에는 없어. 저자들은 유럽 전체를 그자에게 넘겨 버린 주제에 우리를 가르치러 왔지. 훌륭한 선생들이야!" 그의 목소리가 다시 날카롭게 부르짖었다.

"그럼 당신은 아군이 내일 전투에서 승리할 거라고 생각합니까?" 피에르가 말했다.

"그럼, 그럼." 안드레이 공작이 멍하니 말했다. "나에게 힘이 있다면 해 보고 싶은 게 한 가지 있어." 그가 다시 입을 열었다. "난 포로를 잡지 않겠어. 포로가 뭔데? 그건 기사도야. 프랑스군은 나의 집을 짓밟았고 이제 모스크바를 짓밟으러 가고 있지. 그들은 매 순간 날 모욕했고 지금도 모욕하고 있어. 그들은 나의 적이야. 내 눈에 그들은 전부 범죄자에 지나지 않아. 치모힌도, 온 군대도 똑같이 생각해. 그들을 처형해야 해. 그들이 나의 적이라면, 그들이 틸지트 회담에서 무슨 말을 했든 나의 친구일 수는 없어."

"네, 그럼요." 피에르는 반짝이는 눈으로 안드레이 공작을 쳐다보며 말했다. "나도 당신의 의견에 전적으로, 전적으로 동감합니다!"

모자이스크의 언덕에서부터 그날 하루 종일 마음을 어지럽히던 문제가 이제는 완전히 명료하게 충분히 해결된 것으로 여겨졌다. 피에르는 이제 이 전쟁과 눈앞에 닥친 전투의 모든 의미를, 모든 의의를 이해할 수 있었다. 그가 이날 본 모든 것, 그가 얼핏 본 모든 의미심장하고 준엄한 표정이 그의 앞에 새로운 빛을 받으며 떠올랐다. 그는 자신이 본 모든 사람들 안에 있던 애국심의 잠열 — 물리학에서 말하는 — 을 이해했다. 그것은 그 모든 사람들이 어째서 침착하게 마치 가벼운 마음으로 죽음을 준비하듯 행동했는지 설명해 주었다.

"생포하지 않는 것." 안드레이 공작은 계속 말을 이었다. "오직 그것만이 전쟁 전체를 바꾸고 전쟁을 덜 잔인하게 만들 거야. 그런데 우리는 전쟁놀이를 해 왔지. 그건 추악한 짓이야. 우리는 아량을 보이거나 그 비슷한 행동들을 하고 있어. 그런 아량이나 감상벽은 도살당하는 송아지를 보며 역겨움을 느끼는 마님들의 관대함이나 감상벽 같은 거야. 그 여자들은 동정심이 너무 깊어 피를 보지 못하면서도 소스를 친 그 송아지 고기는 맛있게 먹거든. 우리는 전쟁의 규칙이니, 기사도 정신이

니, 협상이니, 불행한 사람들에게 자비를 베풀라느니 하는 이야기를 듣지. 다 헛소리야. 난 1805년에 기사도와 협상을 보았어. 그들도 우리를 속이고 우리도 그들을 속였지. 그들은 남의 집을 약탈하고 위조지폐를 뿌려. 가장 심하게는 우리 자식들과 우리 아버지를 죽이지. 그런데도 전쟁의 규칙이니 적에 대한 관대함이니 지껄이고 있어. 생포해서는 안 돼. 상대도 죽이고 자신도 죽음을 향해 나아가야 한다니까! 똑같은 고통을 통해 나처럼 이런 결론에 이른 사람은……."

스몰렌스크를 빼앗겼듯 모스크바도 빼앗기든 말든 상관없다고 생각하던 안드레이 공작은 예기치 않은 떨림으로 목이 메어 갑자기 말을 중단했다. 그는 말없이 여러 번 이리저리 걸었다. 그러나 다시 입을 열었을 때 그 눈동자는 열에 들떠 빛나고 입술은 바르르 떨렸다.

"전쟁에 관대함이 아예 없다면 우리는 지금처럼 정말로 목숨을 내놓을 가치가 있을 때만 전쟁터에 나갈 거야. 그렇게 되면 파벨 이바니치가 미하일 이바니치를 모욕했다는 이유로 전쟁이 일어나지는 않겠지. 지금 같은 전쟁이라면 전쟁이라 할 만해. 그리고 그런 때에 군대의 긴장은 지금과 다를 거야. 그럼 베스트팔렌주 사람들과 헤센주 사람들이 나폴레옹을 따라 러시아에 들어오지도 않았을 테고, 우리 또한 영문도 모른 채 그들과 싸우러 오스트리아와 프로이센으로 가지는 않았겠지. 전쟁은 정중하고 친절한 행동이 아니라 인간의 삶에서 가장 추악한 짓이야. 그러니 그 점을 잘 깨닫고 전쟁으로 장난질을 해서는 안 돼. 우리는 이 무시무시한 필연을 준엄하고 진지하게 받아들여야 해. 거짓을 버리는 것, 이게 핵심이야. 전쟁은 전쟁일 뿐 놀이가 아니야. 그러지 않으면 전쟁은 나태하고 경박한 인간들의 오락거리가 되고 말아……. 군인은 가장 존경받는 계층이지. 그런데 전쟁이란 과연 무엇이고, 전쟁에서 승리하기 위해 필요한 것은 무엇이며, 군인 사회의 성격은 어떠한가? 전쟁의 목적은 살인이고, 전쟁의 수단은 첩보, 배신, 배신에 대한 포상, 주민들의 파멸, 군대의 식량 조달을 위한 주민 약탈과 도둑질이야. 속임수와 거짓은 군인의 간책이라 불리지. 군인 계층의 성격은 자유의 부재, 즉 규율, 태만, 무지, 잔인성, 방탕, 음주야. 그런데도 이 최고 계층은 모든 이들의 존경을 받거든. 중국 황제를 제외한 모든 황제들이 군복을 입어. 그리고 사람들을 많이 죽일수록 더 큰 포상을 받지……. 내일처럼 사람들은 서로를 죽이기 위해 모여서 수만 명의 사람들을 죽이거나 불구로 만들고는 많이 죽인 것(심지어 수를 부풀려)에 대해 감사 기도를 드리고, 또 많이 죽일수록 업적이 크다고 간주하며 승리를 선언해. 하느님은 저 위에서 그들의 모습을 어떻게 보고 그들의 말을 어떻게 들을까!" 안드레이 공작이 높고 날카로운 새된 목소리로 부르짖었다. "아, 친구, 요즘 들어 난 사는 게 괴로워졌어. 너무 많은 걸 알게 되었나 봐. 인간은 선악을 알게 하는 과일을 먹지 않는 편이 좋았을 텐데……. 음, 오래 걸리지는 않을 거야!" 그는 덧붙여 말했다. "그렇지만 자네는 자야지. 나도 잘 시간이군. 고르키로 가 봐." 갑자기 안드레이 공작이 말했다.

"오, 아닙니다!" 피에르는 놀라움과 연민이 담긴 눈으로 안드레이 공작을 쳐다보며 대답했다.

"가, 가 봐. 전투 전에는 충분히 자 두어야 해." 안드레이 공작이 똑같은 말을 되풀이했다. 그는 빠른 걸음으로 다가가 피에르를 안고 입을 맞추었다. "잘 가게. 어서 가." 그는 큰 소리로 외쳤다. "또 보게 될지……." 그러고는 황급히 등을 돌려 헛간으로 들어가 버렸다.

주위는 이미 어둑했다. 그래서 피에르는 안드레이 공작의 표정이 매서운지 부드러운지 식별할 수 없었다.

피에르는 그를 따라갈지 숙소로 갈지 생각하며 잠시 동안 말없이 서 있었다. '아냐, 저 사람에게는 그런 게 필요 없어!' 피에르는 마음속으로 판단을 내렸다. '나도 이것이 우리의 마지막 만남이라는 걸 알아.' 그는 무겁게 한숨을 내쉬고 고르키로 되돌아갔다.

안드레이 공작은 헛간으로 돌아와 양탄자 위에 누웠으나 잠을 이룰 수 없었다.

그는 눈을 감았다. 여러 영상이 차례로 눈앞에 떠올랐다. 그는 하나의 영상을 한참 동안 즐겁게 곱씹었다. 그는 페테르부르크에서의 어느 저녁을 생생하게 떠올렸다. 나타샤는 흥분에 들뜬 생기발랄한 얼굴로 지난해 버섯을 따러 갔다가 큰 숲에서 길을 잃은 일을 그에게 들려주었다. 인기척이 없는 깊은 숲, 자신의 감정, 자신이 만난 양봉가와의 대화를 두서없이 묘사하다가 걸핏하면 이야기를 멈추고 이렇게 말했다. "아니에요, 못 하겠어요. 난 이야기를 잘 못해요. 아니에요, 당신은 몰라요." 하지만 안드레이 공작은 그녀의 말을 잘 알아들었다고 말하며 달랬고, 실제로도 그녀가 하고 싶어 한 말을 전부 이해했다. 나타샤는 자기 이야기에 만족하지 않았다. 자신이 그날 경험하고 또 밖으로 드러내고 싶어 한 그 열정적이고도 시적인 느낌이 살지 않았다고 느꼈다. "그분은 정말 멋있었어요, 그 노인 말이에요. 숲속은 몹시 어두웠는데…… 노인은 너무나 친절한……. 아뇨, 도저히 말로 표현을 못 하겠어요." 그녀는 흥분하여 얼굴을 붉히며 말했다. 안드레이 공작은 그때 그녀의 눈을 바라보며 미소를 지었던 것처럼 지금도 즐거운 미소를 짓고 있었다. 안드레이 공작은 생각했다. '난 그녀를 이해했어. 이해했을 뿐 아니라 그 영혼의 힘, 그 진실함, 그 영혼의 솔직함, 육체와 연결된 듯한 그녀의 그 영혼, 난 그녀의 내면에 있는 그 영혼을 사랑했지…… 그토록 강렬하게, 그토록 행복하게 사랑했는데…….' 그러자 불현듯 자신의 사랑이 어떻게 끝나 버렸는지가 떠올랐다. '그자에게는 그런 것이 전혀 필요하지 않았어. 그는 그것을 전혀 보지 못했고 이해하지도 못했지. 그녀에게서 예쁘고 생기발랄한 소녀를 보았을 뿐 자신의 운명을 그녀와 결합하려 하지 않았어. 하지만 난? 그자는 아직도 살아 있지. 그것도 유쾌하게.'

안드레이 공작은 누가 자기 몸에 불을 대기라도 한 듯 벌떡 일어나 다시 헛간 앞을 이리저리 걷기 시작했다.

26

보로지노 전투 전날인 8월 25일 밤 파리로부터 프랑스 황제의 궁내 대신 무슈 드 보세가, 마드리드로부터 파비에 대령[108]이 발루예보의 숙영지에 있는 나폴레옹을 찾아왔다.

궁정 제복으로 갈아입은 무슈 드 보세는 황제를 위해 가져온 꾸러미를 먼저 운반해 가도록 지시하고 나폴레옹 막사의 첫 번째 구역으로 들어갔다. 그는 그곳에서 자신을 에워싼 나폴레옹의 부관들과 이야기를 나누며 궤짝을 열었다.

---

108) 샤를 니콜라 파비에(Charles Nikolas Fabvier, 1782~1855). 프랑스의 포병대 장교로서 뒤렌슈타인과 에스파냐 전투에 참전했다. 1812년 보로지노 전투에서 오른쪽 다리를 잃었으나 몇 달 후 다시 군대에 복귀했다. 부르봉 왕가의 복고에 반대한 그는 영국으로, 그 후에는 에스파냐로 떠났다. 그리고 1825년 그리스로 이주하여 그리스 독립 전쟁에서 중요한 역할을 했고, 이후 프랑스에서 생을 마감했다.

파비에는 막사에 들어가지 않고 입구에 서서 아는 장군들과 이야기를 나누었다.

나폴레옹 황제는 아직 침실을 나서지 않은 채 몸단장을 마무리하고 있었다. 시종이 솔로 그의 몸을 문지르는 동안 그는 쿵쿵거리고 끙끙거리며 때로는 뒤룩뒤룩한 등을, 때로는 털이 덥수룩한 살진 가슴을 이리저리 돌렸다. 다른 시종은 손가락으로 작은 유리병을 쥐고 어디에 얼마나 뿌려야 할지는 자기만 안다는 표정으로 잘 손질된 황제의 몸에 오드콜로뉴를 뿌렸다. 나폴레옹의 짧은 머리칼은 축축하게 젖어 이마 위에 헝클어져 있었다. 그러나 얼굴은 비록 부석부석하고 누렇게 뜨긴 했어도 육체적인 쾌감을 드러냈다. "더 세게……." 그는 몸을 움츠리고 끙끙 신음 소리를 내면서 몸을 문지르는 시종에게 말했다. 전날의 전투에서 포로가 얼마나 잡혔는지 황제에게 보고하러 침실에 들어온 부관은 해야 할 말을 끝낸 후에도 문가에 서서 물러가도 좋다는 허락을 기다렸다. 나폴레옹은 얼굴을 찌푸리고 눈을 치뜨며 부관을 힐긋 쳐다보았다.

"포로가 없다니." 그는 부관의 말을 되풀이했다. "그들이 자멸하려고 하는군. 그럴수록 러시아군에 더 불리해." 그는 말했다. "음, 더 세게……." 그는 등을 구부려 살진 어깨를 내밀며 중얼거렸다.

"좋아! 드 보세를 들여보내. 파비에도." 그는 고개를 끄덕이며 부관에게 말했다.

"네, 폐하." 그러고 나서 부관은 막사 밖으로 사라졌다.

두 시종은 서둘러 황제에게 옷을 입혔다. 파란 근위 군복을 입은 황제는 응접실로 서둘러 뚜벅뚜벅 걸어 나갔다.

이때 보세는 두 손을 바삐 놀리며 자신이 가져온 황후의 선물을 황제가 들어올 입구 정면의 두 의자 위에 진열하고 있었다. 그러나 황제가 생각지도 않게 너무 빨리 옷을 입고 나오는 바람에 미처 깜짝 선물을 준비할 새가 없었다.

나폴레옹은 그들이 무엇을 하고 있었는지 금방 눈치챘고, 아직 준비를 끝내지 못한 것을 알아차렸다. 그는 그들에게서 깜짝 선물을 하는 기쁨을 뺏고 싶지 않았다. 그는 보세를 보지 못한 척 파비에를 불렀다. 나폴레옹은 엄하게 찌푸린 표정으로 묵묵히 파비에의 말을 들었다. 파비에는 유럽의 반대편 끝 살라망카[109]에서 싸운, 오로지 자신들의 황제에게 어울리는 자가 되어야 한다는 생각과 황제에게 쓸모없는 자가 되지는 않을까 하는 두려움만을 간직한 자기 부대의 용맹함과 충성심에 관해 늘어놓았다. 전투 결과는 비참했다. 파비에가 이야기하는 동안 나폴레옹은 냉소적인 말을 내뱉었다. 마치 자신이 없을 경우에 상황이 달라질 수도 있다고는 전혀 생각하지 않는 것 같았다.

"난 모스크바에서 이것을 만회해야만 해." 나폴레옹이 말했다. "또 보지." 그는 이렇게 덧붙이고 드 보세를 자기 쪽으로 불렀다. 이때는 이미 의자 위에 무언가를 늘어놓고 그 위에 덮개를 덮어 깜짝 선물을 할 준비를 끝낸 상태였다.

---

109) 에스파냐 남서부의 도시. 이 부근에서 벌어진 7월 22일 전투에서 웰링턴 장군의 연합군 부대가 라몬 장군이 이끄는 프랑스군을 크게 격파했다.

드 보세는 프랑스의 궁정 예법에 따라 부르봉 왕가의 노신만 할 수 있는 방식으로 깊이 허리를 숙여 절하고 나폴레옹에게 다가와 봉투를 건넸다.

나폴레옹은 반갑게 돌아보며 그의 귀를 잡아당겼다.

"서둘러 왔구려, 대단히 반갑소. 파리에서는 다들 뭐라고 하오?" 그는 갑자기 이제까지의 엄한 표정을 지극히 부드러운 표정으로 바꾸며 말했다.

"폐하, 파리 전체가 폐하의 부재를 애석해하고 있습니다." 드 보세는 응당 해야 할 답변을 했다. 나폴레옹은 보세가 그런 식으로 말할 수밖에 없다는 것을 알았다. 정신이 맑을 때는 그것이 거짓말이라는 것도 잘 알았다. 하지만 드 보세로부터 그런 말을 듣는 것이 즐거웠다. 그는 다시 드 보세에게 귀를 만져 주는 영광을 베풀었다.

"그대를 이렇게 멀리까지 오게 해서 몹시 미안하구려." 그가 말했다.

"폐하! 저는 모스크바 성문 옆에서 폐하를 뵙게 되리라 기대했습니다." 보세가 말했다.

나폴레옹은 빙그레 웃고는 무심하게 고개를 들어 오른쪽을 돌아보았다. 부관이 금제 코담배 갑을 들고 날아갈 듯한 걸음으로 다가와 그것을 내밀었다. 나폴레옹은 그것을 받았다.

"그렇소, 그대를 위해서도 좋은 기회요." 그는 코담배 갑을 열어 코에 가까이 대며 말했다. "그대는 여행을 좋아하잖소. 사흘만 지나면 모스크바를 보게 될 거요. 그대는 아시아의 수도를 보리라고 생각도 못 했겠지. 즐거운 여행이 될 거요."

보세는 자신의 여행 취미(이때까지 그 자신도 몰랐던)에 이렇듯 관심을 기울여 준 데 감사하며 고개를 숙였다.

"아! 이건 뭐지?" 나폴레옹은 모든 궁정 신하가 덮개에 덮인 무언가를 쳐다보는 것을 눈치채고 말했다. 보세는 궁정 신하다운 민첩함으로 등을 보이지 않은 채 몸을 반쯤 틀어 두 걸음 뒤로 물러났고, 그와 동시에 덮개를 벗겼다. 그는 말했다.

"황후께서 폐하께 보내시는 선물입니다."

그것은 제라르[110]가 선명한 색채로 그린, 나폴레옹과 오스트리아 황제의 딸 사이에서 태어난 사내아이 — 어찌 된 영문인지 모두 그 아이를 로마 왕이라 불렀다 — 의 초상화였다.

시스티나 성모상의 그리스도와 비슷한 눈길을 지닌 매우 아름다운 곱슬머리 사내아이가 빌보케[111] 놀이를 하는 모습이 묘사되어 있었다. 공은 지구를, 다른 손에 쥔 작은 막대기는 홀(忽)을 나타냈다.

이른바 로마 왕이 지구를 막대기로 찌르려는 모습으로 화가가 무엇을 표현하고자 했는지 분명치 않았지만, 그 비유는 파리에서 그림을 본 모든 사람들에게 그랬듯이 나폴레옹에게도 명확해 보이고 또 마음에 들기도 한 것 같았다.

"로마 왕이군!" 그는 우아한 손짓으로 초상화를 가리키며 말했다. "대단해!" 그는 얼굴 표정을 자유자재로 바꾸는 이탈

---

110) 프랑수아 제라르(François Gérard, 1770~1837). 신고전주의 화가. 역사화와 초상화를 주로 그렸다. 아우스터리츠 전투를 그린 그의 그림이 베르사이유 미술관에 전시되어 있다.
111) 나무채 끝으로 나무공을 가지고 노는 놀이.

리아인 특유의 재능을 보이면서 초상화에 다가서더니 그윽하고 부드러운 표정을 지었다. 그는 자기가 이 순간 말하고 행동하는 것이 곧 역사라고 느꼈다. 그리고 위대한 자신 — 아버지의 위대함에 힘입어 그 아들은 지구로 빌보케 놀이를 한다 — 이 그 위대함과 정반대인 지극히 소박한 아버지다운 부드러움을 보이는 것, 그것이야말로 이 순간 자신이 할 수 있는 최선의 행동이라고 느꼈다. 그의 눈동자가 흐릿해졌다. 그는 그림 쪽으로 다가가다가 의자를 돌아보더니(의자가 그의 몸 아래로 냉큼 옮겨졌다.) 초상화를 마주 보고 그 위에 앉았다. 그의 몸짓 한 번에 다들 그 위대한 남자를 그 자신의 감정에 맡겨 두고 발끝으로 조심조심 걸어 나갔다.

그는 얼마 동안 앉아 있다가 스스로도 딱히 이유를 모른 채 한 손으로 초상화의 거칠거칠한 밝은 부분을 만져보고는 자리에서 일어나 다시 보세와 당직을 불렀다. 막사 주위에 있는 고참 근위대[112]로부터 그들이 숭배하는 군주의 아들이자 후계자인 로마 왕을 보는 행복을 빼앗지 말라며 초상화를 막사 앞으로 옮기도록 지시했다.

나폴레옹이 함께 식사할 영광을 베푼 보세와 아침 식사를 하는 동안 그의 예상대로 초상화를 향해 달려온 고참 근위대의 장교들과 병사들이 감격에 겨워 함성을 지르는 소리가 막사 앞에서 들려왔다.

---

112) staraya gvardiya(old guards). 나폴레옹과 전장에서 오랜 세월을 함께 보낸 가장 헌신적인 장교와 병사들로 이루어진 근위대다. 나폴레옹과 이들은 형제애나 다름없는 굳은 결속력으로 맺어져 있었다.

"황제 만세! 로마 왕 만세! 황제 만세!" 환희에 찬 목소리들이 들렸다.

아침 식사 후 나폴레옹은 보세가 있는 자리에서 군대에 내릴 명령을 받아 적게 했다.

"간결하고 힘이 있어!" 나폴레옹은 수정 없이 단숨에 적은 선언문을 직접 읽어 보고 이렇게 말했다. 훈령에는 다음과 같이 쓰여 있었다.

전사들이여! 그대들이 그토록 갈망하던 전투가 눈앞에 있다. 승리는 그대들에게 달렸다. 승리는 분명 우리의 것이다. 승리는 필요한 모든 것, 즉 쾌적한 숙소와 조속한 귀국을 우리에게 제공할 것이다. 그대들은 아우스터리츠, 프리들란트, 비텝스크, 스몰렌스크에서 했던 대로 하라. 먼 후손들이 오늘 그대들의 무훈을 자랑스럽게 기억할 수 있도록 하라. 그대들 한 명 한 명에 대해 "그는 모스크바 대전투에 참가한 사람이었다."라고 말하게 하라!

"모스크바로!" 나폴레옹은 다시 한번 중얼거렸다. 그러고는 여행을 즐기는 보세에게 함께 산책하자고 권하며 막사를 나가 안장을 얹은 말로 다가갔다.

"폐하, 과분합니다." 보세는 동행을 권하는 황제에게 말했다. 잠을 자고 싶었던 데다 말을 잘 타지 못해 두려웠던 것이다.

하지만 나폴레옹이 여행자에게 고개를 끄덕여 보이자 보세도 동행하지 않을 수 없었다. 나폴레옹이 막사를 나선 순간 그

아들의 초상화 앞에 몰려든 근위대원들의 함성이 더욱 드높아졌다. 나폴레옹은 얼굴을 찌푸렸다.

"저것을 치우시오." 그는 우아하고 장엄한 몸짓으로 초상화를 가리키며 말했다. "저 아이가 전장을 보기엔 너무 이르오."

보세는 눈을 감고 고개를 숙인 채 깊은 한숨을 쉬었다. 이러한 몸짓으로 자신이 황제의 말을 높이 평가하고 이해할 수 있음을 보이려 한 것이다.

27

나폴레옹을 연구한 역사가들의 말대로, 8월 25일 그는 지형을 둘러보고 원수들이 제출한 작전 계획을 검토하고 장군들에게 직접 지시를 내리면서 온종일 말을 타고 돌아다녔다.

콜로차강을 따라 배치된 러시아군의 첫 번째 전선은 격파되었고, 그 전선의 일부, 즉 러시아군의 왼쪽 측면은 24일 셰바르지노 보루가 함락되면서 뒤로 밀려났다. 전선의 이 부분은 요새화되지도, 더 이상 강의 보호를 받지도 못했다. 그 앞에는 그저 더 훤히 트인 평평한 공간이 있을 뿐이었다. 전선의이 부분이 틀림없이 프랑스군의 공격을 받으리라는 점은 군인이든 아니든 누구나 명백히 알 수 있었다. 그것을 깨닫는 데는 많은 생각도 필요 없고, 황제와 원수들의 염려와 배려도 그다지 필요 없고, 더구나 사람들이 나폴레옹에게 있었다고 말하기 좋아하는 이른바 천재성이라는 최고 수준의 특별한 재능도 전혀 필요 없을 듯했다. 그러나 나중에 그 사건을 기술한 역사가들, 당시 나폴레옹 주위에 있던 사람들, 그리고 나폴레옹 자신은 다르게 생각했다.

나폴레옹은 평원을 돌아다니고 의미심장하게 지형을 응시하면서 혼자 수긍하듯 고개를 끄덕이거나 의심스레 고개를 저었다. 그리고 자신을 둘러싼 장군들에게는 자신의 결정을 이끈 심오한 과정을 알리지 않은 채 명령의 형태로 최종적인 결론만을 전달했다. 러시아군의 왼쪽 측면을 우회하자는 다부 ─ 에크뮐 공이라 불리는 ─ 의 제안을 듣고 나서 나폴레옹은 그럴 필요가 없다고 말했고, 어째서 그럴 필요가 없는지에 대해서는 설명하지 않았다. 한편 자신의 사단을 이끌고 숲을 통과하겠다는 콩팡 장군[113](그는 방어 진지를 공격하기로 되어 있었다.)의 제안에 대해 이른바 엘힝겐 공, 즉 네[114]는 숲을 통과하여 이동하는 것은 위험하며 사단을 혼란에 빠뜨릴 수 있다고 감히 지적했으나 나폴레옹은 동의를 표했다.

셰바르지노 보루의 맞은편 지형을 시찰한 나폴레옹은 잠시

---

113) 장도미니크 콩팡(Jean-Dominique Compans, 1769~1845). 프랑스 장군. 아우스터리츠 전투에서 심한 부상을 입었고 예나에서 육군 소장에 올랐다. 러시아 원정에 처음부터 끝까지 참여했다. 나폴레옹은 그를 자기 휘하의 가장 뛰어난 장군들 가운데 한 명으로 꼽았다.

114) 미셸 네(Michel Ney, 1769~1815). 프랑스 장군. 통 제조업자인 스코틀랜드 이민자의 아들로서 제정군의 원수가 되었다. 1808년 엘힝겐 공의 작위를, 1812년 모스크바 공의 작위를 받았다. 나폴레옹 휘하의 가장 우수한 장군들 가운데 한 명이었다. 모스크바에서 퇴각할 때 후위 부대의 지휘를 맡았다. 왕정복고 후 반역죄로 기소되어 총살당했다.

조용히 생각에 잠겼다가, 러시아군 요새에 대한 대응책으로 다음 날까지 2개 포병 중대를 배치할 장소며 그와 나란히 야포들을 정렬해야 할 장소를 가리켰다.

이런저런 명령을 내린 후 그는 군사령부로 돌아갔고, 그의 구술에 따라 작전 명령서가 작성되었다.

프랑스 역사가들이 열광하고 다른 나라 역사가들도 깊은 존경을 표하는 그 작전 명령서는 다음과 같다.

에크뮐 공이 포진한 평지에 밤사이 배치되는 새로운 2개 포병 중대는 새벽녘 맞은편의 적군 2개 포병 중대를 향해 포격을 개시한다.

그와 동시에 포병 1군단의 지휘관 페르네티 장군은 콩팡 사단의 포 30문과 데세 및 프리앙[115] 사단의 유탄포 전부를 가지고 전진하여 포격을 개시하고, 적군의 포병 중대에 유탄을 퍼붓는다. 이때 포병 중대 공격에는 다음의 화포를 동원한다.

근위 포병대의 포 24문
콩팡 사단의 포 30문

---

115) 루이 프리앙(Louis Friant, 1758~1829). 프랑스 장군. 베르나도트의 지휘 아래 이탈리아에서, 그리고 나폴레옹의 지휘 아래 이집트에서 싸웠다. 1805~1807년 아우스터리츠와 아일라우의 전투에 참전했고, 러시아 원정에서는 스몰렌스크와 보로지노에서 싸웠다. 1815년 6월 워털루 전투에서 나폴레옹의 근위대를 지휘했다.

프리앙 및 데세 사단의 포 8문
_____

총 62문

포병 3군단 지휘관 푸셰 장군[116]은 3군단과 8군단의 유탄포 총 16문을 왼쪽 요새에 포격을 가할 포병 중대의 양 측면에 배치하여 이 왼쪽 요새를 공격할 포를 총 40문으로 편성한다.

소르비에 장군[117]은 첫 번째 명령이 떨어지는 대로 근위 포병대의 모든 유탄포를 끌고 어느 요새로든 돌격할 태세를 갖추도록 한다.

포격 동안 포냐톱스키 공작은 마을과 숲으로 진군하여 적의 진지를 우회한다.

콩팡 장군은 제1요새를 점령하기 위해 숲을 통과하여 이동한다.

이와 같이 전투에 돌입하면 적의 행동에 따라 명령이 하달될 것이다.

오른쪽 날개의 포격 소리가 들리자마자 왼쪽 측면의 포격을

_____

116) 조제프 푸셰(Joseph Fouché, 1759~1820). 프랑스의 장군이자 정치가. 국민 공회 의원이자 자코뱅파로서 1793년 리옹 반란을 진압하는 데 주요한 역할을 했다. 총재 정부 당시에는 경무 장관으로서 나폴레옹 편에 섰고, 황제가 된 나폴레옹으로부터 오트란토 공작의 작위를 받았다. 그 후 나폴레옹 황제의 몰락과 부르봉 왕가의 복고를 도모했다.
117) 장 바르텔르모 소르비에(Jean Barthélemot Sorbier, 1763~1827). 프랑스 동부에서 혁명군의 다양한 직위를 수행했다. 아우스터리츠 전투에서 포병대 3개 사단을 지휘했고, 이후 에스파냐에서도 복무했다. 1811년 프랑스군의 근위 포병대를 지휘했으며, 1812년 스몰렌스크와 보로지노 전투에 참가했다.

시작한다. 모랑[118] 사단과 부왕(副王)[119] 사단의 사격병들은 오른쪽 날개의 공격 개시를 보는 대로 격렬한 포화를 퍼붓는다.

부왕은 마을[120]을 점령한 후 세 개의 다리를 건너 모랑과 제라르[121]의 사단과 같은 고도에서 진군하고, 모랑과 제라르의 사단은 부왕의 지휘 아래 보루로 향하여 다른 부대들과 함께 전선으로 진입한다.

이 모든 것은 가능한 한 예비 부대를 유지하는 형태로 질서정연하게 행해져야 한다.

모자이스크 부근의 황제 막사에서, 1812년 9월 6일.[122]

---

118) 샤를 앙투안 루이 알렉시스 모랑(Charles Antoine Louis Alexis Morand, 1771~1835). 프랑스의 장군. 프랑스 공화국과 제국의 거의 모든 전쟁에 참전했다. 아우스터리츠 전투에서는 프라첸 고지의 공격을 이끌었고, 아우어슈테트와 아일라우와 바그람에서는 다부와 함께 프랑스군을 이끌었다. 러시아 원정 동안에는 스몰렌스크, 보로지노, 베료지나 전투에 참전했고, 1815년 워털루 전투에서 나폴레옹의 군대를 지휘했다.

119) 나폴레옹 1세의 의붓아들이자 조제핀의 친아들인 외젠 드 보아르네를 가리킨다. 나폴레옹은 1805년에 스스로를 이탈리아 왕이라 칭하고 보아르네를 이탈리아의 부왕으로 삼았다. 보아르네는 이탈리아군을 이끌고 보로지노와 말리 야로슬라베츠 전투에 참전했다.

120) 보로지노 마을을 가리킨다.(톨스토이 주)

121) 모리스 에티엔 제라르(Maurice Etienne Gérard, 1773~1852). 프랑스 제정군의 원수. 군 복무 초기에는 베르나도트의 부관이었다. 오스트리아와 에스파냐의 전쟁에 참전했고, 1812년 러시아 원정에서 스몰렌스크와 보로지노의 전투에 참여했다. 프랑스군 퇴각 때는 후위 부대를 지휘했다.

122) 톨스토이가 인용한 프랑스 보고서와 기록에는 그레고리력(신력)에 따라 날짜가 기록되어 있다. 이 장면에 등장한 1812년 9월 6일은 율리우스력(구력)으로 8월 25일에 해당한다.

실로 모호하고 뒤죽박죽으로 쓰여진 이 작전 명령은 — 나폴레옹의 천재성에 대한 종교적 두려움 없이 감히 그 명령서를 대하자면 — 네 가지 사항, 즉 네 가지 명령을 포함한다. 그러나 그 명령들 가운데 실행이 가능했거나 실제로 실행된 것은 하나도 없다.

작전 명령에 적힌 첫 번째 명령은 다음과 같다. 나폴레옹이 선별한 장소에 배치되는 포병 중대가 그들과 나란히 놓일 페르네티[123]와 푸셰의 포와 함께 총 102문의 포로 포격을 개시하고 러시아군 방어 진지와 보루에 포탄을 퍼붓는다. 나폴레옹이 지정한 자리에서는 포탄이 러시아 보루까지 날아가지 않았기에 이 명령은 실행될 수 없었다. 그리하여 가장 가까이 있던 지휘관이 나폴레옹의 명령을 어기고 포들을 전진 배치할 때까지 그 102문의 포들은 공연히 포탄을 허비하고 말았다.

두 번째 명령은 다음과 같다. 포냐톱스키는 마을로 진군하고 숲을 통과하여 러시아군의 왼쪽 측면을 우회한다. 이것은 실행될 수도 없었고 실행되지도 않았다. 마을로 진군하고 숲을 통과하려던 포냐톱스키는 그곳에서 투치코프와 맞닥뜨리고 길을 차단당하여 러시아군 진지를 우회할 수 없었고 또 우회하지도 않았기 때문이다.

---

123) 조제프 마리 드 페르네티(Joseph Marie de Pernety, 1766~1856). 1791년 프랑스 혁명군의 포병대 대위였고, 이후 이탈리아 원정에 참전했다. 스위스에서는 네 휘하에서 복무했으며, 오스트리아 원정에도 참전했다. 1812년 러시아 원정 중에 라옙스키 방어 진지에서 포병대의 엄호 사격 아래 보로지노 전투를 개시했다. 유럽 원정에도 참전했다.

세 번째 명령은 이러했다. 콩팡 장군은 제1요새를 점령하기 위해 숲으로 이동한다. 콩팡 사단은 제1요새를 점령하지 못하고 격퇴되었다. 그의 사단은 숲을 벗어나자마자 나폴레옹도 예상치 못한 산탄의 포격을 받아 그 아래에서 대열을 정렬해야 했기 때문이다.

네 번째 명령은 이러했다. 부왕은 마을(보로지노)을 점령한 후 세 개의 다리를 건너 모랑과 프리앙의 사단과 같은 고도에서 진군하고(언제 어디에서 그들이 진군해야 할지에 대해서는 언급하지 않았다.) 모랑과 프리앙의 사단은 부왕의 지휘 아래 보루로 향하여 다른 부대들과 함께 전선으로 진입한다.

이 무의미한 구절이 아니라 부왕이 자기가 받은 명령을 수행하려고 한 시도로부터 최대한 이해해 보자면, 그는 보로지노를 통과하여 왼쪽으로부터 보루를 향해 진군했어야 하고, 모랑과 프리앙의 사단은 전선으로부터 동시에 이동했어야 한다.

작전 명령서의 다른 항목들과 마찬가지로 이 모든 항목들은 실행되지 않았고 실행될 수도 없었다. 부왕은 보로지노를 통과한 후 콜로차강에서 격퇴되어 더 이상 전진할 수 없었다. 모랑과 프리앙의 사단은 보루를 탈취하지 못하고 격퇴되었으며, 보루는 전투가 끝날 무렵 기병대에 점령당했다.(나폴레옹으로서는 전혀 예상치 못했고 일찍이 들어 본 적도 없는 일이었을 것이다.) 그리하여 작전 명령서 가운데 어느 항목도 실행되지 않았고 실행될 수도 없었다. 그러나 작전 명령서에는 이런 식으로 전투에 돌입하면 적의 행동에 따라 명령이 하달될 것이라고 적혀 있었다. 따라서 전투가 벌어지는 동안 나폴레옹이 필요한 모든 명령을 내렸을 것이라 여겨질지 모른다. 그러나 그런 일은 일어나지 않았고 일어날 수도 없었다. 나폴레옹이 전투 내내 전장으로부터 너무 멀리 떨어져 있어 전투 과정을 알 수 없었던 데다(이는 나중에 밝혀졌다.) 전투 중에는 그의 명령이 단 하나도 실행될 수 없었기 때문이다.

28

많은 역사가들은 말한다. 프랑스군이 보로지노 전투에서 승리할 수 없었던 것은 나폴레옹이 코감기에 걸렸기 때문이라고, 만일 코감기에 걸리지 않았다면 전투 전과 전투 동안에 더 천재적인 명령을 내렸을 거라고, 나아가 러시아는 멸망하고 세계의 양상은 달라졌을 거라고……. 표트르 대제 한 사람의 의지에 따라 러시아가 형성되었으며 나폴레옹 한 사람의 의지에 따라 프랑스가 공화국에서 제국으로 바뀌고 프랑스군이 러시아로 진군했다고 인정하는 역사가들, 그런 역사가들에게서는 필연적으로 그런 추론, 즉 나폴레옹이 26일에 심한 코감기를 앓아서 러시아가 강국으로 남을 수 있었다는 추론이 나올 수밖에 없다.

보로지노 전투를 할지 말지가 나폴레옹의 의지에 달렸다면, 이런저런 명령을 내리는 것이 그의 의지에 달렸다면, 어쩌면 그의 의지가 발현되는 데 영향을 미친 코감기는 분명 러시아를 구원한 원인일 테고, 따라서 24일 나폴레옹에게 방수 부츠를 건네는 것을 잊은 시종은 러시아의 구세주일 것이다. 이런 식의 사고에 따르면 그 결론은 의심할 여지 없는 것이 된다. 볼테르가 농담조로(그 자신도 무엇에 대한 농담인지 모르면서) 성 바르톨로메오의 밤[124]이 샤를 9세의 위장병 때문에 일어났다고 말하며 내린 결론과 마찬가지로 그 결론도 의심할 여지 없는 것이 된다. 그러나 표트르 1세[125] 한 사람의 의지로 러시아가 형성되었다는 주장, 나폴레옹 한 사람의 의지로 프랑스 제국이 수립되고 러시아와 전쟁이 시작되었다는 주장을 인정하지 않는 사람들에게 그러한 추론은 그릇되고 비이성적

---

124) 1572년 8월 24일 성 바르톨로메오 축일 밤에 프랑스의 샤를 9세는 프랑스 신교도의 대학살을 명령했다.

125) 표트르 1세(Pyotr Alekseevich Romanov, 1672~1725). 모스크바 대공국의 차르였으나 이복 누이 소피야의 반란으로 쫓겨나 외인촌에서 소년기와 청년기를 보냈다. 그곳에서 영국과 스웨덴 등의 기술자들과 접하면서 서유럽의 선진 기술에 눈을 떴다. 그러던 중 1689년 모스크바 대공국이 흑해 진출로를 확보하기 위해 오스만 제국과 전쟁을 시작했다가 패배하자 표트르는 쿠데타를 일으켜 정권을 탈환했다. 그는 군함을 건조하고 해군을 양성하여 오스만 제국의 아조프 요새를 함락함으로써 오스만 제국과의 전쟁을 매듭지었다. 이후 국력을 신장하기 위해 서유럽의 학문과 기술을 적극적으로 도입하고, 인재를 양성하고, 행정 기구를 정비하고, 성문법을 제정했다. 한편 해상 교역로 확보를 위해 발트해로 진출하고자 했던 표트르는 스웨덴, 덴마크, 폴란드와 대북방 전쟁(십 년 이상 지속되었다.)을 벌이고, 마침내 승리를 쟁취하여 발트해 연안에서 강대국으로서 입지를 군히며 영토를 확장했다. 표트르 1세는 국호를 모스크바 대공국에서 러시아 제국으로 바꾸고 새로운 수도가 될 페테르부르크를 건설했다. 이러한 치적으로 그는 '표트르 대제'라는 칭호로 불리게 되었다.

일 뿐 아니라 인간의 전 존재에 반하는 것으로 보인다. 역사 사건의 원인을 형성하는 것은 무엇인가라는 질문에 대해 우리는 또 다른 대답을 생각해 볼 수 있다. 그 대답은 하늘이 세상사의 흐름을 미리 정하고 그 사건에 관여하는 인간들의 의지의 총합이 그 흐름을 좌우한다는 것, 이 사건들의 흐름에 대한 나폴레옹의 영향은 그저 표면적이고 허구적인 것에 지나지 않는다는 것이다.

샤를 9세가 지시한 성 바르톨로메오의 밤이 그의 의지로 일어난 게 아니라 단지 그 자신이 그러라고 명령을 내린 것처럼 느낄 뿐이라는 가정, 8만 명이 참가한 보로지노 대전투가 나폴레옹의 의지로 일어난 게 아니라(그가 전투의 개시와 흐름에 대해 명령을 내리긴 했지만) 나폴레옹 스스로 그렇게 명령한 것처럼 느낄 뿐이라는 가정은 얼핏 매우 기이하게 느껴질지도 모른다. 그러나 인간의 존엄성 — 우리 개개인은 위대한 나폴레옹보다 더 뛰어난 인간은 아닐지 몰라도 결코 그보다 못한 인간은 아니라고 나에게 말하는 — 은 앞서 말한 문제를 이런 식으로 해결하도록 명하며, 역사 연구는 이 가정을 충분히 뒷받침해 준다.

보로지노 전투에서 나폴레옹은 단 한 사람에게도 총을 쏘지 않았고 단 한 사람도 죽이지 않았다. 그 모든 일을 실행한 것은 병사들이다. 따라서 그는 사람을 죽이지 않은 것이다.

프랑스군 병사들은 나폴레옹의 명령 때문이 아니라 스스로 희망하여 러시아군 병사들을 죽이러 보로지노 전투에 참전했다. 군대 전체, 즉 배를 곯고 누더기를 걸치고 행군으로 지친 프랑스인, 이탈리아인, 독일인, 폴란드인은 모스크바로 가는 길을 막아선 군대를 보자 술병의 마개를 뽑은 이상 술을 마시지 않을 수 없다고 느꼈다. 이때 나폴레옹이 러시아군과 싸우지 못하도록 막았다면 그들은 그를 죽이고 러시아군과 싸웠을 것이다. 그들에게는 그것이 불가피했기 때문이다.

나폴레옹이 불구나 죽음에 대해 "그들은 모스크바 전투에 참가했다."라는 후손의 말을 위안으로 제시하며 명령을 내렸을 때, 그들은 그의 명령을 듣고 "황제 만세!"라고 외쳤다. 빌보케 채로 지구를 찌르는 소년의 그림을 보고 "황제 만세!"라고 외쳤던 것처럼……. 그들은 그 어떤 무의미한 말을 들어도 똑같이 "황제 만세!"라고 외쳤을 것이다. "황제 만세!"를 외치고 모스크바에서 식량과 승자의 휴식을 찾기 위해 싸우러 가는 것 외에는 그들에게 더 이상 아무것도 남아 있지 않았다. 따라서 그들이 자신들과 비슷한 인간들을 죽인 것은 나폴레옹의 명령 때문이 아니었다.

게다가 전투의 흐름을 지배한 것은 나폴레옹이 아니었다. 그의 작전 명령 가운데 어느 것도 실행되지 않았을 뿐 아니라 전투 동안 그는 자기 앞에서 무슨 일이 벌어지는지 몰랐기 때문이다. 결국 이 인간들이 서로를 죽인 과정은 나폴레옹의 의지에 따른 것이 아니라 그와 상관없이 공통의 전투에 참가한 수만 명의 의지에 따라 진행되었다. 나폴레옹에게는 그저 상황 전체가 자기 의지대로 일어난 것처럼 보였을 뿐이다. 그러므로 나폴레옹이 코감기에 걸렸는가 아닌가의 문제는 역사적으로 볼 때 최후의 수송대 병사가 감기에 걸렸는가 아닌가 하는 문제보다 더 흥미로울 게 없다.

8월 26일 나폴레옹이 코감기에 걸린 것은 더더욱 중요하지 않다. 코감기 때문에 나폴레옹의 작전 명령과 전투 중 지시가 예전만 못했다는 저술가들의 진술은 전혀 타당하지 않다.

여기에 인용한 작전 명령은 예전에 그가 승리한 전투의 여느 작전 명령보다 결코 못하지 않을 뿐 아니라 심지어 더 낫기까지 하다. 전투 중에 내렸다는 가상의 명령도 예전에 비해 못하지 않으며 여느 때와 조금도 다르지 않았다. 그러나 그 작전 명령과 지시가 예전보다 못하게 보이는 것은 보로지노 전투가 나폴레옹이 패배한 첫 전투였기 때문이다. 전투에서 패하면 더할 나위 없이 훌륭하고 심오한 작전 명령과 지시도 전부 매우 졸렬한 것이 되며, 모든 군사 전문가들은 의미심장한 표정으로 그것들을 비판한다. 그러나 전투에서 승리하면 아무리 엉성한 작전 명령과 지시도 매우 탁월한 것으로 보이고, 진중한 사람들이 일련의 저술을 통해 그 엉성한 지시의 가치를 입증한다.

아우스터리츠 전투 때 바이로터가 작성한 작전 명령은 이런 종류의 저술에서 완벽의 표본이라 할 수 있지만 그 완벽함 때문에, 그 지나친 상세함 때문에 오히려 비판을 받았다.

나폴레옹은 보로지노 전투에서 권력의 대표자로서 자기 역할을 여느 전투 때와 다름없이 잘 수행했고, 오히려 더 훌륭히 해냈다. 전투의 흐름에 해가 될 만한 일은 전혀 하지 않았다. 그는 보다 분별 있는 사람들의 견해를 따랐다. 당황하지도, 자기모순에 빠지지도, 무서워하지도, 전장에서 달아나지도 않았고 겉보기에 지휘자처럼 보이는 자신의 역할을 특유의 뛰어난 기지와 전쟁 경험으로 침착하고 훌륭하게 수행했다.

29

두 번째로 전선을 신중하게 시찰하고 돌아온 후 나폴레옹은 말했다.

"체스의 말은 놓였다. 게임은 내일 시작된다."

나폴레옹은 펀치를 내오도록 지시하고 보세를 불렀다. 그리고 그와 더불어 파리에 대해, 자신이 황후의 궁정에서 시도하려고 하는 몇 가지 변화에 대해 이야기를 나누며 궁정 관계의 온갖 사소하고 세세한 것들에 미치는 기억력으로 궁내 대신을 놀라게 했다.

환자를 수술대에 묶는 동안 저명하고 자신만만하고 자기일에 정통한 외과 의사가 소매를 걷고 앞치마를 걸치며 으레 그러듯, 그는 시시한 일에 흥미를 보이고 보세의 여행벽을 놀리며 마음 내키는 대로 지껄였다. '모든 것은 내 손안에, 내 머릿속에 분명하고 명확하게 들어 있다. 일을 시작해야 할 때가 되면 난 어느 누구도 따라올 수 없을 만큼 그것을 잘 해낼 것이다. 하지만 지금은 우스갯소리를 할 수 있다. 내가 농담을 할수록, 내가 침착하게 있을수록 당신들은 그만큼 더 자신과 평정을 얻고 나의 천재성에 놀라게 될 것이다.'

두 잔째 펀치를 다 마신 후 나폴레옹은 다음 날로 임박한 — 그에게는 그렇게 느껴졌다 — 중대사를 앞두고 휴식을 취하러 갔다.

그는 자기 앞에 임박한 이 사건에 몹시 마음이 쓰여 잠을 이룰 수 없었다. 밤의 습기로 코감기가 심해졌는데도 새벽 3시에 요란하게 코를 풀고 나서 막사의 큰 구역으로 나갔다. 그는 러시아군이 물러나지 않았느냐고 물었다. 적군의 모닥불이 여전히 같은 장소에 있다는 대답이 돌아왔다. 그는 알겠다는 뜻으로 고개를 끄덕였다.

당직 부관이 막사로 들어왔다.

"이보오, 라프,[126] 그대는 어떻게 생각하오, 오늘 상황이 아군에게 순조롭겠소?" 나폴레옹이 라프에게 말을 건넸다.

"의심할 여지가 없습니다, 폐하." 라프가 대답했다.

나폴레옹은 그를 바라보았다.

---

126) 장 라프(Jean Rapp, 1771~1821). 프랑스 혁명 당시 라인 유역의 의용군에 동참했다. 이집트 원정에 참전했다가 통령 정부가 출범하자 나폴레옹을 따라 파리로 왔다. 오스트리아 원정에 참전했으며, 1809년 10월 12일 쇤브룬에서 대학생인 프리드리히 슈탑스(Friedrich Staps, 1792~1809)가 조국인 오스트리아의 패배에 분노해 나폴레옹을 칼로 찌르려는 것을 막았다. 그는 나폴레옹의 러시아 침공 계획을 반대했으나 결국 러시아 원정에 참전하여 스몰렌스크, 보로지노, 말리 야로슬라베츠 전투 등에 참가했다.

"폐하, 폐하께서 황송하게도 스몰렌스크에서 제게 하신 말씀을 기억하십니까? 술병의 마개를 뽑은 이상 술을 마시지 않을 수 없다고 하셨지요." 라프가 말했다.

나폴레옹은 얼굴을 찌푸리고 고개를 숙여 한 손으로 받친 채 한참 동안 말없이 앉아 있었다.

"이 불쌍한 군대……." 그가 불쑥 입을 열었다. "스몰렌스크 전투 이래로 군대가 많이 줄었지. 행운이란 정말이지 창녀 같은 거요, 라프. 난 언제나 그렇게 말했고, 이제 그것을 경험하기 시작했소. 그런데 라프, 근위대에는, 근위대에는 별일 없소?" 그가 미심쩍은 눈치로 물었다.

"네, 폐하." 라프가 대답했다.

나폴레옹은 사탕 하나를 집어 입안에 넣고 시계를 쳐다보았다. 자고 싶지 않았다. 하지만 아침이 오려면 아직 멀었다. 이제는 명령을 내리며 시간을 때울 수도 없었다. 명령은 전부 내려졌고, 이제 그 명령은 실행으로 옮겨져야 했다.

"근위대에 비스킷과 쌀을 지급했소?" 나폴레옹이 근엄하게 물었다.

"네, 폐하."

"하지만 쌀은?"

라프가 쌀에 관한 군주의 명령을 전달했다고 대답했지만 나폴레옹은 자신의 명령이 실행되었다는 것을 믿지 못하겠다는 듯 불만스럽게 고개를 저었다. 하인이 펀치를 들고 들어왔다. 나폴레옹은 라프를 위해 술잔 하나를 더 가져오라고 지시한 후 말없이 자기 잔에 든 펀치를 몇 모금 마셨다.

"맛도 냄새도 느낄 수 없어." 그는 술잔에 코를 대고 냄새를 맡으며 말했다. "이번 코감기는 지긋지긋하군. 의사들은 의학을 운운하지. 코감기도 고치지 못하면서 무슨 의학이람? 코르비사르[127]가 내게 이 사탕을 주었는데 전혀 도움이 되지 않소. 이것들이 무엇을 치료할 수 있겠소? 치료할 수 없소. 우리 몸은 생명을 위한 기계요. 몸은 그것을 위해 만들어졌소. 그것이 몸의 본성이지. 몸속의 생명은 가만히 내버려 둬야 하오. 생명이 스스로를 방어하게 돼야 한다니까. 생명은 약의 방해를 받을 때보다 홀로 있을 때 더 많은 일을 해내지. 우리 몸은 일정한 시간 동안 움직이도록 정해진 시계와 비슷하다오. 시계공도 이 시계를 열 수는 없소. 그저 눈을 가린 채 손으로 더듬어 그것을 다룰 수 있을 뿐이지. 우리 몸은 생명을 위한 기계요. 그뿐이오." 나폴레옹은 그가 좋아하는 정의(定義)의 궤도에 들어선 듯 뜻밖에도 새로운 정의를 내놓았다. "라프, 그대는 전술이 뭔지 알고 있소?" 그가 물었다. "어떤 순간에 적보다 더 강해지는 기술이지. 그것이 전부요."

라프는 아무 대답도 하지 않았다.

"내일 우리는 쿠투조프와 전투를 하오!" 나폴레옹이 말했다. "지켜봅시다. 기억하오? 브라우나우에서 그는 군대를 지

---

127) 장니콜라 코르비사르(Jean-Nikolas Corvisart, 1755~1821). 프랑스에서 근대 내과 의학의 기초를 쌓은 의사다. 1797년 프랑스 대학에서 의학을 가르쳤다. 1804년 나폴레옹의 시의가 되어 1815년 나폴레옹이 세인트헬레나섬으로 유배를 떠날 때까지 그의 건강을 돌보았다. 심장증후학의 창시자이며 타진법의 보급에 힘썼다.

휘하면서 삼 주 동안 단 한 번도 말을 타고 요새를 시찰한 적이 없었소. 지켜봅시다."

그는 시계를 보았다. 이제 겨우 4시였다. 그는 자고 싶지 않았고, 펀치는 이미 다 마셨다. 그러나 아무 할 일이 없었다. 그는 일어나 이리저리 거닐다가 따뜻한 프록코트와 모자를 걸치고 막사에서 나갔다. 따뜻하고 습한 밤이었다. 위로부터 옅은 습기가 깔리고 있었다. 가까운 프랑스 근위대에서 모닥불이 희미하게 타오르고, 멀리 러시아 전선을 따라 연기 사이로 모닥불이 빛났다. 어디나 고요했으며, 진지를 점령하기 위해 벌써부터 움직이기 시작한 프랑스군의 부스럭대는 소리와 발소리가 또렷이 들렸다.

나폴레옹은 막사 앞을 거닐며 불빛을 바라보기도 하고 발소리에 귀를 기울기도 했다. 막사 옆에서 보초를 서던 털이 북실북실한 모자를 쓴 키 큰 근위대원이 황제가 나타나자 검은 기둥처럼 꼿꼿하게 똑바로 섰다. 나폴레옹은 보초 옆을 지나치다 그 앞에서 걸음을 멈추었다.

"몇 년부터 군에서 복무했나?" 병사들에게 말을 걸 때면 언제나 그렇듯이 그는 몸에 밴 짐짓 꾸민 듯한 거칠고도 다정한 군인다운 말투로 물었다. 병사가 그에게 대답했다.

"아! 고참이로군! 연대로 보낸 쌀은 받았나?"

"받았습니다, 폐하."

나폴레옹은 고개를 끄덕이고 그 자리를 떠났다.

5시 30분에 나폴레옹은 말을 타고 셰바르지노 마을로 향했다.

주위가 밝아지고 하늘은 맑게 개어 동쪽에 구름만 한 점 떠 있을 뿐이었다. 병사들이 버리고 간 모닥불은 아침의 희미한 빛 속에서 힘없이 꺼져 갔다.

오른쪽에서 굵직한 대포 소리가 한 발 울리며 주위에 퍼지더니 광막한 고요 속으로 사라졌다. 몇 분이 지났다. 두 번째, 세 번째 포성이 울리고 대기가 진동했다. 네 번째, 다섯 번째 포성은 오른쪽 어딘가 가까운 곳으로부터 장엄하게 울렸다.

처음 몇 발의 포성이 채 사라지기도 전에 또 다른 포성이 계속해서 울리며 서로 어우러지기도 하고 방해하기도 했다.

나폴레옹과 수행단은 말을 타고 셰바르지노 보루로 이동하여 말에서 내렸다. 게임이 시작되었다.

30

안드레이 공작과 헤어져 고르키로 돌아온 피에르는 조마사
에게 말을 준비해 두고 아침 일찍 깨우도록 지시한 후 보리스
가 그에게 양보한 칸막이 너머 한구석에서 곧 잠이 들었다.

다음 날 아침 피에르가 잠에서 완전히 깼을 때 집 안에는 이
미 아무도 없었다. 작은 창들의 유리가 덜컹거렸다. 조마사가
옆에 서서 그를 흔들어 깨웠다.

"각하, 각하, 각하……." 조마사는 깨우기를 포기했는지 피
에르를 쳐다보지도 않고 그의 어깨를 흔들며 끈질기게 말했다.

"뭐야? 시작됐어? 때가 되었나?" 잠에서 깬 피에르가 중얼
거렸다.

"사격 소리를 들어 보십쇼." 퇴역 군인인 조마사가 말했다.
"다른 분들은 벌써 다 나가셨다고요. 대공작께서도 한참 전에
지나가셨다니까요."

피에르는 서둘러 옷을 입고 현관 계단으로 뛰어나갔다. 이슬에 젖은 안마당은 눈부시고 상쾌하고 생기 있어 보였다. 앞을 가로막은 먹구름을 막 헤치고 나온 태양이 맞은편 거리의 지붕들 너머 이슬 덮인 도로의 흙먼지 위에, 집들의 벽에, 담장의 틈새에, 집 옆에 선 피에르의 말에 먹구름으로 반쯤 부서진 빛을 흩뿌렸다. 바깥에서 대포 소리가 한층 더 또렷하게 들렸다. 부관 한 명과 코사크 한 명이 속보로 말을 몰며 길을 지나갔다.

"시간이 됐습니다, 백작, 시간이 됐습니다!" 부관이 외쳤다.

피에르는 말을 끌고 뒤따라오라고 지시한 후 거리를 지나 전날 전장을 바라보던 구릉으로 걸어갔다. 그 구릉에는 군인들이 무리 지어 있고, 참모들의 프랑스어 말소리가 들리고, 빨간 테를 두른 하얀 군모를 쓴 쿠투조프의 희끗희끗한 머리통이며 양 어깨 사이에 파묻힌 희끗희끗한 뒤통수가 보였다. 쿠투조프는 망원경으로 앞쪽 대로를 보고 있었다.

피에르는 구릉 입구의 계단을 오르며 앞쪽을 힐끔 쳐다보다가 그 광경의 아름다움에 숨이 멎을 듯한 감격을 느꼈다. 전날 그 구릉에서 넋을 잃고 바라보던 바로 그 전경이었다. 하지만 지금은 그 지형 전체가 부대와 포연으로 뒤덮이고, 피에르의 왼쪽 뒤에서 떠오르는 눈부신 태양의 비스듬한 햇살이 맑은 아침 공기 속에서 황금빛과 장밋빛 색조를 띤 찌르는 듯한 광선이며 검고 긴 그림자를 던지고 있었다. 그 전경 끝자락의 마치 황록색 보석을 깎아 만든 듯한 머나먼 숲은 지평선 위에 우듬지의 곡선을 드러냈고, 그 사이에 발루예보 너머로 스몰렌스크 가도가 뻗어 있었다. 가까이에는 황금빛 들판과 작은 숲이 빛났다. 앞에도, 오른쪽에도, 왼쪽에도 어디에나 부대가 보였다. 모두 생동감 있고 웅장하고 전혀 예상치 못한 것이었다. 하지만 무엇보다 피에르에게 강렬한 인상을 남긴 것은 다름 아닌 전장, 즉 보로지노와 콜로차강 양편에 늘어선 협곡의 모습이었다.

콜로차강 위에, 보로지노에, 그리고 그 양옆에, 특히 왼쪽, 즉 습지대의 보이나강이 콜로차강으로 흘러드는 곳에 안개가 드리워 있었다. 눈부신 태양이 떠오르자 안개는 엷어지고 흩어지고 투명해지면서 그 사이로 보이는 모든 것들을 매혹적으로 채색하고 그 윤곽을 그린다. 안개는 포연과 뒤섞이고, 그 안개와 연기 위 어디에나 — 때로는 물, 때로는 이슬, 때로는 보로지노와 강 연안을 따라 북적이는 병사들의 총검에서 — 아침 햇살이 번개처럼 번득였다. 그 안개 속으로 하얀 교회가 보이고 보로지노의 농가 지붕, 빽빽하게 모인 병사들, 녹색 탄약차, 대포가 여기저기 보였다. 그리고 이 모든 것들이 움직이고 있었다. 어쩌면 안개와 연기가 그 공간 전체에 퍼져 움직이는 것처럼 보였는지도 모른다. 안개로 덮인 보로지노 주변의 그 저지대와 마찬가지로 외부의 좀 더 높은 곳, 특히 왼쪽의 전선 전체에, 숲에, 들판에, 저지대에, 고지의 정상에 무(無)로부터 포연 덩어리가 저절로 끊임없이 피어올랐다. 때로는 하나로, 때로는 떼를 지어, 때로는 엷게, 때로는 짙게 부풀고 퍼지고 소용돌이치고 어우러지는 포연의 덩어리가 그 공간 전체에 나타났다.

그 포연, 그리고 이렇게 말하면 이상하겠지만 그 포성은 이 광경의 주된 아름다움을 자아냈다.

팟! 갑자기 보랏빛과 잿빛과 젖빛으로 아른거리는 둥글고 짙은 연기가 보이나 싶더니 일 초쯤 뒤에 쿵 하고 그 연기의 소리가 울려 퍼졌다.

팟, 팟. 두 줄기 연기 구름이 서로 밀치고 뒤섞이며 피어올랐다. 그리고 쿵, 쿵! 하는 소리가 눈이 목격한 것을 확인해 주었다.

피에르는 첫 번째 연기를 돌아보았다. 그것이 둥글고 짙은 작은 공처럼 보일 때 시선을 돌렸는데, 그 자리에는 이미 옆으로 잇따라 움직이는 연기 공이 여럿이었다. 그리고 팟(간격을 두고)…… 파팟 하는 소리가 세 번 더, 네 번 더 나고, 일정한 간격으로 쿵…… 쿠쿠쿵 하는 아름답고 정확하고 확실한 소리가 화답했다. 때로 연기가 질주하는 것처럼 보였고, 때로 연기는 멈춰 있는데 숲과 들판과 번쩍이는 총검이 그 옆을 질주하는 것처럼 보이기도 했다. 이 커다란 연기들과 웅장한 반향이 왼편의 들판과 관목들 위로 끊임없이 피어오르고, 좀 더 가까운 저지와 숲 위로 미처 둥그레질 틈도 없이 작은 라이플총 연기가 그와 똑같은 작은 반향을 던지며 확 솟구쳐 올랐다. 트랏, 타, 타 하고 울리는 라이플총 소리는 비록 잦기는 해도 포격에 비해 불규칙하고 빈약했다.

그 연기, 그 반짝이는 총검과 대포, 그 움직임, 그 소리가 있는 곳에 피에르는 있고 싶었다. 그는 자신이 받은 인상을 다른 사람들과 비교하기 위해 쿠투조프와 그 수행단을 돌아보았다. 다들 그와 똑같이 눈앞의 전장을 바라보고 있었다. 그가 보기에 모든 이들이 그와 똑같은 감정을 느끼는 것 같았다. 이 순간 모든 사람들의 얼굴에는 피에르가 전날 안드레이 공작과 이야기를 나눈 후 온전히 이해하게 된 감정의 잠열이 빛나고 있었다.

"이보게, 출발하게, 출발해. 그리스도께서 자네와 함께하시길." 쿠투조프는 전장에서 눈을 떼지 않은 채 옆에 서 있던 장군에게 말했다.

명령을 받은 장군은 피에르의 옆을 지나 구릉의 내리막길로 향했다.

"나루터로!" 장군은 어디로 가느냐는 참모의 질문에 대꾸하며 냉정하고 엄하게 말했다.

'나도, 나도.' 피에르는 속으로 이렇게 생각하며 장군을 뒤따라 같은 방향으로 향했다.

장군은 코사크가 가져온 말에 올라탔다. 피에르는 말들을 붙잡고 있는 조마사에게 갔다. 피에르는 어느 말이 더 온순하냐고 물은 후 말에 올라 갈기를 붙잡고는 바깥쪽으로 틀어진 양발의 뒤축을 말의 배에 붙였다. 그는 안경이 흘러내리는 것을 느끼면서도 갈기와 고삐에서 차마 손을 뗄 엄두를 내지 못한 채 장군을 뒤따라 질주했다. 그 모습이 구릉에서 그를 바라보던 참모들의 웃음을 자아냈다.

31

피에르가 뒤따라간 장군은 산을 내려간 뒤 왼쪽으로 방향을 홱 틀었다. 그를 시야에서 놓친 피에르는 앞쪽에서 행군하던 보병 대열에 뛰어들고 말았다. 그는 오른쪽으로 왼쪽으로 말을 몰며 그들에게서 벗어나려 애썼다. 그러나 어디로 가든, 보이지는 않아도 중요한 것임이 분명한 어떤 일에 정신이 팔린 똑같이 골똘한 표정을 한 병사들이 있었다. 무슨 영문인지 몰라도 자신들을 말발굽으로 짓밟으려 드는 이 하얀 모자의 뚱뚱한 남자를 다들 똑같이 불만과 의구심에 찬 눈초리로 쳐다보았다.

"무엇 때문에 대대 한복판에서 말을 타고 다니는 거야!" 한 사람이 그에게 소리쳤다. 또 한 사람은 개머리판으로 그의 말을 쿡쿡 찔렀다. 피에르는 안장 앞머리에 몸을 바짝 붙인 채 주춤거리는 말을 간신히 제어하며 공간이 좀 더 넓은 병사들 앞쪽으로 달려갔다.

그의 앞에 다리가 있었고, 다리 옆에는 다른 병사들이 서서 총을 쏘고 있었다. 피에르는 그들에게로 말을 몰았다. 피에르 자신도 몰랐지만 그는 콜로차강을 가로지르는 다리까지 다다랐다. 고르키와 보로지노 사이에 있는 그 다리는 프랑스군이 전투 첫 단계(보로지노를 점령한 후)에서 공격한 곳이었다. 피에르는 앞쪽에 다리가 있고 다리 양편과 목초지와 그가 전날 본 여러 줄의 풀 더미 사이에서 병사들이 연기 틈으로 무언가 하는 것을 보았다. 그칠 새 없이 총격이 벌어지고 있었지만 그는 여기가 바로 전쟁터라는 사실을 전혀 생각하지 못했다. 사방에서 날카롭게 비명을 지르는 총알 소리와 머리 위로 휙휙 날아가는 포탄 소리도 듣지 못했고, 강 건너편에 있는 적도 보지 못했다. 그와 멀지 않은 곳에서 많은 사람들이 픽픽 쓰러지는데도 한동안은 사상자들이 눈에 들어오지 않았다. 그는 미소가 떠나지 않는 얼굴로 주위를 둘러보았다.

"저 자식은 왜 전선 앞에서 얼쩡거리는 거야?" 또다시 누군가가 그를 향해 소리를 질렀다.

"왼쪽으로, 오른쪽으로 비켜." 사람들이 외쳤다.

피에르는 오른쪽으로 비키다가 뜻밖에도 안면이 있는 라옙스키 장군의 부관과 마주쳤다. 그 부관은 성난 눈초리로 피에르를 흘긋 쳐다보았다. 그 역시 소리를 지르려던 것 같았으나 피에르를 알아보더니 고개를 끄덕였다.

"여기에는 무슨 일로 왔습니까?" 그는 이렇게 말하고 계속 말을 달렸다.

피에르는 자신이 이곳에 어울리지 않으며 딱히 할 일이 없다는 것을 깨닫고 또 누군가를 방해할까 두려워 말을 달려 부관을 뒤따랐다.

"여기가 그곳입니까? 아니면 어디인지? 당신과 함께 있어도 됩니까?" 그가 물었다.

"잠깐, 잠깐만요." 부관은 이렇게 대꾸한 후 목초지에 서 있던 뚱뚱한 대령에게 다가가 무언가를 건네고 그제야 피에르를 돌아보았다.

"당신은 어쩌다 이런 곳까지 온 겁니까, 백작?" 그는 미소를 지으며 피에르에게 말했다. "여전히 호기심을 느낍니까?"

"네, 그렇습니다." 피에르가 말했다. 하지만 부관은 말을 돌려 계속 나아갔다.

"이곳은 그나마 괜찮은 편입니다." 부관이 말했다. "하지만 왼쪽 측면의 바그라치온이 있는 곳에서는 엄청난 격전이 벌어지고 있습니다."

"정말요?" 피에르가 물었다. "그곳이 어디입니까?"

"그럼 나와 함께 구릉으로 갑시다. 그곳에 가면 볼 수 있습니다. 아군 포대에서는 아직 버틸 만합니다." 부관이 말했다. "어때요, 가겠습니까?"

"네, 같이 가겠습니다." 피에르는 주위를 두리번거리면서 자신의 조마사를 눈으로 찾으며 말했다. 피에르는 이곳에 와서야 비로소 발을 질질 끌며 걸어가거나 들것에 실려 가는 부상병들을 보았다. 그가 전날 말을 타고 지나간, 향기로운 건초 더미들이 줄지어 늘어선 작은 목초지에 한 병사가 군모를 바닥에 떨구고 고개를 불편하게 꺾은 채 건초 더미들의 줄을 가로질러 꼼짝 않고 누워 있었다. "어째서 이 사람을 일으키지 않습니까?" 피에르가 입을 열었다. 하지만 역시 그쪽을 바라보고 있는 부관의 준엄한 얼굴을 보고 입을 다물었다.

피에르는 조마사를 찾지 않고 부관과 함께 산기슭을 지나 협곡을 따라 라옙스키 구릉으로 향했다. 피에르의 말은 부관보다 뒤처져 걸으며 율동적인 놀림으로 피에르를 흔들었다.

"당신은 말을 타는 것이 익숙하지 않지요, 백작?" 부관이 물었다.

"아니요, 괜찮습니다. 그런데 어쩐 일인지 이 녀석이 심하게 펄쩍거리네요." 피에르가 우물쭈물 말했다.

"이런! 말이 다쳤군요." 부관이 말했다. "오른쪽 앞부분이요. 무릎 위쪽 말입니다. 총알을 맞았나 봅니다. 축하합니다, 백작." 그가 말했다. "포화의 세례입니다."

앞쪽에 배치되어 귀를 멀게 할 듯한 포성을 울리며 사격하고 있는 포병대 뒤쪽으로 연기가 자욱하게 깔린 6군단 사이를 지나 두 사람은 작은 숲에 도착했다. 숲속은 서늘하고 고요했으며 가을의 향기를 풍겼다. 피에르와 부관은 말에서 내려 언덕 위로 걸어 올라갔다.

"장군님이 여기 계십니까?" 부관은 구릉으로 다가가며 사람들에게 물었다.

"방금까지 여기 계시다 말을 몰고 저리 가셨습니다." 사람들이 오른쪽을 가리키며 그에게 대답했다.

부관은 이제 이 남자를 어떻게 해야 할지 모르겠다는 듯 피에르를 돌아보았다.

"걱정하지 말아요." 피에르가 말했다. "난 구릉으로 가겠습니다. 그래도 되겠죠?"

"네, 가십시오. 그곳에서는 전부 보입니다. 별로 위험하지도 않고요. 나중에 당신을 데리러 가겠습니다."

피에르는 포대로 향하고, 부관은 앞으로 계속 나아갔다. 그들은 더 이상 만나지 못했다. 그날 그 부관이 한쪽 팔을 잃었다는 사실을 피에르가 안 것은 훨씬 나중의 일이었다.

피에르가 올라간 구릉(이후 러시아군에는 '구릉 포대' 혹은 '라옙스키 포대'라는 이름으로, 프랑스군에는 '큰 보루', '비운의 보루', '중앙 보루'라는 이름으로 알려지게 되는)은 유명한 장소로 수만명의 병사들이 그 근처에서 쓰러졌고, 프랑스군은 그곳을 진지의 가장 중요한 거점으로 생각했다.

그 보루는 삼면에 참호를 판 구릉으로 이루어져 있었다. 참호에서 토벽 구멍 밖으로 튀어 나온 열 문의 대포가 포를 발사하고 있었다.

구릉과 나란히 양편에 대포들이 한 줄로 늘어서 있고, 그 대포들도 그칠 새 없이 포를 발사했다. 대포에서 조금 떨어진 뒤쪽에 보병대가 있었다. 그 구릉에 들어설 때 피에르는 작은 참호를 파 놓은 그곳이, 몇 문의 대포들이 포를 발사하고 있는 그 장소가 전투에서 가장 중요한 지점이라고는 전혀 생각지 못했다.

오히려 피에르에게는 이곳이 전투에서 가장 미미한 지점들 가운데 하나인 것처럼(자신이 그곳에 있다는 바로 그 이유로) 느꺼졌다.

구릉에 들어선 피에르는 포대를 에워싼 참호의 끄트머리에 앉아 무의식적인 즐거운 미소를 지으며 주위에서 벌어지는 일들을 바라보았다. 이따금 피에르는 똑같은 미소를 띤 채 일어나서, 포탄을 장전하고 포를 굴려 나르는 병사들이나 자루와 탄약 상자를 들고 끊임없이 그를 지나쳐 달려가는 병사들에게 방해가 되지 않도록 애쓰며 포대 안을 돌아다녔다. 그 포대의 대포들은 귓속이 먹먹해지도록 요란한 소리를 내고 근방 전체를 포연으로 뒤덮으며 끊임없이 잇달아 포탄을 쏘아 댔다.

엄호를 맡은 보병들 사이에서 느껴지는 섬뜩함과 반대로, 소수의 제한된 사람들이 다른 참호와 떨어져 임무에 몰두하는 이곳 포대에서는 가정의 활기 같은 것이 모든 사람들에게서 똑같이 공통적으로 느껴졌다.

처음에 이 사람들은 하얀 모자를 쓰고 민간인 모습을 한 피에르의 출현에 경악을 금치 못했다. 그의 옆을 지나치던 병사들은 깜짝 놀라면서 심지어 두려워하기까지 하며 그를 곁눈질했다. 키가 크고 다리가 길고 곰보 자국이 있는 고참 포병 장교는 맨 끝에 있는 대포의 작동을 보려는 척하며 피에르에게 다가와 호기심 어린 눈으로 그를 쳐다보았다.

이제 막 사관 학교를 졸업한 듯 아직 앳되고 얼굴이 둥근 어린 장교는 자신이 맡은 대포 두 문을 열심히 진두지휘하다 엄한 표정으로 피에르를 돌아보았다.

"신사분, 길에서 비켜 주시겠습니까?" 그가 피에르에게 말했다. "여기 계시면 안 됩니다."

병사들은 피에르를 쳐다보며 못마땅한 듯 고개를 저었다. 그러나 다들 하얀 모자를 쓴 이 남자가 나쁜 짓을 하기는커녕 포벽의 경사면에 온순하게 앉아 있거나 멋쩍은 미소를 지으며 병사들에게 정중히 길을 양보하거나 가로수 길을 산책하듯 평온하게 포탄이 휙휙 날아다니는 포대를 거닐 뿐이라는 점을 확인하자, 그를 향한 악의에 찬 의혹의 감정은 점차 익살스럽고 다정한 호감으로 변했다. 그것은 병사들이 자기네 동물들, 즉 개나 수탉이나 숫염소 등 부대에 사는 동물들에게 품는 감정과 비슷했다. 이내 마음속으로 그를 가족으로 받아들인 이 병사들은 그를 자기들 사람으로 인정하고 별명을 붙여 주었다. 그들은 "우리 나리"라고 부르며 자기들끼리 정겹게 그를 조롱하곤 했다.

포탄 한 발이 피에르에게서 두어 걸음 떨어진 지면을 파헤쳐 놓았다. 그는 미소를 머금은 채 포탄 때문에 튄 흙을 옷에서 털어 내며 주위를 둘러보았다.

"나리, 정말이지 나리는 이런 것을 무서워하지 않는군요!" 얼굴이 불그레하고 어깨가 넓은 병사가 가지런한 하얀 이를 드러내며 피에르에게 말을 걸었다.

"그럼 자네는 무서운가?" 피에르가 물었다.

"어떻게 그렇지 않겠습니까?" 병사가 대답했다. "그것은 가차 없습니다. 그것이 쿵 하고 떨어지면 창자가 튀어나온다니까요. 무서워하지 않는 게 불가능하죠." 그가 킬킬거리며 말했다.

쾌활하고 다정한 얼굴을 한 몇몇 병사들이 피에르 옆에 멈춰 섰다. 그들은 피에르가 모든 사람들과 똑같이 말을 할 거라고는 기대하지 않았는지 이 발견에 기뻐했다.

"우리야 직업이 군인이지만 저 나리는 정말 놀라운걸. 무슨 저런 나리가 있담!"

"제자리로!" 어린 장교가 피에르 주위에 모여든 병사들에게 소리쳤다. 이 어린 장교가 임무를 수행하러 나온 것은 이번이 처음이거나 두 번째인 듯했다. 그래서인지 병사들에게든 지휘관에게든 매우 절도 있게 정석대로 대하려 했다.

구르는 듯한 소리를 내는 대포와 라이플총의 포성이 온 들판에, 특히 바그라치온의 방어 진지가 있는 왼쪽에 점점 더 크게 울렸다. 그러나 피에르가 있는 곳에서는 포연 때문에 거의 아무것도 보이지 않았다. 게다가 피에르는 포대에 있는 가족적인(다른 모든 이들로부터 떨어진) 소규모 무리의 사람들을 관찰하는 데 온 정신을 쏟고 있었다. 전장의 광경과 소리가 그에게 불러일으킨 처음의 무의식적이고 즐거운 흥분은 이제, 특히 목초지에 쓸쓸히 누운 병사의 모습을 보고 난 이후 다른 감정으로 변해 버렸다. 그는 지금 참호의 경사면에 앉아 그를 둘러싼 사람들을 관찰하고 있었다.

10시 무렵까지 벌써 스무 명이 포대에서 실려 나갔다. 대포가 두 문 부서지고, 포탄이 점점 더 빈번하게 포대로 떨어졌으며, 먼 곳으로부터 총알이 윙윙거리고 쉭쉭거리며 날아왔다. 그러나 포대에 있는 사람들은 그것을 알아차리지 못하는 것 같았다. 사방에서 유쾌한 말소리와 농담이 들렸다.

"치뇬카[128]다!" 한 병사가 휙휙 가르는 소리를 내며 가까이 날아오는 유탄을 보고 외쳤다. "여기가 아냐! 보병들 쪽으로 간다!" 유탄이 날아와 엄호대 대열에 떨어지는 것을 본 다른 병사가 킬킬거리며 덧붙였다.

"왜 그래, 아는 사이야?" 또 다른 병사가 머리 위로 날아가는 포탄 밑에서 몸을 웅크리는 농부를 보며 비웃었다.

병사들 몇 명은 토벽 옆에 모여 앞쪽에서 벌어지는 일을 주시하고 있었다.

"산병선이 무너지고 있다. 봐, 적들이 뒤로 물러나고 있어." 그들은 토벽 너머를 가리키며 말했다.

"자기 일이나 신경 써." 상사가 그들에게 외쳤다. "적들이 물러나는 건 뒤쪽에 할 일이 있기 때문이야." 그러더니 한 병사의 어깨를 잡고 무릎으로 걷어찼다. 왁자지껄한 웃음소리가 들렸다.

"5호 대포로 가져와!" 한쪽에서 누군가가 외쳤다.

"배를 끄는 인부들처럼 다 같이 단번에 하는 거야." 포를 교체하는 사람들의 유쾌한 외침이 들렸다.

"아, 우리 나리의 모자를 쳐서 떨어뜨릴 뻔했네." 얼굴이 불그레한 익살꾼이 이를 드러내며 피에르를 놀렸다. "에잇, 모자란 놈." 그는 바퀴와 어떤 사람의 다리에 떨어진 포탄을 향해 나무라듯 말했다.

---

128) 포탄 안에 금속 파편들을 채운 유탄의 한 종류를 가리킨다. 새, 호박, 삶은 달걀 등의 속을 도려내고 다른 재료를 채워 만든 요리도 치뇬카라고 한다.

"어이, 여우 새끼들!" 또 다른 병사가 부상병들을 운반하기 위해 등을 웅크리고 포대로 들어온 민병들을 조롱했다.

"죽이 마음에 안 드냐? 어이, 까마귀들, 완전히 얼었구먼!" 병사들은 한쪽 다리가 잘려 나간 병사 앞에서 우물쭈물하는 민병들에게 소리쳤다.

"이놈들아, 어떻게든 해 봐라." 그들은 농부들을 흉내 냈다. "정말로 싫은가 보군."

포탄이 떨어질 때마다, 사상자가 생길 때마다 병사들이 더욱 활기를 띤다는 것을 피에르는 눈치챘다.

가까이 다가오는 먹구름에서 뿜어져 나오듯, 이 모든 사람들의 얼굴에는 눈에 보이지 않게 활활 타오르는 불꽃의 전광이 점점 더 빈번하게, 더욱더 밝게 번쩍였다.(이 순간 벌어지고 있는 일에 저항이라도 하듯.)

피에르는 앞쪽의 전장을 보지 않았다. 그곳에서 무슨 일이 벌어지는지를 아는 것에는 관심이 없었다. 그는 점점 더 활활 타오르는 이 불꽃을 관찰하는 데 온통 마음을 빼앗겼다. 그 불꽃은 자신의 영혼 속에서도 똑같이(그가 느끼기에) 타오르는 것 같았다.

10시에 포대 앞쪽의 덤불과 카멘카강 기슭에 있던 보병들이 후퇴했다. 포대가 있는 곳에서는 보병들이 라이플총들 위에 부상병들을 싣고 포대를 지나 후방으로 달려가는 것이 보였다. 어느 장군이 수행단을 거느리고 구릉으로 올라왔다. 그는 대령과 이야기를 주고받고는 성난 표정으로 피에르를 노려보더니 포대 뒤에 서 있던 보병 엄호대에게 최대한 포격을 피할 수 있도록 바짝 엎드리라고 지시한 후 다시 아래로 내려 갔다. 그 후 포대 오른쪽에 있던 보병 대열 사이에서 북소리와 커다란 구령 소리가 들렸다. 포대가 있는 자리에서 보병 대열 이 앞으로 이동하는 모습이 보였다.

피에르는 포벽 너머를 바라보았다. 한 사람의 얼굴이 유난 히 눈에 띄었다. 바로 창백하고 앳된 얼굴의 장교였다. 그는 장검을 늘어뜨린 채 뒷걸음질하며 주위를 두리번거렸다.

보병 대열이 연기 속으로 자취를 감추고, 길게 울려 퍼지는 그들의 함성과 맹렬한 라이플총 소리가 들려왔다. 몇 분 후 그 곳으로부터 부상병과 들것이 떼로 왔다. 포대에 포탄이 점점 더 빈번하게 떨어졌다. 몇몇 사람들은 실려 가지 못한 채 널브 러져 있었다. 대포 주위에서 병사들의 움직임이 더욱 분주하 고 활발해졌다. 더 이상 아무도 피에르에게 관심을 두지 않았 다. 그가 길을 막고 있다며 두어 번 정도 사람들이 고래고래 고함을 질렀다. 고참 장교는 얼굴을 찡그린 채 보폭이 큰 재빠 른 걸음으로 두 대포 사이를 오갔다. 앳된 장교는 한층 상기된 얼굴로 더욱 열심히 병사들을 지휘했다. 병사들은 군기가 잡 힌 멋진 모습으로 탄약 상자를 건네고 몸을 돌리고 포탄을 장 전하며 임무를 수행했다. 그들은 발바닥에 용수철이 달린 것 처럼 통통 튀듯이 걸었다.

먹구름이 서서히 다가왔다. 피에르가 주시하던 타오르는 불꽃이 모든 이들의 얼굴에서 강렬하게 빛났다. 그는 고참 장 교 옆에 섰다. 앳된 장교가 거수경례를 하며 고참 장교에게로 달려왔다.

"보고합니다, 대령님, 탄약 상자가 여덟 개밖에 남지 않았습니다. 계속 포격하라고 명령할까요?" 그가 물었다.

"산탄이다!" 포벽 너머를 바라보던 고참 장교가 대꾸도 않고 외쳤다.

갑자기 무언가가 벌어졌다. 앳된 장교가 "앗!" 하고 신음 소리를 내며 몸을 웅크리더니 마치 날아가다 총에 맞은 새처럼 땅바닥에 털썩 주저앉았다. 피에르의 눈에 모든 것이 이상하고 모호하고 음울하게 변했다.

포탄이 잇달아 휙휙 소리를 내며 날아와 흙벽과 병사들과 대포들을 맞혔다. 조금 전까지만 해도 그 소리를 듣지 못하던 피에르의 귀에 지금은 그 소리만 들렸다. 포대 오른쪽 측면에서 병사들이 "우라!" 하고 함성을 지르며 앞이 아니라 뒤로 달려갔다. 피에르에게는 그렇게 느껴졌다.

포탄 하나가 포벽 ─ 피에르는 그 앞에 서 있었다 ─ 의 맨 끝에 떨어지며 흙먼지를 일으켰다. 눈앞에서 자그마한 검은 공이 번쩍이더니 동시에 무언가의 안으로 털썩 하고 떨어졌다. 포대에 막 들어오던 민병들이 뒤로 줄행랑을 쳤다.

"전원, 산탄으로!" 장교가 외쳤다.

부사관은 고참 장교에게 달려가 더 이상 탄약 상자가 없다며 두려운 기색으로(식사 때 하인장이 주인에게 "찾으시는 술이 다 떨어졌습니다."라고 보고하듯) 소곤거렸다.

"이 날강도들! 뭘 하고 있어!" 장교는 피에르 쪽으로 고개를 돌리며 소리쳤다. 고참 장교의 얼굴은 벌겋게 땀으로 범벅이 되고, 찌푸린 눈동자에서 불꽃이 튀었다. "예비대로 달려가 탄약 상자를 가져와!"그는 매섭게 피에르를 외면하며 병사들을 향해 외쳤다.

"내가 가겠습니다." 피에르가 말했다. 장교는 그에게 대꾸하지 않고 다른 쪽으로 성큼성큼 가 버렸다.

"사격 중지! 기다려!"그가 외쳤다.

탄약 상자를 가져오도록 명령을 받은 병사가 피에르와 부딪쳤다.

"에이, 나리, 여기는 나리가 있을 곳이 아닙니다."그는 이렇게 말하고 아래쪽으로 뛰어 내려갔다. 피에르는 앳된 장교가 앉아 있는 자리를 빙 돌아서 병사를 뒤따라 달려갔다.

한 개, 두 개, 세 개의 포탄이 그들 머리 위를 지나 앞과 뒤, 양옆에 떨어졌다. 피에르는 아래쪽으로 달려갔다. '내가 어디로 가는 거지?' 어느새 녹색 탄약 상자로 다가간 그의 뇌리에 문득 이런 생각이 떠올랐다. 그는 앞으로 갈지 되돌아갈지 결정하지 못하고 그 자리에 멈춰 섰다. 갑자기 무시무시한 충격이 그를 뒤로 내동댕이쳤다. 그 순간 커다란 불꽃의 섬광이 그를 비추었고, 그와 동시에 귀가 먹먹해지고 윙윙 울릴 만큼 요란한 우레 같은 소리와 무언가 터지는 소리와 휙휙 가르는 소리가 울렸다.

정신을 차렸을 때 피에르는 두 손으로 땅바닥을 짚고 주저앉아 있었다. 주위에 있던 탄약 상자는 사라지고 없었다. 그저 불에 탄 녹색 나무판자와 넝마 조각만이 불살라진 풀 위를 나뒹굴었다. 말 한 마리가 부서진 끌채를 단 채 그를 지나쳐 달려갔고, 다른 한 마리는 피에르처럼 땅바닥에 쓰러져 날카롭고 긴 울음소리를 냈다.

32

피에르는 겁에 질려 정신없이 벌떡 일어나 그를 둘러싼 모든 공포로부터 벗어날 유일한 피난처인 양 다시 포대를 향해 뛰어갔다.

참호로 들어가려는 순간 피에르는 포대에서 더 이상 포격 소리가 나지 않으며 어떤 사람들이 그곳에서 무언가 하고 있다는 사실을 알아차렸다. 피에르는 그들이 누구인지 미처 깨닫지 못했다. 그는 고참 대령이 아래쪽에 있는 무언가를 바라보듯 엉덩이를 그의 쪽으로 돌리고 포벽에 엎어져 있는 것을 보았다. 그가 아는 한 병사가 팔을 붙잡은 사람들의 손아귀에서 빠져나가려 허우적대며 "형제들!"이라고 외치는 모습을 보았다. 그리고 또 이상한 무언가를 보았다.

그러나 대령이 죽었다는 것, "형제들!"이라고 외치던 병사가 포로였다는 것, 눈앞에 있는 또 다른 병사의 등에 총검이

꽂혔다는 것을 미처 알아차리지 못했다. 피에르가 참호에 막 뛰어든 순간 비쩍 마르고 얼굴이 누렇게 뜬 파란 군복의 남자가 땀에 흠뻑 젖은 얼굴로 한 손에 장검을 든 채 뭐라고 소리를 지르며 달려들었다. 피에르는 충돌을 피하기 위해 — 그들이 보지도 않고 서로를 향해 내달렸기 때문에 — 본능적으로 두 팔을 뻗어 한 손으로는 그 남자(프랑스군 장교였다.)의 어깨를 붙잡고 다른 한 손으로는 멱살을 잡았다. 장교가 장검을 내던지고 피에르의 옷깃을 쥐었다.

몇 초 동안 두 사람은 서로의 낯선 얼굴을 놀란 눈으로 바라보았다. 두 사람 모두 자신들이 무엇을 했는지, 또 무엇을 해야 할지 몰라 주저했다. '내가 포로로 잡힐 것인가, 아니면 이자가 내게 포로로 잡힐 것인가?' 두 사람은 저마다 이런 생각을 하고 있었다. 하지만 자신이 포로로 잡혔다는 생각을 좀 더 순순히 받아들인 쪽은 프랑스군 장교인 것 같았다. 본능적인 공포로 움직이는 피에르의 강한 손이 점점 더 세게 그의 목을 움켜쥐었기 때문이다. 프랑스인은 뭔가 말하려 했다. 그런데 갑자기 포탄 하나가 그들의 머리 바로 위로 나지막이 무시무시하게 휙 스쳐 지나갔다. 프랑스군 장교가 어찌나 재빨리 머리를 숙이던지 피에르의 눈에는 머리가 떨어져 나간 것처럼 보였다.

피에르도 머리를 숙이고 프랑스 장교의 멱살을 놓았다. 누가 누구의 포로로 잡힐 것인가에 대해서는 더 이상 생각하지 않은 채 프랑스인은 뒤쪽의 포대로, 피에르는 사상자들에 걸려 넘어지며 산 아래로 뛰어 내려갔다. 그에게는 사상자들이 발을 붙잡는 것처럼 느껴졌다. 그러나 아래로 미처 다 내려가기도 전에, 빽빽하게 무리를 지어 달려오는 러시아군 병사들이 맞은편에 나타났다. 그들은 넘어지고 서로 부딪치고 함성을 지르면서 포대를 향하여 유쾌하게 폭풍처럼 돌진해 왔다.(이것은 예르몰로프가 오직 자신의 용맹과 행운이 이 위업을 가능하게 했다고 말하며 본인의 공으로 돌린, 아마도 그가 자기 주머니에 든 게오르기 훈장을 구릉에 내던진 그 공격이었다.)

포대를 점령했던 프랑스군이 달아나기 시작했다. 아군은 "우라!" 하고 함성을 지르면서 제지하기도 힘들 만큼 포대 너머 아주 멀리까지 프랑스군을 추격했다.

포대에서 포로들이 끌려 나왔고, 그들 가운데에는 부상을 당한 프랑스 장군도 있었다. 그는 장교들에게 둘러싸여 있었다. 피에르가 아는 사람과 모르는 사람, 러시아인과 프랑스인이 뒤섞인 부상병 무리가 고통에 일그러진 얼굴로 포대에서 걸어 나오고 기어 나오고 들것에 실려 나왔다. 피에르는 자신이 한 시간 넘게 시간을 보낸 구릉으로 올라갔다. 하지만 그를 받아 준 가족적인 무리 가운데 어느 누구도 찾을 수 없었다. 그곳에는 그가 모르는 사망자들이 많았다. 하지만 몇몇 사람을 알아보았다. 앳된 장교는 여전히 몸을 웅크린 채 피가 흥건히 고인 토벽 가장자리에 앉아 있었다. 얼굴이 불그레한 병사가 여전히 경련을 일으키고 있었지만 아무도 그를 데려가지 않았다.

피에르는 아래로 달려갔다.

'아냐, 이제 저들은 이 짓을 그만두겠지. 이제 자신들이 저지른 짓에 몸서리를 치게 될 거야!' 피에르는 전장을 벗어나는 들것들의 무리를 목적도 없이 뒤따라가며 생각에 잠겼다.

그러나 연기에 가려진 태양은 여전히 하늘 높이 떠 있었다. 앞쪽, 특히 왼쪽의 세묘놉스코예 부근에서 무언가가 연기 속에 들끓었다. 우레 같은 발포 소리와 총격과 포격은 약해지기는커녕 필사적일 만큼 거세졌다. 마치 녹초가 된 몸으로 마지막 힘을 다해 외치는 사람처럼…….

33

보로지노 전투의 주요한 군사 행동은 보로지노 마을과 바그라치온의 방어 진지 사이에 펼쳐진 약 1000사젠의 공간에서 벌어졌다.(이 외에도 한쪽에서는 한낮에 우바로프 기병대의 양동 작전이 있었고, 또 다른 쪽인 우치차 너머에서는 포냐톱스키와 투치코프의 접전이 있었다. 그러나 이들은 전장의 한복판에서 벌어진 것에 비하면 개별적이고 미약한 두 번의 군사 행동에 지나지 않았다.) 주요 전투는 보로지노 마을과 방어 진지 사이의 숲 근처 들판, 양쪽에서 환히 보이는 탁 트인 장소에서 별다른 책략 없이 지극히 단순한 방식으로 벌어졌다.

전투는 양편에서 수백 문의 대포를 발포하며 시작되었다.

그런 다음 연기가 온 들판에 자욱하게 깔리자 이 연기 속에서 데세와 콩팡의 2개 사단(프랑스 편에서는)은 오른쪽에서부터 방어 진지로 움직였고, 부왕의 연대들은 왼쪽에서부터 보로지노로 움직였다.

나폴레옹이 서 있던 셰바르지노 보루에서 방어 진지는 1베르스타 정도 떨어지고, 보로지노 마을은 오른쪽 전선을 따라 2베르스타 남짓 떨어져 있었다. 그래서 나폴레옹은 그곳에서 벌어지는 상황을 볼 수 없었다. 게다가 안개와 어우러진 연기가 전 지역을 뒤덮어 더욱 그러했다. 방어 진지에 파견된 데세 사단의 병사들은 그들과 방어 진지 사이에 놓인 협곡 아래로 내려가자 그 모습이 아예 보이지도 않았다. 그들이 협곡으로 내려가자마자 방어 진지에 배치된 대포와 라이플총의 포연은 협곡 쪽 비탈길을 완전히 뒤덮을 만큼 매우 짙어졌다. 연기 사이로 그곳에서 무언가 검은 것 — 아마도 사람들 — 이 어른거리고 이따금 총검이 번득였다. 그러나 그들이 움직이는지 멈췄는지, 프랑스군인지 러시아군인지 셰바르지노 보루에서는 분간할 수 없었다.

태양이 밝게 떠올라 손으로 가리고 방어 진지를 바라보는 나폴레옹의 얼굴을 비스듬히 정통으로 비추었다. 연기가 방어 진지 앞쪽으로 퍼져 나갔다. 연기가 움직이는 것도 같고 부대가 움직이는 것 같기도 했다. 이따금 포성 사이로 사람들의 고함 소리가 들렸지만 그들이 그곳에서 무엇을 하는지는 알 수 없었다.

나폴레옹은 구릉에 서서 망원경으로 바라보고 있었다. 그는 망원경의 조그만 원으로 연기와 사람들 — 때로는 프랑스군, 때로는 러시아군 — 을 보았다. 그러나 다시 육안으로 바라보면 자기가 본 것이 어디쯤인지 알 수 없었다.

그는 구릉에서 내려가 그 앞을 서성이기 시작했다.

이따금 그는 걸음을 멈추고 포성에 귀를 기울이며 전장을 응시했다.

나폴레옹이 서 있는 구릉 아래에서도, 또 지금 그의 장군들 몇 명이 서 있는 구릉 위에서도, 심지어 죽은 자와 다친 자와 산 자와 겁에 질린 자와 제정신을 잃은 자들 — 때로는 러시아군, 때로는 프랑스군 — 이 다 같이 혹은 교대로 들락날락하는 바로 그 방어 진지에서도 이 현장에서 무슨 일이 벌어지는지 알기란 불가능했다. 몇 시간 동안 이곳에서는 라이플총과 대포의 그치지 않는 포성 속에 어떤 때는 러시아군만, 또 어떤 때는 프랑스군만 보였으며, 보병과 기병들이 번갈아 나타나기도 했다. 그들은 서로에게 무엇을 해야 할지도 모른 채 나타나고 쓰러지고 총을 쏘고 부딪치고 고함을 지르고 달아났다.

나폴레옹이 파견한 부관이며 원수들의 연락 장교가 전투 경과를 보고하러 전장으로부터 끊임없이 달려왔다. 그러나 그 보고들은 전부 오보였다. 전투가 한창일 때 그 순간 무슨 일이 벌어지는지 말하기는 불가능한 데다 많은 부관이 전투 현장에는 가 보지 않고 다른 사람들에게 들은 것을 전했기 때문이다. 게다가 부관들이 말을 타고 나폴레옹이 있는 곳까지 2~3베르스타 거리를 오는 사이에 상황은 변하고 그들이 들고 온 소식은 이미 믿을 수 없는 것이 되었다. 부왕의 부관이 보로지노가 함락되고 콜로차강의 다리가 프랑스군 수중에 넘어왔다는 소식을 가져온 적이 있었다. 부관은 다리를 건너도록 부대에 명령을 내려도 되느냐고 나폴레옹에게 물었다. 나폴레옹은 그곳에서 정렬하여 기다리라고 명령했다. 그러나 나폴레옹이 그 명령을 내린 때는 고사하고 부관이 보로지노에서 막 출발한 순간, 다리는 이미 피에르가 전투 초반에 참가한 바로 그 접전에서 러시아군에 탈환되어 불살라졌다.

겁에 질린 창백한 얼굴로 방어 진지에서 달려온 부관이 공격은 격퇴되고 콩팡은 부상당하고 다부는 전사했다고 나폴레옹에게 보고했다. 하지만 부관이 프랑스 부대가 격퇴되었다고 들었을 때 방어 진지는 이미 다른 부대에 점령된 상태였다. 그리고 다부는 살아 있었으며 약간 타박상을 입었을 뿐이었다. 어쩔 수 없는 그 잘못된 보고에 의거해 나폴레옹은 명령을 내렸다. 그러나 그 명령은 그가 내리기도 전에 이미 실행되기도 했고, 혹은 실행될 수 없거나 실행되지 않기도 했다.

전장에 좀 더 가까이 있었으나 나폴레옹과 마찬가지로 전투에는 참가하지 않고 이따금 포화 속으로 말을 달리던 원수들과 장군들은 나폴레옹에게 물어보지 않고 독자적으로 명령을 내렸으며, 어디에서 어디로 사격할지, 기병들은 어디로 가고 보병들은 어디로 갈지에 대해 독자적으로 지시를 내렸다. 하지만 나폴레옹의 명령과 조금도 다를 바 없이 그들의 명령도 똑같이 미미한 수준으로 드물게 수행되었다. 결과는 대부분 그들이 명령한 것과 정반대로 나타났다. 전진 명령을 받은 병사들은 산탄 사격을 받고 후퇴했다. 제자리를 고수하도록 명령받은 병사들은 예상치 않게 맞은편에서 나타난 러시아군을 보고 갑자기 후퇴하기도 하고 앞으로 돌격하기도 했으며, 말을 탄 군인들은 패주하는 러시아군을 뒤쫓으라는 명령을 받지 않았는데 그들을 향해 말을 달리곤 했다. 그리하여 두 기병 연대가 세묘놉스키 협곡을 질주하여 산에 올라갔다가 즉각 말을 돌려 전력을 다해 되돌아오기도 했다. 보병들도 그와 똑같이 움직이며 이따금 자신들에게 내려진 명령과 전혀 상관없는 곳으로 달려갔다. 대포를 언제 어디로 움직일지, 사격을 위해 언제 보병들을 내보낼지, 러시아 보병들을 짓밟기 위해 언제 기병들을 내보낼지 등에 관한 모든 명령들은 대열에 있던 가장 가까운 지휘관들이 나폴레옹뿐 아니라 네, 다부, 뮈라에게조차 물어보지 않고 직접 내렸다. 그들은 명령 불이행이나 독단적인 명령으로 인한 처벌을 두려워하지 않았다. 전투에서 인간에게 가장 중요한 문제는 자신의 생명이기 때문이다. 때로는 뒤로 달리는 것에, 혹은 앞으로 달리는 것에 구원이 있는 것처럼 보이기도 한다. 그래서 격전지에 있던 이 사람들은 그 순간의 분위기에 따라 행동했다. 그러나 사실 이 모든 진격과 후퇴는 부대의 상황을 편하게 해 주거나 바꾸지 못했다. 서로에 대한 모든 공격과 충돌은 그들에게 거의 피해를 주지 않았다. 피해, 죽음, 불구를 초래한 것은 이 사람들이 갈팡질팡 뛰어다니는 공간의 어디에나 휙휙 날고 있는 포탄과 총알이었다. 포탄과 총알이 날아다니는 공간으로부터 이 사람들이 벗어나면 뒤에 서 있던 지휘관들은 즉각 그들을 정렬시켜 기강을 잡은 후 이 기강의 위력으로 그들을 다시 포화의 현장에 투입했다. 그러면 다시 그들은 기강을 잃고(죽음에 대한 공포의 영향으로) 돌발적인 군중 심리에 말려들었다.

34

 나폴레옹의 장군들, 즉 이 포화 지역에 가까이 있었고 심지어 가끔은 그 속으로 들어가기도 했던 다부와 네와 뮈라는 질서 정연한 대군을 몇 번인가 이 포화의 현장에 투입했다. 그러나 이전의 모든 전투에서 어김없이 일어나던 것과 정반대로, 적의 패주에 대한 예상된 소식 대신 질서 정연한 대군이 겁에 질린 오합지졸의 무리가 되어 그곳에서 돌아왔다. 장군들은 다시 그들을 정렬했지만 병력은 점점 줄었다. 정오 무렵 뮈라는 나폴레옹에게 부관을 보내 병력 보강을 요청했다.

 나폴레옹이 구릉 아래에 앉아 펀치를 마시고 있을 때 뮈라의 부관이 말을 타고 나폴레옹에게 달려와 "폐하께서 1개 사단을 더 내주신다면 러시아군은 반드시 격파될 것입니다."라는 확언을 전했다.

 "보강?" 나폴레옹은 마치 그의 말을 이해하지 못하겠다는 듯 검은 곱슬머리를 길게 늘어뜨린(뮈라의 머리 모양과 똑같이) 미소년 부관을 바라보며 놀라움이 섞인 준엄한 표정으로 말했다. '보강이라니?' 나폴레옹은 생각했다. '이자들이 무슨 보강을 요구한단 말인가? 군대의 절반을 수중에 넣고 러시아군 가운데서도 무방비 상태인 약한 측면을 전담한 자들이!'

"나폴리 왕에게 말하게." 나폴레옹이 엄하게 말했다. "아직 정오도 되지 않았고, 나에게는 아직 나의 장기판이 잘 보이지 않는다고 말이야. 가 봐……."

긴 머리의 미소년 부관은 모자에서 손을 떼지 못한 채 무겁게 한숨을 쉬고는 사람들이 죽어 가는 그곳으로 다시 말을 달렸다. 나폴레옹은 자리에서 일어나 콜랭쿠르와 베르티에를 불러 전투와 상관없는 일들에 대해 이야기를 나누었다.

나폴레옹의 흥미를 끈 대화 도중에 베르티에의 눈길이 수행단을 거느린 한 장군에게 향했다. 그는 땀에 흠뻑 젖은 말을 타고 구릉으로 달려오고 있었다. 벨리아르[129]였다. 말에서 내린 그는 빠른 걸음으로 황제에게 다가와 대담하게 커다란 목소리로 보강의 필요성을 주장하기 시작했다. 그는 황제가 1개 사단을 더 내준다면 러시아군은 반드시 파멸할 것이라며 자신의 명예를 걸고 말했다.

나폴레옹은 어깨를 으쓱하고 아무런 대꾸도 없이 산책을

---

129) 오귀스트 다니엘 벨리아르(Auguste Daniel Belliard, 1769~1832). 나폴레옹 휘하에서 이탈리아 원정, 이집트 원정, 에스파냐 원정에 참전했다. 1805~1808년 뮈라의 군대 참모부 수장이었고, 1808년 마드리드 총독으로 임명되었다. 1812년 러시아 원정에는 육군 소장으로 참전했다.

계속했다. 벨리아르는 그를 둘러싼 수행 장군들과 큰 소리로 활기차게 이야기를 나누기 시작했다.

"대단한 열의구려, 벨리아르." 나폴레옹은 새로 온 장군 쪽으로 다시 걸음을 옮기며 말했다. "포화의 열기 속에서는 잘못된 판단을 내리기 쉽지. 가서 보시오. 그러고 나서 다시 나에게 오시오."

벨리아르가 시야에서 채 사라지기도 전에 전장에서 파견된 새로운 전령이 반대편에서 말을 몰고 왔다.

"그래, 또 뭔가?" 나폴레옹은 끊임없는 방해에 역정이 난 사람의 어조로 말했다.

"폐하, 대공께서……." 부관이 입을 열었다.

"보강을 요청하던가?" 나폴레옹은 격분한 몸짓으로 말했다. 부관은 그렇다는 뜻으로 고개를 숙이고 보고를 시작했다. 그러나 황제는 고개를 홱 돌리고 두어 발짝 걷다가 걸음을 멈추고는 다시 돌아와 베르티에를 가까이 불렀다. "예비 부대를 내줘야겠소." 그는 두 팔을 약간 벌리며 말했다. "그곳에 누구를 보내지? 당신의 생각은 어떻소?" 그는 베르티에를 돌아보며 말했다. 훗날 그는 베르티에를 가리켜 '내가 독수리로 만든 거위 새끼'라고 불렀다.

"폐하, 클라파레드의 사단을 보낼까요?" 모든 사단과 연대와 대대를 속속들이 기억하는 베르티에가 말했다.

나폴레옹은 찬성의 뜻으로 고개를 끄덕였다.

부관은 클라파레드 사단으로 말을 달렸다. 그리고 몇 분 후 구릉 뒤에 대기 중이던 젊은 근위대가 자기 위치에서 움직이기 시작했다. 나폴레옹은 말없이 그쪽을 바라보았다.

"아니." 그는 갑자기 베르티에를 돌아보았다. "클라파레드를 보낼 수는 없소. 프리앙 사단을 보내시오." 그가 말했다.

클라파레드 대신 프리앙의 사단을 보낸다고 해서 이로울게 전혀 없는데도, 심지어 이제 와서 클라파레드를 묶어 놓고 프리앙 사단을 보내면 상황이 불편해지고 지연될 것이 분명한데도 그 명령은 정확하게 수행되었다. 나폴레옹은 약으로 해를 끼치는 의사의 역할, 자신이 너무도 잘 알고 비난해 온 그 역할을 스스로가 자신의 부대에 행하고 있다는 사실을 알지 못했다.

프리앙 사단은 다른 사단들과 마찬가지로 전장의 연기 속으로 사라졌다. 사방에서 계속 부관들이 달려와 마치 약속이나 한 듯 똑같은 말을 했다. 다들 보강을 요청하고, 다들 러시아군이 자기 위치를 고수하며 지옥 불을 퍼부어 프랑스 부대가 점점 사라지고 있다고 말했다.

나폴레옹은 접이식 의자에 앉아 깊은 생각에 잠겼다.

아침부터 계속 시장기를 느끼던 여행 애호가 무슈 드 보세는 황제에게 다가가 대담하게도 정중히 식사를 권했다.

"이제는 이미 폐하께 승리를 축하드려도 좋으리라 생각합니다만." 그가 말했다.

나폴레옹은 부정의 뜻으로 말없이 고개를 저었다. 그 부정이 승리에 관한 것이지 식사에 관한 것은 아니라고 생각한 무슈 드 보세는 식사를 할 수 있을 때 그것을 방해할 만한 이유는 이 세상에 아무것도 없다며 익살스럽고도 정중한 태도로 감히 말했다.

"물러가시오……." 갑자기 나폴레옹은 침울하게 말하며 고개를 돌렸다. 유감과 후회와 감격이 뒤섞인 행복한 미소가 보세의 얼굴에서 환히 빛났다. 그는 미끄러지듯이 다른 장군들 쪽으로 물러났다.

나폴레옹은 괴로운 기분을 느끼고 있었다. 무분별하게 돈을 걸어도 늘 따기만 하던 운 좋은 도박꾼이 승패의 모든 경우를 고려해 본 바로 그 순간에 수를 곰곰이 생각할수록 자신의 패배가 더욱 확실해진다고 느끼면서 겪는 감정과 비슷했다.

부대도 동일하고, 장군들도 동일하고, 준비도 동일했다. 작전 명령도 동일하고, 간결하고 힘찬 선언문도 동일하고, 그 자신도 동일했다. 그는 이것을 알았으며, 심지어 지금의 자신이 예전보다 더 노련하고 능숙하다는 것도 알았다. 게다가 적군은 아우스터리츠 전투와 프리들란트 전투 때와 다를 바가 없었다. 하지만 무시무시하게 쳐들린 두 팔은 마법에 걸린 것처럼 힘없이 툭 떨어졌다.

지금껏 모든 방법이 언제나 성공을 거두었다. 한 지점으로의 포대 집중, 전선 돌파를 위한 예비대의 공격, 철인 기병대의 공격, 이 모든 방법들을 이미 사용했다. 그런데도 승리를 거두지 못했을 뿐 아니라 장군들이 전사하고 부상했다는 둥, 보강이 불가피하다는 둥, 러시아군을 격파하는 것은 불가능하다는 둥, 부대가 혼란에 빠졌다는 둥 똑같은 소식만 사방에서 들어왔다.

예전에는 두세 가지 명령이나 두세 마디 언질을 던지고 나면 원수들과 부관들이 유쾌한 얼굴로 말을 몰고 와 축하의 말을 던지며 몇 군단의 포로, 몇 다발의 적기와 독수리 문장, 대포와 수송대 등 전리품을 획득했다고 알렸다. 뮈라도 수송 대열을 인수하기 위해서만 기병대를 요청했다. 로디,[130] 마렝고,[131] 아르콜레, 예나, 아우스터리츠, 바그람 등등의 전투 때도 그러했다.[132] 그런데 지금은 그의 군대에 뭔가 기묘한 일이 벌어지고 있었다.

방어 진지를 점령했다는 소식이 들어왔지만 나폴레옹은 그것이 이제껏 자신이 이끈 다른 모든 전투 때와 다르다는 것, 그것도 전혀 다르다는 것을 알았다. 그는 자신을 둘러싼, 전투 경험이 풍부한 모든 사람들이 자신과 똑같은 감정을 느끼고 있음을 알았다. 모든 이들의 얼굴이 우울해 보였고, 모든 이들의 눈이 서로를 피했다. 오직 보세만이 현재 벌어지는 상황의 의미를 이해하지 못했다. 오랫동안 전쟁 경험을 쌓은 나폴레옹은 여덟 시간 동안 모든 노력을 기울였는데도 공격군이 전

---

130) 이탈리아의 밀라노 부근에 위치한 마을이다. 1796년 5월 10일 나폴레옹의 군대는 이곳에서 장 피에르 볼리외가 이끄는 오스트리아군을 상대로 중요한 승리를 거두었다. 로디 전투는 나폴레옹의 1차 원정 중 세 번째 전투다.
131) 이탈리아 북부의 피드먼트고원에 있는 마을.
132) 나폴레옹이 가장 큰 승리를 거둔 장소들이다. 나폴레옹은 1800년 이탈리아 북부 지역인 로디와 마렝고에서 오스트리아군을 격파했다. 아르콜레는 베로나 부근의 마을로 나폴레옹은 1796년 이곳에서 자신의 군대보다 수적으로 월등한 오스트리아군을 격파했다. 예나는 1806년 나폴레옹이 프로이센군과 작센군으로부터 대승을 거둔 지역이다. 바그람은 빈 부근의 마을로, 나폴레옹은 1809년 이곳에서 오스트리아군을 격파하여 전쟁의 결정적인 승리를 이끌어 냈다.

투에서 이기지 못했다는 게 무슨 의미인지 잘 알았다. 이것이 거의 패전에 가깝다는 사실, 이런 때에는, 즉 전투가 처한 이런 긴장되고 불안한 순간에는 아무리 작은 우연도 자신과 자신의 군대를 파멸시킬 수 있다는 사실을 알았다.

단 한 번의 전투에서도 승리를 거두지 못하고 두 달 동안 단한 개의 군기도, 단 한 문의 대포도, 단 하나의 군단도 탈취하지 못한 이 기묘한 러시아 원정 전체를 머릿속으로 곱씹노라면, 비통함을 감춘 주위 사람들의 얼굴을 보고 러시아군이 여전히 그 자리에 버티고 있다는 보고를 듣노라면, 꿈속에서 경험한 것과 비슷한 무서운 감정이 그를 사로잡고 그를 파멸시킬 수 있는 온갖 불행한 우연들이 머리에 떠올랐다. 러시아군은 그의 왼쪽 날개를 덮칠 수도, 한가운데를 돌파할 수도 있었다. 유탄이 나폴레옹을 죽일 수도 있었다. 이 모든 것은 일어날 수 있는 일이었다. 이제까지의 전투에서 그는 오직 성공적인 우연만을 생각했는데 이 순간 그의 머릿속에는 무수히 많은 불행한 우연들이 떠올랐다. 그는 그 모든 것을 예감하고 있었다. 그랬다. 그것은 마치 꿈속에서 악한의 습격을 받는 사람의 감정과 비슷했다. 꿈속에서 그 사람은 팔을 휘두르며 무시무시한 힘으로 악한을 갈기지만 ─ 그 사람은 자기가 반드시 그를 해치워야 한다는 것을 안다 ─ 자신의 힘없고 물러 터진 주먹이 넝마처럼 떨어지는 것을 느낀다. 피할 수 없는 파멸에 대한 공포가 그 의지할 데 없는 사람을 사로잡는다.

러시아군이 프랑스군의 왼쪽 측면을 공격 중이라는 소식은 나폴레옹의 마음속에 이러한 공포를 불러일으켰다. 그는 구링 아래의 접이식 의자에 말없이 앉아 고개를 떨어뜨린 채 두 팔꿈치를 무릎에 괴고 있었다. 베르티에가 다가와 전투 상황이 어떤지 확인하기 위해 전선을 시찰하자고 제안했다.

"뭐요? 뭐라고 했소?" 나폴레옹이 말했다. "그럽시다. 말을 대령하라고 하시오."

그는 말을 타고 세묘놉스코예로 출발했다. 나폴레옹이 지나는 공간 전체로 서서히 퍼져 가는 포연과 피 웅덩이 속에 말과 사람들이 드문드문 혹은 떼를 지어 쓰러져 있었다. 나폴레옹도, 장군들 가운데 어느 누구도 그런 끔찍한 장면을, 그렇게 좁은 공간에 그토록 많은 시신이 쓰러져 있는 장면을 본 적이 없었다. 열 시간 동안 그칠 새 없이 계속해서 귀를 괴롭히던 포성이 그 광경에 특별한 의미심장함을 더했다(마치 활인화[133] 에서의 음악처럼). 나폴레옹은 세묘놉스코예의 고지에 올라가 연기 사이로 그의 눈에 익숙지 않은 색의 제복을 입은 인간 대열을 보았다. 러시아군이었다.

러시아군은 밀집 대형으로 세묘놉스코예와 구릉 뒤쪽에 포진하고 있었다. 그들의 대포가 쉬지 않고 포성을 울리며 전선에 자욱한 연기를 피웠다. 이미 전투는 존재하지 않았다. 러시아군에게든 프랑스군에게든 아무런 성과를 안겨 주지 못할 끊임없는 살육이 있을 뿐이었다. 나폴레옹은 말을 세우고 베르티에가 그를 끌어냈던 깊은 상념 속으로 또다시 침잠했다.

---

133) 배경을 적당하게 꾸미고 사람을 그림 속 인물처럼 분장시켜 만든 구경거리다.

그는 자기 눈앞과 주위에서 일어나는 일을, 자신이 지배하고 좌우하는 것처럼 보이던 그 일을 멈추게 할 수 없었다. 그러한 실패 때문에 그 일은 비로소 그에게 불필요하고 끔찍한 것으로 보이기 시작했다.

나폴레옹의 곁으로 말을 몰고 온 장군들 가운데 한 명이 고참 근위대를 전투에 투입하자고 감히 그에게 제안했다. 나폴레옹 옆에 서 있던 네와 베르티에는 서로 눈짓을 주고받으며 그 장군의 무의미한 제안에 경멸 섞인 비웃음을 던졌다.

나폴레옹은 고개를 숙이고 오랫동안 침묵했다.

"프랑스로부터 3200베르스타나 떨어진 곳에 와서 나의 근위대를 전멸하게 만들 순 없지." 그는 이렇게 말하고 말을 돌려 셰바르지노로 되돌아갔다.

35

쿠투조프는 희끗한 머리를 숙이고서 양탄자가 깔린 긴 의자에, 피에르가 아침에 그를 보았던 바로 그 자리에 묵직한 몸을 파묻고 앉아 있었다. 그는 아무런 명령도 내리지 않고 그저 사람들의 제안에 동의하거나 동의하지 않거나 했다.

"그렇소, 그렇소, 그렇게 하시오." 그는 상이한 여러 제안에 그처럼 대꾸했다. "그래, 그래. 이보게, 가서 보고 오게." 때로는 이 측근에게, 때로는 저 측근에게 말을 건넸다. 혹은 "아니, 그럴 필요 없어. 기다리는 편이 낫겠네."라고 말했다. 그는 부하들이 가져온 보고를 듣다가 부하들의 요청이 있을 때면 명령을 내렸다. 하지만 보고를 들을 때면 자신에게 들리는 말의 의미가 아니라 보고하는 사람들의 표정과 어조에 깃든 다른 무언가에 관심이 있는 듯 보였다. 죽음과 싸우는 수십만의 인간을 한 사람이 지휘할 수 없다는 것, 그는 그것을 오랜 전쟁 경험을 통해 알았고 노인의 지혜로 이해했다. 전투의 운명을 결정짓는 것은 총사령관의 명령이나 군대가 포진한 장소나 대포와 전사자의 수가 아니라 군대의 사기라고 불리는 포착하기 힘든 힘이라는 것도 알았다. 그래서 그는 이 힘을 주시하며 자기 세력 아래 있는 한 그것을 주관하려 했다.

쿠투조프는 전반적으로 침착하게 주의를 집중한 긴장된 표정을 띠었다. 그는 그러한 집중과 긴장감으로 노쇠한 몸의 피로를 가까스로 극복하고 있었다.

오전 11시 러시아군이 프랑스군에 빼앗긴 방어 진지를 탈환했으나 바그라치온 공작이 부상을 당했다는 보고가 도착했다. 쿠투조프는 탄식하며 고개를 저었다.

"표트르 이바노비치 공작에게 가서 뭐가 어떻게 되었는지 상세히 알아보게." 그는 한 부관에게 이렇게 말하고는 뒤에 서 있던 뷔르템베르크 대공[134]을 돌아보았다.

"전하께서 1군의 지휘를 맡아 주시지 않겠습니까?"

대공이 출발하고 얼마 지나지 않아 그가 아직 세묘놉스코예에 도달하지도 못했을 만큼 이른 때에 대공의 부관이 돌아와 대공이 지원을 요청한다고 총사령관에게 보고했다.

쿠투조프는 얼굴을 찌푸리더니 도흐투로프에게 사람을 보내 1군의 지휘를 맡으라는 명령을 전달하고, 대공에게는 자기

---

134) 알렉산더 프레데리크 뷔르템베르크(Alexander Frederick of Würtemberg, 1771~1833). 파벨 1세의 황후인 마리야 페오도로브나의 남자 형제다. 1800년 러시아군 기병대 장군으로 입대하여 1812년 전쟁과 1813~1814년 유럽 원정에 참전했다.

가 있는 곳으로 돌아와 달라고 요청했다. 쿠투조프의 말에 따르면, 자기는 이런 중요한 순간에 대공이 옆에 없으면 안 된다는 것이었다. 뮈라를 생포했다는 소식이 들어오고[135] 참모들이 축하 인사를 건네자 쿠투조프는 빙그레 웃었다.

"기다려 보게, 제군들" 그는 말했다. "승리는 우리 것이야. 그러니 뮈라가 포로로 잡혔다고 해서 별 대단할 것도 없네. 어쨌든 좀 더 기다렸다가 기뻐하는 편이 좋겠어." 하지만 그는 부관을 보내 각 부대에 이 소식을 전하게 했다.

셰르비닌이 방어 진지와 세묘놉스코예가 프랑스군에 점령되었다는 소식을 가지고 왼쪽 측면에서 말을 몰고 달려왔을 때, 쿠투조프는 전장의 소리와 셰르비닌의 얼굴에서 그것이 좋은 소식이 아님을 짐작하고 마치 다리를 풀려는 듯 자리에서 일어나 셰르비닌의 팔을 잡고 한쪽 구석으로 데려갔다.

"자네가 가 보게." 그는 예르몰로프에게 말했다. "뭔가 할 수 있는 게 없는지 보고 와."

쿠투조프는 러시아군 진지의 한복판인 고르키에 있었다. 나폴레옹이 아군의 왼쪽 측면에 가한 공격은 몇 번이고 격퇴

---

135) 이 소식은 오보로 밝혀졌다. 포로로 잡힌 사람은 샤를 오귀스트 보나미 드 벨폰텐(Charles Auguste Bonnamy de Bellefontaine, 1764~1830) 장군이었다. 그는 보로지노 전투 때 라옙스키 방어 진지를 탈환했지만, 그 후 그것을 방어하느라 군대를 전부 잃고 총검에 찔려 쓰러졌다. 그는 총검으로 자신의 가슴을 겨눈 러시아 근위대를 향해 "나는 왕이다!"라고 외쳤고, 그 뒤 쿠투조프 앞으로 끌려갔다. 러시아군 대열을 돌며 포로가 잡혔다는 소식을 알아듣기 힘들게 외친 한 장교로 인해 뮈라가 생포되었다는 잘못된 소식이 퍼지게 되었다. 러시아군은 그를 치료하여 1814년 프랑스로 돌려보냈다.

되었다. 프랑스군 중앙부는 보로지노 앞에서 더 이상 진격하지 못했다. 왼쪽 측면에서는 우바로프의 기병대가 프랑스군을 몰아냈다.

2시 이후 프랑스군의 공격이 중단되었다. 전장에서 온 모든 사람들의 얼굴에서, 주위 사람들의 얼굴에서 쿠투조프는 극에 달한 긴장된 표정을 읽었다. 쿠투조프는 기대 이상인 오늘의 성공에 흡족해했다. 하지만 체력이 노인을 저버렸다. 그의 머리가 툭 떨어지듯 여러 번 낮게 내려오는가 싶더니, 그가 꾸벅꾸벅 졸기 시작했다. 그의 앞에 식사가 차려졌다.

쿠투조프가 식사를 하고 있을 때 시종무관 볼초겐이 쿠투조프를 찾아왔다. 안드레이 공작 옆을 지나치며 전장을 넓은 장소로 옮겨야 한다(독일어)고 말하던, 바그라치온이 몹시도 증오하던 바로 그 사람이었다. 볼초겐은 바르클라이가 있던 곳에서 왼쪽 측면의 전투 상황을 보고하러 왔다. 분별 있는 바르클라이 드 톨리가 달아나는 부상병 무리와 군대의 무질서한 후방을 보면서 모든 전투 상황을 저울질한 후 아군이 패했다고 결론짓고 총애하는 부하에게 이 소식을 들려 총사령관에게 보낸 것이다.

쿠투조프는 구운 닭고기를 간신히 씹으며 가늘게 뜬 유쾌한 눈으로 볼초겐을 힐끔 쳐다보았다.

볼초겐은 두 다리를 무심하게 벌리고 반쯤 경멸하는 듯한 미소를 입가에 머금고서 한 손을 살짝 챙에 댄 채 쿠투조프에게 다가갔다.

볼초겐은 다소 꾸민 듯한 태연한 모습으로 대공작을 대했다. 자신은 높은 교양을 겸비한 군인으로서 러시아인들이 이 쓸모없는 노인을 우상화하는 것은 내버려 두겠지만 자기가 상대할 인간이 어떤 인간인지 안다는 점을 보여 주려는 목적에서였다. '이 노인장(독일인들은 자기들끼리 쿠투조프를 이렇게 불렀다.)은 아주 느긋하군.'(독일어) 볼초겐은 속으로 이렇게 생각하고 쿠투조프 앞에 놓인 접시들을 날카롭게 흘깃 쳐다본 후 바르클라이가 명한 대로, 자신이 보고 이해한 대로 왼쪽 측면의 전투 상황에 대하여 노인장에게 보고하기 시작했다.

"우리 진지의 모든 지점이 적의 수중에 들어갔습니다. 우리로서는 부대가 없기 때문에 그것들을 다시 탈환할 수도 없습니다. 병사들이 달아나고 있으며, 그들을 막는 것은 불가능합니다." 그가 보고했다.

쿠투조프는 씹기를 멈추고 마치 그가 하는 말을 이해하지 못하겠다는 듯 놀란 표정으로 볼초겐을 뚫어지게 쳐다보았다. 노인장(독일어)의 흥분을 눈치챈 볼초겐은 미소를 지으며 말했다.

"제가 본 것을 대공작 각하께 숨기는 것은 온당하다고 생각지 않기에……. 군대는 완전히 혼란에 빠져……."

"당신이 보았다고? 당신이 보았단 말이오?" 쿠투조프는 벌떡 일어나 볼초겐에게 바짝 다가서며 찌푸린 얼굴로 고래고래 소리를 지르기 시작했다. "어떻게 당신이…… 어떻게 감히……." 그는 위협적인 몸짓으로 두 팔을 흔들고 식식거리며 큰 소리로 외쳤다. "이보시오, 어떻게 당신이 감히 나에게 그런 말을 할 수 있소? 당신은 아무것도 모르오. 바르클라이 장군에게 전하시오. 그의 정보는 틀렸고, 총사령관인 나야말로 전투의 진짜 과정을 더 잘 알더라고 말이오."

볼초겐은 뭐라 반박하고 싶었지만 쿠투조프가 말을 가로막았다.

"적은 왼쪽 측면에서 격퇴되었고 오른쪽 측면에서 패배했소. 당신이 제대로 보지 못했다면 자신도 모르는 것을 감히 지껄이지 마시오. 내일 내가 기필코 적을 공격할 것이라고 바르클라이 장군에게 가서 전하시오." 쿠투조프는 엄하게 말했다. 모두들 침묵했다. 노장군이 힘겹게 헐떡이는 소리만 들렸다. "모든 곳에서 적은 격퇴되었소. 나는 그것에 대해 하느님과 우리 용맹한 군대에 감사하고 있소. 적은 패했소. 내일 우리는 그들을 성스러운 러시아 땅에서 몰아낼 것이오." 쿠투조프는 성호를 그으며 말했다. 그리고 갑자기 눈물을 글썽이며 흐느끼기 시작했다. 볼초겐은 어깨를 으쓱하고 입술을 삐죽이고는 노인장의 이런 완고함(독일어)에 놀라며 말없이 옆으로 물러났다.

"저기 오는군, 나의 영웅이……." 쿠투조프는 그때 구릉으로 올라오는 뚱뚱하고 잘생긴 검은 머리의 장군을 향해 말했다. 그는 온종일 보로지노 평원의 주요 지점에 있었던 라옙스키였다.

라옙스키는 부대들이 자기 자리를 확고히 지키고 있으며 프랑스군이 감히 더 이상 공격을 시도하지 못한다고 보고했다.

그 말을 들은 쿠투조프는 프랑스어로 말했다.

"그럼 그대는 다른 사람들처럼 우리가 후퇴해야 한다고는 생각지 않소?"

"그렇지 않습니다, 대공작 각하. 승패를 가리기 어려운 전투에서 승자로 남는 것은 더 끈질긴 쪽입니다." 라옙스키가 대답했다. "제 견해로는⋯⋯."

"카이사로프!" 쿠투조프는 큰 소리로 부관을 불렀다. "앉아서 내일을 위한 명령서를 써 주게." 그는 또 다른 사람을 돌아보며 말했다. "그리고 자네는 전선을 돌면서 내일 아군이 공격에 나설 거라고 알리게."

쿠투조프가 라옙스키와 대화를 나누고 명령을 구술하는데, 볼초겐이 바르클라이의 진영에서 돌아와 바르클라이 드 톨리 장군이 원수가 내린 명령의 확인서를 원한다고 보고했다.

쿠투조프는 볼초겐을 쳐다보지도 않고 그 명령을 서면으로 작성하라고 명령했다. 매우 당연한 일이지만 전 총사령관은 개인적인 책임을 회피하기 위해 그것을 원한 것이었다.

그리하여 군대의 사기라 불리며 군대의 중추 신경을 이루는 동일한 분위기를 군 전체에 유지해 주는 모호하고 신비한 연결 고리를 통하여 쿠투조프의 말과 다음 날의 전투에 대한 명령이 군대 구석구석으로 일제히 전달되었다.

그 연결 고리의 마지막 사슬에 전달된 것은 그 말이나 그 명령과 거리가 멀었다. 심지어 군대의 말단부 여기저기에서 서로 주고받는 이야기 속에는 쿠투조프의 말과 비슷한 것이 전혀 없었다. 하지만 그 말의 뜻은 도처에 전해졌다. 쿠투조프가 말한 것은 교활한 판단에서가 아니라 총사령관의 마음에 있는 감정에서, 러시아군 한 사람 한 사람의 마음에 있는 것과 똑같은 감정에서 우러나왔기 때문이다.

다음 날 아군이 적을 공격한다는 것을 알고 또 자신들이 믿고 싶은 것에 대한 확증을 군 최고위층으로부터 듣고 나자 피로로 지치고 동요하던 사람들은 위안을 얻고 기운을 차렸다.

36

안드레이 공작의 연대는 예비 부대에 속했다. 예비 부대는 1시가 지나도록 포병의 맹렬한 포화 아래서 세묘놉스코예 뒤편에 하릴없이 주둔했다. 1시가 넘었을 때 이미 200명이 넘는 인명을 잃은 연대는 세묘놉스코예와 구릉 포대 사이에 있는 짓밟힌 귀리밭으로 전진했다. 이날 수천 명의 사람들이 전사한 그곳은 1시에서 2시 사이 수백에 달하는 적의 포로부터 맹렬한 집중포화를 받았다.

연대는 이 자리를 떠나지 않은 채 사격 한번 못 해 보고 병사의 3분의 1을 더 잃었다. 전방, 특히 오른쪽 측면에서는 흩어지지 않은 포연 속에 대포들이 쿵쿵 포성을 울려 댔고, 앞쪽의 전 지역을 뒤덮은 신비로운 연기 속에서는 빠르게 쉭쉭거리는 포탄과 느리게 휙휙대는 유탄이 그칠 새 없이 날아다녔다. 때로는 휴식을 허락이라도 하듯 십오 분간 모든 포탄과 유탄이 머리 위로 그냥 날아가기도 했지만, 때로는 일 분 사이에 여러 명이 연대에서 떨어져 나가거나 전사자와 부상자들이 끊임없이 끌려가고 실려 나갔다.

포탄이 새롭게 명중할 때마다 아직 죽지 않은 사람들이 생존할 가능성은 점점 줄어들었다. 연대는 300발짝씩 떨어져 대대별로 종대를 짓고 있었다. 그런데도 연대의 모든 사람들은 똑같은 기분에 휩싸였다. 연대 사람들은 모두 똑같이 과묵하고 침울했다. 대열 사이에서 간혹 말소리가 들리긴 했지만 포탄이 명중하는 소리와 "들것을 가져와!"라는 외침이 들릴 때마다 말소리도 그쳤다. 연대 사람들은 지휘관의 명령에 따라 대부분 시간을 땅바닥에 앉아 있었다. 어떤 사람은 군모를 벗어 열심히 주름을 폈다가 다시 주름을 잡았다. 어떤 사람은 마른 찰흙을 두 손바닥으로 부수어 총검을 닦았다. 어떤 사람은 가죽 혁대를 주물러 부드럽게 하고 멜빵 걸쇠를 다시 조였다. 어떤 사람은 각반을 열심히 펴서 새로 감고는 부츠를 다시 신었다. 몇몇 사람들은 밭의 흙덩이로 조그만 집을 짓거나 그루터기의 지푸라기로 조그만 바구니를 엮었다. 다들 이런 일에 완전히 빠져 있는 것 같았다. 사람들이 죽거나 부상당해도, 들것이 지나가도, 아군이 후퇴해도, 연기 사이로 적의 대군이 보여도 누구 한 사람 그런 상황에 전혀 관심을 돌리지 않았다. 포병대와 기병대가 앞으로 지나가거나 아군 보병대의 움직임이 보이면 사방에서 격려의 말들이 들렸다. 그러나 그들의 관심을 가장 많이 끈 것은 전투와 아무 상관 없는 완전히 별개인 사건들이었다. 정신적으로 지친 이 사람들의 주의는 이런 평범하고 일상적인 사건에서 휴식을 찾는 것 같았다. 포병 중대가 연대 앞을 지나갔다. 포병대의 한 탄약차에 매인 곁마가 봇줄을 밟았다. "어이! 그 곁마를……. 똑바로 펴! 넘어지겠어……. 에잇, 안 보이나 보군!" 모든 연대의 대열에서 똑같은 고함 소리가 났다. 또 어떤 때는 모두의 관심이 빳빳하게 꼬리를 치켜든 자그마한 갈색 개에 쏠리기도 했다. 어디에서 나타났는지 모르게 홀연히 모습을 드러낸 개는 연대 앞을 불안한 걸음으로 달리다가 가까이 떨어진 포탄에 갑자기 깨갱 하고 소리를 지르더니 꼬리를 말고 옆으로 달아났다. 온 연대에 호탕한 웃음소리와 캥캥 울부짖는 소리가 들렸다. 하지만 이런 종류의 기분 전환은 몇 분 동안 이어졌을 뿐 사람들은 이미 여덟 시간이 넘도록 아무것도 먹지 못하고 아무것도 하지 않고서 가차 없는 죽음의 공포 아래 서 있었다. 찌푸린 창백한 얼굴들은 점점 더 침울해지고 창백해졌다.

연대의 모든 사람들과 똑같이 창백하고 찌푸린 얼굴을 한 안드레이 공작은 뒷짐을 지고 고개를 숙인 채 귀리밭 옆 목초지에서 고랑 사이를 계속 거닐었다. 그가 해야 하거나 명령을 내려야 할 것은 전혀 없었다. 모든 것이 저절로 이루어지고 있었다. 전사자들은 전선 뒤편으로 끌려가고, 부상자들은 들것에 실려 가고, 대열들은 촘촘하게 붙었다. 병사들은 달아나다가도 즉시 서둘러 돌아오곤 했다. 처음에 안드레이 공작은 병사들에게 용기를 북돋아 주고 모범을 보이는 것이 의무라고 생각하며 대열들 사이를 돌아다녔다. 하지만 나중에는 자신이 그들에게 가르칠 것이 하나도 없고 가르칠 방법도 없다는 것을 확신하게 되었다. 다른 모든 병사들과 조금도 다를 바 없이 그의 정신은 그들이 처한 비참한 처지에 대한 생각을 피하는 것에만 온통 쏠려 있었다. 그는 발을 끌며 사락사락 소리가 나도록 풀을 밟고 부츠를 덮은 먼지를 관찰하면서 목초지를 거닐었다. 풀 베는 일꾼들이 목초지에 남긴 발자국에 맞춰 걸으려고 애쓰며 큰 보폭으로 걷기도 하고, 1베르스타를 가려면 두 고랑 사이를 몇 번 왕복해야 할까 자신의 걸음을 세며 계산해 보기도 하고, 고랑에 난 쑥꽃을 뜯어 두 손바닥으로 비비며 쌉쌀하고 향기로운 진한 향을 맡기도 했다. 전날의 정신노동은 전혀 남아 있지 않았다. 그는 아무 생각도 하지 않았다. 포탄이 획획 날아가는 소리와 포탄이 발사되는 소리를 구분하면서 지친 귀로 똑같은 소리에 계속 귀를 기울이고, 1대대 병사들의 낯익은 얼굴을 바라보며 대기했다. '온다…… 우리를 향해 또 오고 있다!' 그는 연기에 가려진 곳으로부터 획획 소리를 내며 다가오는 무언가에 귀를 기울이며 생각했다. '한 발, 두 발! 또 한 발! 명중이다…….' 그는 걸음을 멈추고 대열을 쳐다보았다. '아니, 넘어갔어. 하지만 저것은 명중했군.' 그는 열여섯 걸음으로 고랑까지 가기 위해 보폭을 넓히려고 애쓰며 다시 걷기 시작했다.

휘익, 쿵! 그에게서 다섯 걸음 떨어진 곳에서 마른 흙을 파헤치며 포탄이 사라졌다. 무심결에 한기가 등을 타고 흘렀다. 그는 다시 대열을 바라보았다. 아마도 많은 사람들이 떨어져 나갔을 것이다. 2대대 옆에 많은 사람들이 모였다.

"부관." 그는 소리쳤다. "모여 있지 말라고 지시해 주시오."

부관은 명령을 수행한 후 안드레이 공작에게 다가왔다. 반대편에서 대대장이 말을 타고 달려왔다.

"조심해!" 병사의 놀란 고함 소리가 들렸다. 작은 새가 획하는 소리를 내며 빠르게 날아와 땅바닥에 내려앉듯, 안드레이 공작에게서 두 걸음 떨어진 대대장의 말 옆에 유탄이 그다지 크지 않은 소리로 쿵 하고 떨어졌다. 말은 공포를 드러내도 되는지 따위는 묻지 않고 가장 먼저 푸르르하고 콧김을 내뿜으면서 소령을 떨어뜨릴 듯 앞다리를 높이 쳐들더니 옆으로 비켜났다. 말의 공포가 사람들에게도 전해졌다.

"엎드려!" 땅바닥에 엎드려 있던 부관의 목소리가 외쳤다. 안드레이 공작은 망설이며 서 있었다. 유탄은 그와 엎드린 부관 사이에서, 밭과 목초지의 가장자리에서, 무성한 쑥 더미 옆에서 연기를 내며 팽이처럼 뱅글뱅글 돌았다.

'이런 게 죽음인가?' 안드레이 공작은 질투 어린 완전히 새로운 시선으로 풀과 쑥을, 빙글빙글 도는 자그마한 검은 공에서 원을 그리며 피어나는 한 줄기 작은 연기를 쳐다보며 생각했다. '난 죽을 수 없어. 죽고 싶지 않아. 난 삶을 사랑하고 이 풀과 흙과 공기를 사랑하는데……' 그는 이런 생각을 했고, 그와 동시에 사람들이 자기를 보고 있다는 것을 떠올렸다.

"부끄럽군, 부관!" 그는 부관에게 말했다. "얼마나……." 그는 미처 말을 맺지 못했다. 그 순간 폭발음과 부서진 창틀에서 튄 듯한 파편들 소리가 들리고 숨 막히는 화약 냄새가 났던 것이다. 안드레이 공작은 옆으로 급하게 뛰어가다가 한 팔을 위로 쳐든 채 엎어졌다.

몇몇 장교들이 그에게 달려갔다. 배 오른쪽에서 흘러나온 피가 풀 위에 커다란 얼룩을 그리며 넓게 퍼져 갔다.

부름을 받고 온 민병들이 들것을 들고 장교들 뒤에 멈춰 섰다. 안드레이 공작은 얼굴을 풀에 묻고 엎드린 채 헉헉거리며 힘겹게 숨을 몰아쉬었다.

"뭐 하고 서 있어, 이쪽으로 오라니까!"

농부들이 다가와 그의 어깨와 발을 잡았다. 하지만 그가 애처로운 신음 소리를 내자 서로 눈짓을 주고받으며 다시 그를 내려놓았다.

"들어서 들것에 눕혀. 어떻게 하든 똑같아!" 누군가의 목소리가 외쳤다. 사람들이 다시 한번 그의 어깨를 붙잡아 들것에 눕혔다.

"아, 하느님! 하느님! 이게 뭐야? 배가! 이렇게 되면 끝이잖아! 아, 하느님!" 장교들 사이에서 몇몇 목소리가 들렸다. "귀 옆으로 머리카락 한 올만큼 떨어져 휙 지나갔어." 부관이 말했다. 농부들은 들것을 어깨에 메고 자신들이 지나온 오솔길을 따라 야전 응급 치료소로 서둘러 갔다.

"발맞춰 가....... 어이! 촌놈들!" 한 장교가 발을 맞추지 않아 들것을 흔들리게 만드는 농부들의 어깨를 붙잡아 세우며 버럭 소리를 질렀다.

"박자를 맞추라니까, 어이, 흐베도르, 흐베도르." 맨 앞의 농부가 말했다.

"그래, 잘했어." 뒤쪽의 농부가 발을 맞추며 기쁘게 말했다.

"각하? 어라? 공작님?" 달려온 치모힌이 들것을 힐끔 쳐다보다가 떨리는 목소리로 말했다.

안드레이 공작은 눈을 뜨고 들것 — 그의 머리는 그 속에 깊이 파묻혀 있었다 — 안에서 방금 말한 사람을 쳐다보고는 다시 눈을 감았다.

민병들은 안드레이 공작을 치중차와 야전 응급 치료소가 있는 숲으로 데려갔다. 야전 응급 치료소는 자작나무 숲 가장자리에 포장을 걷은 천막 세 개로 이루어져 있었다. 자작나무 숲에는 치중차와 말들이 있었다. 말들은 꼴망태에 든 귀리를 먹고, 참새들은 그 곁으로 날아와 땅바닥에 흩어진 알곡을 쪼았다. 피 냄새를 맡은 까마귀들이 초조하게 까악까악 울면서 자작나무 숲 위를 날아다녔다. 2제샤치나가 넘는 면적을 차지한 천막 주위에 온갖 옷차림의 사람들이 피투성이가 된 채 눕거나 앉거나 서 있었다. 부상병 주위에는 들것을 운반하는 병사들이 골똘한 지친 표정으로 무리 지어 서 있었다. 그곳의 질서를 책임지는 장교들이 그들을 쫓아내려 했지만 아무 소용이 없었다. 병사들은 장교들의 말은 듣지도 않고 들것에 기댄 채 마치 이 광경의 난해한 의미를 이해하려 애쓰기라도 하듯 눈앞에서 벌어지는 광경을 뚫어지게 쳐다보았다. 천막에서 때로는 분노에 찬 커다란 비명 소리가, 때로는 애처로운 신음 소리가 들렸다. 이따금 그곳에서 위생병들이 물을 가지러 뛰어나왔다가 천막 안으로 들여야 할 사람들을 가리키곤 했다. 부상병들은 천막 옆에서 차례를 기다리며 숨을 색색거리고 신음하고 울고 비명 지르고 욕설을 퍼붓고 보드카를 청했다. 몇몇 사람들은 헛소리를 했다. 안드레이 공작이 연대장인 만큼 민병들은 아직 붕대도 감지 못한 부상병들을 제치고 그를 한 천막 옆에 운반해 놓고는 명령을 기다리며 서 있었다. 안드레이 공작은 눈을 떴으나 주위에서 무슨 일이 벌어지는지 한참 동안 깨닫지 못했다. 목초지, 쑥, 고랑, 빙글빙글 도는 자그마한 검은 공, 열정적으로 솟구치던 삶에 대한 애정이 뇌리를 스쳤다. 그로부터 두어 발짝 떨어진 곳에서 머리에 붕대를 감은 훤칠하게 잘생긴 검은 머리의 부사관이 긴 나뭇가지를 짚고 서서 큰 소리로 떠들며 주위의 관심을 모으고 있었다. 그는 머리와 한쪽 다리에 총상을 입었다. 들것을 운반하는 병사들과 부상병들이 주위에 떼로 몰려들어 그의 이야기에 열심히 귀를 기울였다.

"우리가 그놈을 그곳에서 죽도록 두들겨 팼지. 그랬더니 그놈이 모든 것을 내려놓더군. 우리가 왕을 잡았다니까!" 병사는 주위를 둘러보면서 흥분에 들뜬 검은 눈을 빛내며 큰 소리로 지껄였다. "이봐, 형제들, 바로 그때 예비 부대가 와 주기만 했어도 그자는 자기 직함을 남기지 못했을 거야. 그러니까 내 말이 맞대도……."

안드레이 공작은 이야기꾼을 둘러싼 다른 모든 이들처럼 빛나는 눈으로 그를 바라보며 위안을 얻었다. '하지만 사실 이제는 어떻게 되든 상관없지 않을까?' 그는 생각했다. '저기서 무슨 일이 일어날까? 그리고 이곳에서는 무슨 일이 있었던 걸까? 어째서 나는 삶과의 작별을 이토록 안타까워하는 걸까? 이 세상에는 내가 이해하지 못했고 지금도 이해하지 못하는 무언가가 있어.'

37

피투성이가 된 앞치마를 걸치고 조그만 두 손을 온통 피로 적신 의사가 천막 밖으로 나왔다. 한 손에 새끼손가락과 엄지 손가락으로 시가를 잡고 있었다.(시가를 더럽히지 않기 위해서 였다.) 그 의사는 고개를 들어 양옆을 둘러보되 부상자들의 머 리 위쪽을 쳐다보았다. 휴식을 조금 취하고 싶은 듯했다. 그는 잠시 고개를 좌우로 돌리고는 한숨을 쉬며 눈을 내리깔았다.

"음, 지금 하지." 그는 안드레이 공작을 가리키는 위생병의 말에 이렇게 대꾸하고 천막 안으로 옮기도록 지시했다.

대기하고 있던 부상병들 사이에서 불평이 일었다.

"저세상에서도 귀족만 살 수 있나 보군." 한 명이 지껄였다.

운반병들은 안드레이 공작을 안으로 옮겨 방금 위생병이 무언가를 씻어 낸 빈 탁자 위에 눕혔다. 안드레이 공작은 천막 안에 무엇이 있는지 분명하게 구분할 수 없었다. 사방에서 들려오는 애처로운 신음 소리며 넓적다리와 배와 등의 괴로운 통증이 주의를 흐트러뜨렸다. 그가 주위에서 본 모든 것들이 맨살을 드러낸 피범벅의 살덩이라는 하나의 공통된 인상으로 뒤섞였다. 몇 주 전 8월의 그 무더운 날에 스몰렌스크 가도의 더러운 못을 채웠던 것처럼 그 살덩이가 나지막한 천막을 가득 채우고 있는 것 같았다. 그랬다. 바로 그 살덩이, 바로 그 육탄이었다. 그때 이미 그 모습은 지금을 예언하기라도 하듯 그의 마음속에 공포를 불러일으켰다.

천막에는 세 개의 탁자가 있었다. 두 개는 다른 사람들이 차지했고, 안드레이 공작은 세 번째 탁자에 누워 있었다. 잠시 그는 혼자 남겨졌다. 그래서 무심결에 다른 두 탁자에서 무슨 일이 일어나는지 보게 되었다. 가까운 탁자에는 타타르인이 앉아 있었다. 옆에 나뒹구는 군복으로 보아 코사크인 같기도 했다. 병사 네 명이 그를 붙들었다. 안경을 쓴 의사가 근육이 발달한 그의 갈색 등에서 무언가를 도려내고 있었다.

"우, 우 우!" 타타르인은 돼지가 꿀꿀대는 듯한 소리를 냈다. 그러다 갑자기 광대뼈가 불거진 들창코의 검은 얼굴을 치켜들고 하얀 이를 드러낸 채 몸부림치고 경련을 일으키고 쇳소리 섞인 찢어질 듯한 목소리를 길게 늘이며 날카로운 종소리 같은 비명을 질렀다. 많은 사람들이 북적대는 다른 탁자 위에는 우람하고 뚱뚱한 남자가 고개를 뒤로 젖힌 채 드러누워 있었다.(곱슬머리, 머리 색깔, 두상이 묘하게도 안드레이 공작의 눈에 익었다.) 몇몇 위생병들이 그 남자의 가슴을 누르며 꽉 붙잡았다. 희고 퉁퉁한 커다란 한쪽 다리가 열로 인한 경련을 일으키며 빠르고 빈번하게 계속 부들부들 떨렸다. 그 남자는 발작하듯 흐느끼다가 목이 메어 캑캑거렸다. 의사 둘 — 한 명은 얼굴이 창백하게 질린 채 부들부들 떨었다 — 이 남자의 다른 쪽 시뻘건 다리에 말없이 무언가를 하고 있었다. 타타르인 — 사람들이 그의 몸에 외투를 던졌다 — 을 처리한 안경 쓴 의사가 손을 닦으며 안드레이 공작에게 다가왔다.

그는 안드레이 공작의 얼굴을 흘깃 보고는 홱 돌아섰다.

"옷을 벗겨! 뭣 하고 서 있어?" 그는 위생병에게 버럭 소리를 질렀다.

소맷자락을 걷어붙인 위생병이 다급한 손놀림으로 단추를 끄르며 옷을 벗기는 동안 아득히 먼 어린 시절이 안드레이 공작의 뇌리를 스쳤다. 의사는 상처 위로 몸을 낮게 숙여 그 부위를 만져 보더니 무겁게 한숨을 쉬었다. 그리고 누군가에게 신호를 보냈다. 안드레이 공작은 배 속의 지독한 통증에 의식을 잃었다. 그가 정신을 차렸을 때 넓적다리의 부서진 뼈는 적출되고 찢어진 살들은 절단되고 상처에는 붕대가 감겨 있었다. 누군가 그의 얼굴에 물을 뿌렸다. 안드레이 공작이 눈을 뜨자마자 의사가 그에게 몸을 숙여 말없이 입술에 입을 맞추고는 황급히 자리를 떴다.

고통을 견디고 난 후 안드레이 공작은 오랫동안 경험하지 못한 행복을 느꼈다. 인생에서 가장 멋지고 행복했던 순간들, 특히 가장 아련한 어린 시절, 즉 누군가가 그의 옷을 벗기고 작은 침대에 눕혀 주던 순간, 보모가 자장가를 불러 주던 순간, 그가 베개에 머리를 묻고서 생에 대한 자각만으로도 행복해하던 순간, 그 모든 순간들이 그의 상상 속에서 과거가 아닌 현실로 떠올랐다.

의사들이 부상자 주위에서 부산을 떨었다. 그 환자의 두상이 안드레이 공작에게 낯익었다. 사람들이 그를 안아 일으켜 진정시키고 있었다.

"보여 줘요…… 오오오오! 오! 오오오!" 흐느낌으로 이따금 끊어지는, 고통에 굴복한 겁에 질린 신음 소리가 들려왔다. 그 신음 소리를 듣자 안드레이 공작은 울고 싶어졌다. 자신이 명예도 없이 죽어 가고 있기 때문이든, 삶과의 작별에 비통해하고 있기 때문이든, 그 돌이킬 수 없는 어린 시절의 기억 때문이든, 고통을 겪고 있기 때문이든, 다른 사람들이 괴로워하고 그 남자가 자기 앞에서 너무도 애처롭게 신음하고 있기 때문이든, 어쨌든 그는 어린아이처럼 기쁨에 가까운 선한 눈물을 흘리며 울고 싶었다.

부츠를 신은 채 절단되어 피가 굳은 다리 한 짝을 누군가 그에게 보여 주었다.

"오! 오오오!" 그는 여자처럼 흐느끼기 시작했다. 부상병 앞에 서서 그의 얼굴을 가리고 있던 의사가 자리를 떴다.

'오, 하느님! 이게 어떻게 된 거지? 이 사람이 왜 여기 있단 말인가?' 안드레이 공작은 속으로 중얼거렸다.

불행에 빠져 흐느끼고 있는, 방금 한쪽 다리를 잃고 무력해진 인간에게서 그는 아나톨 쿠라긴을 알아보았다. 사람들은 아나톨의 팔을 부축하고 그에게 물이 든 컵을 내밀었다. 그러나 그는 부풀어 오른 떨리는 입술 때문에 컵 가장자리를 물 수 없었다. 아나톨은 고통스럽게 오열했다. '그래, 그 사람이야. 그래, 저 남자는 무엇 때문인지 나와 괴로운 인연으로 가까이 얽혀 있군.' 안드레이 공작은 자기 앞에서 벌어진 일을 아직 선명하게 이해하지 못한 채 생각에 잠겼다. '나의 어린 시절은, 나의 인생은 이 사람과 어떤 연을 맺고 있을까?' 그는 스스로에게 물었으나 대답을 찾을 수 없었다. 그런데 갑자기 어린 시절의 순수와 사랑의 세계로부터 생각지도 못한 새로운 기억이 안드레이 공작 앞에 펼쳐졌다. 1810년 무도회에서 처음으로 만난 나타샤를 떠올렸다. 가냘픈 목덜미와 가느다란 팔, 금방이라도 환희에 휩싸일 듯 두려움과 행복이 뒤섞인 얼굴……. 그의 마음속에서 그녀를 향한 사랑과 다정함이 어느 때보다 더 생생하고 강렬하게 눈을 떴다. 부풀어 오른 눈동자에 가득 차오른 눈물을 통하여 자기를 흐릿하게 바라보는 이 남자, 안드레이 공작은 이 순간 그와 자기 사이에 존재하는 관계를 기억해 냈다. 안드레이 공작은 모든 것을 떠올렸다. 그러자 이 남자에 대한 감격에 찬 연민과 사랑이 그의 행복한 가슴을 가득 채웠다.

안드레이 공작은 더 이상 참지 못하고 인간들에 대해, 자신에 대해, 그들과 자신의 잘못에 대해 애정 어린 부드러운 눈물을 흘리며 울기 시작했다.

'연민, 우리를 사랑하는 형제들에 대한 사랑, 우리를 미워하는 자들에 대한 사랑, 원수에 대한 사랑, 그래, 하느님이 지상에서 전파하신 사랑, 마리야 공작 영애가 내게 가르쳐 준 사랑, 내가 이해하지 못한 사랑이야. 그것이 내가 삶과 이별하기를 아쉬워한 이유였군. 그것이 내가 살아남게 되면 따라야 할 길이었구나. 하지만 이제 너무 늦었어. 난 그것을 알아!'

38

시체와 부상자로 뒤덮인 전장의 끔찍한 광경은 머리의 묵직한 느낌, 친분이 있는 장군들 스무 명가량이 전사하거나 부상당했다는 소식, 한때 강건했던 자신의 두 팔이 이제 무기력해졌다는 자각과 결합하여 나폴레옹 — 평소 자신의 정신력을 시험하며 (그가 생각하기에) 전사자와 부상자를 즐겨 구경하던 — 에게 예기치 않은 인상을 불러일으켰다. 이날 전장의 소름 끼치는 광경은 그가 자신의 뛰어난 점이자 위대함이라고 여겨 온 그 정신력을 압도해 버렸다. 그는 황급히 전장을 떠나 셰바르지노 구릉으로 돌아갔다. 누렇게 뜨고 부석부석하고 괴로워 보이는 얼굴, 흐리멍덩한 눈, 불그레한 코, 갈라지는 목소리로 나폴레옹은 자기도 모르게 포성에 귀를 기울이며 눈을 내리깔고 접이식 의자에 앉아 있었다. 그는 병적인 울적함에 빠져 전투가 끝나기를 기다렸다. 자신이 그 전투의 원인이라고 생각하면서도 그것을 중단시킬 수 없었다. 개인으로서의 인간적인 감정이 그가 그토록 오랫동안 몸 바쳐 온 인생의 인공적인 환영을 짧은 순간에 압도해 버린 것이다. 그는 전장에서 본 고통과 죽음을 자신에게로 옮겨 보았다. 머리와 가슴의 묵직함은 그 자신에게도 고통과 죽음의 가능성이 존재한다는 점을 일깨웠다. 이 순간 그는 스스로를 위해 모스크바도, 승리도, 명예도 원하지 않았다.(그에게 무슨 명예가 더 필요하겠는가?) 이 순간 바라는 것은 오직 휴식과 평온과 자유뿐이었다. 그러나 그가 세묘놉스코예 고지로 가자 포병대 지휘관이 크냐지코보 앞에 밀집한 러시아군에 더 강력한 포화를 퍼부을 수 있도록 그 고지에 몇 개 중대의 포병을 배치하자고 제안했다. 나폴레옹은 이에 동의하고, 그 포병 중대들이 어떤 효과를 미쳤는지 알리라고 명령했다.

부관이 말을 타고 달려와 말하길, 황제의 명령에 따라 대포 200문을 러시아군에게로 돌렸지만 러시아군은 여전히 그 자리를 고수하고 있다고 했다.

"아군의 포화가 저들의 대열을 차례차례 쓰러뜨리는데도 저들은 여전히 버티고 있습니다." 부관이 말했다.

"그놈들이 아직도 더 원하는군!" 나폴레옹이 쉰 목소리로 말했다.

"네, 폐하?" 제대로 알아듣지 못한 부관이 거듭 물었다.

"그놈들이 아직도 더 원하고 있어." 나폴레옹은 얼굴을 찌푸리며 쉰 목소리로 말했다. "음, 혼쭐을 내 줘."

그런데 그의 명령이 없어도 그가 바라는 대로 되고 있었다.

그는 단지 사람들이 자기 명령을 기다린다고 생각하여 명령을 내렸을 뿐이다. 그리하여 그는 또다시 어떤 위대함이라는 환영의 인공적인 세계로 이동했으며, 자신에게 예정된 그 잔혹하고 슬프고 괴롭고 비인간적인 역할을 다시 순종적으로 수행하기 시작했다.(연자방아에 매여 빙글빙글 도는 말이 자기가 스스로를 위해 무언가를 하고 있다고 상상하듯.)

그러나 이 사건에 참여한 어느 누구보다 무겁게 지금 벌어지는 일의 모든 무게를 짊어진 이 남자의 이성과 양심이 비단이 시각과 이날에만 흐려진 것은 아니었다. 그는 생의 마지막 순간까지 선도, 아름다움도, 진리도, 자기 행위의 의미도 결코 이해하지 못했다. 그의 행위는 선과 진실과 정반대인 데다 인간적인 모든 것과 너무도 거리가 멀었기에 그는 그 의미를 이해할 수 없었다.

그가 죽은 사람들과 불구가 된 사람들(그는 이것이 자기 의지에 따른 것이라고 생각했다.)이 널브러진 전장을 돌아다니고, 그 사람들을 보면서 프랑스군 한 명이 러시아군 몇 명과 맞먹을까 셈하고는 프랑스군 한 명이 러시아군 다섯 명과 맞먹으리라 스스로를 속이며 기뻐할 이유를 찾은 것도 이날만이 아니었다. 파리에 보내는 편지에서 5만 명의 시체가 있었다는 이유로 "전장은 웅장하다."라고 쓴 것도 이날만이 아니었다. 세인트헬레나섬의 고독한 정적 속에서도 그는 자신이 해낸 위대한 업적을 저술하는 데 여가를 바치려 한다 말했고, 또 그것을 썼다.

러시아 전쟁은 현대에 가장 열렬한 지지를 받는 전쟁이어야 했다. 그것은 양식(良識)과 참된 유익을 위한 전쟁이었고 만인의 평화와 안녕을 위한 전쟁이었기 때문이다. 그리고 순수하게 평화적이고 보수적인 전쟁이었다.

그것은 위대한 목적, 즉 불확실성의 종말과 평화의 토대를 위한 것이었다. 만인의 행복과 번영으로 충만한 새로운 지평, 새로운 과업이 펼쳐졌을 것이다. 유럽 체제의 기초가 마련되고 오직 그것의 설립만이 문제로 남았을 것이다.

만일 내가 이 위대한 안건들에 만족하고 어디에서든 평안을 느꼈다면 나도 나의 **의회**와 나의 **신성 동맹**을 소유했을 것이다. 그것들은 나에게서 훔쳐 간 착상이다. 그 위대한 군주들의 회합에서 우리는 한 가족처럼 우리 이익을 논의하고, 서기가 주인의 의견을 고려하듯 여러 민족들의 의견을 고려했을 것이다.

유럽은 정말 곧 이런 식으로 하나의 국민이 되었을 것이고, 누구나 어느 곳을 여행하든 언제나 공통된 조국에 있게 되었을 것이다. 나는 모든 강을 만인을 위한 뱃길로 삼고, 바다를 공해(公海)로 삼고, 막대한 상비군을 그저 군주의 친위대로 축소하자고 요구했을 것이다.

프랑스로, 위대하고 강력하고 장엄하고 평화롭고 영광스러운 조국으로 돌아갔더라면 나는 그 국경을 불변으로 선언하고, 미래의 모든 전쟁을 **방어전**으로 한정하고, 모든 새로운 영토 확장을 **반국가적인** 것으로 선언했을 것이다. 나는 아들을 제국 통치에 참여시켰을 것이다. 그랬다면 나의 **독재**는 종식되고 아들의 입헌 통치가 시작되었을 것이다……

파리는 세계의 수도가 되었을 것이고, 프랑스 국민은 모든 민족들에게 선망의 대상이 되었을 것이다!

그 후 나의 아들이 황제로서 교육받는 동안 나는 황후와 더불어 진짜 시골 부부처럼 우리 말을 타고 제국 방방곡곡을 차례로 방문하면서 고충을 들어주고 부정을 척결하고 전국 각지에 기념물을 세우고 선행을 베푸는 생활에 나의 여가와 마지막 나날들을 바쳤을 것이다.[136]

신의 섭리로 여러 민족들의 사형 집행인이라는 슬프고도 부자유스러운 역할을 수행하도록 예정된 그는 자기 행위의 목적이 여러 민족들의 행복이었다고, 자신이 수백만 사람들의 운명을 지배하면서 권력의 수단으로 선행을 베풀 수 있었다고 확신했다.

그는 러시아 전쟁에 대해 다음과 같이 계속 써 나갔다.

비스와강을 건넌 40만 군인들 가운데 절반은 오스트리아인, 프로이센인, 색슨족 사람들, 폴란드인, 바이에른 사람들, 뷔르템베르크 사람들, 메클렌부르크 사람들, 에스파냐인, 이탈리아인, 나폴리 사람들이었다. 엄밀히 말하면 제국군 중 3분의 1은 네덜란드인, 벨기에인, 라인 강변의 주민들, 피에몬테 사람들, 스위스인, 제노바 사람들, 토스카나 사람들, 로마 사람들, 32사단 지역의 주민들,[137] 브레멘 사람들, 함부르크 사람들 등으로

---

136) 이 문구의 출처는 『세인트헬레나의 회상』이다. 이 책 주 2를 참조.

이루어져 있었다. 그 가운데 프랑스어를 할 줄 아는 사람은 14만 명도 채 되지 않았다.

사실 프랑스는 러시아 원정으로 5만 명이 안 되는 병력을 희생했다. 러시아군은 빌노에서 모스크바로 퇴각하는 동안 온갖 전투에서 프랑스군보다 네 배나 많은 병력을 잃었다. 러시아인 10만 명이 모스크바의 화재 때문에 숲에서 추위와 굶주림으로 목숨을 잃었다. 마지막으로 모스크바에서 오데르강으로 이동하는 동안 러시아군은 그해의 혹독한 기후 때문에도 어려움을 겪었다. 빌노에 도착할 때까지 남은 러시아군은 5만 명에 불과했고, 칼리시에서는 1만 8000명도 채 되지 않았다.

그는 자신의 의지로 러시아와 전쟁을 일으켰다고 상상했다. 그래서 그 참상은 그의 마음에 별 충격을 주지 않았다. 그는 과감히 이 사건의 모든 책임을 스스로 짊어졌다. 그리고 그의 흐리멍덩한 이성은 전사자들 수십만 명 가운데 프랑스인이 헤센 사람들과 바이에른 사람보다 적었다는 점에서 자신의 정당성을 찾았다.

---

137) 32사단은 다부 원수의 사단이었다. 이 사단은 주로 함부르크와 브레멘 지역에서 병력을 충원했다.

39

다비도프가(家)와 국유지 농민들에게 속한 밭과 목초지에, 보로지노와 고르키와 셰바르지노와 세묘놉스코예 마을의 농민들이 수백 년 동안 작물을 거둬들이고 가축을 방목하던 그 밭과 목초지에 수만 명의 사람들이 다양한 자세와 다양한 군복 차림으로 시체가 되어 널브러져 있었다. 야전 응급 치료소가 있는 1제샤치나 면적의 풀과 땅에 피가 스며들었다. 온갖 부대의 부상을 입거나 입지 않은 자들의 무리가 겁에 질린 얼굴을 하고 모자이스크로, 발루예보로 발을 질질 끌며 후퇴했다. 또 다른 무리는 지치고 굶주린 채 지휘관들에게 이끌려 앞으로 나아갔다. 또 다른 무리는 제자리를 고수하며 계속 사격을 했다.

전에는 아침 햇살을 받은 총검의 반짝임과 연기로 그토록 활기차고 아름답게 보이던 들판 전체에 이제는 습하고 옅은 안개와 연기가 깔리고, 질산칼륨과 피의 시큼하고 야릇한 냄새가 풍겼다. 작은 구름들이 몰려와 전사자, 부상자, 겁에 질린 사람들, 기진맥진한 사람들, 의혹에 빠진 사람들에게 보슬비를 뿌리기 시작했다. 보슬비는 이렇게 말하는 것 같았다. '인간들이여, 이제 됐어요. 충분해요. 그만하라고요……. 정신 차려요. 당신들은 뭘 하고 있는 거죠?'

식량도 휴식도 없이 탈진해 버린 양쪽 병사들은 아직도 서로를 소탕해야 하는지에 대해 똑같이 의심을 품기 시작했다. 모든 사람들의 얼굴에 동요하는 기색이 뚜렷했고, 저마다 마음에 이런 물음이 똑같이 일어났다. '왜, 누구를 위해 내가 사람을 죽이거나 죽임을 당해야 하지? 당신이나 죽이고 싶은 사람을 죽여. 당신이나 하고 싶은 대로 하란 말이야. 난 더 이상 싫어!' 저녁이 가까워질수록 사람들의 마음속에 이런 생각이 똑같이 무르익어 갔다. 이 모든 사람들은 자기 행동에 두려움을 느끼며 당장이라도 모든 것을 던지고 발길 닿는 대로 달아날 수 있었다.

하지만 전투가 끝날 무렵 사람들은 이미 자신의 행위가 얼마나 끔찍한지 느끼면서도, 또 그 행위를 멈추면 기뻐할 것이면서도 어떤 이해할 수 없는 신비한 힘에 여전히 지배받고 있었다. 땀에 흠뻑 젖고 화약과 피로 뒤덮인, 세 명당 한 명 꼴로 남은 포병들은 피로로 휘청거리고 숨을 헐떡이면서도 탄약을 나르고 장전하고 조준하고 점화했다. 포탄은 여전히 빠르고 잔혹하게 양 진영을 날아다니며 인간의 육체를 짓뭉갰다. 인간의 의지가 아니라 인간과 세계를 지배하는 이의 의지로 벌어지는 그 끔찍한 일은 그렇게 계속되었다.

혼란에 빠진 러시아군의 후방을 본 사람은 누구나 프랑스군이 한 번만 더 살짝 힘을 쏟았다면 러시아군이 전멸했을 거라고 말했으리라. 프랑스군의 후방을 본 사람도 누구나 러시아군이 한 번만 더 살짝 힘을 쏟았다면 프랑스군이 파멸했을 거라고 말했으리라. 하지만 프랑스군도 러시아군도 그 힘을 쏟지 않았고, 전장의 화염은 서서히 사그라졌다.

러시아군이 그 힘을 쏟지 않은 것은 그들이 먼저 프랑스군을 공격한 게 아니기 때문이다. 전투 초반 그들은 모스크바로 통하는 도로를 차단하며 그곳에 머물렀는데 전투가 끝날 무렵에도 초반과 마찬가지로 여전히 그곳에 머물고 있었다. 하지만 프랑스군을 격파하는 것이 러시아군의 목표였다 해도 그들은 그 최후의 노력을 발휘할 수 없었을 것이다. 러시아군의 전 부대가 격파되는 바람에 전투에서 손실을 입지 않은 부대가 없었고, 제자리를 고수하던 러시아군도 병력의 절반을 잃었기 때문이다.

지난 십오 년 동안의 승리를 전부 기억하고 나폴레옹의 불패를 확신하는 프랑스군, 자신들이 전장의 일부를 장악했고 병력을 4분의 1밖에 잃지 않았으며 아직 아무런 손실도 입지 않은 근위대 2만 명이 있다는 점을 자각하는 프랑스군으로서는 이런 노력을 기울이기가 쉬웠을 것이다. 러시아군을 진지에서 몰아낼 목적으로 공격한 프랑스군은 마땅히 이 노력을 기울였어야 했다. 러시아군이 전투 전과 마찬가지로 모스크바로 통하는 길목을 막고 있는 한 프랑스군의 목적은 달성될 수 없을 뿐 아니라 모든 노력과 손실이 수포로 돌아가기 때문이다. 하지만 프랑스군은 이런 노력을 기울이지 않았다. 몇몇 역사가들은 나폴레옹이 아무 손도 입지 않은 고참 근위대를 내보내기만 했어도 전투에서 승리했을 것이라고 말한다. 나폴레옹이 자신의 근위대를 내보냈더라면 어떻게 되었을까 논하는 것은 봄이 가을로 변했더라면 어떻게 되었을까 논하는 것과 조금도 다를 바 없다. 그런 일은 있을 수 없다. 나폴레옹이 근위대를 내보내지 않은 것은 원하지 않아서가 아니라 불가능했기 때문이다. 프랑스군의 장군들, 장교들, 병사들은 모두 그것이 불가능하다는 사실을 알았다. 군대의 사기 저하가 그것을 용납하지 않았기 때문이다.

무시무시하게 치켜올린 두 팔이 힘없이 툭 떨어지는 마치 꿈을 꾸는 듯한 감정을 경험한 사람은 나폴레옹만이 아니었다. 모든 장군들, 전투에 참가한 자든 참가하지 않은 자든 프랑스군에 속한 모든 병사들, 이제껏 모든 전투를 치러 낸(이제까지는 그 10분의 1의 노력으로도 적들이 달아났다.) 그들은 병력의 절반을 잃고도 전투 초반과 다름없이 위협적인 모습으로 끝까지 자리를 지키는 적 앞에서 똑같은 공포의 감정을 느꼈다. 공격하던 프랑스군은 정신력이 소진되고 말았다. 군기(軍旗), 즉 막대기에 매달린 천 조각이라든지 부대가 주둔했거나 주둔하는 공간으로 정해지는 승리가 아니라 상대에게 적의 정신적 우월과 자신들의 무력을 믿게 하는 정신적 승리를 러시아군은 보로지노에서 거둔 것이다. 기세 좋게 달리다 치명상을 입고 미쳐 날뛰는 맹수처럼 프랑스 침입군은 자신의 파멸을 감지했다. 하지만 병력이 프랑스군의 절반에 불과했던 러시아군이 진로에서 벗어나지 않을 수 없었던 것처럼 프랑스 침입군도 멈출 수가 없었다. 한번 충격이 가해지자 프랑스군은 계속 모스크바까지 굴러갈 수 있었다. 하지만 그곳에서 그들은 러시아군이 새로운 노력을 기울이지 않아도 보로지노에서 입은 치명상으로 피를 흘리며 파멸할 수밖에 없었다. 나폴레옹이 아무 이유 없이 모스크바에서 도주하여 구스몰렌스크 가도를 따라 귀국한 것, 50만 침입군이 파멸한 것, 나폴레옹의 프랑스가 멸망한 것은 보로지노 전투의 직접적인 결과였다. 나폴레옹의 프랑스는 보로지노에서 처음으로 자신들보다 정신적으로 우세한 적의 팔에 압도되었던 것이다.

3부

1

인간의 이성으로는 운동의 절대적인 연속성을 이해할 수 없다. 어떤 운동이든 인간이 그 법칙을 이해하는 것은 인간이 그 운동의 단위를 자의적으로 취하여 고찰할 때뿐이다. 하지만 동시에 인간의 망상은 대부분 연속적인 운동을 이처럼 임의로 구분하여 불연속적인 단위로 만드는 데서 비롯된다.

아킬레스가 거북이보다 열 배나 더 빨리 걷는데도 앞서가는 거북이를 결코 따라잡을 수 없다고 하는 이른바 고대인의 궤변이 널리 알려져 있다. 아킬레스와 거북이를 벌려 놓은 그 공간을 아킬레스가 통과하는 순간 거북이는 그 공간의 10분의 1만큼 아킬레스보다 앞선다. 또 아킬레스가 그 10분의 1만큼 나아가면 거북이는 그 100분의 1만큼 앞선다. 그렇게 그 과정은 무한히 계속된다. 고대인은 이 과제를 해결할 수 없는 것으로 여겼다. 그 무의미한 답(아킬레스는 거북이를 결코 따라잡을 수 없다는)은 오로지 아킬레스와 거북이의 운동은 연속적으로 일어나는 데 반해 운동의 불연속적인 단위가 임의로 허용되었다는 사실에서 비롯된다.

더욱더 작은 운동 단위를 취하더라도 우리는 문제 해결에 가까이 접근할 수 있을 뿐 결코 그것에 도달하지 못한다. 무한소와 그로부터 시작하여 10분의 1에 이르는 급수를 가정하고 그 기하급수의 합을 취할 때만 우리는 문제의 해결에 도달한다. 무한소를 다루는 기술을 획득한 수학의 새로운 분야는 운동이라는 더 복잡한 다른 문제에서도 예전에는 풀 수 없을 것처럼 여겨지던 물음에 대하여 이제 해답을 주고 있다.

고대인들이 알지 못한 이 새로운 분야의 수학은 운동의 문제에 대한 연구에서 무한소, 즉 운동의 주요 조건(절대적 연속성)을 회복하는 수량을 가정하고, 또 그렇게 함으로써 인간의 이성이 연속적인 운동 대신 운동의 개별 단위를 탐구할 때 범하게 되는 불가피한 오류를 바로잡는다.

역사의 운동 법칙을 탐구하는 경우에도 똑같은 일이 발생한다.

인류의 운동은 무수한 인간들의 의지에서 흘러나오고 연속적으로 이루어진다.

이 운동 법칙을 이해하는 것이 역사의 목적이다. 하지만 인간들의 의지의 총합인 연속적 운동의 법칙을 이해하기 위해 인간의 이성은 임의적이고 불연속적인 단위를 가정한다. 역사의 첫 번째 방법은 연속적인 사건들 가운데 임의로 한 단락의 사건들을 취하고 그것들을 다른 것들과 분리하여 고찰하는 것이다. 하지만 어떤 사건도 그 시작점이 없으며 있을 수도 없다. 언제나 한 사건은 다른 사건으로부터 연속되어 흘러나온다. 두 번째 방법은 차르든 장군이든 한 인간의 행위를 인간 의지의 총합으로서 고찰하는 것이다. 하지만 인간 의지의 총합이란 결코 한 역사 인물의 활동으로 표현되는 것이 아니다.

역사학은 고찰을 위하여 그 운동 속에서 언제나 더욱더 작은 단위를 취하고, 그러한 방법으로 진리에 근접하고자 노력한다. 하지만 역사가 취한 그 단위가 아무리 작아도, 다른 것과 분리된 단위를 가정하고 어떤 현상의 시작점을 가정하고 모든 사람의 의지가 한 역사 인물의 행위로 표현된다고 가정하는 것 자체가 옳지 않다는 점을 우리는 느끼고 있다.

역사의 모든 결론은 비판하는 측이 아무런 노력을 기울이지 않아도, 그저 크든 작든 불연속적인 단위를 관찰 대상으로 삼기만 하면 먼지처럼 흔적도 없이 무너져 버린다. 비판하는 측에는 언제나 그렇게 할 권리가 있다. 역사가가 취한 역사 단위란 언제나 임의적이기 때문이다.

관찰을 위해 무한소 단위 —— 역사의 미분, 즉 인간들의 동질적인 욕구 —— 를 가정하고 적분법(이 무한소의 총합을 취하는 것)을 가정할 때만 우리는 역사의 법칙에 대한 이해를 기대할 수 있다.

유럽에서 19세기 초반의 십오 년이라는 시간은 수백만 인간들의 평범하지 않은 운동을 제시한다. 사람들은 자신의 일상적인 일을 버리고 유럽의 한쪽에서 다른 한쪽으로 돌진하여 약탈하고 서로 죽이고 의기양양해하고 낙담한다. 몇 년 사이에 생활의 흐름 전체가 바뀌고 그것이 치열한 운동을 나타낸다. 그 운동은 처음에 강성해지다가 그다음에는 쇠약해진다. 이 운동의 원인은 무엇이고, 그것은 어떤 법칙에 따라 일어난 것일까? 인간의 이성은 그렇게 묻는다.

역사가들은 이 질문에 답하면서 파리 시내의 한 건물에 모인 사람들 수십 명의 행동과 말을 우리에게 서술하고, 그 행동과 말을 혁명이라고 일컫는다. 그다음에 나폴레옹과 그에게 찬성하거나 반대한 몇몇 인물들의 상세한 전기를 제공하고, 이 인물들의 일부가 다른 인물들에게 미친 영향을 이야기한다. 그러고는 그것이야말로 이 운동이 일어난 원인이라고, 그것이 이 운동의 법칙이라고 말한다.

하지만 인간의 이성은 그러한 설명을 믿기를 거부할 뿐 아니라 그 설명 방법이 옳지 않다고 분명히 말한다. 그러한 설명에서는 가장 미미한 현상이 가장 강렬한 현상의 원인으로 간주되곤 하기 때문이다. 인간들의 의지의 총합이 혁명과 나폴레옹을 만들었으며, 오로지 이 의지의 총합이 혁명과 나폴레옹을 용인하고 파멸시켰다.

'하지만 정복이 있던 시기에는 언제나 정복자가 있었다. 그리고 국가에 격변이 일어나는 시기에는 언제나 위대한 인물들이 있었다.' 역사는 이렇게 말한다. 사실 정복자가 출현한 시기에는 언제나 전쟁이 있었다고 인간의 이성은 답한다. 하지만 이것이 정복자가 전쟁의 원인이고 한 사람의 개인적 행동에서 전쟁의 법칙을 발견할 수 있다는 증거는 아니다. 내가 시계를 보다가 시곗바늘이 10시에 가까워진 것을 발견할 때면 언제나 인근 교회에서 기도를 알리는 종소리가 들려오기 시작한다. 하지만 시곗바늘이 10시에 가까워질 때마다 교회 종이 울렸다고 해서 시곗바늘의 위치가 종의 운동을 일으키는 원인이라고 결론지을 권리는 나에게 없다.

기관차가 움직이는 것이 보일 때면 언제나 기적 소리가 들리며, 밸브가 열리고 바퀴가 움직이는 것이 보인다. 그렇다고 해서 기적 소리와 바퀴의 운동이 기관차가 움직이는 원인이라고 결론지을 권리는 나에게 없다.

농부들은 늦봄에 찬 바람이 부는 것은 참나무에서 움이 트기 때문이라고 말한다. 실제로 해마다 봄에는 참나무에 움이 틀 때 찬 바람이 분다. 하지만 내가 참나무의 움이 틀 무렵에 찬 바람이 부는 원인을 모른다 해도 참나무의 움이 트는 것이 찬 바람의 원인이라는 농부들의 말에 동의할 수 없다. 바람의 힘은 움의 영향력 외부에 존재하기 때문이다. 난 그저 생활의 모든 현상에 존재하는 온갖 조건들이 동시에 발생하는 것만을 볼 뿐이다. 그리고 시곗바늘, 기관차의 밸브와 바퀴, 참나무의 움을 아무리 오래 세세하게 관찰한다 해도 교회 종소리와 기관차의 움직임과 봄바람의 원인은 알 수 없다는 사실을 깨달을 뿐이다. 원인을 알려면 나는 관찰 시점을 완전히 바꾸어 증기와 종과 바람의 운동 법칙을 연구해야 한다. 역사도 똑같이 해야 한다. 그리고 이를 위한 시도는 이미 행해졌다.

역사의 법칙을 연구하기 위해 우리는 고찰 대상을 완전히 바꾸어 황제와 대신과 장군은 가만히 내버려 두고 대중을 지배하는 동질적인 무한소의 요소들을 연구해야 한다. 인간이 이러한 방법으로 어느 정도나 역사의 법칙에 대한 이해에 도달할지 누구도 말할 수 없다. 하지만 분명한 것은 오직 이 방법으로만 역사의 법칙을 포착할 수 있으며, 이 방법에 인간의 이성이 들인 노력은 역사가들이 온갖 황제와 장군과 대신들의 활동을 기술하고 그 활동에 대한 자신의 판단을 서술하는 데 들인 노력의 100만분의 1도 되지 않는다는 점이다.

2

유럽의 12개국 병력이 러시아에 돌입한다. 러시아 군대와 주민은 충돌을 피하면서 스몰렌스크로, 그리고 다시 스몰렌스크에서 보로지노로 퇴각한다. 프랑스 군대는 추진력을 계속 높이며 그 운동의 목적지인 모스크바를 향해 질주한다. 낙하하는 물체의 속도가 지면에 가까워질수록 증가하듯, 그들의 추진력도 목표에 가까워질수록 증가한다. 후방에는 식량이 바닥난 적의 나라가 수천 베르스타 펼쳐지고, 전방에는 그들과 목적지를 갈라놓은 수십 베르스타가 펼쳐져 있다. 나폴레옹 군대의 병사들 모두가 이를 감지하고, 침공은 추진력만으로 저절로 진척된다.

러시아군은 퇴각을 거듭할수록 적에 대한 증오심을 더욱더 불태운다. 퇴각하는 동안 그 증오심은 점차 응축되고 고조되어 간다. 보로지노 부근에서 충돌이 벌어진다. 어느 쪽 군대도 괴멸하지는 않는다. 그러나 맹렬한 속도로 굴러온 공과 충돌한 또 다른 공이 필연적으로 튕겨 나가기 마련이듯 러시아 군대도 충돌 직후 그처럼 필연적으로 퇴각한다. 기세 좋게 굴러오던 침공의 공은 그와 똑같이 필연적으로(충돌로 모든 힘을 잃었으면서도) 조금 더 앞으로 굴러가게 된다.

러시아군은 120베르스타 더 퇴각하여 모스크바 너머로 가고, 프랑스군은 모스크바에 도달하여 그곳에서 멈춘다. 그 후 오 주 내내 단 한 차례의 전투도 일어나지 않는다. 프랑스군은 움직이지 않는다. 치명상을 입고 많은 피를 흘리며 상처를 핥는 짐승처럼 오 주 동안 아무것도 하지 않고 모스크바에 머물다가 별다른 이유도 없이 갑자기 퇴각한다. 그들은 칼루가 가도로 돌진하고(그것은 승리를 거둔 후이며, 말리 야로슬라베츠의 전장이 다시 그들에게 넘어간 상태였다.) 단 한 차례의 격전도 없이 한층 더 신속하게 스몰렌스크로, 스몰렌스크 너머로, 빌노 너머로, 베료지나강[138] 너머로 계속 퇴각한다.

8월 26일 저녁에는 쿠투조프도, 러시아군 전체도 보로지노 전투의 승자가 자신들이라고 확신했다. 쿠투조프는 군주에게도 그렇게 편지를 써 보냈다. 쿠투조프는 적을 완전히 격파하기 위해 새로운 전투를 준비하도록 명령했다. 누군가를 속이기 위해서가 아니라 전투에 참가한 모든 이들처럼 그 역시 적이 패한 것을 알았기 때문이다.

하지만 그날 저녁과 그다음 날 그동안 알려지지 않은 손실

---

138) 백러시아에 있는 강으로 드네프르강의 지류다.

이며 군대의 절반에 달하는 손실이 잇달아 보고되면서 새로운 전투는 물리적으로 불가능하다는 사실이 판명되었다.

아직 정보도 수집되지 않았고, 부상자도 수용되지 않았고, 포탄도 보충되지 않았고, 전사자 수도 집계되지 않았고, 전사한 자들을 대신할 새 지휘관도 임명되지 않았다. 병사들은 충분히 먹지도 자지도 못했다. 이런 때에 전투를 벌이는 것은 불가능했다.

그와 동시에 전투 직후인 그다음 날 아침 프랑스 군대는 이미(거리의 제곱에 반비례하여 가속되는 운동의 추진력에 따라) 저절로 러시아 군대를 향해 밀려오고 있었다. 쿠투조프는 다음 날 공격을 감행하려 했고 군 전체도 그것을 바랐다. 하지만 공격을 하려면 그것을 실행하려는 의욕만으로는 충분하지 않다. 그것을 실행할 가능성이 필요한데 그 가능성이 없었다. 한 번 행군하는 거리만큼 퇴각하지 않을 수 없었다. 그다음에도 똑같이 또 한 번, 다시 또 한 번 퇴각하지 않을 수 없었다. 마침내 9월 1일 군대가 모스크바에 거의 도달했을 무렵 군대의 사기는 한껏 고조되어 있었으나, 상황의 힘은 이 부대들이 모스크바 너머로 이동할 것을 요구했다. 그리하여 군대는 마지막으로 한 번의 행군만큼 또 퇴각하며 모스크바를 적에게 내주고 말았다.

우리가 각자 자기 서재에 지도를 펼쳐 놓고 앉아 나라면 이런저런 전투에서 어떻게 명령을 내렸을까 상상하듯이 지휘관들도 그렇게 전쟁과 전투의 계획을 세울 거라고 상투적으로 생각하는 사람들은 다음과 같은 질문들을 떠올릴 것이다. 왜 쿠투조프는 퇴각할 때 이런저런 식으로 행동하지 않았을까, 왜 필리[139]에 도달하기 전에 진지를 차지하지 않았을까, 왜 칼루가 가도로 곧장 퇴각하지 않았을까, 왜 모스크바를 버렸을까 등등. 그렇게 생각하는 데 익숙한 사람들은 모든 총사령관들의 활동이 벌어지는 그 한결같은 불가피한 상황을 잊어버렸거나 모르는 것이다. 지휘관의 활동은 우리가 서재에 편하게 앉아 일정한 병력을 갖춘 양 군대가 일정한 장소에서 벌이는 모종의 전투를 지도상에서 분석하거나 어떤 일정한 시점으로부터 판단을 시작하며 상상해 보는 활동과 완전히 다르다. 총사령관이 어떤 사건의 발단이라는 조건 — 우리는 언제나 이 조건 속에서 사건을 고찰한다 — 에 놓이는 경우는 결코 없다. 총사령관은 언제나 일련의 움직이는 사건들의 한복판에 있고, 어느 순간에도 사건의 의미 전체를 깊이 숙고해 볼 수 없는 상황에 처해 있다. 사건은 어느 틈에 시시각각 그 의미를 또렷이 드러내며, 그처럼 단절 없이 연속적으로 사건이 드러나는 순간마다 총사령관은 복잡하기 짝이 없는 책략, 음모, 걱정, 종속, 권력, 계획, 조언, 위협, 속임수의 한복판에 있게 되며, 그에게 제기되는 언제나 서로 상충하는 무수한 질문에 답해야 한다.

군사 전문가들은 쿠투조프가 필리로 향하기에 훨씬 앞서 칼루가 가도로 군대를 움직였어야 했다고, 심지어 누군가 그

139) 모스크바 부근의 마을이다. 9월 1일 이곳에서 열린 작전 회의에서 모스크바로부터 철수한다는 방침이 결정되었다.

러한 계획을 제안했다고 매우 진지하게 말한다. 하지만 총사령관 앞에는, 특히 어려운 순간에는 제안이 하나가 아니라 언제나 수십 개씩 동시에 제시된다. 그리고 전략과 전술에 근거를 둔 이 각각의 제안들은 서로 상충된다. 총사령관의 업무는 단지 그 제안들 가운데 하나를 택하는 것뿐인 듯 보인다. 그러나 그것마저 해낼 수 없다. 사건과 시간은 기다려 주지 않는다. 가령 총사령관이 28일에 칼루가 가도로 이동하자는 제안을 받았다고 하자. 그때 밀로라도비치의 부관이 말을 몰고 달려와 지금 당장 프랑스군과 전투를 시작할지, 아니면 퇴각할지 묻는다. 그는 이 순간 당장 명령을 내려야 한다. 하지만 퇴각 명령은 아군이 칼루가 가도로 진로를 바꾸는 데 방해가 된다. 부관에 뒤이어 병참관이 식량을 어디로 운반할지 묻고, 병원 책임자가 부상자들을 어디로 옮길지 묻는다. 그리고 페테르부르크로부터 특사가 군주의 편지를 가져온다. 군주는 모스크바를 버릴 가능성을 허락하지 않는다. 한편 총사령관의 경쟁자로서 총사령관을 계략에 빠뜨리려고 하는 자(그런 자들은 언제나 있기 마련이다. 그것도 한 명이 아닌 여러 명이 말이다.)가 칼루가 가도로 가는 것과 정반대인 새로운 계획을 제안한다. 하지만 총사령관의 체력은 수면과 회복을 요구한다. 그런데 포상에서 제외된 훌륭하신 장군이 불평을 늘어놓으러 오고, 주민들이 보호를 간청한다. 그리고 지형을 시찰하기 위해 파견된 장교가 돌아와 그보다 앞서 파견된 장교와 정반대로 보고한다. 척후병, 포로, 정찰을 하고 온 장군이 적군의 상태에 대해 저마다 다르게 설명한다. 모든 총사령관의 이런 불가피한 활동 조건을 이해하는 데 익숙하지 않거나 쉽게 잊는 사람들은 우리에게 이를테면 필리에서 군대가 점한 위치를 제시하며, 총사령관은 9월 1일에 모스크바를 버릴지 방어할지의 문제를 완전히 자유롭게 해결할 수 있었다고 가정한다. 하지만 러시아군이 모스크바로부터 5베르스타 떨어져 있던 상황에서 그런 질문은 불가능하다. 그렇다면 그 문제는 언제 결정되었는가? 그것은 드릿사에서, 스몰렌스크에서, 가장 뚜렷하게는 24일의 셰바르지노와 26일의 보로지노에서, 그리고 보로지노에서 필리까지 퇴각하는 동안 매일, 매시, 매분 결정되고 있었다.

3

러시아 군대는 보로지노에서 퇴각한 후 필리에 주둔했다. 진지를 시찰하고 온 예르몰로프가 원수에게 다가갔다.

"이 진지에서 싸우는 것은 무리입니다." 그가 말했다. 쿠투조프는 놀란 얼굴로 그를 쳐다보더니 그 말을 다시 해 보라고 했다. 그가 그 말을 되풀이하자 쿠투조프는 그에게 손을 내밀었다.

"손을 줘 보게." 쿠투조프가 말했다. 그는 예르몰로프의 손을 뒤집어 맥을 짚고는 말했다. "자네, 몸이 안 좋군. 이보게, 자네가 무슨 말을 하고 있는지 생각해 보게."

도로고밀로보 관문으로부터 6베르스타 떨어진 포클론나야 언덕에서 쿠투조프는 승용 마차에서 내려 길가의 긴 의자에 앉았다. 장군들이 크게 무리를 지어 주위에 모였다. 모스크바에서 온 라스톱친 백작도 그 무리에 끼었다. 이 눈부신 집단은 몇몇 작은 모임으로 나뉘어 진지의 장단점에 대해, 군대의 위치에 대해, 예상되는 계획에 대해, 모스크바의 상황에 대해, 전반적인 군사 문제에 대해 서로 이야기를 나누었다. 비록 그 때문에 소집된 것도 아니고 그 모임에 그런 명칭이 붙은 것도 아니었지만 다들 그것이 군사 회의라고 느꼈다. 모든 화제는 일반적인 문제의 범위에 머물렀다. 개인적인 소식을 전하거나 확인하려는 사람은 목소리를 낮추어 소곤거리다가 곧 다시 일반적인 문제로 화제를 바꾸곤 했다. 이 모든 사람들 사이에서는 농담도, 웃음소리도, 심지어 미소조차 찾아볼 수 없었다. 다들 상황에 맞추어 적절히 행동하려고 애를 쓰는 게 분명했다. 그리고 모든 무리들이 서로 이야기를 나누며 총사령관(그의 긴 의자는 이들 무리의 중심을 이루었다.) 근처에 있으려고 애썼으며, 자신들의 대화가 그에게 들리도록 이야기했다. 총사령관은 귀를 기울이다가 이따금 주위 사람들이 한 말에 대해 되물었다. 하지만 그 자신은 대화에 끼지도 않고 어떤 의견도 표명하지 않았다. 대체로 어느 무리의 이야기를 듣고 난 후에는 실망한 표정으로 마치 자신이 알고 싶어 하는 것에 대해서 전혀 듣지 못했다는 듯 고개를 돌렸다. 어떤 사람들은 선택된 진지에 대해 이야기하면서 진지 자체보다 그 진지를 선택한 사람들의 지적 능력을 비판했다. 어떤 사람들은 실책은 이미예전에 저질러졌다고, 그저께 전투를 치렀어야 했다고 논증했다. 어떤 사람들은 살라망카 전투에 대해 이야기했다. 그 이야기는 방금 온 에스파냐 군복 차림의 프랑스인 크로사르[140](이 프랑스인은 러시아군에서 복무하는 독일의 한 공작과 함께 사라고

사 포위전[141]을 분석하면서 모스크바도 똑같이 방어할 수 있다고 예상했다.)가 들려준 것이었다. 다른 무리에서는 라스톱친 백작이 자신은 모스크바 민병들과 함께 수도의 성벽 밑에서 기꺼이 죽을 각오를 했지만 자신이 처한 불분명한 상황에 대해 유감스러워하지 않을 수 없다고, 만약 자신이 미리 알았다면 상황이 달라졌을지도 모른다고 말했다. 또 다른 무리는 자신들의 전략적 식견의 깊이를 드러내며 군대가 앞으로 취해야 할 방침에 대해 이야기했다. 또 다른 무리는 무의미하기 짝이 없는 이야기들을 지껄였다. 쿠투조프의 얼굴에 근심과 비통의 표정이 점점 짙어졌다. 쿠투조프가 이 모든 화제에서 읽어 낸 것은 한 가지뿐이었다. 말 그대로 모스크바 방어는 물리적으로 완전히 불가능하다는 것, 즉 어느 정신 나간 총사령관이 전투 명령을 내린들 혼란만 일어날 뿐 전투는 벌어지지 않을 정도로 불가능하다는 것이었다. 최고 지휘관들 모두가 이 진지를 불가능한 것으로 시인할 뿐 아니라 이 진지를 버리고 — 의심할여지 없이 — 난 후에 어떤 일이 생길지에 대해서만 논의하니 어쨌든 전투는 일어나지 않을 터였다. 어떻게 지휘관들이 스스로도 무리라고 여기는 전투에 자기 부대를 끌고 갈 수 있겠

---

140) 나폴레옹의 에스파냐 원정에 참가한 프랑스군 장교.

141) 에스파냐 아라곤 지방의 도시. 사라고사 포위전은 1808년 6월부터 8월 사이 약 두 달 동안 지속되었고, 12월 재개되어 다시 한 달 동안 이어졌다. 프랑스군이 사라고사에 입성한 후에도 주민들의 저항은 매우 거셌다. 프랑스군이 한 집 한 집 급습하기까지 했으나 주민들은 도시가 프랑스군에 완전히 함락되기까지 한 달가량을 더 버텼다.

는가? 하급 지휘관들, 심지어 병사들(그들도 판단을 한다.)도 그 진지를 무리라고 인정했다. 따라서 질 것을 뻔히 알면서 싸우러 나갈 수는 없었다. 베니히셴이 이 진지에 대한 방어를 주장하고 다른 사람들이 협의한다 해도, 그 문제는 이미 그 자체로서 의미가 없고 그저 논쟁과 음모를 위한 빌미로서만 의미를 지닐 뿐이었다. 쿠투조프도 이를 잘 알고 있었다.

그 진지를 선택한 베니히셴은 자신의 러시아적인 애국심을 열렬히 과시하면서(쿠투조프는 얼굴을 찌푸리지 않고는 그 말을 끝까지 들을 수가 없었다.) 모스크바를 방어하자고 고집했다. 쿠투조프는 베니히셴의 목적을 환히 알았다. 그 목적이란 방어에 실패할 경우 전투도 치르지 않고 군대를 보로비요비 언덕까지 후퇴시킨 쿠투조프에게 잘못을 덮어씌우고, 방어에 성공할 경우에는 그것을 자기 공으로 돌리고, 자신의 주장이 받아들여지지 않을 경우에는 모스크바를 버렸다는 혐의를 피하려는 것이었다. 하지만 이 순간 노인은 그 음모에 관심이 없었다. 그의 마음을 사로잡은 것은 한 가지 무시무시한 질문이었다. 그리고 그 질문에 대한 답을 어느 누구에게서도 듣지 못했다. 이 순간 그에게 문제가 된 것은 오로지 다음과 같은 질문이었다. '과연 나폴레옹을 모스크바까지 오도록 허용한 것이 나란 말인가? 도대체 내가 언제 그런 짓을 했단 말인가? 그것은 언제 결정되었는가? 내가 플라토프에게 전령을 보내 퇴각 명령을 내린 어제인가, 아니면 내가 졸면서 베니히셴에게 지휘를 하라고 명령한 그저께 저녁인가? 아니면 그보다 이전인가? 하지만 언제, 도대체 언제 그 무시무시한 일이 결정되었단 말인가? 모스크바를 버리지 않으면 안 된다. 군대를 퇴각시키지 않으면 안 된다. 그리고 난 이 명령을 내려야 한다.' 그 무시무시한 명령을 내리는 것은 그에게 군대의 지휘를 포기하는 것과 똑같아 보였다. 그는 권력을 사랑하고 그것에 익숙했을 뿐 아니라(튀르크에서 프로조롭스키 공작에게 배속되어 있던 시절 그는 공작이 사람들에게 존경받는 모습에 자극을 받았다.) 자신은 러시아의 구원을 위해 예정된 사람이라고, 그렇기에 군주의 의지에 반하여 민중의 의지에 따라 총사령관으로 뽑힌 거라고 확신했다. 그는 이 어려운 조건에서 군의 수장을 맡을 사람은 자신뿐이라고, 불패의 나폴레옹이 자기 적이라는 걸 알고도 두려워하지 않는 사람은 전 세계에 오직 자신뿐이라고 확신했다. 그랬기에 자신이 내려야 할 명령을 생각하며 몸서리를 쳤다. 하지만 무언가를 결정해야 했고, 지나치게 방종한 성격을 띠기 시작한 주변의 대화들을 중단시켜야 했다.

그는 고위급 장군들을 자기 쪽으로 불렀다.

"내 머리가 좋든 나쁘든 의지할 것은 이제 이 머리뿐일세." 그는 이렇게 말하고 긴 의자에서 일어나 그의 승용 마차가 대기하는 필리 쪽으로 말을 몰고 떠났다.

4

농부 안드레이 사보스치야노프의 통나무집에 있는 보다 좋
은 널찍한 장소에서 2시에 회의가 열렸다. 농부의 대가족을
이루는 남자들, 여자들, 아이들은 현관방 건너편의 부엌에 모
여 북적대고 있었다. 안드레이의 손녀로 대공작의 귀여움을
받아 차 마시는 시간에 설탕 한 조각을 받은 여섯 살짜리 여
자아이 말라샤만 큰 통나무집의 페치카[142] 위에 남아 있었다.
통나무집으로 줄줄이 들어와 상석인 이콘 아래의 널찍한 긴
의자에 자리를 잡는 장군들의 얼굴과 군복과 십자 훈장을 말
라샤는 페치카 위에서 수줍고도 즐거운 표정으로 구경했다.
할아버지 ─ 말라샤는 마음속으로 쿠투조프를 이렇게 불렀
다 ─ 는 그들과 떨어져 페치카 뒤의 어두운 구석에 따로 앉

---

142) 러시아의 벽난로인 페치카 윗부분은 침상으로 사용되기도 했다.

아 있었다. 그는 접이식 안락의자에 몸을 깊이 파묻고 앉아 계속 끙끙거리며 프록코트의 옷깃을 매만졌다. 단추를 끌러 두긴 했지만 옷깃이 계속 목을 죄는 듯했다. 잇달아 들어온 사람들이 원수에게 다가왔다. 그는 몇몇 사람들과 악수를 나누고 몇몇 사람들에게는 고개를 끄덕여 보였다. 카이사로프 부관이 쿠투조프 맞은편 창문의 커튼을 걷으려고 했지만 쿠투조프가 화를 내며 손을 저었다. 카이사로프는 대공작이 얼굴을 보이고 싶어 하지 않는다는 것을 알아차렸다.

　지도, 평면도, 연필, 서류 등이 놓인 농부의 전나무 테이블 주위로 너무나 많은 사람들이 모여드는 바람에 졸병들은 긴 의자를 하나 더 가져와 테이블 옆에 놓았다. 그 긴 의자에는 방금 도착한 예르몰로프와 카이사로프와 톨이 앉았다. 이콘 바로 아래의 상석에는 목에 게오르기 훈장을 건 바르클라이 드 톨리가 앉았다. 그의 얼굴은 창백하고 병약했으며 툭 튀어나온 이마가 대머리와 이어졌다. 그는 벌써 이틀째 열로 괴로워했고, 이때도 오한이 나고 온몸이 쑤시는 증상을 보였다. 그와 나란히 앉은 우바로프는 빠르게 손짓하며 크지 않은 목소리로(다른 모든 사람들과 마찬가지로) 바르클라이에게 무슨 말을 전하고 있었다. 작고 뚱뚱한 도흐투로프는 눈썹을 치켜 올리고 두 손을 배 위에 얹은 채 골똘히 귀를 기울였다. 반대편에는 굵직한 얼굴선과 반짝이는 눈동자를 지닌 오스테르만-톨스토이 백작이 커다란 머리를 한 팔로 괴고 앉아 골똘히 생각에 잠긴 듯 보였다. 라옙스키는 초조한 표정을 띤 채 습관적인 손놀림으로 구레나룻의 검은 털을 앞쪽으로 비비 꼬면서 쿠투조프와 출입문을 번갈아 쳐다보았다. 코노브니친의 의연하고 잘생기고 선한 얼굴은 다정하고도 교활한 미소로 빛났다. 그는 말라샤와 시선이 마주치자 눈으로 신호를 보내 여자아이를 미소 짓게 했다.

다들 베니히센을 기다리는 중이었다. 그는 진지를 새로 시찰하러 간다는 핑계로 맛있는 식사를 끝까지 먹고 있었다. 사람들은 4시부터 6시까지 그를 기다렸다. 그동안 그들은 협의를 시작하지 않고 나직한 목소리로 줄곧 부차적인 이야기만 나누었다.

베니히센이 통나무집에 들어섰을 때에야 쿠투조프는 구석자리에서 나와 테이블 쪽으로 다가왔다. 하지만 테이블 위에 놓인 촛불이 그의 얼굴을 비추지 않을 정도의 거리였다.

베니히센은 다음과 같은 질문으로 회의를 시작했다. "전투를 해 보지도 않고 러시아의 신성한 고도를 버릴 것인가, 아니면 방어할 것인가?" 전체에 긴 침묵이 흘렀다. 모든 이들의 얼굴이 일그러지고 정적 속에서 쿠투조프의 노기 어린 신음 소리와 기침 소리가 들렸다. 모두의 눈이 그를 향했다. 말라샤도 할아버지를 쳐다보았다. 그녀는 그와 가장 가까이 있었기에 그의 얼굴이 일그러지는 것을 보았다. 그는 금방이라도 울음을 터뜨릴 것 같았다. 하지만 그것은 그다지 오래가지 않았다.

"러시아의 신성한 고도!" 갑자기 그가 성난 목소리로 베니히센의 말을 반복하며 그 말의 위선적인 어조를 지적했다. "장군, 감히 말하는데 그 문제는 러시아인에게 아무런 의미도 없소.(그는 무거운 몸을 들썩이며 앞쪽으로 기울였다.) 그런 문제를 제기해서는 안 되오. 그런 질문은 아무런 의미도 없소. 내가 이 신사분들에게 모여 달라고 청한 것은 군사적인 문제 때문이오. 그 문제란 이것이오. '러시아의 구원은 군대에 있다. 군대와 모스크바를 잃을 위험을 감수하고 전투에 임하는 것이 유리한가, 아니면 전투 없이 모스크바를 내주는 것이 유리한가?' 나는 바로 이 문제와 관련해 여러분의 의견을 알고 싶소." (그는 안락의자의 등받이에 몸을 기댔다.)

논쟁이 시작되었다. 베니히센은 아직 게임에 졌다고 생각하지 않았다. 필리 부근에서 방어전을 하는 것이 불가능하다고 말하는 바르클라이와 여러 사람들의 의견을 인정하면서도, 그는 러시아적인 애국심과 모스크바에 대한 사랑에 고취되어 밤사이 군대를 오른쪽 측면에서 왼쪽 측면으로 이동시킨 뒤 다음 날 프랑스군의 오른쪽 날개를 공격하자고 제안했다. 의견은 갈리고 그 견해에 대한 찬반 논쟁이 벌어졌다. 예르몰로프와 도흐투로프와 라옙스키는 베니히센의 의견에 동의했다. 수도를 버리기에 앞서 희생물을 찾는 감정에 이끌렸는지, 아니면 다른 개인적인 판단에 이끌렸는지 어쨌든 이 장군들은 지금 회의가 전쟁의 필연적인 흐름을 바꿀 수 없으며 모스크바는 이미 버려졌다는 점을 이해하지 못하는 듯했다. 다른 나머지 장군들은 이 점을 이해했기에 모스크바에 관한 문제는 제쳐 두고 군대가 어느 방향으로 퇴각해야 할지에 대해 이야기했다. 잠시도 눈을 떼지 않고 눈앞에서 벌어지는 광경을 지켜보던 말라샤는 이 회의의 의미를 다르게 이해했다. 그녀에게는 단지 '할아버지'와 '옷자락이 긴 남자' ― 그녀는 베니히센을 이렇게 불렀다 ― 의 개인적인 싸움이 문제인 것처럼 보였다. 그들이 서로 이야기할 때 그녀는 화를 내며 마음속으로 할아버지 편을 들었다. 대화 도중에 그녀는 할아버지가 베니히센에게 재빨리 던진 능청스러운 시선을 눈치챘다. 그리고 그 뒤에 할아버지가 옷자락이 긴 남자에게 뭐라고 말하며 콧대를 꺾어 놓은 것을 알아차리고 기뻐했다. 베니히센은 갑자기 얼굴을 붉히고 화가 난 듯 통나무집 안을 이리저리 돌아다녔다. 밤중에 군대를 오른쪽 측면에서 왼쪽 측면으로 이동시켜 프랑스군의 오른쪽 날개를 공격하자는 베니히센의 제안을 놓고 쿠투조프가 침착하고 낮은 목소리로 그 장단점에 대해 밝힌 견해가 베니히센에게 그 같은 영향을 미쳤다.

"여러분!" 쿠투조프가 말했다. "나는 백작의 계획에 찬성할 수 없소. 적으로부터 얼마 떨어지지 않은 거리에서 군대를 이동하는 것은 언제나 위험하기 마련이오. 전쟁의 역사가 이 판단을 입증하오. 예를 들자면……(쿠투조프는 사례를 찾느라 생각에 잠긴 듯 순박하게 빛나는 눈으로 베니히센을 쳐다보았다.) 그렇소, 프리들란트 전투[143]를 예로 들어 봅시다. 내 생각에는 백작도 잘 기억하고 있을 것 같은데…… 그 전투가 그다지 성공적이지 않았던 것은 오로지 적으로부터 지나치게 가까운 거리에서 아군이 재편성되었기 때문이오……." 일순간 침묵이 흘렀다. 그 침묵은 모두에게 아주 길게 느껴졌다.

---

143) 1807년 프리들란트 전투에서 나폴레옹은 베니히센 휘하의 러시아군과 프로이센군을 격파하여 큰 손실을 입혔다. 러시아는 이 전투 이후 프랑스와 평화 조약을 맺게 되었다.

논쟁은 다시 재개되었으나 자주 끊어졌다. 더 이상 할 말이 없는 듯했다.

이처럼 대화가 중단되던 어느 순간 쿠투조프가 뭔가 말하려는 듯 무겁게 한숨을 쉬었다. 다들 그를 돌아보았다.

"그러니 여러분, 결국 깨진 항아리를 물어내야 하는 것은 나요." 그가 말했다. 그리고 천천히 몸을 일으켜 테이블로 다가갔다. "여러분, 나는 여러분의 의견을 들었소. 몇몇은 내 의견에 동의하지 않을 것이오. 하지만 나는(그는 말을 멈췄다.) 폐하와 조국이 나에게 부여한 권한으로 퇴각을 명하겠소."

뒤이어 장군들은 장례식 후에 떠날 때처럼 엄숙하고 조용하고 조심스럽게 흩어지기 시작했다.

몇몇 장군들은 나지막한 목소리로, 회의에서 말할 때와 완전히 다른 음정으로 총사령관에게 무언가를 전했다.

벌써 한참 전에 저녁을 먹으러 간 줄 알았던 말라샤가 자그마한 맨발로 페치카의 단을 디디면서 페치카 위의 침상을 등진 채 조심스레 내려왔다. 그러고는 장군들의 다리 사이를 빠져나가 재빨리 문으로 향했다.

장군들을 돌려보낸 쿠투조프는 오랫동안 테이블에 팔을 괴고 앉아 그 무시무시한 질문에 대해 계속 생각했다. '언제, 도대체 언제 모스크바를 버리는 것이 최종적으로 결정되었단 말인가? 그 문제를 결정지은 사건이 언제 일어났던가? 그 일의 책임은 누구에게 있는가?'

"이런 것, 이런 것을 예상했던 건 아니야." 그는 밤이 이슥해서야 들어온 부관 슈나이더에게 말했다. "이런 것을 예상했던

게 아니야! 이런 것은 생각지도 못했어!"

"쉬셔야 합니다, 대공작 각하." 슈나이더가 말했다.

"아니! 그놈들에게도 튀르크인들처럼 말고기를 처먹이고 말 테다." 쿠투조프는 부관의 말에 대꾸도 않고 투실투실한 주먹으로 테이블을 쾅 내리치며 부르짖었다. "할 수만 있다면 그놈들에게도……."

5

전투 없이 군대를 퇴각시킨 것보다 훨씬 더 중요한 사건, 즉 모스크바를 버리고 소각한 사건에서 우리에게 이 사건의 주모자로 보이는 라스톱친은 바로 그 시각에 쿠투조프와 정반대로 완전히 다르게 행동했다.

그 사건, 즉 모스크바를 버리고 소각한 사건은 보로지노 전투 이후 싸움 없이 모스크바 너머로 퇴각한 것과 마찬가지로 필연적이었다. 러시아인이라면 누구나 추론의 토대가 아닌 우리 마음속에 있고 우리 선조들의 마음속에 있던 감정을 토대로 장차 일어날 일을 예측할 수 있었을 것이다.

모스크바에서 벌어진 것과 똑같은 사건이 스몰렌스크를 시작으로 러시아 대지의 모든 도시와 마을에서 라스톱친 백작의 개입이나 그의 전단 없이 일어나고 있었다. 민중은 폭동을 일으키거나 동요하지 않고 태평하게 적을 기다렸다. 한 명도 흩어지지 않은 채 가장 어려운 순간 무엇을 해야 할지 깨달을 힘이 자기 안에 있다고 느끼면서 침착하게 자기 운명을 기다렸다. 그리고 적이 접근하자 주민들 가운데 부유한 부류는 재산을 버리고 달아났으며, 가난한 부류는 그대로 남아 모스크바에 남은 것을 불태우고 파괴했다.

'그렇게 될 것이다. 언제라도 그렇게 될 것이다.'라는 의식이 러시아 사람의 마음속에 있었고, 지금도 있다. 그리고 이 의식, 나아가 모스크바가 점령될 것이라는 예감이 1812년 러시아의 모스크바 사회에 존재했다. 7월과 8월 초에 벌써 모스크바를 떠나기 시작한 사람들은 자신들이 그렇게 예상했다는 사실을 보여 준 셈이었다. 집과 재산의 절반을 버리고 가져갈 수 있는 만큼 가지고 떠난 사람들은 잠재적인 애국심 때문에 그렇게 행동한 것이다. 그 애국심은 미사여구나 조국의 구원을 위해 자식을 죽이는 부자연스러운 행위로 표현되는 게 아니라 눈에 띄지 않게 단순하고 유기적으로 나타난다. 그렇기에 그 애국심은 언제나 가장 강력한 결과를 낳는다.

"위험을 피해 달아나는 것은 수치스러운 일이다. 겁쟁이만이 모스크바에서 달아난다." 그들은 그런 말을 들었다. 라스톱친은 전단을 통해 모스크바를 떠나는 것은 치욕이라는 생각을 불어넣었다. 그들은 겁쟁이라 불리는 것이 부끄러웠고, 떠나는 것이 부끄러웠다. 하지만 그렇게 될 수밖에 없다는 것을 알았기에 떠났다. 그들은 어째서 떠났는가? 라스톱친이 그들에게 나폴레옹이 정복지에서 행한 끔찍한 일들을 알려 겁을 주었다고 가정할 수는 없다. 떠난 사람들, 그것도 가장 먼저 떠난 사람들은 부유하고 교양 있는 사람들이었다. 그들은 빈과 베를린이 온전하게 남았다는 점, 나폴레옹이 그 도시들을 점령한 동안 그곳 주민들이 매력적인 프랑스인들과 즐거운 시간을 보냈다는 점을 잘 알았다. 당시 러시아인들, 특히 귀부인들은 프랑스인들을 대단히 좋아했다.

그들이 떠난 것은 모스크바에서 프랑스인의 지배를 받는 것이 좋은가 나쁜가 하는 문제가 러시아 사람들에게는 있을 수 없는 문제였기 때문이다. 프랑스인의 지배를 받는 것은 있을 수도 없는 일이었다. 그것은 가장 끔찍한 일이었다. 그들은 보로지노 전투 이전부터 피란을 떠나기 시작했고, 보로지노 전투 이후에는 피란을 더욱 서둘렀다. 방어를 호소하는 말에도, 이베르스카야 예배당의 이콘을 받들고 적과 싸우러 가겠다는 총사령관[144]의 선언에도, 틀림없이 프랑스인들을 괴멸시킬 것이라는 기구(氣球)에도, 라스톱친이 전단에 휘갈긴 온갖 헛소리에도 아랑곳하지 않았다. 전투를 해야 하는 것은 군대라는 점, 군대가 전투에 나설 수 없다고 해서 자신들이 나폴레옹과 싸우러 귀족 아가씨들과 하인들을 데리고 트리 고리로 갈 수는 없다는 점, 자기들 재산이 파괴되도록 내버려 두고 가는 것이 아무리 가슴 아파도 결국 떠날 수밖에 없다는 점을 그들은 알았다. 그들은 주민들에게 버림받아 불태워질 게 분명한(주민들이 버리고 간 큰 목조 도시는 불에 타 버릴 수밖에 없

144) 모스크바 총독은 전투가 치열해짐에 따라 1812년 7월부터 총사령관으로 불리게 되었다.

었다.) 이 거대하고 부유한 수도의 위대한 의미에 대해서는 생각지 않고 떠났다. 저마다 자신을 위해 떠났다. 하지만 그들이 떠났기에 러시아 국민의 가장 빛나는 영광으로 길이 남을 위대한 사건이 벌어지게 되었다. 6월에 벌써 흑인 하인들과 여자 광대들을 데리고 모스크바를 떠나 사라토프 마을로 향한 어느 귀부인은 자신이 보나파르트의 종이 아니라는 막연한 인식을 품은 채 라스톱친 백작의 명령으로 발목이 잡힐까 두려워하며 러시아를 구한 그 위대한 과업을 소박하고 진실하게 수행했다. 한편 라스톱친 백작은 피란 가는 사람들을 비난하다가 관청들을 이전하고, 술 취한 어중이떠중이들에게 아무짝에도 쓸모없는 무기를 지급하다가 이콘을 들어내고, 아브구스친[145]이 성자의 유골과 이콘을 옮기지 못하게 막다가 모스크바에 있는 개인의 짐수레를 전부 징발했다. 그는 레피흐가 제작한 기구를 136대의 짐마차에 실어 옮기면서도 자기가 모스크바에 불을 지를 것이라는 암시를 던졌다. 또 직접 자택을 불태웠다고 말해 놓고 프랑스군에 자신의 보육원을 파괴한 것에 대하여 엄중히 비난하는 성명서를 써 보내기도 했다. 그는 모스크바 소각의 영예를 받아들이기도 하고, 그것을 거부하기도 하고, 민중에게 첩자를 전부 붙잡아 자기에게 끌고 오라 명령하기도 하고, 또 그렇게 했다며 민중을 비난하기도 했다. 그리고 모든 프랑스인을 모스크바에서 추방하면서

---

145) 영어 이름인 오거스틴 혹은 프랑스어 이름인 오귀스트에 해당하는 러시아어 이름이다. 아브구스친은 비노그라츠키(A. V. Vinogradskii, 1776~1819)의 사제명이다. 유명한 설교자이자 모스크바의 대주교였다.

도 모스크바에 거주하는 모든 프랑스인들의 중심인물인 마담 오베르 샬메를 도시에 머물게 했으며, 연로하고 덕망 높은 우체국장 클류차료프를 특별한 죄목도 없이 체포하여 유형을 보내도록 명령을 내리기도 했다.[146] 또한 프랑스군과 싸우도록 민중을 트리 고리에 모으기도 하고,[147] 그 민중으로부터 벗어나기 위해 그들에게 한 사람을 넘겨주어 죽이게 만들고는 뒷문으로 도망치기도 했다. 그리고 자신은 모스크바의 불행을 견딜 수 없다 말해 놓고 자신이 이 사건에 관여한 것에 대한 시[148]를 프랑스어로 앨범에 써 넣기도 했다. 이 남자는 당시

---

146) 《함부르크 신문》에 실린 나폴레옹의 편지와 연설이 러시아아어로 번역되어 전단으로 모스크바에 나돌았다. 상인 베레샤긴이 그 전단지를 작성했다는 죄목으로 체포되었지만 사건의 실질적인 주동자는 클류차료프(F. P. Klyucharyov)라는 소문이 있었다. 모스크바의 우체국장인 클류차료프는 아무 죄가 없었으나 아들의 친구인 베레샤긴을 위해 탄원한 일로 라스톱친의 의심을 샀다.

147) 라스톱친은 9월 1일 모스크바의 트리 고리에 모여 악인들을 쳐부수자는 전단을 배포했다. 트리 고리는 모스크바강 북쪽에 위치한 모스크바의 서쪽 교외 지역이었다. 그날 무기고가 개방되어 희망자에게 무기가 지급되었다. 라스톱친의 말을 믿고 합류하러 온 사람들도 있었다. 그러나 라스톱친이 나타나지 않자 사람들은 해산했다. 《루스키 베스트니크》의 편집자인 글린카는 8월 30일에 자신이 라스톱친의 집에 있었다고 말했다. 그의 말에 따르면 대화 도중 라스톱친은 자리에 앉아 전단을 쓰고 그것을 즉시 인쇄하도록 명령하고는 글린카에게 이렇게 말했다. "트리 고리에서는 아무 일도 일어나지 않을 겁니다. 하지만 이것은 우리 평민들에게 외적이 모스크바를 점령할 경우 자신들이 어떻게 해야 할지 말해 줄 겁니다."

148) "나는 타타르인으로 태어났다. 나는 로마인이 되기를 원했다. 프랑스인들은 나를 야만인이라 불렀다. 러시아인들은 조르주 당댕이라 불렀다."(톨스토이 주)

에 벌어지던 사건의 의미를 이해하지 못했다. 단지 몸소 무언가를 하고, 누군가를 놀래고, 애국적이고도 영웅적인 무언가를 성취하고 싶었을 뿐이다. 그래서 사람들이 모스크바를 버리고 불태운 그 위대하고 필연적인 사건에 아이처럼 장난질을 하면서, 그도 함께 휩쓸고 가려 하는 거대한 민중의 흐름을 자그마한 손으로 부추기거나 가로막으려 애썼던 것이다.

6

엘렌은 궁정 사람들과 함께 빌노에서 페테르부르크로 돌아
온 후 난처한 상황에 놓였다.

페테르부르크에서 엘렌은 국가에서 가장 높은 지위 가운데
하나를 차지한 어느 고관으로부터 특별한 후원을 받았다. 그
런데 빌노에서 외국의 젊은 왕자와 가까워졌다. 그녀가 페테
르부르크로 돌아오자 왕자와 고관 모두 페테르부르크에 있었
고 저마다 권리를 주장했다. 그리하여 어느 쪽에도 모욕을 주
지 않고 두 사람 모두와 친분을 유지해야 한다는 이제까지 엘
렌의 이력에 없던 새로운 과제가 그녀 앞에 등장하게 되었다.

다른 여자에게는 어렵고 불가능하게까지 보였을 문제지만
베주호바 백작 부인이 그 때문에 고심한 적은 단 한 번도 없었
다. 그녀가 아무 이유 없이 가장 똑똑한 여성이라는 명성을 누
린 것은 아닌 듯했다. 만약 그녀가 자기 행동을 감추려 들고

교활한 술책을 부려 거북한 상황에서 벗어나려 했다면 바로 그 점으로 인해 스스로 잘못을 인정하는 셈이 되어 일을 망치고 말았을 것이다. 그러나 오히려 자신이 원하는 것은 무엇이든 할 수 있는 진정한 위인처럼 엘렌은 즉시 자신을 정당한 입장에 놓고 다른 모든 이들을 나쁜 사람으로 몰아붙였으며, 자신의 정당성을 진심으로 믿었다.

젊은 외국인이 처음으로 과감히 그녀를 비난했을 때 그녀는 아름다운 머리를 오만하게 치켜들고 그를 향해 몸을 반쯤 돌리며 단호하게 말했다.

"이런 게 남성의 이기주의와 잔인함이라고요! 저도 더 나은 것은 전혀 기대하지도 않았어요. 여인은 당신네들을 위해 자신을 희생물로 바쳐요. 여인은 괴로움을 겪죠. 그런데 이런 것이 여인을 위한 보상이군요. 전하, 전하께서는 무슨 권리로 저에게 애정과 우정을 해명하라고 요구하시나요? 그분은 저에게 아버지 이상의 의미를 지닌 분이셨어요."

그 인물은 뭐라고 말하려 했다. 엘렌이 말을 가로막았다.

"그래요, 어쩌면 그분이 저에게 품은 감정은 아버지의 감정과 다를지도 몰라요. 그렇다고 해서 제가 그분을 우리 집에 오지 못하게 막을 수는 없어요. 전 남자들처럼 배은망덕하지 않으니까요. 전하도 알아주세요. 전 제 진실한 감정에 대해서는 하느님과 제 양심에만 해명할 거예요." 그녀는 풍만하게 솟은 아름다운 가슴에 한 손을 가볍게 댄 채 하늘을 응시하며 말을 맺었다.

"하지만 제발 내 말 좀 들어 봐요."

"저와 결혼해 주세요. 그럼 전 당신의 노예가 되겠어요."

"하지만 그건 불가능합니다."

"당신은 저와 결혼할 만큼 스스로를 낮추려 하지 않는군요. 당신은……." 엘렌이 흐느끼며 말했다.

그 인물은 그녀를 위로하기 시작했다. 엘렌은 자신의 결혼을 방해하는 것은 아무것도 없다고, 그런 예는 있다고,(당시에는 그런 예가 아직 적었지만 그녀는 나폴레옹과 다른 높은 지위의 사람들을 들먹였다.) 자신은 지금 남편의 아내였던 적이 한 번도 없다고, 자신은 희생물이 되었을 뿐이라고 울먹이며 말했다.(그녀는 자신을 잊은 듯했다.)

"하지만 법이, 종교가……." 그 인물은 이미 항복한 채 말했다.

"법이, 종교가……. 이런 일을 해낼 수 없다면 도대체 무엇을 위해 그런 것들을 만든 거죠!" 엘렌이 말했다.

고위층 인사는 그런 단순한 생각이 자신의 머리에 떠오르지 않은 것에 깜짝 놀랐다. 그리하여 그는 친한 예수회 신부들에게 조언을 구했다.

그로부터 며칠 후 엘렌은 자신이 카멘니 오스트로프의 별장에서 베푼 어느 매혹적인 축연에서 눈처럼 하얀 머리칼과 반짝이는 검은 눈동자를 지닌, 그다지 젊지 않지만 매력적인 무슈 드 조베르를 소개받았다. 짧은 옷을 입은 예수회 신부[149]인

---

149) '짧은 옷을 입은 예수회 신부'란 예수회의 평회원을 뜻한다. 1543년 설립된 예수회는 1759년에는 포르투갈에서, 1762년에는 프랑스에서 추방당했다. 1773년 교황이 예수회를 금지한 후 예수회는 몇 년 동안 러시아와 프로이센에서만 활동했다. 예카체리나 대제는 예수회의 열렬한 옹호자였고,

그는 조명의 불빛이 비치고 음악이 흐르는 정원에서 하느님과 그리스도와 성모의 마음을 향한 사랑에 관하여, 유일하고 참된 가톨릭교가 현세와 내세에서 베푸는 위안에 관하여 엘렌과 오랫동안 담소를 나누었다. 엘렌은 감동을 받았다. 그녀와 무슈 드 조베르의 눈동자에 몇 번이고 눈물이 고였으며 그들의 목소리는 떨렸다. 엘렌의 춤 상대인 남성이 춤을 청하러 오는 바람에 엘렌과 앞으로 그녀의 양심의 지도자가 될 무슈 드 조베르의 담소는 중단되었다. 하지만 다음 날 저녁 무슈 드 조베르는 홀로 엘렌을 찾아왔고, 그 후로도 종종 그녀의 집을 방문하게 되었다.

어느 날 그는 백작 부인을 가톨릭 성당으로 데려갔다. 그곳에서 그녀는 자신이 이끌려 간 제단 앞에 무릎을 꿇었다. 그다지 젊지 않은 매력적인 프랑스인이 그녀의 머리에 두 손을 얹었다. 그녀가 나중에 직접 이야기한 바에 따르면 한 줄기 상쾌한 바람 같은 무언가가 자신의 영혼에 내려오는 것을 느꼈다고 한다. 사람들은 그녀에게 그것이 은총이라고 설명했다.

그런 다음 그녀는 긴 옷을 입은 수도원장에게 안내되었다. 그는 그녀의 고해를 들은 후 죄를 용서해 주었다. 다음 날 성찬이 든 함이 그녀 앞으로 배달되었다. 심부름꾼은 집에서 사용하라며 그것을 두고 갔다. 며칠 후 엘렌은 자신이 이제 진정한 가톨릭교에 입교했다는 것, 며칠 있으면 교황도 그녀를 알

피우스 7세는 1801년 러시아에서 교단의 재건을 인가했다. 그러나 1820년 무렵 예수회는 페테르부르크와 모스크바 전역에서 추방되었다.

게 되어 어떤 서류를 보내리라는 것을 알고 만족스러워했다.

이 시기 그녀 주위와 그녀 자신에게 일어난 모든 일, 그토록 지적인 사람들이 그녀에게 보인, 그처럼 기분 좋고 세련된 형식으로 표현된 그 모든 관심, 지금 그녀를 감싼 비둘기 같은 순결함,(그녀는 이 시기 내내 하얀 리본이 달린 하얀 드레스를 입었다.) 그 모든 것이 그녀에게 만족을 주었다. 하지만 그 만족감 때문에 그녀가 자신의 목적을 잊은 적은 단 한 순간도 없었다. 또한 어리석은 자가 더 똑똑한 인간을 상대로 계책을 꾸미는 경우에 늘 그러하듯, 그녀는 이 모든 말과 보살핌의 목적이 무엇보다 그녀를 가톨릭교로 개종시켜 예수회 기관들을 위해 돈을 취하기 위해서라는 점(그녀는 그에 대한 암시를 받았다.)을 깨닫고는 돈을 넘겨주기에 앞서 자신을 남편으로부터 자유롭게 해 줄 여러 가지 수속들을 처리해 달라고 주장했다. 그녀가 생각하기에 모든 종교의 의의는 그저 인간적 욕구를 충족하면서 어느 정도 품위를 지키는 데 있었다. 그리고 이런 목적으로 그녀는 고해 신부와의 어느 담소에서 그녀가 한 결혼이 그녀를 어느 정도 구속하는가 하는 문제에 답해 달라고 집요하게 요구했다.

그들은 응접실 창가에 앉아 있었다. 땅거미가 지고 있었다. 창문으로 꽃향기가 흘러들었다. 엘렌은 어깨와 가슴이 환히 비치는 하얀 드레스를 입었다. 매끈하게 면도한 투실투실한 턱과 인상 좋고 야무진 입매를 지닌 뚱뚱한 대수도원장은 하얀 두 손을 포개어 무릎 위에 온화하게 올려놓고 엘렌 옆에 가까이 앉아 있었다. 그는 입가에 미묘한 미소를 띤 채 이따금 그녀의 미모에 취한 눈빛으로 그윽하게 그 얼굴을 쳐다보며 두 사람의 관심사에 대한 자신의 의견을 말했다. 엘렌은 불안해 보이는 미소를 짓고 그의 곱슬머리와 매끈하게 면도된 거무스름하고 투실투실한 볼을 쳐다보며 화제가 바뀌기를 이제나저제나 기다렸다. 하지만 대화 상대의 아름다움과 그녀와의 가까운 거리를 즐기고 있음이 분명한 대수도원장은 자신의 능란한 수완에 도취되어 있었다.

양심의 지도자가 전개한 논법은 다음과 같았다. 당신은 자신이 시작하려는 행동의 의미도 모른 채 한 남자에게 정절의 서약을 했다. 그런데 그 남자도 결혼의 종교적 의의를 믿지 않으면서 결혼했으니 신성 모독을 범한 것이다. 이 결혼은 마땅히 간직해야 할 이중의 의미를 지니지 않았다. 그런데도 당신의 서약은 당신을 구속하고 있다. 당신은 서약을 저버렸다. 당신이 그렇게 함으로써 행한 것은 무엇인가? 용서받을 만한 죄인가? 아니면 대죄[150]인가? 용서받을 만한 죄다. 당신은 결코 악한 의도로 그렇게 행동하지는 않았기 때문이다. 만약 당신이 이제 자녀를 가질 목적으로 재혼을 한다면 당신의 죄는 용서받을 수 있을 것이다. 하지만 문제는 다시 두 갈래로 갈라진다. 첫 번째는……

"하지만 난 이렇게 생각해요." 지루해진 엘렌은 갑자기 특유의 매력적인 미소를 던지며 말했다. "난 참된 종교에 입교했으

---

150) 가톨릭교에서는 인간이 하느님을 거역하고 자유 의지로 저지른, 사후에 지옥에서 고통받아 마땅한 죄를 '대죄(大罪, mortal sin)'라고 일컫는다.

니 거짓된 종교가 나에게 부과한 것에 구속받을 수 없다고요."

양심의 지도자는 자기 앞에 너무도 간단하게 세워진 콜럼버스의 달걀에 깜짝 놀랐다. 그는 제자의 예상치 못한 빠른 진보에 기뻐했다. 하지만 자신의 정신노동으로 세워 올린 논쟁의 구축물을 포기할 수는 없었다.

"함께 의논해 봅시다, 백작 부인." 그는 빙긋 웃으며 말하고는 자신의 영적인 딸의 논점을 반박하기 시작했다.

7

엘렌은 이 문제가 종교적 관점에서 볼 때 매우 간단하고 쉽다는 점, 그런데 세속의 권력자가 이 문제를 어떻게 볼지 두렵다는 이유만으로 자신의 지도자들이 상황을 어렵게 만들고 있다는 점을 깨달았다.

그래서 엘렌은 상류 사회 안에서 이 문제에 대해 사전 준비를 해 둘 필요가 있다고 판단했다. 그녀는 늙은 고관의 질투를 자극하며 첫 번째 구혼자에게 말한 것을 그에게도 똑같이 말했다. 즉 그녀에 대한 권리를 얻을 유일한 방법은 그녀와 결혼하는 것뿐이라는 식으로 문제를 제기한 것이다. 첫 번째 젊은 인물과 마찬가지로 처음에는 늙은 고관도 살아 있는 남편을 버리고 결혼하겠다는 그녀의 이런 제의에 똑같이 충격을 받았다. 하지만 처녀가 결혼을 하는 것만큼이나 이 결혼도 단순하고 자연스럽다는 엘렌의 흔들림 없는 확신이 그에게도 영향을 미쳤다. 엘렌 자신이 조금이라도 망설이거나 수치스러워하거나 숨기는 기색을 보였다면 그녀가 하려는 일은 틀림없이 실패로 돌아갔을 것이다. 하지만 그녀는 숨기거나 부끄러워하는 기색을 전혀 보이지 않았을 뿐 아니라 오히려 단순하게, 선량해 보일 정도로 천진하게, 왕자와 고관이 청혼을 했다고, 자기는 두 사람을 모두 사랑하는데 어느 한쪽을 슬프게 할까 봐 두렵다고 가까운 친구들(페테르부르크 전체)에게 이야기하기까지 했다.

소문은 페테르부르크에 순식간에 퍼졌다. 엘렌이 남편과 이혼하려 한다는 소문이 아니라(만약 그런 소문이 퍼졌다면 매우 많은 사람들이 그 불법적인 의도에 반대하고 나섰을 것이다.) 불행하고 매력적인 엘렌이 두 사람 가운데 누구와 결혼할지 망설이고 있다는 소문이었다. 문제는 이미 그것이 어느 정도 가능한가가 아닌 어느 쪽과의 결혼이 더 유리할 것인가, 궁정은 이를 어떻게 볼 것인가 하는 점이었다. 사실 이 문제의 고지에 오르지 못하고 이런 의도를 결혼 성례에 대한 모독으로 보는 완고한 사람들도 몇몇 있었다. 하지만 그런 사람들은 소수에 불과한 데다 침묵을 지켰다. 대다수 사람들은 엘렌에게 찾아온 행복이며 어떤 선택이 더 나은가 하는 문제들에 흥미를 가졌다. 살아 있는 남편을 버리고 결혼하는 게 좋은 일인지 나쁜 일인지는 화젯거리가 되지 않았다. 왜냐하면 그 문제는 분명 나와 당신보다 더 똑똑한(사람들의 말처럼) 사람들에게 이미 해결된 문제일 테고, 그 결정의 정당성을 의심하는 것은 자신의 어리석음과 처세술 부족을 드러낼 위험이 있었기 때문이다.

오직 그해 여름 여러 아들들 가운데 한 명을 만나러 페테르부르크에 온 마리야 드미트리예브나 아흐로시모바만이 세간의 생각에 반하는 의견을 분명히 표명했다. 무도회에서 엘렌을 만난 마리야 드미트리예브나는 그녀를 홀 한가운데에 불러 세우고 모두가 침묵한 가운데 특유의 괄괄한 목소리로 말했다.

"여기 너희들 동네에서는 살아 있는 남편을 버리고 결혼을 한다지. 넌 아마 이런 참신함을 고안해 낸 사람이 바로 너라고 생각할 게다. 애야, 넌 선수를 뺏겼어. 사람들은 이미 오래전에 그것을 생각해 냈단다. 어디에서나…… 그렇게 하고 있어." 마리야 드미트리예브나는 이렇게 말하면서 버릇이 된 위협적인 몸짓으로 넓은 소맷자락을 걷어붙이며 준엄하게 주위를 둘러보고 방을 가로질러 갔다.

페테르부르크 사람들은 마리야 드미트리예브나를 두려워하면서도 어릿광대로 생각했기에 그녀의 말 가운데 거친 말에만 주목하며 자기들끼리 그 말을 수군수군 되풀이했다. 그들은 그녀가 한 이야기의 핵심이 그 말에 있다고 추측했다.

요즘 들어서 유난히 자주 자신이 한 말을 잊고 똑같은 말을 100번쯤 되풀이하는 바실리 공작은 딸과 마주칠 때마다 늘 이렇게 말하곤 했다.

"엘렌, 너에게 할 말이 있다." 그는 그녀를 옆으로 데려가 한 손을 아래로 끌어당기며 말했다. "그게 말이다, 내가 어떤 계획에 대한 소문을 들었는데……. 음, 사랑하는 아가, 너도 알겠지만 이 아비는 마음으로부터 기뻐하고 있다, 네가 ……

한다고 해서……. 네가 얼마나 참고 살았냐……. 하지만 사랑하는 아가…… 네 마음이 시키는 대로 해라. 나의 충고는 이것이 전부다." 그러고는 여느 때와 똑같이 흥분을 감추며 딸과 뺨을 맞대고 자리를 떴다.

가장 똑똑한 사람이라는 평판을 잃지 않은, 그리고 엘렌의 사심 없는 친구 — 눈부신 여성들 주위에 늘 있는 — 이되 결코 연인의 역으로 바뀔 수 없는 남자 친구들 가운데 한 명인 빌리빈은 어느 날 벗들의 작은 모임에서 자신의 벗 엘렌에게 그 모든 문제에 관한 소견을 밝혔다.

"들어 봐요, 빌리빈.(엘렌은 빌리빈 같은 친구들을 늘 성으로 불렀다.)" 그녀는 여러 개의 반지를 낀 하얀 손으로 그의 연미복 소맷자락을 만지작거렸다. "여동생에게라면 어떻게 이야기할지 말해 봐요. 내가 어떻게 해야 할까요? 두 사람 가운데 누구를 선택해야 하죠?"

빌리빈은 미간에 주름을 잡고 입가에 미소를 지은 채 생각에 잠겼다.

"당신도 알겠지만 내가 당신에게 기습을 당한 것은 아닙니다." 그가 말했다. "나는 진실한 친구로서 오랫동안 당신의 문제를 깊이 생각했습니다. 자, 봅시다. 만약 당신이 왕자(젊은 사람)와 결혼하면……." 그는 한 손가락을 꼽았다. "당신은 다른 사람의 아내가 될 가능성을 영원히 잃게 됩니다. 게다가 궁정의 불만을 사게 될 겁니다.(당신도 알다시피 여기에는 친족 관계도 얽혀 있으니까요.) 그런데 만약 노백작과 결혼하면 당신은 그분의 여생을 행복하게 해 드릴 수 있습니다. 그 후에…… 고관의 미망인과 결혼하는 것은 왕자에게도 더 이상 굴욕적인 일은 아니겠죠." 빌리빈은 그렇게 말하고 나서 미간을 폈다.

"당신이야말로 진정한 친구예요!" 엘렌은 얼굴을 환하게 빛내며 말하고는 빌리빈의 소매를 한 손으로 다시 한번 가볍게 건드렸다. "하지만 난 정말로 두 사람 모두를 사랑해요. 그래서 어느 누구도 슬프게 하고 싶지 않아요. 두 사람의 행복을 위해서라면 기꺼이 목숨도 바칠 거예요." 그녀가 말했다.

빌리빈은 자기도 그런 슬픔은 달래 줄 수 없다는 뜻으로 어깨를 으쓱해 보였다.

'대단한 여자야! 바로 이런 게 문제를 정면으로 제기한다는 것이로군. 이 여자는 동시에 세 사람 모두의 아내가 되고 싶어 하는구나.' 빌리빈은 생각했다.

"그런데 당신 남편이 이 문제를 어떻게 보는지 말해 주겠습니까?" 그는 확고한 명성을 얻었기에 그런 순진한 질문으로 체면을 잃을까 두려워하지 않고 그녀에게 물었다. "그가 동의했습니까?"

"어머! 그이가 날 얼마나 사랑하는데요!" 엘렌이 말했다. 어쩐지 그녀에게는 피에르도 자기를 사랑하는 것처럼 느껴졌다. "그이는 날 위해서라면 무엇이든 기꺼이 하려고 해요."

빌리빈은 재치 있는 말이 준비되었음을 알리기 위해 주름을 지었다.

"이혼까지도요." 그가 말했다.

엘렌이 웃음을 터뜨렸다.

계획 중인 결혼의 합법성을 감히 의심하는 사람들 가운데에는 엘렌의 어머니인 쿠라기나 공작 부인도 있었다. 그녀는 딸에 대한 질투로 늘 괴로워했다. 그런데 마음속으로 가장 가까이 여기는 사람이 그 질투의 대상이 된 지금 공작 부인은 그 생각에 타협할 수 없었다. 그녀는 이혼을 하는 것과 남편 생전에 결혼하는 것이 어느 정도 가능한가에 대하여 러시아인 사제에게 상담을 청했다. 사제는 그것이 불가능하다 말하고는 기쁘게도 살아 있는 남편과 헤어지고 결혼할 가능성을 단호하게 부정하는(사제에게는 그렇게 보였다.) 복음서 구절을 알려 주었다.

공작 부인은 도저히 반박할 수 없을 것처럼 보이는 이 논거로 무장하고 딸이 혼자 있을 때를 노려 아침 일찍 딸의 집으로 향했다.

어머니의 반대를 끝까지 다 들은 후 엘렌은 부드럽게 조롱하는 미소를 지었다.

"하지만 이렇게 확실히 적혀 있잖니. 누구든지 버림받은 여자와 결혼하는 사람은……[151]." 노공작 부인이 말했다.

"아, 엄마, 어리석은 소리 좀 그만해요. 엄마는 아무것도 몰라요. 내 입장에서도 여러 가지 의무가 있어요." 엘렌은 러시아어에서 프랑스어로 바꾸어 말하기 시작했다. 러시아어로 말할 때마다 자신의 문제가 어딘지 모르게 모호해지는 듯했던 것이다.

---

151) 『마태복음서』 5장 32절을 참조. 『누가복음서』 16장 18절에도 같은 내용이 실려 있다.

"하지만 얘야……."

"아, 엄마, 어떻게 모를 수가 있어요? 죄를 사면할 권리를 가진 사제가……."

그때 엘렌의 집에서 말벗으로 지내는 부인이 방에 들어와 전하가 엘렌을 만나러 홀에 와 있다고 알렸다.

"아뇨, 전하께 전해요. 내가 만나고 싶어 하지 않는다고요. 그리고 전하가 약속을 지키지 않아서 내가 그분께 화를 내더라고요."

"백작 부인, 어떤 죄에도 자비가 임하기 마련입니다." 얼굴과 코가 길쭉한 금발의 젊은 남자가 들어오며 말했다.

노공작 부인은 공손히 일어나 무릎을 살짝 굽히며 인사를 했다. 방에 들어온 젊은 남자는 그녀에게 주의를 돌리지 않았다. 공작 부인은 딸에게 고개를 끄덕여 보이고 문 쪽으로 미끄러지듯 걸음을 옮겼다.

'아냐, 딸의 말이 옳아.' 노공작 부인은 생각했다. 그녀의 모든 확신은 전하의 출현 앞에 와르르 무너지고 말았다. '딸의 말이 옳아. 그런데 우리는 두 번 다시 오지 않을 젊은 날에 어떻게 그것을 몰랐을까? 정말로 간단한 건데.' 노공작 부인은 카레타에 몸을 실으며 생각했다.

8월 초 엘렌의 문제는 완전히 결정되었다. 그녀는 남편(그녀가 생각하기에 그녀를 몹시 사랑하고 있는)에게 편지를 써서 자신은 N. N.과 결혼할 것이며 유일하고 참된 종교에 입교했다고, 이 편지의 지참인이 전달할 이혼 절차를 전부 이행해 주기 바란다고 알렸다.

　나의 친구, 당신이 하느님의 거룩하고 강한 보호 아래 있기를 하느님께 기도하겠어요. 당신의 친구 엘렌.

　이 편지는 피에르가 보로지노 평원에 있는 동안 피에르의 집에 전달되었다.

8

보로지노 전투가 끝날 무렵 또다시 라옙스키 포대에서 달려 내려온 피에르는 병사들 무리와 함께 크냐지코보로 뻗은 골짜기를 따라 이동하여 야전 응급 치료소에 이르렀다. 그는 피를 보고 비명과 신음 소리를 듣고는 병사들 무리에 섞여 계속 걸음을 재촉했다.

피에르가 이제 온 마음을 다해 바라는 한 가지는 이날 겪은 무시무시한 인상들로부터 한시바삐 벗어나서 삶의 평범한 조건으로 돌아가 자기 방 침대에서 평온히 잠드는 것뿐이었다. 삶의 평범한 조건 속에서만 자신과 자신이 보고 겪은 모든 것을 이해할 수 있을 것 같았다. 하지만 삶의 그런 평범한 조건은 어디에도 없었다.

피에르가 걷고 있는 도로에 포탄과 총알이 획획 날아다니지 않는다 해도 사방은 전장과 조금도 다르지 않았다. 고통으로 괴로워하고 피로에 지치고 이따금 기이할 정도로 무심해 보이는 똑같은 얼굴들, 똑같은 피, 똑같은 군복 외투, 멀리서 들리지만 여전히 공포를 불러일으키는 똑같은 포성. 게다가 날은 무덥고 먼지까지 날렸다.

모자이스크 대로를 따라 3베르스타 정도 이동한 피에르는 길가에 주저앉고 말았다.

땅거미가 대지 위에 깔리고 대포 소리가 멎었다. 피에르는 팔꿈치를 괴고 누워 어둠 속에서 옆을 지나치는 그림자들을 지켜보며 오랫동안 그렇게 있었다. 포탄이 무시무시한 소리를 내며 자기 쪽으로 날아오는 듯한 기분을 계속 느꼈다. 그는 흠칫 떨며 몸을 일으키곤 했다. 얼마나 오랫동안 그곳에 있었는지 기억이 나지 않았다. 한밤중에 병사 세 명이 큰 나뭇가지들을 끌고 와 그의 옆에 자리를 잡고 불을 지피기 시작했다.

병사들은 피에르를 곁눈질하며 불을 지핀 후 그 위에 주전자를 얹었다. 그러고는 주전자 안에 비스킷을 잘게 부수어 넣고 살로[152)를 넣었다. 기름진 음식의 기분 좋은 냄새가 연기 냄새와 뒤섞였다. 피에르는 몸을 일으키고 앉아 한숨을 쉬었다. 병사들(그들은 세 명이었다.)은 피에르를 신경 쓰지 않고 자기들끼리 먹고 떠들었다.

"어이, 자네는 어느 부대 소속이야?" 갑자기 병사들 가운데 한 명이 피에르에게 말을 걸었다. 그는 이런 질문으로 피에르

---

152) 돼지고기 비계를 소금에 절인 요리. 우크라이나 전통 음식 가운데 하나지만 러시아, 벨라루스, 헝가리, 폴란드, 불가리아, 루마니아, 체코, 슬로바키아 등 슬라브족들이 즐겨 먹는 음식이기도 하다.

도 생각하고 있던 것, 즉 '네가 먹고 싶다면 주겠다. 단, 정직한 사람인지 아닌지 말해라.'라는 암시를 던지는 게 분명했다.

"나? 나 말인가?" 피에르는 병사들과 더 가까워지고 더 잘 이해받으려면 자신의 사회적 지위를 최대한 낮춰야 한다고 느껴 이렇게 말했다. "난 사실 민병대 장교라네. 다만 부하들은 이곳에 없어. 난 전투에 왔다가 부하들을 잃었지."

"어이, 자네!" 병사들 가운데 한 명이 말했다.

다른 병사는 고개를 저었다.

"어때, 괜찮으면 이 잡탕 좀 먹어 보지그래!" 처음에 말을 건넨 병사가 이렇게 말하더니 나무 숟가락을 쓱 핥고는 피에르에게 건넸다.

피에르는 불 옆에 다가앉아 잡탕, 즉 주전자에 든 음식을 먹기 시작했다. 이제까지 먹어 본 모든 음식들 가운데 가장 맛있는 것 같았다. 주전자 위로 몸을 숙이고서 커다란 숟가락을 움켜쥐고 탐욕스럽게 연거푸 우적우적 먹는 동안 그의 얼굴에 불빛이 비쳤다. 병사들은 그 얼굴을 묵묵히 바라보았다.

"자네는 어디로 가지? 말해 봐." 그들 가운데 한 명이 다시 물었다.

"난 모자이스크로 가."

"그럼 자네는 귀족인가?"

"응."

"이름이 뭔데?"

"표트르 키릴로비치."

"그럼, 표트르 키릴로비치, 우리와 함께 가세. 우리가 자네를 데려다주지."

캄캄한 어둠 속에서 병사들은 피에르와 함께 모자이스크로 출발했다.

그들이 모자이스크에 이르러 도시의 험준한 언덕을 오를 무렵에는 벌써 수탉이 울고 있었다. 피에르는 자신의 숙소가 언덕 아래에 있으며 그곳을 이미 지나쳐 버렸다는 것을 까맣게 잊은 채 병사들과 함께 걸었다. 언덕 중턱에서 자신의 조마사와 마주치지 않았더라면 그 사실을 떠올리지 못했을 것이다.(그는 그 정도로 의기소침해 있었다.) 조마사는 그를 찾아 시내를 돌아다니다가 여인숙으로 돌아오는 중이었다. 조마사가 어둠 속에서도 하얗게 보이는 피에르의 모자로 그를 알아보았다.

"백작 각하." 그가 말했다. "우리는 벌써 포기하고 있었어요. 어째서 걸어오십니까? 도대체 어디로 가시는 겁니까!"

"아, 그래." 피에르가 말했다.

병사들이 걸음을 멈추었다.

"뭐야, 부하를 찾았나?" 그들 가운데 한 명이 말했다.

"그럼 잘 가게! 표트르 키릴로비치, 맞지? 잘 가게, 표트르 키릴로비치!" 다른 사람들의 목소리가 들렸다.

"잘 가게!" 피에르는 이렇게 말하고 조마사와 함께 여인숙으로 향했다.

'저 사람들에게 뭔가 줘야 해!' 피에르는 호주머니를 만지작거리며 생각했다. '아니, 그러면 안 돼.' 어떤 목소리가 그에게 말했다.

여인숙에는 빈방이 없었다. 방마다 손님으로 차 있었다. 피에르는 안마당으로 나와 외투를 머리까지 푹 덮어쓰고 자신의 콜랴스카에 드러누웠다.

9

피에르는 베개에 머리를 대자 잠이 오는 것을 느꼈다. 하지만 갑자기 거의 현실처럼 또렷하게 쾅, 쾅, 쾅 하는 포성이 들렸다. 신음 소리, 또다시 신음 소리, 비명 소리, 포탄이 떨어지는 소리가 들리더니 피와 화약 냄새가 나고 공포와 죽음에 대한 두려움이 그를 사로잡았다. 그는 깜짝 놀라 눈을 뜨고 외투 밖으로 고개를 쳐들었다. 안마당은 고요했다. 그저 대문가에서 어떤 졸병 한 명이 문지기와 이야기를 나누며 진창을 철벅철벅 어슬렁거릴 뿐이었다. 피에르가 몸을 일으키는 몸짓에 그의 머리 위로 판자 차양 아래 어둠 속에서 비둘기 몇 마리가 날개를 퍼덕였다. 안마당 전체에 이 순간 피에르에게 반가운 평화로운 내음이, 여인숙의 짙은 냄새와 건초와 거름과 타르 냄새가 진동했다. 두 개의 검은 차양 사이로 별이 빛나는 맑은 하늘이 보였다.

'그런 건 이제 없어. 하느님, 감사합니다.' 피에르는 다시 외투를 머리까지 덮어쓰며 생각했다. '아, 얼마나 끔찍한 공포였던가! 난 그 공포에 얼마나 수치스럽게 굴복했던가! 하지만 그들은…… 그들은 끝까지 계속 의연하고 침착했지…….' 그는 생각했다. 피에르가 생각한 그들은 병사들이었다. 포대에 있던 사람들, 그에게 먹을 것을 준 사람들, 이콘 앞에서 기도하던 사람들. 그들, 이제까지 피에르에게 미지의 존재이던 기묘한 그들은 그의 생각 속에서 다른 모든 사람들과 뚜렷하고 날카롭게 구분되었다.

'병사가 되자, 그냥 병사가!' 피에르는 잠에 빠져들며 생각했다. '나의 온 존재로 그 공동생활 속에 들어가 그들을 그렇게 만든 것으로 나를 충만하게 채우자. 하지만 어떻게 해야 이 쓸모없고 악마적인 모든 것들을, 이 겉사람의 모든 짐들을 내려놓을 수 있을까? 한때 난 그런 존재가 될 수도 있었지. 내가 바라던 대로 아버지로부터 달아날 수 있었어. 돌로호프와 결투한 후만 해도 난 병사로 보내질 수 있었어.' 피에르의 머릿속에 그가 돌로호프에게 결투를 신청할 때의 클럽 만찬과 토르조크의 은인이 얼핏 떠올랐다. 그러자 이제 피에르의 눈앞에 프리메이슨 지부의 엄숙한 만찬 집회가 떠올랐다. 그 집회는 영국 클럽에서 열리고 있다. 그리고 그가 아는 가깝고도 소중한 누군가가 테이블 끝에 앉아 있다. 그렇다, 그 사람이다! 피에르의 은인이다. '그런데 그는 죽었잖아?' 피에르는 생각했다. '그래, 죽었지. 하지만 난 그가 살아 있다는 걸 몰랐어. 그가 죽어서 얼마나 안타까운지! 또 그가 다시 살아나서 얼마나 기쁜지!' 테이블 한쪽에는 아나톨, 돌로호프, 네스비츠키, 제니소프, 그리고 똑같은 부류의 다른 사람들(꿈을 꾸는 피에르의 마음속에서 이 사람들의 범주는 피에르가 그들이라고 부른 사람들의 범주와 마찬가지로 분명하게 정의되었다.)이 앉아 있었다. 이 사람들, 아나톨, 돌로호프는 큰 소리로 외치며 노래를 불렀다. 하지만 그들의 고함 소리 틈에서 끊임없이 중얼거리는 은인의 목소리가 들렸다. 그 말소리는 전장의 시끄러운 소리와 마찬가지로 의미심장하게 끊임없이 이어졌다. 그러나 마음이 편안해지는 듣기 좋은 소리였다. 피에르는 은인이 뭐라고 말하는지 이해할 수 없었지만 은인이 선에 대하여, 그들처럼 될 수 있는 가능성에 대하여 말한다는 것을 알았다.(꿈속에서는 생각의 범주도 똑같이 명확했다.) 그리고 그들이 지극히 소박하고 선량하고 의연한 얼굴로 사방에서 은인을 에워쌌다. 그들은 비록 선량하기는 했지만 피에르를 쳐다보지도 않았고 알지도 못했다. 피에르는 그들의 관심을 끌고 싶어 말을 건네려 했다. 그는 몸을 약간 일으켰는데 그 순간 그의 다리가 싸늘해지며 맨다리가 드러났다.

그는 부끄러워 한 손으로 다리를 가렸다. ── 실제로 외투가 다리에서 떨어졌다 ── 피에르는 순간적으로 외투를 바로잡으며 눈을 떴다. 똑같은 차양과 기둥과 안마당이 보였다. 그러나 그 모든 것은 이슬이나 서리의 광채에 뒤덮여 푸르스름하게 빛나고 있었다.

'동이 트는군.' 피에르는 생각했다. '하지만 이게 아니지. 난 은인의 말을 끝까지 듣고 그 뜻을 이해해야만 해.' 그는 다시 외투를 덮어썼다. 그러나 만찬 집회도 은인도 이미 사라지고 없었다. 말로 분명하게 표현된, 누군가가 말했거나 피에르 자신이 숙고한 생각만이 남았다.

훗날 그 생각들을 떠올릴 때 피에르는 비록 그날의 인상이 생각들을 불러일으키기는 했지만 자기 외부에 있는 누군가가 자기에게 그 생각들을 말해 준 것이라고 확신했다. 그가 느끼기에 자신이 현실에서 그런 식으로 생각하고 자기 생각을 표현할 수 있었던 적은 한 번도 없는 것 같았다.

'전쟁이란 인간이 하느님의 법에 자유를 내맡기는 가장 고통스러운 순종이다.' 목소리가 말했다. '소박함이란 하느님에 대한 순종이다. 너는 하느님으로부터 벗어날 수 없다. 그리고 그들은 소박하다. 그들은 말하지 않고 행동한다. 입 밖으로 나온 말은 은이지만, 입 밖으로 나오지 않은 말은 금이다. 인간은 죽음을 두려워하는 한 무엇도 지배할 수 없다. 죽음을 두려워하지 않는 자가 모든 것을 소유한다. 만약 고통이 없다면 인간은 자기 한계를 알지 못하고 자신조차 알지 못할 것이다. 가장 어려운 것(꿈속에서 피에르는 계속 생각했다. 혹은 듣고 있었다.)은 자기 마음속에서 모든 것의 의미를 결합하는 것이다. 모든 것을 결합한다고?' 피에르는 속으로 중얼거렸다. '아니, 결합하는 게 아니야. 생각을 결합하는 것은 불가능해. 그저 이 모든 생각들을 이을 뿐이지. 바로 그것이 필요해! 그래, 연결해야 해. 연결해야 해!' 피에르는 마음속으로 감격하며 계속 똑같은 말을 중얼거렸다. 바로 이 말로, 오로지 이 말로 그 자신이 표현하고 싶은 것이 표현되고 스스로를 괴롭히던 모든 문제가 해결되는 느낌이었다.

"그래, 연결해야 해. 연결할 때가 됐어."

"연결해야 합니다. 연결할 때가 됐어요, 백작 각하! 백작 각하!" 누군가의 목소리가 똑같은 말을 되풀이했다. "연결해야 합니다. 연결할 때가 됐어요……."

그것은 피에르를 깨우는 조마사의 목소리였다. 햇살이 피에르의 얼굴을 정면으로 비추었다. 그는 지저분한 여인숙 안마당을 힐끔 쳐다보았다. 그 한가운데의 우물가에서 병사들이 야윈 말들에게 물을 먹이고 대문으로 짐마차들이 빠져나가고 있었다. 피에르는 혐오감을 느끼며 고개를 돌리고는 눈을 감고 얼른 다시 콜랴스카의 좌석에 몸을 묻었다. '아냐, 내가 원한 건 이런 게 아니야. 이런 것은 보고 싶지도 이해하고 싶지도 않아. 난 꿈속에서 내게 내려진 계시를 이해하고 싶어. 일 초만 더 있었다면 모든 것을 이해했을 텐데. 난 무엇을 해야 할까? 연결해야 해. 하지만 어떻게 모든 것을 연결하지?' 그리고 피에르는 자신이 꿈속에서 보고 생각한 모든 의미가 와르르 무너지는 것을 두려운 마음으로 느꼈다.

조마사, 마부, 문지기가 피에르에게 한 장교가 소식을 들고 찾아왔었다고 말했다. 프랑스군은 모자이스크 부근으로 진격하고 아군은 퇴각하는 중이라고 했다.

피에르는 일어났다. 그리고 마차에 말을 매고 자기를 뒤쫓아 오라는 지시를 내린 후 도보로 시내를 통과하기 위해 여인숙을 나섰다.

군대는 1만 명가량의 부상자들을 남기고 떠나는 중이었다.

그 부상자들이 안마당과 가옥의 창문들에도 보이고 거리에서도 무리를 지어 북적대고 있었다. 부상자들을 운반하기로 되어 있던 첼레가 주변의 길거리에서 고함 소리, 욕설, 주먹질하는 소리가 들렸다. 피에르의 콜랴스카가 그를 따라잡았다. 피에르는 친분이 있는 부상당한 장군에게 콜랴스카를 제공하고 그와 함께 모스크바로 향했다. 도중에 피에르는 처남과 안드레이 공작의 죽음에 대해 알게 되었다.

10

30일에 피에르는 모스크바로 돌아왔다. 거의 관문에 이르렀을 때 라스톱친 백작의 부관과 마주쳤다.

"우리는 가는 곳마다 당신을 찾았습니다." 부관이 말했다. "백작님은 당신을 꼭 만나야 합니다. 그분이 매우 중요한 문제로 당신에게 당장 찾아와 달라고 청하십니다."

피에르는 집에도 들르지 않고 삯마차를 잡아 총사령관에게 갔다.

라스톱친 백작은 이날 아침에야 소콜니키에 있는 자신의 교외 별장에서 시내로 돌아왔다. 백작 저택의 대기실과 응접실은 그의 요청으로 왔거나 지시를 받으러 온 관료들로 가득 차 있었다. 바실치코프와 플라토프도 벌써 백작을 만나 모스크바를 방어하기는 불가능하다고, 모스크바는 적의 수중에 넘어갈 거라고 설명했다. 비록 그 소식이 주민들에게는 공개

되지 않았지만 관료들과 여러 관청의 책임자들은 라스톱친 백작과 마찬가지로 모스크바가 적의 수중에 넘어가리라는 것을 알고 있었다. 그래서 그들 모두는 책임을 떠넘기기 위해 자신들에게 맡겨진 부서를 어떻게 처리해야 하느냐는 질문을 안고 총사령관을 찾아온 것이다.

피에르가 응접실에 들어선 순간 군대에서 온 특사가 백작의 집무실에서 나왔다.

특사는 그에게 쏟아지는 질문들에 절망적으로 손을 내저으며 홀을 지나갔다.

응접실에서 기다리는 동안 피에르는 그곳에 있는 늙은 관료와 젊은 관료, 무관과 문관, 고관과 하급 관료 등 온갖 관료들을 지친 눈으로 둘러보았다. 다들 불만스럽고 초조해 보였다. 피에르는 지인이 섞여 있는 한 관료 무리로 다가갔다. 그들은 피에르와 인사를 나누고 대화를 계속 이어 나갔다.

"어떻게든 반출해서 다시 가져오면 피해는 없을 겁니다. 이런 상태에서는 무엇도 책임질 수 없어요."

"하지만 여기 그가 쓴 것을 보세요." 다른 사람이 손에 쥔 인쇄물을 가리키며 말했다.

"이건 다른 문제입니다. 민중에게는 이런 것이 필요하지요." 첫 번째 사람이 말했다.

"이게 뭡니까?" 피에르가 물었다.

"새로운 전단입니다."

피에르는 그것을 손에 들고 읽기 시작했다.

대공작 각하는 자신이 있는 쪽으로 오는 군대와 한시바삐 합류하기 위해 모자이스크를 지나 적이 불시에 덮치지 않을 견고한 진지에 도착했다. 우리는 대공작 각하께 마흔여덟 문의 대포와 포탄을 보냈다. 대공작 각하는 마지막 피 한 방울이 남아 있는 한 모스크바를 지킬 것이며 시가전도 불사하겠다고 하신다. 형제들이여, 관청을 폐쇄하는 것에 대해 걱정하지 마라. 공무 정리가 필요하다. 그러나 우리는 우리의 심판으로 악당들을 처리할 것이다! 무슨 일이 생길 경우 나에게는 도시와 시골의 용감한 젊은이들이 필요하다. 난 이틀 전에 미리 그대들에게 호소하겠다. 지금은 필요 없다. 그래서 난 묵묵히 있는 것이다. 도끼도 좋고, 창도 나쁘지 않다. 가장 좋은 것은 쇠스랑이다. 프랑스인들은 호밀 다발보다 무겁지 않다. 내일 점심 식사 후 나는 이베르스카야 성모를 예카체리나 병원의 부상자들에게 받들고 가겠다. 우리는 그곳에서 물을 성스럽게 하는 의식을 거행할 것이다. 그러면 그들은 곧 쾌유할 것이다. 나는 지금 건강하다. 한쪽 눈에 문제가 있었지만 이제 두 눈으로 잘 보고 있다.

"내가 군인들에게서 들은 바로는……." 피에르가 말했다. "시내에서 교전하는 것은 불가능한 데다 진지가……."

"네, 그래요. 우리도 그것에 대해 말하는 중이었습니다." 첫 번째 관료가 말했다.

"그런데 이게 무슨 뜻입니까? '한쪽 눈에 문제가 있었지만 이제 두 눈으로 잘 보고 있다.'라니요." 피에르가 말했다.

"백작의 눈에 다래끼가 났었지요." 부관이 빙그레 웃으며 말했다. "민중이 백작께서 어떠신지 물으러 왔다고 제가 백작께 말씀드린 적이 있습니다. 그때 백작께서 많이 걱정하셨지요. 그런데 백작⋯⋯." 부관이 갑자기 미소 띤 얼굴로 피에르를 돌아보며 말했다. "당신 집에 걱정거리가 있다고 들었습니다만. 당신 부인 말인데요, 백작 부인이 뭔가⋯⋯."

"난 아무것도 듣지 못했습니다." 피에르가 무심하게 말했다. "당신이 들었다는 이야기는 뭡니까?"

"아뇨, 아시다시피 사람들은 종종 있지도 않은 일을 꾸며내기도 하니까요. 난 그저 내가 들은 것을 말할 뿐입니다."

"도대체 무슨 말을 들었다는 겁니까?"

"사람들 말로는⋯⋯." 부관은 다시 똑같은 미소를 지어 보이며 말했다. "백작 부인이, 당신 부인 말입니다만, 외국으로 나갈 준비를 한다던데요. 틀림없이 뜬소문이겠지요⋯⋯."

"아마 그럴 겁니다." 피에르는 멍하니 주위를 둘러보며 말했다. "그런데 저 사람은 누굽니까?" 그는 깨끗한 파란색 추이카[153] 차림의 그다지 키가 크지 않은 노인을 가리키며 물었다. 턱수염과 눈썹이 눈처럼 하얗고 풍성하며 얼굴이 불그레한 노인이었다.

"저 사람이요? 상인입니다. 그러니까 선술집 주인 베레샤긴이죠. 당신도 전단에 관한 그 이야기를 들었겠죠?"

"아, 그러니까 저 사람이 베레샤긴이군요!" 피에르가 말했

---

153) 모직으로 지은 할라트풍의 긴 카프탄이다. 농민과 상인 계층의 남성들이 입는 방한복이었다.

다. 그는 늙은 상인의 의연하고 침착한 얼굴을 주시하며 그 얼굴에서 반역의 표정을 찾으려 애썼다.

"저 사람은 그 남자가 아니에요. 저 사람은 전단을 만든 그 남자의 아버지입니다." 부관이 말했다. "아들은 감옥에 있어요. 상황이 그에게 나빠질 것 같습니다."

훈장을 단 자그마한 노인과 목에 십자가를 건 독일인 관료가 이야기를 나누는 이들에게로 다가왔다.

"아시겠습니까?" 부관이 말했다. "사연이 복잡합니다. 그때, 그러니까 두 달 전에 그 전단이 출현했죠. 백작도 보고를 받았습니다. 백작이 조사를 지시했어요. 가브릴로 이바니치는 그 전단이 정확히 예순세 명의 손을 거친 것을 알아냈지요. 그가 한 사람을 찾아갑니다. '당신은 누구로부터 그것을 받았습니까?' '누구누구로부터요.' 그러면 그는 또 그 사람을 찾아갑니다. '당신은 누구로부터 그것을 받았습니까?' 그런 식으로 해서 베레샤긴까지 가게 되었는데…… 당신도 아시다시피 그자는 배움이 짧은 애송이 상인입니다. 애송이 상인이요." 부관이 씩 웃으며 말했다. "그에게도 묻습니다. '넌 누구에게서 그것을 받았느냐?' 그런데 중요한 것은 그가 누구에게서 그것을 받았는지 우리가 알고 있었다는 겁니다. 그는 우체국장 외에 누구로부터도 그것을 받을 수 없었으니까요. 하지만 두 사람 사이에 밀약이 있었나 봅니다. 그는 말합니다. '난 그것을 누구에게서도 받지 않았습니다. 내가 직접 작성했습니다.' 그래서 사람들이 위협도 하고 간청도 했지만 그는 자신이 작성한 것이라고 계속 버텼습니다. 백작에게도 그렇게 보고되었지요. 백작이 그를 불러오라고 명령했습니다. '너는 누구로부터 그 전단을 받았느냐?' '제가 작성했습니다.' 그런데 당신도 백작을 알잖습니까!" 부관은 오만하고 즐거운 표정으로 빙글거리며 말했다. "그분은 무섭게 화를 내셨지요. 생각해 보세요. 그처럼 뻔뻔스럽게 거짓말을 하고 고집을 부리다니!"

"아! 백작은 그가 클류차료프를 지목해 주길 원했군요. 이제야 알겠습니다!" 피에르가 말했다.

"당치도 않습니다." 부관은 깜짝 놀라며 말했다. "그것 말고도 클루차료프에게는 유배를 당할 만한 죄가 여러 가지 있으니까요. 그렇지만 문제는 백작이 매우 분개했다는 겁니다. '도대체 네놈이 어떻게 작성했단 말이냐?' 백작이 말했습니다. 그분은 그《함부르크 신문》을 테이블에서 집어 들었습니다. '바로 이것이다. 넌 그것을 작성한 게 아니라 번역했던 거야. 그것도 서툴게 말이지. 왜냐하면 넌 프랑스어를 모르니까, 이 멍청아.' 어떠했을 것 같습니까? 그는 이렇게 말했지요. '아닙니다, 전 신문을 전혀 읽지 않았습니다. 제가 작성한 것입니다.' '만약 그렇다면 넌 배신자다. 난 너를 재판에 넘길 것이다. 그럼 교수형에 처해질 것이다. 말해라, 누구에게서 받았나?' '전 전혀 신문을 본 적이 없습니다. 제가 작성했습니다.' 문제는 그 상태로 남았지요. 백작은 그 아버지를 소환했습니다. 그래도 그는 주장을 굽히지 않았죠. 그래서 재판에 넘겨졌습니다. 아마 징역형을 언도받은 것 같습니다. 지금 아버지가 아들을 위해 청원하러 온 겁니다. 하지만 못난 녀석 같으니! 아시겠습니까, 멋이나 부리고 여자나 꼬드기는 그런 상인 아들 녀석은 어디서 강연을 좀 듣고는 무서울 게 없다고 생각한 겁니다. 정말 형편없는 녀석이에요! 그 녀석의 아버지는 카멘니 다리 옆에 선술집을 갖고 있답니다. 그 선술집에 하느님의 커다란 이콘이 있는데 한 손에는 홀이, 다른 손에는 십자가가 달린 황금 공이 묘사되어 있지요. 그런데 그가 그 이콘을 며칠 동안 집으로 가져갔답니다. 그가 무슨 짓을 했게요! 불한당 같은 환쟁이를 찾아서……"

11

이 새로운 이야기 도중에 피에르는 총사령관에게 불려 갔다. 피에르는 라스톱친 백작의 집무실로 들어갔다. 피에르가 들어갔을 때 라스톱친은 얼굴을 찌푸린 채 한 손으로 이마와 눈을 문지르고 있었다. 키가 크지 않은 남자가 뭐라고 말하다 피에르가 들어오자 곧 입을 다물고 밖으로 나갔다.

"아! 위대한 전사, 안녕하시오." 그 남자가 나가자마자 라스톱친이 말했다. "당신의 칭송할 만한 무훈에 대해 들었소. 하지만 그게 문제가 아니오. **이봐요, 우리끼리 하는 말이지만** 당신은 프리메이슨이 아니오?" 라스톱친 백작은 준엄한 어조로 말했다. 마치 프리메이슨이 뭔가 안 좋은 것이긴 하지만 자신은 용서하고자 한다는 투였다. 피에르는 침묵했다. "**이봐요, 난 아주 잘 알고 있소.** 하지만 프리메이슨에도 이런저런 유형이 있다는 것을 알지. 난 당신이 인류를 구한다는 핑계로 러시아를 파멸시키고 싶어 하는 자와 한통속이 아니기를 바라오."

"네, 나는 프리메이슨입니다." 피에르가 대꾸했다.

"뭐, 당신도 알겠지. 스페란스키 씨와 마그니츠키 씨가 마땅히 가야 할 곳으로 보내진 것을 당신도 모르지는 않을 거요. 클류차료프 씨도 똑같은 꼴을 당하고, 솔로몬의 신전을 짓는다는 핑계로 조국의 사원을 파괴하려던 자들도 똑같은 꼴을 당했소. 당신도 이해할 거요. 여기에는 이유가 있다는 것, 그리고 만약 그가 유해한 인물이 아니었다면 나도 이 지역 우체국장을 유형에 처할 수 없으리라는 것을 말이오. 지금 난 이런 보고를 받았소. 그가 도시를 빠져나갈 수 있도록 당신이 그에게 승용 마차를 보냈고, 그에게서 서류를 받아 보관 중이라고 말이오. 난 당신을 좋아하오. 그래서 당신을 다치게 하고 싶지 않소. 당신이 나보다 두 배나 젊으니 내가 아버지처럼 당신에게 충고하겠소. 그런 부류의 사람들과 모든 관계를 끊고 한시바삐 이곳을 떠나시오."

"하지만 백작, 클류차료프의 죄목이 무엇입니까?" 피에르가 물었다.

"그것을 아는 것은 내 일이오. 당신은 내게 질문할 수 없소." 라스톱친이 버럭 소리를 질렀다.

"그가 나폴레옹의 전단을 유포한 죄목으로 추궁받고 있다 해도 그것이 입증된 것은 아니지 않습니까?" 피에르가 (라스톱친을 쳐다보지 않은 채) 말했다. "베레샤긴도……."

"바로 그렇소." 라스톱친은 갑자기 인상을 쓰며 피에르의 말을 가로막고 방금 전보다 더 큰 목소리로 고래고래 소리를 질러 댔다. "베레샤긴은 사형을 받아 마땅한 반역자고 배신자요." 라스톱친은 모욕을 떠올린 사람들이 말할 때 그렇듯이 적의를 불태우며 입을 열었다. "어쨌든 당신을 부른 것은 내 일을 의논하기 위해서가 아니라 당신에게 조언을 하기 위해, 혹 당신이 그것을 원하지 않는다면 명령을 내리기 위해서요. 부탁하오. 클류차료프 같은 사람들과 관계를 끊고 여기를 떠나 주시오. 난 어리석은 생각을 몰아낼 것이오. 그 생각을 가진 사람이 누구든 말이오." 그는 문득 아무 죄도 없는 베주호프에게 소리를 지른 것 같다고 느꼈는지 피에르의 손을 다정하게 잡으며 덧붙였다. "우리 모두 국가적 재앙을 눈앞에 두고 있잖소. 나도 나에게 용무가 있는 모든 사람들에게 친절히 대할 여유가 없단 말이오. 이따금 머리가 핑핑 돌 지경이오! 그런데 당신은 개인적으로 어떻게 할 생각이오?"

"아무 계획도 없습니다." 피에르는 여전히 시선을 들지도 수심에 잠긴 표정을 바꾸지도 않은 채 대꾸했다.

백작은 얼굴을 찌푸렸다.

"이봐요, 친구로서 조언을 한마디 하겠소. 한시바삐 이곳을 벗어나시오. 이것이 내가 당신에게 말하고 싶은 전부요. 들을 귀가 있는 자는 행복하다오. 그럼, 친구, 잘 가시오. 아, 참……." 그가 문 안쪽에서 소리쳤다. "백작 부인이 예수회 신부들의 마수에 걸려들었다는 것이 사실이오?"

피에르는 아무 대꾸도 하지 않고 이제껏 사람들이 그에게서 본 적 없는 성난 표정으로 얼굴을 잔뜩 찌푸린 채 라스톱친의 저택을 나섰다.

그가 집으로 돌아왔을 때는 이미 주위가 어둑해진 후였다. 그날 밤 그의 집에는 여덟 명의 다양한 사람들이 찾아왔다. 위원회 서기관, 그의 대대 대령, 관리인, 하인장, 가지각색 청원자들. 모든 사람들이 피에르에게 용무가 있었고, 그는 그 일들을 처리해야 했다. 피에르는 아무것도 이해할 수 없었고, 그 일들에 흥미를 느끼지 않았다. 그래서 모든 질문에 대해 그 사람들이 자신을 놓아줄 만한 대답을 할 뿐이었다. 마침내 혼자 남게 된 그는 아내의 편지를 뜯어서 읽었다.

'그들…… 포대의 병사들, 안드레이 공작은 죽고…… 노인은……. 소박함은 하느님에 대한 순종이다. 고통을 겪어야 한다…… 모든 것의 의미는…… 연결해야 한다…… 아내가 결혼을 한다……. 잊어야 하고 이해해야 한다…….' 그리고 그는 침대로 다가가 옷도 벗지 않고 그 위에 털썩 몸을 던지고는 그대로 잠들어 버렸다.

다음 날 아침 그가 눈을 뜨자 하인장이 와서 경찰관이 라스톱친 백작의 명으로 일부러 찾아와 베주호프 백작이 떠났는지, 혹은 떠날 것인지 확인하고자 한다고 보고했다.

피에르에게 용무가 있는 온갖 부류의 사람들 열 명 정도가 응접실에서 기다리고 있었다. 피에르는 부랴부랴 옷을 차려입고는 자신을 기다리는 사람들에게 가는 대신에 후문 쪽으로 가서 대문을 빠져나갔다.

그 후로 모스크바가 파괴될 때까지 베주호프가 사람들은 모든 노력을 기울여 피에르를 찾았으나 어느 누구도 그를 보지 못했고 그가 있는 곳도 알지 못했다.

12

9월 1일까지, 즉 적이 모스크바에 들어오기 전날까지 로스
토프가 사람들은 시내에 남아 있었다.

페챠가 오볼렌스키의 코사크 연대에 입대하여 그 연대가
편성 중인 벨라야 체르코비로 떠난 후 백작 부인은 두려움에
사로잡혔다. 두 아들이 모두 전쟁에 나갔다는 생각, 둘 다 그
녀의 날개 아래에서 떠났다는 생각, 오늘이든 내일이든 그 아
들들 가운데 어느 한 명이, 어쩌면 두 명 모두 어느 지인의 세
아들처럼 전사할 수도 있다는 생각이 이해 여름 처음으로 잔
혹하리만치 또렷하게 머리에 떠오른 것이다. 그녀는 니콜라
이를 불러들이려고 애썼으며, 페챠를 몸소 찾아가거나 페테
르부르크의 어딘가에 그의 자리를 마련해 주려고 했다. 하지
만 결국 이것도 저것도 모두 불가능했다. 페챠에게는 연대와
함께 이동하거나 다른 실전 부대에 전속되는 방법 외에 달리

돌아올 길이 없었다. 니콜라이는 군대와 함께 어딘가에 있었다. 그는 마지막 편지에서 마리야 공작 영애와 만난 일을 상세히 써 보낸 이후로 소식을 알리지 않았다. 백작 부인은 밤에 잠을 이루지 못했다. 잠이 들어도 아들이 죽는 꿈을 꾸곤 했다. 백작은 많은 의논과 상담 끝에 마침내 백작 부인을 안심시킬 방도를 생각해 냈다. 그는 오볼렌스키 연대에 있는 페챠를 모스크바 부근에서 편성 중이던 베주호프 연대로 전속시켰다. 페챠는 여전히 군대에 남았지만 이 전속으로 백작 부인은 한 아들이라도 자기 날개 아래 둘 수 있다는 위안을 얻었다. 페챠가 다시는 자기를 떠나지 않도록, 그가 절대 전투에 휘말릴 수 없는 근무지에 늘 귀속되도록 백작 부인은 페챠의 신변을 정리하고 싶어 했다. 니콜라만 위험에 처해 있던 시기에는 자신이 다른 자식들보다 맏아들을 가장 사랑하는 것 같다고 느꼈다.(그녀는 그것을 뉘우치기까지 했다.) 하지만 장난꾸러기에 공부도 못하고 집 안 세간들을 전부 부수고 모든 사람들을 성가시게 하던 막내아들 페챠가, 명랑한 검은 눈동자를 하고 두 뺨에 생기 있는 홍조와 보일 듯 말 듯 한 솜털을 지닌 그 들창코 페챠가 그곳으로, 무슨 이유에서인지 그곳에서 싸움을 하고 그것에서 즐거움을 찾는 그 크고 무시무시하고 잔인한 남자들에게로 결국 떠나게 되자 어머니는 다른 모든 자식들보다 그를 더, 훨씬 더 사랑하는 것 같다고 느꼈다. 간절히 기다리던 페챠가 모스크바로 돌아올 때가 가까워질수록 백작 부인의 불안은 더욱더 커져 갔다. 그녀는 자신이 그 행복을 볼 때까지 살지 못할 거라고 생각했다. 소냐뿐 아니라 사랑하는 나타샤, 심지어 남편의 존재마저 백작 부인을 짜증 나게 만들었다. '저 사람들이 나와 무슨 상관이람. 나에게는 페챠 말고 아무도 필요 없어!' 그녀는 생각했다.

8월 말 로스토프가는 니콜라이로부터 두 번째 편지를 받았다. 그는 말을 구하러 파견 나간 보로네시현에서 편지를 보냈다. 그 편지는 백작 부인의 마음에 위안을 주지 못했다. 한 아들이 위험 지역 밖에 있다는 것을 알게 되자 그녀는 페챠 때문에 한층 더 불안해하기 시작했다.

이미 8월 20일부터 로스토프 집안의 거의 모든 지인들이 모스크바를 빠져나갔지만, 모두들 최대한 서둘러 떠나야 한다고 백작 부인을 설득했지만, 그녀는 자신의 보물이자 열렬히 사랑하는 페챠가 돌아올 때까지 피란에 대해 아무 말도 들으려 하지 않았다. 8월 28일 페챠가 돌아왔다. 열여섯 살 장교는 그를 맞이하는 어머니의 병적이고 열정적인 다정함이 마음에 들지 않았다. 어머니는 아들을 이제 자신의 날개 밖으로 내놓지 않겠다는 속셈을 숨겼지만 그는 그녀의 계획을 알아차렸다. 그리고 어머니와 있으면 지나치게 감상적이 되지 않을까, 계집애처럼 나약해지지 않을까(그는 속으로 그렇게 생각했다.) 본능적으로 두려워했다. 그래서 어머니를 차갑게 대하고 회피했으며, 모스크바에 머무는 동안에도 거의 연정에 가까운 특별한 형제애를 늘 느끼던 나타샤하고만 지냈다.

평소와 똑같은 백작의 태평함 때문에 8월 28일에도 피란 준비는 전혀 이루어지지 않았다. 집안의 모든 재산을 실어 가기 위해 랴잔과 모스크바의 영지에서 오기로 한 짐마차들은

30일에야 겨우 도착했다.

8월 28일부터 31일까지 모스크바 전체가 소란스럽게 움직였다. 보로지노 전투에서 부상당한 수천 명의 군인들이 날마다 도로고밀로보 관문으로 실려 와 모스크바 전역으로 분산되었다. 그리고 주민들과 그들의 재산을 실은 짐마차들 수천 대가 다른 관문으로 모스크바를 빠져나갔다. 라스톱친이 전단을 뿌렸는데도, 어쩌면 그것과 상관없이, 혹은 그것 때문에 이상하기 짝이 없고 서로 모순된 소식들이 시내에 퍼졌다. 어떤 사람은 아무도 모스크바를 떠나지 못하게 하라는 명령이 떨어졌다고 말했다. 어떤 사람은 반대로 모든 이콘이 교회 밖으로 실려 나가고 모든 사람들이 강제로 추방당했다고 말했다. 어떤 사람은 보로지노 전투 후에 또 전투가 있었고 프랑스군이 격파되었다고 말했다. 어떤 사람은 그와 반대로 러시아군이 전멸했다고 말했다. 어떤 사람은 모스크바 민병대가 사제들을 앞세우고 트리 고리로 향했다고 말했다. 어떤 사람은 아브구스친이 모스크바를 떠나지 말라는 명령을 받았다, 반역자들이 체포되었다, 농부들이 폭동을 일으켜 피란민들을 약탈하고 있다 등등의 이야기들을 수군거렸다. 하지만 말뿐이었다. 사실 떠나는 사람들이나 남는(모스크바를 버리는 것이 결정된 필라 회의가 아직 열리기 전이었지만) 사람들이나 말로는 표현하지 않았지만 모스크바가 틀림없이 적에게 넘어가리라는 점, 한시바삐 집을 비우고 재산을 구해야 한다는 점을 느끼고 있었다. 그들은 모든 것이 갑자기 파괴되고 변하리라는 것을 느꼈다. 하지만 1일까지 아직 아무것도 바뀌지 않았다. 사형장에 끌려가는 죄수가 이제 곧 죽으리라는 것을 알면서도 여전히 주위를 둘러보며 비뚜름하게 쓴 모자를 바로잡듯, 모스크바도 파멸의 시간 — 사람들이 습관적으로 따르던 일정한 생활 관계가 전부 파괴되는 — 이 가깝다는 것을 알면서도 무의식적으로 자신의 일상생활을 계속해 나갔다.

모스크바가 점령되기 전 이 사흘 동안 로스토프 일가족은 일상의 이런저런 일로 분주했다. 가장인 일리야 안드레이치 백작은 사방에서 들어오는 소문을 모으느라 쉴 새 없이 마차로 시내를 돌아다녔으며, 집에 돌아오면 출발 준비에 대한 막연하고 피상적이고 조급한 지시들을 내렸다.

백작 부인은 물건 정리를 감독했다. 그녀는 모든 것에 불만스러워했고, 그녀에게서 끊임없이 달아나는 페챠를 따라다니며 페챠와 나타샤의 관계를 질투했다. 페챠가 모든 시간을 나타샤와 보내려 했기 때문이다. 오직 소냐만 실무적인 면, 즉 짐 꾸리는 일을 지도했다. 하지만 소냐는 최근에 줄곧 유난히 우울하고 말이 없었다. 마리야 공작 영애에 대해 언급한 니콜라의 편지를 받은 백작 부인이 마리야 공작 영애와 니콜라의 만남에서 하느님의 섭리를 보았다며 소냐가 있는 자리에서 기쁘게 이야기했던 것이다.

"나는 볼콘스키가 나타샤의 약혼자일 때는 전혀 기쁘지 않았다." 백작 부인이 말했다. "그런데 니콜린카와 공작 영애의 결혼은 내가 언제나 바라던 것이고, 또 그렇게 될 거라는 예감도 든다. 그렇게 되면 얼마나 좋겠느냐!"

소냐는 그것이 사실이라고, 로스토프가의 경제 상황을 회복할 유일한 희망은 부유한 여자와 결혼하는 거라고, 공작 영애는 좋은 배우자감이라고 느꼈다. 하지만 너무도 가슴이 아팠다. 자신의 슬픔에도 불구하고, 아니 어쩌면 다름 아닌 자신의 슬픔 때문에 그녀는 짐을 정리하고 싸는 것을 지도하는 온갖 어렵고도 성가신 일을 떠맡아 온종일 분주하게 지냈다. 백작과 백작 부인은 뭔가 지시해야 할 일이 생기면 소녀에게 의지했다. 이와 반대로 페챠와 나타샤는 부모를 돕지 않을 뿐 아니라 대개 집 안에서 모든 사람들을 성가시게 하거나 방해하기 일쑤였다. 그래서 집 안에서는 거의 온종일 그들의 뜀박질 소리, 고함 소리, 이유 없이 깔깔대는 소리가 끊이지 않았다. 그들이 웃고 즐거워한 것은 뭔가 웃을 만한 이유가 있어서가 아니었다. 마음이 기쁘고 즐거웠기에 벌어지는 모든 일이 그들에게 기쁨과 웃음의 이유가 되었다. 페챠가 즐거웠던 것은 소년으로 집을 떠났다가 어엿한 남자(모두가 그에게 말한 대로)로 돌아왔기 때문이다. 그는 집에 있게 되어 즐거웠고, 조만간 전투가 벌어질 가망이 없는 벨라야 체르코비에서 수일 내에 싸움이 있을 모스크바로 오게 되어 즐거웠다. 무엇보다 즐거웠던 것은 나타샤가 명랑했기 때문이다. 그는 언제나 나타샤의 기분을 따랐다. 나타샤가 명랑했던 것은 너무 오래 슬픔에 잠겨 있었던 데다 이제는 슬픔의 원인을 떠올리게 하는 것이 전혀 없고 몸이 건강해졌기 때문이다. 또한 자신에게 열광(타인의 열광은 그녀의 기계가 완전히 자유롭게 작동하기 위해 반드시 필요한 윤활유였다.)하는 사람이 있었기에, 페챠가 그녀에게 열광했기에 즐거웠다. 무엇보다 그들이 즐거웠던 것은 전쟁이 모스크바 부근에서 벌어졌고, 곧 관문에서 전투가 벌어지려 하고, 무기가 배급되고, 모든 사람들이 어딘가로 달아나거나 떠나려 하고, 전반적으로 범상치 않은 어떤 일 — 사람들, 특히 젊은이들은 언제나 이런 것에 즐거워하기 마련이다 — 이 벌어지고 있었기 때문이다.

13

8월 31일 토요일 로스토프가의 저택은 모든 것이 온통 뒤죽박죽이었다. 사람들은 모든 문을 열고, 모든 가구를 밖으로 실어 내거나 다른 곳으로 옮기고, 거울과 그림을 벽에서 떼어 냈다. 방에는 궤짝이 있고 건초와 포장지와 밧줄이 널려 있었다. 짐을 나르던 농부와 하인들은 다리를 무겁게 끌며 세공 마루 위를 돌아다녔다. 안마당에는 농부들의 첼레가들이 북적였다. 이미 짐을 가득 실어 밧줄로 묶어 둔 첼레가도 있고, 아직 빈 첼레가도 있었다.

많은 하인들과 짐마차에 딸려 온 농부들의 목소리며 발소리가 서로를 부르기라도 하듯 안마당과 집 안에 울렸다. 백작은 아침부터 어딘가로 외출했다. 백작 부인은 소란과 소음으로 머리가 지끈거려 초산에 적신 천을 머리에 감고 새 소파방에 누워 있었다. 페챠는 집에 없었다.(그는 친구에게 갔다. 그 친구와 함께 민병대에서 실전 부대로 옮길 작정이었다.) 소냐는 크리스털 제품과 도자기의 포장을 감독하느라 홀에 있었다. 나타샤는 황폐한 자기 방 마룻바닥에 여기저기 흩어진 옷과 리본과 숄 사이에 앉아 낡은 무도회 드레스를, 그녀가 페테르부르크 무도회에서 처음 입은 바로 그 드레스(이미 유행에 뒤처진)를 쥐고서 가만히 마룻바닥을 응시하고 있었다.

나타샤는 모든 사람들이 그토록 바쁜 때에 집에서 아무것도 하지 않는 것이 부끄러워 아침부터 몇 번이고 일을 해 보려고 했다. 그러나 마음은 다른 곳에 있었다. 그녀는 온 마음과 온 힘을 쏟지 않고는 무언가를 할 수 없었고, 할 줄도 몰랐다. 도자기를 챙기는 동안에 잠시 소냐를 지켜보며 뭔가 도우려 했지만 이내 그만두고 자기 물건을 싸러 방으로 갔다. 처음에는 그녀도 옷과 리본을 하녀들에게 나눠 주며 즐거워했지만 나머지 물건들을 싸야 할 때가 되자 따분해하는 것 같았다.

"두냐샤, 네가 짐을 꾸릴 거지, 그렇지, 응?"

그리고 두냐샤가 기꺼이 모든 일을 해 놓겠다고 약속하자, 나타샤는 마룻바닥에 앉아 낡은 무도회 드레스를 두 손에 쥐고서 지금 해야 할 일과 전혀 상관없는 것을 골똘히 생각하기 시작했다. 옆 하녀방에서 들리는 하녀들의 말소리와 하녀방에서 뒷문으로 다급하게 움직이는 그녀들의 발소리에 나타샤는 그동안 빠져 있던 깊은 생각에서 깨어났다. 나타샤는 일어나 창밖을 내다보았다. 거리에 부상병들의 긴 행렬이 멈춰 서 있었다.

하녀들, 하인들, 하녀장, 보모, 요리사, 마부들, 좌마(左馬)

기수들,[154] 식모들이 대문가에 서서 부상병들을 바라보고 있었다.

나타샤는 하얀 손수건을 머리에 쓰고 두 손으로 손수건의 양 끝을 쥔 채 거리로 나갔다.

하녀장이었던 마브라 쿠즈미니시나 할멈이 대문가에 선 무리에서 떨어져 나와 멍석으로 포장을 친 첼레가로 다가가더니 그 첼레가에 누운 창백한 얼굴의 젊은 장교와 이야기를 나누었다. 나타샤는 몇 걸음 나가 쭈뼛쭈뼛 멈춰 서서 손수건을 여전히 붙잡은 채 하녀장이 하는 말에 귀를 기울였다.

"뭐라고요, 그럼 모스크바에 아는 사람이 아무도 없단 말이에요?" 마브라 쿠즈미니시나가 말했다. "어디 숙소에 계시면 훨씬 편하실 텐데……. 여기 우리 집에라도 오세요. 주인님 가족은 곧 떠나실 거예요."

"허가가 날지 모르겠군요." 장교가 쇠약한 목소리로 말했다. "저 사람이 지휘관인데…… 그에게 물어봐 주십시오." 그는 첼레가 행렬을 따라 되돌아오고 있는 뚱뚱한 소령을 가리켰다.

나타샤는 두려움 어린 눈으로 부상당한 장교의 얼굴을 흘깃 쳐다보고 곧장 소령에게로 갔다.

"부상자를 우리 집에 묵게 해도 될까요?" 그녀가 물었다.

소령은 미소 띤 얼굴로 한 손을 챙에 대며 경례를 했다.

"누구를 원하십니까, 맘젤?[155]" 그가 눈을 가늘게 뜨고 실실

---

154) 사두마차나 육두마차에서 1열 왼쪽 말에 타는 마부.
155) 미혼 여성을 뜻하는 프랑스어 호칭인 마드무아젤을 러시아어식으로 발음한 표현이다.

거리며 말했다.

나타샤는 침착하게 한 번 더 질문을 되풀이했다. 비록 그녀가 계속 손수건의 양 끝을 잡고 있긴 해도 표정과 태도가 몹시 진지했기에 소령은 웃음을 거두었다. 처음에 그는 어느 정도까지 허용해야 할지 스스로에게 묻기라도 하듯 생각에 잠기더니 그녀에게 긍정적인 답변을 건넸다.

"아, 그럼요, 상관없습니다. 그래도 됩니다." 그가 말했다.

나타샤는 머리를 살짝 숙이고 종종걸음으로 빠르게 마브라 쿠즈미니시나에게 돌아갔다. 그녀는 장교를 내려다보며 애처로운 듯 동정 어린 표정으로 이야기를 나누고 있었다.

"괜찮아요. 저분이 그랬어요, 괜찮다고요." 나타샤가 소곤소곤 말했다.

장교를 태운 포장 달린 첼레가가 로스토프가의 안마당으로 방향을 틀었다. 부상병들을 태운 수십 대의 첼레가들이 주민들의 권유로 포바르스카야 거리에 있는 저택들의 안마당으로 방향을 틀거나 마차 승강장으로 향했다. 나타샤는 삶의 평범한 조건을 벗어난 새로운 사람들과의 이런 관계가 마음에 든 모양이었다. 그녀는 마브라 쿠즈미니시나와 함께 될 수 있는 대로 많은 부상병들을 자기 집 안마당에 들이려고 애썼다.

"하지만 아버님께 알려야 해요." 마브라 쿠즈미니시나가 말했다.

"괜찮아요, 괜찮아. 상관없어요! 우리가 하루만 응접실로 옮기죠. 우리 방을 전부 저 사람들에게 내줘도 괜찮아요."

"참말이지, 아가씨, 대단한 생각을 하고 계시네요! 바깥채든 독신자방이든 보모방이든 여쭤봐야 한다니까요!"

"그럼 내가 여쭤볼게요."

나타샤는 집 안으로 달려가 문이 반쯤 열린 소파방으로 살금살금 들어갔다. 방에서 식초와 호프만 물약 냄새가 났다.

"주무세요, 엄마?"

"아, 내가 잠을 잘 수 있을 것 같니?" 방금 깜빡 잠이 들었던 백작 부인이 눈을 뜨며 말했다.

"사랑하는 엄마." 나타샤는 어머니 앞에 무릎을 꿇고 어머니의 얼굴에 자기 얼굴을 가까이 대며 말했다. "잘못했어요, 용서해 주세요, 다시는 그러지 않을게요. 제가 엄마를 깨웠죠. 마브라 쿠즈미니시나가 보내서 왔어요. 부상병들을 데려왔는데…… 장교들이에요. 허락해 주실 거죠? 그 사람들에게는 갈 곳이 없어요. 엄마가 허락하실 거라는 것 알아요……." 그녀는 숨 돌릴 새도 없이 빠르게 말했다.

"어떤 장교들? 누구를 데려왔다는 거니? 무슨 말인지 통 모르겠구나." 백작 부인이 말했다. 나타샤는 소리 내어 웃었고, 백작 부인도 옅은 미소를 지었다.

"전 엄마가 허락해 주실 거라고 생각했어요…… 그럼 그 사람들에게도 그렇게 말할게요." 나타샤는 어머니에게 입을 맞추고 일어서서 문으로 향했다.

홀에서 그녀는 나쁜 소식을 듣고 집으로 돌아온 아버지와 마주쳤다.

"우리가 너무 꾸물댔어!" 백작이 자기도 모르게 화를 내며 말했다. "클럽도 문을 닫고 경찰도 떠나는구나."

"아빠, 부상병들을 집에 들여도 괜찮죠?" 나타샤가 그에게 물었다.

"물론 괜찮고말고." 백작이 건성으로 말했다. "문제는 그게 아니다. 이렇게 부탁하마, 쓸데없는 일에 신경 쓰지 말고 짐을 꾸리는 거나 도와라. 떠난다, 떠나는 거다. 내일은 떠나는 거다……." 그러고 나서 백작은 하인장과 하인들에게도 똑같은 지시를 내렸다.

집으로 돌아온 페챠는 식사 시간에 자신이 들은 소식을 이야기했다. 오늘 민중이 크렘린에서 무기를 지급받았다고, 비록 라스톱친의 전단에는 이틀 전에 미리 소집을 하겠다고 적혀 있지만 '내일 모든 민중은 무기를 들고 트리 고리로 가라.'라는 명령이 아마도 이미 떨어졌을 거라고, 그곳에서 큰 전투가 벌어질 거라고 그는 말했다.

페챠가 소식을 전하는 동안 백작 부인은 아들의 붉게 상기된 쾌활한 얼굴을 두려운 심정으로 쳐다보았다. 그녀는 알았다. 만일 페챠에게 그 전투에 나가지 말아 달라는 말을 한마디라도 하면(그녀는 그가 이 임박한 전투에 즐거워하고 있다는 것을 알았다.) 그가 남자라든지 명예라든지 조국이라든지 도저히 반박할 수 없을 만큼 완강하고 너무도 무의미한 남자들 특유의 이야기를 하리라는 것을, 그렇게 되면 일을 망치게 되리라는 것을 말이다. 그래서 그녀는 그 전에 떠날 수 있기를, 페챠를 자신들의 경호인이자 보호자로 데려갈 수 있기를 바라면서 페챠에게는 아무 말 하지 않고 식사 후 백작을 불러 한시바삐 가능하면 오늘 밤이라도 자기를 데리고 떠나 달라며 눈물로 애원했다. 이제까지 완벽한 대담성을 보여 주던 그녀는 무의식적으로 여자 특유의 사랑의 술수를 부리며 오늘 밤 떠나지 않으면 자신은 두려움 때문에 죽고 말 거라고 말했다. 그런 척한 것이 아니라 실제로 지금 모든 것이 두려웠다.

14

딸의 집에 다녀온 마담 쇼스는 먀스니츠카야 거리의 주점에서 본 것을 이야기하여 백작 부인의 두려움을 한층 키워 놓았다. 거리를 따라 돌아오던 그녀는 주점에서 난동을 부리는 술 취한 무리 때문에 집으로 올 수가 없었다. 그녀는 삯마차를 잡아타고 골목을 돌아 집에 왔다. 삯마차 마부가 말하길 사람들이 주점의 술통을 깨부수고 있다고, 그들은 그렇게 하라는 지시를 받았다고 했다.

식사 후 로스토프가의 일가족은 기쁨에 들떠 부랴부랴 짐 꾸리기와 출발 준비를 시작했다. 갑자기 일에 매달린 노백작은 바삐 움직이는 사람들에게 괜한 소리를 지르고 더욱더 재촉하며 식사 후부터 쉬지 않고 안마당과 집 안을 오갔다. 페챠는 안마당을 감독했다. 소냐는 백작의 앞뒤가 맞지 않는 지시들 때문에 무엇을 해야 할지 몰라 몹시 당황하고 있었다. 사람들이 고함을 지르고 말다툼을 벌이고 소란을 피우며 방들과 안마당을 뛰어다녔다. 나타샤도 모든 일에 대한 특유의 열정으로 갑자기 짐 꾸리기에 매달렸다. 처음에 그녀가 짐 꾸리는 일에 끼어들었을 때 사람들은 의혹의 눈으로 그녀를 보았다. 언제나 그녀에게서 장난을 기대했기에 그녀의 말을 따르려 하지 않았다. 하지만 그녀는 자기 말을 따르도록 고집스럽고도 열정적으로 요구하면서 사람들이 말을 듣지 않는다고 화를 내며 울먹이다시피 했다. 그리하여 마침내 사람들이 자기 말을 믿도록 하는 데 성공했다. 그녀가 많은 노력을 쏟은 끝에 권위를 인정받은 첫 번째 공적은 양탄자를 꾸린 일이었다. 백작의 저택에는 값비싼 고블랭 직물[156] 태피스트리와 페르시아 양탄자가 있었다. 나타샤가 일을 시작했을 때 홀에는 궤짝 두 개가 뚜껑이 열린 채 놓여 있었다. 하나는 거의 도자기로 차고, 다른 하나에는 양탄자가 들어 있었다. 테이블에는 훨씬 더 많은 도자기가 놓여 있었고, 아직도 계속 광에서 도자기들이 실려 나왔다. 세 번째 궤짝을 새로 채워야 했기에 하인들이 그것을 가지러 갔다.

"소냐, 잠깐, 전부 이렇게 넣어 보자." 나타샤가 말했다.

"안 됩니다. 아가씨, 벌써 그렇게 해 보았습니다." 식료품 저장실 하인이 말했다.

---

156) 1440년경 프랑스 파리의 염색업자인 고블랭이 만들어 낸 직물. 채색 씨실을 자유롭게 짜 넣음으로써 정교한 회화적 표현을 실현한 고블랭가의 작업장은 루이 14세 때부터 왕립 공장으로 지정되어 크고 호화로운 벽걸이를 비롯해 다양한 직물을 왕실에 납품했다.

"아니, 기다려 봐." 그러더니 나타샤는 종이에 싼 큰 접시와 작은 접시들을 궤짝에서 꺼내기 시작했다.

"접시는 여기에, 양탄자 속에 넣어야 해." 그녀가 말했다.

"궤짝 세 개에 양탄자라도 넣을 수만 있으면 좋겠네요." 식료품 저장실 하인이 말했다.

"기다려 봐." 나타샤는 빠르고 민첩하게 정리하기 시작했다. "이런 건 필요 없어." 그녀는 키예프 접시에 대해 말했다. "그것은, 그렇지, 그것은 양탄자 안에 넣어야 해." 그녀는 작센 접시에 대해 말했다.

"그만해, 나타샤. 이제 됐어. 우리가 넣을게." 소냐가 나무라며 말했다.

"참나, 아가씨!" 하인장이 말했다. 하지만 나타샤는 굴하지 않고 모든 물건을 꺼냈다가 다시 빠르게 집어넣기 시작했다. 가족용의 허름한 양탄자와 쓸모없는 식기는 아예 가져갈 필요가 없다고 판단했다. 사람들은 양탄자와 식기를 전부 꺼내 다시 집어넣었다. 그리고 실제로 가져갈 가치가 없는 싼 물건을 거의 다 버리고 나자 가치 있는 것이 궤짝 두 개에 전부 들어갔다. 양탄자를 넣은 궤짝의 뚜껑만 닫히지 않았을 뿐이다. 양탄자를 몇 개 빼도 되었을 텐데 나타샤는 주장을 굽히려 하지 않았다. 그녀는 짐을 꾸렸다가 다시 꾸리고, 꽉 눌러 보고, 자신이 짐 꾸리는 일에 끌어들인 식료품 저장실 하인과 페챠에게 뚜껑을 누르라고 시키고, 직접 안간힘을 쓰기도 했다.

"됐어, 나타샤." 소냐가 그녀에게 말했다. "네 말이 옳다는 것을 알겠어. 그냥 맨 위에 있는 것 하나만 꺼내자."

"싫어." 나타샤는 한 손으로 땀이 밴 얼굴에 흘러내린 머리칼을 잡고 다른 한 손으로 양탄자를 누르며 외쳤다. "자, 눌러, 페치카, 누르라니까! 바실리이치, 눌러 봐!" 그녀가 외쳤다. 그들은 양탄자를 눌렀고, 마침내 뚜껑이 닫혔다. 나타샤는 손뼉을 치며 기쁨으로 날카롭게 소리를 질렀다. 그녀의 눈에서 눈물이 방울방울 떨어졌다. 하지만 그것도 일 초에 지나지 않았다. 그녀는 곧 다른 일에 매달렸다. 그녀는 이미 충분히 신뢰받고 있었다. 백작은 나탈리야 일리니시나가 그의 지시를 취소했다는 말을 들어도 화를 내지 않았고, 하인들도 짐마차에 밧줄을 매야 할지 말지, 짐마차에 짐이 충분히 실렸는지 아닌지 물으러 나타샤에게 오곤 했다. 나타샤의 지시 덕분에 일이 순조롭게 진행되었다. 그들은 불필요한 물건은 남기고, 가장 귀중한 물건들은 최대한 단단히 쌌다.

하지만 모든 사람들이 아무리 바쁘게 움직여도 밤이 늦도록 짐은 아직 다 꾸려지지 않았다. 백작 부인은 잠들었고, 백작은 아침까지 출발을 연기하고 잠을 자러 갔다.

소냐와 나타샤는 옷을 벗지 않고 소파방에서 잤다.

이날 밤 새로운 부상자 한 명이 더 포바르스카야 거리를 지나 실려 왔다. 대문가에 서 있던 마브라 쿠즈미니시나가 그를 로스토프가로 들였다. 마브라 쿠즈미니시나가 판단하기에 그 부상병은 매우 중요한 인물이었다. 그는 온통 포장을 치고 덮개를 내린 콜랴스카에 실려 있었다. 마부대에는 삯마차 마부 옆에 위엄 있는 늙은 시종이 앉아 있었다. 그 뒤로 의사 한 명과 병사 두 명이 짐마차를 타고 따라왔다.

"우리 집으로 들어오세요. 주인님 가족은 떠나시고 집은 텅 빌 거예요." 노파가 늙은 하인을 향해 말했다.

"그러지요, 뭐." 시종은 한숨을 쉬며 대답했다. "목적지까지 가는 건 바라지도 않습니다! 모스크바에 우리 집이 있긴 하지만 멀기도 하고, 또 아무도 살지 않아요."

"부디 우리 집에 오세요. 우리 주인님 댁에는 모든 것이 풍족하답니다. 어서요." 마브라 쿠즈미니시나가 말했다. "그런데 어때요? 상태가 아주 안 좋은가요?" 그녀가 덧붙여 말했다.

시종은 한 손을 저었다.

"목적지까지 가는 건 바라지도 않는다니까요! 의사에게 물어봐야 합니다." 그러더니 시종은 마부대에서 내려와 짐마차로 다가갔다.

"좋습니다." 의사가 말했다.

시종은 다시 콜랴스카로 다가가 안을 슬쩍 들여다보고 고개를 저었다. 그는 마부에게 안마당으로 방향을 틀라고 지시한 후 마브라 쿠즈미니시나 옆에 섰다.

"주 예수 그리스도시여!" 그녀가 말했다.

마브라 쿠즈미니시나는 부상자를 집 안으로 옮기도록 권했다.

"주인님께서 아무 말씀도 하지 않으실 거예요……." 그녀가 말했다. 하지만 계단을 오르는 것은 피해야 했다. 그래서 사람들은 부상자를 바깥채로 옮겨 마담 쇼스가 예전에 쓰던 방에 눕혔다. 그 부상자는 안드레이 볼콘스키 공작이었다.

15

모스크바에 최후의 날이 닥쳤다. 맑고 상쾌한 가을다운 날씨였다. 일요일이었다. 여느 일요일처럼 모든 교회에서 예배를 알리는 종소리가 울렸다. 무엇이 모스크바를 기다리고 있는지 아직 아무도 모르는 것 같았다.

사회상의 두 지표인 서민, 즉 빈민 계층과 물가만이 모스크바의 상황을 보여 주었다. 공장 노동자들, 하인들, 농부들은 거대한 무리를 이루어 이날 이른 아침부터 트리 고리로 향했다. 관리, 신학생, 귀족도 섞여 있었다. 이곳에서 잠시 머물며 부질없이 라스톱친을 기다리던 그 무리는 모스크바가 적에게 넘어갈 거라고 확신하고는 모스크바의 주점과 선술집으로 흩어졌다. 이날의 물가도 정세를 시사했다. 무기, 금, 말이 딸린 첼레가는 가격이 계속 오르고 지폐의 가치와 도시 생활에 필요한 물품의 가격은 계속 떨어져 정오 무렵에는 모직 같은 값비싼 물품이 반값으로 삯마차와 교환되고, 농부의 말이 500루블에 거래되고, 가구와 거울과 청동상은 공짜로 넘겨지기에 이르렀다.

견실하고 유서 깊은 로스토프가의 경우 이제까지의 생활 조건이 붕괴되는 양상은 매우 미약하게 나타났다. 하인들에 대해 말하자면 많은 하인들 가운데 세 사람이 야반도주를 했을 뿐이다. 하지만 도둑맞은 것은 아무것도 없었다. 그리고 물가에 대해 말하자면 시골에서 도착한 서른 대의 짐마차가 막대한 재산으로 보였다. 많은 사람들이 그것을 부러워했고, 어떤 사람은 그것을 손에 넣고자 로스토프가에 막대한 돈을 제안했다. 그 짐마차들에 막대한 돈을 제시하는 사람들이 있었을 뿐 아니라, 전날 저녁부터 9월 1일 이른 아침에 걸쳐 부상당한 장교들의 종졸과 하인이 로스토프가 안마당으로 계속 찾아오고 로스토프가와 인근 저택에 묵던 부상병들도 발을 질질 끌며 몸소 찾아와 모스크바를 떠나기 위한 짐마차를 얻게 중재해 달라며 로스토프가 하인들에게 애원했다. 그런 간청을 받던 하인장은 부상자들을 불쌍히 여기면서도 자기는 백작에게 감히 보고할 수조차 없다고 말하며 단호히 거절했다. 뒤에 남는 부상자가 아무리 불쌍하더라도 일단 한 사람에게 짐마차를 내주면 다른 사람에게 주지 않을 이유가 없어지고, 결국에는 자신의 승용 마차까지 전부 내주게 될 것이 뻔했다. 서른 대의 짐마차로는 부상병들을 전부 구할 수도 없는 데다 모두가 재난을 겪을 때는 자신과 자기 가족을 생각하지 않을 수 없다. 하인장은 주인을 위해 그렇게 생각했다.

1일 아침 잠에서 깬 일리야 안드레이치 백작은 동틀 무렵에야 겨우 잠이 든 백작 부인을 깨우지 않기 위해 가만히 침실에서 빠져나와 보라색 실크 할라트를 걸치고 현관 계단으로 나갔다. 밧줄로 동여맨 짐마차들이 안마당에 있었다. 현관 계단 옆에는 승용 마차가 있었다. 하인장은 마차 승강장 옆에 서서 늙은 종졸과 한 팔에 붕대를 감은 창백한 얼굴의 젊은 장교와 이야기를 나누고 있었다. 백작을 본 하인장이 장교와 종졸에게 물러가라며 의미심장하고 엄중한 신호를 보냈다.

　"음, 어때, 모든 것이 준비되었나, 바실리이치?" 백작은 머리털이 벗어진 정수리를 문지르면서 선한 눈길로 장교와 종졸을 쳐다보고 그들에게 고개를 끄덕였다. (백작은 새로운 사람들을 좋아했다.)

　"당장이라도 말을 마차에 맬 수 있습니다, 백작 각하."

　"그래, 훌륭하군. 백작 부인이 깨면 하느님의 가호와 함께 출발하겠다! 당신들은 여기에 무슨 일입니까?" 그는 장교에게 말을 걸었다. "우리 집에 묵고 있습니까?" 장교가 가까이 다가섰다. 그의 창백한 얼굴이 갑자기 새빨개졌다.

　"백작, 제발 부탁드립니다. 제발…… 당신의 짐마차에 어디라도 좋으니 몸 둘 곳을 내주지 않겠습니까……. 지금은 나에게 아무것도 없습니다만……. 수레에라도…… 어디라도 괜찮습니다……." 장교가 미처 말을 다 끝맺기도 전에 종졸이 주인을 위하여 백작에게 똑같은 청을 했다.

　"아! 네, 그래요, 그럽시다." 백작이 황급히 말했다. "대단히, 대단히 기쁩니다. 바실리이치, 저기 첼레가를 한두 대 비우라고 지시하게. 저기…… 뭐든…… 필요한 것이 있으면…….” 백작은 어떤 모호한 표현으로 뭔가 지시하며 말했다. 하지만 그 순간 백작의 지시는 장교의 열렬한 감사 표현으로 이미 확고한 것으로서 굳어지고 말았다. 백작은 주위를 둘러보았다. 안마당에, 대문가에, 바깥채의 창문에 부상자들과 종졸들이 보였다. 그들 모두 백작을 바라보며 현관 계단으로 다가오고 있었다.

“제발, 백작 각하, 화랑으로……. 그곳 그림들에 대해서는 어떤 지시를 내리시렵니까?” 하인장이 말했다. 그러자 백작은 피란길에 함께 태워 달라는 부상자들의 청을 거절하지 말라고 거듭 말하며 그와 함께 집 안으로 들어갔다.

“뭐, 어쩌겠나, 뭔가 내려놓으면 될 걸세.” 그는 누가 자기 말을 들을까 두려운 듯 조용하고 은밀한 목소리로 덧붙였다.

백작 부인은 9시에 눈을 떴다. 그녀의 예전 하녀이고 백작 부인과의 관계에서 헌병 대장의 역할을 수행하던 마트료나 치모페예브나는 옛 아가씨를 찾아와 마리야 카를로브나[157]가 매우 화가 났다고, 아가씨들의 여름옷을 이곳에 두고 갈 수는 없다고 보고했다. 백작 부인이 왜 마담 쇼스가 화가 났는지 꼬치꼬치 캐물은 결과 하인들이 그녀의 궤짝을 짐마차에서 내리고 모든 짐마차의 밧줄을 풀었다는 사실, 물건을 모두 내리고 부상자들을 태웠다는 사실, 백작이 선량한 성품 때문에 부

---

157) 이 장면에서 마트료나 치모페예브나가 ‘마리야 카를로브나’라고 지칭한 부인은 마담 쇼스다. 2권 4부 10장에는 마담 쇼스의 이름이 ‘루이자 이바노브나(마담 쇼스)’라고 언급되어 있다. 톨스토이가 혼동한 것으로 추측된다.

상자들을 데려가도록 지시했다는 사실이 밝혀졌다. 백작 부인은 하녀에게 남편을 자기 방으로 모셔 오라고 일렀다.

"어떻게 된 일이에요, 여보, 다시 물건을 내린다면서요?"

"그게 말이야, 여보, 당신에게 말하고 싶은 게 있는데…… 여보, 백작 부인…… 한 장교가 나를 찾아왔어. 사람들이 부상자들을 위해 짐마차 몇 대를 내어 달라고 청하는구려. 그런 것들은 전부 손쉽게 구할 수 있잖아. 이 사람들이 남으면 어떻게 되겠어? 생각해 봐! 사실 그들을 우리 안마당에 들인 건 바로 우리잖아. 장교들이 이곳에 있단 말이야……. 나도 말이지, 생각하고 있어, 정말이야, 여보, 그러니까, 여보…… 그들을 데려갑시다…… 서두를 필요 없잖아?" 백작은 돈 문제에 대해 이야기할 때면 늘 그러듯 쭈뼛거리며 말했다. 백작 부인은 그러한 말투에 익숙했다. 그가 화랑과 온실을 짓고 가정에서 연극과 음악 공연을 벌일 때처럼 자녀들을 파산하게 만드는 일을 하기 전에 늘 나오는 말투였다. 그녀는 그 말투에 익숙했고, 이 쭈뼛거리는 말투로 표현되는 것에 늘 저항하는 것이야말로 자기 의무라고 생각했다.

그녀는 특유의 순종적이고 울먹이는 듯한 표정을 띠고 남편에게 말했다.

"들어 봐요, 백작, 당신은 그 사람들에게 집을 거저 내놓더니 이제는 우리 아이들의 재산까지 송두리째 날리려고 하는군요. 당신 스스로도 우리 집 물건들에는 10만 루블의 가치가 있다고 말하잖아요. 여보, 난 찬성하지 않아요, 찬성하지 않는다고요. 좋을 대로 해요! 부상자들에게는 정부가 있잖아요. 그들도 알아요. 봐요. 저기 맞은편의 로푸힌가는 벌써 이틀 전에 하나도 남김없이 전부 싸 가지고 떠났단 말이에요. 사람들은 그런 식으로 하고 있어요. 우리만 바보예요. 나를 불쌍히 여기진 않더라도 아이들은 불쌍히 여겨 줘요."

백작은 두 손을 내젓고 아무 말 없이 방에서 나가 버렸다.

"아빠! 무슨 일이에요?" 아버지를 뒤따라 어머니의 방으로 들어온 나타샤가 말했다.

"아무 일도 아니다! 너하고는 상관없는 일이야!" 백작이 화를 내며 말했다. "아니에요. 저도 들었어요." 나타샤가 말했다. "왜 엄마는 그걸 바라지 않으시죠?"

"네가 상관할 일이 아니라지 않았니?" 백작이 소리쳤다. 나타샤는 창가로 물러나 생각에 잠겼다.

"아빠, 베르크가 왔어요." 그녀가 창밖을 응시하며 말했다.

16

로스토프가의 사위인 베르크는 이미 블라지미르 훈장과 안나 훈장을 목에 건 대령이었고, 여전히 참모장의 보좌관, 즉 2군단의 참모부 소속 1분과 보좌관이라는 편안하고 즐거운 직위를 맡고 있었다. 그는 9월 1일에 군대에서 모스크바로 왔다.

그는 모스크바에 용무가 없었지만 군대의 모든 사람들이 모스크바로 휴가를 신청하여 그곳에서 무언가 하고 있다는 것을 알아차렸다. 그 역시 집안 문제와 가족 문제를 위해 휴가를 신청할 필요가 있다고 생각했다. 베르크는 어느 공작의 마차와 똑같이 살진 적갈색 말 두 필이 끄는 자신의 산뜻한 드로시키를 타고서 장인의 집으로 갔다. 그는 안마당의 짐마차들을 유심히 보더니 깨끗한 손수건을 꺼내 매듭을 지으면서[158] 현관 계단을 올랐다.

베르크는 대기실에서 날아갈 듯 조급한 걸음으로 응접실에 뛰어 들어가 백작을 껴안고 나타샤와 소냐의 손에 입을 맞추고는 장모의 건강을 다급히 물었다.

"지금 건강이 문제인가? 자, 이야기해 보게." 백작이 말했다. "군대는 어떤가? 퇴각하는 중인가? 아니면 전투가 있을 것 같나?"

"태초부터 계신 하느님만이 조국의 운명을 결정할 수 있습니다, 장인어른." 베르크가 말했다. "군대는 영웅적인 정신으로 불타고 있습니다. 지금 지휘관들이, 말하자면 회의에 소집되었습니다. 무슨 일이 일어날지는 모릅니다. 하지만 장인어른, 전반적으로 말씀드리자면 러시아 부대들, 아니 러시아군이 ─ 그는 말을 바로잡았다 ─ 26일의 그 전투에서 나타낸, 아니 보여 준 그 영웅 정신, 진정으로 옛사람다운 용맹함, 그 것을 표현하기에 걸맞은 말이 없군요⋯⋯. 장인어른, 제가 말씀드리고 싶은 것은,(그는 어느 장군이 그가 있는 자리에서 가슴을 쿵쿵 치며 이야기하던 것과 똑같이 자기 가슴을 쿵쿵 쳤다. 다만 조금 늦었다. '러시아군'이라는 말에서 가슴을 쳐야 했기 때문이다.) 제가 장인어른께 솔직히 말씀드리고 싶은 것은 우리 지휘관들이 병사들을 몰아대거나 그와 같은 일을 할 필요가 전혀 없었다는 점입니다. 오히려 우리는 간신히 억눌렀답니다, 그, 그⋯⋯ 그렇습니다, 그 옛사람다운 용맹한 무공을 말입니다." 그는 빠르게 지껄였다. "바르클라이 드 톨리 장군은 어디를 가든 목숨을 걸고 군대의 선두에 섰다고 저는 장인어른께 말씀

───────────

158) 나중에 기억을 떠올리기 위해 하는 표시로서 러시아 관습의 하나다.

드리겠습니다. 우리 군단은 산비탈에 배치되었지요. 상상이 되십니까!"그러고 나서 베르크는 요즘 들은 온갖 이야기들 가운데 자신이 기억하는 것을 그 자리에서 전부 이야기했다. 나타샤는 베르크의 얼굴에서 어떤 의문에 대한 해답을 찾으려는 듯 그가 쩔쩔맬 만큼 뚫어지게 쳐다보았다.

"전반적으로 러시아 전사들이 보여 준 그 영웅적 행위는 우리가 감히 상상할 수도 없고 그에 걸맞은 찬사를 보낼 수도 없을 정도였습니다!"베르크는 나타샤를 돌아보고는 그녀를 구슬리고 싶은지 그 집요한 시선에 미소로 답하며 말했다. "'러시아는 모스크바에 있지 않고 그 아들들의 심장에 있다.' 그렇지 않습니까, 장인어른?"베르크가 말했다.

그때 백작 부인이 지치고 불만스러운 표정으로 소파방에서 나왔다. 베르크는 벌떡 일어나 백작 부인의 자그마한 손에 입을 맞추고 건강에 대해 물었다. 그리고 고개를 가볍게 저으며 동정을 표한 후 그녀 옆에 섰다.

"그렇습니다, 장모님, 진심으로 말씀드리자면 모든 러시아인들에게 괴롭고 슬픈 시대입니다. 그런데 왜 그렇게 근심하고 계십니까? 아직 떠날 시간이 있는데요……."

"하인들이 뭘 하고 있는지 모르겠어요."백작 부인이 남편을 향해 말했다. "방금 아직 아무것도 준비되지 않았다고 하던데요. 누가 지시를 해야 하잖아요. 사정이 이렇게 되니 미첸카가 아쉽네요. 이래서야 끝이 없겠어요!"

백작은 뭐라 말하고 싶지만 꾹 참는 눈치였다. 그는 의자에서 일어나 문으로 갔다.

그때 베르크가 코를 풀려는 듯 손수건을 꺼내더니 매듭을 보면서 슬프고 의미심장하게 고개를 저으며 생각에 잠겼다.

"저, 장인어른, 큰 청이 있습니다." 그가 말했다.

"응?" 백작이 걸음을 멈추고 말했다.

"방금 유스포프가(家)를 지나쳐 왔습니다만." 베르크는 씩 웃으며 말했다. "제가 아는 관리인이 달려 나와 뭔가 사 주지 않겠냐고 물었습니다. 그래서요, 호기심으로 그 집에 들렀다가 작은 옷장과 화장대를 발견했습니다. 베루시카가 이것을 얼마나 갖고 싶어 했고 우리가 이것 때문에 얼마나 싸웠는지 아시지요? (베르크는 옷장과 화장대에 대한 이야기를 꺼내다가 자신의 안락한 생활을 떠올리고 자기도 모르게 말투를 즐겁게 바꾸었다.) 얼마나 예쁘던지요! 서랍을 열면 영국식 비밀 서랍이 있습니다. 아시겠죠? 베로치카가 오래전부터 갖고 싶어 하던 것입니다. 저는 그녀에게 깜짝 선물을 하고 싶습니다. 장인어른 댁 안마당에서 아주 많은 농부들을 보았는데요. 저에게 한 명만 주십시오. 후한 값을 지불하겠습니다. 그리고……"

백작은 얼굴을 찌푸리며 헛기침을 했다.

"백작 부인에게 부탁하게. 내가 지시를 내리는 게 아니라서 말이네."

"곤란하시다면 굳이 그러실 필요 없습니다." 베르크가 말했다. "저는 그저 베루시카를 위해 그것을 간절히 원했을 뿐이니까요."

"아, 다들 악마에게나 가 버려, 악마, 악마, 악마에게!" 노백작이 외쳤다. "머리가 돌 지경이야." 그리고 그는 방에서 나가 버렸다.

백작 부인이 울기 시작했다.

"네, 그렇습니다, 장모님, 정말 어려운 시대입니다!" 베르크가 말했다.

나타샤는 아버지와 함께 나갔다. 그녀는 처음에 무언가 열심히 생각하는 듯한 모습으로 아버지를 뒤따라가더니 아래층으로 뛰어 내려갔다.

페챠가 현관 계단에 서서 모스크바를 떠나는 하인들에게 무기를 지급하고 있었다. 안마당에는 짐을 실은 짐마차들이 여전히 대기 중이었다. 그중 두 대는 밧줄이 끌러진 채고, 한 대에는 한 장교가 종졸의 부축을 받으며 오르고 있었다.

"누나는 이유를 알지?" 페챠가 나타샤에게 물었다. (나타샤는 페챠의 말이 '아버지와 어머니가 왜 싸운 거야?'라는 뜻임을 알았다.) 그녀는 아무 대답도 하지 않았다.

"아빠가 짐마차들을 부상병들에게 전부 내주려고 하셨기 때문이지." 페챠가 말했다. "바실리이치가 말해 줬어. 내 생각에는……."

"내 생각에는……." 갑자기 나타샤가 분노에 찬 얼굴을 페챠에게 돌리며 소리를 지르다시피 했다. "내 생각에는 그건 너무 추악하고, 너무 혐오스럽고, 너무…… 모르겠어! 우리가 무슨 독일인이야?" 발작처럼 터져 나오는 흐느낌에 목이 떨렸다. 그녀는 자신이 나약해질까 봐, 자신이 분노의 탄약을 헛되이 써 버릴까 봐 두려워 몸을 돌려 계단을 쏜살같이 올라갔다. 베르크는 백작 부인 옆에 앉아 친근하고 공손한 태도로 그녀를 위로하고 있었다. 백작은 손에 파이프를 들고 방 안을 돌아다니고 있었다. 그때 나타샤가 분노에 일그러진 얼굴로 폭풍처럼 방에 뛰어들어 빠른 걸음으로 어머니에게 다가갔다.

"이것은 추악한 짓이에요! 혐오스러운 짓이라고요!" 그녀가 외쳤다. "엄마가 그렇게 지시하시다니, 있을 수도 없는 일이에요."

베르크와 백작 부인은 영문을 몰라 깜짝 놀라며 그녀를 바라보았다. 백작은 창가에 서서 가만히 듣고 있었다.

"엄마, 그러시면 안 돼요! 안마당에서 무슨 일이 일어나고 있는지 보세요." 그녀가 외쳤다. "저들을 두고 가다니요!"

"그게 너와 무슨 상관이니? 저 사람들이 누군데? 어떻게 하자는 거야?"

"누구라뇨, 부상자들이죠! 그러시면 안 돼요, 엄마. 이럴 수는 없어요……. 아뇨, 엄마, 이것은 옳지 않아요, 죄송해요, 제발, 엄마……. 엄마, 도대체 왜 우리가…… 우리가 무엇을 신고 가려는 거죠, 엄마, 그냥 보기라도 하세요, 안마당에서 무슨 일이 일어나고 있는지…… 엄마! 이럴 수는 없어요!"

백작은 창가에 서서 고개를 돌리지 않은 채 나타샤의 말을 들었다. 갑자기 그가 코를 식식거리며 창문에 얼굴을 가까이 댔다.

백작 부인은 딸을 흘깃 쳐다보다가 어머니를 부끄럽게 여기는 딸의 얼굴을 보고 또 딸의 흥분을 보고는 왜 지금 남편이 자기를 돌아보지 않는지 깨닫고 멍한 표정으로 주위를 둘러보았다.

"아, 좋을 대로 해요! 내가 누구를 방해한다고 그래요!" 그녀는 여전히 굴복하려 들지 않으며 말했다.

"엄마, 절 용서하세요!"

하지만 백작 부인은 딸을 밀치고 백작에게 다가갔다.

"여보, 당신이 필요한 지시를 내려요……. 난 이런 걸 잘 모르잖아요." 그녀는 미안한 표정으로 시선을 떨구며 말했다.

"달걀이…… 달걀이 암탉을 가르치는군……." 백작이 행복한 눈물을 글썽이며 말하고 아내를 끌어안았다. 그녀는 부끄러운 얼굴을 그의 가슴에 숨길 수 있어 기뻤다.

"아빠, 엄마! 제가 지시를 내려도 돼요? 그래도 돼요?" 나타샤가 물었다. "그래도 우리는 꼭 필요한 것들을 전부 가져가게 될 거예요……." 나타샤가 말했다.

백작은 그렇게 하라는 뜻으로 고개를 끄덕여 보였다. 그러자 나타샤는 술래잡기를 할 때처럼 재빠른 걸음으로 홀을 지나 대기실로, 그리고 계단을 지나 안마당으로 달려갔다.

사람들이 나타샤 주위에 모여들었다. 그러나 모든 짐마차를 부상자들에게 내주고 궤짝들을 광으로 옮기라는 지시를 백작 자신이 아내의 이름으로 직접 확인해 주기까지 그들은 나타샤가 전하는 이상한 지시를 믿을 수 없었다. 그들은 일단 지시를 이해하고 나자 신나게 부산을 떨며 새 일에 매달렸다. 이제 하인들은 그 일을 이상하게 여기기는커녕 오히려 당연하게 생각했다. 십오 분 전만 해도 부상자들을 두고 물건을 가져가는 것을 아무도 이상히 여기지 않고 당연하게 생각하던 모습과 똑같았다.

온 집안사람들은 좀 더 일찍 이 일을 하지 않은 것을 보상하기라도 하듯 부상자들을 짐마차에 나누어 싣는 새로운 일에 분주히 매달렸다. 부상자들은 방 밖으로 기어 나와 기쁨에 겨운 창백한 얼굴로 짐마차들을 에워쌌다. 짐마차가 있다는 소문이 인근에도 퍼졌다. 그러자 다른 집에 있던 부상자들도 로스토프가의 안마당으로 모여들기 시작했다. 부상자들 가운데 많은 수가 짐은 내리지 말고 그저 그 위에 태워만 달라고 간청했다. 그러나 일단 짐을 내리는 일이 시작되자 멈출 수 없게 되어 버렸다. 전부를 버리든 반만 버리든 어차피 상관없었다. 식기, 청동상, 그림, 거울이 든 궤짝들, 지난밤 사람들이 그토록 애써 꾸린 궤짝들은 짐마차에 실리지 못한 채 안마당에 널려 있었다. 다들 이런저런 짐을 내려 더 많은, 좀 더 많은 짐마차를 내줄 가능성을 찾았다.

"네 명을 더 태울 수 있습니다." 관리인이 말했다. "제가 제 짐마차를 내놓겠습니다. 그러지 않으면 저 사람들이 어디로 가겠습니까?"

"내 의상 마차도 내줘요." 백작 부인이 말했다. "두냐샤는 내 카레타에 함께 탈 거예요."

그들은 의상 마차도 넘겨 두 집 건너의 부상자들에게 보냈다. 집안사람들과 하인들 모두 명랑하고 활기에 넘쳤다. 나타샤는 오랫동안 맛보지 못한 기쁨과 행복에 겨운 생기를 띠었다.

"이것은 어디에 묶어 둘까요?" 하인들이 카레타 뒤쪽의 좁다란 하인석에 궤짝 하나를 고정하려고 애쓰며 말했다. "짐마차를 한 대라도 남겨야 하는데요."

"그 안에는 뭐가 있죠?" 나타샤가 물었다.

"백작님의 책입니다."

"그냥 둬요. 바실리이치가 치울 거예요. 그건 필요 없어요."

브리치카가 사람들로 꽉 찼다. 표트르 일리이치를 어디에 앉힐지가 의문이었다.

"그 애는 마부대에 앉히면 돼. 페챠, 마부대에 앉을 거지?" 나타샤가 외쳤다.

소냐도 쉴 새 없이 분주했다. 하지만 그녀가 부산을 떠는 목적은 나타샤와 정반대였다. 그녀는 남겨 두어야 할 물건들을 치웠다. 하지만 백작 부인의 바람대로 그 목록을 작성하고 될 수 있는 대로 많이 가져가기 위해 애썼다.

17

2시가 가까워질 무렵 말을 매고 짐을 실은 로스토프가의 승용 마차 네 대가 마차 승강장에서 대기하고 있었다. 부상자를 실은 짐마차들이 차례로 안마당을 빠져나갔다.

안드레이 공작이 탄 콜랴스카가 현관 계단을 지나치며 소냐의 관심을 끌었다. 마침 소냐는 마차 승강장에 대기한 백작 부인의 높고 큰 카레타 안에서 하녀와 함께 백작 부인이 앉을 자리를 마련하고 있었다.

"저건 누구의 콜랴스카지?" 소냐가 마차 창문 밖으로 고개를 내밀며 물었다.

"정말 모르세요, 아가씨?" 하녀가 대답했다. "부상당한 공작님이세요. 그분은 이곳에서 하룻밤을 묵으셨고 곧 우리와 함께 출발하실 거예요."

"그래서 누구냐니까? 성이 뭔데?"

"우리 아가씨의 약혼자셨던 그 볼콘스키 공작님이세요!" 하녀가 한숨을 쉬며 대답했다. "그분의 생명이 위태롭대요."

소냐는 카레타에서 뛰쳐나와 백작 부인에게 달려갔다. 이미 여행용 복장에 숄을 걸치고 모자를 쓴 백작 부인은 지친 모습으로 응접실을 거닐고 있었다. 출발에 앞서 문을 닫고 앉아 기도를 드리기 위해 가족들을 기다리는 중이었다. 나타샤는 응접실에 없었다.

"어머니." 소냐가 말했다. "안드레이 공작이 부상을 당한 몸으로 이곳에 있어요. 생명이 위태로워요. 그분은 곧 우리와 함께 출발할 거예요."

백작 부인은 깜짝 놀란 눈을 하고서 소냐의 손을 잡고 주위를 둘러보았다.

"나타샤는?" 그녀가 말했다.

소냐에게나 백작 부인에게나 처음에 이 소식은 오직 한 가지 의미로만 다가왔다. 그들은 자신들의 나타샤를 잘 알았다. 그래서 나타샤가 이 소식을 들으면 어떻게 될까 하는 두려움이 두 사람의 마음속에서 그들 모두가 아끼던 한 남자에 대한 연민을 완전히 질식시키고 말았다.

"나타샤는 아직 몰라요. 하지만 그분은 우리와 함께 떠날 거예요." 소냐가 말했다.

"생명이 위태롭다고 했지?"

소냐가 고개를 끄덕였다.

백작 부인은 소냐를 끌어안고 흐느끼기 시작했다.

'하느님의 섭리는 측량할 수가 없구나!' 그녀는 이제껏 사람들의 시선으로부터 감춰져 있던 전능한 팔이 지금 벌어지는 모든 것 속에 나타나기 시작했음을 느끼며 생각했다.

"엄마, 다 준비됐어요. 무슨 일 있어요?" 나타샤가 생기 넘치는 얼굴로 방에 뛰어 들어오며 물었다.

"아무것도 아니다." 백작 부인이 말했다. "준비됐으면 출발하자." 백작 부인은 심란한 얼굴을 숨기기 위해 손가방 위로 몸을 숙였다. 소냐는 나타샤를 끌어안고 입을 맞추었다.

나타샤는 미심쩍은 듯 그녀를 쳐다보았다.

"왜 그래? 무슨 일 있었어?"

"아무것도 아니야…… 아냐……."

"나에게 아주 안 좋은 일이야? 뭔데?" 예민한 나타샤가 물었다.

소냐는 한숨을 쉬고는 아무 대답도 하지 않았다. 백작, 페챠, 마담 쇼스, 마브라 쿠즈미니시나, 바실리이치가 응접실로 들어왔다. 그들은 문을 닫고 다 함께 자리에 앉아 서로를 쳐다보지 않은 채 말없이 몇 초 동안 앉아 있었다.

백작이 가장 먼저 일어나 큰 소리로 탄식을 하고 이콘을 향해 성호를 그었다. 다들 똑같이 했다. 그러고 나서 백작은 모스크바에 남기로 한 마브라 쿠즈미니시나와 바실리이치를 안았다. 그들이 백작의 손을 잡고 그의 어깨에 입을 맞추자 백작은 알아듣기 힘든 다정한 위로의 말을 건네며 그들의 등을 가볍게 두드려 주었다. 백작 부인은 이콘방으로 갔다. 소냐는 그곳에서 벽에 드문드문 걸린 이콘들 앞에 무릎을 꿇고 있는 백작 부인을 발견했다.(그들은 가족의 전통에 따라 가장 귀한 이콘들을 가져가기로 했다.)

현관 계단과 안마당에서는 이제 곧 떠날 사람들이 페챠가 나누어 준 단검과 기병도로 무장하고 바지를 부츠 안에 쑤셔 넣고 허리띠와 가죽끈을 단단히 조인 차림으로 이곳에 남을 사람들과 작별 인사를 하고 있었다.

길을 떠날 때면 늘 그렇듯 많은 물건들이 빠지거나 제대로 꾸려지지 않아 하녀들이 쿠션과 보따리를 들고 집에서 카레타로, 콜랴스카로, 브리치카로 달려갔다가 다시 집으로 뛰어가기를 반복했다. 그동안 정복 차림의 두 하인은 백작 부인을 부축하여 앉힐 준비를 갖추고서 카레타의 열린 문과 발판의 양편에 꽤 오랫동안 서 있었다.

"얘들은 일평생 까먹는군!" 백작 부인이 말했다. "넌 내가 그렇게 앉을 수 없다는 것을 알잖니." 그러자 두냐샤는 이를 앙다물며 비난하는 표정을 짓고 아무 대꾸도 없이 카레타 안으로 들어가 자리를 다시 손봤다.

"아, 이 사람들하고는!" 백작은 고개를 저으며 말했다.

늙은 마부 예핌 ─ 백작 부인은 외출할 때 오직 이 남자에게만 마차를 맡겼다 ─ 은 마부대에 높다랗게 앉아 자기 뒤에서 벌어지는 일에 눈길도 주지 않았다. 삼십 년의 경험으로 그는 '하느님께서 동행하시길!'[159]이라는 말이 나오려면 좀 더 시간이 걸리리라는 것, 사람들이 그를 두어 번 더 멈춰 세우고 빠뜨린 물건을 가져오라며 누군가를 보내리라는 것, 그런

---

159) 안전한 여행을 기원하는 말로 '출발'을 알리는 신호이기도 하다.

다음에도 또 한 번 멈추게 한 뒤 백작 부인이 창밖으로 고개를 내밀어 그에게 제발 내리막길에서 좀 더 조심스럽게 마차를 몰아 달라고 부탁하리라는 것을 알았다. 그것을 알았기에 말들보다(특히 한 발로 땅을 차고 재갈을 신경질적으로 물어뜯는 왼쪽의 적황색 말인 소콜보다) 더 끈기 있게 앞으로 일어날 일을 기다렸다. 마침내 모두 자리를 잡고 앉았다. 발판이 접혀 카레타 안으로 던져지고 문이 쾅 닫혔다. 그리고 누군가 귀중품 함을 가지러 가고 백작 부인이 창밖으로 고개를 내밀고는 해야 할 말을 했다. 그러자 예핌은 천천히 머리에서 모자를 벗고 성호를 그었다. 좌마 기수와 모든 사람들도 그와 똑같이 했다.

"하느님께서 동행하시길!" 예핌이 모자를 쓰고 말했다. "고삐를 조여라!" 좌마 기수가 말을 출발시켰다. 쌍두마차의 오른쪽 말이 멍에 안으로 고개를 디밀고 높은 스프링이 삐걱거리고 차체가 흔들렸다. 한 하인이 움직이는 마차의 마부대로 훌쩍 뛰어올랐다. 안마당에서 울퉁불퉁한 포장도로로 나올 때 카레타가 덜컹거렸고, 다른 승용 마차들도 똑같이 덜컹거렸다. 그렇게 행렬은 길을 따라 위쪽으로 움직이기 시작했다. 카레타, 콜랴스카, 브리치카에 탄 모든 사람들이 맞은편에 있는 교회를 향해 성호를 그었다. 모스크바에 남는 사람들은 마차의 양옆에서 걸으며 그들을 배웅했다.

나타샤가 마차 안에 백작 부인과 나란히 앉아 옆으로 천천히 스쳐 가는 모스크바의 벽들을, 불안이 감도는 그 버려진 벽들을 바라보며 이 순간 맛본 가슴 벅찬 기쁨은 예전에 좀처럼 느끼지 못한 감정이었다. 그녀는 이따금 카레타 창밖으로 머리를 내밀어 뒤쪽을 바라보기도 하고, 앞에 있는 부상자들의 긴 행렬을 바라보기도 했다. 부상자들의 거의 맨 앞에 안드레이 공작이 탄 콜랴스카의 덮개가 보였다. 그녀는 그 안에 누가 있는지도 모른 채 자신들의 짐마차 대열의 규모를 헤아릴 때마다 눈으로 그 콜랴스카를 찾았다. 그녀는 그 콜랴스카가 대열의 맨 앞에 있다는 것을 알았다.

로스토프가의 행렬과 똑같은 몇몇 행렬들이 니키츠카야, 프레스냐, 포드노빈스키 대로를 벗어나 쿠드리노로 모여들었다. 사도바야 거리에서는 이미 승용 마차와 짐마차가 두 줄로 움직이고 있었다.

수하레바 탑을 돌 때 나타샤는 마차나 도보로 지나가는 사람들을 호기심 어린 눈으로 재빨리 둘러보다가 갑자기 기쁨과 놀라움이 뒤섞인 목소리로 외쳤다.

"어머! 엄마, 소냐, 저길 봐요, 그 사람이에요!"

"누구? 누구?"

"봐요, 세상에, 베주호프예요!" 나타샤가 카레타 창밖으로 머리를 내밀고서 마부의 카프탄을 입은 키가 크고 뚱뚱한 남자를 쳐다보며 말했다. 걸음걸이와 당당한 태도로 보아 그 사람은 변장한 귀족이 틀림없었다. 그는 얼굴이 누르스름하고 턱수염이 없는 값싼 모직 외투 차림의 자그마한 노인과 나란히 수하레바 탑의 아치 아래에서 걸어 나오고 있었다.

"정말로 베주호프예요. 카프탄을 입고 어떤 애늙은이 같은 사람과 같이 있어요! 정말이에요!" 나타샤가 말했다. "봐요, 보라고요."

"아냐, 그 사람이 아냐. 어떻게 너는 그렇게 바보 같은 소리를 할 수 있니?"

"엄마." 나타샤가 소리쳤다. "저 사람이 베주호프라는 것에 제 목을 걸게요! 제가 장담해요. 잠깐, 잠깐만요!" 그녀가 마부에게 외쳤다. 하지만 마부는 카레타를 세울 수 없었다. 메샨스카야 거리에서 짐마차와 승용 마차가 계속 나오며 로스토프가 행렬을 향해 계속 나아가라고, 다른 대열들을 막지 말라고 소리쳤기 때문이다.

아까보다 훨씬 더 멀어지긴 했지만 정말로 로스토프가의 모든 사람들은 피에르를, 혹은 피에르와 매우 비슷한 남자를 알아보았다. 마부의 카프탄을 입은 그는 고개를 숙인 채 하인처럼 보이는 키가 작고 턱수염이 없는 노인과 진지한 얼굴로 길을 걷고 있었다. 그 노인이 카레타 밖으로 자기를 향해 내민 얼굴을 알아보고는 피에르의 팔꿈치를 정중하게 건드리더니 카레타를 가리키며 그에게 뭐라고 말했다. 피에르는 노인이 하는 말을 한참 동안 이해하지 못했다. 자기 생각에 푹 빠진 듯 보였다. 이윽고 그도 노인의 말을 이해하고 노인이 가리키는 방향을 쳐다보았다. 그러다 나타샤를 알아본 피에르는 그 즉시 처음의 감동에 굴복하여 빠르게 카레타 쪽으로 걸음을 옮겼다. 하지만 열 걸음쯤 걷다 뭔가 떠오른 듯 걸음을 멈췄다.

카레타 밖으로 내민 나타샤의 얼굴이 조롱기 섞인 다정함으로 빛났다.

"표트르 키릴리치, 이리 오세요! 우리가 알아봤다니까요!

놀라워요!"그녀는 그에게 손을 내밀며 소리쳤다. "어떻게 된 거예요? 왜 이러고 있어요?"

피에르는 나타샤가 내민 손을 잡고 걸으며(카레타가 계속 앞으로 나아갔기 때문에) 겸연쩍게 그 손에 입을 맞추었다.

"백작, 무슨 일이 있나요?"백작 부인은 놀라움과 동정이 뒤섞인 목소리로 물었다.

"무슨 일이요? 무슨 일이냐고요? 왜요? 저에게 묻지 말아 주십시오."피에르는 이렇게 말하고 나타샤를 돌아보았다. 기쁨으로 빛나는 그녀의 눈길(그는 그녀를 보지 않고도 그것을 느꼈다.)이 특유의 매력으로 그를 감쌌다.

"당신은 어떻게 할 거예요? 모스크바에 남을 건가요?"피에르는 침묵했다.

"모스크바에요?"그가 미심쩍게 물었다. "네, 모스크바에 있을 겁니다. 잘 가요."

"아, 내가 남자라면 좋겠어요. 그럼 난 무슨 일이 있어도 당신과 남을 텐데요. 아, 그러면 얼마나 좋을까요!"나타샤가 말했다. "엄마, 제가 남을 수 있게 허락해 주세요."피에르는 멍하니 나타샤를 쳐다보며 무언가 말하려고 했지만 백작 부인이 가로막았다.

"당신은 전장에 있었다죠? 우리도 들었어요."

"네, 있었습니다."피에르가 대답했다. "내일 다시 전투가 벌어질 겁니다……."피에르가 입을 열었다. 하지만 나타샤가 말을 가로막았다.

"백작, 무슨 일이 있어요? 당신 같지 않아요……."

"아, 묻지 마십시오, 나에게 묻지 마세요. 난 아무것도 모릅니다. 내일……. 아, 아닙니다. 잘 가요. 안녕히." 그가 말했다. "끔찍한 시대입니다." 그러고는 카레타를 남겨 두고 인도로 가 버렸다.

나타샤는 오래도록 창밖으로 고개를 내밀고는 그를 향해 다정하고도 다소 조롱기 섞인 즐거운 미소를 빛냈다.

18

피에르는 자기 집에서 자취를 감춘 이후 고인이 된 바즈제 예프의 텅 빈 아파트에서 벌써 이틀을 지냈다. 그 일이 일어난 사정은 다음과 같다.

모스크바로 돌아와 라스톱친 백작과 만난 그다음 날 눈을 떴을 때 피에르는 자신이 어디에 있는지, 사람들이 자기에게 무엇을 바라는지 한참 동안 이해할 수 없었다. 하인이 응접실에서 그를 기다리는 여러 사람들의 이름 중 엘레나 바실리예브나 백작 부인의 편지를 가져온 프랑스인도 있다고 보고했을 때, 불현듯 그는 자신이 쉽게 굴복하는 혼란과 절망의 감정에 사로잡혔다. 이제 모든 것이 끝났다, 모든 것이 뒤죽박죽이 되고 모든 것이 파멸하였다, 의인도 없고 죄인도 없다, 이제 아무것도 남지 않을 것이다, 이 상황에서 벗어날 길은 전혀 없다, 그런 생각들이 갑자기 머리에 떠올랐다. 그는 부자연스러운 미소를 띤 채 뭐라고 중얼거리며 무력한 자세로 소파에 앉아 있기도 하고, 일어서서 문에 다가가 틈새로 응접실을 엿보기도 하고, 손을 내저으며 되돌아와 책을 잡기도 했다. 하인장이 다시 들어와 백작 부인의 편지를 가져온 프랑스인이 단 일분이라도 그를 꼭 만나고 싶어 한다고, 또 I. A. 바즈제예프의 미망인 집에서 누가 찾아와 바즈제예바 부인이 시골로 떠났으니 그 집의 서적들을 거두어 주기를 바란다는 요청을 전했다고 보고했다.

"아, 그래, 지금, 잠시 기다려⋯⋯. 아니⋯⋯ 아냐, 가서 내가 곧 갈 거라고 말해." 피에르가 하인장에게 말했다.

하지만 하인장이 나가자마자 피에르는 테이블에 놓인 모자를 집어 들고 후문을 통해 서재를 빠져나왔다. 복도에는 아무도 없었다. 피에르는 복도를 끝까지 걸어가 계단에 이른 후 얼굴을 찌푸린 채 두 손으로 이마를 문지르며 첫 번째 층계참으로 내려갔다. 정문 옆에 수위가 서 있었다. 피에르가 선 층계참에는 뒷문으로 또 다른 계단이 나 있었다. 피에르는 그 계단을 내려가 안마당으로 나갔다. 그를 보는 사람이 아무도 없었다. 그러나 대문을 나서자마자 거리에서 승용 마차 옆에 서 있던 마부와 문지기가 주인을 보고 그를 향해 모자를 벗었다. 자신에게 쏠린 시선을 깨달은 피에르는 아무에게도 들키지 않도록 덤불에 머리를 숨긴 타조처럼 행동했다. 그는 고개를 숙인 채 걸음을 재촉하며 길을 걸어갔다.

피에르에게는 이날 아침 자기 앞에 놓인 모든 일 가운데 이오시프 알렉세예비치의 서적과 서류를 분류하는 작업이 가장 중요하게 여겨졌다.

그는 가장 먼저 마주친 삯마차를 잡아타고 파트리아르흐 못으로 가도록 지시했다. 그곳에 바즈제예프의 미망인이 거처하던 저택이 있었다.

모스크바를 떠나는 사람들의 짐마차 대열이 사방에서 움직이는 것을 끊임없이 돌아보면서, 덜컹거리는 낡은 삯마차에서 떨어지지 않기 위해 뚱뚱한 몸을 가누면서, 피에르는 학교에서 도망쳐 나온 소년이 느낄 법한 즐거운 감정을 맛보며 마부와 열띤 대화를 나누었다.

마부는 오늘 크렘린에서 사람들에게 무기를 지급했다고, 내일 모든 민중이 트리 고리 관문으로 내몰릴 거라고, 그곳에서 큰 전투가 벌어질 거라고 이야기했다.

파트리아르흐 못에 도착한 피에르는 바즈제예프의 집을 찾았다. 그는 오랫동안 그 집을 방문하지 않았다. 그는 쪽문으로 다가갔다. 피에르가 문을 두들기는 소리에 게라심이 나왔다. 오 년 전 토르조크에서 이오시프 알렉세예비치를 만났을 때 피에르는 얼굴이 누렇게 뜨고 턱수염이 없는 이 자그마한 노인을 본 적이 있었다.

"집에 계신가?" 피에르가 물었다.

"소피야 다닐로브나 마님은 현 상황 때문에 자녀들과 토르조크 마을로 떠나셨습니다, 백작 각하."

"어쨌든 들어가겠네. 난 서적을 정리해야 해." 피에르가 말했다.

"어서 들어오십시오, 고인의 ─ 천국에서 편히 쉬시길! ─ 형제 마카르 알렉세예비치가 남아 계십니다. 아시다시피 그분은 몸이 쇠약해서요." 늙은 하인이 말했다.

피에르도 알듯이 마카르 알렉세예비치는 이오시프 알렉세예비치의 동생으로 술주정뱅이에 반쯤 미친 사람이었다.

"그래, 그래, 알고 있어. 들어가세, 들어가……." 피에르는 이렇게 말하며 집으로 들어섰다. 키가 크고 코가 불그레한 대머리 노인이 할라트를 걸치고 맨발에 덧신을 신은 채 대기실에 서 있었다. 그는 피에르를 보자 화를 내며 뭐라고 중얼거리고는 복도로 가 버렸다.

"아주 똑똑한 분이셨는데 이제는 보시다시피 쇠약해지셨어요." 게라심이 말했다. "서재로 가시겠습니까?" 피에르는 고개를 끄덕였다. "서재는 봉인한 그대로 남아 있습니다. 소피야 다닐로브나 마님께서는 백작님 댁에서 누가 오면 서적들을 넘기라고 지시하셨습니다."

피에르는 은인의 생전에 몹시 떨리는 마음으로 들어가곤 하던 바로 그 음울한 서재로 들어섰다. 이오시프 알렉세예비치가 죽은 후 사람의 손이 닿지 않아 이제는 먼지투성이인 서재가 한층 음울해 보였다.

게라심은 덧문 하나를 열어 놓고 발끝으로 살금살금 서재에서 나갔다. 피에르는 서재를 한 바퀴 돈 후 필사본들이 있는 책장에 다가가 한때 교단의 가장 중요한 성물 가운데 하나였던 필사본 한 부를 꺼냈다. 은인의 주석과 해설이 달린 스코틀랜드 문서의 원본이었다. 그는 먼지 쌓인 책상 앞에 앉아 원고를 놓고 펼쳤다 덮었다 하고는 마침내 그것을 옆으로 치우고 두 손으로 턱을 받친 채 생각에 잠겼다.

게라심은 서재 안을 여러 번 조심스럽게 들여다보았으나 피에르가 똑같은 자세로 앉아 있는 모습만 보았다. 두 시간이 더 지났다. 게라심이 피에르의 주의를 끌기 위해 문가에서 부스럭댔다. 피에르는 그 소리를 듣지 못했다.

"삯마차를 돌려보내도 될까요?"

"아, 그렇지." 피에르는 정신을 차리고 벌떡 일어서며 말했다. "들어 봐." 그는 게라심의 프록코트 단추를 잡고서 감격에 겨운 반짝이는 촉촉한 눈동자로 노인을 내려다보며 말했다. "들어 봐. 내일 전투가 있다는 것을 아나?"

"그렇다고 들었습니다." 게라심이 대답했다.

"내가 누구인지 아무에게도 말하지 말아 주게. 그리고 내가 말하는 대로 해 줘."

"알겠습니다." 게라심이 말했다. "식사를 준비할까요?"

"아니, 나에게 필요한 것은 다른 거야. 농부의 옷과 피스톨이 필요해." 피에르가 갑자기 얼굴을 붉히며 말했다.

"알겠습니다." 게라심은 잠시 생각하고 말했다.

그날 내내 피에르는 게라심이 들었듯이 혼자 은인의 서재에서 혼잣말을 중얼거리며 이 구석 저 구석 초조하게 돌아다녔고, 그를 위해 그곳에 마련한 침상에서 밤을 보냈다. 일생 동안 온갖 이상한 것들을 지켜본 하인의 습성으로 게라심은 피에르가 거처를 옮기는 것을 덤덤히 받아들였다. 섬길 사람이 생긴 것에 흡족해하는 듯했다. 그는 왜 그런 것이 필요한지 의문조차 품지 않고 바로 그날 밤 피에르에게 카프탄과 모자를 꺼내 주고는, 다음 날 피에르가 요구한 피스톨을 구해 놓겠다고 약속했다. 그날 밤 마카르 알렉세예비치는 덧신을 끌며 두어 번 문으로 터벅터벅 다가와 아부라도 하는 눈길로 피에르를 쳐다보면서 가만히 서 있었다. 하지만 피에르가 돌아보면 이내 부끄럽고 화가 난 기색으로 할라트의 옷깃을 여미고는 황급히 가 버렸다. 로스토프가 사람들을 만난 것은 피에르가 마부의 카프탄 — 게라심이 그를 위해 구해 와 증기로 소독한 — 을 입고 피스톨을 사기 위해 게라심과 함께 수하레바 탑 부근을 걷고 있을 때였다.

19

9월 1일 밤 쿠투조프는 러시아군에 모스크바를 통과하여 랴잔 가도로 퇴각하라는 명령을 내렸다.

처음의 부대들은 야간에 이동을 개시했다. 밤에 움직인 부대는 서두르지 않으면서 느긋하고 질서 정연하게 이동했다. 그러나 새벽에 출발하여 도로고밀로보 다리로 접근하던 부대는 전방 맞은편에서 서로 밀치며 다급하게 다리를 건너는 군인들을, 또 이편에서 위로 올라가 거리와 골목을 메우는 군인들을 보았다. 뒤에는 떼로 밀어닥치는 무수한 군인들이 있었다. 그러자 원인 모를 초조와 불안이 군대를 사로잡았다. 다들 다리 쪽으로, 다리 위로, 얕은 여울로, 보트 안으로 돌진했다. 쿠투조프는 뒷길을 통과하여 모스크바 너머로 우회하도록 자신의 마차에 지시했다.

9월 2일 오전 10시 무렵 도로고밀로보 근교의 널찍한 장소에는 후위 부대만 남았다. 군대는 이미 모스크바 너머와 모스크바 외곽에 있었다.

그 시각, 즉 9월 2일 오전 10시 나폴레옹은 포클론나야 언덕에 있는 자신의 부대들 사이에 서서 그의 앞에 펼쳐진 광경을 바라보고 있었다. 8월 26일부터 시작하여 9월 2일에 이르기까지, 다시 말해 보로지노 전투에서 적군의 모스크바 침공에 이르기까지 그 불안하고 잊지 못할 일주일 동안 언제나 사람들의 감탄을 자아내기 마련인 그 특별한 가을 날씨가 계속되었다. 이런 날씨에는 낮게 떠오른 태양이 봄보다 더 따사로운 빛을 내리쬐고, 희박하고 깨끗한 공기 속에서 모든 것이 눈부시게 빛나고, 폐는 향긋한 가을 공기를 들이마셔 튼튼해지고, 밤은 심지어 따뜻하기까지 하고, 이런 캄캄하고 따뜻한 밤에는 하늘에서 금빛 별들이 경이와 기쁨을 불러일으키며 끊임없이 쏟아진다.

9월 2일 오전 10시에 날씨는 그러했다. 아침의 빛은 마법 같았다. 포클론나야 언덕에서 내려다본 모스크바는 강과 정원과 교회와 더불어 드넓게 펼쳐져 있었고, 교회의 둥근 지붕들이 햇살 속에 별처럼 아른거리며 자신의 생을 사는 것처럼 보였다.

이제껏 본 적 없는 형식의 색다른 건축물들을 품은 기묘한 도시를 바라보면서 나폴레옹은 사람들이 자기들에 대해 전혀 모르는 이국의 생활 양식을 볼 때 느낄 법한 다소 질투 어린 불안한 호기심을 맛보았다. 분명 이 도시는 자신의 생명력을 온전히 발하며 살고 있었다. 멀리에서도 살아 있는 육신과 시체를 확연히 구분 짓는 어떤 미묘한 특징으로 인해 나폴레옹은 포클론나야 언덕에서 도시의 약동하는 생명을 보았으며 그 크고 아름다운 육신의 호흡 같은 것을 느꼈다.

"무수한 교회를 품은 이 아시아적인 도시, 모스크바, 저들의 성스러운 모스크바! 마침내 여기에 있구나, 그 이름 높은 도시가! 때가 왔다!" 나폴레옹은 말했다. 그는 말에서 내려 그 모스크바 지도를 자기 앞에 펼치라고 명령하고는 통역관 를로르뉴 디드빌을 자기 쪽으로 불렀다. '적에게 점령당한 도시는 순결을 잃은 처녀 같군.' 그는 생각했다.(그는 스몰렌스크에서도 투치코프에게 그렇게 말했다.) 그리고 자기 앞에 누워 있는, 자신이 아직 한 번도 본 적 없는 동방의 미녀를 이러한 시선으로 바라보았다. 스스로에게조차 불가능해 보이던 그의 오랜 열망이 마침내 실현되었다는 사실이 그 자신에게도 기이하게 느껴졌다. 맑은 아침 햇살 속에서 그는 도시와 지도를 번갈아 보며 그 도시의 세부를 확인했다. 그러자 소유에 대한 확신이 그를 흥분시키기도 하고 두렵게도 했다.

'하지만 정말로 이렇게 될 수밖에 없었을까?' 그는 생각했다. '이 수도가 자신의 운명을 기다리며 저기 내 발아래 있다. 지금 알렉산드르는 어디에 있을까? 그는 무슨 생각을 하고 있을까? 기묘하고 아름답고 웅장한 도시! 그리고 기묘하고 웅장한 이 순간! 나는 저들에게 얼마나 눈부시게 보일 것인가!' 그는 자신의 군대에 대해 생각했다. '저 도시는 바로 이 모든 믿음 적은 자들을 위한 포상이다.' 그는 측근들을, 가까이 다가와 정렬하는 군대를 둘러보며 생각했다. '나의 말 한 마디, 나의 손놀림 한 번에 **차르**의 이 고도가 파멸했다. 하지만 나는 언제라도 정복당한 자들에게 자비를 베풀 준비가 되어 있다. 나는 관대하고 참으로 위대해야 한다. 하지만 아니지, 내가 모스크바에 있는 것은 사실이 아니다.' 문득 이런 생각이 머리를 스쳤다. '그렇다 해도 저기 모스크바가 둥근 황금빛 지붕과 십자가를 햇빛에 반짝이고 아른거리며 나의 발아래 누워 있다. 그러나 난 모스크바를 용서할 것이다. 야만과 압제의 고대 기념비에 내가 정의와 자비의 위대한 말을 쓸 것이다……. 알렉산드르는 무엇보다 이것을 쓰라리게 받아들일 것이다. 난 그를 안다.(나폴레옹에게는 지금 벌어지는 사건의 주된 의미가 자신과 알렉산드르의 사적인 싸움에 있는 것처럼 느껴졌다.) 크렘린의 높은 곳에서, 그렇지, 저것은 크렘린이다, 그렇다, 난 저들에게 정의의 법을 줄 것이다. 나는 저들에게 진정한 문명의 의미를 보여 줄 것이다. 보야르[160]의 후손들이 자신들을 정복한 자의 이름을 애정 어린 마음으로 기억하게 할 것이다. 난 저들의 대표단에게 말할 것이다. 난 전쟁을 원하지 않았고 지금도 원하지 않는다고, 단지 저들의 궁정이 도모한 잘못된 정치와 싸웠을 뿐이라고, 난 알렉산드르를 사랑하고 존경한다고, 난 나 자신과 나의 국민들에게 걸맞은 평화 조약 조건을 모스크바에서 수락하겠다고……. 난 존경해 마지않는 황제를 모욕하기 위해 전승(戰勝)의 행복을 이용하고 싶지 않다. 난 보야르

---

160) 톨스토이는 이 부분에서 러시아 역사에 대한 나폴레옹의 무지를 암시한다. 보야르(boyar)는 중세 러시아 귀족 사회의 특권층으로 이 전쟁이 일어나기 약 100년 전에 표트르 대제가 폐지했다.

들에게 말할 것이다. "난 전쟁을 원하지 않소. 내가 원하는 것은 내 모든 백성들의 평화와 안녕이오." 그러나 난 안다. 내가 저들 앞에 있으면 기운이 용솟음치리라는 것을……. 난 내가 언제나 말하는 방식으로 저들에게 말할 것이다. 분명하고, 장중하고, 당당하게. 하지만 과연 내가 모스크바에 있는 것이 맞는가? 그렇다, 바로 저기 모스크바가 있다!'

"보야르들을 데려오도록." 그는 수행원들에게 말했다. 한 장군이 보야르들을 데려오기 위해 눈부신 수행원들을 거느리고 즉시 말을 몰고 달려갔다.

두 시간이 지났다. 나폴레옹은 식사를 마치고 다시 포클론나야 언덕의 똑같은 자리에 서서 대표단을 기다렸다. 보야르들에게 할 말은 이미 머릿속에 잘 정리되어 있었다. 그 말은 나폴레옹이 잘 아는 바와 같이 위엄과 장엄함으로 가득했다.

나폴레옹은 자신이 모스크바에서 사용하고자 한 그 관대한 말투에 황홀해했다. 상상에 빠진 그는 **차르의 궁정**에서 러시아의 고관들과 프랑스 황제의 고관들이 만나게 될 **회합** 날짜를 정했다. 그는 머릿속으로 주민들의 마음을 얻게 해 줄 총독을 임명했다. 모스크바에 자선 단체가 많다는 것을 알고 상상 속에서 그 모든 자선 단체가 그의 은총을 듬뿍 받게 하리라 결심했다. 아프리카에서 두건 달린 외투를 입고 회교 사원에 앉아야 했던 것처럼, 모스크바에서는 차르같이 자비롭게 처신해야겠다고 생각했다. **다정하고 가엾은 나의 사랑하는 어머니**라는 말을 언급하지 않고는 감상적인 것을 전혀 상상하지 못하는 모든 프랑스인들과 마찬가지로, 그는 러시아인들의 마음을 완전히 감동시키기 위해 이 모든 시설에 커다란 글씨로 나의 사랑하는 어머니에게 바치는 시설이라고 쓰도록 명령해야겠다고 결심했다. '아니야, 단순하게 나의 어머니의 집으로 하자.' 그는 속으로 다짐했다. '그런데 내가 정말로 모스크바에 있는 것일까? 그래, 저기 모스크바가 내 앞에 있다. 그런데 이 도시의 대표단은 왜 이렇게 오랫동안 모습을 보이지 않는 거지?' 그는 생각했다.

한편 황제의 수행원들이 있는 여러 홀에서 장군들과 원수들이 동요하는 기색으로 수군수군 의논을 하고 있었다. 대표단을 데려오기 위해 파견된 사람들이 모스크바가 텅 비었다는, 모든 사람들이 마차를 타거나 걸어서 모스크바를 떠났다는 소식을 가지고 돌아왔다. 의논하던 사람들의 얼굴이 창백해지며 불안한 빛을 띠었다. 그들을 두렵게 한 것은 주민들이 모스크바를 버리고 떠났다는 소식(그 사건이 아무리 중요하게 여겨질지라도)이 아니라 그 소식을 어떤 식으로 황제에게 보고할 것인가, 프랑스인들이 우스꽝스럽다고 일컫는 끔찍한 상황에 황제를 빠뜨리지 않고서 보야르들을 그토록 오래 기다린 것은 부질없는 짓이었고 술주정뱅이 무리 외에 아무도 없다는 사실을 어떤 식으로 보고할 것인가 하는 점이었다. 어떤 사람들은 누구라도 좋으니 무슨 일이 있어도 대표단을 모아야 한다고 말했다. 어떤 사람들은 그 의견에 반대하면서 신중하고 지혜로운 방식으로 황제에게 마음의 준비를 시킨 후 진실을 알려야 한다고 주장했다.

"하지만 폐하께 말씀드려야……." 수행원들이 말했다. "그러나 여러분……." 황제가 자신의 관대함을 보여 줄 계획을 짜며 지도 앞에서 초조하게 이리저리 거닐고 이따금 두 손을 이마에 댄 채 모스크바로 통하는 도로를 바라보면서 즐겁고 자랑스러운 미소를 짓고 있었기에 상황은 더욱 곤란했다.

"하지만 난처하군요…… 무리입니다……." 수행원들은 자신들이 마음속으로 생각하고 있는 우스꽝스럽다라는 무시무시한 단어를 입 밖에 낼까 말까 망설이면서 어깨를 으쓱하며 말했다.

한편 헛된 기다림에 지친 황제는 장엄한 순간이 너무 오래 계속되면 그 장엄함이 사라진다는 것을 배우적인 감각으로 감지하고 한 손으로 신호를 보냈다. 신호포의 포성이 적막하게 울려 퍼졌다. 사방에서 모스크바를 포위하고 있던 부대들이 트베리 관문, 칼루가 관문, 도로고밀로보 관문을 통하여 모스크바에 진입했다. 군인들은 자신들이 일으킨 먼지구름 속에 자취를 감추면서 빠른 걸음으로, 혹은 달음질로 앞서거니 뒤서거니 하며 더욱 빠르게 진군했다. 하나로 어우러진 함성 소리가 대기를 흔들었다.

나폴레옹은 군대의 이동에 이끌려 도로고밀로보 관문까지 그들과 함께 갔으나 그곳에서 다시 멈추었다. 말에서 내린 그는 카메르콜레시스키 성벽 옆을 오랫동안 거닐며 대표단을 기다렸다.

20

한편 모스크바는 텅 비어 있었다. 그곳에 아직 사람들이 있기는 했다. 예전의 총인구 가운데 50분의 1 정도가 아직 그곳에 남았다. 그러나 그곳은 텅 비었다. 생명력이 꺼져 가는, 여왕벌이 없어진 벌집처럼 모스크바는 텅 비어 있었다.

여왕벌이 없는 벌집에는 더 이상 생명이 없다. 하지만 겉으로는 다른 벌집들과 다름없이 생동감 있게 보인다.

생명력이 있는 다른 벌집들과 똑같이 여왕벌이 없는 벌집 주위에도 한낮의 뜨거운 햇살 아래 꿀벌들이 명랑하게 맴돈다. 그 벌집도 멀리에서부터 꿀 향기를 풍긴다. 그 벌집에도 드나드는 꿀벌들이 있다. 하지만 가만히 들여다보기만 해도 그 벌집에 더 이상 생명력이 없다는 사실을 깨달을 수 있다. 꿀벌들은 생명이 있는 벌집에서와 다르게 난다. 다른 냄새, 다른 소리가 양봉가를 놀라게 한다. 양봉가가 병든 벌집의 벽을 두드리면, 예전의 신속하고 재빠른 반응 대신, 엉덩이를 위협적으로 치켜들고 빠른 날갯짓으로 그 경쾌하고 생명력 있는 소리를 내던 수만 마리 꿀벌들의 쏵쏵거림 대신 텅 빈 벌집 여기저기에서 드문드문 메아리처럼 울리는 웅웅거림이 응답한다. 벌집 입구에서는 예전처럼 알코올 냄새가 섞인 향기로운 꿀과 독의 냄새도 풍기지 않고, 따스한 충만함도 느껴지지 않으며, 공허와 부패의 악취가 꿀 냄새와 뒤섞여 있다. 벌집 입구에는 방어를 위해 죽음을 각오하고 엉덩이를 위로 치켜든 채 경보음을 울리는 보초병들이 더 이상 없다. 고르고 나직한 소리, 물 끓는 소리와 비슷한 노동의 약동은 더 이상 없고 매끄럽지 않게 드문드문 이어지는 무질서의 소음이 들린다. 검고 길쭉한 몸통에 꿀을 덕지덕지 묻힌 약탈자 벌들이 조심스럽고도 교활하게 벌집을 드나든다. 그 벌들은 침을 쏘지 않고 위험을 피해 슬그머니 가 버린다. 예전에는 벌들이 짐을 들고 날아들었다가 빈 몸으로 나갔는데 이제 짐을 들고 나간다. 양봉가가 벌통 아래쪽 칸을 열고 벌집의 아랫부분을 들여다본다. 예전에는 노동으로 온순해진 통통한 검은 꿀벌들이 서로 다리를 붙잡고 노동의 웅성임을 끊임없이 울리며 밀랍을 길게 늘여 바닥까지 끈처럼 늘어져 있었는데, 이제 비쩍 마른 몽롱한 벌들이 여기저기에서 벌집의 바닥과 벽을 따라 멍하니 돌아다닌다. 예전에는 풀을 깔끔하게 바르고 날개 부채로 쓸어 놓던 바닥에 이제 밀랍 부스러기, 꿀벌들의 배설물, 반쯤 죽어 간신히 발만 꼼지락거리거나 완전히 죽은 치워 내지 못한 꿀벌들이 널려 있다.

양봉가는 벌통의 위쪽 칸을 열고 벌집의 머리 부분을 살핀다. 벌집의 모든 틈새를 남김없이 메워 애벌레를 따뜻하게 해 주던 꿀벌들의 빽빽한 대열들 대신 이제 벌집을 지은 교묘하고 복잡한 솜씨를 보게 된다. 그러나 그것은 이미 예전의 순결한 형태를 잃었다. 모든 것이 황폐하고 더러워졌다. 약탈자인 검은 벌들이 재빠르고 은밀하게 작업장을 뒤진다. 마치 늙은 것처럼 바싹 마르고 몸통이 짧고 축 늘어진 주인 꿀벌들은 아무도 방해하지 않고, 아무것도 바라지 않고, 삶에 대한 의식을 잃은 채 느릿느릿 어슬렁거리며 돌아다닌다. 수벌과 말벌과 땅벌과 나비가 날아다니며 실없이 벌집 벽을 툭툭 친다. 죽은 애벌레가 든 밀랍 방과 꿀 사이의 어딘가 여기저기에서 이따금 성난 윙윙거림이 들린다. 어딘가에서 꿀벌 두 마리가 오랜 습관과 기억에 따라 벌집의 둥지를 청소하며 자신들이 무엇 때문에 그런 일을 하는지 스스로도 모른 채 죽은 꿀벌이나 땅벌을 힘겹게 열심히 끌어낸다. 한구석에서는 다른 두 늙은 꿀벌이 권태롭게 싸우거나 자기 몸을 깨끗이 씻거나 서로 먹이를 먹여 준다. 스스로도 이유를 모른 채 그 꿀벌들은 적대적으로 혹은 사이좋게 그 일을 한다. 어딘가에서는 꿀벌 무리가 서로 밀치며 한 마리의 희생물에 달려들어 그 꿀벌을 때리고 질식시킨다. 그러면 힘이 떨어지거나 죽임을 당한 꿀벌이 천천히 먼지처럼 가볍게 시체 더미로 떨어진다. 양봉가는 벌들의 보금자리를 보기 위해 한가운데 있는 밀랍 방을 두어 개 열어 본다. 예전에는 수천 마리의 벌들이 서로 등을 맞댄 채 촘촘히 검은 원들을 이루고 앉아 일족의 지고한 신비를 지켰는데, 이제 양봉가는 반쯤 죽어 무기력하게 잠에 빠진 몇백 마리 벌들의 몸뚱이를 본다. 꿀벌들은 자신들이 지키던 — 이제 더 이상 존재하지 않는 — 성물 위에 앉아 스스로도 깨닫지 못하는 사이에 거의 다 죽어 버렸다. 그 꿀벌들에게서 부패와 죽음의 악취가 풍긴다. 그 가운데 겨우 몇 마리만 꿈틀거리며 일어나 힘없이 날아간다. 그러고는 적을 찌르고 죽을 기력도 없으면서 적의 손 위에 내려앉는다. 나머지 죽은 꿀벌들은 물고기 비늘처럼 가볍게 아래로 떨어진다. 양봉가는 벌통을 닫고 통에 분필로 표시한 후 적당한 때를 골라 그것을 부수고 불태운다.

나폴레옹이 지치고 불안한 기색으로 얼굴을 찌푸린 채 카메르콜레시스키 성벽 옆에서 우왕좌왕하며 사절단을 기다릴 때 — 그는 이것이 비록 겉치레에 불과하다 하더라도 반드시 지켜야 할 예의라고 생각했다 — 모스크바는 그처럼 텅 비어 있었다.

모스크바 각지에서 사람들은 오랜 습관을 따르며 자신이 무엇을 하는지도 깨닫지 못한 채로 무의미하게 꾸물거릴 뿐이었다.

누군가가 나폴레옹에게 모스크바가 텅 비었다는 사실을 상황에 걸맞게 신중히 보고하자, 그는 보고자를 성난 눈길로 흘긋 쳐다보고 휙 돌아서서 묵묵히 계속 거닐었다.

"마차를 준비해." 그가 말했다. 그는 당직 부관과 나란히 카레타에 올라 근교로 떠났다.

'모스크바가 텅 비다니. 정말이지 믿기 힘든 일이군!' 그는 속으로 중얼거렸다.

그는 시내로 가지 않고 도로고밀로보 근교의 여인숙에 묵었다.

연극의 대단원은 실패로 끝났다.

21

러시아군은 새벽 2시부터 오후 2시에 걸쳐 마지막 피란민과 부상병들을 이끌고 모스크바를 통과했다.

군대가 이동하는 동안에 가장 혼잡을 이룬 곳은 카멘니 다리, 모스크보레츠키 다리, 야우스키 다리였다.

크렘린 주위에서 둘로 갈라진 군대가 모스크보레츠키 다리와 카멘니 다리에서 합류한 순간, 엄청난 수의 병사들이 정체와 혼잡을 틈타 다리에서 방향을 틀어 성 바실리 교회를 지나고 보로비츠키 문을 빠져나가 언덕으로 붉은 광장으로 몰래 조용히 달음질쳤다. 그들은 어떤 직감으로 그곳에서라면 쉽사리 남의 물건을 손에 넣을 수 있다고 느꼈던 것이다. 저가 시장에 나오는 사람들과 똑같은 무리들이 고스치니 시장의 모든 길과 통로를 메웠다. 하지만 손님을 부르는 상인들의 부자연스러울 정도로 달콤한 목소리도 없고 행상인들도, 물건을 사러 나온 각계각층의 여자들 무리도 없었다. 라이플총 없이 묵묵하게 짐을 들고 시장에서 나오거나 빈손으로 들어가는 병사들의 군복과 외투만 보일 뿐이었다. 상인들과 점원들(그들의 수는 적었다.)은 길 잃은 사람처럼 병사들 사이를 돌아다니고, 자기네들 상점을 닫았다 열었다 하고, 사환들과 함께 어딘가로 상품을 운반했다. 고스치니 시장의 광장에는 북 치는 고수들이 서서 소집을 알렸다. 하지만 북소리는 노략질하는 병사들을 예전처럼 소집에 응하게 하긴커녕 오히려 북에서 더 멀어지게 만들었다. 상점과 통로에 있는 병사들 가운데에는 회색 카프탄을 입고 머리를 빡빡 깎은 사람들[161]도 보였다. 장교 둘이 일린카 거리 모퉁이에 멈춰 서서 뭔가 이야기하고 있었다. 견장을 단 장교는 비쩍 마른 짙은 회색 말을 탔고, 외투를 입은 장교는 걸어가고 있었다. 또 다른 장교가 그들 쪽으로 말을 몰고 달려왔다.

"장군님께서 무슨 일이 있어도 당장 모든 자들을 내쫓으라고 명령하셨다. 도대체 이게 무슨 꼴인가! 병사의 절반이 사방으로 흩어지다니."

"자네, 어디로 가나? 자네들, 어디로 가나니까?" 그가 보병들 세 명에게 소리쳤다. 그들은 라이플총 없이 외투 자락을 걷어 올리고 장교 옆을 몰래 지나 시장 안으로 들어가려 했다. "거기 서, 이 악당들아!"

"당신이 저들을 집합시켜 보시지요!" 다른 장교가 대답했

---

161) 감옥에서 풀려난 죄수들을 가리킨다.

다. "집합시키지 못할 겁니다. 남은 자들이 달아나지 않게 어서 가 봐야 할걸요. 그게 고작입니다."

"어떻게 가란 말입니까? 저기 인간들이 다리를 꽉 채우고 서서 움직이지를 않는데요. 아니면 남은 자들이 흩어지지 않게 저지선이라도 칠까요?"

"저리 가! 저들을 몰고 가라니까!" 고참 장교가 소리쳤다.

견장을 단 장교가 말에서 내려 북 치는 고수들을 소리쳐 부른 후 그들과 함께 아치 아래로 들어갔다. 몇몇 병사들이 떼를 지어 달리기 시작했다. 코 주위의 뺨에 불긋불긋 뾰루지가 난 상인이 투실투실한 얼굴에 침착하고 흔들림 없는 계산적인 표정을 띠고 두 손을 흔들며 다급하게, 그러면서도 의기양양하게 그 장교에게 다가갔다.

"장교님." 그가 말했다. "자비를 베풀어 우리를 보호해 주십쇼. 저희도 하찮은 물건이면 신경도 쓰지 않습니다요. 오히려 저희가 기꺼이 드립죠! 지금 당장 모직 천을 가져오겠습니다. 고귀한 분을 위해서라면 두 필이라도 기꺼이 가져옵지요. 저희도 느끼는 바가 있어서…… 그런데 도대체 이게 뭡니까요? 순전히 약탈이라니까요! 제발 보초병이든 뭐든 좀 세워 주십쇼. 상점 문을 닫게라도 해 주시면……."

몇몇 상인들이 장교 주위로 모여들었다.

"어이! 쓸데없이 헛소리나 지껄이고 있구먼!" 그들 가운데 앙상하게 야윈 사람이 근엄한 얼굴로 말했다. "머리통이 날아갔는데 머리카락 때문에 우는 인간이 어디 있나! 누구든 마음대로 가져가라 그래!" 그리고 그는 열성적인 몸짓으로 한 손을 흔들어 대며 장교를 곁눈질했다.

"이반 시도리치, 자네는 그렇게 말해도 괜찮겠지." 조금 전의 상인이 성을 내며 말했다. "부탁드립니다요, 장교님."

"무슨 소리야!" 앙상하게 야윈 남자가 고래고래 소리를 질렀다. "나는 여기 세 군데 점포에 10만 루블어치 상품을 갖고 있어. 군대가 떠나는 마당에 그것을 지킬 수가 있겠냐고. 아, 이 인간들아, 하느님의 권능을 인간의 손으로는 막을 수가 없다니까!"

"제발요, 장교님." 처음의 상인이 허리를 굽실대며 말했다. 장교는 주저하며 서 있었다. 얼굴에 망설이는 기색이 보였다.

"그게 나와 무슨 상관인가!" 그는 갑자기 버럭 소리를 지르고는 줄지어 늘어선 상점들을 향해 빠른 걸음으로 나아갔다. 자물쇠가 풀린 한 상점에서 때리고 욕하는 소리가 들렸다. 장교가 그곳에 다가선 순간 머리를 빡빡 밀고 회색 농민 외투를 입은 남자가 문밖으로 떠밀려 나왔다.

그 남자는 허리를 굽히고 상인들과 장교를 지나쳐 부리나케 달아났다. 장교가 상점 안에 있던 한 병사에게 달려들었다. 그때 모스크보레츠키 다리에서 수많은 군중의 무시무시한 고함 소리가 들렸다. 장교는 광장으로 달려갔다.

"뭐야, 무슨 일이야?" 그가 물었다. 그러나 동료는 이미 성 바실리 교회를 지나 고함 소리가 들리는 쪽으로 말을 몰고 있었다. 장교는 말을 타고 그를 쫓아갔다. 다리 쪽으로 다가간 그는 포차와 분리된 대포 두 문, 다리를 건너는 보병대, 뒤집힌 첼레가 몇 대, 겁에 질린 몇몇 얼굴들, 킬킬거리며 웃어 대는 병사들의 얼굴을 보았다. 대포 옆에는 말 두 필에 매인 짐마차가 한 대 있었다. 짐마차의 바퀴 뒤에 개 목걸이를 찬 보르조이 사냥개 네 마리가 서로 바짝 달라붙어 있었다. 짐마차에는 물건들이 산더미처럼 쌓였고, 맨 위에서 한 아낙네가 뒤집힌 아동용 의자 옆에 앉아 필사적으로 날카로운 비명을 지르고 있었다. 장교는 동료들에게서 군중이 고함을 치고 아낙네가 비명을 지른 이유를 들었다. 이들 군중과 맞닥뜨린 예르몰로프 장군이 병사들은 상점가로 뿔뿔이 흩어지고 주민들 무리가 다리를 막고 있다는 것을 알고는 대포를 포차에서 풀어 다리를 포격하는 시늉을 하라고 명령을 내린 것이다. 군중은 짐마차를 뒤엎고 서로 밀치고 필사적으로 고함을 지르며 전부 다리에서 빠져나갔다. 그리하여 군대는 앞으로 움직이기 시작했다.

22

한편 도시는 텅 비었다. 거리에는 거의 아무도 없었다. 대문
과 상점은 모두 닫혔다. 술집들 주변 여기저기에서 쓸쓸한 고
함 소리나 취기 섞인 노랫소리가 들렸다. 거리에는 마차도 다
니지 않고 이따금 보행자들의 발소리가 들릴 뿐이었다. 포바
르스카야 거리는 완전히 고요하고 황량했다. 로스토프가의
넓은 안마당에는 짐마차 행렬이 떠난 뒤 남은 말똥과 건초 지
푸라기가 널리고 인기척이라고는 찾아볼 수 없었다. 로스토
프가 사람들이 재산을 전부 남겨 두고 떠난 저택의 큰 응접실
에 두 남자가 있었다. 문지기인 이그나트와 코사크 복장의 사
환 아이인 미시카였다. 바실리이치의 손자인 미시카는 할아
버지와 함께 모스크바에 남았다. 미시카는 클라비코드의 뚜
껑을 열고 한 손가락으로 치고 있었다. 문지기는 허리를 두 손
으로 받치고 몸을 뒤로 젖힌 채 즐거운 미소를 지으며 큰 거울

앞에 서 있었다.

"보세요, 잘하죠! 네? 이그나트 할아버지!" 소년은 갑자기 두 손으로 건반을 쾅 내리치며 말했다.

"이것 봐라!" 이그나트는 거울 속의 자기 얼굴이 점점 더 활짝 웃는 것에 놀라며 대꾸했다.

"뻔뻔스러운 인간들 같으니! 정말 뻔뻔스럽군!" 뒤에서 조용히 응접실에 들어온 마브라 쿠즈미니시나의 목소리가 들렸다. "아이고, 대가리 큰 놈이 히죽거리는 꼴이라니! 이런 짓이나 하라고 너희를 붙잡아 둔 줄 알아! 저기는 하나도 치우지 않았네. 바실리이치는 지쳐서 녹초가 됐는데. 혼나 볼래!"

이그나트는 웃음을 그치고 허리띠를 고쳐 매면서 공손히 눈을 내리깔고 방에서 나갔다.

"아줌마, 전 살살 했어요." 소년이 말했다.

"내가 살살 손 좀 봐 줄까, 이 망나니 녀석!" 마브라 쿠즈미니시나가 그를 향해 한 손을 쳐들며 호통을 쳤다. "어서 가서 할아버지를 위해 사모바르를 준비해."

마브라 쿠즈미니시나는 먼지를 털고 클라비코드 뚜껑을 닫더니 무겁게 한숨을 쉬고는 응접실에서 나가 문을 잠갔다.

안마당으로 나간 마브라 쿠즈미니시나는 이제 어디로 갈지 생각에 잠겼다. 바깥채에서 바실리이치와 차를 마실까, 아니면 아직 정리되지 않은 것을 치우러 광에나 갈까?

고요한 거리에서 빠른 발소리가 들렸다. 발걸음은 쪽문에서 멈췄다. 빗장을 풀려고 애쓰는 사람의 손 밑에서 빗장이 달그락거렸다.

마브라 쿠즈미니시나가 쪽문으로 다가갔다.

"누구를 찾으세요?"

"백작님을 찾습니다. 일리야 안드레이치 로스토프 백작님이요."

"그럼 당신은 누구신가요?"

"난 장교입니다. 그분을 꼭 만나야 합니다." 귀족다움이 느껴지는 러시아인의 쾌활한 목소리가 말했다.

마브라 쿠즈미니시나는 쪽문의 빗장을 벗겼다. 그러자 안마당으로 얼굴이 둥그스름한 열여덟 살가량의 장교가 들어왔다. 생김새가 로스토프가 사람들과 비슷했다.

"이런, 다들 떠나셨어요. 엊저녁 기도 시간에 떠나셨답니다." 마브라 쿠즈미니시나가 다정하게 말했다.

젊은 장교는 들어설지 말지 망설이는 듯 쪽문 옆에 서서 혀를 찼다.

"아, 정말 유감이군요!" 그가 중얼거렸다. "어제 왔어야 하는데……. 아, 정말 애석하네요……."

한편 마브라 쿠즈미니시나는 젊은이의 얼굴에 깃든, 그녀가 익히 아는 로스토프가 혈통의 생김새와 누더기가 된 외투, 그가 신은 뒤축 닳은 부츠를 동정하는 눈빛으로 유심히 뜯어보았다.

"무슨 일로 백작님을 만나려 하셨어요?" 그녀가 물었다.

"아, 그게…… 하는 수 없죠!" 장교는 애석한 투로 말하고는 떠나기로 결심한 듯 쪽문을 잡았다. 그는 다시 주저하며 걸음을 멈추었다.

"그게 말이죠……." 그가 불쑥 입을 열었다. "난 백작님의 친척입니다. 그분은 언제나 날 매우 다정하게 대해 주셨죠. 그런데 보다시피(그는 선량하고 밝은 미소를 지으며 자신의 망토와 부츠를 쳐다보았다.) 옷은 누더기가 되고 돈도 한 푼 없답니다. 그래서 백작님께 부탁을 하려고……."

마브라 쿠즈미니시나는 끝까지 말할 틈을 주지 않았다.

"잠깐만 기다리세요. 잠깐만요." 그녀가 말했다. 장교가 쪽문에서 손을 내리자마자 마브라 쿠즈미니시나는 돌아서서 재빨리 노파 특유의 걸음으로 뒷마당에 있는 바깥채를 향했다.

마브라 쿠즈미니시나가 자기 거처로 달려가자 장교는 고개를 숙이고 자신의 구멍 난 부츠를 보면서 가벼운 미소를 지은 채 안마당을 거닐었다. '아저씨를 만나지 못해 아쉽군! 좋은 할멈이야! 그런데 할멈은 어디로 뛰어간 거지? 연대는 지금쯤 로고시스키 관문으로 가고 있을 텐데 어느 길로 가야 연대를 더 빨리 따라잡을까? 어떻게 알아내지?' 그때 젊은 장교는 이런 생각을 했다. 마브라 쿠즈미니시나가 두려움과 단호함이 뒤섞인 얼굴로 돌돌 만 격자무늬 손수건을 두 손에 쥔 채 모퉁이 뒤에서 나왔다. 그녀는 장교 앞에 미처 이르기도 전에 손수건을 펼치며 그 안에서 25루블짜리 하얀 지폐 한 장을 꺼내 장교에게 황급히 건넸다.

"백작님이 집에 계셨더라면 물론 그분들도 틀림없이…… 친척이니까 아마…… 지금은……." 마브라 쿠즈미니시나는 머뭇거리며 어쩔 줄을 몰라 했다. 하지만 장교는 거절하지도 재촉하지도 않고 그 지폐를 받은 후 마브라 쿠즈미니시나에게 고맙다는 인사를 했다. "백작님이 집에 계셨더라면……."
마브라 쿠즈미니시나는 미안해하며 계속 말했다. "그리스도
께서 함께하시길! 하느님께서 당신을 구해 주시길!" 마브라
쿠즈미니시나가 허리를 조아려 그를 배웅하며 말했다. 장교
는 마치 스스로를 비웃기라도 하듯 옅은 웃음을 짓고 고개를
절레절레 저으면서 연대를 따라잡기 위해 텅 빈 거리를 따라
야우스키 다리 쪽으로 급히 달려갔다.

　마브라 쿠즈미니시나는 눈물이 그렁그렁한 눈으로 열린 쪽
문 앞에 한참 동안 서 있었다. 그녀는 수심에 잠겨 고개를 저
으며 잘 알지도 못하는 젊은 장교에 대해 갑자기 어머니 같은
애정과 연민이 가슴에 차오르는 것을 느꼈다.

23

바르바르카 거리에 있는 아직 완공되지 않은 어느 집에
서 ── 아래층은 술집이었다 ── 술 취한 사람들의 고함 소리와
노래가 들렸다. 작고 더러운 방의 테이블들 앞에 놓인 긴 의자
에 열 명가량 되는 공장 노동자들이 앉아 있었다. 술 취하고
땀에 흠뻑 젖은 그들은 모두 눈을 게슴츠레 뜨고 입을 한껏 벌
리고서 어떤 노래를 힘껏 부르고 있었다. 그들은 안간힘을 쓰
며 힘겹게 제각기 노래를 불렀다. 노래를 부르고 싶은 것이 아
니라 그저 자신들이 술에 취해 흥청거리는 중이라는 것을 입
증하고 싶은 듯 보였다. 그들 가운데 한 명인 키가 큰 금발 청
년이 깨끗한 파란 추이카 차림으로 그들을 내려다보며 서 있
었다. 꽉 다물었지만 끊임없이 실룩이는 얇은 입술과 시선을
고정한 채 찌푸린 몽롱한 눈만 아니면 콧날이 날렵하고 곧은
그의 얼굴은 잘생긴 편에 들었을 것이다. 그는 노래하는 사람

들을 굽어보고 서서 마음속으로 무언가를 공상하는지 소매를 팔꿈치까지 걷은 채 그 더러운 손가락들을 벌리려 부자연스럽게 애쓰면서 하얀 팔 한쪽을 그들의 머리 위로 엄숙하고 어색하게 휘둘러 댔다. 추이카의 소맷자락이 자꾸만 내려가자 청년은 왼손으로 열심히 소매를 다시 걷어 올렸다. 마치 그가 휘두르는 그 힘줄이 불거진 하얀 팔이 반드시 맨살로 드러나는 것에 뭔가 매우 중요한 의미가 있는 듯했다. 노래하는 도중에 현관방과 현관 계단에서 고함을 지르며 서로 다투는 소리와 주먹질하는 소리가 들렸다. 키 큰 청년이 한 손을 내저었다.

"그만!" 그가 명령조로 외쳤다. "어이, 친구들, 대결이다!" 그러고는 연신 소매를 걷어 올리며 현관 계단으로 나갔다.

공장 노동자들이 그를 뒤따랐다. 이날 아침 키 큰 청년의 선도 아래 술집에서 술을 마신 공장 노동자들은 공장에서 가져온 가죽을 술집 주인에게 넘겨주고 그 대가로 술을 받았다. 그런데 인근 대장간의 대장장이들이 술집에서 흥청거리는 소리를 듣고는 술집이 부서진 거라 생각하여 완력으로 술집에 밀고 들어오려 한 것이다. 현관 계단에서 싸움이 붙었다.

술집 주인은 문간에서 한 대장장이와 주먹다짐을 하고 있었다. 공장 노동자들이 나왔을 때 대장장이가 술집 주인으로부터 나가떨어져 포장도로에 얼굴을 박고 쓰러졌다.

또 다른 대장장이가 술집 주인을 가슴으로 마구 밀면서 기를 쓰고 문 쪽으로 가려 했다.

소매를 걷은 채 계속 몸을 놀리던 청년은 문을 비집고 들어오려는 대장장이의 얼굴에 주먹을 날리고 거칠게 외쳤다.

"친구들! 우리 편이 맞고 있다!"

그때 첫 번째 대장장이가 땅바닥에서 일어나 얻어맞은 얼굴에서 피를 닦아 내며 울음 섞인 목소리로 외쳤다.

"사람 살려! 살인이다! 사람이 죽었다! 형제들!"

"이럴 수가, 사람이 맞아 죽었네. 사람이 죽었어!" 인근의 한 대문에서 나온 아낙이 날카로운 소리로 부르짖었다. 군중이 피투성이가 된 대장장이 주위에 모여들었다.

"네놈은 사람들을 갈취하는 것도 모자라 루바시카까지 빼앗는구나." 누군가의 목소리가 술집 주인을 향해 말했다. "뭣 때문에 사람을 죽인 거냐? 이 강도 놈아!"

키가 큰 청년은 현관 계단에 서서 이제 누구와 싸워야 하나 생각하는지 술집 주인과 대장장이들을 몽롱한 눈으로 번갈아 쳐다보았다.

"살인자!" 갑자기 그가 술집 주인을 향해 외쳤다. "친구들, 저놈을 묶어라!"

"왜 한 사람만 묶어!" 술집 주인이 자신에게 달려드는 사람들을 뿌리치며 외치고 모자를 벗어 땅바닥에 내동댕이쳤다. 마치 그 행동이 어떤 은밀한 협박의 의미를 띤 것 같아 술집 주인을 에워싼 공장 노동자들은 주저하며 멈춰 섰다.

"이봐, 규칙이라면 내가 아주 잘 알지. 난 경찰서에 가겠어. 자네는 내가 못 갈 거라고 생각하나? 요즘은 누구든 강도질이 금지되어 있어!" 술집 주인은 모자를 집어 들며 소리쳤다.

"가자, 이놈아!" "그래, 가자, 이 자식아!" 술집 주인과 키 큰 청년은 잇달아 똑같은 소리를 하면서 둘이 함께 거리로 나섰다. 피투성이가 된 대장장이가 그들과 나란히 걸어갔다. 공장 노동자들과 구경꾼들은 와글와글 지껄이고 고함을 치며 그들을 뒤따랐다.

마로세이카 모퉁이 옆으로 덧문이 닫힌 큰 저택 ─ 제화점 간판이 걸린 ─ 의 맞은편에 녹초가 된 앙상한 구두장이들 스무 명가량이 할라트와 해진 추이카 차림을 하고 음울한 얼굴로 서 있었다.

"그놈은 사람들에게 마땅히 지불을 해야 해." 비쩍 마르고 수염이 듬성듬성한 구두장이가 눈썹을 찌푸리며 말했다. "뭐야, 그놈은 우리 피를 다 빨아먹고 그걸로 끝내 버렸잖아. 그자는 우리를 일주일 내내 계속 끌고 다녔어. 그런데 이제 우리를 막바지에 몰아넣고 자기만 내뺐단 말이지."

말을 하던 구두장이는 사람들과 피투성이 남자를 보자 입을 다물었다. 구두장이들은 모두 재빨리 호기심을 보이며 앞으로 나아가던 군중 틈에 끼어들었다.

"사람들이 어디로 가는 거야?"

"뻔하지. 관청에 가는 거야."

"그런데 우리 군대가 이기지 못했다는 게 사실이야?"

"도대체 무슨 생각을 하고 있어? 사람들이 무슨 말을 하는지 좀 봐."

사람들이 묻고 대답하는 소리가 들렸다. 술집 주인은 군중이 늘어난 틈을 노려 사람들로부터 떨어져 나와 술집으로 돌아갔다.

키 큰 청년은 자신의 적인 술집 주인이 사라진 것을 알아차리지 못한 채 소매를 걷어 붙인 팔을 휘두르며 계속 지껄였다. 그는 그렇게 함으로써 모든 사람들의 관심을 끌고 있었다. 사람들은 모두의 관심을 끄는 질문들에 대한 답을 얻을 수 있을 거라 짐작하여 유독 그에게 달라붙었다.

"그 사람이 질서를 보여야 해, 법을 보여 줘야 한다고. 관청은 그러라고 있는 거야! 내 말이 맞지 않나, 여러분?" 키 큰 청년은 보일 듯 말 듯 희미한 미소를 지으며 말했다.

"그자는 관청이 없다고 생각하는 건가? 설마 관청이 없을 리 있어? 그러면 우리를 착취하는 놈들이 많을 텐데."

"무슨 헛소리를 하는 거야!" 군중 속에서 대답이 들렸다. "어떻게 모스크바가 이런 식으로 버려지겠어! 넌 사람들이 네 놈에게 농담으로 한 말을 믿어 버린 거야. 아군이 충분히 오고 있다니까! 그런데 적을 들여놓았겠어? 관청은 이런 때를 위해 있는 거야. 사람들이 하는 말을 좀 들어 봐." 누군가가 키 큰 청년을 가리키며 말했다.

키타이 고로드[162]의 벽 옆에는 또 다른 소수의 무리가 두 손으로 종이를 움켜쥔 싸구려 모직 코트 차림의 남자를 에워싸고 있었다.

---

162) kitai gorod. 러시아어로 '중국인 마을'을 뜻한다. 그러나 크렘린과 접한 이 지역은 사실 중국인 마을이 아니었다. '키타이'라는 명칭은 '중국'을 뜻하는 러시아어가 아니라 '요새' 혹은 '성벽'을 뜻하는 타타르어 '키타이'에서 유래했다는 설도 있다. 이 지역은 14세기부터 교역의 중심지였으며, 1610년과 1812년에 화재로 폐허가 되었지만 계속 모스크바의 상업 중심지로서 자리를 지켜 왔다.

"칙령이다, 칙령을 읽는다! 칙령을 읽는다!" 군중 사이에서 이런 말이 들리자 사람들이 낭독자에게 우르르 몰려들었다.

싸구려 모직 코트를 입은 남자는 8월 31일 자 전단을 읽고 있었다. 군중이 에워싸자 그는 당황하는 것처럼 보였다. 그러나 사람들을 헤치고 그 앞으로 나선 키 큰 청년의 요구대로 목소리를 가볍게 떨며 전단을 처음부터 읽기 시작했다.

"나는 내일 아침 일찍 대공작 각하께 갈 것이다." 그는 계속 읽었다.(키 큰 청년은 입으로는 싱글거리고 눈썹은 찌푸리며 "각하!" 하고 엄숙하게 그 말을 따라 했다.) "각하와 상의하고 행동하여 군대가 악당을 섬멸하도록 돕기 위함이다. 우리는 그들의 숨통을……." 낭독자는 계속 전단을 읽다가 중단했다.(청년은 "봤지? 이 사람이 너희들의 모든 문제를 해결해 줄 거야."라고 의기양양하여 외쳤다.) "그들의 숨통을 끊어 놓고 그 손님들을 악마에게로 보내 버릴 것이다. 나는 만찬 무렵에 돌아올 것이다. 우리 다 함께 과업에 착수하여 그것을 모두 끝내고 악당들을 해치우자."

마지막 구절은 완전한 침묵 속에서 낭독되었다. 키 큰 청년은 우울하게 고개를 떨어뜨렸다. 아무도 그 마지막 구절을 이해하지 못한 것 같았다. 심지어 낭독자와 청중은 특히 '나는 만찬 무렵에 돌아올 것이다.'라는 구절에 낙담한 듯했다. 민중의 이해는 높은 수준에 이르렀는데 그 말은 너무 단순하고 지나치게 쉬웠다. 그것은 군중 가운데 누구나 내뱉을 수 있는, 따라서 최고 권력으로부터 나온 칙령에는 절대 나올 리 없는 말이었다.

모두가 음울한 침묵에 빠졌다. 키 큰 청년은 입술을 실룩이며 비틀거렸다.

"그 사람에게 물어보자! 저 사람이 그 사람 아냐? 어때, 물어보란 말이야! 그게 뭐 어때서……. 그 사람이 알려 주겠지……." 갑자기 군중 뒤편에서 말소리들이 들렸다. 그러자 모든 이들의 관심이 기마 용기병 두 명을 동반하고 광장으로 향하던 경찰서장의 드로시키에 쏠렸다.

이날 아침 백작의 명령으로 바지선을 불태우러 가던 경찰서장은 이 임무 덕분에 큰돈을 손에 넣었는데 마침 그때 그 돈을 호주머니에 갖고 있었다. 그는 자기 쪽으로 오는 군중을 보고는 마부에게 드로시키를 세우라고 지시했다.

"누구냐?" 그는 제각기 드로시키를 향해 쭈뼛거리며 다가오는 사람들에게 외쳤다. "누구냐니까? 내가 자네들에게 묻고 있잖나?" 대답을 얻지 못한 경찰서장은 계속 똑같은 질문을 되풀이했다.

"경찰서장님." 싸구려 모직 코트를 입은 하급 관리가 말했다. "저자들은 백작 각하의 성명에 따라 목숨을 아끼지 않고 봉사하려는 자들입니다. 백작 각하께서 말씀하신 그런 폭동이 아니라……."

"백작님은 떠나지 않았다. 그분은 이곳에 계신다. 너희에 대해 지시가 있을 것이다." 경찰서장이 말했다. "출발해!" 그는 마부에게 말했다. 경찰서장의 말을 듣고 있는 사람들 주위로 몰려온 군중은 떠나가는 드로시키를 바라보며 가만히 서 있었다.

이때 경찰서장은 두려운 기색으로 주위를 둘러보며 마부에게 뭐라고 말했다. 그러자 말들이 더욱 속도를 올렸다.

"친구들, 속임수다! 백작님께 끌고 가자!" 키 큰 청년이 부르짖었다. "놓치지 마라, 친구들! 해명을 하게 하자, 잡아라!" 여러 목소리들이 이렇게 외쳤다. 사람들은 드로시키를 잡으러 달려갔다.

군중은 왁자지껄 떠들면서 경찰서장을 잡기 위해 루뱐카로 향했다.

"뭐야, 귀족들과 상인들은 다 떠나고 그 대신에 우리가 죽는 건가? 뭐야, 우리가 개야?" 하는 푸념이 군중 사이에서 더 빈번하게 들려왔다.

24

9월 1일 저녁, 쿠투조프와 회견한 라스톱친 백작은 자신이 군사 회의에 초대받지 못한 것, 쿠투조프가 수도 방어에 참가하겠다는 자신의 제안을 묵살해 버린 것에 낙심하고 모욕감을 느끼면서, 또한 숙영지에서 본 새로운 시각, 즉 수도의 치안과 그 애국적 분위기에 대한 문제를 부차적일 뿐 아니라 완전히 불필요하고 하찮은 것으로 보는 시각에 놀라면서, 그렇게 이 모든 것에 낙심하고 모욕을 느끼고 놀라면서 모스크바로 돌아왔다. 백작은 밤참을 든 후 옷도 갈아입지 않고 긴 안락의자에서 잠시 눈을 붙이다가 자정이 지난 무렵 쿠투조프의 서한을 가져온 특사 때문에 잠에서 깼다. 편지에는 러시아군이 모스크바 너머의 랴잔 가도로 퇴각하니 군대가 시내를 통과하도록 안내할 경찰관들을 보내 줄 수 없느냐고 적혀 있었다. 이는 라스톱친에게 새로운 소식도 아니었다. 전날 포클론나야 언덕에서 쿠투조프와 회견한 이후뿐 아니라 이미 보로지노 전투 이후 — 당시 모스크바에 온 모든 장군들이 더이상 전투는 불가능하다고 입을 모아 말했으며, 관공서 재산은 이미 백작의 인가로 매일 밤 반출되었고 주민의 절반 가까이가 피란을 떠났다 — 부터 라스톱친 백작은 군대가 모스크바를 포기하리라는 것을 알았다. 그런데도 밤에 막 잠이 들려는 순간 쿠투조프의 명령과 함께 단순한 쪽지 형태로 전달된 그 소식은 백작을 놀라고 짜증 나게 만들었다.

훗날 라스톱친 백작은 회상록[163]에서 이 시기에 자기가 한 행동을 해명하며 그때 자신에게는 모스크바의 치안 유지와 주민 대피라는 두 가지 중요한 목표가 있었다고 여러 차례 썼다. 이 두 가지 목표를 인정할 경우 라스톱친의 모든 행동은 나무랄 데가 없었음이 밝혀진다. 어째서 모스크바의 성물, 대포, 탄약 상자, 화약, 곡물이 반출되지 않았으며, 어째서 수천 명의 주민들이 모스크바가 적에게 넘어가지 않으리라는 말에 속아 몰락하고 말았는가? 수도의 치안을 지키기 위해서였다고 라스톱친 백작은 해명한다. 어째서 관청의 산더미처럼 많은 불필요한 서류들과 레피흐의 기구와 그 밖의 여러 물건들은 반출되었는가? 도시를 비우기 위해서라고 라스톱친 백작은 해명한다. 무언가가 국민의 안녕을 위협했다고 가정하기만 하면 모든 행위가 정당화된다.

---

163) 라스톱친 백작이 저술한 『모스크바 화재의 진실(La vérité sur l'incendie de Moscou)』은 1823년 파리에서 처음 출간되었다.

공포 정치[164]의 모든 참상은 그저 국민의 안녕에 대한 근심에 근거하여 일어난 것일 뿐이다.

1812년 모스크바 시민의 안녕에 대한 라스톱친 백작의 공포는 도대체 어디에서 비롯되었을까? 도시에서 폭동의 낌새를 짐작한 것은 어떤 이유에서인가? 주민들은 피란하는 중이었고, 모스크바는 퇴각하는 군대로 가득 차 있었다. 민중의 폭동이 그로 인한 결과가 분명하다는 것은 어떤 이유에서인가?

적군이 침입했을 때 모스크바뿐 아니라 러시아 전역에서 폭동 같은 것은 전혀 일어나지 않았다. 9월 1일과 2일 모스크바에는 아직 1만 명이 넘는 사람들이 남아 있었다. 총사령관 관저의 안마당에 모인 군중과 총사령관이 끌어들인 군중을 제외하면 아무 일도 없었다. 보로지노 전투 후 모스크바를 버린다는 것이 명백해지거나 적어도 그렇게 될 것처럼 보였을 때 라스톱친이 무기와 전단을 나눠 주며 민중을 동요하게 만들기보다 모든 성물과 화약과 탄약 상자와 현금을 반출할 수단을 취하고 민중에게 도시가 버려질 것이라고 솔직하게 알렸더라면, 민중에게서 동요를 예감할 수밖에 없는 이유는 훨씬 더 줄었을 것이다.

늘 행정 기관의 최고위층 사람들과 교제하던 열정적이고 다혈질적인 인간 라스톱친은 비록 애국심을 지니긴 했지만

---

164) 프랑스 혁명기 가운데 1793년 9월 5일부터 1794년 7월 27일까지 로베스피에르와 공안 위원회의 주도로 이루어진 독재 정치를 일컫는다. 이 시기 약 30만 명이 체포되고 약 1만 7000명이 공식적으로 처형되었으며, 무수한 사람이 재판도 받지 못한 채 감옥에서 죽었다고 한다.

자신이 통치한다고 생각한 민중에 대해 전혀 이해하지 못했다. 적군이 스몰렌스크에 침입한 초기부터 라스톱친은 마음속으로 민심의 지도자, 즉 러시아의 심장을 자기 역할로 삼았다. 그는 자신이 모스크바 주민의 외적인 활동을 통치할(모든 행정관들은 그런 식으로 생각한다.) 뿐 아니라 자신의 격문과 전단을 통해 그 마음까지도 지배한다고 생각했다. 민중이 자기들끼리 경멸하는, 민중이 상층부로부터 들을 때 도저히 납득할 수 없는 그런 시시껄렁한 언어로 기록된 격문과 전단으로 말이다. 라스톱친은 민심의 지도자라는 아름다운 역할이 몹시 마음에 들었다. 그 역할에 너무도 익숙해진 나머지 그 역할을 그만두지 않으면 안 되는 상황, 어떤 영웅적인 인상도 주지 못하고 모스크바를 버리지 않으면 안 되는 상황이 느닷없이 닥치자 갑자기 발 딛고 서 있던 토대를 상실하고 무엇을 해야 할지도 분명히 알 수 없게 되어 버렸다. 그는 모스크바가 버려지리라는 것을 알았지만 마지막 순간까지도 진심으로 믿지 않았기에 그 목적을 위해서는 아무것도 하지 않았다. 주민들은 그의 희망을 거스르며 모스크바를 떠나고 있었다. 만약 관청에서 물건들이 반출되었다면 단지 백작이 마지못해 동의한 관료들의 요구 때문이었다. 그는 스스로 부여한 역할에만 몰두했다. 열정적인 상상력을 타고난 사람들에게 종종 있는 일이지만 그는 모스크바가 버려지리라는 점을 이미 오래전부터 알았다. 그럼에도 그저 이성으로 그것을 알았을 뿐 진심으로 믿지 않았고, 상상을 통해 이 새로운 상황으로 이동하지도 못했다.

열정적이고 정력적인 그의 모든 활동,(그 활동이 민중에게 어느 정도 유익했으며 또 영향을 미쳤는가는 별개의 문제다.) 그의 모든 활동은 그 자신이 경험한 감정, 즉 프랑스군에 대한 애국적인 증오와 자신감을 주민들에게 불러일으키는 데만 쏠려 있었다.

하지만 사건이 본연의 실제적이고 역사적인 차원을 띠었을 때, 프랑스군에 대한 증오를 말로만 표현하는 것이 불충분하다고 밝혀졌을 때, 그 증오를 전투로 표현하는 것조차 불가능해졌을 때, 자기 확신이 모스크바의 한 가지 문제에 대해서조차 무익하다는 게 밝혀졌을 때, 모든 주민들이 하나같이 재산을 버리고 모스크바를 빠져나가면서 이런 부정적인 행위로 민심의 힘을 고스란히 드러냈을 때 라스톱친이 택한 역할은 돌연 무의미한 것이 되고 말았다. 그는 문득 자신이 발아래의 토대를 잃은 고독하고 나약하고 우스꽝스러운 존재 같다고 느꼈다.

잠에서 깨어 쿠투조프의 차갑고 강압적인 서한을 받은 라스톱친은 자신의 책임을 절감할수록 점점 더 화가 치밀었다. 모스크바에는 그가 위임받은 모든 것, 자신이 책임지고 반출해야 할 관청의 모든 소유물이 그대로 남아 있었다. 모든 것을 반출하기란 불가능했다.

'이 사태의 책임자는 누구인가? 사태를 이렇게까지 만든 것은 누구인가?' 그는 생각했다. '물론 나는 아니다. 나는 완전히 태세를 갖추고 있었다. 이렇듯 모스크바를 지탱해 왔다! 그렇다면 저들이 사태를 이 지경에 빠뜨린 게 아닌가! 파렴치한

들, 배신자들!' 그는 생각했다. 그는 이 파렴치한과 배신자들이 누구라고 딱히 규정하지 않았다. 하지만 그들이 누구든 자신을 이 기만적이고 우스꽝스러운 상황에 빠뜨린 그 배신자들을 증오하지 않을 수 없다고 느꼈다.

그날 밤 내내 라스톱친 백작은 모스크바 각지에서 찾아온 사람들을 위해 지시를 내렸다. 측근들은 백작이 그토록 침울한 모습으로 역정을 내는 것을 한 번도 본 적이 없었다.

"백작 각하, 세습령 관리국에서 사람이 왔습니다. 국장의 명으로 지시를 받으러…… 종무원에서, 원로원에서, 대학에서, 보육원에서, 부사제가 사람을 보내 묻기를……. 소방대에 대해서는 어떤 지시를 내리시겠습니까? 감옥에서 교도관이…… 정신 병원에서 감독자가……." 백작은 밤새 끊임없이 보고를 받았다.

백작은 이 모든 질문에 역정을 내며 짧게 답변했다. 그 답변들은 이제 그의 지시가 필요 없고, 그가 애써 준비한 모든 것이 누군가 때문에 허사가 되었으며, 그 누군가가 지금 벌어지는 모든 사태에 책임을 지게 되리라는 점을 말하고 있었다.

"그 멍청이에게 남아서 서류를 지키라고 전해." 그는 세습령 관리국의 문의에 대해 이렇게 답변했다. "그런데 자네는 소방대에 대해 무슨 그런 쓸데없는 질문을 하나? 그들에게는 말이 있잖아. 말을 몰고 블라지미르로 가라고 해. 프랑스군에게 남기고 가면 안 돼."

"백작 각하, 정신 병원에서 감독자가 왔습니다. 뭐라고 지시할까요?"

"뭐라고 지시하느냐고? 전부 떠나라고 해. 그게 다야…….
정신병자들은 시내에 풀어놔. 미치광이들이 이 나라 군대를
지휘하는데 하느님께서 이 사람들에게도 그렇게 하라고 명하
셨겠지."

감옥의 죄수들에 대한 문의에 백작은 교도관에게 화를 내
며 소리쳤다.

"뭐? 있지도 않은 2개 대대의 호위 부대를 자네에게 달라
고? 죄수들을 풀어줘. 그걸로 충분해."

"백작 각하, 정치범도 있습니다. 메시코프[165]와 베레샤긴 말
입니다."

"베레샤긴이라니! 아직도 그자를 사형에 처하지 않았나?"
라스톱친이 소리쳤다. "그자를 내 앞에 끌고 와."

---

165) 메시코프(P. A. Meshkov)는 모스크바의 변호사였다. 1812년 베레샤긴
의 '선언문'을 베껴 쓴 일로 귀족 신분과 직위를 박탈당하고 사병으로 군대에
보내졌다. 1816년 알렉산드르 1세가 그를 사면했다.

25

군대가 이미 모스크바를 통과하던 오전 9시 무렵에는 더 이상 아무도 백작에게 지시를 청하러 오지 않았다. 떠날 수 있는 사람들은 모두 스스로 알아서 떠났고, 남은 사람들은 무엇을 해야 할지 스스로 결정했다.

백작은 소콜니키로 가기 위해 말들을 준비하라고 지시했다. 그는 팔짱을 끼고 누렇게 뜬 얼굴을 찌푸린 채 자신의 집무실에 묵묵히 앉아 있었다.

어느 행정관이든 동요가 없는 평온한 시기에는 관할 구역에 사는 모든 주민들이 오직 행정관 자신의 노력으로만 움직인다고 생각한다. 그래서 행정관들은 저마다 이처럼 자신이 꼭 필요하다는 자각 속에서 주로 그 수고와 노력에 대한 보상을 발견한다. 역사의 바다가 잠잠한 시절에 허술한 작은 보트를 탄 통치자나 행정관은 민중이라는 선박에 삿대를 걸친 덕분에 움직이면서도 오히려 그가 의지하는 선박이 자신의 노력으로 움직인다고 생각한다. 이는 충분히 납득할 만하다. 하지만 일단 폭풍이 일고 바다가 거칠어지고 선박이 스스로 움직이기 시작하면 그런 망상은 불가능해진다. 선박은 거대하고 독립적인 경로로 나아가고 삿대는 움직이는 선박에 닿지 않는다. 그리고 통치자는 별안간 힘의 근원인 권력자의 자리에서 보잘것없고 무익하고 나약한 인간으로 떨어진다.

라스톱친은 그것을 느꼈고 그것에 격분했다.

군중에게 저지당했던 경찰서장이 말이 준비되었다고 보고하러 온 부관과 함께 백작의 집무실로 들어갔다. 두 사람의 얼굴이 창백했다. 경찰서장은 임무 수행에 대해 보고한 후 엄청난 수의 군중이 백작 저택의 안마당에 모여 그를 만나고 싶어 한다고 전했다.

라스톱친은 한마디 대꾸도 않고 자리에서 일어나 밝고 화려한 응접실로 빠르게 걸어가서 발코니 문으로 다가갔다. 그는 손잡이를 잡았다가 다시 놓고 군중 전체가 더 잘 보이는 창가로 걸음을 옮겼다. 키 큰 청년이 앞줄에 서서 준엄한 얼굴로 한 팔을 휘두르며 뭐라 말하고 있었다. 피투성이가 된 대장장이는 침울한 표정으로 옆에 서 있었다. 닫힌 창문을 통해 웅성거리는 목소리들이 들렸다.

"마차는 준비되었나?" 라스톱친이 창가에서 물러나며 말했다.

"준비되었습니다, 백작 각하." 부관이 말했다.

라스톱친은 다시 발코니 문으로 다가갔다.

"도대체 저들이 원하는 게 무엇인가?" 그는 경찰서장에게 물었다.

"백작 각하, 저들은 각하의 명령에 따라 프랑스군에 맞서고자 모였다고 말합니다. 또 반역에 대해 뭔가 외치고도 있습니다. 하지만 각하, 저들은 폭도입니다. 저는 간신히 빠져나왔습니다. 각하, 감히 제안을 드리자면……."

"나가시오. 나는 당신이 없어도 내가 무엇을 해야 할지 안단 말이오." 라스톱친은 노발대발하며 소리를 질렀다. 그는 발코니 문 옆에 서서 군중을 바라보았다. '저놈들이 러시아를 이렇게 만들었어! 저놈들이 나를 이렇게 만든 거야!' 라스톱친은 지금 벌어지는 모든 사태의 책임을 전가할 만한 어떤 상대를 향해 마음속에서 억제할 수 없이 솟구치는 분노를 느끼며 생각했다. 성질이 괄괄한 사람들에게 흔히 일어나는 일이지만 그는 이미 분노에 사로잡혀 있었고, 다만 계속 그 대상을 찾았을 뿐이다. '저기 어중이떠중이들이 있군.' 그는 군중을 보며 생각했다. '저자들의 어리석음에 선동된 저 인간쓰레기들, 천민들! 저자들에게는 희생물이 필요한 거야.' 한 팔을 휘두르는 키 큰 청년을 보던 그의 머릿속에 문득 그런 생각이 떠올랐다. 그의 머리에 그런 생각이 떠오른 것은 다름 아니라 그 자신에게도 그런 희생물, 자신의 분노를 쏟을 그런 대상이 필요했기 때문이다.

"마차는 준비되었나?" 그가 다시 물었다.

"준비되었습니다, 백작 각하. 베레샤긴을 어떻게 할까요? 그자가 현관 계단에서 기다리고 있는데요." 부관이 대답했다.

"아!"라스톱친은 예기치 못한 어떤 기억에 충격을 받기라도 한 듯 외마디 비명을 질렀다.

그러더니 재빨리 문을 열고 단호하게 발코니로 걸어 나갔다. 말소리가 뚝 그쳤다. 사람들이 모자를 벗었다. 모든 시선이 밖으로 나온 백작에게 향했다.

"안녕하시오, 여러분!"백작이 큰 소리로 빠르게 말했다. "이렇게 와 줘서 고맙소. 당장 여러분이 있는 곳으로 나가겠소. 하지만 무엇보다 우리는 악당을 처치해야 하오. 우리는 모스크바를 파멸로 이끈 악당을 벌해야 하오. 잠깐만 기다려 주시오!"백작은 문을 쾅 닫고 조금 전과 똑같이 재빠르게 방으로 돌아갔다.

흡족해하며 찬동하는 웅성거림이 군중 사이로 빠르게 퍼졌다. "그러니까 저분은 모든 악당을 해치우시려는 거야! 그런데 자네는 프랑스인이 어쩌고저쩌고하면서…… 저분이 자네를 위해 모든 분란을 해결해 주실 거야!"사람들은 마치 믿음이 부족한 데 대해 서로를 나무라듯 말했다.

몇 분 후 정문에서 장교가 급히 나와 무언가 지시하자 용기병들이 한 줄로 길게 늘어섰다. 군중은 발코니 쪽에서 현관 계단으로 우르르 몰려갔다. 분노에 찬 빠른 걸음으로 현관 계단에 나온 라스톱친은 누군가를 찾는 듯 재빨리 주위를 둘러보았다.

"그자는 어디 있나?"백작이 물었다. 그 말을 끝낸 순간 그는 저택의 모퉁이로부터 두 용기병 사이에 끼어 걸어 나오는 젊은 남자를 보았다. 목덜미가 길고 가늘었으며 머리통이 절반은 깎이고 절반은 덥수룩했다. 그 젊은 남자는 한때 맵시 있었으나 이제는 파란 모직을 덧댄 낡은 여우 털 외투를 입고 뒤축이 닳은 더러운 좁은 부츠 안에 마로 지은 꾀죄죄한 죄수복 바지를 쑤셔 넣었다. 가늘고 쇠약한 두 발에 채워진 무거운 족쇄가 청년의 엉거주춤한 걸음을 방해했다.

"아!" 라스톱친은 여우 털 외투를 입은 청년에게서 황급히 시선을 돌리고는 현관 앞의 맨 아래 계단을 가리키며 말했다. "그자를 여기에 세워!" 청년은 족쇄를 절그럭거리며 백작이 가리킨 계단으로 힘겹게 걸음을 옮겼다. 그는 목을 죄는 외투의 옷깃을 손가락으로 잡아당겨 두어 번 긴 목을 돌리고 숨을 내쉰 후 노동을 해 보지 않은 가느다란 두 팔을 공손한 몸짓으로 배 위에 포갰다.

청년이 계단에 자리를 잡는 몇 초 동안 침묵이 흘렀다. 다만 뒷줄에서 서로를 밀치며 몰려드는 사람들로부터 기침 소리, 신음 소리, 밀치는 소리, 발을 바꾸는 소리가 들렸을 뿐이다.

라스톱친은 자신이 가리킨 장소에 청년이 서기를 기다리면서 얼굴을 찌푸린 채 한 손으로 얼굴을 쓸어내렸다.

"여러분!" 라스톱친이 금속성이 섞인 카랑카랑한 목소리로 말했다. "베레샤긴이라는 이 작자가 바로 모스크바를 파멸로 몰아넣은 악당이오."

여우 털 외투를 입은 청년은 두 손을 배 위에 포개고 약간 허리를 굽힌 공손한 자세로 서 있었다. 그는 머리털을 밀어 볼품없는 절망적인 표정을 띤 초췌하고 앳된 얼굴을 아래로 숙이고 있었다. 백작의 첫 몇 마디에 그는 천천히 고개를 들고 백작을 올려다보았다. 백작에게 뭐라고 말하려는 것 같기도 하고, 그의 시선이나마 붙잡으려는 것 같기도 했다. 하지만 라스톱친은 그를 쳐다보지 않았다. 청년의 길고 가느다란 목덜미에 귀 뒤쪽 핏줄이 새끼줄처럼 팽팽해지며 푸르스름해지더니 돌연 얼굴이 새빨개졌다.

모든 시선이 그에게 쏠렸다. 그는 군중을 바라보았다. 그는 사람들의 얼굴에서 읽은 표정에 희망을 얻은 듯 슬프고도 어색한 미소를 짓고는 다시 고개를 숙이고 계단 위에서 발의 위치를 고쳤다.

"저자는 차르와 조국을 배신하고 보나파르트에게 항복했소. 모든 러시아인 가운데 오직 저자만이 러시아의 이름을 더럽혔소. 모스크바가 파멸한 것은 저자 때문이오." 라스톱친이 단조롭고 날카로운 목소리로 말했다. 그러다가 문득 여전히 순종적인 자세로 계속 서 있는 베레샤긴을 재빨리 힐끗 내려다보았다. 마치 그 시선이 그를 격앙시키기라도 한 듯 그는 한 손을 치켜들고 민중을 향해 부르짖다시피 했다. "여러분의 심판으로 저자에게 복수해 주시오! 나는 저자를 여러분에게 내주겠소!"

민중은 침묵했다. 그들은 그저 더욱더 바짝 붙어 서며 서로 밀쳐 댈 뿐이었다. 서로를 붙들고 그 감염된 듯한 후덥지근한 공기 속에서 호흡하며 꼼짝도 못 한 채 미지의 불가해하고 무시무시한 무언가를 기다리기가 점점 더 견디기 힘들어졌다. 앞줄에 서서 눈앞에 벌어지는 광경을 전부 보고 들은 사람들은 다들 놀라서 눈을 둥그렇게 뜨고 입을 딱 벌린 채 등 뒤에서 밀어 대는 사람들의 압박에 온 힘을 다하여 버텼다.

"저자를 때려 죽여라! 배신자를 죽여 러시아의 이름을 더럽히지 못하게 하라!" 라스톱친이 외쳤다. "저자를 베라! 명령이다!" 군중은 라스톱친의 말이 아닌 그 격분한 목소리를 듣고서 신음 소리를 내며 서서히 다가갔지만 다시 걸음을 멈추었다.

"백작님!" 다시 찾아온 순간적인 정적 속에서 베레샤긴의 소심하면서도 연극적인 목소리가 말문을 열었다. "백작님, 우리 위에는 오직 하느님 한 분만이 계십니다……." 베레샤긴은 고개를 들고 말했다. 또다시 그의 가느다란 목에 핏줄이 굵게 불거졌다. 순식간에 얼굴이 붉어졌다가 다시 하얗게 되었다. 그는 하려던 말을 미처 다 마칠 수가 없었다.

"저자를 베라! 명령이다!" 라스톱친이 별안간 베레샤긴과 똑같이 창백해진 얼굴로 부르짖었다.

"검을 뽑아라!" 한 장교가 몸소 기병도를 뽑으며 용기병들에게 외쳤다.

민중 사이에서 한층 더 거센 파도가 일었다. 앞줄까지 밀려온 이 파도는 앞에 있던 사람들을 움직여 너울너울 흔들며 현관 앞의 바로 그 계단으로 싣고 갔다. 키 큰 청년은 돌처럼 냉혹한 표정을 띠고 한 손을 높이 치켜든 채 베레샤긴과 나란히 섰다.

"이자를 베라!" 장교는 용기병들에게 거의 속삭이다시피 말했다. 그러자 병사들 가운데 한 명이 갑자기 얼굴을 험악하게 일그러뜨리며 날이 무딘 양날검으로 베레샤긴의 머리를 내리쳤다.

"아!" 베레샤긴이 깜짝 놀라며 외마디 비명을 질렀다. 그는 두려운 눈빛으로 주위를 둘러보았다. 왜 자기에게 이런 일이 일어났는지 이해하지 못한 듯했다. 놀라움과 공포가 뒤섞인 똑같은 신음 소리가 군중 사이로 빠르게 퍼졌다.

"오, 주여!" 누군가의 비통한 절규가 들렸다.

하지만 베레샤긴에게서 터져 나온 놀라움에 찬 비명에 이어 그가 고통으로 애처롭게 소리를 질렀다. 그리고 그 비명 소리가 그를 파멸시켰다. 아직은 군중을 억제하고 있던 인간적 감정이라는 장벽, 최고조로 긴장되어 있던 그 장벽이 순식간에 무너진 것이다. 범죄가 시작되었다. 그것은 끝까지 완수되어야 했다. 비난 어린 애처로운 신음 소리는 군중의 위협적이고 분노에 찬 울부짖음에 묻혔다. 배를 부수는 마지막 일곱 번째 파도처럼 그 억누를 수 없는 마지막 파도가 뒷줄에서 솟구쳐 맨 앞줄까지 덮치며 그들을 쓰러뜨리고 모든 것을 삼켰다. 베레샤긴을 내리친 용기병은 한 번 더 검을 휘두르려 했다. 베레샤긴은 공포에 질린 비명을 지르며 두 손으로 자기 몸을 가리고 민중을 향해 돌진했다. 그와 부딪친 키 큰 청년은 베레샤긴의 가는 목덜미를 두 손으로 움켜쥐고 짐승처럼 고함을 지르면서, 그들에게 달려들며 울부짖는 사람들의 발치에 함께 나동그라졌다.

어떤 사람들은 베레샤긴을, 또 어떤 사람들은 키 큰 청년을 때리고 거칠게 잡아당겼다. 깔린 사람들과 키 큰 청년을 구하려고 애쓰는 사람들의 비명 소리는 그저 군중의 광포함을 자극할 뿐이었다. 용기병들은 죽도록 두들겨 맞은 피투성이의 공장 노동자를 한참 동안 구해 낼 수 없었다. 그리고 한참 동안 군중은 기왕에 시작한 일을 마저 끝내고자 맹렬한 기세로 안달을 부렸지만, 베레샤긴을 때리고 목을 조르고 거칠게 잡아당기던 사람들도 그를 죽이지는 못했다. 그러나 군중은 그들을 한가운데 놓고 사방에서 짓누르며 마치 한 덩어리처럼 이리저리 요동해서 그를 죽일 수도 버려 둘 수도 없게 만들었다.

"도끼로 치는 게 어때? 깔아뭉개……. 배신자, 그리스도를 팔아넘기다니! 살았네…… 아직도 살았다니…… 인과응보야. 빗장으로 치자! 아직 살아 있어?"

희생물이 더 이상 몸부림치지 않고 그 비명 소리가 길게 늘어진 규칙적인 헐떡임으로 바뀌고 나서야 비로소 군중은 피투성이가 되어 쓰러진 시체 주위에서 다급하게 서로 자리를 바꾸기 시작했다. 사람들이 한 명 한 명 시체로 다가와 눈앞에 벌어진 일을 보고는 공포와 비난과 놀라움이 뒤섞인 표정으로 서로 밀치며 뒷걸음질했다.

"오, 주여, 짐승 같은 인간들, 이래서야 어떻게 살 수 있겠어!" 군중 사이에서 이런 말이 들렸다. "게다가 젊은 사람이야…… 틀림없이 상인일 거야. 참말로 인간들이라니! 사람들 말로는 그자가 아니라는데…… 어쩌다 엉뚱한 사람이……. 오, 주여! 다른 사람이 죽었어…… 간신히 숨만 붙어 있다는데…… 에잇, 인간들하고는……. 죄를 두려워하는 자가 없어……." 이제 그 사람들은 괴롭고 슬픈 표정을 띠고서 푸르스름한 얼굴이 피와 흙먼지로 더럽혀지고 길고 가는 목이 절단된 죽은 몸뚱이를 보며 말했다.

열성적인 경찰관이 백작의 안마당에 시체가 있는 것은 부적절하다고 생각하여 용기병들에게 시체를 거리로 끌어내라고 지시했다. 용기병 두 명이 시체의 흉측한 두 다리를 잡고 끌어냈다. 피투성이가 되고 흙먼지로 더럽혀지고 머리털이 깎인 시체의 머리가 긴 목에 달려 위로 젖혀진 채 땅바닥에 끌렸다. 사람들은 몸을 움츠리며 시체를 피했다.

베레샤긴이 쓰러지고 군중이 짐승처럼 울부짖으며 서로를 밀치고 베레샤긴 위에서 요동하는 동안 갑자기 라스톱친의 얼굴이 창백해졌다. 그는 말들이 대기하는 뒷문으로 가는 대신 스스로도 어디로 왜 가는지 모르면서 고개를 숙인 채 아래층 방으로 이어진 복도를 빠른 걸음으로 지나갔다. 백작의 얼굴은 창백했다. 그는 열병에라도 걸린 듯 부들부들 떨리는 아래턱을 진정시킬 수 없었다.

"백작 각하, 이쪽으로…… 어디로 가십니까? 이쪽으로 오십시오." 그의 뒤에서 겁에 질려 바들바들 떠는 목소리가 들렸다. 라스톱친 백작은 아무 대꾸도 못 하고 순순히 돌아서서 그 목소리가 지시하는 곳으로 향했다. 뒷문 계단 옆에 콜랴스카가 있었다. 멀리서 군중이 울부짖는 소리가 이곳에서도 들렸다. 라스톱친 백작은 부랴부랴 콜랴스카에 올라타 소콜니키에 있는 자신의 교외 별장으로 가라고 지시했다. 콜랴스카가 먀스니츠카야 도로로 나오고 더 이상 군중의 고함 소리가 들리지 않자 백작은 후회하기 시작했다. 이제야 자신이 부하들 앞에서 보인 동요와 두려움을 불만스럽게 떠올렸다. '민중의 무리는 무섭구나. 혐오스러워.' 그는 프랑스어로 생각했다.

'그자들은 고기 외에 아무것에도 만족하지 않는 늑대 같아.' '백작님, 우리 위에는 오직 하느님 한 분만이 계십니다!' 갑자기 베레샤긴의 말이 머리에 떠올랐다. 불쾌한 한기가 빠르게 라스톱친의 등을 훑고 내려갔다. 하지만 그 느낌은 순간이었고 라스톱친 백작은 자신을 경멸하듯 비웃음을 지었다. '나에게는 다른 의무들이 있었어.' 그는 생각했다. '민중을 만족시켜야 했다고. 다른 많은 희생물들이 공익을 위해 죽었고 지금도 죽어 가.' 그는 자기 가족과 수도(그에게 맡겨진)에 대해 떠맡은 전반적인 의무들을, 그리고 그 자신을, 즉 표도르 바실리예비치 라스톱친(그는 표도르 바실리예비치 라스톱친이 공익을 위해 스스로를 희생하고 있다고 생각했다.)이 아닌 총사령관인 자신을, 권력의 대표자이자 차르의 전권 대리자로서의 자신을 생각했다. '만약 내가 단지 표도르 바실리예비치일 뿐이라면 나의 길은 완전히 다르게 그려졌겠지. 하지만 나는 총사령관의 생명과 재산을 지켜야 했어.'

승용 마차의 부드러운 스프링에 가볍게 흔들리는 동안 군중의 무시무시한 소리를 더 이상 듣지 않게 된 라스톱친은 육체적인 안정을 찾았다. 언제나 그랬듯이 이성은 그를 위하여 육체적인 안정과 동시에 정신적 안정의 구실도 마련해 주었다. 라스톱친을 진정시킨 생각은 딱히 새로운 것도 아니었다. 세상이 존재하고 인간이 서로를 죽이게 된 이래 이런 생각으로 스스로를 진정시키지 않고서 동족들에게 범죄를 저지른 인간은 이제껏 단 한 명도 없었다. 그 생각이란 바로 공익, 즉 타인을 위한 가상의 행복이다.

열정에 사로잡히지 않은 사람은 이 행복을 결코 모른다. 하지만 범죄를 저지른 사람은 언제나 이러한 행복이 어떤 것인지 확실히 안다. 그리고 라스톱친은 지금 그것을 알고 있다.

자신의 논증 속에서 그는 스스로 저지른 행동을 탓하지 않았을뿐더러 이 적절한 기회, 즉 죄인을 벌하는 동시에 군중을 진정시킬 기회를 그토록 성공적으로 활용한 것에서 만족의 이유를 찾기도 했다.

'베레샤긴은 재판을 받고 사형을 선고받았어.' 라스톱친은 생각했다.(그러나 원로원은 베레샤긴에게 노역을 선고했을 뿐이다.) '그자는 배신자고 반역자야. 나는 그자가 벌을 받지 않도록 내버려 둘 수 없었어. 게다가 난 돌멩이 하나로 새 두 마리를 잡았잖아. 민중을 진정시키기 위해 그들에게 희생물을 내주고 악당을 처단한 거지.'

백작은 교외 별장에 도착하여 집안사람들에게 바쁘게 지시를 내리면서 완전히 평정을 되찾았다.

삼십 분 후 백작은 빠른 말들을 맨 콜랴스카를 타고 소콜니키 들판을 달렸다. 무슨 일이 있었는지에 대해서는 이미 기억하지 않았으며 그저 앞으로 무슨 일이 일어날지에 대해서만 생각하고 상상했다. 그는 지금 야우스키 다리로 가고 있었다. 그곳에 쿠투조프가 있다고 들은 것이다. 라스톱친 백작은 머릿속으로 쿠투조프의 기만에 대해 퍼부을 분노에 찬 신랄한 비난을 준비했다. 이 늙은 궁정 여우로 하여금 깨닫게 할 것이다. 수도가 버려지고 러시아가 파멸함으로써(라스톱친은 그렇게 생각했다.) 벌어질 모든 불행에 대한 책임은 오직 나이가 들어 분별력이 떨어진 그 늙은 머리통에 있다는 사실을 말이다. 쿠투조프에게 할 말을 미리 생각하던 라스톱친은 콜랴스카 안에서 격분하여 등을 돌리고는 성난 눈초리로 양옆을 둘러보았다.

소콜니키 들판은 황량했다. 단지 그 끝자락의 구빈원과 정신 병원 옆에 하얀 옷을 입은 사람들의 무리가 보이고, 따로 떨어져 무엇인가 외치고 두 팔을 저으며 들판을 쏘다니는 똑같은 옷차림의 고독한 사람들도 몇 명 보였다.

그들 가운데 한 명이 라스톱친 백작의 콜랴스카 앞쪽을 가로지르며 달리고 있었다. 라스톱친 백작도, 그의 마부도, 용기병들도 모두가 이 풀려난 정신병자들을, 특히 그들을 향해 달려오는 광인을 두려움과 호기심이 뒤섞인 당혹스러운 심정으로 바라보았다.

그 광인은 할라트를 펄럭이면서 비쩍 마른 긴 다리를 비틀거리며 맹렬하게 달렸다. 그는 라스톱친에게서 시선을 떼지 않은 채 쉰 목소리로 뭐라고 외치며 콜랴스카를 세우라는 신호를 보냈다. 삐죽삐죽한 턱수염으로 덥수룩하게 뒤덮인 광인의 음울하고 엄숙한 얼굴은 수척하고 누리끼리했다. 마노같이 검은 동공이 연노란색을 띤 흰자위의 아래쪽으로 불안하게 쏠렸다.

"서라! 멈춰! 내가 말을 하잖아!" 그는 날카로운 목소리로 외치고는 숨을 헐떡이며 당당한 억양과 몸짓으로 다시 뭐라고 소리쳤다.

그는 콜랴스카를 따라잡고 그것과 나란히 달렸다.

"나는 세 번 죽었고, 죽은 자들 가운데서 세 번 부활했다. 나는 돌팔매질을 당하고 십자가에 못 박혔다……. 나는 부활하고…… 부활하고…… 부활할 것이다. 사람들은 내 몸을 갈기갈기 찢었다. 하느님의 왕국이 무너질 것이다……. 나는 그것을 세 번 부수고 세 번 일으킬 것이다." 그는 목소리를 점점 높이며 외쳤다. 군중이 베레샤긴에게 달려들 때 그랬듯이 이번에도 라스톱친 백작의 얼굴이 갑자기 창백해졌다. 그는 얼굴을 돌렸다.

"어…… 어서 몰아!" 그는 떨리는 목소리로 마부에게 소리쳤다.

콜랴스카가 전속력으로 질주했다. 그러나 멀어져 가는 그 광기에 찬 필사적인 외침은 그 후로도 오랫동안 뒤쪽에서 들려왔다. 모피 외투를 입은 반역자의 경악과 공포에 찬 피투성이 얼굴만이 눈앞에 아른거렸다.

이 순간 라스톱친은 얼마 안 된 이 새로운 기억이 피투성이가 되어 심장 깊이 아로새겨지리라는 것을 깨달았다. 이 기억의 핏빛 상처가 결코 아물지 않으리라는 것, 오히려 이 끔찍한 기억은 시간이 흐를수록 자신의 심장에서 생의 마지막까지 더욱 잔인하게 더욱 고통스럽게 살아가리라는 것을 그는 이 순간 분명히 깨달았다. 이 순간 그에게는 자신의 말소리가 들리는 것 같았다. '그자를 베라, 아니면 자네들 머리를 대신 내놓던가!' '나는 왜 그런 말을 했을까! 어쩌다 보니 무심코 한 말이야……. 난 그 말을 하지 않을 수도 있었어.(그는 그렇게 생각했다.) 그랬더라면 아무 일도 없었을 텐데.' 검을 내리친 용기병의 얼굴, 처음에는 겁을 내다가 갑자기 잔혹하게 변해 버린 그 얼굴이 보였다. 그리고 여우 털 외투를 입은 그 젊은이가 자신에게 던진 그 눈빛, 두려움이 어린 말없는 비난의 눈빛이 보였다. '하지만 난 스스로를 위해 그런 게 아니야. 난 그렇게 해야만 했어. 천민들, 악당들…… 공익.' 그는 생각했다.

야우스키 다리 부근은 여전히 부대들로 붐볐다. 날은 무더웠다. 쿠투조프는 눈썹을 찌푸린 채 침울한 얼굴로 다리 옆의 긴 의자에 앉아 채찍으로 모래를 헤집고 있었다. 그때 콜랴스카가 요란한 소리를 내며 그가 있는 쪽으로 다가왔다. 장군 제복을 입고 모자에 깃털 장식을 단 남자가 분노도 두려움도 띠지 않은 눈동자를 이리저리 굴리며 쿠투조프에게 다가와 프랑스어로 뭐라고 말하기 시작했다. 라스톱친 백작이었다. 그는 쿠투조프에게 이제 더 이상 모스크바도 수도도 존재하지 않고 오직 군대뿐이기에 이곳으로 왔다고 말했다.

"대공작 각하께서 전투를 더 치러 보지도 않고 모스크바를 내주는 일은 없을 거라고 저에게 말씀하지만 않았어도 상황은 달라졌을 겁니다. 이 모든 일은 일어나지 않았을 거란 말입니다." 그가 말했다.

쿠투조프는 라스톱친을 쳐다보았다. 자신이 들은 말의 의미를 이해하지 못한 듯 이 순간 자신에게 말을 거는 남자의 얼굴에 적힌 특별한 무언가를 읽으려 애썼다. 라스톱친은 당황하며 입을 다물었다. 쿠투조프는 가볍게 고개를 젓고 라스톱친의 얼굴에 날카로운 시선을 고정한 채 조용히 말했다.

"그렇소, 난 전투도 치르지 않고 모스크바를 넘기지는 않을 거요."

쿠투조프가 완전히 다른 생각에 빠져 그 말을 했든, 아니면 그 말의 무의미함을 알면서도 일부러 했든 라스톱친 백작은 아무 대꾸도 하지 않고 황급히 쿠투조프의 곁을 떠났다. 그리고 이상한 일이 벌어졌다! 모스크바 총사령관인 오만한 라스톱친 백작이 짧은 가죽 채찍을 들고 다리로 다가가 고래고래 고함을 지르면서 한데 모여 북적대는 짐마차들을 쫓아 버리기 시작한 것이다.

26

오후 4시에 가까워졌을 무렵 뮈라의 부대가 모스크바에 진입했다. 뷔르템베르크 경기병 분견대가 선두에서 진군하고, 많은 수행원을 거느린 나폴리 왕 자신은 말을 타고 그 뒤를 따랐다.

아르바트 거리 한복판인 니콜라 야블렌니 교회 부근에서 뮈라는 말을 세우고 도시 요새인 **크렘린**이 처한 상황에 대해 선두 부대로부터 소식이 들어오기를 기다렸다.

모스크바에 남은 주민의 일부가 조그맣게 무리를 지어 뮈라 주위에 모여들었다. 긴 머리칼을 깃털과 황금으로 장식한 낯선 지휘관을 다들 두려움과 의심에 찬 눈으로 바라보았다.

"뭐야, 이 사람이 저쪽의 차르인가? 별로 대단치도 않네!" 조용히 수군거리는 목소리들이 들렸다.

통역자가 군중 쪽으로 말을 몰고 다가갔다.

"모자 벗어…… 모자…….." 군중 틈에서 서로 쑥덕이는 소리가 들렸다. 통역자는 늙은 문지기를 돌아보며 크렘린까지 아직 멀었는지 물었다. 문지기는 어리둥절한 표정으로 낯선 폴란드 억양에 귀를 기울였으나 통역자의 말소리가 러시아어라는 것은 알아차리지 못했다. 그는 통역자가 하는 말을 이해할 수 없어 다른 사람들 뒤에 숨어 버렸다.

뮈라는 통역자에게 다가가 러시아군이 어디에 있는지 물어보라고 명령했다. 러시아인들 가운데 한 명이 그 질문을 알아들었다. 그러자 갑자기 몇몇 목소리들이 통역자에게 대답하기 시작했다. 맨 앞의 분견대에 있던 프랑스 장교가 말을 몰고 뮈라에게 다가와 요새의 문이 막혔다고, 그곳에 복병이 숨어 있는 것 같다고 보고했다.

"좋아." 뮈라는 이렇게 말한 후 한 수행원을 돌아보며 경포네 문을 끌고 가 요새의 문을 포격하라고 지시했다.

뮈라를 뒤따르던 종대에서 한 포병대가 말을 전속력으로 몰고 나와 아르바트 거리를 달려갔다. 포병대는 브즈드비젠카 거리를 끝까지 내려가 전진을 멈추고 광장에 정렬했다. 몇몇 프랑스 장교들은 대포를 맡아 그것을 배치하기도 하고 망원경으로 크렘린을 살피기도 했다.

크렘린에서 저녁 기도를 알리는 종소리가 울리자 프랑스인들은 그 소리에 당황했다.[166] 그것이 전투 준비를 알리는 신호

---

166) 크렘린 안에는 다섯 개의 교회와 이반 대제 종탑이 있다. 그 사실을 몰랐을 프랑스군은 일제히 울리는 많은 종소리에 놀라 전투 신호라고 생각했을 것이다.

라고 생각한 것이다. 보병 몇 명이 쿠타피옙스키 문으로 달려
갔다. 문에 통나무와 판자로 된 방벽이 있었다. 한 장교가 부
대를 이끌고 문 쪽으로 달리자마자 문 안쪽에서 라이플총 소
리가 두 발 울렸다. 대포 옆에 있던 장군이 그 장교에게 큰 소
리로 명령을 내려 장교와 병사들은 급히 뛰어 되돌아왔다.

문 안쪽에서 총성이 세 발 더 울렸다.

총알 한 발이 프랑스 병사의 다리를 스쳤다. 방벽 너머에서
몇몇 목소리의 이상야릇한 함성이 들렸다. 명령이라도 내려
진 듯 이제껏 프랑스 장군과 장교들과 병사들의 얼굴에 어려
있던 쾌활하고 침착한 표정은 전투와 고통을 각오한 완강하
고 긴장된 표정으로 일제히 바뀌었다. 원수부터 말단 병사에
이르기까지 그들 모두에게는 이 장소가 브즈드비젠카도, 모
호바야도, 쿠타피야도, 트로이츠키 문도 아니었다. 이곳은 아
마도 유혈 전투가 벌어질 새로운 전장이요, 새로운 지역이었
다. 그래서 다들 이 전투를 위한 태세를 갖추었다. 문 너머의
함성이 조용히 잦아들었다. 대포들이 앞으로 옮겨졌다. 포병
들이 까맣게 탄 도화선을 입김으로 불었다. "발사!" 장교가 명
령을 내리자 휙 하는 산탄통 소리가 두 번 연이어 울렸다. 산
탄 총알이 돌문과 통나무와 방벽에 부딪쳐 요란한 소리를 냈
다. 광장 위에 연기구름이 두어 개 피어올랐다.

석조 건물인 크렘린을 향한 우레 같은 포격 소리가 잦아들
고 얼마 지나지 않아 프랑스인들의 머리 위에서 이상한 소리
가 들렸다. 거대한 갈까마귀 무리가 성벽 위로 날아올라 까악
까악 울고 수천 개의 날개를 퍼덕이며 허공을 맴돌았다. 이 소

리와 함께 문 안에서 한 사람의 고독한 외침이 들리더니 연기 너머로 모자 없이 카프탄을 걸친 남자의 형상이 나타났다. 그는 라이플총을 들고 프랑스인들을 겨누었다. 발사! 포병 장교가 한 번 더 명령을 반복했다. 그와 동시에 한 발의 라이플총 소리와 두 발의 대포 소리가 울렸다. 다시 연기가 문을 가렸다.

방벽 뒤에서는 더 이상 아무 움직임도 없었다. 프랑스 보병들과 장교들이 문으로 향했다. 문에는 부상자 세 명과 전사자 네 명이 쓰러져 있었다. 카프탄을 입은 두 남자가 벽을 따라 낮은 곳을 지나 즈나멘카 거리로 달아났다.

"이것들을 치워." 장교가 통나무와 시체들을 가리키며 말했다. 프랑스군은 부상자들의 숨통을 끊은 뒤 시신들을 담장 너머로 던졌다. 이 사람들이 누구인지는 아무도 몰랐다. "이것들을 치워." 그들에 대한 언급은 이 말이 다였다. 그들은 내던져진 후 악취를 풍기지 않도록 치워졌다. 오직 티에르만이 그들을 기리며 몇 줄의 미문(美文)을 바쳤을 뿐이다. '이 불쌍한 사람들은 신성한 요새로 침입하여 무기고의 라이플총을 점유하고 프랑스군에 사격을 가했다. 그들 가운데 몇 명은 기병도에 베어 죽고 크렘린에서 소탕되었다.'

뮈라는 적이 소탕되었다는 보고를 받았다. 프랑스군은 문으로 들어가 세나츠카야 광장에 막사를 쳤다. 병사들은 원로원의 창문 밖으로 의자들을 던져 모닥불을 지폈다.

다른 분견대는 크렘린을 지나 마로세이카, 루반카, 포크롭카 거리를 따라 막사를 세웠다. 또 다른 분견대는 브즈드비젠카, 즈나멘카, 니콜스카야, 트베르스카야 거리를 따라 막사를 지었다. 어디에서도 집주인을 발견할 수 없었기에 프랑스군은 시내의 숙소라기보다 시내에 배치된 야영지에 자리를 잡은 것 같았다.

프랑스 병사들은 누더기를 걸치고 굶주리고 기진맥진했다. 병력도 예전의 3분의 1까지 줄었다. 그러나 아직은 질서 정연하게 모스크바로 들어왔다. 비록 녹초가 되긴 했어도 여전히 전투적이고 위협적인 군대였다. 다만 그 부대의 병사들이 숙소로 흩어지기 전까지만 그러했다. 각 연대의 병사들이 텅 빈 부유한 저택으로 흩어지자마자 군대는 영원히 전멸해 버리고 주민도 병사도 아닌, 이른바 약탈병이라는 중도적인 무언가가 형성되고 말았다. 오 주 후 모스크바를 떠날 때 그 사람들은 더 이상 군대가 아니었다. 그들은 약탈자 무리였다. 저마다 비싸거나 필요하다고 생각되는 물건들을 마차에 산더미처럼 싣거나 직접 짊어지고 갔다. 모스크바를 떠날 때 이자들의 목적은 예전처럼 정복하는 것이 아니라 손에 넣은 것을 지키는 것에 불과했다. 항아리의 좁은 입구에 손을 집어넣어 호두를 한 움큼 움켜쥐고는 손에 쥔 것을 잃지 않으려고 주먹을 펴지 않다가 스스로 죽음을 초래한 원숭이처럼, 분명 프랑스군도 모스크바를 떠날 때 약탈한 것들을 끌고 가다가 파멸한 것이다. 그러나 원숭이가 호두를 움켜쥔 손을 펼 수 없었던 것처럼 그들도 약탈한 것을 포기할 수 없었다. 프랑스군의 각 연대가 모스크바의 어떤 구역에 들어가고 나서 십 분이 지나면 병사도 장교도 남아 있지 않았다. 외투를 입고 각반을 찬 사람들이 소리 내어 웃으며 방마다 돌아다니는 모습이 저택들의 창문을 통해 보였다. 술 저장고와 지하실에서도 똑같은 인간들이 마음대로 식료품에 손을 대며 주인 행세를 했다. 안마당에서도 그와 같은 사람들이 헛간과 마구간의 문을 열거나 부수었다. 부엌에서는 불을 지폈다. 그들은 소매를 걷어붙인 채 굽고 반죽하고 끓였으며, 여자와 아이들을 놀래고 웃기고 얼렀다. 그리고 이런 사람들은 상점이든 저택이든 어디에나 많았다. 하지만 이미 군대는 없었다.

그날 프랑스 지휘관들은 군대가 시내로 흩어지는 것을 금하고 주민들에 대한 폭력과 약탈을 엄격히 금지한다는 명령과 이날 밤 전체 점호를 실시한다는 명령을 잇달아 내렸다. 그러나 어떤 조치를 취해도 이제까지 군대를 이루던 사람들은 편의 시설과 저장 식료품이 풍부한 부유하고 텅 빈 시내로 뿔뿔이 흩어졌다. 황량한 들판을 무리 지어 다니던 굶주린 가축 떼가 비옥한 목초지를 발견한 순간 걷잡을 수 없이 사방으로 흩어지는 것처럼, 군대도 부유한 시내로 걷잡을 수 없이 뿔뿔이 흩어졌다.

모스크바에는 주민들이 없었다. 그래서 병사들은 모래에 물이 스며들듯 도시에 흡수되어 가장 먼저 들어섰던 크렘린으로부터 별 모양을 이루며 걷잡을 수 없이 사방으로 흩어졌다. 기병대 병사들은 모든 재산과 함께 버려진 어느 상인의 저택에 들어가 자신들의 말들을 넣고도 남을 마구간을 발견했지만 더 좋아 보이는 이웃의 다른 저택을 차지하러 나란히 옮겨 갔다. 많은 병사들이 저택을 여러 채 차지하고서 누가 저택을 차지했는지 분필로 표시하기도 하고, 심지어 다른 부대와 다투기까지 했다. 병사들은 미처 거처를 정하기도 전에 시내를 구경하러 거리로 달려 나가고, 모든 것이 버려졌다는 소문에 값비싼 물건들을 공짜로 손에 넣을 수 있는 곳으로 쏜살같이 뛰어가기도 했다. 지휘관들은 병사들을 제지하러 돌아다니다가 무심결에 똑같이 행동하곤 했다. 카레트니 랴드에는 승용 마차와 함께 버려진 상점들이 있었다. 장군들은 그곳에서 북적대며 스스로를 위해 콜랴스카와 카레타를 고르기도 했다. 도시에 남은 주민들은 약탈을 피하고픈 바람으로 지휘관들을 집에 초대했다. 재물은 풍부하여 그 끝이 보이지 않았다. 프랑스군이 차지한 장소 주변에는 아직 알려지지 않고 점령되지 않은 곳들, 훨씬 더 많은 재물이 있는 — 프랑스인들에게는 그렇게 보였다 — 곳들이 어디에나 있었다. 그렇게 모스크바는 그들을 자기 안으로 점점 더 깊숙이 빨아들였다. 물이 마른 땅에 흘러들면 물도 마른 땅도 사라지듯, 굶주린 군대가 풍요로운 텅 빈 도시에 들어가자 군대도 소멸하고 풍요로운 도시도 소멸했다. 그리하여 진창이 생기고 화재와 약탈이 벌어지게 되었다.

프랑스인들은 모스크바 화재를 라스톱친의 야만적인 애국심 탓으로 돌렸고, 러시아인들은 프랑스인들의 잔혹함 탓으로 돌렸다. 사실 모스크바의 화재에 대해 말하자면 이 화재를 한 사람이나 몇 사람의 책임으로 돌릴 만한 근거가 없고, 또 있을 수도 없었다. 모스크바가 타 버린 것은 목조 도시라면 당

692

연히 탈 수밖에 없는 조건에 모스크바가 놓여 있었기 때문이다. 이 도시에 130대의 조악한 소방펌프가 있었느냐 없었느냐는 상관없는 문제다. 모스크바가 타 버릴 수밖에 없었던 것은 주민들이 도시를 빠져나갔기 때문이다. 그것은 대팻밥 더미에 며칠 동안 계속 불똥이 튀면 불이 붙을 수밖에 없는 것과 마찬가지로 불가피한 일이었다. 목조 도시에서는 집의 소유주인 주민들과 경찰들이 있을 때도 여름이면 거의 매일같이 화재가 일어난다. 주민들이 빠져나가면, 또한 군대가 정주하며 담배 파이프를 피워 대고 세나츠카야 광장에서 원로원의 의자로 모닥불을 지피고 하루에 두 번씩 음식을 조리하면 목조 도시는 불에 타 버릴 수밖에 없다. 평화로운 시절에도 어떤 지역의 마을에 군대가 주둔하면 즉시 그 지역의 화재 건수가 증가한다. 그런데 텅 빈 목조 도시에 외국 군대가 주둔할 경우 화재의 확률이 얼마나 증가하겠는가? 이 경우에는 **라스톱친의 야만적인 애국심** 탓도 프랑스군의 잔혹함 탓도 아니다. 모스크바에 불이 난 것은 담배 파이프, 부엌, 모닥불, 적군 병사들, 즉 집주인이 아닌 거주민들의 부주의 때문이다. 방화(이는 매우 의심스럽다. 어느 누구에게도 방화를 저지를 이유가 전혀 없었던 데다 어쨌든 그것은 성가시고 위험한 일이기 때문이다.)가 있었다 해도 방화를 원인으로 볼 수는 없다. 방화가 없었다 해도 똑같은 일이 벌어졌을 테니 말이다.

프랑스인으로서 라스톱친의 만행을 비난하는 것이 아무리 기분 좋더라도, 러시아인으로서 보나파르트라는 악인을 비난하거나 자기 민족의 손에 영웅적인 횃불을 들려 주는 것이 아무리 기분 좋더라도 화재에 그런 직접적인 원인은 있을 수 없다는 점을 깨닫지 않을 수 없다. 어느 마을, 어느 공장, 어느 집이든 집주인이 떠나고 남이 들어와 주인 행세를 하며 자신이 먹을 죽을 끓이다 보면 결국 불탈 수밖에 없듯이 모스크바도 결국 불탈 수밖에 없었기 때문이다. 모스크바를 태운 것은 주민들이다. 그것은 사실이다. 그러나 모스크바에 남은 주민들이 아니라 모스크바를 떠난 주민들이 태웠다. 적이 점령한 모스크바가 베를린과 빈을 비롯한 다른 도시들처럼 온전하게 남지 않은 것은 단지 그 주민들이 프랑스인들에게 빵과 소금과 열쇠를 권하지 않고 그곳을 떠나 버렸기 때문이다.

27

9월 2일 프랑스군이 별 모양으로 퍼져 나가며 모스크바에 흡수되는 현상은 불과 저녁 무렵에 피에르가 머무는 구역까지 다다랐다. 고독하게 평범치 않은 이틀을 보내고 난 후 피에르는 광기에 가까운 상태에 빠져 있었다. 끈질기게 달라붙는 한 가지 생각이 그의 온 존재를 지배했다. 어떻게 언제 그렇게 되었는지 자신도 몰랐지만 지금 그는 과거를 전혀 기억하지 못하고 현재를 전혀 이해하지 못할 만큼 그 생각에 강하게 사로잡혀 있었다. 그래서 그가 보고 듣는 모든 것들이 그의 앞에서 꿈처럼 흘러갔다.

피에르가 자기 집을 떠난 것은 단지 그를 옭아맨 삶의 요구들, 당시 상황에서 자신이 도저히 풀 수 없었던 그 복잡하게 뒤엉킨 요구들로부터 벗어나기 위해서였다. 그가 고인의 서적과 문서를 정리한다는 구실로 이오시프 알렉세예비치의 집에 간 것은 그저 뒤숭숭한 실생활에서 벗어나 평안을 얻기 위해서였다. 그런데 이오시프 알렉세예비치에 대한 추억이 그의 마음속에서 영원하고 평온하고 장엄한 사상의 세계, 그 자신이 빠져 있다고 느끼는 불안한 혼란과 정반대인 사상의 세계에 결합되었다. 그는 조용한 은신처를 찾았고, 실제로 이오시프 알렉세예비치의 서재에서 그것을 발견했다. 서재의 죽음과도 같은 정적 속에서 먼지로 뒤덮인 고인의 책상에 팔을 괴고 앉아 있자니 상상 속에서 지난 며칠 동안의 기억들이 차분하고 의미 있게 잇달아 떠오르기 시작했다. 특히 보로지노 전투, 자신의 하찮음과 허위 — 그의 마음속에 그들이라는 명칭으로 각인된 인간 부류의 진실함, 소박함, 강인함과 비교되는 — 에 대한 막연한 느낌이 떠올랐다. 게라심이 그를 깊은 생각에서 깨어나게 했을 때 앞으로 있으리라 예상되는 모스크바의 국민적인 방어 — 그가 아는 한 — 에 참가해야겠다는 생각이 뇌리를 스쳤다. 그리하여 즉각 그 목적으로 게라심에게 카프탄과 피스톨을 구해 달라고 부탁하고 자신의 이름을 숨긴 채 이오시프 알렉세예비치의 집에 계속 남고자 한다는 의도를 알렸다. 그 후 고독하고 한가하게 첫날을 보내는 동안(피에르는 프리메이슨의 필사본에 주의를 집중하려고 여러 차례 시도했지만 그럴 수 없었다.) 예전에 떠오른 생각, 즉 보나파르트의 이름과 관련하여 자기 이름이 신비한 의미를 간직하고 있다는 생각이 여러 번 머리에 어렴풋이 떠오르곤 했다. 하지만 자신이, 러시아인 베주호프가 짐승의 권력을 제한하도록 예정되었다는 생각은 아직 이유도 흔적도 없이 상상 속을 획 스쳐 가는 공상들 가운데 하나로만 떠오를 뿐이었다.

카프탄을 구입한(오직 민중의 모스크바 방어에 참가할 목적으로) 피에르가 로스토프가 사람들을 만나 나타샤에게서 "당신은 모스크바에 남을 건가요? 아, 그러면 얼마나 좋을까요!"라는 말을 들었을 때, 설령 모스크바가 점령된다 해도 자신은 이곳에 남아 예정된 임무를 수행하는 것도 정말 좋겠다는 생각이 그의 머릿속에 얼핏 떠올랐다.

다음 날 그는 자기 몸을 아끼지 않고 어떤 면에서든 그들에게 뒤처지지 않겠다는 일념으로 민중과 함께 트리 고리의 관문 밖으로 향했다. 하지만 모스크바를 지켜내기 힘들겠다고 확신하며 집에 돌아온 그는 문득 자신에게 지금껏 가능성으로만 보이던 것이 이제 필연적이고 불가피한 것이 되었다고 느꼈다. 그는 이름을 숨기고 모스크바에 남았다가 나폴레옹을 만나 그를 죽여야 했다. 자신이 죽든가, 나폴레옹 한 사람에게서 비롯된 — 피에르의 견해에 따르면 — 온 유럽의 불행을 종식시키든가 둘 중 하나였다.

피에르는 1809년 빈에서 한 독일인 대학생이 보나파르트의 목숨을 노린 시도에 관해 상세히 알았고, 그 대학생이 총살당했다는 것도 알았다.[167] 그래서 계획을 실행할 경우 자기 목숨이 처하게 될 위험에 한층 더 흥분했다.

---

167) 1809년 10월 12일 빈의 쇤브룬 궁전 앞에서 군대 사열이 진행되는 동안 프리드리히 슈탑스라는 열일곱 살의 독일 학생이 주방용 칼로 나폴레옹을 암살하려 했다. 그는 군사 재판에서 사형을 언도받고 1809년 10월 17일 총살되었다. 이 책 주 126을 참조.

피에르가 자신의 계획에 저항할 수 없이 이끌린 것은 똑같이 강렬한 두 가지 감정 때문이었다. 첫 번째는 전체의 불행을 인지하며 희생과 고통을 구하는 감정이었다. 그 때문에 그는 25일 모자이스크로 가서 한창 치열한 전투에 뛰어들었으며, 지금은 집을 뛰쳐나와 자신에게 익숙한 호화롭고 쾌적한 생활을 버린 채 옷도 벗지 않고 딱딱한 소파에서 자며 게라심과 똑같은 음식을 먹고 있었다. 또 다른 하나는 조건적이고 인위적이고 인간적인 모든 것, 대부분의 사람들이 세상에서 최고의 행복이라고 여기는 모든 것을 막연히 경멸하는 완전히 러시아적인 감정이었다. 피에르는 슬로보츠키 궁전에서 처음으로 이 이상하고 매혹적인 감정을 맛보았다. 그때 그는 문득 느꼈다. 부와 권력과 생명, 사람들이 그토록 애써 마련하고 지키는 모든 것에 어떤 가치가 있다면 단지 그 모든 것을 버릴 수 있을 때의 쾌감 때문일 거라고…….

그것은 지원병으로 하여금 마지막 1코페이카까지 털어 술을 마시게 만드는 감정이고, 술 취한 사람으로 하여금 마지막 돈까지 날린다는 것을 알면서도 어떤 뚜렷한 이유 없이 거울과 유리를 깨뜨리게 만드는 감정이었다. 그 감정 때문에 인간은 마치 자신의 힘과 권력을 시험하듯 미친 짓(속된 의미에서)을 저지르며, 인간의 조건을 벗어난 인생에 대한 지고한 심판이 존재함을 선언하는 것이다.

슬로보츠키 궁전에서 이 감정을 처음 맛본 그날부터 피에르는 끊임없이 그 감정에 영향을 받았지만 이제야 비로소 충분한 만족을 발견했다. 게다가 그가 이 길을 걸으며 이미 해

온 것이 이 순간 그의 계획을 지탱해 주었고, 그것을 저버릴 가능성을 그에게서 앗아 갔다. 만일 이제 와서 다른 사람들처럼 모스크바를 떠나 버린다면 그의 가출도, 그의 카프탄도, 그의 피스톨도, 모스크바에 남겠노라고 로스토프가 사람들에게 한 공언도 모두 의미를 잃을 뿐 아니라 멸시와 조롱을 받게 될 것이다.(피에르는 이것에 예민했다.)

피에르의 육체 상태는 언제나처럼 그의 정신 상태와 일치했다. 익숙하지 않은 거친 음식, 당시에 마시던 보드카, 포도주와 시가의 결핍, 갈아입지 않은 더러운 속옷, 침상 없이 짧은 소파에서 거의 뜬눈으로 보낸 이틀 밤, 이 모든 것이 광기에 가까운 흥분 상태에 피에르를 붙잡아 두었다.

벌써 오후 1시가 지났다. 프랑스군은 이미 모스크바에 들어왔다. 피에르는 그 사실을 알았지만, 행동하는 대신 앞으로의 일을 아주 작은 것까지 세세하게 점검하며 자신의 계획에 대해서만 생각했다. 공상 속에서 그는 나폴레옹에게 일격을 가하는 과정 자체나 나폴레옹의 죽음에 대해 생생하게 그려 보지 않았다. 그러나 자신의 파멸과 영웅적인 용기에 대해서는 대단히 선명하게 서글픈 쾌감마저 느끼며 상상해 보곤 했다.

'그래, 모든 사람을 대신해 나 혼자 해치우든가 죽든가 해야 해!' 그는 생각했다. '그래, 난 다가가서…… 그리고 갑자기…… 피스톨로 할까, 단검으로 할까?' 피에르는 생각했다. '하지만 어떻게 하든 상관없어. 너를 처형하는 것은 내가 아니라 신의 손이다. 난 그렇게 말해야지.(피에르는 나폴레옹을 죽일 때 할 말을 생각했다.) 자, 뭘 하느냐, 나를 잡아 처형해라.' 피에르는 슬프고도 결연한 표정을 띠고서 고개를 숙인 채 계속 혼 잣말을 했다.

피에르가 방 한가운데 서서 그런 식으로 자신과 논쟁을 벌이고 있는데 서재의 문이 열렸다. 예전에는 늘 쭈뼛거리던 마카르 알렉세예비치가 완전히 달라진 모습으로 문지방에 나타났다. 할라트를 활짝 풀어 젖힌 채였다. 얼굴이 붉고 추악했다. 술에 취한 듯했다. 그는 피에르를 보고 처음에는 당황했지만 피에르의 얼굴에도 당황한 기색이 떠오른 것을 눈치채고 곧 용기를 내어 가느다란 다리를 비틀거리며 방 한가운데로 들어왔다.

"그자들이 겁을 먹었어." 그는 남을 의심치 않는 쉰 목소리로 말했다. "난 말일세, 항복하지 않아. 내 말은…… 그렇지 않은가, 신사 양반?" 그는 곰곰이 생각에 잠기더니 문득 테이블에 놓인 피스톨을 보고는 느닷없이 잽싸게 그것을 움켜쥐고 복도로 달려 나갔다.

마카르 알렉세예비치를 뒤따라온 게라심과 문지기가 그를 현관방에서 붙잡아 세우고 피스톨을 빼앗으려 했다. 복도로 나간 피에르는 그 반쯤 미친 노인을 연민과 혐오가 뒤섞인 심정으로 바라보았다. 마카르 알렉세예비치는 안간힘을 쓰며 얼굴을 잔뜩 찡그린 채 피스톨을 잡고는 목쉰 소리로 고래고래 고함을 질렀다. 아마도 무언가 엄숙한 것을 상상하는 듯했다.

"무기를 잡아라! 공격하라! 무슨 헛소리야, 내가 빼앗길까 보냐!" 그가 외쳤다.

"그만하십시오, 제발 그만하세요. 부디 그냥 두고 가십시오. 제발, 주인님……." 게라심이 마카르 알렉세이치의 팔꿈치를 조심스럽게 잡고 문 쪽으로 돌려세우려 애쓰며 말했다.

"넌 누구냐? 보나파르트구나!" 마카르 알렉세예비치가 외쳤다.

"이런 것은 좋지 않습니다, 나리. 제발 방에 가서 쉬십시오. 피스톨은 저에게 주시고요."

"꺼져, 이 미천한 종아! 건드리지 말라니까! 봤냐?" 마카르 알렉세예비치가 피스톨을 휘두르며 외쳤다. "공격하라!"

"붙잡아!" 게라심이 문지기에게 속삭였다.

마카르 알렉세예비치는 두 팔을 붙잡힌 채 문 쪽으로 끌려갔다.

현관방은 난동을 부리는 꼴사나운 소리와 숨을 헐떡이는 취한의 목쉰 소리로 가득 찼다.

갑자기 현관 계단에서 여자의 날카로운 비명 소리가 들리더니 식모가 현관방으로 뛰어 들어왔다.

"그자들이에요! 세상에! 정말 그자들이 왔어요. 네 명이 말을 타고……." 그녀가 외쳤다.

게라심과 문지기는 마카르 알렉세예비치를 놓아주었다. 몇 사람의 손이 출입구를 두드리는 소리가 잠잠한 복도에 울려퍼졌다.

28

　자신의 계획을 실행하기 전에는 신분도, 프랑스어를 안다
는 사실도 밝혀서는 안 되겠다고 속으로 결심한 피에르는 프
랑스인들이 들어오면 즉시 몸을 숨길 생각으로 반쯤 열린 복
도의 문가에 서 있었다. 하지만 프랑스인들이 들어온 뒤에도
피에르는 여전히 문에서 떠나지 않았다. 억누를 수 없는 호기
심이 그를 붙잡았다.

　프랑스인은 두 명이었다. 한 명은 장교로 키가 크고 사내답
고 잘생긴 남자였다. 병사나 종졸로 보이는 또 다른 한 명은
키가 작고 야위고 햇볕에 살갗이 그을린 남자였다. 뺨이 움푹
꺼지고 표정에 생기가 없었다. 장교는 지팡이를 짚고 다리를
절며 앞장서서 들어왔다. 몇 발짝 걸어 들어온 장교는 이 집이
좋다고 판단한 듯 걸음을 멈추었다. 그는 문가에 선 병사들을
돌아보고는 지휘관다운 쩌렁쩌렁한 목소리로 말들을 들이라

고 호령했다. 이 일을 마친 장교는 늠름한 몸짓으로 팔꿈치를 높이 들어 콧수염을 매만지고 모자에 한 손을 가볍게 댔다.

"여러분, 안녕하십니까?" 그가 미소 띤 얼굴로 주위를 둘러보며 쾌활하게 말했다.

아무도 대꾸하지 않았다.

"당신이 주인입니까?" 장교가 게라심에게 말을 건넸다.

게라심은 두려움과 의문에 찬 눈빛으로 장교를 보았다.

"숙소요, 숙소 말입니다." 장교는 관대하고 선량한 미소를 띤 채 키 작은 남자를 내려다보며 말했다. "프랑스인은 좋은 사람들입니다. 제길, 싸움은 하지 맙시다, 노인장." 그는 두려운 기색으로 입을 다물고 있는 게라심의 어깨를 툭툭 치며 덧붙였다.

"뭐야, 정말로 여기에는 프랑스어를 할 줄 아는 사람이 아무도 없나?" 그는 주위를 둘러보다 피에르와 눈이 마주치자 이렇게 덧붙였다. 피에르는 문에서 물러났다.

장교가 다시 게라심을 돌아보았다. 그는 게라심에게 이 집의 방들을 보여 달라고 요청했다.

"주인님은 안 계십니다. 모르겠어요…… 나의, 당신의……." 게라심은 말의 순서를 뒤집어 더 알아듣기 쉽게 말하려고 애쓰며 말했다.

프랑스 장교는 자신도 그의 말을 알아듣지 못했다는 것을 상대방에게 깨닫게 하고자 미소 띤 얼굴로 게라심의 코앞에 두 손을 벌려 보이고는 다리를 절며 피에르가 서 있는 문가로 걸어갔다. 피에르는 몸을 숨기기 위해 문에서 비키려 했다. 그러나 그 순간 피스톨을 두 손에 쥐고 열린 부엌문에서 몸을 쑥 내민 마카르 알렉세이치를 발견했다. 마카르 알렉세이치는 미치광이 특유의 교활한 눈빛으로 프랑스인을 힐끔 쳐다보고 피스톨을 들어 그를 겨누었다.

"공격하라!!!" 취한이 피스톨의 방아쇠를 당기려 하면서 외쳤다. 프랑스 장교가 고함 소리에 고개를 돌렸고, 그 순간 피에르가 취한에게 달려들었다. 피에르가 피스톨을 잡아 치켜든 순간 마카르 알렉세이치가 마침내 방아쇠에 손가락을 걸었다. 귀를 먹먹하게 하는 발사 소리가 울리고 화약 연기가 모든 사람들에게 훅 끼쳤다. 프랑스인은 하얗게 질려 다시 문 쪽으로 허겁지겁 달려갔다.

피에르는 프랑스어를 안다는 사실을 밝히지 않으려 한 계획을 잊은 채 피스톨을 빼앗아 던지고는 장교에게 달려가 프랑스어로 말을 걸었다.

"다치지 않았습니까?" 그가 말했다.

"괜찮은 것 같습니다." 장교가 자기 몸을 더듬으며 대답했다. "하지만 이번에는 아슬아슬했습니다." 그는 푹 팬 회벽을 가리키며 덧붙였다. "저 사람은 누굽니까?" 장교는 피에르를 엄하게 노려보며 말했다.

"아, 이런 일이 벌어져서 정말 유감스럽습니다." 피에르는 자신의 임무를 까맣게 잊고 재빨리 말했다. "이 사람은 불쌍한 미치광이예요. 자신이 무슨 짓을 했는지도 모릅니다."

장교는 마카르 알렉세이치에게 다가가 멱살을 잡았다.

마카르 알렉세이치는 잠들기라도 한 듯 입을 벌린 채 벽에 기대어 비틀거렸다.

"강도 같은 놈, 네놈에게 복수를 해 줄 테다." 프랑스인은 손을 떼며 말했다.

"우리는 승리 후에 자비로운 편이지. 하지만 반역자는 용서하지 않아." 그는 얼굴에 음울하고 엄숙한 표정을 띤 채 멋지고 열정적인 몸짓을 해 가며 덧붙였다.

피에르는 그 술 취한 미친 남자를 처벌하지 말라고 프랑스어로 장교를 계속 설득했다. 프랑스인은 음울한 표정을 바꾸지 않고 묵묵히 듣더니 갑자기 빙그레 웃으며 피에르를 돌아보았다. 그는 잠시 아무 말도 하지 않고 피에르를 바라보았다. 그의 잘생긴 얼굴에 비극적이고도 부드러운 표정이 떠올랐다. 그는 손을 내밀었다.

"당신이 내 목숨을 구했습니다. 당신은 프랑스인이군요." 그가 말했다. 그 프랑스인에게 이러한 결론은 의심할 바 없이 명백한 것이었다. 위대한 일을 해낼 수 있는 것은 오직 프랑스인뿐이고, 경기병 13연대의 대위인 무슈 랑발을 구한 것은 명백히 매우 위대한 일이었다.

하지만 그 결론과 그것에 근거를 둔 장교의 확신이 아무리 의심할 여지가 없는 것이라 해도 피에르는 그를 실망시킬 필요가 있다고 생각했다.

"난 러시아인입니다." 피에르가 재빨리 말했다.

"그런 말은 다른 사람에게나 하시죠." 프랑스인은 자신의 코앞에서 손가락을 흔들며 빙그레 웃었다. "당장 이 모든 것에 대해 들려주십시오." 그가 말했다. "동포를 만나는 것은 무척 기쁜 일이지요. 참, 이 사람을 어떻게 할까요?" 그는 피에르를 이미 형제인 양 대하며 덧붙였다. 프랑스 장교의 표정과 말투는 이렇게 말하고 있었다. 설사 피에르가 프랑스인이 아니라 해도 세상에서 가장 지고한 이 호칭을 받은 이상 뿌리칠 수는 없을 것이라고……. 피에르는 마지막 질문에 대해 마카르 알렉세이치가 누구인지 다시 한번 설명하고, 그들이 오기 직전 이 술 취한 미치광이 남자가 장전된 피스톨을 훔치는 바람에 미처 그에게서 빼앗을 겨를이 없었다고 설명하고는 그의 행동을 눈감아 달라고 부탁했다.

프랑스인은 가슴을 내밀고 왕족처럼 위풍당당한 손짓을 해 보였다.

"당신이 내 목숨을 구했습니다. 당신은 프랑스인입니다. 당신은 내가 그를 용서하기를 바라는군요? 그를 용서하겠습니다. 이자를 데리고 나가." 프랑스 장교는 자기 목숨을 구해 준 대가로 자신이 방금 프랑스인으로 승격시킨 피에르의 팔을 잡으며 정열적이고 빠른 말투로 말하고는 그와 함께 집 안으로 들어갔다.

안마당에 있던 병사들이 총성을 듣고 현관방으로 들어와 무슨 일인지 묻고는 당장이라도 범인을 벌하겠다고 나섰다. 하지만 장교는 엄하게 그들을 제지했다.

"필요한 일이 생기면 너희를 부르겠다." 그가 말했다. 병사들은 밖으로 나갔다. 그사이 부엌에 다녀온 종졸이 장교에게 다가왔다.

"대위님, 이 집 부엌에 수프와 구운 양고기가 있습니다." 그가 말했다. "가져오라 할까요?"

"그래, 술도." 대위가 말했다.

29

프랑스 장교는 피에르와 함께 집 안으로 들어갔다. 피에르
는 자기가 프랑스인이 아니라는 사실을 대위에게 다시 한번
분명히 하는 것이 자신의 의무라고 생각했다. 그는 떠나고 싶
었지만 프랑스 장교가 그의 말을 들으려 하지 않았다. 그가 너
무도 정중하고 친절하고 선량한 데다 목숨을 구해 준 것에 진
심으로 감사해하고 있어 피에르는 차마 뿌리치지 못하고 그
들이 들어선 첫 번째 방인 홀에 그와 함께 앉고 말았다. 자신
은 프랑스인이 아니라는 피에르의 주장에 대위는 그런 영광
스러운 호칭을 어떻게 거부할 수 있는지 이해할 수 없다는 투
로 어깨를 으쓱하며 말했다. "당신이 굳이 러시아인으로 알려
지길 원한다면 그렇게 하십시오. 하지만 나는 내 목숨을 구해
준 것에 대한 감사의 마음으로 당신에게 영원히 속박된 몸입
니다."

만약 이 남자가 조금이나마 타인의 감정을 이해하는 능력을 부여받고 피에르의 감정을 짐작할 수 있는 사람이었다면 피에르도 아마 그를 떠났을 것이다. 그러나 피에르는 자신 이외의 모든 것에 둔감한 이 남자의 활력에 압도되었다.

"프랑스인이거나 신분을 감춘 러시아 공작이겠죠." 프랑스인은 비록 더러워지긴 했어도 세련된 피에르의 속옷과 손가락의 반지를 유심히 바라보며 말했다. "당신에게 목숨을 빚졌으니 나의 우정을 드리고 싶습니다. 프랑스인은 모욕도 친절도 결코 잊지 않습니다. 당신에게 나의 우정을 드리고 싶습니다. 이것이 내가 당신에게 말하고 싶은 전부입니다."

이 장교의 목소리, 표정, 몸짓이 어찌나 선량하고 고상한지 (프랑스적인 의미에서) 피에르는 프랑스인의 웃음에 무의식적인 미소로 답하며 그가 내민 손을 잡고 말했다.

"9월 7일에 벌어진 전투로 영예로운 레지옹 훈장을 받은 경기병 13연대의 랑발 대위입니다." 그는 우쭐한 웃음을 감추지 못하며 자기를 소개했다. 그 미소로 콧수염 아래쪽 입술에 주름이 생겼다. "이제 부디 알려 주지 않겠습니까? 내가 저 미치광이에게 총을 맞아 야전 응급 치료소에 있는 대신 누구와 이토록 즐겁게 대화할 영광을 누리게 되었는지 말입니다."

피에르는 이름을 말할 수 없다고 대꾸했다. 그는 얼굴을 붉히며 이름을 꾸며 대고는 이름을 말할 수 없는 이유를 밝히려 했다. 그러나 프랑스인이 황급히 말을 가로막았다.

"괜찮습니다." 그가 말했다. "당신을 이해합니다. 당신은 장교지요…… 아마 사령부 장교일 겁니다. 당신은 우리에게 대적하여 무기를 들었겠죠. 그것은 내가 알 바 아닙니다. 난 당신에게 목숨을 빚졌습니다. 나에게는 그것으로 충분합니다. 난 온전히 당신의 것입니다. 당신은 귀족이지요?" 그는 물어보는 투로 덧붙였다. 피에르는 고개를 숙였다. "당신 이름은요? 난 더 이상 아무것도 묻지 않겠습니다. 무슈 피에르라고 하셨나요? 좋습니다. 그것이 내가 알고 싶은 전부입니다."

구운 양고기, 오믈렛, 사모바르, 보드카, 프랑스인들이 어느러시아인의 술 저장실에서 가져온 포도주가 나오자 랑발은 피에르에게 함께 식사하자고 권했다. 그러고는 이내 자신도 굶주린 건강한 사람처럼 탐욕스럽게 허겁지겁 먹어 대기 시작했다. 튼튼한 이로 빠르게 씹고 끊임없이 입맛을 다시면서 "굉장해. 훌륭한걸!"이라고 중얼거렸다. 얼굴이 붉게 상기되고 땀으로 덮였다. 피에르도 배가 고팠기 때문에 기꺼이 함께 식사를 했다. 종졸인 모렐은 따뜻한 물이 담긴 스튜 냄비를 가져와서 그 안에 적포도주 병을 담갔다. 게다가 그는 시음해 보려고 부엌에서 크바스 병도 가져왔다. 그 음료는 이미 프랑스인들 사이에 잘 알려져 있었고 이름까지 얻었다. 프랑스인들은 크바스를 돼지의 레모네이드라고 불렀다. 모렐도 부엌에서 발견한 이 돼지의 레모네이드를 찬양했다. 하지만 대위에게는 모스크바를 통과할 때 구한 포도주가 있었다. 그래서 크바스는 모렐에게 넘기고 보르도 포도주 병을 들었다. 그는 냅킨으로 병을 목까지 감싸고 자신과 피에르의 잔에 포도주를 따랐다. 허기를 달래고 술까지 마시고 나자 대위는 더욱 활기를 띠며 식사 내내 끊임없이 이야기를 했다.

"그렇습니다, 친애하는 무슈 피에르, 나는 그 미치광이로부터…… 내 목숨을 구해 준 당신을 위해 좋은 초 한 자루를 밝혀야 합니다. 보시다시피 나로서는 내 몸속에 있는 총알로도 충분합니다. 여기 이것(그는 옆구리를 가리켰다.)은 바그람 부근에서, 또 이것은 스몰렌스크 부근에서 박혔죠." 그는 뺨의 흉터를 가리켰다. "그리고 보시다시피 움직이고 싶어 하지 않는 이 다리도 있습니다. 이것은 7일에 모스크바 부근의 대전투[168]에서 생긴 것입니다. 오, 정말 대단했지요! 당신도 봤어야 하는데. 그것은 포화의 대홍수였어요. 당신네들은 우리에게 힘든 과제를 주었습니다. 당신네들이 자랑스러워할 만합니다. 그리고 맹세코 이런 으뜸패(그는 십자 훈장을 가리켰다.)를 얻긴 했지만 난 다시 한번 그 모든 것을 기꺼이 치를 수 있습니다. 그 전투를 보지 못한 사람들이 불쌍합니다."

"난 그곳에 있었습니다." 피에르가 말했다.

"아, 정말입니까? 그렇다면 더욱 잘됐군요." 프랑스인이 말했다. "당신네들은 용감한 적입니다. 솔직히 인정할 수밖에 없습니다. 빌어먹을, 큰 보루는 잘도 버티더군요. 우리는 당신들 때문에 큰 희생을 치렀습니다. 사실 난 그곳에 세 번 갔답니다. 우리는 세 번을 대포에 달려들었는데 세 번 모두 카드로 만든 병사들처럼 나동그라졌지요. 당신네 척탄병들은 정

---

168) 프랑스군은 보로지노 전투를 '모스크바 대전투(혹은 모스크바강 대전투)'라고 부르며 그레고리력에 따라 전투 날짜를 9월 7일로 계산했다. 그러나 톨스토이가 작품 곳곳에서 언급하듯 율리우스력을 사용하는 러시아군은 보로지노 전투의 날짜를 8월 26일로 표시했다.

말로 훌륭했습니다. 난 그들 대열이 여섯 차례나 하나로 밀집하여 사열하듯 진군하는 모습을 보았답니다. 대단한 사람들이에요! 이런 일에 정통한 우리 나폴리 왕도 그들에게 '브라보! 하, 하! 우리 병사들과 똑같군!' 하고 외치더군요." 그는 잠시 침묵하더니 빙그레 웃으며 말했다. "더 잘됐습니다, 더 잘됐어요, 무슈 피에르. 전투에서는 무서우나……." 그는 한쪽 눈을 찡긋하며 빙긋 웃었다. "미인들에게는 정중하다. 프랑스인이 바로 그런 사람들이죠, 무슈 피에르. 그렇지 않습니까?"

대위가 어찌나 순진하고 선량하게 쾌활하고 천연덕스럽고 스스로 흐뭇해하는 모습을 보이는지 피에르도 즐겁게 그를 바라보다 한쪽 눈을 찡긋거릴 뻔했다. 아마 정중한이라는 말이 대위의 주의를 모스크바 상황에 대한 생각으로 돌린 모양이었다.

"참, 그 얘기를 좀 해 주시죠. 여성들이 전부 모스크바를 떠났다는 게 사실입니까? 정말 이상한 발상이군요. 도대체 무엇이 두려웠던 걸까요?"

"러시아군이 파리에 진입하면 프랑스 귀부인들도 파리를 떠나지 않을까요?" 피에르가 말했다.

"하, 하, 하!" 프랑스인은 피에르의 어깨를 치며 유쾌하게 호탕한 웃음을 터뜨렸다. "아! 농담도 잘하십니다." 그가 말했다. "파리라고요? 하지만 파리는…… 파리는……."

"파리는 세계의 수도죠……." 피에르가 그의 말을 맺어 주며 말했다.

대위는 피에르를 쳐다보았다. 그에게는 이야기를 하다 말고 웃음이 어린 다정한 눈으로 상대를 뚫어지게 쳐다보는 버릇이 있었다.

"음, 당신이 스스로 러시아인이라고 말하지 않았다면 난 당신이 파리 사람이라는 데 내기를 걸었을 겁니다. 당신에게는 뭔가 있어요. 그게……." 그는 이렇게 찬사의 말을 던지고 다시 말없이 피에르를 쳐다보았다.

"파리에 산 적이 있습니다. 그곳에서 칠 년을 보냈죠." 피에르가 말했다.

"아, 분명 그랬을 겁니다. 파리……! 파리를 모르는 사람은 미개인이죠. 파리 사람은 2마일 밖에서도 알아볼 수 있습니다. 파리는 곧 탈마, 라 뒤슈누아, 포티에, 소르본, 대로변입니다."[169] 마지막 부분이 앞서 한 말보다 약하다는 것을 알아차린 그는 황급히 이렇게 덧붙였다. "전 세계에 오직 파리만 있을 뿐입니다. 당신은 파리에서 살고도 러시아인으로 남았군요. 뭐, 어떻습니까, 그렇다고 해서 내가 당신을 존경하는 마음이 줄어드는 것은 아닙니다."

술을 마신 탓에, 그리고 여러 날 동안 혼자 우울한 생각을 하며 보낸 뒤라 피에르는 그 유쾌하고 선량한 남자와 이야기

---

169) 탈마(Talma)는 프랑스의 연극배우다. 영국에서 연극 공부를 한 뒤 프랑스 국립 극단에서 활약하며 나폴레옹의 총애를 받았다. 사실성을 추구한 연출 양식, 무대 의상, 연기 등으로 프랑스 사실주의 연극의 선구자로 꼽힌다. 뒤슈누아(Duchénois)는 인기 있는 여배우였고, 포티에(Potier)는 유명한 희극 배우였다. 소르본은 13세기 중엽에 세워진 파리 대학이다. 그리고 대로변 (les boulevards)은 그 자체로 통속극이라는 의미를 띨 만큼 연극이나 극장과 연관이 깊은 단어다.

를 하면서 자기도 모르게 즐거움을 느꼈다.

"그런데 당신네 귀부인들에 대한 이야기로 돌아가 봅시다. 사람들 말로는 러시아 귀부인들이 몹시 아름답다고 하더군요. 프랑스군이 모스크바에 들어왔다고 해서 광야로 자취를 감추다니 얼마나 어리석은 생각입니까! 그들은 굉장한 기회를 놓친 겁니다. 당신네 평민들이 그러는 것은 이해가 갑니다. 하지만 교양인인 당신들은 그보다는 우리를 더 잘 알 텐데요. 우리는 빈, 베를린, 마드리드, 나폴리, 로마, 바르샤바 등 세계의 모든 수도를 정복했습니다……. 그곳 사람들은 우리를 두려워하면서도 좋아합니다. 우리를 좀 더 잘 알아 둔다고 해서 해가 될 것은 없어요. 그리고 황제 폐하도……." 그는 말을 꺼내려 했지만 피에르가 가로막았다.

"황제라……." 피에르가 대위의 말을 되풀이했다. 그러더니 얼굴이 갑자기 슬프고도 당혹스러운 표정을 띠었다. "황제란 무엇인가요?"

"황제요? 그것은 관용, 자비, 정의, 질서, 천재죠. 바로 그런 것이 황제입니다! 나, 랑발이 당신에게 하는 말입니다. 사실 난 팔 년 전에 그의 적이었습니다. 백작인 나의 아버지는 망명자였지요……. 하지만 난 그 남자에게 굴복하고 말았습니다. 그는 내 마음을 사로잡았습니다. 난 그가 프랑스를 뒤덮은 그 위대하고 영광스러운 장관 앞에 버틸 수가 없었습니다. 그가 무엇을 원하는지 이해했을 때, 그가 우리를 위해 영광의 침상을 준비하고 있음을 알았을 때 '이 사람이야말로 군주다.' 하고 스스로에게 말하며 그에게 항복하고 말았지요.

그렇게 된 겁니다. 아, 그렇습니다, 나의 친구여, 그는 바로 지난 몇 세기와 다가올 몇 세기를 통틀어 가장 위대한 인간입니다.”

“그가 모스크바에 있습니까?” 피에르는 우물쭈물하며 범죄자 같은 얼굴로 말했다.

프랑스인은 범죄자 같은 피에르의 얼굴을 보며 빙그레 웃었다.

“아뇨, 내일 입성합니다.” 그는 이렇게 말하고 계속 자기 이야기를 이어 갔다.

그들의 대화는 대문가에서 몇몇 목소리들이 고함을 지르고 모렐이 방으로 들어오는 바람에 중단되었다. 모렐은 뷔르템베르크의 경기병들이 와서 대위의 말들이 있는 안마당에 자기네 말들을 매려 한다고 알리러 왔다. 이 곤란한 상황은 무엇보다 경기병들이 상대방의 말을 이해하지 못하여 벌어졌다.

대위는 상사를 불러오게 하여 어느 연대 소속인지, 상관이 누구인지, 어째서 이미 다른 사람이 차지한 숙소에 감히 들어오려 하는지 준엄한 목소리로 물었다. 처음의 두 가지 질문에 대해서는 프랑스어를 잘 모르는 독일인도 소속 연대와 지휘관의 이름을 댔다. 그러나 마지막 질문을 이해하지 못한 그는 독일어에 프랑스어 단어를 드문드문 섞어 가면서 자신은 연대의 숙소 담당이며 지휘관으로부터 모든 저택을 차례차례 점해 두라는 명령을 받았다고 대답했다. 독일어를 아는 피에르가 그 독일인이 하는 말을 대위에게 통역해 주고 대위의 답변을 뷔르템베르크 경기병에게 독일어로 전달했다. 상대방의 말을 이해한 독일인은 복종하며 부하들을 데리고 떠났다. 대위는 현관 계단에 나가 쩌렁쩌렁한 목소리로 몇 가지 지시를 내렸다.

그가 방에 돌아왔을 때 피에르는 두 손으로 머리를 감싸고 여전히 같은 자리에 앉아 있었다. 얼굴은 괴로운 빛을 띠었다. 그 순간 그는 사실 괴로워하고 있었다. 대위가 나가고 혼자 남게 되었을 때 피에르는 문득 정신을 차렸고 자신이 처한 상황을 인식했다. 이 순간 그를 괴롭히는 것은 모스크바가 점령되었다는 사실도, 이 행복한 승리자들이 모스크바에서 주인 행세를 하며 그를 비호하고 있다는 사실 — 그가 이것을 아무리 괴롭게 느끼든 — 도 아니었다. 그를 괴롭힌 것은 자신의 나약함에 대한 자각이었다. 술 몇 잔과 이 선량한 남자와의 대화는 피에르가 지난 며칠간 빠져 있던 긴장감 어린 우울한 기분을 무너뜨려 버렸다. 그 기분은 그가 계획을 실행하는 데 꼭 필요한 것이었다. 피스톨과 단검과 농민용 외투가 준비되었고, 나폴레옹도 내일 도착한다. 피에르는 여전히 악인을 죽이는 것이 유익하고 가치 있는 일이라고 생각했다. 하지만 자신이 이제 그 일을 하지 못하리라는 것을 깨달았다. 어째서? 그는 몰랐다. 하지만 자신이 계획을 실행하지 않을 것 같은 예감이 들었다. 그는 자신의 나약함에 대한 자각과 싸웠다. 그러나 자신이 그 나약함을 떨치지 못하리라는 것, 첫 인간과 접촉한 순간 복수와 살인과 자기희생에 관한 예전의 우울한 생각들이 먼지처럼 날아가 버렸다는 것을 어렴풋이 느꼈다.

대위는 약간 절면서 어떤 곡조를 휘파람으로 불며 방으로 들어왔다.

조금 전까지 피에르에게 즐거움을 주던 프랑스인의 그 수다가 이제는 혐오스럽게 여겨졌다. 프랑스인이 휘파람으로 부는 노래도, 걸음걸이도, 콧수염을 비비 꼬는 몸짓도 모든 것이 이제는 피에르에게 모욕적으로 느껴졌다.

'나는 당장 떠날 것이다. 이 사람과 더 이상 한마디도 하지 않겠다.' 피에르는 생각했다. 그렇게 생각하면서도 계속 그 자리에 앉아 있었다. 어떤 이상한 무력감이 그를 그 자리에 묶어 두었다. 그는 일어나 자리를 떠나고 싶었지만 그럴 수 없었다.

그와 반대로 대위는 무척 유쾌해 보였다. 그는 방 안에서 두어 번 왔다 갔다 했다. 눈동자가 빛나고 콧수염이 가볍게 실룩거렸다. 마치 어떤 즐거운 공상에 혼자 히죽거리는 것 같았다.

"매력적이죠." 그가 불쑥 말했다. "저 뷔르템베르크 부대의 지휘관 말입니다. 그는 독일인입니다. 그렇긴 해도 훌륭한 청년이지요. 하지만 독일인이에요."

그는 피에르의 맞은편에 앉았다.

"그건 그렇고 당신은 독일어를 아는군요?"

피에르는 말없이 그를 바라보았다.

"독일어로 은신처를 뭐라고 합니까?"

"은신처요?" 피에르가 되물었다. "은신처는 독일어로 운터쿤프트라고 합니다."

"뭐라고요?" 대위는 미심쩍은 듯 재빨리 거듭 물었다.

"운터쿤프트." 피에르가 다시 한번 되풀이했다.

"온터코프." 대위는 이렇게 말하고 몇 초간 비웃는 듯한 눈으로 피에르를 바라보았다. "그 독일인들은 정말 멍청이들입니다. 그렇지 않습니까, 무슈 피에르?" 그는 이렇게 말을 끝맺었다.

"자, 이 모스크바의 보르도를 한 병 더 마실까요? 모렐이 우리를 위해 한 병 더 데워 줄 겁니다. 모렐!" 대위가 즐겁게 외쳤다.

모렐은 초 몇 자루와 술병을 가져왔다. 대위는 불빛에 비친 피에르를 바라보았다. 그는 말상대의 낙심한 표정에 놀란 듯했다. 랑발은 진심으로 슬픔과 동정이 어린 표정을 지으며 피에르에게 다가와 그의 위로 몸을 숙였다.

"이게 뭡니까? 우리가 슬퍼하다니요." 그는 피에르의 손을 어루만지며 말했다. "혹시 내가 당신을 슬프게 했습니까? 아니, 사실 당신은 나에게 어떤 반감 같은 것을 품은 게 아닙니까?" 그는 거듭 물었다. "혹시 정세와 관련된 것인가요?"

피에르는 아무런 대꾸도 하지 않고 프랑스인의 눈을 다정하게 쳐다보았다. 피에르는 그 동정 어린 표정이 좋았다.

"맹세하건대 내가 당신에게 은혜를 입은 것은 제쳐 놓고라도 난 당신에게 우정을 느끼고 있습니다. 내가 당신을 위해 뭔가 할 수 없을까요? 날 당신 마음대로 하십시오. 영원히요. 나는 가슴에 손을 얹고 당신에게 이 말을 하는 겁니다." 그가 가슴을 치며 말했다.

"고맙습니다." 피에르가 말했다. 대위는 독일어로 은신처를 뭐라고 하는지 알게 되었을 때처럼 피에르를 유심히 쳐다보았다. 그러더니 갑자기 얼굴이 환하게 빛났다.

"아, 그럼 난 우리 우정을 위해 술을 마시겠습니다!" 그는 두 개의 잔에 술을 따르면서 즐겁게 외쳤다. 피에르는 술이 채워진 잔을 들어 그것을 비웠다. 랑발은 자기 잔을 비우고 또 한 번 피에르의 손을 꽉 잡고는 생각에 잠긴 멜랑콜리한 자세로 테이블에 팔꿈치를 괴었다.

"그래요, 친구, 바로 이런 것이 행운의 바퀴[170]라는 것입니다." 그가 입을 열었다. "내가 병사가 될 거라고, 또 보나파르트—우리는 그를 그렇게 불렀지요—를 섬기는 용기병 대위가 될 거라고 어느 누가 나에게 말했겠습니까? 하지만 이렇게 나는 그와 모스크바에 있단 말이지요. 친구, 당신에게 말해야 할 것이 있습니다……." 그는 긴 이야기를 하려는 사람의 애잔하고도 차분한 목소리로 계속 말했다. "우리 가문은 프랑스에서 가장 유서 깊은 가문들 가운데 하나입니다."

그러고 나서 대위는 프랑스인다운 소탈하고 순박한 솔직함으로 피에르에게 선조들의 역사, 자신의 아동기와 사춘기와 성인기, 혈연과 재산과 가족과 관련된 자신의 모든 관계에 대해 들려주었다. 물론 '나의 가엾은 어머니'라는 표현은 이 이야기에서도 중요한 역할을 했다.

"하지만 이 모든 것은 인생의 서곡에 지나지 않습니다. 인생의 본질은 바로 사랑이죠, 사랑! 그렇지 않습니까, 무슈 피

---

170) '행운의 바퀴'는 그리스 신화에서 따온 표현이다. 행운의 여신(혹은 운명의 여신) 포르투나는 두건으로 눈을 가린 채 각 개인의 운명을 바퀴로 돌린다. 포르투나가 눈을 가렸다는 것은 포르투나도 인간의 운명을 좌우하지는 못한다는 것, 즉 인간의 운명이 예측 불가능하다는 것을 상징한다.

에르?" 그는 활기를 띠며 말했다. "한 잔 더 받으시죠."

피에르는 다시 술잔을 비우고 석 잔째 잔을 따랐다.

"오, 여인들이여, 여인들이여!" 대위는 번들거리는 눈으로 피에르를 쳐다보며 사랑에 대해, 자신의 연애 경험에 대해 이야기하기 시작했다. 연애 경험은 매우 많았다. 장교의 우쭐대는 잘생긴 얼굴과 그가 여자들에 대해 이야기할 때의 열광적인 활기로 보아 그 말은 꽤 믿을 만했다. 랑발의 연애사가 다 추잡한 — 프랑스인들은 그런 것에서만 사랑의 매력과 시성을 발견한다 — 성질을 띠긴 했지만, 자신만이 사랑의 모든 매력을 맛보고 경험했다고 진심으로 확신하며 이야기하는 데다 여자들을 대단히 유혹적으로 묘사했기에 피에르도 호기심을 가지고 이야기를 들었다.

그 프랑스인이 그토록 좋아한 사랑은 피에르가 언젠가 아내에게 느낀 저열하고 단순한 종류의 사랑도, 나타샤에게 느낀 로맨틱한 사랑 — 그 스스로 부풀리고 있는 — 도 아닌 것이 분명했다.(랑발은 두 종류의 사랑을 똑같이 경멸했다. 하나는 마부들의 사랑이고, 또 하나는 바보들의 사랑이었다.) 프랑스인이 숭배하는 사랑은 주로 여성과의 부자연스러운 관계와 여러 가지 기묘함이 결합된 것이었다. 그런 것들은 특히 그 감정에 주요한 매력을 더했다.

그리하여 대위는 서른다섯 살의 고혹적인 후작 부인과 그 고혹적인 후작 부인의 딸인 매력적이고 순수한 열일곱 살 처녀를 동시에 사랑한 감동적인 이야기를 들려주었다. 어머니가 자신을 희생하여 애인에게 자기 딸을 아내로 맞도록 권하는 것으로 결말을 맺은 어머니와 딸 사이에 벌어진 관용의 경쟁은 비록 오래전 추억이지만 지금도 여전히 대위를 흥분시켰다. 그리고 나서 그는 남편이 정부 역할을 하고 그(정부)가 남편 역할을 한 일화를 들려주었다. 그리고 운터쿤프트가 은신처를 뜻하고 남편들이 양배추 수프를 먹고 젊은 아가씨들의 머리가 지나치게 금발인 독일에 얽힌 추억들 가운데 몇몇 우스운 일화도 들려주었다.

마침내 폴란드에서의 마지막 일화는 그가 어느 폴란드인의 목숨을 구해 주었더니(대체로 대위의 이야기에는 목숨을 구한 일화가 끊임없이 등장했다.) 그 폴란드인이 고혹적인 아내(파리 여인의 마음을 가진)를 그에게 맡긴 후 프랑스군에 입대했다는 것이었다. 얼굴이 붉게 달아오른 대위는 기억에 아직도 생생한 그 일화를 빠른 몸짓으로 이야기했다. 대위는 행복했고, 고혹적인 폴란드 여인은 함께 도피하고 싶어 했다. 하지만 관대한 기분이 든 대위는 아내를 남편에게 돌려보내며 말했다. '나는 당신의 목숨을 구했고, 지금은 당신의 명예를 구합니다.' 대위는 이 말을 되풀이하고는 눈을 비비고 몸을 흔들었다. 마치 이런 감동적인 추억의 순간에 엄습하는 나약함을 털어 버리려는 듯했다.

밤이 이슥하거나 술기운이 돌 때 흔히 있는 일이지만, 이야기를 듣던 피에르는 대위가 말하는 모든 내용을 따라가면서 다 이해한 동시에 어쩐 일인지 불현듯 상상 속에 떠오른 일련의 개인적인 추억들을 좇고 있었다. 대위의 연애담을 듣는 동안 피에르의 뇌리에 문득 나타샤를 향한 사랑이 생각지도 않게 떠올랐다. 그는 그 사랑의 장면들을 상상 속에서 곱씹으며 마음속으로 그것들을 랑발의 이야기와 비교했다. 피에르는 의무와 사랑의 투쟁에 대한 이야기를 좇다가 수하레바 탑 옆에서 사랑하는 대상과 마지막으로 만난 순간을 지극히 작은 것까지 세세하게 전부 떠올렸다. 그때는 그 만남이 아무런 영향도 주지 않았다. 그는 심지어 그 만남을 떠올리지도 않았다. 하지만 이제 그 만남에 매우 의미심장하고 시적인 무언가가 있는 것처럼 느껴졌다.

'표트르 키릴리치, 이리 오세요. 난 당신을 알아봤어요.' 이 순간 그는 그녀가 한 말을 들었고 눈앞에서 그녀의 눈동자, 미소, 여행용 모자, 그 아래로 빠져나온 머리카락을 보았다. 그에게는 이 모든 것에 마음을 움직이는 감동적인 무언가가 있는 것처럼 느껴졌다.

고혹적인 폴란드 여인에 대한 이야기를 끝낸 대위는 피에르를 돌아보며 사랑을 위한 자기희생의 감정이라든지, 합법적인 남편에 대한 질투 같은 것을 느껴 본 적이 있느냐고 물었다.

그 질문에 마음이 동한 피에르는 고개를 들었다. 자신을 사로잡은 생각을 말해야 한다고 느꼈다. 그는 여성에 대한 사랑을 다소 다르게 생각한다고 설명하기 시작했다. 그는 평생 오직 한 여인만을 사랑했고 지금도 그녀만을 사랑한다고, 그러나 그녀는 결코 그의 여자가 될 수 없다고 말했다.

"저런!" 대위가 말했다.

그러고 나서 피에르는 자신이 매우 젊은 시절부터 그 여인을 사랑했다고, 하지만 그녀가 너무 어렸던 데다 자신도 성이 없는 사생아였기에 감히 그녀를 생각할 수 없었다고 설명했다. 그 후 그가 성과 재산을 물려받았을 때도 그녀를 지나치게 사랑하고 너무 높게, 온 세상보다 더 높게, 따라서 자신보다 훨씬 더 높게 보았기에 감히 그녀를 마음에 품을 수 없었다. 피에르는 이 부분까지 이야기하고 대위를 돌아보며 물었다. 당신은 이것을 이해하겠습니까?

대위는 자신이 이해하지 못한다 해도 피에르가 계속 이야기해 주기를 바란다는 몸짓을 해 보였다.

"플라토닉 러브군요. 구름 같은……." 그가 중얼거렸다. 술이 들어간 탓인지, 솔직해야 했기 때문인지, 이 남자가 이야기에 나오는 등장인물들을 아무도 모르고 앞으로도 모를 거라고 생각해서인지, 혹은 그 모든 것들 때문인지 아무튼 피에르는 술술 지껄이기 시작했다. 그리고 입을 웅얼거리며 빛나는 눈으로 어딘가 먼 곳을 응시하며 자신의 결혼, 가장 절친한 친구와 나타샤의 사랑 이야기, 그녀의 배신, 자신과 그녀의 담백한 관계를 전부 이야기했다. 그는 랑발의 질문에 넘어가 처음에 숨겼던 것, 즉 사교계에서의 지위도 이야기해 버리고, 심지어 이름까지 밝혔다.

대위가 피에르의 이야기에서 가장 놀란 사실은 피에르가 대단히 부유하다는 점, 그가 모스크바에 대저택을 두 채나 소유하고 있다는 점, 그가 모든 것을 버리고도 모스크바를 떠나지 않고 이름과 신분을 숨긴 채 시내에 남았다는 점이었다.

이미 꽤 깊은 밤에 두 사람은 함께 거리로 나갔다. 따뜻하고 환한 밤이었다. 저택 왼편에 모스크바의 페트롭카에서 시작된 첫 번째 화재의 불빛이 밝게 비쳤다. 오른편에는 갸름한 초승달이 높이 뜨고, 달의 반대편에 피에르가 마음속으로 자신의 사랑과 연관 지은 빛나는 혜성이 있었다. 대문가에는 게라심과 식모와 프랑스인 두 명이 서 있었다. 그들이 서로 통하지 않는 말로 나누는 이야기 소리와 웃음소리가 들렸다. 그들은 시내에 보이는 화재의 불빛을 바라보았다. 거대한 도시에서 먼 곳의 작은 화재 정도는 전혀 무서운 것이 아니었다.

별이 빛나는 높은 하늘과 달과 혜성과 화재의 불빛을 바라보면서 피에르는 기쁨에 겨운 감동을 맛보았다. '아, 얼마나 좋은가! 아, 무엇이 더 필요하랴?' 그는 생각했다. 그러다 문득 자신의 계획을 떠올린 그는 머리가 빙글빙글 돌고 기분이 나빠지는 것을 느꼈다. 그래서 쓰러지지 않기 위해 담장에 기댔다. 피에르는 새 친구와 작별 인사도 나누지 않고 비틀거리며 대문가를 떠났다. 그리고 자기 방으로 돌아와 소파에 누워 곧 잠들어 버렸다.

30

도보나 마차로 피란하던 주민들과 퇴각하던 부대들은 곳곳의 도로에서 다양한 감정을 품은 채 9월 2일에 시작된 첫 화재의 불빛을 바라보았다.

이날 밤 로스토프가의 행렬은 모스크바에서 20베르스타가량 떨어진 미치시에서 이동을 멈췄다. 그들은 9월 1일에 너무 늦게 출발했고, 도로는 짐마차와 군대로 몹시 붐볐다. 게다가 잊고 온 물건이 너무 많아 그것들을 가져오도록 사람들을 보내야 했다. 그래서 그날 밤은 모스크바에서 5베르스타 떨어진 곳에서 숙박하게 되었다. 그다음 날에는 늦게 출발한 데다 도중에 너무 많이 멈춰야 했기에 볼쇼이 미치시까지밖에 못 갔다. 10시 무렵에는 로스토프가의 주인 가족들이며 함께 떠난 부상자들 모두 큰 마을의 농가와 안마당에 자리를 잡았다. 로스토프가의 하인들과 마부들, 부상자들의 종졸들은 주인을 치다꺼리하고 나서 저녁 식사를 마치고 말들에게 여물을 주고 현관 계단으로 나갔다.

이웃 농가에는 라옙스키의 부관이 손에 큰 부상을 입고 누워 있었다. 그는 무시무시한 통증에 끊임없이 애처로운 신음 소리를 냈고, 그 신음 소리가 가을밤의 어둠 속에서 무시무시하게 울려 퍼졌다. 그 부관은 첫날 밤 로스토프가와 같은 안마당에서 묵었다. 백작 부인은 그 신음 소리 때문에 밤새 눈을 붙이지 못했다고 말하더니 미치시에서는 그저 그 부상병과 좀 더 멀리 떨어지기 위해 초라한 농가로 거처를 옮겼다.

한 하인이 밤의 어둠 속에서 승강장에 정차한 카레타의 높다란 차체 위로 또 다른 화재의 작은 불빛을 발견했다. 한 화재의 불빛은 이미 오래전부터 보였고, 다들 그것이 마모노프의 코사크들이 말리 미치시에 지른 불이라는 것을 알았다.

"이봐, 또 화재가 났어." 종졸이 말했다.

다들 화재의 불빛으로 주의를 돌렸다.

"마모노프의 코사크들이 말리 미치시에 불을 놓았다지."

"그자들이! 아냐, 저기는 미치시가 아니야. 더 멀어."

"봐. 아무래도 모스크바 같은데."

하인들 가운데 두 명이 현관 계단을 내려가 카레타 뒤쪽으로 돌아가서 발판에 걸터앉았다.

"저기는 더 왼쪽이야! 이봐, 미치시는 이쪽이잖아. 그런데 저곳은 완전히 다른 쪽이라니까."

몇몇 사람들이 처음의 무리에 끼었다.

"봐, 활활 타고 있어." 한 명이 말했다. "여러분, 저건 모스크바의 화재예요. 수셉스카야든가 로고시스카야라고요."

아무도 그 지적에 대꾸하지 않았다. 그 모든 사람들이 멀리에서 타오르는 새로운 화재의 불길을 꽤 오랫동안 말없이 지켜보았다.

백작의 시종(사람들이 일컫듯이)인 다닐로 테렌티이치 노인은 무리에 다가가 미시카에게 버럭 소리를 질렀다.

"뭘 봐, 이 얼간아……. 백작님께서 찾으실 텐데 아무도 없잖아. 어서 가서 의복을 준비해 드려."

"저는 그냥 물을 길러 가는 중이었어요." 미시카가 말했다.

"어떻게 생각하세요, 다닐로 테렌티이치, 저건 모스크바에서 일어난 화재의 불빛 같죠?" 하인들 가운데 한 명이 말했다.

다닐로 테렌티이치가 아무 대꾸도 하지 않자 다시 모두들 한참 동안 침묵에 잠겼다. 불빛은 너울거리며 점점 더 멀리 퍼졌다.

"오, 하느님, 은혜를 베푸소서! 바람이 부는 데다 날도 건조하니……." 다시 누군가의 목소리가 말했다.

"일이 어떻게 되어 가는지 봐. 오, 주여! 아, 불티가 날리잖아. 주여, 우리 죄인들에게 은혜를 베푸소서!"

"꺼지겠지."

"누가 끄겠어?" 그때까지 침묵하던 다닐로 테렌티이치의 목소리가 들렸다. 목소리는 침착하고 느릿느릿했다. "이보게, 저것은 모스크바야." 그가 말했다. "모스크바라고. 우리의 어머니, 하얀 석벽의[171]……." 목소리가 끊겼다. 그가 갑자기 늙은이처럼 흐느꼈다. 마치 다들 자신들이 바라보는 그 화재의 불빛이 스스로에게 어떤 의미를 갖는지 깨닫기 위해 오직 그것만을 기다린 것 같았다. 탄식, 기도, 백작의 늙은 시종이 흐느끼는 소리가 들렸다.

---

171) '하얀 석벽의'는 모스크바를 다정하게 일컫는 관용구로 크렘린의 회반죽을 칠한 석조 건물 교회들에서 유래된 표현이다.

31

백작에게 돌아온 시종은 모스크바가 불타고 있다고 보고했다. 백작은 할라트를 걸치고 보러 나갔다. 아직 옷을 벗지 않은 소냐와 마담 쇼스가 함께 밖으로 나갔다. 방에 남은 사람은 나타샤와 백작 부인뿐이었다.(페차는 더 이상 가족과 있지 않았다. 그는 트로이체[172]로 향하는 자신의 연대와 함께 선두에서 움직였다.)

백작 부인은 모스크바 화재에 대한 소식을 듣고 울음을 터뜨렸다. 이콘 아래의 긴 의자(그녀가 도착하여 앉은 바로 그 자리)에 앉은 나타샤는 창백한 얼굴로 시선을 한곳에 고정한 채

---

172) 성 삼위일체 수도원 혹은 성 세르기이 수도원을 일컫는다. 모스크바에서 북쪽으로 약 70킬로미터 떨어진 곳에 위치한 이 수도원은 중세 러시아의 위대한 성인으로 꼽히는 성 세르기이가 설립한 것으로 러시아 정교의 중심지였다.

아버지의 말에는 전혀 주의를 기울이지 않았다. 그녀는 세 집 너머에서 그치지 않고 들리는 부관의 신음 소리에 귀를 기울이고 있었다.

"아, 정말 끔찍해!" 온몸이 꽁꽁 언 채 겁에 질린 얼굴로 안마당에서 돌아온 소냐가 말했다. "모스크바 전체가 불타고 있나 봐. 무시무시한 불빛이야! 나타샤, 봐. 여기 창을 통해서도 보여." 소냐가 무언가로 사촌 동생의 기분을 돌리고 싶은 듯 그녀에게 말했다. 하지만 나타샤는 소냐가 뭐라고 하는지 이해하지 못한듯 그녀를 물끄러미 쳐다보고 다시 페치카 한구석으로 시선을 돌렸다. 이날 아침부터, 소냐가 안드레이 공작이 부상을 당했고 그가 자신들의 행렬에 함께 있다는 사실을 어쩐지 나타샤에게 알려야만 한다고 생각한 — 백작 부인이 놀라고 노여워할 일이긴 하지만 — 그 순간부터 나타샤는 이렇듯 계속 멍한 상태였다. 좀처럼 노하지 않는 백작 부인이 소냐에게 화를 냈다. 소냐는 울먹이며 용서를 구했다. 그러고는 마치 자신의 죄를 씻으려는 듯 이제 쉬지 않고 계속 사촌 동생을 보살폈다.

"봐, 나타샤, 정말 무섭게 타고 있어." 소냐가 말했다.

"뭐가 타는데?" 나타샤가 물었다. "아, 참, 모스크바랬지."

그리고 소냐가 거절에 상처받지 않게 하면서 그녀를 피하기 위해서인 듯 나타샤는 고개를 창문 쪽으로 돌리고 아무것도 볼 수 없을 듯한 자세로 밖을 내다보고는 다시 방금 전의 자리에 앉았다.

"안 봤지?"

"아냐, 정말 봤어." 그녀는 가만히 놔둬 달라고 애원하는 듯한 목소리로 말했다.

백작 부인과 소냐는 모스크바도, 모스크바의 화재도, 그 밖에 다른 어떤 것도 나타샤에게 아무런 의미가 없다는 것을 알았다.

백작은 다시 칸막이 뒤로 가서 침상에 누웠다. 백작 부인은 나타샤에게 다가가 손등을 그녀의 머리에 가볍게 댔다. 딸이 아플 때마다 백작 부인이 하는 행동이었다. 그러고 나서 마치 열이 있는지 확인하려는 듯 딸의 이마에 입술을 대고 딸에게 입을 맞추었다.

"몸이 얼었어. 계속 떠네. 눕는 편이 좋겠다." 그녀가 말했다.

"누우라고요? 네, 알았어요, 누울게요. 곧 눕겠어요." 나타샤가 말했다.

이날 아침 나타샤는 안드레이 공작이 심한 부상을 입고 자신들과 함께 이동하는 중이라는 말을 들은 후 그저 처음에만 그가 어디로 어떻게 가는지, 부상이 위중한지, 그를 만나도 되는지 등 많은 질문을 던졌다. 그러나 그를 만날 수는 없으며 그가 심한 부상을 입긴 했지만 목숨은 위험하지 않다고 들은 후, 그녀는 자신이 무슨 말을 하든 똑같은 대답만 들으리라고 확신했기에 다른 사람의 말을 믿지 않았으며, 더 이상 묻지도 말하지도 않았다. 나타샤는 여정 내내 눈을 커다랗게 뜬 채 ― 백작 부인은 그 눈동자를 잘 알았고 그 눈빛을 몹시 두려워했다 ― 카레타 한구석에 꼼짝 않고 있었는데 지금도 그때와 똑같이 한번 앉은 긴 의자에 줄곧 앉아 있었다. 그녀는 무언가 궁리하고 있었다. 그리고 마음속으로 지금 무언가 결정하고 있거나 이미 결정을 내렸다. 백작 부인은 그것을 알았지만 무엇인지는 몰랐다. 그녀는 그 점 때문에 두렵고 괴로웠다.

"나타샤, 애야, 옷을 벗고 내 침대에 누우렴."(백작 부인을 위해서만 침대 위에 이부자리가 깔렸다. 마담 쇼스와 두 아가씨는 마룻바닥의 건초 위에서 자야 했다.)

"아뇨, 엄마, 전 여기 마룻바닥에 눕겠어요." 나타샤는 화를 내며 말했다. 나타샤는 창가에 다가가 창문을 열었다. 열린 창문으로 부관의 신음 소리가 더욱 또렷하게 들려왔다. 그녀는 축축한 밤공기 속으로 고개를 내밀었다. 백작 부인은 나타샤의 가냘픈 어깨가 흐느낌으로 떨리며 창틀에 부딪는 것을 보았다. 나타샤는 신음 소리를 내는 사람이 안드레이 공작이 아니라는 사실을 알았다. 안드레이 공작은 자신들이 있는 곳과 안마당을 공유한, 현관방 건너 다른 통나무집에 누워 있다는 것을 알았다. 하지만 그녀는 그 그치지 않는 무시무시한 신음 소리에 흐느끼지 않을 수 없었다. 백작 부인은 소냐와 눈짓을 주고받았다.

"누우렴, 애야, 누워." 백작 부인은 한 손으로 나타샤의 어깨를 가볍게 어루만지며 말했다. "자, 누우라니까."

"아, 네…… 곧, 곧 누울 거예요." 나타샤는 황급히 옷을 벗다가 페티코트의 끈을 끊으며 말했다. 드레스를 벗어 던지고 덧옷을 걸친 그녀는 마룻바닥에 마련된 잠자리에 무릎을 꿇고 앉았다. 그리고 다발이 가는 그다지 길지 않은 땋은 머리를 어깨 앞쪽에 늘어뜨리고 다시 땋기 시작했다. 가늘고 긴 손가락이 땋은 머리를 익숙한 손놀림으로 재빨리 솜씨 있게 풀었다가 다시 땋아 묶었다. 나타샤는 습관적인 몸짓으로 머리를 이쪽저쪽 돌렸지만 열에 들뜬 것처럼 크게 뜬 눈동자는 앞만 뚫어지게 바라보았다. 잠잘 준비가 끝나자 나타샤는 문가의 건초 위에 깔아 둔 시트에 조용히 앉았다.

"나타샤, 가운데에 누워." 소냐가 말했다.

"아냐, 여기 있을게." 나타샤가 말했다. "다들 주무세요." 그녀는 짜증스럽게 덧붙였다. 그리고 베개에 얼굴을 묻었다.

백작 부인과 마담 쇼스와 소냐는 서둘러 옷을 벗고 잠자리에 누웠다. 방에는 이콘 앞의 등불만 남아 있었다. 그러나 안마당은 2베르스타 떨어진 말리 미치시의 화재로 환했다. 길 맞은편 모퉁이에 있는, 마모노프의 코사크들이 부순 술집에서 술 취한 사람들의 고함 소리가 시끄럽게 울리고, 부관의 신음 소리도 계속 그치지 않고 들려왔다.

나타샤는 귀에 와 닿는 안팎의 소리에 오랫동안 귀를 기울이며 꼼짝 않고 있었다. 처음에는 어머니의 기도 소리와 한숨 소리, 그녀의 침대가 삐걱대는 소리, 귀에 익은 마담 쇼스의 코 고는 소리, 소냐의 조용한 숨소리가 들렸다. 그러더니 백작 부인이 나타샤를 불렀다. 나타샤는 부름에 답하지 않았다.

"자나 봐요, 엄마." 소냐가 나직하게 말했다. 잠시 침묵하던 백작 부인이 한 번 더 나타샤를 불렀지만 더 이상 아무도 대꾸하지 않았다.

그리고 얼마 지나지 않아 나타샤는 어머니의 고른 숨소리를 들었다. 나타샤는 담요 밖으로 나온 작은 맨발이 날바닥에서 꽁꽁 어는데도 꼼짝하지 않았다.

모든 사람을 이긴 것에 대해 축하하기라도 하듯 귀뚜라미가 틈새에서 울어 댔다. 수탉 한 마리가 멀리서 울자 부근의 닭들이 화답했다. 술집의 고함 소리도 잦아들고 부관의 변함없는 신음 소리만 들렸다. 나타샤는 몸을 약간 일으켰다.

"소냐, 자? 엄마?" 그녀가 속삭였다. 아무도 대답하지 않았다. 나타샤는 천천히 조심스럽게 일어나 성호를 긋고는 가늘고 탄력 있는 맨발로 더럽고 차가운 마룻바닥을 조심스럽게 디뎠다. 널빤지가 삐걱거렸다. 그녀는 새끼 고양이처럼 재빠르게 발을 움직이며 달렸고, 몇 걸음 안 가 문의 차가운 손잡이를 잡았다.

그녀는 무언가 묵직한 것이 규칙적인 울림을 내며 통나무집의 모든 벽을 치는 것 같다고 느꼈다. 그것은 두려움으로 멎을 듯한, 공포와 사랑으로 터질 듯한 심장의 고동 소리였다.

그녀는 문을 열고 문지방을 넘어 현관방의 축축하고 차가운 바닥을 디뎠다. 주위의 냉기에 기분이 상쾌해졌다. 그녀는 맨발에 잠든 사람이 닿자 그를 타 넘고 안드레이 공작이 누워 있는 통나무집의 문을 열었다. 그 통나무집 안은 어둑했다. 뒤편 구석으로 무언가가 누워 있는 침대 옆의 긴 의자 위에 다 타서 커다란 버섯 모양이 된 수지 양초가 놓여 있었다.

나타샤는 안드레이 공작이 부상을 당했고 자신들과 함께 있다는 말을 들은 아침부터 그를 만나야 한다고 결심했다. 왜 그래야만 하는지 그녀도 몰랐다. 하지만 그 만남이 괴로우리라는 것을 알았으며, 그래서 더욱 그럴 필요가 있다고 확신했다.

온종일 그녀는 밤이 되면 그를 만날 수 있다는 기대만으로 지냈다. 하지만 막상 그 순간이 닥치자 앞으로 보게 될 것에 대한 두려움이 덮쳐 왔다. 그는 얼마나 흉한 모습일까? 그에게 남은 것은 무엇일까? 그는 끊임없이 신음하는 그 부관 같을까? 그래, 그런 모습이었어. 상상 속에서 그는 그 끔찍한 신음 소리의 화신이었다. 한구석에서 어렴풋한 형체를 보고 담요에 덮인 채 위로 들린 무릎을 그의 어깨로 착각한 순간, 나타샤는 어떤 무시무시한 육체를 떠올리고 두려움으로 그 자리에 멈춰 섰다. 그러나 저항할 수 없는 힘이 그녀를 앞으로 끌어당겼다. 그녀는 조심스럽게 한 발 한 발 걸음을 옮겼다. 문득 정신을 차린 그녀는 짐이 가득 쌓인 작은 통나무집 한가운데인 것을 알아차렸다. 통나무집의 이콘 아래에 놓인 긴 의자에 다른 남자(그는 치모힌이었다.)가 누워 있고, 마룻바닥에 어떤 남자 둘(그들은 의사와 시종이었다.)이 누워 있었다.

시종이 몸을 일으키며 뭐라고 중얼거렸다. 치모힌은 부상당한 다리의 통증으로 잠을 이루지 못하다가 하얀 루바시카에 덧옷을 걸치고 나이트캡을 쓴 아가씨의 기이한 출현을 휘둥그런 눈으로 바라보았다. "무슨 일이세요? 어쩐 일로?" 하는 졸음기와 두려움이 뒤섞인 시종의 말에 나타샤는 더욱 다급하게 구석에 누워 있는 무언가로 다가갔다. 그 육체가 얼마나 무섭든, 그 육체가 얼마나 인간의 육체와 다르게 보이든 보아야 했다. 그녀는 시종의 곁을 지나쳤다. 다 타서 버섯처럼 된 양초가 쓰러졌다. 그녀는 담요 위에 두 손을 올리고 누워 있는 안드레이 공작을, 자신이 늘 보았던 그 모습을 보았다.

그는 여느 때와 다름없었다. 하지만 타는 듯한 얼굴색, 기쁨에 겨워 그녀를 뚫어지게 바라보는 반짝이는 눈동자, 특히 루바시카의 젖힌 옷깃 사이로 삐져나온 어린아이 같은 부드러운 목덜미가 그에게 독특하고 순수하고 어린아이 같은 표정을, 그녀가 이제껏 안드레이 공작에게서 한 번도 본 적 없는 표정을 더했다. 그녀는 그에게 다가가 날렵하고 유연하고 풋풋한 동작으로 무릎을 꿇었다.

그는 빙그레 웃으며 그녀에게 손을 내밀었다.

32

안드레이 공작이 보로지노 평원의 야전 응급 치료소에서 의식을 되찾은 후로 이레가 지났다. 그동안 그는 거의 내내 혼수상태에 빠져 있었다. 부상자와 동행한 의사의 소견으로는 고열과 손상된 창자의 염증이 분명 목숨을 앗아 갈 것이라 했다. 그러나 이레째 되는 날 그는 차를 곁들인 빵 한 조각을 즐겁게 먹었고, 의사도 열이 내린 것을 확인했다. 안드레이 공작은 이른 아침에 의식을 회복했다. 모스크바를 떠나고 처음 맞이하는 밤은 꽤 따뜻했기에 안드레이 공작은 콜랴스카에 남아 밤을 보냈다. 그러나 미치시에서는 환자가 콜랴스카 밖으로 나가 차를 마시게 해 달라고 직접 청했다. 안드레이 공작은 통나무집으로 옮길 때 생긴 통증에 큰 소리로 신음하며 다시 의식을 잃었다. 사람들이 행군용 침상에 눕히자 그는 눈을 감은 채 꼼짝 않고 오랫동안 누워 있었다. 그리고 나서 눈을 뜨더니 "차는?" 하고 조용히 속삭였다. 생활의 소소한 것들에 대한 이런 기억이 의사를 놀라게 했다. 그는 맥박을 쟀다. 그로서는 놀랍고도 불만스러운 일이지만 맥박이 더 좋아진 것을 확인했다. 의사가 그 사실을 확인하고 불만스러워한 것은 안드레이 공작이 살 수 없다는 사실, 그가 지금 죽지 않는다 해도 얼마 후에는 더욱 고통스럽게 죽을 뿐이라는 사실을 경험을 통해 확신했기 때문이다. 안드레이 공작의 연대에 소속된 빨간 코의 치모힌 소령도 안드레이 공작과 함께 이동하는 중이었다. 그 역시 보로지노 전투에서 한쪽 다리에 부상을 입고 모스크바에서 안드레이 공작의 일행이 되었다. 의사, 공작의 시종과 마부, 두 종졸이 그들과 동행했다.

안드레이 공작에게 차가 나왔다. 그는 무언가를 이해하고 떠올리려 애쓰는 듯 열에 들뜬 눈으로 정면의 문을 바라보며 게걸스럽게 차를 마셨다.

"이제 됐어. 치모힌이 이곳에 있나?" 그가 물었다. 치모힌은 긴 의자를 짚고 그에게로 기어 왔다.

"여기 있습니다, 공작 각하."

"부상은 어떤가?"

"저 말입니까? 괜찮습니다. 공작님은요?" 안드레이 공작은 마치 무언가를 기억해 내려는 듯 다시 생각에 잠겼다.

"책을 구할 수 없을까?" 그가 말했다.

"무슨 책이요?"

"복음서! 나에게 없어서 말이지."

의사는 책을 구해 오겠다 약속하고 공작에게 기분이 어떤

지 이것저것 묻기 시작했다. 안드레이 공작은 의사의 모든 질문에 마지못해, 하지만 조리 있게 대답하고는 쿠션을 받쳐 달라고, 그러지 않으면 불편하고 매우 아프다고 말했다. 의사와 시종은 공작이 덮고 있던 외투를 걷어 올리고는 상처 주위의 살이 부패하면서 풍기는 악취에 얼굴을 찡그리며 그 무서운 곳을 살피기 시작했다. 의사가 어째서인지 몹시 불만스러워하며 무언가를 바꾸고 환자를 돌아 눕히자, 환자는 신음 소리를 내더니 몸을 돌릴 때 생긴 통증으로 다시 의식을 잃고 헛소리를 하기 시작했다. 그는 어서 그 책을 구해 와서 몸 아래에 괴어 달라는 말만 계속했다.

"당신에게는 별 대단한 일도 아니잖습니까!" 그가 말했다. "나에게는 그 책이 없습니다. 제발 그것을 구해 잠시라도 등 밑에 괴어 주십시오." 그가 가련한 목소리로 말했다.

의사는 손을 씻으러 현관방으로 나갔다.

"아, 정말이지 파렴치한 녀석들이군." 의사는 그의 손에 물을 따르는 시종에게 말했다. "그저 잠시 신경을 못 썼을 뿐인데. 자네들은 환부가 정통으로 닿게 환자를 눕혔어. 그렇게 하면 얼마나 아픈지 알아? 그분이 어떻게 참고 계신지 놀라울 정도라고."

"예수 그리스도께 맹세하건대 저희는 무언가를 그분 밑에 받쳐 드린 것 같습니다." 시종이 말했다.

안드레이 공작은 비로소 자신이 어디에 있고 자신에게 무슨 일이 일어났는지를 이해했다. 그리고 자신이 부상을 당했다는 것, 콜랴스카가 미치시에 멈췄을 때 자신이 통나무집에 들어가게 해 달라고 한 것도 기억해 냈다. 통증으로 다시 혼란에 빠졌던 그는 통나무집에서 차를 마시며 다시 한번 정신을 차렸다. 이때 자신에게 일어난 모든 일을 기억 속에서 되씹어 보던 그는 또다시 야전 응급 치료소에서의 그 순간을 무엇보다 생생하게 떠올렸다. 사랑하지 않는 한 인간의 고통을 목격하는 동안 자신에게 행복을 약속하는 그 새로운 생각이 찾아든 순간을. 그러자 비록 모호하고 어렴풋하긴 하지만 그 생각이 이 순간 다시 마음을 사로잡았다. 지금 자신이 새로운 행복을 누리고 있다는 것, 그 행복에는 복음서와 공통된 무언가가 있다는 것을 그는 기억했다. 그래서 복음서를 부탁한 것이다. 하지만 상처가 안 좋은 위치에 닿고 사람들이 그를 새로이 돌려 눕히는 바람에 생각은 다시 흐려졌다. 그가 세 번째로 의식을 회복한 때는 이미 완전한 정적에 잠긴 밤이었다. 주위 사람들은 모두 잠들었다. 귀뚜라미가 현관방 너머에서 시끄럽게 울어 대고, 누군가가 거리에서 고래고래 소리를 지르며 노래하고, 바퀴벌레들이 테이블과 이콘 위에서 바스락대고, 통통한 가을 파리가 머리맡이며 옆에 놓인, 다 타서 커다란 버섯 모양이 된 수지 양초 주위를 파닥거렸다.

그의 정신은 정상이 아니었다. 건강한 사람은 보통 무수한 대상에 대해 동시에 생각하고 느끼고 떠올린다. 그러나 한 가지 일련의 생각이나 현상을 골라 모든 주의를 집중할 수 있는 힘과 능력이 있다. 건강한 사람은 매우 깊은 생각에 빠진 순간에도 방 안에 들어온 사람에게 정중한 말을 건네고자 상념에서 떨어져 나왔다가 다시 그 상념으로 돌아간다. 안드레이 공작의 정신은 그런 면에서 정상적인 상태가 아니었다. 그의 모든 정신력은 어느 때보다 활동적이고 또렷했지만 그 힘은 그의 의지 밖에서 활동했다. 지극히 다양한 생각과 관념들이 동시에 그를 지배했다. 때때로 그의 생각은 느닷없이, 게다가 건강한 상태에서는 도저히 해낼 수 없을 만큼 힘차고 명료하고 심오하게 활동하기 시작했다. 그러나 그 생각은 활동 도중 갑자기 중단되기도 하고, 다른 예기치 않은 관념으로 바뀌었다가 되돌아오지 못하기도 했다.

'그래, 인간에게서 떼어 놓기 힘든 새로운 행복이 내 앞에 열렸어.' 그는 어슴푸레하고 조용한 통나무집에 누워 열에 들뜬 눈을 크게 뜨고 정면을 뚫어지게 바라보면서 생각에 잠겼다. '물질적인 힘의 외부에, 인간에 대한 물질적이고 외적인 힘의 외부에 존재하는 행복, 영혼만의 행복, 사랑의 행복! 누구든지 그 행복을 이해할 수 있어. 하지만 그 행복을 인식하고 지시할 수 있는 분은 오직 하느님 한 분뿐이야. 그런데 하느님은 도대체 어떻게 그 율법을 지시한 것일까? 왜 아들이…….' 그러다가 불현듯 그 사유의 흐름이 끊어졌다. 안드레이 공작은 나직하게 소곤거리는 어떤 목소리를 들었다.(그는 꿈인지 생시인지 모른 채 그 소리를 들었다.) 그 소리는 박자에 맞춰 '피치-피치-피치'를, 그다음에 '치-치'를, 그리고 다시 '피치-피치-피치'를, 그리고 또다시 '치-치'를 끊임없이 되풀이했다. 그와 동시에 안드레이 공작은 이 속삭이는 듯한 음악 소리에 맞춰 자신의 얼굴 위에, 얼굴 한가운데에 가느다란 침엽수 잎과 나뭇조각으로 된 어떤 이상야릇한 공중 가옥이 솟아오르는 것 같다고 느꼈다. 그는 이 솟아오르는 가옥이 무너지지 않도록 열심히 균형을 잡아야 한다고(비록 그에게는 힘든 일이지만) 생각했다. 하지만 건물은 무너져 버렸고, 속삭이는 듯한 규칙적인 음악 소리와 함께 다시 천천히 솟아올랐다. '뻗는다, 뻗는다! 늘어나고 계속해서 뻗는다!' 안드레이 공작은 혼잣말을 했다. 침엽수 잎으로 지어진 늘어나고 솟아오르는 그 가옥의 작은 소리와 감촉에 집중하는 동시에, 안드레이 공작은 이따금 촛불 주위를 둥글게 에워싼 붉은빛을 보았으며, 바퀴벌레가 바스락대는 소리나 베개와 얼굴에 부딪치는 파리의 윙윙거림을 들었다. 파리가 얼굴을 건드릴 때마다 뭔가가 찌르는 듯한 느낌을 받았다. 하지만 그와 동시에 파리가 그의 얼굴 위로 솟은 가옥에 부딪치는데도 가옥을 무너뜨리지 못하는 것에 놀랐다. 하지만 그 외에도 중요한 것이 한 가지 더 있었다. 그것은 문가에 있는 희끄무레한 것이었다. 그것은 스핑크스상이었으며, 그것 역시 그를 짓눌렀다.

'하지만 어쩌면 저것은 테이블 위에 놓인 나의 루바시카인지도 몰라.' 안드레이 공작은 생각했다. '이것은 나의 다리, 저것은 문. 그런데 어째서 모든 것이 늘어나고 튀어나오고 피치-피치-피치 치-치 피치-피치-피치 소리를 내는 거지? 이제 됐어. 그만. 제발 날 가만히 내버려 둬.' 안드레이 공작은 누군가를 향해 고통스럽게 애원했다. 그런데 또다시 불현듯 상념과 감정이 매우 명료하고 강렬하게 떠올랐다.

'그래, 사랑이야.(다시 그는 완전히 또렷한 정신으로 생각하기 시작했다.) 하지만 무언가를 얻기 위한 사랑, 어떤 목적이나 이유를 위한 사랑이 아니야. 죽어 가던 내가 나의 원수를 보고, 그럼에도 그에게 사랑을 품은 순간 난 처음으로 그 사랑을 경험했지. 영혼의 본질이자 대상을 필요로 하지 않는 사랑을 맛본 거야. 나는 지금도 그 행복한 감정을 경험하고 있어. 이웃을 사랑하는 것, 자신의 원수를 사랑하는 것이지. 모든 것을 사랑하는 것, 즉 하느님의 모든 현현(顯顯)을 사랑하는 거야. 소중한 사람을 사랑하는 것은 인간의 사랑으로도 가능해. 하지만 원수를 사랑하는 것은 오직 하느님의 사랑으로만 가능하지. 그렇기 때문에 나는 내가 그 남자를 사랑한다고 느꼈을 때 그런 기쁨을 맛보았던 거야. 그는 어떻게 되었을까? 살아 있을는지……. 인간의 사랑으로 사랑할 때는 그 마음이 사랑에서 미움으로 옮겨 갈 수 있어. 하지만 하느님의 사랑은 변할 수 없지. 죽음도, 그 무엇도 그것을 깨뜨릴 수 없어. 그 사랑은 영혼의 본질이야. 하지만 난 내 인생에서 너무나 많은 사람들을 미워했지. 그리고 모든 사람들 가운데 그녀만큼 내가 사랑한 사람도 없고 미워한 사람도 없어.' 그는 나타샤를 생생하게 떠올렸다. 그러나 예전처럼 그에게 기쁨을 주던 그녀의 아름다움만을 떠올린 것은 아니었다. 그는 처음으로 그녀의 영혼을 떠올렸다. 그리고 그녀의 감정, 그녀의 고통과 수치와 후회를 이해했다. 이제야 비로소 자신의 거절이 얼마나 잔혹했는지 이해했고, 그녀와의 파혼이 잔혹했다는 것도 깨달았다. '그녀를 한 번만 더 볼 수 있다면……. 한 번만이라도 그 눈동자를 보며 말할 수 있다면…….'

그러자 피치-피치-피치 치-치 피치-피치-피치 하는 소리가 들리더니 파리가 쿵 소리를 내며 부딪쳤다……. 그리고 갑자기 그의 주의가 무언가 특별한 일이 벌어지는, 꿈과 생시의 또 다른 세계로 순식간에 이동했다. 그 세계에서는 가옥이 무너지지도 않으면서 계속 솟아오르고, 무언가가 여전히 길게 늘어나고, 촛불이 붉은 원을 이루며 여전히 타오르고, 루바시카 스핑크스가 여전히 문 옆에 엎드려 있었다. 하지만 그 모든 것 외에 무언가가 삐걱대고 상쾌한 바람이 불더니 새로운 하얀 스핑크스가 나타나 문 앞에 섰다. 그런데 그 스핑크스의 머리통에는 자신이 방금 생각하던 그 나타샤의 창백한 얼굴과 빛나는 눈동자가 있었다.

'아, 이 끝없는 환각은 너무 괴로워!' 안드레이 공작은 상상 속에서 그 얼굴을 몰아내려 애쓰며 생각했다. 그러나 그 얼굴은 현실의 힘을 지닌 채 그의 앞에 머물다 더 가까이 다가왔다. 안드레이 공작은 지금까지의 순수한 상념의 세계로 돌아가고 싶었지만 그럴 수 없었다. 흐릿한 의식이 그를 자신의 영역으로 끌어당겼다. 나지막하게 속삭이는 소리가 계속 차분하게 중얼거리고 무언가가 넓게 퍼지면서 그를 짓눌렀다. 이상야릇한 얼굴이 그의 앞에 있었다. 안드레이 공작은 정신을 차리기 위해 온 힘을 끌어모았다. 그는 꿈틀거렸다. 그러자 갑자기 귓속이 윙윙거리고 눈이 흐려졌다. 그렇게 그는 물에 빠진 사람처럼 의식을 잃고 말았다. 그가 정신을 차렸을 때 나타샤가, 살아 있는 바로 그 나타샤가, 세상 모든 사람들 가운데 그가 새롭고 순수한 하느님의 사랑 — 이 순간 그의 앞에 드러난 — 으로 가장 사랑하고 싶어 한 그 나타샤가 그의 앞에 무릎을 꿇고 있었다. 그는 살아 있는 진짜 나타샤라는 것을 깨달았지만 놀라지 않고 조용히 기뻐했다. 나타샤는 무릎을 꿇은 채 흐느낌을 참으며 두려운 눈빛으로, 하지만 뚫어지게(그녀는 움직일 수 없었다.) 그를 쳐다보았다. 그녀의 얼굴은 창백했으며 조금도 움직이지 않았다. 다만 얼굴의 아랫부분에서만 무언가가 바들바들 떨릴 뿐이었다.

안드레이 공작은 편안하게 숨을 내뱉고 빙그레 웃으며 손을 내밀었다.

"당신이군요." 그가 말했다. "정말 행복합니다!"

나타샤는 재빠르면서도 조심스러운 몸짓으로 무릎을 움직여 그에게 다가갔다. 그녀는 조심스레 그의 손을 잡고 그 위로 얼굴을 숙이고는 입술이 닿을락 말락 그 손에 입을 맞추었다.

"용서하세요!" 그녀는 고개를 들고 바라보며 속삭였다. "날 용서하세요!"

"당신을 사랑합니다." 안드레이 공작이 말했다.

"용서하세요……."

"무엇을 용서하란 말인가요?" 안드레이 공작이 물었다.

"내가 저, 저지른 짓을 용서하세요." 나타샤는 들릴락 말락 한 소리로 이따금 말을 잇지 못하며 조용히 속삭였다. 그러고는 입술이 닿을락 말락 한 입맞춤을 더욱 빨리 그 손에 퍼붓기 시작했다.

"나는 예전보다 더 당신을 사랑합니다." 안드레이 공작은 눈이 보이도록 한 손으로 그녀의 얼굴을 들며 말했다.

행복한 눈물이 차오른 그 눈동자는 연민과 기쁨과 사랑이 어린 눈빛으로 수줍게 그를 쳐다보았다. 나타샤의 야위고 창백한 얼굴과 부은 입술은 흉하다기보다 무섭게 보일 정도였다. 하지만 안드레이 공작은 얼굴을 보지 않았다. 그가 본 것은 빛나는 눈동자였다. 그 눈은 아름다웠다. 그들 뒤에서 말소리가 들렸다.

이제 완전히 잠에서 깬 시종 표트르가 의사를 깨웠다. 다리의 통증으로 줄곧 잠을 이루지 못하던 치모힌은 이제까지 벌어진 일을 이미 한참 전부터 보고 있었다. 그는 벗은 몸을 애써 시트로 가리며 긴 의자 위에 웅크리고 있었다.

"무슨 일입니까?" 의사는 자리에서 몸을 일으키며 말했다. "아가씨, 나가 주십시오."

그때 하녀가 문을 두드렸다. 딸이 없어진 것을 알아챈 백작부인이 보낸 하녀였다.

잠에서 깬 몽유병자처럼 나타샤는 방에서 나갔다. 거처로 돌아온 그녀는 흐느끼며 잠자리 위에 쓰러졌다.

그날 이후 쉬어 가는 곳에서든 숙박하는 곳에서든 로스토프가의 여정 내내 나타샤는 부상당한 볼콘스키의 옆을 떠나지 않았다. 젊은 아가씨에게서 그러한 굳건함과 간호 솜씨를 보게 되리라고는 예상치 못했다고 의사도 인정해야 했다.

백작 부인은 안드레이 공작이 여정에서 딸아이의 팔에 안겨 죽을 수도 있다는(의사의 말에 따르면 그럴 가능성이 매우 높았다.) 생각에 두려웠지만 나타샤에게 반대할 수 없었다. 이제 부상당한 안드레이 공작과 나타샤가 가까워졌으니 그가 나으면 예전의 약혼 관계가 회복되리라는 생각이 사람들의 머리에 떠오르기도 했지만 아무도, 특히 나타샤와 안드레이 공작은 더더욱 그런 이야기를 꺼내지 않았다. 볼콘스키뿐 아니라 러시아 전체에 드리운 아직 해결되지 않은 삶과 죽음의 문제가 다른 모든 예측을 가로막았다.

33

9월 3일 피에르는 늦게 일어났다. 머리가 지끈거리고, 입은 채 잠들어 버린 옷이 몸을 답답하게 짓눌렀다. 전날 저지른 어떤 수치스러운 짓에 대한 자각이 어렴풋이 마음에 남았다. 그 수치스러운 짓이란 전날 밤 랑발 대위와 나눈 대화였다.

시계가 11시를 가리켰지만 안마당은 매우 음산했다. 피에르는 일어나 눈을 비볐다. 그는 게라심이 어제 책상에 가져다 둔, 총신에 조각이 새겨진 피스톨을 보고 자신이 어제 어디에 있었는지, 오늘 어떤 일이 자기 앞에 놓였는지 기억해 냈다.

'벌써 늦은 게 아닐까?' 피에르는 생각했다. '아니야, 그자는 아마 12시 전에는 모스크바에 입성하지 않을 거야.' 피에르는 자신이 해야 할 일을 곰곰이 생각해 보려 하지 않고 한시바삐 실행에 옮기고자 서둘렀다.

옷매무새를 단정히 한 다음 피에르는 피스톨을 쥐고 나가려 했다. 그러나 그때 이 무기를 손에 들지 않고 그것을 지닌 채 거리를 돌아다니려면 어떻게 할 것인가 하는 생각이 처음으로 뇌리에 떠올랐다. 품이 넉넉한 카프탄 속에도 커다란 피스톨을 숨기기는 어려웠다. 허리띠 안쪽에도, 겨드랑이 밑에도 눈에 띄지 않게 넣기는 불가능했다. 게다가 피스톨은 총알이 없는 상태였고, 피에르는 미처 총알을 장전해 두지 못 했다. '아무래도 상관없어. 단검이 있잖아.' 계획의 실행을 숙고하는 동안 1809년의 사건에서 대학생이 저지른 가장 큰 실수가 나폴레옹을 단검으로 죽이려 한 것이라고 수차례 혼자 결론을 내렸으면서도 피에르는 그렇게 혼잣말을 했다. 하지만 피에르의 주된 목적은 계획한 일을 실행하는 것이 아니라 자신이 그 계획을 저버리지 않았으며 그것을 실행하기 위해 모든 노력을 기울이고 있다는 점을 스스로에게 입증하는 것인 듯했다. 피에르는 수하레바 탑에서 피스톨과 함께 구입한 날이 망가진 무딘 단검을 녹색 칼집에 꽂은 채로 조끼 안에 숨겼다.

카프탄을 허리띠로 여미고 모자를 깊숙이 눌러쓴 피에르는 부스럭거리는 소리를 내거나 대위와 부딪치지 않도록 애쓰며 복도를 지나 거리로 나왔다.

그가 전날 밤에 그토록 무심하게 바라보던 화재는 밤새 큰 불로 번졌다. 이미 모스크바 곳곳에 불길이 타올랐다. 카레트니 랴드, 자모스크보레치예, 고스치니 드보르, 포바르스카야 거리, 모스크바강의 바지선들, 도로고밀롭스키 다리 옆 장작 시장이 한꺼번에 타오르고 있었다.

피에르의 경로는 골목을 지나 포바르스카야 거리로, 그곳으로부터 아르바트 거리의 니콜라 야블렌니 교회로 이어지는 길이었다. 그가 오래전부터 머릿속으로 자신의 과업을 실행할 장소로 정해 둔 곳이었다. 저택들의 대문과 덧문은 대부분 닫혀 있었다. 거리와 골목에 인적이 없었다. 공기에서 그을음과 연기 냄새가 났다. 이따금 그는 겁을 먹은 듯 불안해 보이는 얼굴의 러시아인들과 도시가 아닌 막사에 있는 듯한 모습으로 길 한가운데를 활보하는 프랑스인들을 마주쳤다. 러시아인도 프랑스인도 모두 놀란 표정으로 피에르를 쳐다보았다. 키가 크고 체구가 뚱뚱한 것 외에도, 표정과 전체 모습이 이상야릇하고 음울할 정도로 골똘하며 고통스러워 보이는 것 외에도, 이 남자가 도대체 어느 계급에 속하는지 짐작할 수 없어 러시아인들은 피에르를 눈여겨보았다. 프랑스들이 그를 놀란 눈으로 주시한 것은 무엇보다 프랑스인들을 두려움과 호기심 어린 눈으로 쳐다보는 다른 모든 러시아인들과 달리 피에르는 그들에게 전혀 관심을 보이지 않았기 때문이다. 어느 저택의 대문가에서는 프랑스인 세 명이 자기들 말을 알아듣지 못하는 러시아인들에게 무언가 설명하다 피에르를 불러 세우고는 프랑스어를 아느냐고 물었다.

피에르는 모른다는 뜻으로 고개를 젓고 계속 길을 걸었다. 다른 골목에서 녹색 궤짝 옆에 선 보초가 그를 큰 소리로 불렀다. 보초가 거듭해서 위협적으로 외치며 손에 쥔 라이플총을 철컥거렸을 때에야 피에르는 길 건너편으로 돌아가야 한다는 것을 깨달았다. 그에게는 아무 소리도 들리지 않았고 주위 풍경도 전혀 눈에 들어오지 않았다. 그는 마치 무시무시하고 낯선 무언가라도 되는 양 자신의 계획을 마음에 품고서 어쩐지 그것을 잃어버릴 것 같다고 근심하며 ── 전날 밤의 경험에서 배웠듯이 ── 두렵고도 조급한 심정으로 걸었다. 하지만 그의 운명은 목적지까지 자기 기분을 온전히 안고 가지 못하도록 정해져 있었다. 게다가 도중에 그를 붙잡는 것이 전혀 없었다 해도 그의 계획은 이미 이루어질 수 없었다. 나폴레옹은 네 시간보다 훨씬 전에 도로고밀로보 근교를 출발하여 아르바트 거리를 지나 크렘린에 입성한 후, 이제는 이루 말할 수 없이 우울한 기분으로 크렘린 궁전의 차르 집무실에 앉아 화재 진압과 약탈 방지와 민심 안정을 위해 지체 없이 취해야 할 조치에 관하여 상세하고 세밀한 지시를 내리고 있었기 때문이다. 하지만 피에르는 그 사실을 몰랐다. 불가능한 일을 고집스럽게 실행하려는 사람들이 그렇듯 그는 눈앞에 닥친 일에 완전히 몰두한 채 괴로워하고 있었다. 그 일이 어려워서가 아니라 자신의 본성과 맞지 않았기 때문이다. 그는 결정적인 순간에 나약해져서 스스로에 대한 긍지를 잃게 되지 않을까 하는 두려움으로 괴로워했다.

비록 그는 주변을 전혀 보지도 듣지도 않았지만 본능적으로 길을 판단하며 포바르스카야 거리로 이어진 골목을 실수 없이 따라갔다.

포바르스카야 거리가 가까워짐에 따라 연기는 점점 짙어지고 화재의 불길로 공기가 후끈거리기까지 했다. 이따금 지붕에서 불길이 혀처럼 날름거리며 솟아올랐다. 거리에는 더 많은 사람들이 눈에 띄었고, 그 사람들은 더욱 불안해 보였다.

그러나 피에르는 주위에서 무언가 엄청난 일이 벌어지는 것을 느끼면서도 자신이 불길 쪽으로 다가가고 있는 것은 의식하지 못했다. 한쪽은 포바르스카야 거리와 맞닿고 다른 쪽은 그루진스키 공작의 정원과 이어지는 큰 공터의 샛길을 지나칠 때 피에르는 문득 바로 옆에서 한 여자의 절망적인 울음소리를 들었다. 그는 꿈에서 깬 듯 걸음을 멈추고 고개를 들었다.

길가의 먼지로 뒤덮인 마른 풀 위에 깃털 이불, 사모바르, 이콘, 여행용 가방 등 가재도구들이 무더기로 쌓여 있었다. 여행용 가방 옆 땅바닥에는 뻐드렁니에 야윈 중년 여자가 검은 외투와 두건 차림으로 앉아 있었다. 그 여자는 몸을 흔들고 뭐라 중얼거리면서 목 놓아 울부짖었다. 더러운 짧은 원피스와 외투를 걸친 열 살에서 열두 살 사이의 여자아이 둘이 창백하고 놀란 얼굴에 주저하는 빛을 띠고 엄마를 쳐다보았다. 추이카를 입고 남의 커다란 모자를 쓴 일곱 살가량의 어린 사내아이는 늙은 보모의 품에서 훌쩍였다. 맨발의 지저분한 하녀는 여행용 가방 위에 앉아 희끗한 땋은 머리를 풀어 헤치고 불에 그을린 머리칼을 쥐어뜯으며 냄새를 맡았다. 바퀴 모양의 구레나룻을 기르고 반듯하게 쓴 모자 밑으로 귀밑머리를 매끈하게 빗어 붙인 문관 제복 차림의 키 작고 등이 굽은 남편은 무표정한 얼굴로 차곡차곡 쌓인 여행용 가방들을 헤치며 그 밑에서 옷 같은 것을 빼냈다.

여자는 피에르를 보자 그의 발치에 몸을 던지다시피 했다.

"여러분, 정교회 그리스도교 신자분들, 살려 주세요, 도와 주세요, 누구든 좀 도와주세요." 그녀가 흐느끼며 말했다. "딸아이를! 딸을, 제 막내딸을 두고 왔어요! 불에 탈 거예요! 오, 오, 오! 이런 꼴을 보자고 너를 그렇게나 애지중지했단 말이냐…… 오, 오오!"

"그만해, 마리야 니콜라예브나." 남편이 나직한 목소리로 아내에게 말했다. 그는 그저 낯선 사람 앞에서 자신을 변명하기 위해 그러는 듯했다. "틀림없이 그 애 언니가 데려갔을 거야. 그 애가 달리 어디에 있겠어?" 그는 이렇게 덧붙였다.

"얼간이! 사악한 인간!" 여자는 울음을 뚝 그치고 매섭게 쏘아붙였다. "당신에게는 마음이 없어. 자기 자식을 아끼지도 않아. 다른 사람이라면 불에서 구해 냈을 텐데……. 이 남자는 얼간이예요. 사람도 아니고, 아버지도 아니에요. 당신은 고귀한 분이지요." 여자는 흐느끼며 피에르를 향해 빠르게 말했다. "옆집에서 불이 났어요. 그 불이 우리 집으로 번졌답니다. 하녀가 '불이야!' 하고 외쳤지요. 우리는 무턱대고 세간을 챙기려 달려들었어요. 몸에 걸친 그대로 뛰쳐나와서……. 우리가 집어 올 수 있었던 것은 이게 다예요……. 하느님의 축복과 혼수품인 침대, 그것 말고는 전부 잃었어요. 아이들을 찾았는데 카체치카가 없어요. 오, 하느님! 오, 오, 오!" 그녀는 다시 흐느꼈다. "나의 사랑하는 자식, 그 애가 불에 타 버렸어요! 불에 타 버렸다고요."

"그런데 아이는 어디에, 도대체 어디에 있었습니까?" 피에르가 물었다. 여자는 그의 활기찬 표정에서 이 남자가 자신을 도와줄 수 있다고 느꼈다.

"어르신! 아버지!" 그녀는 그의 다리를 잡고 외쳤다. "은인이시군요. 제 마음을 달래 주시기만 해도……. 아니스카, 어서가, 이 돼먹지 못한 것아, 이 어른을 모시고 가." 그녀가 하녀에게 호통을 쳤다. 그녀가 화를 내며 입을 벌리자 뻐드렁니가 더 훤히 드러났다.

"안내해, 안내해 줘. 내가…… 내가…… 내가 하겠다." 피에르가 숨 가쁜 목소리로 다급하게 말했다.

지저분한 하녀는 여행용 가방 뒤에서 나와 땋은 머리를 정돈하고 한숨을 쉬었다. 그리고 뭉툭한 맨발로 앞장서서 샛길을 걸었다. 피에르는 혼수상태에서 갑자기 삶에 눈을 뜬 듯한 기분을 느꼈다. 그는 고개를 높이 치켜들었다. 눈동자가 생명의 광채로 반짝였다. 그는 하녀를 뒤따라 빠르게 성큼성큼 걷다가 그녀를 앞질러 포바르스카야 거리로 갔다. 거리에는 온통 검은 연기가 먹구름처럼 자욱하게 깔려 있었다. 그 자욱한 연기 여기저기에서 불길이 혀처럼 너출대며 세차게 솟아올랐다. 화재가 난 곳 앞에서 큰 무리를 이룬 사람들이 서로 밀치며 웅성거렸다. 길 한복판에 프랑스 장군이 서서 자신을 둘러싼 사람들에게 무슨 말을 하고 있었다. 하녀와 함께 온 피에르는 장군이 있는 곳으로 다가가려고 했다. 하지만 프랑스 병사들이 그를 저지했다.

"이곳은 통행금지야." 누군가의 목소리가 그에게 외쳤다.

"이쪽이에요, 아저씨!" 하녀가 말했다. "골목으로 들어가서 니쿨린가(家)의 저택을 통과하면 돼요."

피에르는 돌아서서 계속 걸으며 그녀를 따라잡기 위해 이따금 뛰기도 했다. 하녀는 길을 건너 왼쪽 골목으로 돌더니 집 세 채를 지나 오른쪽 대문으로 방향을 틀었다.

"바로 여기예요." 하녀는 이렇게 말하고 안마당을 가로질러 뛰어가 판자 울타리에 붙은 쪽문을 열었다. 그러고는 그 자리에 멈춰 서서 피에르에게 나무로 지은 작은 곁채를 가리켜 보였다. 그 곁채는 뜨겁게 환히 불타고 있었다. 곁채의 한쪽은 이미 무너져 내렸고 다른 한쪽은 타고 있었다. 창문과 지붕으로부터 활활 타오르는 불꽃이 날름거렸다.

피에르가 쪽문으로 들어가자 연기가 훅 끼쳤다. 그래서 그는 자기도 모르게 멈춰 서고 말았다.

"어디야, 어느 것이 너네 집이지?" 그가 물었다.

"아악!" 하녀는 곁채를 가리키며 울부짖었다. "저기요. 바로 저곳이 우리 집이었어요. 나의 보물, 네가 불에 타 죽다니, 카체치카, 나의 귀여운 아가씨, 아아!" 화재를 본 아니스카는 자신의 감정도 표현하지 않으면 안 된다고 느껴 이렇게 울부짖었다.

피에르는 곁채 쪽으로 다가가려 했지만 열기가 너무 강하여 자기도 모르게 곁채 주위를 아치 모양으로 빙 돌다가 문득 자신이 본채 옆에 있음을 알아차렸다. 본채는 아직 지붕의 한쪽만 타고 있었는데, 그 주위에 프랑스인들이 떼를 지어 득실거렸다. 처음에 피에르는 무언가를 질질 끌어내는 이 프랑스인들이 도대체 무엇을 하는지 깨닫지 못했다. 하지만 한 프랑스인이 검의 무딘 면으로 농부를 두들겨 패며 여우 털 외투를 빼앗으려는 것을 눈앞에서 보았을 때 약탈이 벌어지고 있다는 것을 어렴풋이 알아차렸다. 그러나 그 생각을 계속할 겨를이 없었다.

벽과 천장이 우지끈 갈라지고 쿵 하며 무너지는 소리, 불길이 쉭쉭거리는 소리, 사람들의 시끄러운 고함 소리, 얼굴을 찌푸린 듯 짙고 검게 깔리다가 반짝이는 불꽃과 함께 환하게 솟구쳐 오르며 이리저리 흔들리는 자욱한 연기, 어디는 새빨간 곡물 다발 같고 어디는 벽을 타 넘는 황금 비늘 같은 불길, 열과 연기와 빠른 움직임, 이런 것들이 화재가 흔히 자아내기 마련인 흥분을 피에르에게 불러일으켰다. 그 효과가 피에르에게 유독 강하게 작용한 것은 이 화재를 목격한 그가 불현듯 자신을 옥죄던 상념으로부터 해방된 기분을 느꼈기 때문이다. 그는 자신이 젊고 쾌활하고 민첩하고 과감한 사람인 듯한 기분을 느꼈다. 그가 본채로부터 작은 곁채를 빙 돌아 아직 무너지지 않은 부분으로 뛰어들려는 순간, 머리 바로 위에서 몇몇 사람들의 고함 소리가 들리고, 뒤이어 묵직한 무언가가 우지끈 갈라지며 그의 옆으로 털썩 쓰러지는 소리가 났다.

피에르는 주위를 둘러보다가 프랑스인들이 저택의 창문에서 어떤 금속성 물건으로 가득한 장롱 서랍을 던지는 모습을 보았다. 아래에 서 있던 다른 프랑스 병사들이 서랍으로 다가갔다.

"이 자식, 또 뭘 찾는 거야?" 한 프랑스 병사가 피에르에게 소리쳤다.

"이 집 아이요. 혹시 어린아이를 보지 못했습니까?" 피에르가 말했다.

"이 자식이 뭐라고 지껄이는 거야? 악마에게나 가 버려." 몇몇 사람의 목소리가 들렸다. 한 병사는 피에르가 장롱 서랍에 든 은제품과 청동 세공품을 빼앗으려는 게 아닐까 걱정스러운지 피에르에게 덤빌 듯이 다가섰다.

"어린아이?" 한 프랑스인이 위에서 외쳤다. "무언가가 정원에서 빽빽 우는 소리를 들었어. 어쩌면 그게 이 사람의 아이인지도 모르지. 모름지기 인간다워야 해. 우리 모두 인간이잖아……."

"그 애는 어디에 있습니까? 어디에 있어요?" 피에르가 물었다.

"이쪽이에요, 이쪽!" 프랑스인이 창문에서 저택 뒤 정원을 가리키며 그를 향해 외쳤다. "기다려요, 당장 내려갈 테니."

그리고 실제로 일 분 후 한쪽 뺨에 반점이 있는 검은 눈의 프랑스 청년이 루바시카만 걸친 차림으로 아래층 창문에서 뛰어나와 피에르의 어깨를 툭 치고 함께 정원으로 달려갔다.

"어이, 서둘러." 그가 동료들에게 외쳤다. "뜨거워지기 시작했어."

집 뒤쪽의 모래가 깔린 샛길로 달려 나간 프랑스인은 피에르의 팔을 잡아당기며 둥그런 공터를 가리켰다. 긴 의자 밑에 장밋빛 원피스를 입은 세 살짜리 여자아이가 쓰러져 있었다.

"저기 당신 아이가 있군요. 앗, 여자애네. 그편이 더 낫지." 프랑스인이 말했다. "잘 가쇼, 뚱보 씨. 모름지기 인간다워야 한다니까. 우리 모두 인간이잖소." 뺨에 반점이 있는 프랑스인은 다시 동료들에게로 달려갔다.

피에르는 기쁨으로 숨을 헐떡이며 여자아이에게 달려가 안으려 했다. 하지만 연주창을 앓는 데다 어머니를 닮아 못생긴 여자아이는 낯선 남자를 보자 소리를 지르며 달아났다. 피에르는 여자아이를 붙잡아 번쩍 들어 안았다. 여자아이는 날카로운 비명을 지르며 바락바락 악을 쓰고, 자그만 손으로 피에르의 손을 뿌리치면서 침이 줄줄 흐르는 입으로 그의 손을 물어 댔다. 예전에 어떤 작은 동물을 건드렸을 때 느낀 것과 비슷한 두려움과 혐오의 감정이 피에르를 사로잡았다. 그러나 그는 아이를 내던지지 않기 위해 자신을 억누르며 아이를 데리고 다시 큰 본채 쪽으로 달려갔다. 하지만 같은 길로 되돌아가는 것은 이미 불가능했다. 어느새 하녀 아니스카도 보이지 않았다. 피에르는 몸이 흠뻑 젖도록 괴롭게 울어 대는 아이를 연민과 혐오가 뒤섞인 감정으로 최대한 다정하게 꼭 끌어안고 다른 출구를 찾기 위해 정원을 가로질러 달렸다.

34

짐을 떠안고 안마당과 골목을 이리저리 뛰어다니다 포바르스카야 길모퉁이에 있는 그루진스키가(家)의 정원으로 되돌아왔을 때, 피에르는 자신이 아이를 찾으러 나선 그 장소를 처음에는 알아보지 못했다. 그 정도로 그곳은 사람들과 집에서 끌어낸 세간들로 꽉 차 있었다. 화재를 피해 가재를 챙겨 이곳으로 도망친 러시아 가족들 외에도 각양각색의 옷차림을 한 프랑스 병사들이 몇 명 있었다. 피에르는 그들을 신경 쓰지 않았다. 그는 관리의 가족을 찾아 딸을 어머니에게 돌려주고 다시 다른 사람을 구하러 가기 위해 서둘렀다. 피에르는 자신이 서둘러 해야 할 일들이 아직 많다고 느꼈다. 열기 속을 뛰어다니느라 얼굴이 벌겋게 달아오른 피에르는 아이를 구하러 달려갈 때 그를 사로잡았던 젊음과 활력과 결의의 감정을 이 순간 어느 때보다 더욱 강렬하게 느꼈다. 여자아이는 이제 잠잠

해졌다. 피에르의 팔뚝에 앉은 아이는 조그마한 두 손으로 피
에르의 카프탄을 꼭 붙잡은 채 마치 야생 동물 새끼처럼 주위
를 두리번거렸다. 피에르는 이따금 아이를 쳐다보며 옅은 미
소를 지었다. 겁에 질린 그 병약하고 작은 얼굴에서 천사와도
같고 감동적일 만큼 순수한 무언가를 본 것 같았다.

조금 전 그곳에는 이미 관리도 그의 아내도 없었다. 그는 빠
른 걸음으로 사람들 사이를 돌아다니며 눈에 들어오는 다양
한 얼굴들을 살펴보았다. 그는 무심결에 그루지야인 같기도
하고 아르메니아인 같기도 한 어느 가족을 유심히 바라보았
다. 안쪽에 털가죽을 댄 새 외투를 입고 새 부츠를 신은 동양
인 유형의 잘생긴 얼굴에 나이가 지긋한 노인, 그와 똑같은 유
형의 노파, 젊은 아가씨로 이루어진 가족이었다. 둥글고 선명
하게 그린 검은 눈썹, 매우 은은한 홍조, 갸름하고 아름다운
무표정한 얼굴을 한 이 앳된 아가씨는 피에르에게 동양적 아
름다움의 완성으로 보였다. 사방에 흩어진 세간들 틈에서, 광
장의 군중 속에서 새틴으로 겉감을 댄 화려한 외투를 입고 밝
은 보라색 스카프로 머리를 감싼 그녀의 모습은 눈 위에 버려
진 온실의 연약한 화초를 떠올리게 했다. 그녀는 노파 뒤쪽으
로 약간 떨어져 놓인 보따리 위에 앉아 속눈썹이 길고 눈꼬리
가 갸름한 커다란 눈망울로 땅바닥을 뚫어지게 바라보고 있
었다. 자신의 아름다움을 잘 알고 또 그 때문에 두려워하는 듯
보였다. 그 얼굴은 피에르에게 깊은 인상을 주었다. 그래서 울
타리를 따라 서둘러 달려가면서 몇 번이고 그녀를 돌아보았
다. 울타리까지 왔는데도 찾는 사람들을 발견하지 못하자 피

에르는 걸음을 멈추고 주위를 둘러보았다.

아이를 품에 안은 피에르의 모습은 이제 아까보다 한층 더 눈에 띄었다. 그러자 그의 주위로 러시아인 남자와 여자들이 몇 명 모여들었다.

"누구를 잃어버렸나 봐요? 당신은 귀족이지요, 그렇죠? 누구의 아이예요?" 사람들이 그에게 물었다.

피에르는 검은 외투 차림으로 이 자리에 아이들과 함께 앉아 있던 여자가 어린아이의 어머니라고 대답하고는 그 여자를 아는 사람이 있는지, 그녀가 어디로 갔는지 물었다.

"분명 안페로프 일가였을 겁니다." 늙은 부사제가 곰보 아낙을 돌아보며 말했다. "주여, 은혜를 베푸소서, 주여, 은혜를 베푸소서!" 그는 습관이 된 굵은 저음의 목소리로 덧붙였다.

"안페로프 일가라니요!" 아낙이 말했다. "그 사람들은 벌써 오전에 떠났어요. 이 아이는 마리야 니콜라브나나 이바노바의 아이일 거예요."

"이분은 그냥 여자라고 말씀하셨잖아요. 마리야 니콜라브나는 마님이라고요." 하인이 말했다.

"그럼 당신은 그 여자를 알겠군요. 뻐드렁니의 마른 여자인데요." 피에르가 말했다.

"역시 마리야 니콜라브나예요. 그 사람들은 저 늑대들이 덮치자 정원 쪽으로 갔어요." 아낙은 프랑스 병사들을 가리키며 말했다.

"오, 주여, 은혜를 베푸소서!" 부사제가 다시 덧붙였다.

"이쪽 길로 가세요. 그 사람들은 저기에 있어요. 그 여자가 맞아요. 계속 애통해하면서 울었어요." 아낙이 다시 말했다.
"그 여자예요. 이쪽으로 갔어요."

하지만 피에르는 아낙의 말을 듣고 있지 않았다. 그는 이미
조금 전부터 몇 걸음 떨어진 곳에서 일어나는 일을 뚫어지게
지켜보고 있었다. 그는 아르메니아인 가족과 그들에게로 다
가가는 두 프랑스 병사를 보았다. 그 병사들 가운데 몸집이 작
은 경박한 사내는 파란 외투를 밧줄로 여민 차림이었다. 그는
머리에 둥근 모자를 썼고, 발에는 아무것도 신지 않았다. 또
다른 병사 — 피에르는 특히 그를 보고 놀랐다 — 는 옅은 금
발에 키가 크고 등이 구부정한 야윈 사내로 동작이 굼뜨고 표
정이 우둔해 보였다. 그는 값싼 모직물로 된 군용 외투를 걸치
고 파란 바지를 입고 누더기가 된 커다란 부츠를 신었다. 부츠
없이 파란 외투를 걸친 자그마한 프랑스인은 아르메니아인들
에게 다가가 무슨 말을 하더니 냉큼 노인의 다리를 붙잡았다.
노인은 즉시 부랴부랴 부츠를 벗기 시작했다. 군용 외투를 걸
친 또 다른 프랑스인은 아름다운 아르메니아 여인 앞에 서서
두 손을 호주머니에 찔러 넣은 채 꼼짝 않고 말없이 그녀를 바
라보았다.

"받아요, 이 아이를 받으라고요." 피에르는 아낙에게 아이
를 건네며 명령조로 다급하게 말했다. "당신이 이 아이를 그
사람들에게 데려다줘요. 꼭 데려다줘요!" 그는 소리 지르는
여자아이를 땅바닥에 앉히고 아낙에게 고함을 치다시피 하고
는 다시 프랑스인들과 아르메니아 가족들을 돌아보았다. 노
인은 이미 한쪽이 맨발인 채로 앉아 있었다. 몸집이 작은 프랑

스인은 그에게서 한 짝을 마저 벗기고 부츠 두 짝을 서로 맞부딪치도록 탁탁 쳤다. 노인이 흑흑 흐느끼며 뭐라고 말했지만 피에르는 힐끗 눈길을 던질 뿐이었다. 그의 모든 신경은 군용 외투를 걸친 프랑스인에게 쏠려 있었다. 그사이 그 프랑스인은 느릿느릿 몸을 흔들며 젊은 여자에게 다가가더니 호주머니에서 두 손을 빼고 그녀의 목덜미를 움켜쥐었다.

아르메니아 미인은 긴 속눈썹을 내리깐 채 여전히 꼼짝 않고 앉아 있었다. 마치 병사가 자신에게 하는 짓을 보지도 느끼지도 못하는 것 같았다.

피에르가 자신과 프랑스인들 사이에 놓인 그 몇 걸음 거리를 뛰어가는 동안 군용 외투를 입은 키 큰 약탈자가 아르메니아 여인의 목덜미에서 목걸이를 잡아챘다. 그러자 젊은 여인은 두 손으로 목을 잡고서 날카로운 소리로 비명을 질렀다.

"그 여자를 놔줘!" 피에르는 키가 크고 등이 굽은 병사의 어깨를 붙잡아 내동댕이치며 격분한 목소리로 거칠게 말했다. 병사는 나가떨어졌다가 몸을 일으켜 달아나 버렸다. 그러나 그의 동료가 부츠를 내던지고는 단검을 빼 들고 피에르를 향해 서서히 위협적으로 다가섰다.

"어이, 어리석은 짓 하지 마!" 그가 외쳤다.

피에르는 광기에 찬 희열에 빠져 있었다. 그 상태가 되면 아무것도 의식하지 못했고 힘이 열 배로 강해졌다. 그는 맨발의 프랑스인에게 달려들어 남자가 미처 단검을 뽑기도 전에 때려눕히고 주먹을 퍼부었다. 주위를 에워싼 군중의 환호 소리가 들렸다. 그때 길모퉁이에서 말을 타고 순찰을 돌던 프랑스 창기병들이 나타났다. 창기병들은 피에르와 프랑스 병사들 쪽으로 빠르게 다가와 그들을 포위했다. 피에르는 그 후에 일어난 일을 전혀 기억하지 못했다. 자신이 누군가를 때리기도 하고 맞기도 한 것, 마침내 두 손이 묶였음을 느낀 것, 프랑스 병사들의 무리가 둘러서서 몸수색을 한 것을 기억할 뿐이었다.

"중위님, 이자에게 단검이 있습니다." 이것이 피에르가 처음으로 알아들은 말이었다.

"아, 무기란 말이지!" 장교는 이렇게 말하고 피에르와 함께 붙잡힌 맨발의 프랑스 병사를 돌아보았다.

"좋아, 좋아. 법정에서 전부 말하게." 장교가 말했다. 그러고 나서 피에르에게로 돌아섰다. "프랑스어를 할 줄 아나?"

피에르는 핏발이 선 눈으로 주위를 둘러볼 뿐 아무 대꾸도 하지 않았다. 그의 얼굴이 몹시 무섭게 보였나 보다. 장교가 목소리를 낮춰 뭐라고 말하자 창기병 네 명이 부대에서 떨어져 나와 피에르의 양옆에 섰기 때문이다.

"프랑스어를 할 줄 아느냐니까?" 장교가 피에르로부터 멀찍이 떨어져 거듭 물었다. "통역관을 불러와." 러시아 문관복을 입은 자그마한 남자가 대열에서 나왔다. 피에르는 남자의 옷과 말투에서 그가 모스크바의 한 상점에서 일하던 프랑스 사람인 것을 즉각 알아보았다.

"이 사람은 평민이 아닌 것 같습니다." 통역관이 피에르를 보며 말했다.

"아, 아! 이자는 아무래도 방화범 같단 말이야." 장교가 말했다. "이자에게 누구인지 물어보게." 그가 덧붙였다.

"넌 누구냐?" 통역관이 물었다. "넌 지휘관에게 대답해야 한다." 그가 말했다.

"내가 누구인지는 당신에게 말하지 않겠소. 난 당신의 포로요. 날 잡아가시오." 피에르가 갑자기 프랑스어로 말했다.

"아! 아!" 장교가 얼굴을 찌푸리며 말했다. "가자!"

창기병들 주위로 군중이 몰려들었다. 여자아이를 안은 곰보 아낙이 피에르와 가장 가까이 서 있었다. 기병 순찰대가 움직이기 시작하자 아낙이 앞쪽으로 움직였다.

"이 사람들이 당신을 어디로 데려가는 거예요?" 그녀가 말했다. "이 애가 그 사람들의 아이가 아니면 이 애를, 이 애를 도대체 어디로 보내죠?" 아낙이 말했다.

"이 여자가 원하는 게 뭔가?" 장교가 물었다.

피에르는 술 취한 사람 같았다. 자신이 구한 여자아이를 본 순간 그는 더욱더 황홀경에 빠져들었다.

"저 여자가 원하는 게 뭐냐고?" 그가 말했다. "저 여자는 내가 불길에서 구한 내 딸을 데리고 있다." 그가 말했다. "안녕히!" 자신이 왜 이런 무의미한 거짓말을 내뱉었는지 스스로도 알지 못한 채 그는 프랑스인들 틈에서 의연하고 엄숙하게 걸음을 옮겼다.

이 프랑스인들은 뒤로넬의 명령으로 약탈을 저지하기 위해, 특히 방화범들을 체포하기 위해 모스크바의 거리 곳곳에 파견된 기병 순찰대들 가운데 한 부대였다. 그날 프랑스 장군들이 내놓은 전반적인 견해로는 방화가 화재의 원인이었다. 기병 순찰대는 몇몇 거리를 돌아다니면서 의심스러운 러시아인 다섯 명, 즉 구멍가게 주인 한 명, 신학생 두 명, 농부 한 명, 하인 한 명과 약탈병 몇 명을 더 체포했다. 그러나 모든 용의자들 가운데 가장 수상해 보이는 사람은 피에르였다. 그들 모두가 숙박을 위해 영창이 설치된 주봅스키 성루의 대저택으로 끌려갔을 때 피에르는 엄격한 감시 아래 따로 격리되었다.

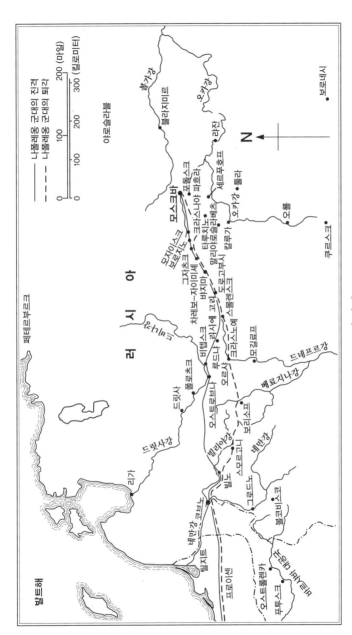

1812년 전쟁

세계문학전집 **355**

전쟁과 평화 3

1판 1쇄 펴냄   2018년 6월 15일
1판 11쇄 펴냄   2024년 6월 21일

지은이   레프 톨스토이
옮긴이   연진희
발행인   박근섭, 박상준
펴낸곳   (주)민음사

출판등록   1966. 5. 19. (제 16-490호)
서울특별시 강남구 도산대로1길 62(신사동) 강남출판문화센터 5층 (우편번호 06027)
대표전화 02-515-2000   팩시밀리 02-515-2007
www.minumsa.com

ISBN 978-89-374-6355-6 04800
ISBN 978-89-374-6000-5 (세트)

*잘못 만들어진 책은 구입처에서 교환해 드립니다.

세계문학전집 목록

세계문학전집은 계속 간행됩니다.